KARIN SEEMAYER

Sterne über der Toskana

aufbau taschenbuch

KARIN SEEMAYER, geboren 1959, machte eine Ausbildung zur Reiseverkehrskauffrau und war beruflich und privat viel unterwegs. Die meisten ihrer Romanideen sind auf diesen Reisen entstanden. Allerdings musste die Umsetzung der Ideen warten, bis ihre drei Kinder erwachsen waren. Heute lebt Karin Seemayer im Taunus.

Bei Aufbau Taschenbuch sind ihre Romane »Die Tochter der Toskana«, »Das Gutshaus in der Toskana«, »Die Sehnsucht der Albatrosse« und »Das Geheimnis des Nordsterns« lieferbar.

Toskana 1857: Gianna führt ein Leben, wie sie es sich erträumt hat. Ihr Vater leitet eines der bedeutendsten Weingüter in der Region, und sie wird bald ihre große Liebe heiraten. Doch dann bricht der zweite italienische Unabhängigkeitskrieg aus und macht ihr Glück zunichte: Die Familie ihres Verlobten Angelo gehört zum gegnerischen Lager, eine Heirat scheint unmöglich. Gianna hält es im elterlichen Haus nicht mehr aus und beschließt, eine Zeitlang zu ihrer Tante nach Genua zu gehen. Eine Entscheidung, die ihr Leben für immer verändern wird.

Karin Seemayer

STERNE ÜBER DER TOSKANA

Historischer Roman

atb aufbau taschenbuch

MIX
Papier aus verantwortungsvollen Quellen
FSC® C083411

ISBN 978-3-7466-3548-4

Aufbau Taschenbuch ist eine Marke
der Aufbau Verlag GmbH & Co. KG

1. Auflage 2019

Umschlaggestaltung www.buerosued.de, München
unter Verwendung eines Bildes von © arcangel / Rekha Garton
Satz Greiner & Reichel, Köln
Druck und Binden CPI books GmbH, Leck, Germany
Printed in Germany

www.aufbau-verlag.de

Für Kristin und Moritz

PERSONENLISTE

Historische Personen sind mit * gekennzeichnet.

In Florenz:

Madame Colleone	Leiterin des Instituts für junge Damen
Piero di Raimandi	Giannas Bruder
Nerina di Raimandi	Pieros Ehefrau

Auf Alberi d'Argento:

Gianna di Raimandi	Tochter von Enrico und Silvana
Enrico di Raimandi	Giannas Vater
Silvana	Giannas Mutter
Lorenzo	Giannas Bruder
Giuseppe + Tommaso	Zwillinge, Giannas Brüder
Stella	Lorenzos Frau
Alisa	Stellas Tochter
Ilaria Perucci	Zofe
Luisa Perucci	Giannas Zofe
Domencio	Stallmeister
Carlo	Stallbursche
Matteo	Stallbursche
Manfredo	Kutscher
Don Alberto	Pfarrer auf Alberi d'Argento

Auf der Tenuta Bandello:

Donata Castiglioni	Erbin der Tenuta
Sergio Castiglioni	Donatas Ehemann
Rosanna Castiglioni	Donatas Tochter
Angelo Castiglioni	Sohn von Sergio und Donata
Maurizio (Mauro)	Pferdeknecht und Giannas Freund
Emilio Romani	Stallmeister
Rosa Romani	Frau des Stallmeisters
Giulio	Stallbursche
Signor Neri	Cantiniere auf Bandello

Sonstige:

Enzo Manari	Schmied, Maurizios Vater
Angelica Manari	Magd, Maurizios Mutter
Vito Manari	Enzos Bruder
Contessa Lavinia Grifoni	
Alfredo Balduccio	
Domenico Ricasoli	

In Genua:

Giovanni Fassio	Steward auf der Iberia
Emilia Barrati	Giannas Tante
Fabrizzio Barrati	Emilias Ehemann
Antonia	Tochter von Emilia und Fabrizzio
Adele	Fabrizzios Mutter
Celeste	Köchin
Elisa	Zimmermädchen
Gloria	Emilias Zofe
Vincenzo	Diener

Riccardo Parenti	Marchese da Abairate
Mario Giraudo	Antonias Verlobter
Principessa Cristina Trivulzio di Belgiojoso*	Widerstandskämpferin

In Mailand:

Claudia Parenti	Riccardos Mutter
Margherita	Riccardos jüngere Schwester
Rosalia	Riccardos ältere Schwester

In Abbiategrasso:

Anna	Köchin/Zimmermädchen
Giulio	Annas Mann
Luca	Annas Sohn
Don Adriano	Pfarrer

In Castiglione:

Henry Dunant*	Schweizer Geschäftsmann, der spätere Gründer des Roten Kreuzes
Don Lorenzo*	Pfarrer im Dom von Castiglione
Valentina; Sofia	freiwillige Pflegerinnen

In Verona/beim Militär:

Raimondo Castiglioni	Sergios Bruder, Oberleutnant
Hauptmann Häusel	Kompanieführer
Leutnant Anton Meissner	Zugführer Jäger
Leutnant Niemetz	Zugführer Infanterie
Bernardo Righetti	Jäger
Ivo Vuković	Infanterist aus Kroatien

Andreas; Franz; Milan	Jäger
Josef Kübl	Feldwebel
Andreas Farkas	Rittmeister
Feldzeugmeister Gyulay*	Oberkommandierender der österreichischen Truppen
Feldmarschallleutnant von Stadion*	Anführer des V. Korps
Feldmarschallleutnant von Benedek*	Anführer des II. Korps
Vittorio Emanuele II.*	König von Sardinien-Piemont
Conte di Cavour*	Ministerpräsident von Sardinien-Piemont
Napoleon III.*	Kaiser von Frankreich
Franz-Josef I.*	Kaiser von Österreich

1. KAPITEL

Zusammen mit neunzehn jungen Mädchen von adeliger Herkunft stand Gianna di Raimandi im großen Saal von *Madame Colleones Institut für junge Damen*. Mit dem Rücken zu ihnen stand ebenjene Madame Colleone und hielt eine Rede. Vor ihr saßen die Eltern der jungen Frauen.

Zwei Jahre hatte Gianna im Institut verbracht, in dem Mädchen der letzte gesellschaftliche Schliff verliehen wurde. Zwei Jahre voller Langeweile, die nun endlich vorbei waren.

In dieser Zeit waren die Mädchen in gesittetem Benehmen, Musik, Tanzen und Handarbeiten unterrichtet worden, Fertigkeiten, die gemäß Madame Colleone jede junge Frau aus besserer Gesellschaft besitzen musste, wenn sie ein behagliches, repräsentatives Heim für ihre Familie schaffen wollte. Um sicherzustellen, dass sie ihren späteren Ehemännern angemessene Gesprächspartnerinnen sein würden und auch in Gesellschaft Konversation führen konnten, wurden zusätzlich Französisch, Mathematik, Geschichte und Literatur gelehrt, allerdings nur wenige Stunden im Vergleich zu den anderen Fächern. Diese Fächer hatten Gianna sehr viel mehr interessiert, und sie war in Mathematik und Geschichte Klassenbeste gewesen. Das allerdings hatte Madame Colleone nicht der Rede wert gefunden. Stattdessen hatte sie wortreich bedauert, dass Gianna wegen ihres lebhaften Temperaments und ihres Widerspruchsgeistes die höchste Auszeichnung der Schule, die Medaille für Sanftmut, nicht erhalten konnte. Immerhin konnte sie Auszeichnungen in Musik und Tanzen vorweisen, weshalb es ihr nach Madame Colleones Aussage durchaus möglich sein sollte, einen Ehemann zu finden.

In der Gewissheit, dass es ihr letzter Tag im Institut war, hatte Gianna Madames Predigt ohne Widerspruch über sich ergehen lassen.

Gewiss hatte Madame auch mit ihrem Vater gesprochen und auch dort bedauert, wie wenig damenhaft sie doch war. Doch bei ihrem Vater waren diese Worte wohl auf taube Ohren gestoßen. Immerhin war er derjenige gewesen, der sie ermutigt hatte, nachzufragen, wenn sie etwas wissen wollte. Unterwürfigkeit war in seinen Augen keine erstrebenswerte Tugend, auch nicht für eine Frau. Ihre Eltern hatten immer alle Entscheidungen, große wie kleine, gemeinsam getroffen. Sie hatte das für normal gehalten. Erst als sie mit sechzehn Jahren nach Florenz auf Madames Institut gegangen war, hatte sie gemerkt, welch ungewöhnliche Ehe ihre Eltern führten.

Ungeduldig wartete Gianna darauf, dass Madame ihre Festrede beendete. Sie hatte das Gefühl, schon Stunden hier zu stehen. Ihre Freundin Rosanna versetzte ihr einen leichten Stoß mit dem Ellbogen. »Hör auf zu zappeln«, wisperte sie. »Signora Melani guckt schon ganz böse hierher.«

Gianna unterdrückte ein Seufzen. Still zu stehen fiel ihr noch schwerer, als still zu sitzen. Meistens merkte sie erst, wenn sie ermahnt wurde, dass sie mit den Füßen wippte oder mit dem Stuhl kippelte. Signora Melani hatte gesittetes Benehmen und Handarbeiten unterrichtet, die beiden Fächer, die Gianna am wenigsten leiden konnte.

Irgendwann war auch die endlos erscheinende Ansprache zu Ende, und die Mädchen wurden aufgerufen, um ihre Abschlusszeugnisse und Medaillen in Empfang zu nehmen. Gianna knickste höflich vor Madame Colleone, dann verabschiedete sie sich von den Lehrerinnen. Der Abschied von Signorina Rinaldi, die Geschichte und Literatur unterrichtet hatte, fiel ihr am schwersten. Signorina Rinaldi stammte aus dem Piemont, sie kannte Leute wie die Prinzessin Cristina Trivulzio Belgiojoso, die in Paris einen literarischen Salon betrieben hatte, in dem selbst Größen wie Honoré de Balzac, Frédéric Chopin, Franz Liszt und Alfred de Musset verkehrten. Sie hatte in Gianna die Liebe zur Literatur geweckt, und sie war immer eher eine Freundin als eine Lehrerin gewesen.

Ihre Eltern lächelten ihr entgegen, als sie mit dem Zeugnis in der Hand zu ihnen ging. Neben ihnen stand Piero, einer ihrer Brüder, und grinste. Bevor sie ihre Eltern begrüßte, warf sie einen raschen Blick auf Rosannas Familie, die in unmittelbarer Nähe stand. Donata und Sergio Castiglioni, Rosannas Eltern waren die Besitzer der Tenuta Bandello, des Weinguts, dessen Ländereien an Alberi d'Argento angrenzten. Beide Familien waren seit langem befreundet, und die Weingüter waren nur bedingt Konkurrenten. Alberi d'Argento, das Gut von Giannas Eltern, produzierte in erster Linie Rotweine, während die Tenuta Bandello für ihre guten Weißweine bekannt war.

Ein Hauch der Enttäuschung mischte sich in ihre Freude. Angelo, Rosannas älterer Bruder, war nicht mitgekommen, um seine Schwester abzuholen. Doch das Gefühl verflog rasch. Sie würde ihn bald wiedersehen, auf ein paar Tage kam es nicht an. Sie trat zu ihren Eltern und sank in einen anmutigen Knicks, der sicher auch Madame Colleone ein Lob entlockt hätte. Ihre Mutter nickte huldvoll, dann lächelte sie strahlend und zog sie in ihre Arme. »Bin ich froh, dass du wieder bei uns bist, mein liebes Kind.«

Auch vor ihrem Vater knickste sie. Er reichte ihr die Hand und half ihr auf, sichtlich um einen würdigen, gemessenen Gesichtsausdruck bemüht, doch seine Augen funkelten vor Freude, und er zwinkerte ihr zu.

Piero beugte sich vor und zupfte an einer Locke, die sich aus ihrer Frisur gelöst hatte. »So, so, Schwesterchen, dir fehlt es also an Sanftmut.«

Unwillig warf sie den Kopf zurück. »Lass das.«

Piero und ihr Vater brachen in Gelächter aus. Aus den Augenwinkeln sah Gianna, wie Rosannas Mutter die Augenbrauen hochzog. Donata Castiglioni legte großen Wert auf gute Umgangsformen. Niemals würde sie in der Öffentlichkeit laut lachen.

Ihr Vater bemerkte ihren Blick. »Ärgere deine Schwester nicht«, sagte er zu Piero. »Ich habe Madame Colleone gesagt, dass ein Mädchen, das mit vier älteren Brüdern aufwächst, wenig Gelegenheit hat, Sanftmut zu lernen, und dass ich andere Eigenschaften wesentlich wichtiger finde. Wenn die Frauen unserer Familie sanftmütig und nicht so kämpferisch gewesen wären, besäßen wir heute Alberi d'Argento nicht mehr.«

Der Schalk saß noch in Pieros Mundwinkeln. »Nicht böse sein, Schwesterchen. Du bist genau richtig. Und wenn Signora Castiglioni deine Schwiegermutter wird, ist Sanftmut die letzte Eigenschaft, die du brauchst.«

»Piero!« Ihre Mutter schüttelte den Kopf. »Also wirklich …«

Doch Gianna achtete nicht auf sie, sondern blickte ihren Vater an. Bei Pieros Worten war etwas wie ein Schatten über sein Gesicht gehuscht. Ein Ausdruck von Unmut oder Verlegenheit? Aber warum? Weil Piero über Donata Castiglioni gelästert hatte? Vielleicht. Pieros loses Mundwerk hatte schon oft für Irritationen gesorgt. Überhaupt fand sie die Bemerkung ihres Bruders seltsam. Die Hochzeit zwischen ihr und Angelo, dem ältesten Sohn der Familie Castiglioni, war schon seit zwei Jahren beschlossene Sache. Es war ihr Vater gewesen, der darauf bestanden hatte, diese Verlobung erst nach ihrem Besuch des Instituts für junge Damen bekanntzugeben. Er wolle sie nicht drängen, hatte er gesagt, sie solle Gelegenheit haben, etwas mehr von der Welt kennenzulernen als das Weingut, das ihre Heimat war.

Ein Lächeln stahl sich in ihre Mundwinkel, als sie an dieses Gespräch dachte. Als ob sie gedrängt werden müsste. Sie kannte Angelo seit ihrer Kindheit, und sie liebte ihn schon lange. Für sie würde es niemals einen anderen Mann geben. Das hatte sie auch ihrem Vater erklärt. Er hatte nur gelächelt und gemeint, wenn sie sich dessen so sicher sei, werde er einer Verbindung nicht im Wege stehen. Zum ersten Mal kam ihr der Gedanke, dass Enrico di Raimandi sich vielleicht einen anderen Ehemann für sie gewünscht hätte.

Prüfend sah sie ihrem Vater ins Gesicht. Er erwiderte ihren Blick, und die Fältchen um seine Augen vertieften sich, als er ihr zulächelte. Sie musste sich getäuscht haben.

Rosanna und ihre Eltern kamen zu ihnen. Man gratulierte sich gegenseitig artig zu den wohlgeratenen Töchtern. Währenddessen zog Rosanna Gianna zur Seite. »Haben deine Eltern etwas von Giuseppe erzählt? Ist er zu Hause? Er und Tommaso haben doch Urlaub?«

»Ich glaube schon, aber ich weiß es nicht genau«, antwortete Gianna.

Giuseppe und Tommaso, ihre Zwillingsbrüder, waren drei Jahre älter als sie und besuchten die Kavallerieschule in Pinerolo.

Enttäuschung stand in Rosannas Gesicht. So wie Gianna seit Jahren in Rosannas Bruder Angelo verliebt war, war Rosanna in Giuseppe verliebt. Doch anders als bei Angelo und ihr erwiderte Giuseppe Rosannas Liebe nicht. Er behandelte sie nicht anders als seine jüngere Schwester. Trotzdem gab Rosanna die Hoffnung nicht auf, irgendwann sein Herz zu gewinnen.

»Warte, ich frage meine Eltern«, sagte Gianna. Sie trat zu ihrer Mutter. »Hatten die Zwillinge keine Lust auf Florenz, oder sind sie noch gar nicht zu Hause?«

»Doch, sie sind seit letzter Woche da. Aber sie meinten, du würdest ihnen verzeihen, wenn sie nicht mitkommen. Sie waren acht Tage unterwegs und wollten nicht schon wieder reisen.«

»Ist das eine Hitze.« Mit einem Ruck öffnete Signora Castiglioni ihren Fächer. »Man bekommt kaum Luft.«

Gianna unterdrückte ein Grinsen. Es war wirklich sehr warm, doch dass die Signora keine Luft bekam, lag wohl eher an ihrem Korsett. Ihre Taille war so eng geschnürt, dass sie sogar schmaler war als Giannas, und das, obwohl sie zwei Kinder geboren hatte. Unwillkürlich verglich Gianna die schlanke Gestalt der Signora mit den üppigen Formen ihrer Mutter. Aber ihre Mamma hatte schließlich sechs Kinder bekommen und schnürte sich nicht so eng.

»Ich hoffe, es wird nicht noch heißer«, sagte die Signora.

»Wir wollen noch eine Woche bleiben. Endlich mal ein bisschen Stadtleben und Kultur genießen. Ich freue mich schon darauf, wenn Angelo in ein paar Jahren die Tenua Bandello übernimmt. Dann kaufen wir uns ein Haus hier.«

Gianna lächelte. Etwas Besseres, als dass die Signora in die Stadt zog, konnte ihr nicht passieren. Donata Castiglionis strenge, distanzierte Kühle war ihr schon immer unheimlich gewesen. Ihre eigene Mutter war so ganz anders. Herzlich und offen. Sie machte keinen Hehl daraus, wie sehr sie ihre Kinder liebte, und umarmte und küsste sie oft. Dagegen hatte sie niemals gesehen, dass die Signora Angelo oder Rosanna geherzt und geküsst hatte, noch nicht einmal, als sie kleine Kinder gewesen waren.

»Wir bleiben noch eine Woche hier?«, fragte Rosanna sichtlich entsetzt.

»Aber natürlich, Liebling. Glaubst du, ich setze mich zwei Tage in eine Kutsche, um nur einen Tag hierzubleiben? Wir haben Zimmer im Hotel Gran Britannia gemietet. Wir werden einkaufen, in die Oper gehen, Konzerte besuchen. Es wird herrlich.«

Rosannas Miene verriet nur allzu deutlich, dass sie die Aussicht alles andere als herrlich fand, und auch ihr Vater wirkte nur mäßig begeistert.

»Bleiben Sie auch länger in Florenz?«, wandte sich die Signora nun an Enrico.

»Wir fahren übermorgen. Wir dachten, wenn wir schon mal hier sind, nutzen wir die Zeit und gehen mit unserer Tochter in die Oper«, antwortete er. »Sie spielen heute Nabucco, und die göttliche Fanny Donatelli singt die Hauptrolle. Vielleicht möchten Sie uns begleiten?«

Sichtlich indigniert zog Signora Castiglioni ihre schmalen Brauen hoch und fixierte Enrico. »Verdi ...«

Er erwiderte ihren Blick. »Ja. Verdi.«

»Nun, wem das gefällt …«. Die Signora wandte sich zu ihrem Mann. »Wir sollten uns verabschieden und auf den Heimweg machen.«

Gianna sah von ihrem Vater zu der Signora. Irgendwie hatte Donata Castiglioni eine Botschaft in ihren Worten über Verdi versteckt. Sie spürte deutlich die Spannung zwischen ihrem Vater und der Signora. Der Abschied der beiden Familien fiel nicht so herzlich aus wie sonst.

Vor der Tür wartete bereits die Kutsche der Castiglionis. Rosanna warf Gianna eine Kusshand zu, bevor sie sich mit ihrer Krinoline durch die Tür quetschte. Nachdem auch ihr Vater eingestiegen war, fuhr die Kutsche an. Als Nächstes rollte die Kutsche mit dem Wappen der Raimandis heran. Enrico öffnete die Tür und half Silvana und Gianna beim Einsteigen. Gianna versuchte ihre Krinoline und die Röcke so eng wie möglich an sich zu drücken. Piero quetschte sich neben sie, ihr Vater nahm ihr gegenüber neben ihrer Mutter Platz.

»Ich dachte immer, Signora Castiglioni liebt Opern. Was hat sie gegen Verdi?«, fragte Gianna.

»Verdi selbst ist es gar nicht, sondern die Tatsache, dass sein Name ein Akronym für die Losung der Società Nazionale ist.* Und da Verdis Opern durchaus auch politisch sind und seine Lieder vom Volk gesungen werden, ist es unter den Anhängern der Habsburger nicht comme il faut, Verdi zu mögen.«

»Ich wusste gar nicht, dass die Castiglionis Anhänger der Habsburger sind.«

»Nun, jetzt weißt du es«, versetzte Piero. »Vielleicht

* Vittorio Emanuele re d'Italia – V.E.R.D.I.

sollest du dich öfter mal mit Politik befassen, statt nur diesen Schönling Angelo anzuschmachten.«

»Piero!« Die Stimme ihres Vaters klang ungewohnt scharf. »Lass sie in Ruhe. Im Institut für junge Damen hat sie ja wohl nicht viel davon mitbekommen, was in den letzten Monaten hier los war.«

Verwundert sah sie von einem zum anderen. Beide wirkten angespannt. Es stimmte: Obwohl in ihrer Familie viel über Politik geredet wurde, hatte sie sich nie sehr dafür interessiert. Es hatte einfach nichts mit ihrem Alltag zu tun. Politik, das war etwas, das in den Städten stattfand, das die Rebellen beschäftigte. Ja, ihr Onkel hatte 1849 an Garibaldis Seite gegen die Habsburger und Franzosen gekämpft und anschließend mit seiner Familie das Land verlassen müssen, doch damals war sie neun Jahre alt gewesen. Sie erinnerte sich kaum daran. Bis auf ihren Aufenthalt in Florenz hatte sie ihr ganzes Leben auf Alberi d'Argento verbracht, umsorgt von ihren Eltern, umgeben von ihren Brüdern. Abgesehen vom Tod ihrer älteren Schwester Felicia, die vor zehn Jahren am Wechselfieber gestorben war, hatte sie nie größeren Kummer erlebt.

»Was war in den letzten Monaten los?«

»Darüber reden wir ein anderes Mal«, sagte ihr Vater. »Heute sollst du deinen letzten Tag in Florenz genießen und nicht über Politik nachdenken.«

Der Palazzo, in dem Piero, seine Frau Nerina und ihre Eltern lebten, stand in der Nähe des Arno. Piero war fünf Jahre älter als Gianna und seit letztem Jahr verheiratet. Nerina, seine Frau, war das einzige Kind eines florentinischen Großhändlers, der auch mit Wein handelte. Gianna hatte sie bisher nur bei der Hochzeit vor einem Jahr gesehen, deshalb war sie sehr neugierig auf die Frau, die offensichtlich das Herz ihres spitzzüngigen Bruders gewonnen hatte. Schon ihr ältester Bruder, Lorenzo, hatte aus Liebe geheiratet und Piero ebenfalls. Wie alle Adeligen und Großgrundbesitzer, versuchte auch ihr Vater, seine Kinder vorteilhaft zu verheiraten. Doch da er, wie auch sein jüngerer Bruder, aus Liebe geheiratet hatte und beide Ehen überaus glücklich waren, hatte er beschlossen, keines seiner Kinder gegen dessen Willen zur Ehe zu zwingen.

Piero half ihnen aus der Kutsche und betätigte den Klopfer an der schweren Holztür. Ein Mädchen in einem schlichten, dunkelblauen Kleid öffnete und knickste, als die Familie das Vestibül betrat.

Im Inneren des Hauses war es angenehm kühl, die dicken Mauern hielten die Hitze ab. Lächelnd kam ihnen Nerina entgegen. Sie war nicht geschnürt, unter ihrem Rock wölbte sich ihr Bauch. Gianna erinnerte sich, dass ihre Mutter ihr geschrieben hatte, dass Nerina und Piero ihr erstes Kind erwarteten.

»Kommt rein. Irma«, sie wandte sich an das Mädchen, das die Tür geöffnet hatte, »serviere bitte Kaffee und Kuchen im Salon.« Danach umarmte sie Silvana und Gianna und ließ sich von Enrico auf beide Wangen küssen. »Schön, dass ihr hier seid.«

Später, nachdem sie Kaffee getrunken und einen köstlichen Schokoladenkuchen gegessen hatten, fiel Gianna etwas ein. »Ich habe überhaupt kein Kleid für die Oper.«

Piero, der neben ihr saß, verdrehte die Augen. »Dann kannst du natürlich nicht hingehen, ohne passende Garderobe. Was sollen denn die Leute denken?«

Gianna verpasste ihm einen Stoß gegen den Arm. »Du sollst mich nicht immer aufziehen.«

»Da!«, sagte Piero lachend. »Seht ihr? Zwei Jahre im Institut und immer noch fehlt die Sanftmut.«

Das Blut stieg ihr in die Wangen. Piero mochte es scherzhaft meinen, doch seine Bemerkung traf sie.

Ihre Mutter lächelte sie an. »Wir haben selbstverständlich ein Kleid für die Oper mitgebracht.«

Nach der Abendmahlzeit stiegen ihre Eltern, Piero und sie in Pieros Kutsche und fuhren zum Teatro Della Pergola. Nerina wollte angesichts ihrer fortgeschrittenen Schwangerschaft auf den Besuch der Oper verzichten.

Es war Giannas erster Besuch der Oper. Alberi d'Argento lag zu weit weg von den großen Städten, und auch in den zwei Jahren, die Gianna an Madame Colleones Institut verbracht hatte, war sie nicht im Theater gewesen. Madame erachtete Theaterbesuche als nicht passend, selbst wenn es sich um die Oper handelte.

Zu ihrer Überraschung war der Eingang zum Theater eher unscheinbar. Er unterschied sich kaum von den Eingangstüren eines beliebigen Palazzos in Florenz. Im Inneren jedoch erwartete sie ein prachtvolles, hell erleuchtetes Foyer, dessen Decke von Granitsäulen gestützt wurde. Piero zeigte dem Platzanweiser die Eintrittskarten und der geleitete sie zu einer Loge im dritten Stock. Der Saal war rund, die Logenränge waren hufeisenförmig um die Bühne angeordnet.

Gianna setzte sich und ordnete ihre Röcke. Zum Glück lag ihre Loge der Bühne gegenüber, so dass sie einen guten Blick hatte. Von den seitlichen Logen sah man wohl eher die Menschen auf der anderen Seite des Saals als die Aufführung. Neugierig blickte sie auf die Bühne. Noch war der Vorhang geschlossen. In einem Graben vor der Bühne saß das Orchester. Die Musiker stimmten ihre Instrumente; es klang alles andere als schön. In einer Oper wurde nur gesungen, nicht gesprochen. Wahrscheinlich würde es eher langweilig werden.

»Um was geht es in der Oper?«, raunte sie ihrem Vater zu.

Lächelnd reichte er ihr das Programm. Sie schlug es auf und las. Es ging also um das jüdische Volk, das in babylonischer Gefangenschaft lebte und sich nach Freiheit sehnte. Kein Wunder gefiel den Anhängern der Habsburger diese Oper nicht.

Der Vorhang hob sich und gab den Blick auf Mauern und steinerne Terrassen frei. Beifall ertönte, als ein Mann in schwarzem Frack vor das Orchester trat, sich verbeugte und dann dem Publikum den Rücken zudrehte. Er hob den Taktstock. Das Flüstern und Räuspern im Saal erstarben, es wurde totenstill.

Die ersten Töne erklangen. Leise, melancholische Töne wechselten sich mit lauten Fanfarenklängen ab. Und dann ertönte eine Melodie, bei der Gianna ein Schauder über den Rücken lief. Ein langsamer Walzer, zunächst nur gespielt von Oboen und Klarinetten, bis das gesamte Orchester die Melodie aufnahm. Sie war schön, traurig und so voller Sehnsucht, dass Gianna die Tränen in die Augen traten. Doch bevor sie wirklich zu weinen anfing, wechselte der Rhythmus, und die Ouvertüre wurde schwungvoll und fröhlich. Vor ihrem inneren Auge sah sie eine Gruppe Reiter an einem Sommertag fröhlich über eine Wiese galoppieren.

Als das Orchester verstummte, klatschte das Publikum begeistert, und Gianna klatschte mit. Sie würde diese Oper lieben, das wusste sie jetzt schon.

In der Pause bot Piero ihr galant seinen Arm und geleitete sie ins Foyer. Immer wieder wurde er angesprochen, er schien halb Florenz zu kennen. Auch einige junge Herren ohne Damenbegleitung verbeugten sich und baten darum, der reizenden jungen Dame an seiner Seite vorgestellt zu werden. Sie nippte an dem Glas Champagner, das ihr Vater ihr gebracht hatte, und wechselte mit jedem ein paar höfliche Worte. Konversation zu machen, hatte sie in Madames Institut gelernt.

Als der Gong ertönte, kehrten sie auf ihre Plätze zurück, und der dritte Akt begann. Kurz vor Ende des dritten Aktes standen die hebräischen Sklaven müde von der Arbeit vor den Mauern der Stadt und sangen: »Va, pensiero, sull'ali dorate …«

Es war der Walzer, der in der Ouvertüre angespielt worden war, jetzt von einem Chor gesungen. Selten hatte sie so etwas Schönes gehört. Sie warf einen Blick zu ihren Eltern, um zu sehen, ob sie ebenso hingerissen waren wie sie, und bemerkte, dass ihr Vater sogar Tränen in den Augen hatte. Piero wiegte sich ganz leicht im Takt, seine Lippen formten stumm die Worte. Woher kannte er den Text?

»Wie hat es dir gefallen?«, fragte ihr Vater, als sie die Oper verließen.

»Es war wundervoll. Und am schönsten fand ich dieses Lied, das sie im dritten Akt gesungen haben.«

»Ach«, versetzte Piero spöttisch. »Das lass mal besser nicht die Castiglionis hören.«

»Aber warum? Es ist doch wunderschön.«

»Ja, ein wunderschönes Lied, gesungen von einem Volk, das von Fremden beherrscht wird und sich nach Freiheit sehnt. Inzwischen kennt es jeder Italiener. Es wird heimlich bei Versammlungen gesungen. Was meinst du, wie das den Habsburgern und den Bourbonen gefällt?«

»Denkst du, das war Verdis Absicht?«

»Nein«, antwortete ihr Vater. »Aber es gibt Leute, die möchten das gerne glauben.« Er warf einen schnellen Blick zu Piero. »Ich denke, Verdis Texte und Melodien treffen auf die Sehnsucht der Italiener nach Freiheit.«

Piero hob die Schultern. »So oder so, ob er es geplant hat oder nicht, inzwischen ist Va pensiero die heimliche Hymne der Patrioten.«

2. KAPITEL

Sie kamen am Freitagabend nach Hause, und am Sonntag nach der Kirche bat Gianna um die Erlaubnis, zur Tenuta Bandello zu reiten, um Rosanna zu besuchen.

Als ihr Vater nickte, versuchte sie Giuseppe zu überreden, sie zu begleiten, doch er schüttelte den Kopf. »Ich weiß, was du gerne hättest, Schwesterchen, doch so nett Rosanna ist, ich will mich nicht mit ihr verkuppeln lassen. Ich kenne sie seit ihrer Kindheit, sie ist für mich wie eine Schwester. Lass dich von einem der Stallburschen begleiten.«

»Och.« Sie schob die Unterlippe vor. »Die Burschen haben heute frei, ich möchte keinem den Sonntag verderben. Ich dachte, du möchtest vielleicht Angelo treffen.«

Angelo war ein Jahr älter als Giuseppe und Tommaso. Die Kinder von Alberi d'Argento und der Tenuta Bandello waren zusammen aufgewachsen. Die Güter lagen nebeneinander, die Eltern waren befreundet, und andere Spielgefährten hatte es nicht gegeben. Sie alle waren seit ihrer Kindheit befreundet, und Gianna hatte immer gehofft, dass Rosanna und sie gemeinsam vor den Traualtar treten würden. Sie mit Angelo und Rosanna mit einem ihrer Brüder.

»Ich habe Angelo letzte Woche getroffen. Ich soll dich herzlich grüßen und dir sagen, er freut sich sehr darauf, dich zu sehen. Aber ich komme nicht mit. Ich will nicht, dass Rosanna sich Hoffnungen macht.«

Schließlich erklärte ihr Vater sich bereit, sie zu begleiten. »Ich wollte ohnehin mit Don Sergio sprechen.«

Als sie in den Hof der Tenuta einritten, kam Rosanna freudestrahlend aus der Tür gelaufen. Doch ihr Lächeln verblasste rasch, auch wenn sie sich Mühe gab, es sich nicht anmerken zu lassen. »Don Enrico, wie schön, Sie zu sehen.« Sie knickste hastig und lief dann zu Gianna. »Was ist mit Giuseppe?«, flüsterte sie. »Ich hatte gehofft, er würde euch begleiten.«

Gianna rang sich ein Lächeln ab. Sie fühlte sich miserabel, weil sie es nicht fertigbrachte, ihrer Freundin die Wahrheit zu sagen. Ein Ruf von den Ställen ersparte ihr die Antwort. Sie wandte sich um. Angelo kam über den Hof auf sie zu. Ihr Herz schlug plötzlich viel schneller, ihre Wangen wurden heiß. Sechs Monate hatte sie ihn nicht gesehen, das letzte Mal war an Weihnachten gewesen. Jedes Mal, wenn sie ihn nach so langer Zeit wiedertraf, dachte sie, dass er der schönste Mann war, den sie je erblickt hatte. Er war groß und schlank wie seine Mutter. Von ihr hatte er auch die großen, dunklen Augen und das glatte, schwarze Haar geerbt. Sein Gesicht war ebenmäßig geschnitten, mit feinen Zügen, ohne weibisch zu wirken. Die Lippen unter dem schwarzen Schnurrbart waren schmal, aber so rot, dass sie voller erschienen. Erleichtert stellte sie fest, dass er nicht der Mode folgte und den Schnurrbart lang wachsen ließ, um ihn nach oben zu zwirbeln oder die Koteletten bis unter das Kinn wuchern zu lassen. Anscheinend kam er von einem Ausritt. Er trug eine dunkelgraue Hose, hohe schwarze Stiefel, ein helles Hemd und eine blaue Weste. Auf die Jacke hatte er wohl wegen der Hitze verzichtet. Sein Haar war vom Wind zerzaust.

Vor ihrem Vater neigte er den Kopf. »Don Enrico, schön, Sie hier zu sehen.« Dann wandte er sich an sie und seine Augen strahlten. »Gianna, du siehst zauberhaft aus.« Er griff nach ihrer Hand und deutete einen Kuss auf ihr Handgelenk an. »Bist du hier, weil du Rosanna treffen willst, oder darf ich hoffen, dass *ich* der Grund für dein Kommen bin?«, flüsterte er mit einem verschmitzten Lächeln.

»Beides«, antwortete sie, ohne nachzudenken. Dann schluckte sie. Für diese Antwort hätte Madame Colleone ihr eine Rüge erteilt. *Man zeigt einem jungen Mann nicht offen, dass man ihn gernhat,* pflegte sie zu predigen. *Dann nehmen sich die Herren Freiheiten heraus. Seien Sie sparsam mit ihren Gunstbeweisen, nur dann wird man Sie achten.*

Doch sie hatte keine Lust, sich zu verstellen und so zu tun, als wäre er ihr gleichgültig. Sie liebte ihn so sehr, und er war schließlich nicht irgendein junger Herr, sondern ihr Verlobter.

Inzwischen war auch Sergio Castiglioni vor die Tür getreten. Er begrüßte Enrico, der sich für den unangemeldeten Besuch entschuldigte. »Gianna hatte schon wieder Sehnsucht nach ihrer Freundin und bat mich, sie zu begleiten. Aber ich wollte ohnehin mit dir sprechen.«

»Komm herein. Donata ist unpässlich, die Hitze macht ihr zu schaffen, aber wir können einen Kaffee trinken.«

»Darf ich Gianna das Fohlen zeigen?«, fragte Rosanna.

Don Sergio nickte. »Ja, gut, zeigt ihr unseren Neuankömmling. Ich sage Simona, sie soll euch Limonade machen und auf die Veranda stellen.«

Während Sergio und Enrico ins Haus gingen, nahm Rosanna Giannas Hand und zog sie in Richtung der Ställe. Angelo begleitete sie.

»Ein Fohlen?«, fragte Gianna.

»Ja. Tessa, Mutters spanische Stute, hat gestern gefohlt. Ein kleiner Hengst. Noch ist er dunkel, aber er wird wohl grau werden, wie sein Vater.«

Angelo hielt die Stalltür auf und ließ die beiden Mädchen hineingehen.

»Maurizio«, rief er, jedoch mit gedämpfter Stimme. »Wir haben Besuch. Signorina Gianna möchte das Fohlen sehen.«

»Maurizio ist hier?« Ein warmes Gefühl breitete sich in Giannas Mitte aus. Wenn sie als Kinder hier gespielt hatten, war immer auch Maurizio dabei gewesen. Seit seinem zehnten Lebensjahr lebte er schon auf der Tenuta Bandello. Seine Mutter war Küchenmagd bei den Castiglionis gewesen, bevor sie Enzo Manari, einen Schmied aus Montescudaio geheiratet hatte. Die beiden hatten sich auf der Tenuta kennengelernt. Enzo Manari hatte schon vor Giannas Geburt die Pferde der umliegenden Güter beschlagen, auch die von Alberi d'Argento. Sie erinnerte sich vage an ihn. Ein großer Mann mit gewaltigen Muskeln. Seine Frau, Maurizios Mutter, war bestimmt zwanzig Jahre jünger als er, und Maurizio war ihr einziges Kind. Nachdem seine Eltern vor elf Jahren ums Leben gekommen waren, hatte Don

Sergio ihn hierhergeholt. Maurizio war auf der Tenuta aufgewachsen, hatte mit ihren Brüdern und den beiden Kindern von Don Sergio gespielt und war bis zu seinem vierzehnten Lebensjahr sogar gemeinsam mit Angelo unterrichtet worden.

Gianna hatte ihn in den letzten zwei Jahren nur selten gesehen, das letzte Mal an Weihnachten. Damals hatte er ihr gesagt, dass Don Sergio ihm vorgeschlagen hatte, sich als Soldat bei der kaiserlichen Armee der Habsburger zu verdingen. An dem Beruf seines Vaters hatte er kein Interesse, und ein Leben als Knecht auf der Tenuta war ihm auf Dauer nicht genug. Gianna hatte es sehr bedauert, sie mochte die junge Waise mit den traurigen Augen sehr gern. Er war so ganz anders als ihre Brüder. Ruhiger, nachdenklicher. Nachdem er nicht mehr unterrichtet worden war, hatte sie ihn oft in der Sattelkammer sitzen sehen, den Kopf über ein Buch aus der Bibliothek der Castiglionis gebeugt.

»Ich komme«, kam die leise Antwort aus der Boxengasse.

Er zupfte sich Strohhalme von der Hose, als er auf sie zutrat. »Gianna!«

Sie lächelte ihn an. Er war nicht so eine blendende Erscheinung wie Angelo, etwas kleiner und kräftiger, aber ebenfalls ein gutaussehender junger Mann. Sein welliges Haar, das sich niemals ordentlich scheiteln ließ, hatte die Farbe geschälter Korkeichenstämme: ein warmes Hellbraun. Seine Augen hatten sie schon immer fasziniert. Sie waren blaugrau; die Farbe wurde nach außen dunkler, und wenn man genau hinsah, entdeckte man, dass goldfarbene Sprenkel darin zu tanzen schienen.

Er erwiderte ihr Lächeln.

Angelo räusperte sich. »Ich finde, es ist nicht angemessen,

dass du meine Verlobte mit Vornamen ansprichst. Wir sind keine Kinder mehr, die in den Weinbergen Verstecken spielen.«

Das Lächeln verschwand aus Maurizios Gesicht, er verneigte sich steif vor ihr. »Ich bitte um Entschuldigung, Signorina di Raimandi.«

Verwirrt starrte Gianna Angelo an. Meinte er das ernst? Sicher war das auf den Einfluss der Signora zurückzuführen. Donata Castiglioni hatte nie einen Hehl daraus gemacht, dass sie den zwanglosen Umgang ihrer Kinder mit dem Stallburschen nicht billigte.

»Also wirklich, Angelo«, sagte Rosanna kopfschüttelnd. »Wir sind hier unter uns und nicht in Mutters Salon.«

Angelo runzelte die Stirn. »Giovanna wird die Herrin auf Tenuta Bandello sein, es schickt sich nicht, dass die Dienerschaft sie mit Vornamen anspricht.«

Gianna verdrehte die Augen. Also steckte wirklich die Signora dahinter. Donata Castiglioni und die Lehrerinnen im Institut für junge Damen waren die Einzigen, die sie mit ihrem Taufnamen, Giovanna, ansprachen, alle anderen nannten sie Gianna.

Sie blickte Maurizio an. »Schön, dass du noch da bist, Mauro. Mir würde hier etwas fehlen ohne dich.«

Maurizios Lächeln kehrte zurück, als sie ihn mit dem Namen ansprach, den sie in ihrer Kindheit benutzt hatte, weil Maurizio ihr zu lang gewesen war.

»Ich freue mich auch sehr, Sie wiederzusehen, Signorina. Das Fohlen und seine Mutter sind dort hinten, in der letzten Box. Hier entlang.«

Entzückt betrachtete Gianna den kleinen Hengst. Er hatte unendlich lange Beine und einen schönen Kopf mit freundlichen, großen Augen.

»Sein Vater ist ein Sohn von El Cid, dem Hengst, den Don Piero vor fünfundzwanzig Jahren aus Spanien importiert hat«, sagte Maurizio. »Er wird ein großartiges Pferd werden.«

Gianna streckte die Hand in die Box, und das Fohlen stakste heran und beschnupperte sie. Dann machte es einen übermütigen Bocksprung zurück zu seiner Mutter, schob den Kopf unter ihren Bauch und begann zu trinken.

»Das glaube ich auch«, sagte sie.

Angelo bot ihr den Arm. »Lasst uns zurückgehen. Du bist bestimmt durstig.«

Gianna warf einen Blick zu Maurizio, der an der Box lehnte. »Einen Moment noch. Ihr könnt ja schon vorgehen.«

Angelo runzelte die Stirn, doch Rosanna legte ihm die Hand auf den Arm. »Komm. Wir warten draußen.«

Gianna wartete, bis sie den Stall verlassen hatten, dann trat sie zu Maurizio. »Bleibst du jetzt doch hier? Ich dachte, du wolltest zur Armee.«

Er senkte kurz den Blick, dann sah er ihr in die Augen. Sie schienen dunkler zu sein als sonst, als wäre der Himmel wolkenverhangen. »Nach der Weinlese gehe ich nach Verona und schließe mich der Armee an. Signor Castiglionis Bruder ist dort Oberleutnant, und Don Sergio wird mir eine Empfehlung schreiben. Er möchte, dass ich mehr werde als ein einfacher Soldat.«

Ihre Kehle wurde eng. Was an Weihnachten noch in weiter Ferne gewesen war, wurde jetzt wahr. Er würde fortgehen, und wahrscheinlich würde sie ihn niemals wiedersehen. Dabei gehörte er für sie ebenso zur Tenuta wie Angelo und Rosanna. Er war ein Teil ihrer Kindheit. Sie war sechs gewesen, als er hierhergekommen war, und mit seinen zehn Jahren war er ihr erstaunlich reif erschienen. Er hatte sie getröstet, wenn sie sich beim Spielen die Knie aufgeschlagen hatte. Wenn sie sich mit Rosanna gestritten hatte oder ihre Brüder sie geärgert hatten, war sie zu Maurizio gelaufen und hatte sich bei ihm ausgeweint. Er hatte immer ein offenes Ohr für ihre kindlichen Nöte gehabt, sie aber niemals geneckt.

Sie schluckte. »Und was möchtest *du?*«

»Ich freue mich darauf. Die militärische Laufbahn bietet mir Aufstiegsmöglichkeiten, die ich hier niemals hätte. Hier könnte ich doch höchstens Schmied werden oder wäre ewig der Knecht.«

»Für mich warst du niemals ein Knecht. Ich fand immer, du gehörst irgendwie zur Familie.«

Die goldenen Punkte in seinen Augen glühten. In seiner rechten Wange zuckte ein Muskel, sein Blick schweifte zur Stalltür. Gianna drehte sich um. Angelo stand noch dort, sichtbar ungehalten. »Kommst du nun endlich?«

Sie nickte ihm zu.

»Wir sehen uns sicher noch, bevor du gehst«, sagte sie leise zu Maurizio.

»Bestimmt, Signorina«, antwortete er laut. »Gianna«, fügte er so leise hinzu, dass nur sie es hören konnte.

Kurz vor der Haustür blieb Rosanna stehen. »Geh doch bitte schon einmal vor, Angelo. Ich möchte noch kurz mit Gianna reden.«

Er verdrehte die Augen, doch er lächelte dabei. »Frauengespräche.«

Rosanna wartete, bis er um die Ecke des Gebäudes verschwunden war, dann fragte sie: »Wie lange hat Giuseppe Urlaub?«

»Ich weiß es gar nicht. Ich glaube, sie bekommen immer

vier Wochen im Sommer, aber ich weiß nicht, wie lange sie schon da sind.« Es war die Wahrheit. Sie hatte wirklich nicht gefragt, seit wann die Zwillinge zu Hause waren.

»Würdest du mich nachher offiziell zu einem Besuch einladen? Meine Mutter meint, ich dürfe nicht einfach ohne Einladung zu euch kommen.« Rosanna verdrehte die Augen. »Madonna, war das herrlich, als wir noch Kinder waren und einfach miteinander spielen konnten, wann immer wir Lust hatten.«

»Natürlich lade ich dich ein. Vielleicht möchte Angelo ja mitkommen.«

»Oh, das ist eine gute Idee.« Rosannas Augen leuchteten. »Dann hat Giuseppe einen Vorwand, um uns Gesellschaft zu leisten. Angelo sagte, er sei letzte Woche hier gewesen.«

Gianna blickte ihre Freundin an. Rosanna war so hübsch. Nicht so dünn wie ihre Mutter, sondern mit Rundungen an den richtigen Stellen. Ihr liebliches Gesicht war herzförmig mit ebenmäßigen Zügen, einem schönen, kleinen Mund und großen, braunen Augen. Sie selbst hatte zwar ebenfalls große Augen, und sie waren sogar von einem dunklen Blau, doch niemand würde ihr Gesicht als lieblich bezeichnen. Dazu waren ihre Wangenknochen zu ausgeprägt, ihr Mund zu groß und ihr Kinn zu hervorstehend. *Dieses Kinn!*, hatte Madame Colleone oft geseufzt. *Gut, dass es Fächer gibt, damit kannst du es auf Gesellschaften gut kaschieren und die Aufmerksamkeit auf deine Augen lenken. Die sind wirklich schön.*

An Rosannas Aussehen konnte es jedenfalls nicht liegen, dass Giuseppe keinen Gefallen an ihr fand.

Sie fasste sich ein Herz. »Mach dir nicht allzu viele Hoffnungen, dass Giuseppe sich zu uns gesellt. Ich habe ihn zu überreden versucht, heute mitzukommen. Er wollte nicht.«

Prüfend sah Rosanna sie an. »Hat er gesagt, warum nicht?«

Gianna griff nach der Hand ihrer Freundin. »Er weiß, was du für ihn empfindest. Und er will dir keine Hoffnungen machen. Er sagte, er mag dich sehr, sehr gern, aber du seiest für ihn wie eine Schwester.«

Rosanna senkte den Blick. »Gibt es ein anderes Mädchen?«

»Nein. Weder Tommaso noch Giuseppe haben bisher irgendwelche ernsthaften Absichten.« Sie verschwieg, dass ihre Brüder keineswegs Unschuldslämmer waren, was Frauen anging. Allerdings waren das nur flüchtige Affären; keiner der beiden dachte ans Heiraten.

Erleichterung zeigte sich auf Rosannas Gesicht. Sie warf den Kopf zurück. »Das ist gut. Ich werde ihn schon noch überzeugen, dass ich die richtige Frau für ihn bin. Ich brauche nur Zeit und Gelegenheit.«

»Ich würde es mir für euch beide wünschen.«

Hand in Hand liefen die beiden Mädchen zu der kleinen Terrasse auf der Nordseite der Villa.

3. KAPITEL

Maurizio stand an der Box und sah ihr nach, als sie zu Angelo trat, der ihr den Arm bot und sie nach draußen geleitete. Der Rock ihres dunkelblauen Reitkleides bauschte sich unter ihrer schmalen Taille, die Sonne entzündete kupferfarbene Funken in ihrem Haar. Der schon vertraute ziehende Schmerz machte sich in seiner Magengrube breit. Gianna!

In Gedanken äffte er Angelo nach. *Es ist nicht angemessen, dass du meine Verlobte mit Vornamen ansprichst.*

Dann würde er sie eben in Zukunft mit *Signorina di Raimandi* ansprechen. In seinem Herzen würde sie immer Gianna sein.

»Eh, was stehst du hier rum und träumst?«

Er zuckte zusammen. Angelo und Gianna waren verschwunden, in der offenen Tür stand Emilio Romani, der Stallmeister der Tenuta.

»Wenn du nichts zu tun hast, komm mit mir, wir müssen den Zaun auf der Weide ausbessern. Zwei der Pfosten sind so morsch, die fallen um, wenn sich eines der Pferde daran scheuert.

»Ich komme.« Es war zwar Sonntag, und eigentlich hatte er frei, aber die Arbeit würde ihn ablenken.

Auf dem Hof standen Gianna und Rosanna und tuschelten. Sie bemerkten Emilio und ihn gar nicht, so vertieft waren sie in ihr Gespräch.

Emilio holte einen schweren Hammer, Maurizio schulterte den Spaten, und sie machten sich auf den Weg durch die Weingärten zur Weide. Vor zwei Wochen hatte es noch einmal kräftig geregnet. Am Wegesrand blühten Margeriten, Kornblumen, Wegwarte und Zistrosen. Eidechsen huschten über den Weg, ein Eichelhäher krächzte sie von einem Olivenbaum aus an. Nach zehn Minuten erreichten sie die Weide. Zwölf Pferde standen darauf: vier Arbeitspferde, die beiden Kutschpferde der Castiglionis und sechs Reitpferde. Drei davon gehörten der Signora. Sie war eine begeisterte Reiterin. Die anderen drei wurden von

Angelo oder Rosanna geritten. Don Sergios Hengst stand im Stall.

Die beiden morschen Pfosten standen in einer Senke, in der sich bei Regen die Feuchtigkeit sammelte. Mit einer Zange zog Emilio die Nägel der Querbalken heraus. Danach war es ein Leichtes, die Pfosten zu entfernen. Maurizio grub die Reste mit dem Spaten aus. Jemand hatte bereits zwei neue Pfosten bereitgelegt. Sie waren unten zugespitzt und vom Feuer, mit dem man sie gegen Feuchtigkeit schützen wollte, geschwärzt.

Auf Emilios Wink hin packte Maurizio einen und rammte ihn in die Erde. Dann hielt er ihn fest, während Emilio mit dem Hammer daraufschlug, bis er so tief im Boden steckte, dass er nicht mehr wackelte. Genauso verfuhren sie mit dem zweiten Pfosten. Anschließend nagelten sie die Querbalken wieder an.

»Du bist aber sehr schweigsam heute«, sagte Emilio und wischte sich den Schweiß von der Stirn.

Maurizio hob die Schultern. Obwohl Emilio nur fünfzehn Jahre älter war als er, war er eine Art Ersatzvater, nicht nur für ihn, sondern für alle vier Stallburschen auf der Tenuta. Sie teilten sich eine Kammer in Emilios Haus; seine Frau Rosa sorgte für die vier Burschen und ihre zwei Töchter und ihren Sohn.

»Kann es sein, dass diese ungewohnliche Schweigsamkeit etwas mit der Rückkehr der Signorina di Raimandi zu tun hat?«

Maurizio wandte den Kopf ab und blickte zu den grasenden Pferden. »Wie kommst du darauf?«, fragte er betont gleichmütig, doch seine Wangen brannten.

»Ach komm, Junge. Mir machst du nichts vor. Ich habe dein Gesicht gesehen vorhin. Wenn ich dir einen Rat geben darf: Pass auf, dass der junge Herr niemals mitbekommt, wie du sie ansiehst. Sonst bist du die längste Zeit hier Stallknecht gewesen.«

»Ich passe schon auf«, entfuhr es ihm, und im selben Augenblick wurde ihm klar, was er damit zugegeben hatte. Nun, dann konnte er auch weiterhin offen sein. Bei Emilio war sein Geheimnis sicher. »Und außerdem werde ich nach der Lese hier weggehen. Ich habe keine Lust, das glückliche Paar ständig vor Augen zu haben.«

»Du liebst das Mädel?«

Liebte er sie? Allerdings, aber es war noch mehr. Sie gehörte zu seinem Leben, seit er denken konnte. Schon als er noch mit seinen Eltern in Montescudaio gelebt hatte, hatte er sie gekannt. Seit er drei Jahre alt gewesen war, hatte sein Vater ihn mitgenommen, wenn er auf die umliegenden Güter gefahren war, um die Pferde zu beschlagen oder Kutschen und Wagen zu reparieren. Auf Alberi d'Argento hatte es ihm immer am besten gefallen. Die Menschen dort waren glücklich, das spürte man. Auf dem Hof rannten ständig Kinder herum, vier Söhne und zwei Töchter von Don Enrico, und die zwei Söhne von Don Michele, Enricos Bruder. Er wusste gar nicht, wann er die Jüngste, Gianna, das erste Mal bewusst gesehen hatte. Wahrscheinlich erst Jahre nachdem er zum ersten Mal seinen Vater begleitet hatte. Seine früheste Erinnerung an sie zeigte ein etwa vierjähriges Mädchen, das auf dem Hof stand und vor Zorn mit dem Fuß aufstampfte, weil der ältere Bruder ihr einen Pfirsich weggenommen hatte. Wahrscheinlich war es Piero gewesen, er hatte seine Schwester schon immer gerne geärgert. Er war in den Garten gegangen und hatte ihr einen anderen Pfirsich gepflückt. Sie hatte hineingebissen, sich auf die Zehenspitzen gestellt und ihm, als er sich zu ihr gebeugt hatte, einen süßen, nach Pfirsich duftenden Kinderkuss auf die Lippen gedrückt. Sieben Jahre alt war er damals gewesen. Noch heute waren der Duft und Geschmack von Pfirsichen für ihn untrennbar mit Gianna verbunden.

Für die Raimandi-Kinder war es jedes Mal ein Ereignis gewesen, wenn der Schmied auf den Hof gekommen war. Die Jungs hatten um die Esse herum gelauert, sich gefreut, wenn sie den Blasebalg betätigen durften, und über die Muskeln seines Vaters gestaunt. Da die Besuche meistens länger gedauert hatten, hatten sie irgendwann im Hof und im Garten gespielt. Er war immer dabei gewesen, als hätte er dazugehört. Erst Jahre später war im klargeworden, wie groß der Unterschied zwischen ihm und ihnen war.

Auf der Tenuta Bandello war es längst nicht so ungezwungen zugegangen. Die Tochter hatte er so gut wie nie zu sehen bekommen, wenn er mit seinem Vater dort gewesen war. Der Sohn, Angelo, hatte sich nicht für das Schmiedehandwerk interessiert.

Er wandte sich wieder Emilio zu. »Ja, ich liebe sie, und ich weiß sehr gut, dass es völlig aussichtslos ist. Selbst wenn sie für mich das Gleiche empfände, würde Don Enrico niemals seine Tochter mit einem einfachen Knecht verheiraten, so liberal seine Ansichten auch sonst sind.«

»Bist ein kluger Junge«, brummte Emilio. »Ich verliere dich nicht gerne, aber ich verstehe, warum du gehst.«

Schweigend setzten sie ihren Weg fort.

4. KAPITEL

Angelo erwartete sie auf der Terrasse, mit einem Glas Limonade in seiner Hand. Auf dem Tisch standen ein Krug mit Zitronenlimonade und zwei weitere Gläser.

Ein Diener rückte die Stühle für Gianna und Rosanna zurecht und reichte ihnen die Gläser, dann zog er sich zurück.

Sie plauderten ein wenig über die bevorstehende Weinlese und über Madame Colleones Institut.

»Mir fällt gerade ein, dass du doch das Buch von dieser Jane Austen ausleihen wolltest, über das wir im Unterricht gesprochen haben«, sagte Rosanna plötzlich.

Ratlos sah Gianna sie an. Wann hatten sie über Jane Austen gesprochen?

Rosanna zwinkerte ihr zu. »Stolz und Vorurteil. Weißt du nicht mehr? Ich gehe es holen.«

Kaum hatte sie die Terrasse verlassen, griff Angelo nach ihrer Hand und zog sie von ihrem Stuhl. »Gianna, Liebste. Wie schön du bist.« Seine Lippen streiften ihr Haar, und dann küsste er sie.

Es war nicht das erste Mal, dass er sie küsste, auch an Weihnachten hatten sie schon Gelegenheit gehabt, miteinander allein zu sein. Damals hatte er ihr gesagt, dass er sie liebe, und sie in die Arme genommen. Doch das war ein verstohlener, hastiger Kuss gewesen. Jetzt küsste er sie anders, leidenschaftlicher. Er drückte sie an sich und strich ihr über die Schulter, dann ließ er seine Hand nach unten gleiten und umfasste ihre Brust. Sie spürte die Wärme durch den dünnen Stoff ihres Kleides, als er sie streichelte. Es war, als berühre er ihr Herz, hielte es in seiner Hand.

»Ich habe es gefunden«, tönte Rosannas Stimme von der Tür her. Mit einem verschmitzten Lächeln betrat sie so langsam die Terrasse, dass Gianna Zeit hatte, sich zu setzen und ihren Ausschnitt zurechtzuzupfen. Gegen die Röte auf ihren Wangen konnte sie allerdings nichts tun. Immer noch spürte sie Angelos Lippen auf ihren, seinen Atem an ihrem Hals, seine Hand … Verstohlen blickte sie zu ihm. Seine Augen glänzten, er fuhr sich durchs Haar.

Rosanna überreichte Gianna das Buch. »Ich glaube, dein Vater will aufbrechen.«

Tatsächlich hörte sie kurz darauf die Stimmen ihres Vaters und Don Sergios. Sie legte ihre Hände auf ihre glühenden Wangen. Sah man ihr noch an, dass Angelo sie geküsst hatte?

Auf dem Heimweg war ihr Vater ungewöhnlich schweigsam. Ihr war es nicht unrecht, so konnte sie ihren Gedanken nachhängen. Angelo hatte ihren Vater ehrerbietig begrüßt und gesagt, dass er hoffe, ihre Verlobung werde nun bald verkündet. Don Enricos Antwort war höflich, aber unverbindlich gewesen: Er werde sich die nächsten Tage mit Angelos Eltern in Verbindung setzen.

Kurz bevor sie das Gutshaus erreichten, zügelte Don Enrico sein Pferd und wandte sich ihr zu. »Ist es immer noch dein Wunsch, Angelo Castiglioni zu heiraten?«

Warum fragte er? Er wusste doch, dass sie Angelo seit Jahren liebte. Warum sollte sich daran etwas geändert haben? »Aber ja. Ich liebe ihn, und er liebt mich. Er hat es mir heute erst wieder gesagt.«

Ihr Vater atmete tief ein. »Ja, ich denke auch, dass er dich liebt. So wie er dich ansieht … Ich hoffe, seine Liebe ist stark genug.«

Fragend blickte sie ihn an. »Stark genug?«

»Wie du weißt, haben die Castiglionis und wir unterschiedliche Ansichten zu der Politik dieses Landes.«

Politik. Sie unterdrückte ein Seufzen. »Angelo interessiert sich nicht besonders für Politik. Und ich mich auch nicht. Ich glaube, ihm ist es egal, auf wessen Seite du stehst.«

»Aber seinen Eltern ist es nicht egal. Don Sergio hat mich heute gefragt, ob es wahr ist, dass Lorenzo Mitglied der Società Nazionale ist. Donata war es schon immer ein Dorn im Auge, dass mein Bruder 1849 an Garibaldis Seite in Rom gekämpft hat.«

Sie schüttelte den Kopf. »Ihr hattet doch schon immer unterschiedliche Meinungen zur Politik. Ihr habt diskutiert und euch wieder vertragen, und Onkel Michele lebt seit acht Jahren in Amerika. Was hat das mit Angelo und mir zu tun?«

»Ich hoffe, nichts, mein Kind. Lass uns nach Hause reiten.«

»Tommaso und ich werden morgen für ein paar Tage nach Livorno reisen«, verkündete Giuseppe am selben Abend beim Abendessen.

Don Enrico runzelte die Stirn und warf den Zwillingen einen scharfen Blick zu, doch er schwieg.

»Was wollt ihr denn in Livorno?«, fragte Gianna. Um die Weinlieferungen an die Tavernen dort kümmerte sich seit einigen Jahren ihr ältester Bruder Lorenzo.

Giuseppe lächelte sie an. »Einer unserer Kameraden aus Pinerolo lebt dort. Wir haben schon länger ausgemacht, dass wir ihn besuchen werden.«

Aus dem Augenwinkel sah Gianna, wie ihr Vater die

Lippen zusammenpresste. Er schien nicht besonders glücklich über die Ankündigung ihrer Brüder zu sein.

»Es gäbe da noch einiges zu besprechen«, sagte er. »Kommt bitte nach dem Essen in mein Büro.«

Die Zwillinge wechselten einen Blick, ihre Mienen verrieten Entschlossenheit. Tommaso, der Ruhigere der beiden, nickte. »Machen wir, Vater.«

»Heute kam Post von Michele aus Kalifornien«, wechselte ihr Vater das Thema. »Interessiert es euch, was er geschrieben hat?«

»Aber ja«, antworteten ihre Mutter und Lorenzo gleichzeitig.

Gianna nickte. Die Briefe ihres Onkels aus dem fernen Land waren immer recht unterhaltsam.

Enrico stand auf und holte ein paar engbeschriebene Seiten von der Anrichte. »Es geht ihnen sehr gut, Michele hat noch mal Land dazugekauft. Enrico kümmert sich um den Handel, und Roberto, der Jüngere, hilft ihm in den Weinbergen. Antonella sei so schön wie immer, schreibt er. Sie hoffe jetzt auf Enkelkinder, weil sie sich doch immer eine Tochter gewünscht hat. Allerdings haben beide Söhne bisher nicht die Absicht, zu heiraten.«

»Na ja«, warf Silvana ein, »Roberto ist ja auch erst achtzehn und Enrico zwanzig Jahre alt. Unsere Zwillinge haben ja auch noch keine Ambitionen.«

Es folgten noch ein paar Anmerkungen über kalifornische Weine und den Handel.

Als Gianna am nächsten Tag zum Frühstück kam, waren die Zwillinge schon aufgebrochen. Ihr Vater und Lorenzo waren ungewöhnlich wortkarg, sie aßen schnell und erhoben sich bald. Sie wollten in die Weingärten, erklärte

Lorenzo, um nach der Blüte zu sehen und wo welche Triebe aufgebunden werden mussten.

Ihre Mutter zog sich ebenfalls nach dem Frühstück zurück, sie musste ein paar Briefe schreiben und mit der Köchin sprechen. So saßen nur noch Stella, Lorenzos Frau, und sie selbst im Frühstückszimmer. Stella erwartete in zwei Monaten ihr erstes Kind. Sie rückte sich einen Sessel ans Fenster und stickte an einem Einstecktuch.

»Weißt du, ob Vater Sorgen hat?«, fragte Gianna. »Er macht so einen bedrückten Eindruck.«

»Mit dem Wein steht es wohl nicht zum Besten. Es gibt Mehltaubefall, und Don Enrico fürchtet, es könne so schlimm werden wie 1852.«

Gianna nickte. 1852 hatten sie beinahe die Hälfte der Ernte durch Mehltau verloren, und ihr Vater hatte bei der Monte dei Pasci eine Hypothek aufgenommen. An und für sich war das nicht weiter schlimm, viele Winzer taten das jedes Jahr. Sie nahmen Hypotheken auf die Ernte auf und zahlten sie ab, wenn der Wein verkauft war. Doch ihr Vater hatte einen ausgesprochenen Widerwillen gegen Schulden. Nachdem ihr Großvater in den 1830er Jahren das Gut so hoch mit Hypotheken belastet hatte, dass die Familie es beinahe verloren hätte, hatte er geschworen, niemals wieder Schulden zu machen. Die Hypothek von 1852 hatte er im Jahr darauf zurückgezahlt, trotz der Einschränkungen, die es für die Familie bedeutet hatte. Verständlich, dass er sich vor einer neuen Missernte fürchtete. Trotzdem hatte sie das Gefühl, dass das nicht der wirkliche Grund für die Schweigsamkeit ihres Vater und ihres Bruders heute Morgen war. Das Problem mit dem Wein war sicher schon länger bekannt, und ihr Vater hatte bisher eher unbekümmert gewirkt.

Am späten Nachmittag kamen Rosanna und Angelo auf den Hof geritten. Rosanna konnte ihre Enttäuschung kaum verbergen, als Gianna ihr sagte, dass Giuseppe und Tommaso in Livorno waren. Angelo runzelte die Stirn. »Was machen die beiden denn in Livorno?«

Sie saßen auf einer kleinen Terrasse, die an das Frühstückszimmer angrenzte. Nachmittags lag sie im Schatten, weshalb es angenehm kühl war. Auf dem kleinen Tisch vor ihnen standen eine Karaffe und drei Gläser, in denen dunkelroter Wein schimmerte, ein kleiner Krug Olivenöl, Brot und eine Platte mit Oliven, eingelegten Artischocken und dünnen Scheiben Schinken.

»Sie wollen einen Freund aus Pinerolo dort besuchen«, antwortete Gianna. »Was ist daran so seltsam?«

»Es gibt Gerüchte, dass dieser Mazzini etwas in Livorno plant, nachdem es ihm letztes Jahr nicht gelungen ist, in Massa und Carrara Aufstände anzuzetteln. Man sollte diesem Kerl endlich das Handwerk legen.«

»Ich denke nicht, dass sich meine Brüder für Politik interessieren. Bisher hatten sie nur Pferde und ihre Karriere im Kopf.« Und Mädchen. Doch das erwähnte sie aus Rücksicht auf Rosanna nicht.

»Lorenzo interessiert sich sehr wohl für Politik«, widersprach Angelo. »Immerhin ist er dieser Società Nazionale Italiana beigetreten.«

»Für die Mazzini aber nicht viel übrighat«, warf Rosanna ein. »Ich habe gehört, dass der Conte di Cavour, Präsident des Ministerrates von Sardinien, die treibende Kraft in der Società sein soll, und Mazzini und Cavour sind sich politisch überhaupt nicht einig.«

Verblüfft starrte Gianna ihre Freundin an. Rosanna interessierte sich für Politik? Und sie wusste offensichtlich einiges darüber. »Ich habe bisher nur einmal etwas von dieser Società Nazionale gehört. Was hat es damit auf sich?«

»Die Vereinigung hat sich den Kampf für die Unabhängigkeit Italiens auf die Fahnen geschrieben«, antwortete Rosanna. »Garibaldi und viele andere Mazzinianer sind Mitglieder. Ursprünglich wollten sie eine Republik Italien, doch mittlerweile unterstützen sie die Idee eines Königreichs Italien unter Vittorio Emanuele. Das gefällt Mazzini nicht.«

Auch Angelo musterte seine Schwester, allerdings mit deutlicher Missbilligung im Blick. »Seit wann beschäftigst du dich mit solchen Dingen?«

Rosanna zuckte mit den Schultern, doch ihre Wangen färbten sich rot. »Seit ich wieder zu Hause bin, sprechen Mutter und Vater von nichts anderem. Ich müsste mir schon die Ohren zustopfen, wenn ich davon nichts hören wollte.«

Wenn das so war, warum errötete sie dann? Hatte ihr Interesse an der Politik vielleicht mit Giuseppe zu tun?

Auch Angelo schien mit ihrer Erklärung nicht zufrieden, er runzelte die Stirn.

»Ich hoffe, es gibt keine Unruhen«, sagte Gianna schnell, um ihn abzulenken. »Es geht uns doch gut, warum sollten wir etwas ändern?«

Angelos Gesichtsausdruck entspannte sich, er beugte sich vor und griff nach dem Glas Rotwein, das vor ihm auf dem Tisch stand. »Du hast recht, Liebste. Es geht uns gut. Auf das Leben und die Liebe.«

Die Mädchen griffen ebenfalls nach ihren Gläsern.

»Auf die Liebe und das Leben«, wiederholte Gianna, und ihr Blick traf Angelos. Ein zärtliches Lächeln umspielte seine Lippen, als er ihr zuprostete.

5. KAPITEL

Hufschläge zerrissen die Stille. Jemand preschte im vollen Galopp auf den Hof. Verwirrt richtete Gianna sich in ihrem Bett auf. Fahles Licht fiel durch die Fensterläden, es konnte nicht später als vier oder fünf Uhr morgens sein. Wer kam um diese Uhrzeit?

Eine Tür schwang auf, Schritte waren auf dem Flur zu hören. Sicher ihr Vater; der Ankömmling hatte bestimmt alle im Haus geweckt.

»Dio mio!« Das war die Stimme des Stallmeisters Domenico. »Wer wagt es, um diese Uhrzeit …?« Dann ertönte ein Schrei. »Hilfe, ich brauche Hilfe!«

Gianna sprang aus dem Bett und hastete zum Fenster. Auf dem Hof stand ein Pferd, Hals und Brust waren dunkel von Schweiß, Schaum troff aus seinem Maul. Ihre Knie wurden weich, als sie Benito erkannte, Tommasos Pferd. Tommaso hing über seinem Hals, die Hände waren in der Mähne verkrallt, sein Hemd hatte dunkle Flecken. Blut?

Domenico stand neben ihm und wollte ihm vom Pferd helfen, doch Tommaso rutschte einfach aus dem Sattel und fiel zu Boden. Nur mit seinem Nachthemd bekleidet, stürmte ihr Vater aus der Haustür, gefolgt von ihrer Mutter.

Als ihr Vater neben Tommaso auf die Knie sank, löste sich Giannas Starre. Sie rannte aus dem Zimmer, die Treppe hinunter und auf den Hof. Inzwischen waren auch Lorenzo und seine Frau dort. Entsetzt starrte Gianna auf Tommaso. Sein Hemd war blutdurchtränkt. Ihr Vater schob es hoch und sog scharf die Luft ein. Unterhalb des rechten Schlüsselbeins blutete Tommaso aus einer klaffenden Wunde, auch aus seinem Haar sickerte Blut und lief über sein Gesicht. Keuchend rang er nach Luft.

Silvana kniete sich neben ihn und wischte mit dem Saum ihres Nachtgewands das Blut aus seinem Gesicht.

»Was ist passiert? Wo ist Giuseppe?«, fragte ihr Vater.

Seine Stimme erschreckte Gianna fast noch mehr als Tommasos Zustand. Noch nie hatte sie solche Angst, solche Verzweiflung in der Stimme ihres Vaters gehört.

Tränen liefen über Tommasos Gesicht. »Tot«, stieß er hervor. »Erschossen vor dem Palazzo Colò, mit sechs anderen. Ich konnte mich in eine der Tavernen retten, die unseren Wein kaufen, und ein Freund hat mich aus der Stadt geschmuggelt.«

Er richtete sich auf und sah sich gehetzt um. »Ich brauche ein frisches Pferd, ich muss fort.«

»Du bleibst.« Die Stimme ihres Vaters hatte wieder den gewohnten ruhigen, entschlossenen Klang.

Tommaso klammerte sich an seinen Arm. »Aber sie verfolgen mich, ich bringe euch alle in Gefahr. Ich *muss* fort.«

»Nicht in diesem Zustand!« Enrico stand auf. »Domenico, gib dem Pferd Wasser, und bring es in das Pinienwäldchen hinter den nördlichen Weingärten. Niemand darf es in dieser Verfassung sehen. Lorenzo, du hilfst mir, Tommaso in den Weinkeller zu tragen.«

»In den Weinkeller?« Lorenzo starrte seinen Vater an, als zweifelte er an dessen Verstand. »Da werden sie zuerst suchen.«

»Tu, was ich sage! Silvana, besorge Verbandszeug, Grappa und Laudanum und bring es in den Weinkeller. Gianna, Stella, ihr spült hier im Hof das Blut fort. Danach geht ihr ins Haus. Bleibt in den Nachtgewändern. Wenn Soldaten kommen, müssen sie glauben, dass sie euch aus dem Schlaf gerissen haben. Wenn sie fragen, unsere Söhne …« Jetzt brach seine Stimme, er schluchzte kurz, bevor er weiterredete. »Unsere Söhne sind nach Pisa geritten, um einen Freund zu besuchen. Wir wissen nichts von Livorno.«

Niemand sprach, alle starrten Enrico an. Lorenzo war der Erste, der sich fasste. »Ich hole eine Decke, damit können wir ihn tragen, ohne Blutspuren zu hinterlassen.«

Er lief ins Haus und kam kurz danach mit einer Decke wieder. Sie betteten Tommaso darauf und trugen ihn fort.

Domenico packte das Pferd am Zügel und führte es vom Hof.

Gianna erwachte aus ihrer Starre. Sie lief zum Brunnen, ließ den Eimer hinunter und schöpfte Wasser. Giuseppe war tot? Das konnte nicht sein. Ihr temperamentvoller Bruder, der so viel Freude am Wein, an Pferden und an Mädchen gehabt hatte. Wie hatte das passieren können? Mechanisch nahm sie den Eimer, trug ihn zu der Stelle, an der Tommaso gelegen hatte, und goss das Wasser aus. Stella hatte bereits einen Schrubber geholt und bürstete das Blut vom Pflaster. Gianna holte den nächsten Eimer. Sie dachte nicht darüber nach, was sie tat, es war, als würde sie von einem Puppenspieler an Fäden gesteuert. Nach drei Eimern war von dem Blut nichts mehr zu sehen. Stella brachte den Schrubber in den Stall zurück, Gianna stellte den Eimer neben den Brunnen.

Stumm gingen sie ins Haus, blieben im Vestibül stehen und sahen sich an. In den Augen ihrer Schwägerin erkannte Gianna das gleiche ungläubige Entsetzen, das auch sie erfüllte. Was war passiert? Ein Aufstand? Hatte Angelo recht gehabt mit seiner Vermutung?

»Lass uns in den Salon gehen«, sagte Stella.

Im Salon zündete Gianna eine Kerze an und stellte sie auf den Tisch vor den Kamin. Stella zog die Vorhänge zu, so dass kein Licht nach außen dringen konnte. Nebeneinander setzten sie sich auf die Couch und drängten sich zitternd zusammen, als wäre es Winter und kein lauer Sommermorgen.

Stella legte eine Hand auf ihren Bauch. »Hoffentlich wird es ein Mädchen«, flüsterte sie. »Die Söhne schicken sie in den Krieg, wo sie totgeschossen werden.«

Ihr Bruder war 1849 im Kampf um Rom gefallen.

»Aber es ist doch gar kein Krieg.« Gianna rang die Hände. Was hatten ihre Brüder getan?

Endlich kamen ihre Eltern und Lorenzo in den Salon. Ihr Vater führte ihre Mutter zu dem zweiten Sofa, setzte sich neben sie und zog sie an sich. Sie schmiegte sich in seine Arme, ihre Schultern zuckten, sie schluchzte leise. Giannas Herz schlug schwer. Das letzte Mal, dass sie ihre Mutter hatte weinen sehen, war nach dem Tod ihrer Schwester Felicia gewesen. Sie rückte zur Seite, um Platz für Lorenzo zu machen. Auch er nahm seine Frau in die Arme.

Gianna zog die Knie an und schlang die Arme um die Beine. Über den Kopf ihrer Mutter hinweg blickte sie ihren Vater an. »Was ist mit Tommaso?« Ihre Stimme klang rau.

»Er ist in Sicherheit. Seine Verletzungen sind nicht sehr schwer, aber er hat wohl viel Blut verloren.«

»Aber wo ist er und was ist überhaupt geschehen?«

Ihr Vater schüttelte den Kopf. »Ich sage es euch später. Jetzt ist es erst einmal besser, wenn ihr nichts wisst. Dann müsst ihr nicht lügen, wenn Soldaten kommen und nach ihm suchen. Denkt daran: Tommaso und Giuseppe sind nach Pisa geritten. Mehr wisst ihr nicht.«

Gianna nickte stumm.

»Wir sollten in unsere Betten gehen. Außer Domenico weiß keiner der Dienstboten, was vorgefallen ist, auch wenn wahrscheinlich einige Tommasos Ankunft gehört haben. Wir müssen so tun, als wäre nichts Besonderes geschehen.«

Offensichtlich hatte Tommaso sich geirrt, niemand hatte ihn verfolgt. Der Tag verging in gespannter Erwartung, doch es kamen keine Soldaten. Enrico und Lorenzo ritten in die Weingärten, als wäre nichts geschehen. Domenico holte Tommasos Pferd aus dem Wald, striegelte es und brachte es in den Stall.

Die Stunden schlichen dahin. Manchmal glaubte Gianna, sie könne es nicht mehr ertragen und müsse schreien. Doch sie schrie nicht und auch niemand von den anderen. Alle hielten das Theater aufrecht. Fast war sie erleichtert, als gegen Abend Hufschläge zu hören waren. Sie saß in ihrem Zimmer und hatte *Stolz und Vorurteil* aufgeschlagen auf dem Schoß liegen, doch keine Zeile gelesen. Jetzt huschte sie zum Fenster und blickte hinaus.

Ein Trupp von etwa zehn Soldaten kam die Zypressenallee entlang. Sie ritten auf den Hof und saßen ab. Der Offizier übergab die Zügel an einen der Soldaten, dann schritt er zur Tür. Bevor er klopfen konnte, trat ihr Vater um die Ecke, als käme er eben aus den Ställen oder von den Weingärten. Sie sah ihn mit dem Offizier sprechen, sah, wie er einen Schritt zurücktrat und die Hand auf seine Brust legte wie jemand, der einen überraschenden Schlag abbekommen hatte. Der Offizier sprach wieder. Ihr Vater schüttelte den Kopf, doch dann lud er den Mann mit einer Handbewegung ein, ihm zu folgen, und trat ins Haus.

Seine Stimme hallte durch die Flure, er rief nach Ilaria, sie solle bitte seine Frau in den Salon begleiten.

Wieder wartete Gianna. Endlose, bange Minuten stand sie am Fenster und starrte auf den Hof. Die Soldaten blickten sich aufmerksam um. Schließlich öffnete sich die Tür, der Offizier trat heraus und sprach mit ihnen. Sie saßen ab.

Kurze Zeit später klopfte Ilaria an Giannas Tür und teilte ihr mit, die Soldaten würden jetzt das Haus durchsuchen. Sie solle mit den anderen Frauen im Salon warten.

Sie durchsuchten das Haus, die Ställe, die Kammern darüber, in denen die Stallburschen wohnten, das Haus, in dem Mario, der Cantiniere des Gutes, mit seiner Familie lebte, das Kelterhaus, den Weinkeller und auch die kleine Kapelle, die zum Gut gehörte. Sie durchsuchten jeden Winkel, doch sie fanden nichts.

Währenddessen saßen die drei Frauen im Salon. Mit tränenerstickter Stimme berichtete Silvana, was der Offizier gesagt hatte. Giuseppe habe an einem Aufstand in Livorno, hinter dem Mazzini stand, teilgenommen. Sieben Männer seien erschossen worden, neun weitere sollten während der Kämpfe gefallen sein. »Mehr weiß ich auch nicht«, schloss sie ihre Schilderung ab.

Eine Stunde später kam Don Enrico in den Salon. »Sie sind weg«, sagte er nur und ließ sich neben seiner Frau auf das Sofa sinken.

Gianna sah ihn an. Zum ersten Mal wurde ihr bewusst, dass ihr Vater fünfzig Jahre alt war. Sein Haar war von grauen Strähnen durchzogen, sein Mund schmal, um seine Augen lag ein Kranz kleiner Fältchen. Sein einnehmendes Wesen, sein Humor und seine Offenheit hatten ihn immer jünger wirken lassen. Jetzt sah er aus wie ein alter Mann.

»Wir können Giuseppe aus Livorno abholen und hier beerdigen.« Er schlug die Hände vors Gesicht und weinte.

»Wusstest du, was sie vorhaben?«, fragte Silvana.

Enrico hob den Kopf. »Ich ahnte etwas, als sie sagten, sie wollen nach Livorno. Deshalb habe ich am selben Abend mit ihnen gesprochen. Doch sie blieben dabei, dass sie nur einen Freund treffen wollten.« Hilflos hob er die Hände, sein Blick bat Silvana um Verzeihung. »Ich konnte nichts tun, sie sind einundzwanzig Jahre alt. Zum ersten Mal kann ich mir vorstellen, wie es Vater ging, als Michele ihm sagte, er sei desertiert, um sich Giovine Italia anzuschließen. Vielleicht hat er ihn nur rausgeschmissen, weil er hoffte, ihn damit zur Besinnung zu bringen. Verbieten konnte er es ihm nicht mehr.« Er schüttelte den Kopf. »Ich wünschte, ich hätte unseren Jungs diese Reise untersagen können. Ich hätte sie einsperren sollen.«

Silvana weinte stumm.

»Wo ist Tommaso?«, fragte Gianna leise.

»Im Weinkeller. Dort steht ein präpariertes Fass. Mein Großvater Vincenzo hat zu Napoleons Zeiten in ein großes Fass, das schon lange nicht mehr benutzt wurde, ein Loch in den Boden geschnitten und zwei Pritschen eingebaut. Von außen sieht es aus wie ein normales Weinfass. Don Vincenzo hat damals einige junge Männer vor der Zwangsrekrutierung durch die Franzosen gerettet, und Michele hat 1834 politische Flüchtlinge darin versteckt, bevor er sie nach Livorno geschmuggelt hat, wo sie dann ausreisen konnten. Dort ist Tommaso sicher. Wenn wir die Soldaten überzeugt haben, dass er nicht in Livorno war, kann er hierbleiben, ansonsten schicke ich ihn zu Emilia und Fabrizzio nach Genua, sobald seine Verletzungen verheilt sind.«

»Nach Genua? Ist das nicht gefährlich?«

»Seit Cavour Ministerpräsident ist, sind Genua und Turin Zufluchtsorte für politisch Verfolgte geworden, wie die Toskana es früher einmal war.«

Später, als sie im Bett lag, dachte Gianna an ihre Freundin. Für Rosanna würde es ein schrecklicher Schlag sein. Vielleicht sollte sie morgen zu ihr reiten und mit ihr reden, bevor sie es von anderen erfuhr. Aber durfte sie überhaupt über Giuseppes Tod reden? Wieder kamen ihr die Tränen, und schließlich weinte sie sich in den Schlaf.

Am nächsten Abend brachte Enrico Tommaso in den Salon, wo die Familie versammelt war. Tommaso saß im Sessel, bleich wie ein Gespenst, die Augen vom Weinen gerötet.

Enrico reichte ihm ein Glas Grappa. »Ich fahre morgen nach Livorno, um mit den Behörden über die Freigabe von Giuseppes Leiche zu verhandeln. Kannst du uns erzählen, was passiert ist?«

Tommaso trank den Grappa aus und nickte. »Mazzini suchte schon länger Freiwillige, die sich in Livorno und Umgebung auskennen. Wir haben uns der Gruppe um Maurizio Quadrio angeschlossen. Maurizio ist mit einigen Helfern schon vor längerer Zeit nach Livorno gegangen, um den Aufstand vorzubereiten. Sie glaubten, dass sich uns die meisten Soldaten der Garnison von Livorno anschließen würden. Am dreißigsten Juni war es schließlich so weit. Wir banden uns die Trikolore um den Arm und versammelten uns an verschiedenen Punkten in der Stadt. Giuseppe und ich waren an der Piazza Grande vor dem Hauptquartier der Carabinieri.«

Er griff nach der Flasche Grappa und schenkte sich nach.

»Wen meinst du mit *wir?*«, fragte Enrico.

»Bürger von Livorno, Leute wie Giuseppe und ich, bewaffnet mit ein paar Gewehren und Säbeln. Der Kampf brach bald aus und erstreckte sich auf einen großen Teil der Gegend um die Piazza del Voltone und die Piazza Rangoni. Der Oberkommandierende in der alten Festung feuerte Kanonenschüsse ab, um die stationierten Militärabteilungen zu alarmieren. Die Soldaten schlossen die Stadttore, so dass keiner entkommen konnte.« Seine Stimme brach, er griff nach dem Glas und trank, bevor er weitersprach. »Sie jagten uns durch die Stadt bis zu den Mauern, wo sie uns stellten. Ich wurde angeschossen und verlor das Bewusstsein. Wahrscheinlich hat mir das das Leben gerettet. Viele ergaben sich, doch manche leisteten Widerstand. Major Giovanni Traditi ließ sieben von ihnen gleich vor dem Palazzo Colò hinrichten, auch Giuseppe.«

»Und wie bist du entkommen?«

»Vermutlich hielten sie mich für tot. Ein Freund schleppte mich in Salvatores Taverne, wo wir uns versteckten, bis die Soldaten sich zurückgezogen hatten. Danach holte er mein Pferd und schmuggelte mich aus der Stadt.« Seine Hand zitterte, als er erneut nach seinem Glas griff und den Rest des Grappas trank. »Salvatore erzählte mir, die jungen Männer vor dem Palazzo Colò seien sehr mutig gewesen.« Jetzt zitterte auch seine Stimme. »Sie hätten nicht um Gnade gebettelt, sondern nur beklagt, dass sie so jung sterben müssen, ohne ihre Aufgabe erfüllt zu haben.« Er barg das Gesicht in den Händen. »Giuseppe, mein Bruder. Ich hätte an seiner Seite stehen müssen, als sie ihn erschossen haben.«

»Nein.« Silvana stürzte zu ihm und umarmte ihn heftig.

»Dann hätten wir euch beide verloren. Es ist gut, dass du lebst.«

Tommaso hob den Kopf und sah sie an. Noch nie hatte Gianna so viel Elend in einem Gesicht gesehen. Giuseppe und er waren immer zusammen gewesen, hatten alles geteilt. Manchmal hatte ihre Mutter gescherzt, wenn sie nicht bald getrennte Wege gingen, würden sie sich am Ende noch eine Frau teilen.

Ihr Vater stand auf und füllte Tommasos Glas erneut. »Trink.« Er ging zum Schrank, holte Gläser heraus und öffnete eine Flasche Wein. Für die Frauen schenkte er Wein ein, für sich Grappa. Anschließend setzte er sich und hob sein Glas. »Auf Giuseppe.«

Zwei Stunden später war Tommaso betrunken. Enrico stützte ihn auf dem Weg in sein Zimmer.

Gianna ließ sich von Ilaria aus den Kleidern helfen und sank anschließend ins Bett. Ihr fielen die Augen zu.

Eine Woche später wurde Giuseppe in der Familiengruft der di Raimandis beigesetzt. Piero war aus Florenz gekommen, allein. Er wollte Nerina, die kurz vor der Niederkunft stand, die Reise nicht zumuten.

Aus Genua waren Giannas Tante Emilia und ihr Mann Fabrizzio angereist. Freunde und Nachbarn kamen zum Trauergottesdienst. Offiziell hatte Enrico angegeben, sein Sohn sei in Livorno zwischen die Fronten geraten und bei einer Schießerei ums Leben gekommen. Die Erklärung war stillschweigend akzeptiert worden, obwohl die meisten wohl die Wahrheit ahnten. Der Besuch der Soldaten auf Alberi d'Argento hatte sich herumgesprochen.

Tommaso nahm am Gottesdienst teil, seine Verletzung

war unter einem Umhang verborgen. Es war das erste Mal, dass er das Haus verließ.

Später folgte der Zug der Trauergemeinde den Sargträgern zur Familiengruft. Giannas Knie zitterten, als der Sarg auf dem Podest in der Gruft abgesetzt wurde. Piero, der neben ihr stand, spürte es wohl. Er bot ihr seinen Arm. Irgendwo hinter sich hörte sie Rosannas verzweifeltes Weinen. Ihr Vater weinte nicht, sein Gesicht war geisterhaft bleich. Er stützte ihre Mutter, die den Schleier vor das Gesicht gezogen hatte. Stella stand neben Lorenzo, die Hände schützend auf ihren Bauch gelegt, ihre Schultern zuckten. Emilias Augen wirkten riesig, sie starrte den Sarg an, als könne sie es immer noch nicht glauben. Fabrizzio hatte den Arm um ihre Schultern gelegt.

Als die Tür der Gruft geschlossen wurde, wurde ihre Mutter vom Schluchzen derartig geschüttelt, dass sie sich kaum noch auf den Beinen halten konnte.

Die Gäste zogen vorbei und drückten ihr Beileid aus.

Die Familie Castiglioni gehörte zu den Letzten, die kondolierten. Rosannas Gesicht war vom Weinen geschwollen, sie umarmte Gianna, doch sie brachte keinen Ton heraus.

Angelo umarmte sie nicht, sondern griff nach ihren Händen und blickte sie an, seine schönen Augen waren voll Trauer. »Es tut mir so leid. Alles.«

Die Signora und ihr Mann bekundeten mit steinerner Miene ihr Beileid und verließen den Friedhof.

Zwei Tage später kam Sergio Castiglioni nach Alberi d'Argento und bat um eine Unterredung mit Don Enrico.

Gianna beobachtete seine Ankunft von ihrem Fenster aus. Sicher ging es darum, dass der Hochzeitstermin von

Angelo und ihr wegen des Trauerjahrs verschoben werden musste. Das war nicht weiter schlimm, immerhin lebte der Mann, den sie liebte, noch. Voller Mitleid dachte sie an Rosanna. Sie würde Don Sergio fragen, ob sie Rosanna morgen besuchen durfte. Dann konnten sie sich gegenseitig trösten.

Sie ging hinaus und wartete, bis Signor Castiglioni, gefolgt von ihrem Vater, ebenfalls auf den Flur trat. Angelos Vater benahm sich seltsam. Er musste sie gesehen haben, doch er beachtete sie nicht, sondern ging mit schnellen Schritten den Flur entlang und verließ wortlos das Haus. Ihr Vater begleitete ihn nicht, sondern blieb an der Tür zum Salon stehen und sah ihm nach. Seine Lippen waren fest zusammengepresst, Zorn funkelte in seinen Augen. Dann fiel sein Blick auf sie, und Mitleid verdrängte den Zorn.

»Gianna, mein Kind.« Er atmete tief ein wie jemand, der Anlauf zu einem Sprung nahm. »Komm bitte in den Salon, wir haben etwas zu besprechen.«

Sie folgte ihm und nahm auf einem der Sessel Platz; ihr Vater blieb am Kamin stehen und starrte in den leeren Feuerraum. Schließlich sah er sie an. »Es tut mir sehr leid, aber eure Verlobung wird nicht auf dem Ball an Ferragosto verkündet werden.«

Da ihre Familie und sie an dem Ball nicht teilnehmen würden, war das nun keine große Überraschung. »Ich dachte es mir schon, Vater. Dann eben später. Mir ist zur Zeit auch nicht nach Feiern zumute.«

Er schüttelte den Kopf und rang sichtlich nach Worten. »Ich weiß nicht, wie ich es dir schonend beibringen kann«, sagte er schließlich. »Eure Verlobung ist gelöst, es gibt keine Hochzeit. Signor Castiglioni hat mir eben mitgeteilt, dass kein Mitglied seiner Familie jemanden aus einer Sippe heiraten wird, die es mit Verrätern hält und deren Söhne sich an Aufständen beteiligen.«

Das konnte nicht sein. Angelo liebte sie, er hatte es mehr als einmal gesagt.

»Es tut mir sehr leid«, sagte ihr Vater, als sie stumm blieb.

Genau das hatte Angelo vor zwei Tagen gesagt. Und dann noch hinzugefügt: *Alles.* Sie schnappte nach Luft, als hätte ihr jemand einen Kübel kaltes Wasser über den Kopf gegossen. Hatte er es etwa so gemeint? Hatte er da schon gewusst, dass seine Eltern die Verlobung lösen würden? Aber dann hätte er doch versucht, mit ihr zu reden. Sie schüttelte den Kopf. Nein, er musste die Umstände von Giuseppes Tod gemeint haben. »Aber sie können uns nicht trennen«, sagte sie. »Angelo und ich, wir lieben uns.«

»Sie wollen dich nicht in ihrer Familie haben, Gianna.«

»Die Signora vielleicht nicht, aber Angelo …«

»Er ist der einzige Sohn und damit der Erbe. Er wird tun, was seine Eltern ihm sagen.«

»Das glaube ich nicht.«

Bedauernd schüttelte ihr Vater den Kopf. »Ich fürchte, Angelo ist nicht Manns genug, um sich gegen seine Eltern zu stellen.«

»Das sagst du nur, weil du ihn nicht magst. Du hast nie besonders viel von ihm gehalten, nicht wahr?«

»Er ist ein netter Kerl, aber oberflächlich. Um etwas zu kämpfen liegt nicht in seiner Natur. Wenn eine Sache zu schwierig wird, sucht er sich eine andere. Mir war nie besonders wohl bei dem Gedanken, dass er dein Ehemann wird.«

»Du hast nie etwas gegen ihn gesagt.«

»Weil ich wusste, wie sehr du ihn liebst.«

»Und er liebt mich auch.«

»Wahrscheinlich. Auf seine oberflächliche Art. Eure Hochzeit war die ideale Verbindung unserer beiden Güter. Als seine Eltern vor vier Jahren bei mir um deine Hand angehalten haben, hat er sich gefügt. Du warst damals schon in ihn verliebt, aber er auch in dich? Oder war es nur der bequemste Weg für ihn?«

»Was schert mich, wie er vor vier Jahren dachte? Jetzt liebt er mich.«

»Wenn es so ist, dann wird er um dich kämpfen.« Er trat zu ihr und streichelte ihre Wange. »Sollte er es nicht tun, dann ist er deiner auch nicht wert.«

Nachdem ihr Vater gegangen war, saß Gianna im Salon und grübelte. Hatten Angelos Eltern mit ihm darüber gesprochen, dass sie die Verlobung lösen würden, bevor sein Vater hierhergeritten war? Wenn ja, warum hatte er dann nicht längst versucht, sie zu treffen und mit ihr zu reden? Andererseits, wie hätte er sie kontaktieren sollen? Wenn sie an seiner Stelle wäre, hätte sie Rosanna gebeten, sie zu besuchen und ihr eine Nachricht ausrichten lassen. Doch dann fiel ihr ein, dass Rosanna wohl auch nicht mehr würde hierherkommen dürfen. Ein bitteres Schluchzen stieg in ihre Kehle. Sollte sie nun auch ihre beste Freundin verloren haben? Nur wegen dieser verdammten Politik? Es war ihr gleichgültig, ob der Regent, den sie ohnehin niemals zu Gesicht bekam, Leopold II. oder Vittorio Emanuele II. hieß.

Ihre Gedanken kehrten zurück zu Angelo. Rosanna konnte er nicht schicken. Und er selbst konnte wohl kaum nach Alberi d'Argento reiten und nach ihr fragen, nach diesem Affront seines Vaters.

Er hätte vorher kommen können, wisperte eine Stimme in ihrem Hinterkopf. *Aber vielleicht überwachen seine Eltern ihn.*

Sie könnte ihn erreichen. Gleich morgen würde sie sich ihr Pferd satteln lassen und dem Stallburschen sagen, sie wolle ein wenig durch die Weingärten reiten. Selbst wenn der sich wundern sollte, dass sie ohne Begleitung ausritt, würde er nichts sagen. Wenn sie nicht den normalen Weg zur Tenuta Bandello nahm, sondern den, der zu den Stallungen führte, konnte sie Maurizio suchen, ohne dass es jemand bemerkte. Der Gedanke an Maurizio legte sich wie Balsam auf ihr wundes Herz. Er konnte ihr helfen. Wenn sie ihm erzählte, was geschehen war, würde er verstehen, und er konnte jederzeit ins Haus und mit Angelo sprechen.

Ja, das würde sie tun. Und Angelo würde in die Ställe kommen, sie umarmen, sie küssen und ihr sagen, dass er sie liebe. Und dann würden sie Pläne schmieden, wie sie zusammenbleiben könnten. Angelo würde einen Weg finden. Und wenn sie fortlaufen müssten. Sie dachte an ihren Onkel Michele und seine Frau. Sie war eine Schäferstochter, und ihr Großvater war mit dieser Ehe nicht einverstanden gewesen. Deshalb hatten ihr Onkel und ihre Tante auf einem Stück Pachtland bei Castagneto gelebt. Michele hatte das Land bewirtschaftet und auf den umliegenden Höfen geholfen; ihre Tante Antonella hatte in einer Osteria als Köchin gearbeitet. Das könnten sie ebenfalls tun.

Beim Abendessen war sie so gefasst, dass ihre Eltern ihr erstaunte Blicke zuwarfen. Inzwischen wusste die Familie von Signor Castiglionis Besuch. Lorenzo und seine Frau versicherten ihr, dass sie es überhaupt nicht nötig habe, Angelo nachzutrauern. Lorenzo zählte ihr fünf junge Männer auf, die sich glücklich schätzen würden, sie zur Frau zu bekommen, und meinte, es gebe bestimmt noch mehr. Ihre Mutter sagte ihr, dass sie Zeit habe, sich zu entscheiden. Man müsse mit achtzehn Jahren noch nicht verheiratet sein. Sie zählte einige Beispiele von Frauen auf, die erst mit zwanzig geheiratet hatten, und es seien alles glückliche Ehen. Selbst Tommaso, der sich inzwischen nicht mehr in Napoleons Fass versteckte, sondern wieder im Haus wohnte, meinte, Angelo sei ein Casanova wie sein Vater, und es sei besser so.

Alle versuchten, Angelo schlechtzureden und ihr über den vermeintlichen Verlust hinwegzuhelfen, und sie liebte sie sehr dafür. Der Verlust von Giuseppe wog so viel schwerer als der Liebeskummer einer Tochter. In anderen Familien wäre überhaupt nicht darauf eingegangen worden. Dort hätten die Wünsche der Frauen nicht gezählt. In ihrer schon, und sie war stolz darauf. Und so lächelte und nickte sie und sagte ihnen, sie sollten sich keine Sorgen machen. Dabei dachte sie daran, dass sie vielleicht in den nächsten Tagen schon mit Angelo irgendwo in einer kleinen Kirche vor dem Traualtar stehen könnte. Ihre Eltern würden es verstehen. Hatte nicht ihr Vater gesagt, wenn Angelo sie liebte, würde er um sie kämpfen? Und hatte er ihr nicht erzählt, wie Onkel Michele es durchgesetzt hatte, dass ihr Großvater schließlich Antonella als Schwiegertochter akzeptiert hatte, weil er seinen Sohn unbedingt auf dem Gut halten wollte? Wenn Angelo das Gleiche täte wie damals Michele, nämlich seinen Eltern sagen, dass er das Gut nur weiterführen würde, wenn er die Frau, die er liebte, heiraten durfte, dann würde Donata und Sergio nichts anderes übrigbleiben, als nachzugeben.

6. KAPITEL

Am nächsten Morgen zog sie sich nach dem Frühstück in ihr Zimmer zurück und schlüpfte in ihr Reitkleid. Es wurde vorne geknöpft, so dass sie es ohne Hilfe anziehen konnte. Sie setzte den kleinen Hut auf und zog den Schleier vors Gesicht. Dann schlich sie sich aus dem Haus. Den Stallburschen konnte sie vielleicht weismachen, dass sie nur durch die Weinberge reiten wollte, ihre Eltern würden sie wahrscheinlich durchschauen.

Carlo, einer der Stallknechte, war noch dabei, die Boxen auszumisten. Als sie in die Boxengasse trat, blickte er verblüfft auf. »Guten Morgen, Signorina. Sie wollen ausreiten?« Er reckte den Kopf und spähte über ihre Schulter, wohl um zu sehen, wer sie begleiten würde.

»Ja. Kann jemand meine Frecetta satteln?«

»Matteo!«, rief Carlo durch den Stall. »Sattle das Pferd der Signorina. Wer wird Sie begleiten?«, wandte er sich wieder an sie. Seine ganze Haltung drückte aus, dass er keine Lust dazu hatte und auch keinen von den anderen Burschen mitschicken wollte.

»Ich reite nur ein wenig durch die Weingärten. Dabei brauche ich keine Begleitung.«

Wie sie erwartet hatte, runzelte Carlo zwar die Stirn, doch er widersprach nicht. Morgens gab es im Stall viel Arbeit, da wurde jede Hand gebraucht.

Kurze Zeit später führte Matteo Frecetta aus dem Stall und half Gianna in den Sattel. Sie bedankte sich, dann ritt sie los. Nicht über die Zypressenallee, sondern in Richtung der Weingärten. Sobald sie außer Sicht war, trieb sie ihr

Pferd zum Galopp. Frecetta bedeutete *Kleiner Pfeil,* und schnell war die Stute.

Nach einer halben Stunde erreichte sie das Land der Castiglionis. Sie folgte dem Weg durch die Weingärten und näherte sich dem Gut von den Gebäuden her, in denen der Wein gemacht und gelagert wurde. Dort stieg sie ab, führte Frecetta zu den Ställen und band sie an der Tränke an. Die Stute senkte den Kopf und trank.

Gianna sah sich um. Der Stall wirkte verlassen. Bis auf das Sägen der Zikaden und das Zwitschern der Schwalben war kein Geräusch zu hören. Bisher war alles nach Plan verlaufen, niemand hatte sie gesehen.

Sie atmete tief durch, um ihre Nervosität zu bekämpfen, dann betrat sie den Stall. Die Boxen waren bereits ausgemistet und leer. Die Pferde wurden wohl gerade geputzt oder befanden sich schon auf der Weide. Sie schlich den Boxengang entlang bis zur Sattelkammer. Wie sie gehofft hatte, saß Maurizio dort am Tisch, den Kopf über ein Buch gebeugt. Er war so in seine Lektüre vertieft, dass er sie erst bemerkte, als sie die Tür hinter sich schloss.

»Gianna?« Er sprang heftig auf. »Was tust du denn hier?«

Also wusste er auch schon Bescheid. Sie schlug den Schleier zurück. »Maurizio, du musst mir helfen.«

Besorgt sah er sie an. »Ich helfe dir gerne. Komm, setz dich. Willst du einen Schluck Wasser? Es ist schrecklich heiß heute.« Ohne auf ihre Antwort zu warten, griff er nach dem Krug, der auf dem Tisch stand, und füllte einen Becher.

Gianna trank.

Maurizio räusperte sich. »Es tut mir leid, was mit Giuseppe passiert ist. Wie verkraftet es Tommaso?«

Sie schluckte. »Nicht gut. Er läuft herum wie ein Geist. Die beiden waren doch unzertrennlich.«

»Giuseppe war immer derjenige, der auf die Leute zuging, Tommaso der Stillere, Nachdenklichere. Ich kann mir vorstellen, dass es für ihn sehr schwer ist. Ich war auf der Beerdigung, aber ich konnte natürlich nicht zum Kondolieren kommen.« Er schenkte ihr Wasser nach. »Wie kann ich dir helfen?«

Ihre Augen wurden feucht, ihre Kehle verengte sich. »Weißt du, dass Angelos Eltern unsere Verlobung gelöst haben?«

Etwas in seinem Gesicht veränderte sich. Der Zug um seinen Mund wurde strenger, seine Züge härter. Mit einem Mal wirkte er viel erwachsener. »Ich weiß es.«

»Ich muss mit Angelo reden. Kannst du ihm sagen, dass ich hier bin und ihn sprechen will?«

»Gibt es denn noch etwas zu sagen?« Selbst seine Stimme klang jetzt hart.

»Aber natürlich. Ich kann nicht glauben, dass er sich so einfach seinen Eltern fügt. Bestimmt ...«

Maurizio unterbrach sie. »Gianna, willst du mir sagen, er hat nicht mit dir gesprochen?«

»Nein. Wann denn auch?«

»Nach der Beerdigung, oder später. Er hätte seinen Vater begleiten können.«

Stumm schüttelte sie den Kopf.

»Er hatte nicht den Mut, dir persönlich zu sagen, dass er dich nicht heiraten wird?«

Irgendwie erinnerte sie dieses Gespräch an das mit ihrem Vater gestern. »Vielleicht hatte er keine Gelegenheit, vielleicht musste er noch über eine Lösung nachdenken.«

Der Zweifel stand überdeutlich in Maurizios Gesicht geschrieben.

Sie verlegte sich aufs Bitten. »Maurizio, bitte, ich muss mit ihm reden. Es ist wahrscheinlich die einzige Gelegenheit.«

Er nickte langsam. »Ja. Ich werde ihn holen. Er soll es dir selbst sagen.« *Dieser Feigling*, sagten seine Augen. Er stand auf. »Warte hier.«

Es dauerte nicht lange, dann wurde die Tür aufgerissen, und Angelo stürmte in den Raum. »Gianna, Liebste. Wie kommst du hierher?«

»Durch die Weingärten. Mein Pferd steht hinter dem Stall.«

Er griff nach ihren Händen, zog sie aus dem Stuhl und in seine Arme. Ihr Kopf lag an seiner Schulter, und alle ihre Sorgen und Bedenken lösten sich auf. Er freute sich, sie zu sehen, er liebte sie. Eine Weile standen sie schweigend da, dann sagte sie: »Dein Vater war bei uns.«

»Ich weiß«, antwortete er leise.

Sie löste sich aus seinen Armen, trat einen Schritt zurück und sah ihn an.

»Ich habe erst davon erfahren, als er zurückkam.«

»Du wusstest nicht, dass deine Eltern die Verlobung lösen wollten?«

Die Stalltür knarrte, jemand rief nach Maurizio. Angelo öffnete die Tür der Sattelkammer. »Hier ist er nicht.« Er wartete, bis die Stalltür zufiel, dann winkte er sie heran. »Komm mit, ich weiß, wo wir ungestört sind.«

Er führte sie durch die Boxengasse und durch die hintere Tür in einen Heuschober. Gianna sah sich um. Die große Tür nach draußen war verschlossen, es war dämmrig und duftete intensiv nach dem Heu, das auf den erhöhten Böden lagerte. In den Sonnenstrahlen, die durch die Fensteröffnung über der Tür fielen, tanzte der Staub. Still war es hier, fast wie in einer anderen Welt.

Angelo schloss leise die Tür zum Stall und drehte sich zu ihr um. »Meine Eltern sprachen darüber, die Verlobung zu lösen, aber ich ahnte nicht, dass sie es gleich tun würden.« Er lief in der Scheune auf und ab wie eine dieser Raubkatzen, die sie als Kind im Käfig eines Zirkus gesehen hatte. »Ich dachte, sie seien nur schockiert, und wenn erst mal ein bisschen Gras über die Sache gewachsen wäre, würden sie vielleicht noch mal darüber nachdenken.«

»Und nun?«

Abrupt hielt er inne und drehte sich zu ihr um. »Wie, und nun?«

»Was sollen wir tun?«

Ratlosigkeit stand in seinem Gesicht geschrieben. »Wir können nichts tun. Es sind meine Eltern.«

»Du gibst mich einfach auf?« Das konnte nicht sein.

»Gianna, ich liebe dich. Aber du weißt doch, die wenigsten Ehen werden aus Liebe geschlossen, sondern von den Eltern arrangiert. Ich habe keine Wahl.«

»Wir könnten fortlaufen.«

»Fortlaufen? Wohin?«

»Ich weiß nicht. Vielleicht in die Berge. Dort würde uns niemand finden.«

»Und wo sollen wir wohnen, wovon sollen wir leben? Ich habe kein eigenes Vermögen, und du hast auch keines.«

»Und doch wäre es möglich. Mein Onkel Michele hat es getan. Er hat seine Antonella geheiratet und mit ihr in der Nähe von Donoratico gelebt.«

»Ich kenne die Geschichte. Er hat den Bauern geholfen

und eigenes Land bewirtschaftet. Aber, Gianna, du kannst dich doch unmöglich mit dieser Bauersfrau vergleichen. Sie war eine Dienstmagd. Du kannst doch nicht die Fußböden scheuern und als Schankmädchen arbeiten. Mutter sagte, niemand wisse genau, womit sie wirklich ihr Geld verdient hat.«

Sie wurde wütend. Sie erinnerte sich gut an ihre Tante, eine bildschöne Frau, die offen und herzlich gewesen war. Alle auf Alberi d'Argento hatten sie gemocht. »Sie war kein Schankmädchen, sie war Köchin«, fuhr sie auf. »Und sie war eine anständige Frau, keine Hure.«

»Nicht böse sein«, sagte er besänftigend. »Aber du kannst nicht kochen, und du kannst auch nicht als Dienstmädchen arbeiten. Du weißt doch gar nicht, was du tun müsstest. Und ich bin der einzige Erbe meiner Eltern. Ich kann sie nicht im Stich lassen.«

Tränen stiegen ihr in die Augen. In Grunde hatte er recht. Sie konnte nichts von dem, was Antonella gekonnt hatte. »Aber *mich* kannst du im Stich lassen.«

Er trat auf sie zu und strich ihr über die Wange. »Es gibt nur einen Weg. Ich muss meine Eltern überreden, die Verlobung nicht zu lösen. Noch ist es ja nicht offiziell.«

Durch den Tränenschleier sah sie ihn an. »Du glaubst, sie werden es sich noch mal überlegen?«

»Bestimmt. Meine Mutter liebt mich sehr, sie will nicht, dass ich unglücklich bin. Und ich wäre sehr unglücklich ohne dich.« Seine Stimme wurde weich und schmeichelnd. »Aber dazu brauche ich Zeit, Liebste. Ich muss sie überzeugen.«

Natürlich, er hatte recht. Er wollte seinen Eltern ebenso wenig Kummer bereiten wie sie ihren.

Er nahm ihre Hände und sah ihr in die Augen. »Was ist

mit deinen Eltern? Meinst du, sie werden dir noch erlauben, mich zu heiraten, oder haben sie schon einen anderen Bräutigam für dich ausgesucht?«

»Sie werden es erlauben. Und, nein, sie haben keinen anderen Bräutigam für mich ausgesucht. An eine Hochzeit denken sie zurzeit ohnehin nicht.«

»Stimmt, ihr seid in Trauer. Es tut mir sehr leid, Giuseppe war immer so fröhlich.«

Gianna schluckte.

»Nicht weinen«, sagte er leise. »Alles wird gut.«

»Ich muss jetzt wieder nach Hause.«

»Ja. Ich sollte auch ins Haus gehen, bevor mich jemand sucht.« Doch er machte keine Anstalten, ihre Hände loszulassen und zu gehen. Stumm sahen sie einander an. Das Heu duftete süß. Irgendwo raschelte es, vielleicht war es eine Maus. Draußen zwitscherten Schwalben. Jemand ging den Weg entlang und pfiff ein Lied. Immer noch blickten sie sich an, die Zeit schien stillzustehen. Dann hob er die Hand und strich über ihre Wange, zog sie an sich. »Wie schön du bist.«

Sie sank ihm entgegen.

Er umarmte sie, küsste sie. »Gianna, Gianna«, flüsterte er an ihrem Ohr. Er bog sie nach hinten, küsste ihren Mund, ihren Hals, die kleine Mulde unter ihrer Kehle. Mit einer Hand umfasste er ihre Brust, und wieder war es, als griffe er direkt nach ihrem Herzen. Ihre Beine wurden weich. Zusammen sanken sie ins Heu. Wieder küsste er sie, während er die Knöpfe ihres Oberteils öffnete. Zart streichelte er ihre Brüste. Ihr Unterleib schien sich zusammenzuziehen, doch nicht vor Schmerz wie an ihren Tagen, sondern vor Sehnsucht nach ihm. Ihr Herz pochte so laut, dass er es auch hören musste. Er küsste ihren Hals entlang nach unten und umfasste schließlich eine ihrer Brustwarzen mit den Lippen. Ein tiefer Seufzer entfuhr ihr. Sie grub ihre Hände in sein Haar. Wie sehr sie ihn liebte. Sie spürte eine Berührung an ihrer Fessel. Es war seine Hand; er schob ihren Rock nach oben.

Und dann riss ihn plötzlich jemand von ihr fort, und eine Stimme schrie: »Was tust du da, verdammt noch mal?«

Es war Maurizio, der Angelo an seiner Weste gepackt und hochgezerrt hatte und ihn jetzt gegen die Wand der Scheune schleuderte. Sein Gesicht war so von Wut verzerrt, dass es völlig fremd wirkte.

Angelo schnappte nach Luft, dann brüllte er los. »Bist du von Sinnen? Was bildest du dir ein?« Er stieß Maurizio vor die Brust, so dass er zurücktaumelte. »Verschwinde von hier, und zwar schnell.«

Doch Maurizio fing sich, sprang vor und drückte Angelo gegen die Scheunenwand. »Du wirst deine Finger von ihr lassen, du geiler Bock. Vergnüge dich weiterhin mit den Mägden wie dein Vater.«

»Du wagst es …?« Angelo hob die Hand und schlug Maurizio ins Gesicht. Der schlug zurück, und kurze Zeit später rollten beide über den Boden und prügelten aufeinander ein.

Gianna hatte sich aufgesetzt und starrte entsetzt auf die kämpfenden Männer. Noch niemals hatte sie erlebt, dass Maurizio die Beherrschung verloren hatte, doch jetzt drosch er auf Angelo ein, als wolle er ihn umbringen.

»Hört auf!«

Ihr Schrei schien beide zur Besinnung zu bringen. Sie ließen voneinander ab und rappelten sich auf. Aus einer Wunde an Maurizios rechter Augenbraue floss Blut. Angelos Unterlippe war aufgeplatzt, und an seinem

Wangenknochen zeichnete sich ein Bluterguss ab. Schwer atmend standen sie voreinander und starrten sich an wie zwei Kampfhähne.

»Das wird dich deine Stellung hier kosten«, zischte Angelo. »Ich rede mit meinem Vater.«

»Tu das«, gab Maurizio zurück. »Aber ich hatte ohnehin nicht vor, hierzubleiben. Und jetzt begleite ich Signorina di Raimandi nach Hause.«

»Das wirst du *nicht* tun.«

»Willst *du* sie heimbringen? Ich sattle dein Pferd.«

Angelos Blick glitt zu ihr, er wirkte sichtlich verlegen. Dann nickte er langsam. »Es ist wohl das Beste, er bringt dich nach Hause, Gianna. Vergiss nicht, worüber wir gesprochen haben.« Er klopfte seine Hose ab, zupfte Heu von seiner Weste und verließ die Scheune.

Maurizio sah ihm nach, dann drehte er sich zu ihr um und wandte sofort den Blick wieder ab.

Ihr Kleid! Es war bis zur Taille aufgeknöpft. Hastig versuchte sie es über der Brust zusammenzuziehen.

»Ich hole deinen Hut, er liegt noch in der Sattelkammer.« Seine Stimme klang, als müsse er ein Husten unterdrücken.

Ihre Wangen brannten vor Scham, während sie fahrig die Knöpfe schloss und sich dann mühsam erhob. Heuhalme hingen an ihrem Unterrock und ihrem Kleid. Sie zupfte sie ab und schüttelte den Rock aus. Strähnen ihres Haars hatten sich aus ihrer Frisur gelöst; sie strich sie hinter die Ohren. Maurizio ließ sich Zeit. Sie war dankbar dafür, denn sie fürchtete sich vor seinem Blick. Vielleicht sollte sie einfach weglaufen und heimlich davonreiten. Sie wusste nicht, was sie mehr beschämte: das, was zwischen Angelo und ihr passiert war, oder dass Maurizio sie erwischt hatte.

Mit ihrem Hut in der Hand betrat Maurizio die Scheune. Stumm nahm sie ihn entgegen, setzte ihn auf und zog den Schleier über ihr Gesicht. So konnte sie sich wenigstens etwas verstecken.

»Am besten ist, du setzt dich in die Sattelkammer, bis ich mein Pferd gesattelt habe.« Immer noch klang seine Stimme belegt. Er hielt ihr die Tür auf und schenkte noch mal Wasser in den Becher ein, bevor er einen Sattel und Zaumzeug vom Haken nahm und ging.

Trotz der Hitze zitterten ihre Hände, als sie nach dem Becher griff. Wäre Angelo wirklich weitergegangen? Hätte er mit ihr geschlafen, dort im Heu, wie mit einer Dirne, wenn Maurizio nicht gekommen wäre? *Sie* hätte ihn nicht aufgehalten, das wusste sie. Noch niemals hatte sie derartiges empfunden.

Das Klappern von Pferdhufen in der Boxengasse schreckte sie auf. Das musste Maurizio mit dem Pferd sein. Vorsichtig öffnete sie die Tür und spähte hinaus. Es war tatsächlich Maurizio; er führte ein braunes Pferd am Zügel und bedeutete ihr mit einem Wink, ihm zu folgen. Hinter dem Stall stellte er sein Pferd ab und ging zu Frecetta. Als sie zu ihm trat, beugte er die Knie und verschränkte seine Finger. Sie stellte den Fuß hinein und ließ sich in den Sattel helfen.

Stumm bestieg er sein Pferd und lenkte es neben ihre Stute. Nebeneinander ritten sie den Weg entlang.

Nach einigen Minuten brach er das Schweigen. »Wissen deine Eltern, dass du hier bist?«

»Nein.« Ihre Kehle war so eng, dass sie zu ersticken glaubte.

»Dann reiten wir durch die Weingärten. Dort kommen wir unauffällig zum Gut.«

»Du musst mich nicht bis nach Hause begleiten, ich finde den Weg allein.«

»Ich denke, es ist besser, wenn du jetzt nicht allein bist. Wirst du deinen Eltern erzählen, was passiert ist?«

Sie zuckte zusammen. Darüber hatte sie noch nicht nachgedacht.

»Tu es nicht«, sagte Maurizio. »Dein Vater müsste Angelo zum Duell fordern.«

»Aber doch nicht, wenn Angelo mich heiratet.«

»Er wird dich nicht heiraten.« Mitleid schwang in seiner Stimme. »Er wird tun, was seine Eltern sagen. Er hatte ja noch nicht einmal den Mut, dir zu sagen, dass die Verlobung gelöst wird.«

»Er hat nicht gewusst, dass sein Vater es gleich tun würde. Die Verlobung lösen.«

»Das hat er gesagt?« Maurizio schüttelte den Kopf.

»Willst du behaupten, er lügt?«, fuhr sie auf.

»Ich weiß, dass er lügt, Gianna.« Er zügelte sein Pferd und drehte sich im Sattel zu ihr. »Er wusste es schon vor der Beerdigung deines Bruders. Ich habe gehört, wie sie darüber gesprochen haben. Er ist ein Feigling, und dann verführt er dich auch noch.«

»So war das nicht. Er hat mich nicht verführt. Es ist nichts passiert … ich meine …« Ihr Gesicht glühte, sie konnte nicht weitersprechen.

»Ich weiß«, antwortete er ruhig. »Aber dass nichts passiert ist, war nicht *sein* Verdienst.«

Sie senkte den Kopf, Tränen der Scham liefen über ihre Wangen.

»Nicht weinen, Gianna. Ich wollte dich nicht kränken. Du bist unerfahren und verliebt. Aber *er* müsste es besser wissen.«

»Er liebt mich.«

»Ich hoffe es, denn sonst wäre sein Verhalten wirklich unverzeihlich.«

»Er sagte, er wird mit seinen Eltern reden. Er ist sicher, dass er sie noch überzeugen kann, der Hochzeit zuzustimmen.«

»Ich kann mir nicht vorstellen, dass die Signora mit sich reden lässt. Aber vielleicht täusche ich mich. Jedenfalls solltest du nicht mehr zur Tenuta kommen, bis diese Sache geklärt ist. Versprich mir das.«

Ihr erster Impuls war, ihm zu sagen, dass es ihn überhaupt nichts anging, ob sie sich mit Angelo traf oder nicht. Doch die Scham verschloss ihr den Mund. So nickte sie nur und trieb Frecetta zum Galopp. Nach Hause, sie wollte nach Hause und sich in ihr Zimmer verkriechen.

Sie hatte gehofft, ihm davonreiten zu können, doch er hielt sich neben ihr. Kurz bevor das Herrenhaus in Sicht kam, zügelte sie ihr Pferd. »Ich danke dir für deine Begleitung, aber ab hier reite ich lieber allein.«

»Ich würde gerne mitkommen und mich von deiner Familie verabschieden. Sie waren immer sehr nett zu mir, und ich habe sie sehr gern.«

»Verabschieden?« Jetzt erst erinnerte sie sich an seine Worte in der Scheune. Dass er die Tenuta Bandello verlassen werde. »Ich dachte, du gehst erst nach der Weinlese.«

»Ich denke, es ist besser, wenn ich gleich gehe.«

»Es ist meine Schuld«, sagte sie leise. »Du musst gehen, weil du dich meinetwegen mit Angelo geprügelt hast, nicht wahr?«

Er zögerte mit der Antwort. »Nicht nur. Du weißt, ich wollte schon länger fort. Ich möchte nicht ewig der Knecht auf Bandello sein. Ich will mehr.«

Sie ritten weiter, bis sie zum Stall des Gutes kamen. Dort stieg Maurizio ab und half dann ihr aus dem Sattel.

Carlo eilte herbei, nahm Frecetta am Zügel und bedachte Maurizio mit einem verwunderten Blick. »Hatten Sie einen schönen Ausritt, Signorina?«

»Ja, danke.«

»Hallo, Carlo«, begrüßte Maurizio ihn. »Mein Pferd kannst du im Hof lassen, ich bleibe nicht lange. Weißt du, ob der Marchese di Raimandi zu Hause ist?«

»Sein Pferd steht im Stall, also ist er wohl da.«

Maurizio folgte Gianna ins Haus. Im Vestibül blieb er kurz stehen und blickte auf das Wappen der Raimandis an der Wand. »Ich wollte schon immer fragen, was *Alta alatis patent* heißt.«

»Sinngemäß heißt es: Wer Flügel hat, dem steht der Himmel offen. Die wörtliche Übersetzung ist: Wer Flügel hat, darf hoch fliegen.«

»Wer Flügel hat, darf hoch fliegen«, wiederholte er leise.

Gianna sah ihn an. »Du hast Flügel, Maurizio. Du wirst fliegen.«

Zum ersten Mal, seit der unseligen Begegnung in der Scheune, lächelte er. »Glaubst du?«

»Ich bin mir sicher. Mein Vater ist bestimmt in seinem Büro. Ich zeige dir den Weg.« Sie führte ihn den Gang entlang und klopfte dann an die Tür.

»Herein«, erklang es von drinnen.

Sie öffnete und trat ein. »Entschuldigen Sie die Störung, Vater, aber Maurizio von der Tenuta Bandello ist hier und möchte sich verabschieden.«

»Maurizio? Kommt rein.«

Hastig fuhr Maurizio sich durchs Haar und wischte die

Hände an seiner Hose ab, dann verneigte er sich. »Guten Tag, Don Enrico.«

»Guten Tag, mein Junge. Schön, dich zu sehen. Du warst lange nicht hier.« Enrico legte die Feder aus der Hand und musterte Maurizio. »Du hast dich verändert. Aus dem Jungen ist ein Mann geworden. Was sagte Gianna eben, du willst dich verabschieden?«

»Jawohl. Ich werde die Tenuta Bandello verlassen.«

»Schließ bitte die Tür, Gianna, und setzt euch.«

Gianna gehorchte.

Ihr Vater lehnte sich in seinem Stuhl zurück. »Du gehst fort? Darf ich fragen, warum?«

»Ich glaube nicht, dass es auf Bandello eine Zukunft für mich gibt. Einfacher Pferdebursche will ich nicht bleiben, und etwas anderes kann ich dort kaum werden.«

Ein spöttisches Lächeln zuckte um die Lippen ihres Vaters. »Probleme mit Signora Castiglioni?«

Maurizios Wangen wurden rot, er räusperte sich. »Hm, ja, das auch. Woher wissen Sie …?«

»Ich kenne Donata schon mein Leben lang. Sie kann … schwierig sein.«

»Sie mag mich nicht. Und ich hatte Streit mit dem jungen Herrn.« Er deutete auf sein rechtes Auge, das inzwischen von einem blauen Hof umgeben war.

»Mit Angelo?«

Verwundert blickte Gianna ihren Vater an. Klang da Hochachtung aus seiner Stimme?

»Deshalb musst du Montescudaio nicht verlassen. Wenn du dir vorstellen kannst, mit Wein zu arbeiten, könntest du hier bei unserem Cantiniere lernen, wie man Wein macht. Er möchte sich in ein paar Jahren zu Ruhe setzen, und ich brauche einen Nachfolger.«

Einen Augenblick glaubte Gianna Maurizios Augen aufleuchten zu sehen, doch dann schüttelte er den Kopf. »Das ist ein sehr großzügiges Angebot, Marchese di Raimandi, aber ich denke, ich muss einfach von hier fort. Ich werde nach Norden gehen und mich der kaiserlichen Armee anschließen.«

»Verstehe. Du gehst zu den Habsburgern?«

Maurizio errötete noch mehr, doch er sah ihrem Vater in die Augen. »Ich bin der Meinung, dass Großherzog Leopold ein guter Herrscher ist. Die Toskana ist ein Land, in dem es sich gut leben lässt. Vittorio Emanuele dagegen hat sein eigenes Volk bekämpft, seine eigene Stadt, Genua, beschossen und sie zum Plündern freigegeben. Ich glaube nicht, dass er ein guter Herrscher ist.«

»Du bist ein mutiger und kluger junger Mann. Ich wünsche dir Glück. Ich hoffe sehr, dass es nicht zum Krieg kommt.«

»Das hoffe ich auch, Marchese di Raimandi, von ganzem Herzen.«

Er erhob sich, und auch ihr Vater stand auf. Er streckte Maurizio die Hand entgegen. »Dann wünsche ich dir alles Gute, mein Junge. Solltest du das Soldatenleben satthaben, komm hierher. Wir haben immer Verwendung für Männer wie dich.«

Maurizio ergriff seine Hand und verneigte sich tief. »Ich danke Ihnen. Grüßen Sie Ihre Gattin und Ihre Söhne von mir.«

Gianna begleitete ihn nach draußen. Dort machte er sich am Sattel seines Pferdes zu schaffen, zog den Gurt enger, prüfte die Schnallen der Steigbügel. Es war, als wollte er noch nicht fort.

»Warum nimmst du Vaters Angebot nicht an?«, fragte

sie. »Dann müsstest du nicht fortgehen. Und er würde dich gut bezahlen, so dass du heiraten und eine Familie gründen könntest.«

Wehmut lag in seinen Augen. »Ich glaube nicht, dass ich jemals heiraten werde.«

»Aber warum denn nicht? Du bist ein sehr gutaussehender junger Mann. Hast du noch nie bemerkt, wie dich die jungen Mägde auf Bandello ansehen? Ich glaube, keine würde nein zu dir sagen.«

Jetzt lächelte er, doch in seinem Lächeln lag ebenso viel Wehmut wie vorher in seinem Blick. »Kann sein, ich habe es wirklich nie bemerkt. Aber ich will nicht irgendeine Magd heiraten, ich will ...« Fast erschrocken hielt er inne.

»Was willst du? Gibt es ein Mädchen, das du liebst? Vielleicht kann mein Vater etwas für dich tun. Er würde sich bestimmt für dich verwenden, wenn sie über deinem Stand ist.«

Einen Moment lang blickte er sie ungläubig an, dann schüttelte er den Kopf. »Ich will zur Kavallerie. Ich fürchte, ich kann mit Pferden besser umgehen als mit Menschen.«

»Kommst du irgendwann zurück?«

Er zuckte mit den Schultern. »Ich weiß es nicht.«

Schon wieder stiegen ihr die Tränen in die Augen. So viel wie in der letzten Woche hatte sie noch nie geweint. »Du warst immer mein bester Freund, ich will dich nicht auch noch verlieren.«

»Ich werde immer dein Freund sein. Ich schreibe dir, ja?«

Ihre Augen liefen über. »Ja«, flüsterte sie.

Er holte tief Luft, dann beugte er sich vor und küsste sie sanft auf die Stirn. Anschließend bestieg er sein Pferd und galoppierte die Zypressenallee entlang, als wäre der Teufel hinter ihm her.

7. KAPITEL

An der Straße, in die die Zypressenallee mündete, zügelte er sein Pferd und ritt im Schritttempo weiter. Um ein Haar hätte er ihr gesagt, wie er wirklich zu ihr stand, dass er sie schon seit Jahren liebte. Zum Glück ging er nun fort und lief nicht mehr Gefahr, sich ihr zu offenbaren. Es würde sie nur in Verlegenheit bringen, sie würde sich entschuldigen und ihn anschließend bemitleiden. Nichts von alledem könnte er ertragen. So behielt sie ihn als Freund in Erinnerung, nicht als schmachtenden Verehrer. Aus der Hochzeit mit Angelo würde nun nichts werden, aber früher oder später würde sie einen anderen Mann kennen- und lieben lernen und ihn heiraten. Er gönnte ihr alles Glück der Erde, aber er wollte nicht Zeuge dieses Glückes sein.

Langsam ritt er weiter bis zu dem Hügel, von dem aus der Weg zur Tenuta Bandella bergab führte. Dort hielt er an und blickte sich um. Von hier aus konnte er die Mauern und Türme von Montescudaio sehen, das majestätisch auf dem Hügel thronte. Er wandte sich nach rechts. Dort lag die Tenuta Bandello im Tal. In der Mitte stand das Gutshaus, umgeben von Pinien, etwas abseits waren die Ställe. Dahinter lagen die Weingärten, die sich über sanfte Hügel bis an die Grenze von Alberi d'Argento zogen. Elf Jahre seines Lebens hatte er hier verbracht. Seine Gedanken schweiften zurück zu dem Tag, als seine damalige Welt in Trümmer zerfallen war. Buchstäblich.

Es war der 14. August 1846. Seine Mutter stand in der Küche und bereitete das Festessen für Ferragosto am nächsten

Tag vor. Sein Vater hatte am Tag zuvor fünf Pferde auf der Tenuta Bandello beschlagen und nicht nur Geld dafür bekommen, Signor Castiglioni hatte ihm auch eine Wildschweinkeule und ein Fiasco Rotwein gegeben. Für Ferragosto.

Seine Mutter sang, während sie Zwiebeln und Knoblauch hackte und alles in Olivenöl anbriet. Köstlicher Duft stieg aus dem Topf, als sie das Fleisch dazugab. »So, das kann jetzt ein paar Stunden schmoren.« Sie legte den Deckel auf den Topf. »Dein Vater vergisst mal wieder die Zeit. Bring ihm doch sein Essen in die Schmiede.« Sie schlug Brot und Käse in ein Tuch und reichte es Maurizio.

Mit dem Bündel in der Hand trat er aus der Tür. Die Schmiede war ein niedriges Gebäude neben ihrem Wohnhaus. Als er eintrat, beugte sich sein Vater über den Amboss. Schweigend sah Maurizio zu, wie er das glühende Metall in Form hämmerte und dann in den Wassereimer tauchte. Zischend stieg Wasserdampf auf. Sein Vater wischte sich den Schweiß von der Stirn, zog die Zange heraus und begutachtete sein Werk. Offenbar war er zufrieden, denn er legte es vorsichtig auf ein Tuch auf dem Tisch.

Maurizio trat näher. Auf dem Tisch lag ein kunstvoll verzierter Beschlag für ein Schloss. »Das ist wirklich schön geworden«, sagte er. »Ist das für Signora Castiglioni?«

»Ja«, brummte sein Vater. »Aber ich wette, die Signora hat trotzdem etwas daran auszusetzen, damit sie den Preis drücken kann.«

Maurizio zeigte auf das Stoffbündel. »Ich bringe dir dein Mittagessen.«

»Gut. Leg es dorthin. Ich muss noch zwei weitere machen, dann bin ich fertig für heute. Kannst du mir noch mal Wasser holen? Der Eimer ist fast leer.«

Maurizio griff nach dem Eimer und lief aus der Schmiede.

Hitze brütete über der Stadt, die Pflastersteine unter seinen nackten Füßen schienen zu glühen. Doch der Himmel war von einem seltsam bleiernen Grau. Vielleicht würde es noch regnen. Rasch lief er die Straße entlang. Der Brunnen befand sich auf einem Platz, an dem sich drei Straßen trafen. Er befestigte den Eimer am Seil und warf ihn in den Brunnen. Dann drehte er an der Kurbel. Viel Wasser war nicht mehr im Brunnen, er musste lange kurbeln, bis er den Eimer greifen konnte. Er stellte ihn ab und schöpfte sich Wasser ins Gesicht. Wie still es auf einmal war. Das *Sri-Sri* der Mauersegler, das normalerweise den ganzen Tag über der Stadt erklang, war verstummt. Er sah zu den Stadtmauern. Die Vögel waren verschwunden. Als er sich bückte, um den Eimer aufzuheben, fiel dieser um. »Merda!« Wie hatte das passieren können? Jetzt musste er noch mal schöpfen.

Plötzlich erklang ein Rauschen, das schnell zum Dröhnen wurde. Der Boden bewegte sich unter seinen Füßen. Er fiel auf die Knie und starrte dem Eimer nach, der davonrollte. Was war das? Das Dröhnen wurde lauter, der Boden vibrierte. Dann begann er zu schaukeln. Er hörte Schreie, das Poltern herabstürzender Steine. Verzweifelt versuchte er, auf die Füße zu kommen, doch die Erde bebte so stark, dass er kein Gleichgewicht fand. So kauerte er sich auf den Boden und beobachtete entsetzt, wie ein Haus in seiner Nähe in sich zusammenfiel. Aus dem Gebäude nebenan taumelte eine Frau mit einem Baby auf dem Arm, sie zog ein Kleinkind hinter sich her. Blut strömte ihr übers Gesicht. Hinter ihr stürzte das Haus ein. Immer mehr Menschen stolperten auf den Platz. Paare, die sich aneinanderklammerten, Frauen, die weinende Kinder hinter sich her zerrten.

Das Beben schien eine Ewigkeit zu dauern. Dann war es plötzlich vorbei. Langsam richtete er sich auf. Noch nie war die Stadt so still gewesen. Es war, als hielte Gott den Atem an. Auch die Menschen um ihn herum waren stumm. Er blickte in entsetzt aufgerissene Augen, in zu Masken erstarrte Gesichter. Niemand schien zu begreifen, was geschehen war. Er wandte sich um. Die imposanten Burgmauern der Stadt gab es nicht mehr und auch viele der Häuser waren eingestürzt. Vereinzeltes Schluchzen erklang.

Die Frau, die mit ihren Kindern aus dem Haus geflohen war, stieß einen wilden, hohen Schrei aus. »Luigi!« Sie setzte das Baby ab, ließ das Kleinkind los, stürmte zu den Trümmern und versuchte, mit bloßen Händen die Steine wegzuräumen. Dabei schrie sie unablässig diesen Namen. »Luigi!«

Auch die anderen Menschen auf dem Platz schienen zu sich zu kommen. Namen wurden gerufen, manche Rufe wurden beantwortet, andere nicht.

Seine Eltern! Eine Hitzewelle flutete über ihn hinweg. Sie waren beide im Haus gewesen. Er rannte los, über die heißen Pflastersteine, wich immer wieder Trümmern aus, bis er atemlos vor dem stand, was einmal sein Elternhaus gewesen war. Es standen nur noch die seitlichen Mauern und ein Teil der Front. Das Dach und die andern beiden Mauern waren eingestürzt. Auch die Schmiede gab es nicht mehr. Fassungslos starrte er auf den Rauch, der aus den Trümmern aufstieg.

»Bappo, Mamma.« Es war kein Schrei, nur ein Flüstern. Er wusste, sie waren tot. Seine Mutter, die vorhin noch gesungen hatte, wie sie es immer beim Kochen tat. Sein Vater, der eben noch aus einem Stück Eisen ein Kunstwerk geschaffen hatte. Sein Herz, sein Kopf, sein ganzer Körper schienen schwer wie Blei. Er setzte sich einfach auf die Straße, zog die Knie an den Körper, umschlang sie mit den Armen und starrte auf die Trümmer.

So fanden ihn die Nachbarn vor, Giovanni und Maria. Sie waren mit ihren fünf Kindern auf den Feldern vor der Stadt gewesen. Giovanni legte ihm die Hand auf die Schulter. »Waren deine Eltern da drin?«

Maurizio nickte, und plötzlich liefen ihm die Tränen über die Wangen.

»Dio mio«, sagte Giovanni. »Dann werden sie es nicht überlebt haben.« Er trat an den Steinhaufen, der einmal Maurizios Heimat gewesen war. »Enzo, Angelica, seid ihr da drinnen?«

Hoffnung wallte in ihm auf. Vielleicht lebten sie doch noch. Vielleicht waren sie nur verletzt. Angestrengt lauschte er, doch es kam keine Antwort. Giovanni schleppte ein paar Steine zur Seite, Maurizio sprang auf und half ihm, und auch Maria räumte Steine weg.

Sie waren nicht die Einzigen; überall versuchten verzweifelte Menschen, den Schutt wegzuräumen, und suchten nach Verschütteten. Nach einer Stunde hatten sie den Eingang so weit freigelegt, dass man ins Innere konnte.

»Du bleibst draußen«, sagte Giovanni zu ihm. Dann kletterte er nach drinnen. Kurze Zeit später kam er wieder heraus und schüttelte den Kopf. »Sie ist tot. Der Dachbalken hat sie getroffen. Es tut mir sehr leid.« Er blickte zur Schmiede und schüttelte den Kopf. »Da drinnen hat niemand überlebt. Du kommst erst einmal mit zu uns, in die Hütte auf unserem Land.«

Maurizio rührte sich nicht. Mit brennenden Augen sah er auf die Trümmer.

Maria legte den Arm um seine Schultern. »Komm mit, Junge.«

Wie im Traum folgte er ihnen durch die zerstörte Stadt auf die Felder. Die Hütte bestand aus einem Raum mit einer Kochstelle. Sie war nur dafür gebaut, um ein paar Nächte dort zu schlafen, wenn sehr viel Arbeit zu erledigen war. Maurizios Schlafplatz war ein aufgeschütteter Strohhaufen an der zugigen Wand.

»Wir können dich nicht bei uns behalten«, sagte Giovanni am nächsten Tag zu ihm. »Auch wenn wir es gerne würden. Aber wir haben schon fünf Mäuler zu stopfen. Ich habe gehört, dass das Haus deines Onkels nicht zerstört wurde. Morgen bringe ich dich zu ihm. Vielleicht kann er für dich sorgen und dich zu einem Schmied in die Lehre schicken. Die Schmiede kann man sicher wieder aufbauen.«

Maurizio nickte stumm. Er wollte kein Schmied werden, er besaß weder die Kraft noch das Geschick seines Vaters. Aber das war jetzt nicht wichtig. Nichts war wichtig. Er hatte ein Loch in seinem Herzen.

Am nächsten Tag folgte er Giovanni in die Stadt. Das Haus seines Onkels lag am östlichen Stadtrand. Hier hatte das Beben nicht so sehr gewütet, die meisten Häuser standen noch.

Vito Manari war Barbier, er empfing seine Kunden in einen Raum im Erdgeschoss seines Hauses oder bei schönem Wetter vor dem Haus. Maurizio hatte seinen Onkel bisher nur an den Feiertagen oder bei Familienfesten getroffen. Er war der jüngere Bruder seines Vaters und hatte zwei Töchter und einen Sohn.

An diesem Tag hatte er keine Kunden. Sie trafen ihn vor seinem Haus. Tränen hatten helle Spuren in sein staubverschmiertes Gesicht gemalt, seine Hände bluteten. »So, du hast es also überlebt«, sagte er, als er Maurizio erblickte. »Ich komme gerade vom Haus meines Bruders. Wir konnten die Leiche deiner Mutter bergen, aber seine noch nicht. Die Schmiede ist ein Trümmerhaufen.«

Giovanni trat vor. »Ich bin Giovanni Bossi, wir sind, wir *waren* Nachbarn von Enzo. Wir haben gestern schon versucht, die Trümmer wegzuräumen, doch wir waren zu wenige.«

Sein Onkel nickte. »Und was willst du von mir?«

»Wir haben Maurizio vor dem Haus gefunden.«

»Hm.« Der Blick, mit dem sein Onkel ihn bedachte, war alles andere als freundlich. »Und?«

Sichtlich verwirrt sah Giovanni Vito an. »Er ist Waise. Ich habe selbst fünf Kinder, ich kann kein sechstes durchfüttern.«

»Dann bring ihn ins Waisenhaus.«

Maurizio senkte den Blick. Schon immer hatte er das Gefühl gehabt, dass Vito Manari ihn nicht leiden konnte, ohne zu wissen, warum.

Giovanni fuhr auf. »Du willst den Sohn deines Bruders in ein Waisenhaus geben? Was bist du für ein Mensch?«

Vito verschränkte die Arme vor der Brust. »Den Sohn meines Bruders würde ich aufnehmen, aber nicht diesen Kuckuck, den man ihm ins Nest gelegt hat. Und jetzt verschwinde.«

Giovanni legte Maurizio die Hand auf die Schulter. »Komm.«

Verwirrt folgte er Giovanni. Warum hatte sein Onkel ihn als Kuckuck bezeichnet? Er war doch kein Vogel. Sie gingen durch die Stadt bis zu dem Kloster, in dem verwaiste Kinder aufgenommen wurden.

Giovanni umarmte ihn. »Es tut mir so leid, aber ich kann dich wirklich nicht bei mir behalten, wir haben schon nicht genug für uns sieben. Hier musst du wenigstens nicht hungern. Und vielleicht besinnt sich Vito ja noch.«

An die Tage, die folgten, hatte er kaum Erinnerungen. Die Leichen seiner Eltern wurden geborgen und beerdigt. Das Erdbeben hatte weniger Opfer gefordert, als zu Anfang vermutet, denn die meisten Leute waren auf den Feldern gewesen. Insgesamt hatte es nur fünfzehn Tote gegeben.

Er verbrachte nur eine Woche im Kloster, dann kam Signor Sergio Castiglioni und holte ihn auf sein Gut, die Tenuta Bandello.

»Deine Mutter hat früher als Magd bei uns gearbeitet, und dein Vater war als Schmied hier gern gesehen«, sagte er. »Ich glaube nicht, dass du zum Schmied taugst, aber ich habe gesehen, wie du mit den Pferden umgehst, die dein Vater beschlagen hat. Du hast eine Hand für Pferde. Du könntest als Stallbursche anfangen und dich später um unsere Pferde kümmern. Meine Frau möchte eine Zucht aufbauen. Willst du?«

Und ob er wollte.

Ein wenig fühlte es sich an, wie nach Hause zu kommen. Er war so oft auf dem Gut gewesen, hatte seinem Vater geholfen und, wenn die Kinder von Alberi d'Argento dort gewesen waren, mit ihnen und den Kindern von Don Sergio gespielt.

Rosanna und Angelo waren im Hof, als er aus der Kutsche stieg.

»Du hast ihn gefunden!«, jubelte Rosanna bei seinem Anblick und hüpfte auf ihn zu.

»Rosanna! Benimm dich!«, rief eine strenge Stimme sie zurück.

Maurizio blickte zum Gutshaus. Vor der Tür stand eine vornehm gekleidete Frau. Das musste die Signora Castiglioni sein. Er hatte sie noch nie gesehen, nur gehört, dass sie sehr schön sein sollte. Sie *war* schön. Ihre Haut war so hell wie Rahm, ihre Augen waren groß und dunkel, und ihre Taille war so schmal, das sein Vater sie wohl mit beiden Händen hätte umfassen können.

»Geht ins Haus, Angelo und Rosanna«, sagte sie.

Rosanna zog einen Schmollmund und setzte zum Sprechen an, doch der eisige Blick ihrer Mutter brachte sie zum Schweigen.

Inzwischen war auch Signor Castiglioni ausgestiegen und stand nun neben ihm. Die Signora trat auf sie zu, blickte ihrem Mann lange ins Gesicht, dann sah sie ihn an. Ihr Gesicht wirkte wie aus Marmor gehauen, so unbewegt war es, doch ihre Augen verrieten ihren Unwillen.

»So, du bist also Angelicas Sohn«, sagte sie.

»Ja, Signora.« Er verneigte sich und wunderte sich. Warum nannte sie nur seine Mutter? Sonst war er immer als der Sohn des Schmiedes oder Enzo Manaris Sohn bezeichnet worden.

»Nun, da du deine Eltern verloren hast, hat mein Mann beschlossen, dich bei der Familie Romani unterzubringen. Emilio Romani ist unser Stallmeister, seine Frau Rosa ist eine Cousine deiner Mutter.« Ihre Lippen bewegten sich kaum beim Sprechen. »Du wirst bei ihnen wohnen und in den Ställen arbeiten. Ich will dich nicht in meinem Haus sehen.«

Er war so verblüfft, dass ihm keine Antwort einfiel. Wie kam sie auf die Idee, dass er das Herrenhaus betreten würde?

Ihre Augen funkelten. »Hast du mich verstanden?«

Höflich neigte er den Kopf. »Jawohl, Signora.«

Ohne ein weiteres Wort drehte sie sich um und ging ins Haus. Er sah ihr nach. Ja, er hatte verstanden. Aus irgendeinem Grund hasste ihn diese Frau, und sie wollte ihn nicht hier haben. Fragend blickte er Signor Castiglioni an.

Der schüttelte den Kopf. »Frauen«, murmelte er. Dann lächelte er ihn an. »Sie ist manchmal etwas schwierig. Mach dir nichts draus, du hast ja nicht viel mit ihr zu tun. Komm, ich bringe dich zu den Romanis.«

Rosa Romani begrüßte ihn sehr viel herzlicher, als die Signora es getan hatte. Sie nahm ihn in die Arme und drückte ihn an ihren üppigen Busen. »Du armes Kind, Mutter und Vater zugleich zu verlieren. Das ist schrecklich. Und meine arme Angelica. So jung musste sie sterben.«

Dankbar lehnte er sich an sie. Ihre Kleider dufteten nach frischem Brot.

»Ich danke der heiligen Mutter Gottes, dass sie dich beschützt und dass unser Herr dich gefunden hat.«

Als die Tür geöffnet wurde, entließ sie ihn aus ihrer Umarmung. Er drehte sich um und erblickte Emilio Romani, der die Küche betrat.

Emilio begrüßte Signor Castiglioni und wandte sich dann an ihn. »Ah, da bist du ja. Und, willst du hier als Stallbursche arbeiten?«

»Ja, sehr gerne.«

»Aber er wird jeden Tag zwei Stunden frei haben, in denen er von unserem Hauslehrer unterrichtet wird«, sagte

Signor Castiglioni bestimmt. »Ich möchte, dass er lesen, schreiben und rechnen lernt.«

»Sehr wohl, Signor Castiglioni.«

»Aber die Signora hat gesagt, sie will mich nicht im Haus haben«, entfuhr es Maurizio.

Rosa hob die Brauen und verzog spöttisch den Mund.

»Das lass *meine* Sorge sein«, entgegnete Signor Castiglioni entschlossen. »Die nächsten Tage gewöhnst du dich erst einmal hier ein. Dann sehen wir weiter.« Er verabschiedete sich und verließ das Haus.

»Nun, mein Junge«, sagte Emilio, »da hast du Glück, dass du in unserem Herrn einen Gönner gefunden hast. Enttäusche ihn nicht.«

Rosa schnaubte abfällig. »Glück. Es ist seine verdammte ...«

»Sei still, Weib«, fuhr Emilio sie an. »Ich will keinen Tratsch in meinem Haus.«

Lässig zuckte sie mit den Schultern. »Als ob du das verhindern könntest. Hol die Burschen, es ist Zeit fürs Essen. Und unser Maurizio hat bestimmt Hunger.«

Rosa sollte recht behalten, Emilio konnte den Klatsch nicht verhindern. In den Jahren, die folgten, schnappte Maurizio immer wieder Bemerkungen darüber auf, wie ungewöhnlich es sei, dass der Hausherr einen einfachen Stallburschen bevorzugte und ihn gar mit seinem Sohn gemeinsam unterrichten ließ, gegen den erbitterten Widerstand der Signora. Aber erst als er fünfzehn Jahre alt war, erfuhr er, warum Donata ihn so sehr hasste.

Er atmete tief durch, trieb sein Pferd an. Der Abschied von den Romanis würde schwer werden. Beinahe elf Jahre lang waren sie seine Familie gewesen. Nun würde ein neues Leben beginnen. Eines ohne Rosas liebevolle Fürsorge, ohne Emilios väterliche Art. Eines ohne Gianna. Doch zunächst musste er mit Don Sergio sprechen. Was Angelo wohl seinem Vater als Grund für die Prügelei mit ihm genannt hatte? Irgendetwas musste er sagen, da sie beide Spuren davongetragen hatten. Nun, er würde es erfahren.

Und er musste nicht lange warten. Er hatte eben sein Pferd abgesattelt und in die Box gebracht, als Emilio zu ihm kam. »Der Herr möchte dich sprechen. Du sollst in sein Büro kommen.« Er stutzte. »Wie siehst *du* denn aus?«

Unwillkürlich fuhr Maurizio mit der Hand zu seinem Auge.

»Da hat aber einer ordentlich zugeschlagen«, sagte Emilio. »Musst du deshalb zum Herrn?«

»Kann sein. Ich lasse ihn besser nicht warten.«

Er nutzte die Gelegenheit, um Emilios Fragen zu entkommen. Ob Don Sergio allein mit ihm reden wollte? Er hoffte es. Was die Signora dazu sagen würde, dass er sich mit ihrem Herzblatt geprügelt hatte, konnte er sich lebhaft vorstellen.

Vor der Tür zu Don Sergios Büro holte er tief Luft und straffte die Schultern. Dann klopfte er an.

»Herein«, tönte Don Sergios tiefe Stimme von drinnen.

Er trat ein. Don Sergio saß hinter seinem Schreibtisch, vor ihm lagen Papiere und ein angefangener Brief.

Bei seinem Anblick zuckte ein Lächeln um Don Sergios Mund. »Ich sehe, ihr seid euch nichts schuldig geblieben, Angelo und du. Setz dich.«

Maurizio folgte der Aufforderung und wartete.

Das Lächeln verschwand aus Don Sergios Gesicht. »Du verstehst sicher, dass ich es nicht zulassen kann, dass du dich mit dem zukünftigen Herrn des Gutes prügelst.«

»Ich verstehe. Und deshalb bitte ich um meine Entlassung. Ich werde Ihrem Rat folgen und mich der kaiserlichen Armee anschließen.«

»Ich habe gehofft, dass du das tust. Dort zählt nur deine Leistung und nicht, wo du herkommst und wer dich gezeugt hat. Hier ... Meiner Gattin warst du schon immer ein Dorn im Auge, und nach diesem Vorfall wird sie darauf bestehen, dass du das Gut verlässt.« Er räusperte sich. »Du wirst deinen Weg schon machen, und ich werde tun, was ich kann, um dir zu helfen. Du bekommst ein Pferd von mir und finanzielle Unterstützung. Meinen Namen kann ich dir leider nicht geben.«

»Ich habe einen Namen. Ich komme zurecht.«

Don Sergio nickte. »Zweifellos.« Dann kehrte das Lächeln in sein Gesicht zurück. »Angelo sagte mir, es ging um ein Mädchen. Und ich dachte schon, du seiest ein Heiliger, und habe überlegt, ob nicht das Kloster für dich besser wäre als das Militär.«

»Er hat gesagt, es ging um ein Mädchen?«

»Ging es das nicht?«

Was sollte er jetzt sagen? Er war davon ausgegangen, dass Angelo irgendeinen anderen Grund für die Prügelei angegeben hatte.

»Doch ... schon.«

»Wer ist sie denn?«

Es wurde immer schlimmer. Er konnte doch nicht erzählen, dass er den Erben des Gutes mit der Tochter des Marchese di Raimandi im Heu erwischt hatte. Er hob die Schultern. »Das ist nicht wichtig.«

Don Sergio beugte sich vor und fixierte ihn. »Es ist nicht wichtig? Aber doch wichtig genug, dass du dich mit Angelo prügelst?«

»Er hat zuerst zugeschlagen.«

»Warum? Hat er dich mit einer erwischt, auf die er Absichten hatte?«

Natürlich. Das war die Lösung. Er nickte.

»Wer? Eine von den Mägden?«

Verdammt, und nun? Wenn er irgendeinen Namen nannte, würde diejenige vielleicht Schwierigkeiten bekommen. »Es ist wirklich nicht wichtig. Ich reise die nächsten Tage ab. Ich will nicht, dass jemand Ärger bekommt.«

Wenn Don Sergio doch bloß aufhören würde, ihn so anzusehen. Er hatte das Gefühl, dass er ihm kein Wort glaubte.

»Soll ich dir sagen, was ich denke?«, sagte Don Sergio langsam. »Ich denke, du lügst. Du hast dich noch nie an einer der Mägde vergriffen.« Er schüttelte den Kopf. »Nein. Es war nicht irgendeine Magd.«

Maurizio senkte den Kopf und schwieg.

»Es war jemand, dessen Ehre du schützen wolltest. Giulio sagte mir, Signorina di Raimandi sei heute Morgen auf Bandello gewesen. Er hat ihr Pferd hinter dem Stall gesehen.«

Ihm wurde glühend heiß, so heftig stieg ihm das Blut in den Kopf. Er öffnete den Mund zu einer Antwort, dann schloss er ihn wieder.

»Nun?«, fragte Don Sergio.

Maurizio schüttelte den Kopf und schwieg weiterhin. Sollte sein Vater doch denken, dass Angelo ihn verprügelt hatte, weil er Gianna Avancen gemacht hatte. Er würde dazu nichts weiter sagen.

Doch Don Sergio ließ nicht locker. »Sag mir die Wahrheit. Was war mit Angelo und Gianna?«

Ruckartig stand er auf und starrte Don Sergio an.

Der schüttelte den Kopf. »Glaubst du wirklich, ich halte dich für so dumm, dich an Gianna di Raimandi zu vergreifen? Niemals. Also, ich will wissen, was passiert ist. Ich habe kein Interesse daran, von Don Enrico zum Duell gefordert zu werden, weil mein Sohn seine Tochter entehrt hat.«

Nun denn. Wenn Don Sergio unbedingt die Wahrheit wissen wollte, würde er sie ihm sagen. Eine andere Möglichkeit hatte er ohnehin nicht mehr. Er blickte dem Herrn des Gutes, seinem Vater, in die Augen. »Es ist nichts passiert, weshalb Don Enrico Sie zum Duell fordern könnte. Heute Morgen kam Signorina di Raimandi hierher und bat mich, Angelo zu holen, weil sie mit ihm reden wollte. Sie wollte nicht glauben, dass er sie einfach aufgibt. Statt ihr die Wahrheit zu sagen, dass Sie und die Signora die Verlobung als unwiderruflich gelöst betrachten und mit Giannas Familie nichts mehr zu tun haben wollen, hat er ihr Hoffnungen gemacht. Hat ihr erzählt, er würde Sie noch überzeugen können.«

Don Sergio runzelte die Stirn. »Woher weißt du das?«

»Ich habe sie in der Sattelkammer allein gelassen, um ihnen Zeit zu geben. Irgendwann sah ich nach, und die Sattelkammer war leer. Ich fand die beiden im Heuschober. Er … hat versucht, sie zu verführen.« Diese Bilder in seinem Kopf. Gianna halbnackt, Angelo, der ihre Brüste streichelte und sich an ihrem Rock zu schaffen machte. Er schluckte. »Ich ging dazwischen. Er hat mich geschlagen und gesagt, ich solle verschwinden. Ich habe zurückgeschlagen. So kam es zu der Prügelei. Anschließend begleitete ich die Signorina nach Hause, und sie erzählte mir, was er gesagt hat.«

Nachdenklich sah Don Sergio ihn an. »Könnte es sein, dass das Mädel versucht hat, *ihn* zu verführen, um ihn zur Ehe zu zwingen?«

»Gianna? Dazu ist sie zu unschuldig und zu ehrlich.«

Don Sergio strich sich über den dunklen Schnurrbart. »Ja, das denke ich auch. Aber es ist auch gleichgültig, wer angefangen hat. Angelo hatte Glück, dass du rechtzeitig gekommen bist. Wenn er sie wirklich verführt hätte, würden Don Enrico oder einer von Giannas Brüdern ihn einen Kopf kürzer machen. Ich weiß noch, wie dieser hitzköpfige Bruder von Enrico einen Schäfer aus den Bergen verfolgt und im Duell getötet hat, weil der seine Frau belästigt hat.«

Maurizio nickte. Er hatte von der Geschichte gehört.

»Wenn Angelo sie nicht heiraten wird, sollte er sich von ihr fernhalten«, sagte er. Gianna würde ihn für diese Bemerkung hassen, falls sie jemals davon erfuhr.

»Er wird sie nicht heiraten! Und ich werde dafür sorgen, dass er sich von ihr fernhält.« Wieder sah Don Sergio ihn eindringlich an. »Dir liegt sehr viel an dem Mädel, nicht wahr?«

»Ja. Und ich verstehe nicht, warum man sie dafür büßen lässt, was ihr Bruder getan hat.«

»Es geht nicht darum, sie büßen zu lassen. Ich schätze Don Enrico und seine Familie nach wie vor sehr. Aber Großherzog Leopold hat mir einen Adelstitel in Aussicht gestellt. Darauf habe ich seit Jahren hingearbeitet. Gianna di Raimandi wäre eine standesgemäße Gemahlin für den zukünftigen Conte di Ripose. Die Schwester eines Verräters ist es nicht. Diese Aktion der Raimandi-Brüder ist zu einem denkbar ungünstigen Zeitpunkt gekommen. Wäre Gianna schon Angelos Gemahlin gewesen ...« Er seufzte. »Mir tut es auch leid um das Mädel. Und deshalb möchte ich dich bitten, Stillschweigen über das, was heute passiert ist, zu bewahren. Ich werde meiner Gattin sagen, ihr habt euch um ein Mädchen aus Buon Riposo geprügelt. Angelo wird das Gleiche sagen. Glaubst du, Gianna erzählt ihren Eltern davon?«

»Ich denke nicht. Sie war sehr beschämt. Und ich habe sie gebeten, es nicht zu tun.«

»Gut. Dann setze ich jetzt das Schreiben an meinen Bruder auf. Nächste Woche kannst du abreisen.«

8. KAPITEL

Eine Woche nach Giannas Besuch auf der Tenuta Bandello überreichte ihr Vater ihr einen Brief, der mit der Post gekommen war, an sie adressiert, jedoch ohne Absender. Ihr Herz hämmerte, als sie ihn in Empfang nahm. War das eine Nachricht von Angelo? Hatte er mit seinen Eltern gesprochen? Sie starrte auf die Adresse, sie war in Druckbuchstaben geschrieben, und sie spürte den prüfenden Blick ihres Vaters. Er wartete einen Moment, doch als sie keine Anstalten machte, den Brief zu öffnen, widmete er sich seiner Post. Erleichtert atmete sie auf und hastete nach oben in ihr Zimmer. Dort verriegelte sie die Tür, bevor sie den Umschlag aufriss. Sie erkannte die Handschrift, es war Rosannas. Schnell überflog sie die Zeilen.

Meine liebe Gianna,
ich darf euch nicht mehr besuchen, deshalb schreibe ich dir. Meine Eltern sagen, ihr seid Verräter. Ich darf nicht mehr über Giuseppe sprechen. Es ist alles so furchtbar. Manchmal wünschte ich, ich wäre tot. Stell dir vor, sie haben sogar schon einen Ehemann für mich ausgesucht. Es ist Alfredo Balduccio, ein reicher Kaufmann aus Pisa. Natürlich handelt er auch mit Wein. Ich habe ihn bisher nur ein Mal gesehen, als er letztes Jahr unser Gut besucht hat, um einen Vertrag mit Vater abzuschließen. Er ist zehn Jahre älter als ich, ein Witwer ohne Kinder. Ich will ihn nicht heiraten. Meine Mutter sagt, ich solle mich nicht so anstellen, Giuseppe hätte mich ohnehin niemals geheiratet.

Liebe Gianna, ich muss aufhören. Ich gebe den Brief unserer Simona, die schickt ihn per Post. Schreibe mir nicht zurück. Ich hoffe, wir sehen uns eines Tages wieder.

In Liebe
Deine Freundin Rosanna

Sie saß auf dem Bett, der Brief lag auf ihrem Schoß. Arme Rosanna. Mit einem Mann vermählt zu werden, den sie nicht kannte. Sie musste ihre Trauer um Giuseppe verbergen, denn für ihre Eltern war er ein Verräter.

Wieder einmal wurde ihr klar, wie anders ihre Eltern waren. Sie ließen ihr Zeit, über Angelo hinwegzukommen, obwohl auch sie mit Sicherheit schon mehrere geeignete Kandidaten für einen Ehemann im Auge hatten.

Ein wenig enttäuscht war sie, dass Rosanna Angelo mit keinem Wort erwähnt hatte. Aber wahrscheinlich hatte er noch gar nicht mit seinen Eltern geredet. Wenn noch nicht mal Rosanna sie besuchen durfte, war es sicher noch zu früh dazu.

Beim Abendessen erzählte sie schließlich von Rosannas Brief. »Stellt euch vor, ihre Eltern haben einen Ehemann für sie ausgesucht. Sie soll Alfredo Balduccio heiraten. Der ist doch zehn Jahre älter als sie. Sie tut mir so leid.«

»Na«, sagte ihr Vater. »So, wie ich Donata kenne, haben sie dann auch schon eine Braut für Angelo. Wahrscheinlich auch ein Mädchen aus dem Adel.«

Entsetzt starrte Gianna ihn an. Daran hatte sie noch gar nicht gedacht. Wenn sie es so eilig hatten, Rosanna unter die Haube zu bringen, dann vielleicht auch Angelo.

»Enrico«, sagte ihre Mutter mahnend. »Das wissen wir doch gar nicht.«

»Aber Angelo ...«, begann sie und schloss sofort den Mund, als alle Blicke sich auf sie richteten. Beinahe hätte sie ihr Geheimnis verraten, dass sie Angelo getroffen und er sie um Geduld gebeten hatte.

»Was ist mit Angelo?«, fragte ihr Vater, sein Blick verriet Misstrauen.

»Rosanna hätte mir gewiss geschrieben, wenn sie auch für ihn eine Braut gefunden hätten«, sagte sie.

Nach dem Abendessen ging sie in ihr Zimmer und schrieb einen Brief an Rosanna, auch wenn sie ihn jetzt nicht abschicken konnte. Vielleicht würde sich irgendwann eine Gelegenheit ergeben. Anschließend lautete sie nach Ilaria, damit sie ihr beim Auskleiden half.

Der August kam und mit ihm die heißeste Zeit des Jahres.

Gianna hatte noch nichts von Angelo gehört und auch Rosanna hatte ihr nicht mehr geschrieben. Es gab keinerlei Kontakt zwischen den Herrschaften von Alberi d'Argento und der Tenuta Bandello.

Ende August begann die Weinlese. Die Befürchtungen ihres Vaters hatten sich bewahrheitet: Der Mehltau hatte einen Teil der Ernte vernichtet. Doch es war nicht so schlimm wie fünf Jahre zuvor. Sie würden keinen Gewinn machen, aber auch keine Schulden.

Während der Lese ritt Gianna oft aus. Sie begleitete ihren Vater oder Lorenzo, wenn sie morgens in die Weingärten ritten, um die Arbeiten zu beaufsichtigen. Nach einiger Zeit verabschiedete sie sich und machte sich auf den Heimweg. Das jedenfalls behauptete sie. Doch sie ritt nicht auf direktem Weg nach Hause. Immer machte sie den Umweg zu den nördlichen Weingärten, die an das Land der Tenuta Bandello grenzten. Dort ritt sie im Schritt und hielt Ausschau nach Angelo. Auch er würde während der Lese durch die Weinberge reiten. Vielleicht würde sie ihm zufällig begegnen, oder vielleicht ahnte, fühlte er, dass sie nach ihm suchte.

Jeden Tag, wenn sie Frecetta sattelte, hatte sie das Gefühl, heute müsse es so weit sein, heute würden sie sich begegnen. Sie ritt neben ihrem Vater und malte sich aus, wie Angelo sie von weitem sehen würde. Er würde sein Pferd zum Galopp antreiben und vor ihr zügeln. In ihren Tagträumen flüsterte er ihr zu, wie sehr er sie vermisste. Sie würden in das Pinienwäldchen reiten, das zu Alberi d'Argento gehörte, und dort Pläne für ihre Flucht und ihre heimliche Hochzeit schmieden. Doch sie traf ihn nie. Sie sah die Tagelöhner, die für die Castiglionis Reben schnitten. Ab und zu war Signor Neri, der Cantiniere der Tenuta, bei ihnen. Einmal erblickte sie Don Sergio; er ritt auf seinem großen, schwarzen Hengst den Weg entlang. Als er sie sah, neigte er grüßend den Kopf, doch er sprach sie nicht an.

Nach drei Wochen gab sie es auf. Es konnte kein Zufall sein, dass Angelo niemals die Lese an dieser Stelle beaufsichtigte. Wahrscheinlich schickte sein Vater ihn zu den Hügeln im Westen, damit sie sich nicht begegneten.

Aber es wäre ihm doch ein Leichtes, vom Westhang zur Grenze zwischen den Ländereien zu reiten, flüsterte eine Stimme in ihrem Kopf. *Was also hindert ihn daran?*

Vielleicht hatten ihm seine Eltern ja Lügen über sie erzählt. Sie dachte an Rosanna, die jetzt mit Alfredo Balduccio verlobt war. Es könnte doch sein, dass die Signora behauptete, auch sie, Gianna, sei mittlerweile mit einem anderen Mann verlobt. Und sein gekränkter Stolz erlaubte es ihm nicht, sie zu suchen. Je länger sie darüber nachdachte, desto wahrscheinlicher erschien es ihr. Sie musste eine Möglichkeit finden, ihn wissen zu lassen, dass sie auf ihn warte. Wenn Maurizio noch da wäre, dann hätte sie ihm eine Nachricht zukommen lassen können. Der Vater ihres Stallburschen Matteo arbeitete als Knecht auf Bandello. Wenn sie einen Brief schrieb, könnte Matteo diesen seinem Vater geben. Doch nein, natürlich konnte ein Knecht keine Nachrichten zum Herrn des Hauses schmuggeln. Außerdem war das etwas, was sie nur Maurizio anvertrauen würde.

Der September näherte sich dem Ende, als ihre Mutter sie eines Morgens nach dem Frühstück aufforderte, noch zu bleiben. Ihr Vater und Piero machten sich auf den Weg zum Stall.

»Ich habe gestern mit deinem Vater gesprochen«, begann Silvana. »Auch wenn wir noch in Trauer sind, werden wir an den Erntebällen im Oktober teilnehmen.«

Verblüfft starrte Gianna ihre Mutter an. Sie saß sehr aufrecht, die Hände waren auf dem Tisch verschränkt, und sie sah sie mit einem Lächeln an, das ihr gezwungen erschien. »Aber warum?« Giuseppe war gerade drei Monate tot. Ihre Eltern konnten unmöglich Lust auf Feiern haben.

Silvanas Lächeln veränderte sich. Es wirkte jetzt traurig, aber es schien echt zu sein. »Zum einen ist es Tradition, dass wir mit unseren Arbeitern nach der Lese feiern. Als Dankeschön für ihre Treue und Arbeit. Das möchten wir machen, sie haben es verdient. Und wenn wir das tun, können wir auch auf die Bälle gehen. Zum anderen bist du jung. Dieses Jahr ist deine erste Ballsaison. Es macht Giuseppe nicht wieder lebendig, wenn du dich hier auf dem Gut verkriechst. Und er hätte es auch nicht gewollt. Du weißt, wie lebenslustig er war.«

Giuseppe. Sie sah ihn vor sich. Immer einen Scherz auf den Lippen, immer derjenige, der irgendwelchen Unsinn ausheckte. Nein, er hätte nicht gewollt, dass die Familie in Trauer versank. Aber irgendwie hatte sie das Gefühl, dass mehr dahintersteckte. »Meinetwegen müssen Vater und Sie das nicht tun. Ich habe kein Interesse daran, mit irgendwelchen jungen Männern zu tanzen.«

»Nun«, sagte ihre Mutter, »das solltest du aber. Es sei denn, du möchtest, dass wir einen Mann für dich aussuchen.«

Gianna riss die Augen auf. »Bitte?«

»Du weißt, dass wir dich nicht zwingen werden, jemanden zu heiraten, den du nicht magst. Aber wenn du wählen willst, solltest du dorthin gehen, wo du eine Wahl hast.«

»Aber ich habe schon gewählt. Angelo.«

Das Lächeln verschwand aus dem Gesicht ihrer Mutter. »Das ist unmöglich geworden. Du weißt doch, dass seine Eltern es niemals erlauben werden.«

»Er ist volljährig. Er muss nicht mehr tun, was seine Eltern sagen.«

Ihre Mutter senkte den Kopf und seufzte tief. Als sie ihn wieder hob, stand Mitleid in ihren Augen. »Er hat sich mit der Contessa Grifoni verlobt. Demnächst wird es offiziell bekanntgegeben.«

Sie bekam keine Luft mehr. Es fühlte sich an, als ziehe Ilaria ihr Korsett enger und enger, bis ihr Brustkorb so eingeschnürt war, dass sie nicht mehr atmen konnte. Sie spürte ihr Herz mit langsamen, schweren Schlägen gegen die Rippen schlagen. Vor ihren Augen flimmerte es. Sie würde ohnmächtig werden, das erste Mal in ihrem Leben. Doch sie wurde nicht ohnmächtig, der Moment ging vorüber. »Woher wollen Sie das wissen?«, fuhr sie auf. »Sie reden doch nicht mehr mit den Castiglionis.«

»Das ist auch nicht nötig. Solche Nachricht verbreiten sich schnell. In den Tälern um Montescudaio sind die meisten Menschen in irgendeiner Weise miteinander verwandt oder verschwägert. Eine der Küchenmägde auf der Tenuta Bandello ist die Nichte unserer Köchin. Matteos Vater ist dort Knecht.«

»Seit wann geben Sie etwas auf Küchengeschwätz?«

»Gianna! Mäßige dich.« Silvanas Stimme klang scharf. »Es ist kein Küchengeschwätz«, fuhr sie sanfter fort. »Es ist die Wahrheit.«

»Aber Angelo liebt mich.«

»Das mag sein, aber trotzdem fügt er sich seinen Eltern und heiratet die Frau, die sie für ihn ausgewählt haben. Und du bist hoffentlich zu stolz, um ihm nachzulaufen. Er ist es nicht wert.«

Doch ist er es wert, wollte sie aufbegehren.

Doch dann erinnerte sie sich daran, dass sie schon in

Florenz das Gefühl gehabt hatte, ihr Vater sei nicht besonders zufrieden mit seinem zukünftigen Schwiegersohn, und sie schwieg.

»Ich weiß, es tut weh«, sagte Silvana. »Es fühlt sich so an, als könne man sich niemals mehr verlieben. Aber so ist es nicht. Du wirst darüber hinwegkommen, und dann wirst du dich neu verlieben und diesen Windhund vergessen haben.«

Niemals. Sie wollte Angelo nicht vergessen. Er gehörte zu ihrem Leben, seit sie denken konnte, sie liebte ihn, seit sie dreizehn Jahre alt war. Ihn zu vergessen hieße, einen Teil von sich selbst zu vergessen.

Ihre Mutter stand auf, strich ihr übers Haar und reichte ihr ein Taschentuch. Jetzt erst merkte Gianna, dass ihr die Tränen über die Wangen rollten. »Es klingt banal«, sagte Silvana leise, »aber jeder erlebt das, was du gerade durchmachst. Liebeskummer gehört zu den schlimmsten Schmerzen. Aber er geht vorbei.«

Gianna wischte sich die Tränen ab und putzte die Nase. »Woher wissen Sie das? Sie haben den Mann bekommen, den Sie lieben.«

»Ich hatte das Glück, mich in deinen Vater zu verlieben, als er mir vorgestellt wurde. Aber das heißt nicht, dass ich nicht vorher auch schon mal verliebt war, mein Kind.« Sie nickte und verließ den Raum.

Verwundert starrte Gianna ihr nach. Ihre Eltern hatten niemals ein Geheimnis daraus gemacht, dass sie sich innig liebten. In ihrer Welt war es immer so gewesen, dass ihre Eltern zusammengehörten. Ihre Mutter war eben Mutter. Sie kümmerte sich um die Kinder, beaufsichtigte die Dienstboten und den Haushalt, tröstete, schimpfte. Sie war so beständig wie die Olivenbäume von Alberi d'Argento.

Nie hatte sie daran gedacht, dass auch ihre Mutter einmal ein junges Mädchen gewesen war, das mit Freundinnen gekichert und Geheimnisse geteilt hatte, das auf Bällen mit Verehrern getanzt und manche gar heimlich im Dunkeln geküsst hatte. In wen war sie wohl verliebt gewesen, bevor sie ihren Vater getroffen hatte?

9. KAPITEL

Nach drei Wochen Reise erreichte Maurizio Verona. Er hatte sich Zeit gelassen, schließlich war Frieden, und er hatte es nicht eilig. Don Sergio hatte ihn mit genügend Geldmitteln versorgt, ebenso mit der passenden Kleidung. Doch die größte Überraschung war das Pferd gewesen: Dario. Es war ein großer, schwarzer Salerner Hengst mit einem weißen Stern auf der Stirn. Er stammte aus derselben Zucht, aus der Don Sergios eigenes Pferd kam. Sieben Jahre alt, hervorragend trainiert, er musste viel dafür bezahlt haben. Die Salernitanos galten als die besten Kavalleriepferde in Italien.

Der Weg durch die Berge nach Bologna war der schwierigste Teil der Reise. Maurizio ritt in Etappen von jeweils drei Stunden vormittags und noch mal zwei Stunden am Nachmittag. Die Wege waren nicht schlecht, doch das ständige Bergauf und Bergab ließ eine schnelle Gangart kaum zu. Er brauchte neun Tage, bis er endlich Bologna erreichte. Dort machte er drei Tage Pause, bevor er weiterritt. Jetzt kam er wesentlich schneller voran. Es gab kaum noch Berge, vor ihm breitete sich die Po-Ebene mit endlos scheinenden Reisfeldern aus. Er fand die Landschaft öde und langweilig und sehnte sich nach den Hügeln von Montescudaio.

Die Menschen, die in den Dörfern der Po-Ebene lebten, hatten eine ungesunde gelbliche Hautfarbe. Ein fahrender Händler, mit dem er sich in einer Osteria unterhielt, erzählte ihm, das komme daher, dass die Leute sich hier fast ausschließlich von Reis ernährten.

Auf seiner Reise hatte er viel Zeit zum Nachdenken. Und er dachte immer wieder an Gianna. Was wird sie tun, wenn sie endlich begriff, dass Angelo sie nicht heiratete? Einen anderen Mann suchen? Bewerber gab es sicher viele, sie war schön und reich. Hoffentlich wählte sie dieses Mal klüger.

Verona war beeindruckend schön. Breite Straßen, weiträumige Plätze, schöne Palazzi und jede Menge Kirchen. Sein Weg führte ihn an der Etsch vorbei zum Castelvecchio, dem Hauptquartier der Habsburger. Als er dort nach Oberleutnant Castiglioni fragte, wurde er wieder an den Stadtrand geschickt, zu einer der Kasernen dort.

Am Eingang wurde er aufgehalten. Ein Soldat in weißem Waffenrock musterte misstrauisch sein Pferd, anschließend ihn. Dann bellte er etwas Unverständliches.

»Ich möchte zu Oberleutnant Castiglioni«, antwortete Maurizio im toskanischen Dialekt.

Der Mann schüttelte den Kopf und sagte wieder etwas Unverständliches. Schließlich wandte er sich um und brüllte etwas in den Hof. Ein anderer Soldat kam dazu. Die Wache wies mit dem Kinn auf Maurizio. Der neue Soldat hatte dunkles Haar und dunkle Augen, er war wohl Italiener. Die Sprache, in der er ihn ansprach, verstand Maurizio ebenso wenig, doch sie klang melodischer und vertrauter. Er wiederholte seinen Satz, dass er Oberleutnant Castiglioni zu sprechen wünsche.

»Warum?«, fragte der Soldat, nun auf Toskanisch.

»Ich habe eine Nachricht von seinem Bruder.« Maurizio holte den Brief aus seiner Jacke und hielt ihn dem Mann, der ihn zuerst angesprochen hatte, hin. Der musterte ihn sichtlich misstrauisch, dann befahl er ihm, abzusteigen und seine Waffen abzulegen. Er hatte nur einen Dolch dabei, den er dem italienischen Soldaten aushändigte. Der andere schüttelte unwirsch den Kopf und bedeutete ihm, die Hände zu heben. Dann tastete er ihn ab. Danach forderte der Italiener ihn mit einem Wink auf, ihm zu folgen.

»Der Oberleutnant ist gerade beim Exerzieren, es wird noch ein bisschen dauern. Du kannst hier auf ihn warten.« Er öffnete die Tür zu einem langgestreckten Gebäude und führte ihn in das erste Zimmer.

»Danke«, sagte Maurizio. »Wie ist dein Name?«

»Bernardo Righetti. Hier nennt man mich Bernhard.«

»Maurizio Manari«, stellte er sich vor.

Bernardo lächelte. »Na dann, Maurizio, ich wünsche dir viel Erfolg, was auch immer du hier vorhast.« Er nickte ihm zu und verließ den Raum. Die Tür lehnte er nur an.

Maurizio sah sich um. Vor dem Fenster stand ein Schreibtisch aus dunklem Holz mit geschwungenen Beinen, dahinter ein gepolsterter Stuhl, davor befanden sich zwei schlichte Holzstühle. An den weißgetünchten Wänden hingen Kupferstiche. Einer zeigte wohl Verona, er erkannte das Amphitheater und die Festung, in der er sich befand, der andere zeigte eine Stadt, die er nicht kannte, vielleicht Wien. Auf der einen Seite nahm ein Schrank fast die gesamte Breite der Wand ein.

Maurizio setzte sich auf einen der Stühle vor dem Schreibtisch, lehnte sich zurück und schloss die Augen. Ein wenig ausruhen, bevor er mit Raimondo Castiglioni sprach. Trotz der unbequemen Haltung musste er eingenickt sein. Schwere Schritte vor der Tür ließen ihn hochfahren. Sein Genick schmerzte. Hastig stand er auf und drehte sich um.

Der Mann, der eintrat, hatte keine Ähnlichkeit mit Don Sergio. Er war kleiner, doch seine Schultern waren breiter. Sein sandfarbenes Haar war kurzgeschnitten, und er trug einen Schnurrbart, dessen Spitzen nach oben gezwirbelt waren. Seine Augen waren graublau. Maurizio glaubte eine gewisse Ähnlichkeit mit seinem eigenen Spiegelbild zu erkennen.

»Man sagte mir, du habest einen Brief von meinem Bruder?«

Maurizio neigte den Kopf. Wie war noch mal die entsprechende Anrede? »Jawohl, Herr Oberleutnant.« Er holte den Brief aus seiner Jacke und überreichte ihn.

Der Oberleutnant warf einen schnellen Blick auf den Absender, dann musterte er Maurizio eingehend von Kopf bis Fuß. »So, du bist also Sergios Bastard.«

Unwillkürlich zuckte er zusammen, dann stieg ihm die Zornesröte ins Gesicht. Natürlich war dieser Ausdruck das eine oder andere Mal in seiner Gegenwart gefallen, doch meist hinter vorgehaltener Hand. Noch nie hatte ihn jemand so unverblümt einen Bastard genannt.

»Brauchst dich nicht so aufzuplustern«, sagte der Oberleutnant gelassen. »Es bleibt unter uns. Mein Bruder hat mir schon vor einiger Zeit geschrieben, dass er dich für zu klug und zu talentiert hält, um als Knecht auf seinem Gut zu dienen. Wir werden sehen, ob er recht hatte. Setz dich.«

Maurizio hockte sich wieder auf den Stuhl, der Oberleutnant nahm hinter dem Schreibtisch Platz. Er öffnete den Brief und las ihn. Anschließend beugte er sich vor und legte die Fingerspitzen zusammen. »Warum willst du in der habsburgischen Armee dienen? Warum gehst du nicht ins Piemont und schließt dich den Soldaten von Vittorio Emanuele an? Du bist Italiener.«

»Ebenso wie Sie, Herr Oberleutnant.«

Die Andeutung eines Lächelns huschte über Castiglionis Gesicht, und wieder hatte Maurizio das Gefühl, diesen Ausdruck schon im Spiegel gesehen zu haben. Konnte es sein, dass er seinem Onkel ähnlicher sah als seinem Vater?

»Unser Vater war Italiener, er ist hier in Venetien geboren und aufgewachsen. Doch unsere Mutter kam aus Südtirol. Hat Sergio dir das nie erzählt?«

»Nein. Er hat nie mit mir über seine Familie gesprochen.« Wahrscheinlich war er der Meinung gewesen, seine Herkunftsfamilie ginge seinen Bastard nichts an.

»Nun gut. Aber du hast meine Frage nicht beantwortet. Warum gehst du nicht zur sardinischen Armee?«

»Weil ich der Meinung bin, dass Vittorio Emanuele kein guter König für Italien ist«, antwortete Maurizio und führte die gleichen Gründe an, die er auch bei dem Gespräch mit Giannas Vater genannt hatte.

Der Oberleutnant nickte beifällig. »Das wird Seiner Majestät gefallen. Seit dem Empfang in Mailand misstraut Seine Majestät jedem Italiener, sogar seinen eigenen italienischen Soldaten.«

»Was ist in Mailand geschehen?«

»Hat sich das nicht bis in die Toskana herumgesprochen? Schon bei ihrer Ankunft in Venedig wurde das kaiserliche Paar mit eisigem Schweigen empfangen. Niemand jubelte. In den Palazzi am Canal Grande waren die Fensterläden geschlossen, von einigen Balkonen hing die italienische Trikolore. In Mailand bezahlte man in weiser Voraussicht tausend Bauern, damit sie Seiner Majestät zujubeln. Doch bei einer Gala im Teatro alla Scala erschien der Adel in Schwarz, als Zeichen der Trauer, und einige Frauen trugen Kleider in den Farben der Trikolore. Manche haben sogar nur ihre Dienerschaft geschickt, ein enormer Affront. Es wurde Norma gespielt, und als der Chor *Guerra, guerra* sang, jubelten die Italiener und klatschten Beifall. Seine Majestät war entsetzt.«

Was ziemlich dumm von ihm war, dachte Maurizio.

Hatte er wirklich erwartet, in Mailand bejubelt zu werden? Dort war die Stimmung anders als in der Toskana. Aber er hütete sich, das laut zu sagen, sondern nickte nur.

»Du hast jedenfalls gute Gründe, dich hier anwerben zu lassen. Dir ist aber auch klar, dass du im Falle eines Krieges gegen unsere Landsleute kämpfen musst?« Castiglionis Blick bekam etwas Lauerndes.

Maurizio zögerte. Was für eine Antwort erwartete der Oberleutnant? Sollte er lügen und sagen, das sei ihm gleichgültig? Das war es nicht. Er beschloss, die Wahrheit zu sagen. »Ich hoffe, dass es nicht zum Krieg kommt oder dass ich vielleicht außerhalb Italiens stationiert werde. Ich möchte nicht gegen meine Leute kämpfen.«

Castiglioni nickte. »Gut. Jedenfalls bist du ehrlich. Ich hätte dich nicht genommen, wenn du behauptet hättest, es mache dir nichts aus. Ob du das Zeug zum Soldaten hast, werden wir sehen. Kannst du schießen?«

»Nein.«

»Hm. Dann wirst du es lernen. Kannst du Deutsch?«

Wieder verneinte er. »Auch das wirst du lernen. So schnell wie möglich. Zwar ist die Regimentssprache hier Italienisch, aber alle, die eine Offizierslaufbahn anstreben, müssen mindestens zwei Sprachen sprechen, besser drei. Du willst doch Offizier werden?«

»Jawohl, Herr Oberleutnant.«

Castiglioni verengte die Augen. »Mein Bruder bat mich, dich zu protegieren. Ich werde dich beobachten und es tun, wenn ich denke, dass du es wert bist.«

Offen erwiderte Maurizio seinen Blick. Raimondo Castiglioni schien nicht allzu viel auf die Meinung seines Bruders zu geben. Aber vielleicht war es besser so. Er würde sich seinen Rang erarbeiten müssen, doch damit fühlte er sich wohler, als wenn er als Protegé eines reichen Mannes gelten würde.

»Mein Bruder schreibt, du willst zur Kavallerie«, fuhr der Oberleutnant fort. »Das geht nicht so ohne weiteres. Unsere Kavallerie besteht hauptsächlich aus Husaren und Ulanen. Die meisten Italiener dienen in der Infanterie. Hast du denn ein Pferd?«

»Jawohl, Herr Oberleutnant. Es steht draußen.«

Castiglioni hob die Brauen. »Der Rappe mit dem weißen Stern gehört *dir*?«

»Jawohl, ein Geschenk Ihres Bruders.«

»Ein Prachtpferd. Nun, wir werden sehen. Aber auch für die Kavallerie wirst du zunächst, wie alle anderen Rekruten, exerzieren und schießen lernen. Zwei Türen weiter ist das Musterungsbüro. Dort kannst du dich einschreiben. Du verpflichtest dich für acht Jahre, sechs davon sind Dienst, die anderen beiden Reserve. Nach dem Einschreiben meldest du dich beim Stallmeister, um dein Pferd unterzustellen, und anschließend beim Quartiermeister.«

Beim Quartiermeister wartete Bernardo auf ihn. »Du kommst zu mir in die Stube. Hast Glück, das sind alles nette Burschen. Na ja fast. Wo kommst du her? Du sprichst anders als die Menschen hier.«

»Aus dem Großherzogtum Toskana. Ich war Pferdeknecht auf dem Gut von Oberleutnant Castiglionis Bruder.«

»Ah.« Bernardo nickte. »Er hat dich hierhergeschickt? Ich habe mich schon gewundert, dass der Herr Oberleutnant dich empfängt. Da hast du Glück.«

»Ich weiß.«

Nachdem die Formalitäten erledigt waren, führte Bernardo ihn über den Hof in ein zweistöckiges Gebäude. »Hier liegen unsere Räume.« Er öffnete die dritte Tür im Gang.

Neugierig blickte Maurizio sich um. An der einen Wand standen vier Stockbetten, gegenüber waren zwei Tische mit je vier Stühlen. An einem Tisch saßen drei junge Männer und spielten Karten, einer lag auf einem der Betten und las, einer saß alleine an dem anderen Tisch und schrieb. Bernardo sagte etwas auf Deutsch, wobei er auf ihn deutete. Die Männer betrachteten ihn mit einer Mischung aus Neugier und Misstrauen.

»Ich habe ihnen erklärt, wer du bist und dass du Deutsch lernen sollst. Sie sprechen alle ein bisschen Italienisch, werden aber mit dir Deutsch reden. So lernst du es schneller.«

Maurizio nickte. »Wie sage ich: ›Ich freue mich, euch kennenzulernen‹?«

Langsam sprach Bernardo ihm die fremd klingenden Wörter vor. Er wiederholte sie, so gut er es vermochte. Die meisten seiner zukünftigen Kameraden grinsten und nickten ihm zu, nur einer runzelte die Stirn und sprach ihn auf Italienisch an, wenn auch mit starkem Akzent.

»Wieso schließt sich einer aus der Toskana freiwillig dem Heer in der Lombardei an?«

»Wieso *nicht?*«, gab Maurizio zurück. »Ich bin nicht der einzige Italiener, der nicht für Vittorio Emanuele ist. Unter Leopold II. geht es uns gut in der Toskana.«

»Eben. Und deshalb wundere ich mich, dass du nicht in der Toskana bleibst. Die meisten Italiener sind hier, weil sie eingezogen wurden. Ich habe noch nie gehört, dass einer freiwillig in den Norden kommt.«

»Nur weil du davon nichts weißt, bedeutet das nicht, dass es das nicht gibt«, konterte Maurizio. »Ich war Stallbursche und habe keine Lust, das mein Leben lang zu bleiben. Beim Militär gibt es die besten Aufstiegsmöglichkeiten.«

Der andere erhob sich. Er war etwa so groß wie er selbst, wirkte aber wesentlich bulliger. »Dafür, dass du neu bist, reißt du dein Maul ganz schön weit auf. Weißt du, was ich denke?«

»Du denkst? Da bin ich aber gespannt.«

Die ohnehin schon dunkle Haut des Mannes wurde noch dunkler. Er ballte die Hände. »Ich glaube, du brauchst eine Tracht Prügel«, zischte er.

Bernardo schaltete sich ein. »Fangt nicht gleich Streit an. Maurizio, das ist Ivo, er kommt aus Kroatien. Er ist von uns hier am längsten im Dienst und wird wohl demnächst zum Zugführer befördert.«

Maurizio verstand die Warnung in Bernardos Worten. Der Mann würde sein Vorgesetzter werden. Von den Kroaten im habsburgischen Heer hatte er bereits gehört. Sie galten als furchtlose Kämpfer und gnadenlos gegenüber ihren Feinden. Er nickte Ivo zu. »Hab's nicht böse gemeint. Sag mir, was du denkst.«

Ivo war nicht zufrieden. »An deiner Geschichte stimmt was nicht. Ich glaube, du bist ein Spion, der sich hier einschleichen will. Wo hast du den Gaul her, auf dem du gekommen bist? Das ist kein Pferd für einen Bauernburschen.«

Maurizio erinnerte sich, ihn in den Stallungen gesehen zu haben, als er Dario versorgt hatte. »Das Pferd ist ein Geschenk meines Gutsherrn zum Abschied.«

Jetzt lachte Ivo schallend. »Ein Geschenk deines Gutsherrn? Hab ich noch nie gehört, dass ein Herr so ein Pferd verschenkt. Du wirst's gestohlen haben. Oder du bist nicht der, für den du dich ausgibst.«

Das traf es wohl am ehesten. Doch er konnte kaum damit hausieren gehen, der illegitime Sohn des Gutsherrn zu sein. Er musste sich seine Zukunft selbst schaffen, und er war hier, um genau das zu tun.

Seine Zukunft begann viel langweiliger, als er sich das vorgestellt hatte. Nach dem Wecken wurden die Betten gemacht, sich gewaschen und nach einem Frühstück mit dem schlechtesten Kaffee, den er je getrunken hatte, ging es hinaus zum Exerzieren. Das Erste, was er lernte, war, dass er offensichtlich noch nicht einmal richtig stehen konnte.

Sie versammelten sich im Hof und warteten erst einmal. Der Ausbilder stand vor ihnen und musterte sie. »Du! Du bist neu!«, rief er dem Mann eine Reihe vor Maurizio zu.

»Ja.«

»Das heißt: Jawohl, Herr Feldwebel!«, brüllte der Mann.

»Jawohl, Herr Feldwebel.«

Der Feldwebel verengte die Augen. »Wir haben noch mehr Neue. Vortreten.«

Fünf Mann und Maurizio traten vor.

»Haltung annehmen!«, rief der Feldwebel. Dann runzelte er die Stirn. »Was seid ihr denn für Hampelmänner? Das soll Haltung sein? Da haben wir ja ein hartes Stück Arbeit vor uns. Also.« Sein Ton wechselte, als ob er aus einem Lehrbuch rezitierte. »Die Stellung des einzelnen Mannes ist die Grundlage der Richtung, der Wendungen und des ganzen Exerzierens. Sie muss natürlich, frei und ungezwungen sein. Die Absätze werden auf eine Linie und so nah aneinandergesetzt, wie es der Körperbau des Mannes erlaubt. Die Fußspitzen sind gleich weit auswärts gedreht, so dass die Füße nicht ganz einen rechten Winkel bilden.« Er machte eine Pause und wartete.

Maurizio brachte seine Füße in die vorgeschriebene Stellung.

»Die Knie werden zurückgezogen, ohne sie steif zu halten«, fuhr der Feldwebel fort. »Der Leib ruht senkrecht auf den Hüften, die Brust und der Oberleib werden etwas vorgebracht, die Schultern zurückgelegt, ungezwungen gesenkt, und sind auf gleicher Höhe.«

Madonna, wie sollte er die Knie zurückziehen, ohne sie durchzudrücken? Er kämpfte noch mit Knien, Brust und Schultern, als der Mann weiterredete.

»Die Arme sind längs des Leibes hängend, die Ellbogen nah am Leib, etwas gebogen und nicht angedrückt, die Handballen ein wenig auswärts gedreht, die Haltung des Kopfes ist gerade und ungezwungen, das Kinn gegen den Hals gezogen, ohne ihn zu bedecken. Der Mann hat den Blick vor sich hin, nicht auf den Boden geheftet.«

Maurizio rang um sein Gleichgewicht, während er

versuchte, seine Körperteile in die entsprechenden Positionen zu bringen. Es fühlte sich alles völlig falsch an, und von der mehrfach erwähnten Ungezwungenheit konnte keine Rede sein.

Der Ausbilder ließ die sieben neuen Rekruten vorne stehen, mehrfach Haltung annehmen, sich rühren und wieder Haltung annehmen. Dann schickte er sie zurück in ihre Reihen.

Die Wendungen erwiesen sich als ebenso kompliziert wie das richtige Stehen, und Maurizio fragte sich, wie man einfache angeborene Bewegungsabläufe so schwierig gestalten konnte.

Nach dem Exerzieren war Kommissdienst angesagt. Die Stiefel mussten auf Hochglanz poliert werden, die Uniform musste von jedem Stäubchen befreit sein, und diejenigen, die Gewehre hatten, reinigten sie. Anschließend musste er die Chargengrade im Heer und die Rangabzeichen an den Uniformen auswendig lernen. Eine langweilige, ermüdende Sache. In seiner raren Freizeit lernte er Deutsch und ein paar Sätze Kroatisch.

Nach einer Woche nahm er das erste Mal an Schießübungen teil. Zu seiner Überraschung und der seines Vorgesetzten, Leutnant Niemetz, traf er nach den ersten Fehlschüssen jedes Mal das Ziel. Das blieb auch in den nächsten Tagen so. Die Wochen vergingen. Er gewöhnte sich an das Leben in der Kaserne, ans Exerzieren, an die Übungsmärsche. Mittlerweile konnte er an den Abzeichen auf den Uniformen erkennen, wen er vor sich stehen hatte.

Ivo Vuković wurde zum Gruppenführer befördert, was ihm gewaltig zu Kopfe stieg, fand Maurizio. Er blieb in ihrer Stube und machte besonders Maurizio das Leben schwer, indem er ihn bei Leutnant Niemetz anschwärzte.

Mal hatte er seinen Tornister nicht ordentlich gepackt, dann glänzten seine Stiefel nicht, oder seine Bettwäsche war verkehrt gefaltet. Zum Glück war der Leutnant kein Leuteschinder. Er rügte ihn und wies ihn an, nachzuarbeiten, und damit war die Sache erledigt. Maurizio biss die Zähne zusammen und ertrug die Schikanen stillschweigend. Sich mit einem Vorgesetzten anzulegen würde sein Leben eher noch schwerer machen.

An einem Sonntagnachmittag, vier Wochen nach seiner Ankunft, saß er in der Stube, vor ihm lagen Papier und Feder. Er hatte Gianna versprochen, ihr zu schreiben, und das wollte er jetzt endlich tun. Er schloss die Augen und stellte sich ihr Gesicht vor. Die großen, dunkelblauen Augen, den vollen Mund, ihr Kinn, über das sie sich immer ärgerte, weil es ein wenig zu hervorstehend war, wie sie behauptete. Ihr Haar, das in der Sonne rötlich schimmerte. Danach fiel ihm das Schreiben leicht. Er beschrieb seine Stube und seine Kameraden, schilderte, wie schön Verona war und allerlei Belanglosigkeiten.

Plötzlich stand Ivo neben ihm. »Was machst du da?«

»Ich schreibe an eine Bekannte, Herr Gruppenführer.«

»Auf Italienisch?«

Maurizio presste die Lippen zusammen. Himmel, war der Kerl dämlich. »Natürlich auf Italienisch. Sie lebt in der Toskana, sie kann kein Deutsch.«

»Du kannst viel behaupten. Woher soll ich wissen, dass du nicht an irgendeinen Rebellen schreibst und militärische Geheimnisse preisgibst?«

»Warum sollte ich das tun? Ich diene in dieser Armee genau wie Sie. Ich habe kein Interesse daran, uns zu schaden.«

»Widersprich mir nicht!«, bellte Ivo, griff nach dem

Blatt, verengte die Augen und starrte darauf. Es war offensichtlich, dass er es nicht lesen konnte. »Das wird nicht abgeschickt!«

Maurizio stand auf. »Ich habe das Recht, Briefe nach Hause zu schreiben.«

»Mit allem Respekt, Herr Gruppenführer.« Ferdinand, einer seiner Stubenkameraden, hatte sich ebenfalls erhoben. »Der Brief wird doch ohnehin von der Zensur gelesen, bevor er abgeschickt wird. Die werden schon darauf achten, dass alles seine Richtigkeit hat.«

Ivo funkelte ihn an, doch er hatte keine Antwort auf Ferdinands Einwand.

Maurizio streckte die Hand aus. »Ich möchte den Brief zurück.« Er ließ *Herr Gruppenführer,* auf das Ivo so viel Wert legte, absichtlich unter den Tisch fallen.

Ivo warf das Blatt auf den Tisch und stürmte aus dem Raum.

Der kleine Zwischenfall brachte Maurizio eine zusätzliche Wache an einem freien Abend ein. Danach war er noch vorsichtiger, was Ivo anging. Und er beschloss, Gianna nicht mehr zu schreiben. Die Post brauchte ohnehin Wochen bis in die Toskana. Giannas Antwort, wenn sie überhaupt eine schrieb, würde ebenfalls wochenlang unterwegs sein. Dann würde sie durch die Zensur hier gehen, und wer wusste, was man in ihre Worte hineininterpretierte? Er hatte ihr versprochen, zu schreiben, und das hatte er getan. Nun war es an der Zeit, sie endgültig zu vergessen.

Seinen Onkel, den Oberleutnant, hatte er seit seinem ersten Tag nicht wiedergesehen, und manchmal fragte er sich, ob Raimondo Castiglioni ihn vergessen hatte. Doch nach zwei Monaten bekam er von Leutnant Niemetz den Befehl, sich bei Oberleutnant Castiglioni zu melden. Er marschierte in dessen Büro, stand stramm und salutierte.

Castiglioni musterte ihn. »Du machst dich ganz gut. Ich habe dich bei den Schießübungen beobachtet. Du bist ein exzellenter Schütze. Solche brauchen wir. Ich habe Leutnant Niemetz gesagt, dass ich dich bei den Jägern haben möchte. Ich sagte schon, dass unsere Kavallerie aus Ulanen und Husaren besteht. Als Italiener kommst du da nicht rein, und selbst wenn, hättest du einen schweren Stand. Die halten zusammen wie Pech und Schwefel und sind Fremden gegenüber sehr misstrauisch. Jäger zu sein ist eine gute Sache. Als Jäger bekommst du ein anderes Gewehr, einen unserer modernen Lorenz-Stutzen. Es ist ein Präzisionsgewehr, das bis zu tausend Meter weit schießt. Die Jäger kämpfen nicht mit der normalen Infanterie, sondern in kleinen Gruppen von fünf bis zehn Mann als Tirailleure.«

»Als *was?*«

»Tirailleure«, wiederholte Castiglioni. »Störer, Plänkler, Kleine Einheiten, die der Armee voraus aufklären, mit gezielten Schüssen die gegnerischen Linien stören und versuchen, deren Offiziere auszuschalten. Die Ausbildung ist etwas anders als die der Infanterie.« Jetzt lächelte er. »Weniger Drill. Jäger sollen selbständig arbeiten und das Gelände nutzen. Das sollte dir gefallen. Righetti kommt übrigens auch zu den Jägern. Ihr gehört zur fünften Brigade unter Feldmarschallleutnant von Stadion. Ich bin euer Bataillonskommandant. Ihr meldet euch gleich nachher bei eurem neuen Zugführer, Leutnant Meissner, der weist euch euren Oberjäger zu, in dessen Stube ihr auch zieht.«

Nach einem kurzen Stich der Enttäuschung, weil er nicht in die Kavallerie kam, freute er sich. Von Stadion war schon seit Jahren in Italien, er galt als umsichtig und erfahren, und Castiglioni als vorgesetzter Offizier konnte nur von Vorteil sein. Außerdem reizte ihn das neue Gewehr, von dem er schon viel gehört hatte. »Ich danke Ihnen, Oberleutnant Castiglioni.« Dann fiel ihm etwas ein. »Mein Pferd werde ich dann wohl nicht brauchen.«

»Nein, eher nicht.«

»Dürfte ich dann darum bitten, dass Sie, Herr Oberleutnant, den Hengst reiten? Ich überlasse ihn lieber Ihnen als irgendjemandem, der Dario nicht zu schätzen weiß.« Und der das Tier am Ende schlecht behandelte.

Castiglioni strich sich über den Bart. »Das ist eine sehr großzügige Geste. Ich werde gut auf ihn aufpassen.«

Maurizio salutierte und verließ das Zimmer. Draußen wartete bereits Bernardo auf ihn. Er schlug ihm so heftig auf den Rücken, dass er nach Luft schnappte. »Jäger Righetti grüßt Jäger Manari! Junge, was Besseres konnte uns kaum passieren. Endlich kein stundenlanges Exerzieren mehr.«

Maurizio lachte. »Dafür Schießübungen, und marschieren werden wir trotzdem.«

»Warum sind wir denn so fröhlich?« Hinter ihnen stand Ivo und hatte die Hände in die Hüften gestemmt. »Haben die Herren vergessen, dass sie heute dran sind, die Stube gründlich zu reinigen? Los, ich komme in einer Stunde, und wehe, es blitzt nicht alles.«

»Bedaure, Herr Gruppenführer, aber dazu haben wir keine Zeit«, sagte Righetti, und Maurizio sah, wie er nur mühsam ein Grinsen unterdrückte.

Ivos Gesicht lief rot an. »Keine Zeit? Dir werd ich helfen. Ihr werdet nicht nur die Stube, sondern auch die Latrinen reinigen.«

»Wir haben wirklich keine Zeit«, sagte Maurizio. »Wir

haben Befehl, uns umgehend bei Leutnant Meissner zu melden.«

»Dann erledigen Sie das heute Abend, während die anderen Ausgang haben.«

»Wir stehen nicht mehr unter Ihrem Kommando.« Bernardo genoss sichtlich die Situation. »Wir sind jetzt bei den Jägern, und Leutnant Meissner ist unser neuer Vorgesetzter. Er wird sicher andere Aufgaben für uns haben.« Er salutierte, Maurizio tat es ihm gleich, und dann marschierten sie den Gang entlang zum Ausgang.

»Den sind wir los«, flüsterte Bernardo. »Darauf gehen wir heute Abend einen trinken.«

Und so zogen sie zusammen in eine andere Stube.

Die Ausbildung bestand nun nicht mehr aus stundenlangem Exerzieren, sondern in erster Linie aus Schießübungen. Von den Jägern erwartete man eine sehr viel höhere Treffergenauigkeit als von normalen Infanteristen. Jäger wie er, die mit den modernsten Jägerstutzen mit gezogenem Lauf ausgestattet waren, durften auf dreihunderfünfzig Schritt nie den Oberkörper des auf der Scheibe dargestellten Feindes verfehlen.

10. KAPITEL

Die erste Einladung zu einem Ball kam Anfang Oktober vom Conte Ricasoli. Gianna, ihre Mutter und Lorenzos Frau Stella quetschten sich mit ihren Reifröcken in die Kutsche. Ihr Vater und Lorenzo zogen es vor, zu reiten.

Die Zufahrt zum Haus der Ricasoli war mit Fackeln erleuchtet, das Haus selbst strahlte im Licht unzähliger Lampen, die auf den Balustraden, Fensterbänken und der Treppe standen.

Manfredo, der Kutscher, öffnete die Tür und half zunächst ihrer Mutter und anschließend Stella und ihr heraus.

Silvanas Kleid war schwarz, jedoch am Ausschnitt und an den Ärmeln mit weißen und purpurnen Bändern verziert. Gianna trug ein Ballkleid, dessen Farbe zwischen Burgund und Rosé changierte und das mit schwarzen Spitzen verziert war. Es war ein Kompromiss: kein Schwarz, aber auch nicht die hellen Farben, die junge Mädchen sonst zum Ball trugen.

Stellas Kleid war moosgrün mit champagnerfarbenen Spitzen.

Ihr Vater lächelte sie an und reichte ihr den linken Arm, ihre Mutter ging zu seiner Rechten. Lorenzo und Stella folgten ihnen.

Anscheinend hatten die Ricasolis die halbe Provinz Pisa eingeladen. Auf dem Vorplatz fuhr eine Kutsche nach der anderen vor. Neben der Treppe zum Haus standen Grüppchen von Leuten, unter ihnen Conte Giribaldi mit seiner Frau und den drei Töchtern. Eine von ihnen, Carlotta, war mit Gianna auf Madame Colleones Institut gewesen. Sie hatte sie entdeckt und winkte ihr fröhlich zu. Daneben plauderte Signora Pellegrini mit der Duchessa Montisone, während ihr Mann den jungen Mädchen hinterherstarrte.

Ihre Eltern begrüßten die Gastgeber Giancarlo Ricasoli und seine Frau, ihren Sohn Domenico und Giulia, die Tochter.

Gianna knickste so anmutig wie möglich und erntete ein huldvolles Lächeln der Contessa.

Während seine Eltern die nächsten Gäste begrüßten, verbeugte sich Domenico artig vor Gianna. »Signorina di Raimandi, schön, dass Sie hier sind. Ich habe Sie schon lange nicht mehr gesehen.« Er betrachtete sie mit sichtlicher Bewunderung. »Haben Sie die Güte, mir den ersten Tanz an diesem Abend zu gewähren?«

Im gleichen Augenblick hörte sie hinter sich die Stimme von Conte Ricasoli. »Signora Castiglioni, ich bin entzückt, Sie begrüßen zu dürfen.«

Ihr Herz setzte einen Schlag aus, sie spürte, wie ihre Wangen und dann ihre Ohren heiß wurden. Die Castiglionis waren hier? Mit Angelo und Rosanna? Dann könnte sie vielleicht mit ihm reden.

Es dauerte einen Moment, bis sie gewahr wurde, dass Domenico auf ihre Antwort wartete. Sein Lächeln war ein wenig zu selbstgefällig, wahrscheinlich glaubte er, dass sie wegen seiner Aufforderung zum Tanz dermaßen errötete. Sie hob den Kopf und knickste, wie man es sie im Institut für junge Damen gelehrt hatte. »Es ist mir eine Ehre, Don Domenico.«

Er schien sich wirklich zu freuen. Sie reichte ihm ihre Tanzkarte, und er trug sich gleich für drei Tänze ein. »Bis später«, sagte er und ging an ihr vorbei, um weitere Gäste zu begrüßen.

Endlich konnte sie einen Blick über die Schulter wagen. Angelo und Rosanna standen neben ihren Eltern. Rosanna begrüßte Domenico, Angelo jedoch starrte sie, Gianna, an, als sähe er einen Geist. Sie erwiderte seinen Blick. Wie immer sah er blendend aus. Er trug eine dunkelblaue Hose, ein weißes, an der Brust gefältetes, Seidenhemd und einen silbergrauen Frack. Sein Haar war nach hinten gekämmt. Sein Schnurrbart war länger als früher, und er hatte die Spitzen nach oben gezwirbelt.

»Gianna, kommst du?« Der Ruf ihrer Mutter riss sie aus ihrer Starre. Hastig raffte sie ihren Rock und folgte ihren Eltern in den Ballsaal.

Sie nippte an ihrem Champagner, als Domenico auf sie zukam und sich formvollendet verbeugte. »Darf ich Sie auf die Tanzfläche bitten, Signorina di Raimandi?« Höflich nahm er ihr das Glas ab und gab es einem der vielen Diener, dann reichte er ihr seinen Arm.

Die Tanzfläche füllte sich rasch. In unmittelbarer Nähe entdeckte sie Rosanna am Arm eines Herrn, den sie nicht kannte. Rosannas Gesicht war schmaler geworden. Trauerte sie noch um Giuseppe? Der Herr, der sie zum Tanz führte, schien ein paar Jahre älter zu sein als sie. Sein hellbraunes Haar lichtete sich bereits an den Schläfen.

Rosanna sah zu ihr hinüber. Sie lächelte verstohlen und nickte kurz. Gianna erwiderte das Lächeln. Vielleicht konnte sie sich später mit Rosanna irgendwo unbeobachtet treffen.

Der Dirigent hob den Taktstock.

»Wir eröffnen mit einem Walzer«, flüsterte Domenico ihr zu.

Sie nickte, stellte sich vor ihn und legte ihre rechte Hand in seine linke. Er war ein guter Tänzer, führte sie elegant, ohne ihr unschicklich nahe zu kommen. Nach einigen Takten fühlte sie sich sicher. Dann erblickte sie Angelo wenige Schritte entfernt. Er tanzte mit einer sehr üppigen jungen Frau, die in ihrem rosa Ballkleid an die Törtchen erinnerte, die auf dem Buffet standen. In ihrem blonden Haar steckten rosafarbene Rosen.

Domenico folgte ihrem Blick. »Das ist die Contessa Grifoni. Signor Castiglioni hat sich vor kurzem mit ihr verlobt.«

Das war also die Frau, die Angelo heiraten würde. Gianna zwang sich zu einem Lächeln. »Ja, ich habe davon gehört.«

»Meinem Geschmack entspricht sie nicht«, raunte Domenico ihr zu. »Zu üppig, zu rosa. Aber sie ist sehr reich.«

Schwungvoll drehte er sie weiter. Wusste er, dass sie mit Angelo verlobt gewesen war? Wenn ja, dann besaß er so viel Taktgefühl, nicht darauf anzuspielen. Stattdessen nannte er ihr die Namen der anderen Paare, an denen sie vorbeitanzten. Eigentlich war er sehr nett und unterhaltsam. Jetzt bemerkte sie auch, dass ihnen viele Blicke folgten. Nicht alle waren freundlich.

Schließlich war der Walzer zu Ende. Er verbeugte sich vor ihr. »Es war mir ein großes Vergnügen, Signorina. Ich sehe Sie später zum Cotillon. Jetzt muss ich noch einige Pflichttänze absolvieren.« Er zwinkerte ihr zu. Sie knickste.

Machte er ihr den Hof? Wohl kaum. Er war der Erbe eines großen Handelshauses, er würde seine Braut nicht selbst aussuchen.

Ihr schwindelte ein wenig vom Champagner und vom Tanz. Domenico hatte sie noch zweimal aufgefordert, und auch andere junge Männer hatten sie zum Tanz gebeten. Selbst wenn Angelo gewollt hätte, er hätte keine Gelegenheit gehabt, sie aufzufordern. Sobald sie nur einen Moment irgendwo alleine stand, holten entweder ihr Vater oder Lorenzo sie auf die Tanzfläche. Aber, das musste sie zugeben, Angelo hatte auch gar keinen Versuch unternommen, zu ihr vorzudringen. Er ignorierte sie geflissentlich, auch wenn er ganz in ihrer Nähe tanzte. Und er tanzte ausschließlich mit dem rosa Törtchen.

Mit Rosanna hatte sie dagegen mehrfach Blicke gewechselt. Sie tanzte sehr oft mit dem Herrn, mit dem sie den ersten Walzer getanzt hatte. Er war keine auffällige Erscheinung, mittelgroß, mit hellbraunem, gewelltem Haar und den typischen langen Koteletten. Aber er hatte ein sehr gewinnendes Lächeln, stellte sie fest, als er Rosannas Blick folgte und sie anlächelte.

Die letzten Takte des Walzers verklangen, die Musiker kündigten eine Pause an. Gianna knickste vor dem dicklichen Jüngling, mit dem sie eben getanzt hatte und dessen Namen ihr entfallen war. »Entschuldigen Sie mich bitte.«

Sie verließ den Ballsaal und lief den Gang entlang zur Garderobe und zum dahinterliegenden Badezimmer. Dort drängten sich schon einige Damen vor der Tür. Aus dem Augenwinkel sah sie, dass Rosanna ihr gefolgt war. Sie öffnete ihren Fächer und fächelte sich Luft zu. Als Rosanna hinter ihr stand, drehte sie sich um. »Lass uns nach draußen gehen«, wisperte sie, den Fächer vor den Mund haltend.

Rosanna nickte und ging voran. Gianna folgte ihr. Drei große Türen führten hinaus auf eine riesige Terrasse, auf deren Balustrade unzählige Windlichter leuchteten. Auch hier drängten sich die Menschen. Die Herren rauchten Zigarren oder Pfeife, die Damen fächelten sich Luft zu und nippten an Weingläsern. Rosanna winkte ihr und lief die Treppe hinunter in den Garten. Zwischen einer Gruppe Zypressen fühlten sie sich unbeobachtet.

»Gianna!« Rosanna fiel ihr um den Hals und küsste sie auf beide Wangen. »Ich wollte dir die ganze Zeit schreiben, aber ich wusste nicht, wie ich den Brief abschicken soll.«

Gianna erwiderte ihre Umarmung, dann griff sie nach

Rosannas Hand. »Ich habe mir Sorgen gemacht. Wie geht es dir? Du bist dünn geworden.« Es war ihr schon beim ersten Anblick aufgefallen. Rosannas üppige Rundungen waren verschwunden, ihre Wangen waren blass.

Sie lächelte, aber es war nicht das unbekümmerte, herzliche Lächeln, das Gianna kannte. »Es geht mir wieder ganz gut. Giuseppes Tod war ein furchtbarer Schock, und ihr fehlt mir alle so sehr. Aber das Leben muss irgendwie weitergehen, nicht wahr?«

»Musst du diesen Balduccio wirklich heiraten?«

»Irgendwen muss ich heiraten. Selbst wenn Giuseppe noch lebte, würden meine Eltern nicht erlauben, dass ich ihn heirate, nicht nach ...« Sie räusperte sich. »Und Alfredo ist freundlich und ansehnlich, auch wenn er zehn Jahre älter ist als ich.«

»Aber du liebst ihn doch nicht. Warum lassen dir deine Eltern nicht mehr Zeit?«

Rosanna seufzte. »Ich habe Giuseppe geliebt, ich werde immer um ihn trauern, egal wie viel Zeit vergeht. Ich kann keinen anderen Mann lieben. Und dann nehme ich lieber Alfredo, der nett und höflich ist und mich offensichtlich sehr gern hat, als irgendeinen anderen.«

Also hatte Rosanna sich mit ihrem Schicksal abgefunden, ihr zukünftiges Leben an der Seite eines ungeliebten Mannes zu verbringen. »Und Angelo? Denkt er auch wie du?«

»Du meinst, weil er die Contessa Grifoni heiraten wird?«

Gianna nickte. »Ich liebe ihn so, wie du Giuseppe geliebt hast. Und ich dachte, er liebt mich ebenso.«

»Ehrlich gesagt, ich weiß nicht, was in seinem Kopf vorgeht. Er spricht nicht viel mit mir.«

»Rosanna, ich muss mit ihm reden. Kannst du ihm sagen, dass ich hier draußen auf ihn warte?«

»Wenn die Contessa davon Wind bekommt, macht sie ihm die Hölle heiß. Sie ist sehr … besitzergreifend.«

»Tatsächlich? Und dein Bruder fügt sich ihr?« Ihre Stimme klang selbst in ihren Ohren zu giftig.

Rosanna drückte ihre Hand. »Ich rede mit ihm. Warte hier.« Sie raffte ihren Rock und ging zurück zum Haus.

Gianna trat in den Schatten des Wacholders und drückte die Hände an die Seiten. Ihr Herz schlug wild, sie hatte das Gefühl, nicht genug Luft zu bekommen.

Langsam atmen, sagte sie sich. *Ein und aus. Ein und aus.*

Plötzlich erschien ihr die Idee, mit ihm zu reden, völlig abwegig. Was sollte er denn sagen? Und was hatte *sie* ihm sagen wollen? Ihr Kopf schien wie leergefegt.

Ein Paar kam tuschelnd und lachend auf die Gruppe Wacholderbäume zugelaufen, in deren Schatten sie sich verbarg. Sie hielten sich an den Händen. Sicher suchten sie nach einem Ort, an dem sie ungestört sein konnten. Gianna hustete und öffnete den Fächer. Die beiden blieben stehen und blickten zu ihr, dann wechselten sie die Richtung.

Unruhig beobachtete Gianna die erleuchtete Terrasse. Wie lange sollte sie hier warten? Vielleicht kam er ja gar nicht. Sie wollte eben aus dem Schatten heraustreten, da entdeckte sie seine vertraute Silhouette. Er ging rasch und sah sich suchend um. Gianna wartete, bis er in Hörweite war, dann rief sie ihn leise. »Angelo.«

Er wandte den Kopf in ihre Richtung. Sie winkte mit dem Fächer, und er eilte zu ihr, nahm ihren Arm und zog sie ein Stück weiter in die Dunkelheit des Gartens hinein.

»Rosanna sagte, du wolltest mich sprechen? Was gibt es denn?«

Sie öffnete den Mund und schloss ihn wieder. Fragte er ernsthaft nach dem Grund? Sie blickte in sein Gesicht, das ihr so vertraut war. Die großen, dunklen Augen, die schmalen Lippen unter dem schwarzen Schnurrbart. Kein Zwinkern in seinen Augen, kein Lächeln auf seinen Lippen. Er meinte es ernst. Einen Augenblick rang sie um Fassung, dann loderte Zorn wie eine Flamme in ihr auf und verbrannte zwei Jahre Erziehung zur Sanftmut in Madame Colleones Institut zu Asche. »Was es gibt?«, fuhr sie ihn an. »Erinnerst du dich vielleicht nicht mehr an unsere letzte Begegnung? Du batest mich um Geduld, damit du deine Eltern überzeugen kannst, unsere Verlobung nicht zu lösen.«

Sichtlich betreten wandte er den Blick ab. »Leider ist es mir nicht gelungen, sie zu überzeugen. Es gab … Umstände, von denen ich damals noch nichts wusste.«

»Ach. Umstände! Was für Umstände?«

Er atmete tief ein, als müsste er Mut fassen, dann hob er den Kopf und sah sie an. »Mein Vater bekommt von Großherzog Leopold einen Adelsbrief verliehen. Er wird zum Conte di Riposo ernannt.«

Dann trägt seine Mutter die Nase noch höher als bisher, schoss es ihr völlig unpassend durch den Kopf. *Contessa di Riposo. Sie wird unausstehlich sein.*

»Und was hat das mit *mir* zu tun?« Sie verengte die Augen. »Willst du mir weismachen, ich sei keine standesgemäße Partie für den Sohn eines neuernannten Grafen? Meine Familie trägt ihren Titel seit vierhundert Jahren.«

Verlegen senkte Angelo den Blick. »Das ist es nicht. Aber Großherzog Leopold vergibt den Titel für treue Dienste und erwartet eine entsprechende Vermählung. Deine Familie hält es mit den Piemontesen und Vittorio Emanuele.

Und dein Bruder hat sich an dem Aufstand in Livorno beteiligt. Damit ist eine Verbindung zwischen unseren Häusern unmöglich geworden.«

Natürlich. Wenn der Großherzog einen Adelstitel verlieh, dann um denjenigen an sein Haus zu binden. Und Großherzog Leopold brauchte Unterstützung. Er würde es nicht dulden, dass der Sohn des neuernannten Conte die Tochter eines Mannes heiratete, der offen Vittorio Emanuele unterstützte und dessen Sohn sich an einem Aufstand beteiligt hatte.

»Also deshalb. Und wie kommt es, dass du so schnell Ersatz für mich gefunden hast?«

»Die Verbindung mit Lavinia di Grifoni hat sich eben ergeben.«

»So, sie hat sich ergeben! Sehr groß war deine Liebe zu mir wohl nicht, wenn du so schnell bereit bist, eine andere zu nehmen!«, schrie sie ihn an, bebend vor Zorn.

»Nicht so laut. Man kann dich hören.« Sichtlich nervös blickte er sich um.

»Na und? Meinetwegen kann es jeder hören! Du hast mir geschworen, dass du mich liebst.« Sie dachte daran, wie er sie auf der Terrasse ihres Hauses geküsst hatte, an ihr Treffen im Stall, wo er so viel mehr getan hatte, als sie zu küssen. Und sie dumme Gans hätte sich um ein Haar von ihm verführen lassen. Wenn Maurizio nicht gekommen wäre … Der Gedanke daran, wie er sie erwischt hatte, halbentblößt in Angelos Armen, machte sie noch wütender. »Maurizio hatte recht, du bist ein Feigling. Du wusstest schon an Giuseppes Beerdigung, dass deine Eltern die Verlobung lösen wollen. Du hattest nur nicht den Mut, es mir zu sagen.«

Seine Augen wurden schmal. »Was? Maurizio, dieser Bastard, hat es gewagt, mich einen Feigling zu nennen?«

»Er hat es gewagt, mir die Wahrheit über dich zu sagen. Er hat verdammt viel mehr Mut als du. Nur war ich so dumm und wollte ihm nicht glauben. Jetzt weiß ich, dass er recht hatte. Statt zu kämpfen, fügst du dich deinen Eltern und heiratest eine Frau, die dir nichts bedeutet.«

»Lieber Himmel, Gianna. Ich sagte es schon einmal, das ist doch so üblich. Wer heiratet in unseren Kreisen schon aus Liebe?«

»*Wir* hätten aus Liebe geheiratet«, entgegnete sie bissig. »Oder war ich für dich auch nur jemand, der euer Vermögen und Ansehen vermehrt hätte?«

»Natürlich nicht. Aber wir hatten Glück. Es hätte auch sein können, dass wir uns gar nicht gemocht hätten. Und dann? Wir hätten trotzdem heiraten müssen.«

»Mein Vater würde mich niemals zwingen, einen Mann zu ehelichen, den ich nicht will. In unserer Familie heiratet man aus Liebe.«

»Ach ja«, antwortete er mit deutlichem Spott in der Stimme. »So wie dein Onkel, der eine Mesalliance mit diesem Bauernmädchen eingegangen ist. Sehr erstrebenswert. Aber dein Onkel war nur der zweite Sohn und nicht der Erbe des Gutes. Dein Großvater hat ihn verstoßen, weil er sich den Rebellen angeschlossen hatte. Er war nichts, und er hatte nichts, als er diese Frau geheiratet hat.«

»Ach, hat deine Mutter dir das erzählt? Nun, es ist nicht die ganze Wahrheit: Mein Großvater hat ihm angeboten, die Ehe annullieren zu lassen und ihn wieder als Sohn aufzunehmen, damit er deine Mutter, die Erbin der Tenuta Bandello, heiraten kann und sein eigenes Weingut hat. Mein Onkel hat das abgelehnt, weil er seine Frau aufrichtig geliebt hat und eher mit ihr als Pächter ein kleines Stück Land bearbeiten wollte, als eine Frau zu heiraten, die ihm nichts bedeutet. Das hat deine Mutter ihm nie verziehen. Wahrscheinlich ist sie deshalb so verbittert, weil sie den Mann, den sie hat haben wollen, nicht bekommen hat.«

»Rede nicht so über meine Mutter«, gab er erbost zur Antwort.

»Ich lasse mir von dir nicht den Mund verbieten. Deine Mutter war von Anfang an gegen unsere Verlobung. Und jetzt hat sie ihren Willen durchgesetzt.«

»Meine Mutter war keineswegs gegen unsere Verbindung. Meine Eltern hätten es auch gerne gesehen, wenn Giuseppe Rosanna geheiratet hätte, auch wenn sie politisch nicht immer der gleichen Meinung waren wie deine. Wenn dein Bruder nur nicht an diesem verdammten Aufstand teilgenommen hätte.«

Ihr Zorn verflog. »Ja, wenn er das nur nicht getan hätte«, sagte sie leise. »Dann wäre er jetzt noch am Leben, und alle wären glücklich.«

»Es tut mir so leid. Er war ein netter Kerl.« Er atmete tief auf und blickte sie prüfend an. »Gianna …«

»Ja?«

»Wenn du mich wirklich liebst, gibt es eine Lösung.«

Seine Worte verwandelten das Blut in ihren Adern in flüssiges Glück. Ihr Herz schlug leichter. »Welche?«

Er senkte die Stimme. »Es ist ein bisschen heikel, und es muss natürlich geheim bleiben.«

Irgendwo in ihrem Hinterkopf mahnte eine Stimme sie zur Vorsicht, doch sie ignorierte sie und sah ihn stumm an.

»Es ist nicht unüblich, da viele Ehen arrangiert werden und die Ehegatten nicht einander lieben, sondern jemand anderen, den sie aus gesellschaftlichen oder politischen Gründen nicht heiraten können. Du hast doch bei

Madame Colleone bestimmt Stendhals Kartause von Parma gelesen.«

Sie zog die Brauen zusammen. Natürlich hatte sie diese Geschichte gelesen und schrecklich langweilig gefunden. Worauf wollte er hinaus?

»Du erinnerst dich an die Figur der Contessa Pietranera, die sich in den Conte Mosca verliebt hat? Damit sie zusammen sein konnten, ist sie eine Ehe mit dem Duca di Sanseverina eingegangen.« Am Ende seiner Rede hob er fragend die Stimme.

Gianna kramte in ihrer Erinnerung. Die Duchessa hatte einen reichen älteren Mann geheiratet, der ihr ein Auskommen gesichert hatte, und danach eine Affäre mit einem verheirateten Mann gehabt. Ruckartig hob sie den Kopf und starrte Angelo an. Er erwiderte ihren Blick mit einem leichten Lächeln. »Bietest du mir gerade an, deine Mätresse zu werden?« Das konnte nicht wahr sein. Wie konnte er ihr das zumuten, wenn er sie liebte? Jedoch, er hatte gar nicht gesagt, dass er sie liebte. *Wenn du mich wirklich liebst,* waren seine Worte gewesen. Sie *ihn*, nicht er *sie*.

Sichtlich erleichtert, dass sie begriffen hatte, worauf er hinauswollte, nickte er. »Natürlich erst, wenn du auch verheiratet bist.«

Natürlich. Sie musste als Jungfrau in die Ehe gehen. Und wenn sie verheiratet war, würde sie auch mit ihrem Mann das Bett teilen müssen, was Angelo offenbar nicht im Geringsten störte. Sie wusste nicht, was sie sagen sollte. Das also war der Mann, den sie seit Jahren liebte, von dem sie geglaubt hatte, er liebe sie auch.

Er deutete ihr Schweigen falsch. »Nun, was meinst du?«

Mit der Geschwindigkeit eines Macchiabrands breitete sich maßloser Zorn in ihr aus, fegte alles hinweg, was sie jemals über damenhaftes Benehmen gelernt hatte. Ihr ganzer Körper schien vor Wut und Schmerz zu brennen.

»Was ich meine?« Sie holte aus und schlug ihm ins Gesicht. »*Das* meine ich. Wenn ich ein Mann wäre, würde ich dich dafür zum Duell fordern. Heirate deine dicke, blasse Contessa, und langweile dich mit ihr. Du verdienst es nicht anders.«

Sie ließ ihn stehen und lief zurück ins Haus. Fort, sie musste fort von hier und das so schnell wie möglich. Scham brannte auf ihrem Gesicht, fühlte sich an wie ein Kainsmal auf ihrer Stirn, für alle deutlich sichtbar. Blindlings hastete sie am Buffet vorbei, direkt in Domenico Ricasolis Arme.

»Hier sind Sie, Signorina. Sie haben den Cotillon verpasst, den Sie mir versprochen haben. Geht es Ihnen nicht gut?«, fragte er, nachdem er einen Blick in ihr Gesicht geworfen hatte. »Sie sind ganz blass.«

Sie drückte die Hände auf den Magen. »Entschuldigen Sie vielmals. Mir ist ein wenig schwindelig.« Hilfesuchend sah sie sich um. Lorenzo tanzte mit seiner Frau, Rosanna mit Balduccio. Die Contessa Grifone stand mit einem Glas Champagner in der Hand am Buffet und blickte griesgrämig auf die Tanzfläche.

»Gianna, ich habe dich gesucht«, drang die warme Stimme ihres Vaters an ihr Ohr. »Geht es dir nicht gut?«

Sie schluckte krampfhaft. »Mir ist ein wenig übel.«

Er entschuldigte sich bei Domenico und bot ihr seinen Arm an. »Lass uns ein bisschen an die frische Luft gehen. Vielleicht geht es dir dann besser.«

Bloß nicht, da draußen war Angelo. Wieder stieg ihr das Blut ins Gesicht. Sie hatte ihn geohrfeigt. Wie hatte sie sich nur so vergessen können?

Aus dem Augenwinkel sah sie ihn den Ballsaal betreten. Er sah kurz zu ihr, dann trat er ans Buffet, nahm sich ein Glas Champagner und leerte es in einem Zug. Die Contessa legte eine Hand auf seinen Arm und sagte etwas. Er nickte und führte sie zur Tanzfläche.

»Hast du mit ihm gesprochen?«, sagte ihr Vater und wies mit dem Kinn auf das Paar.

Beschämt senkte sie den Kopf. Ihr Vater hatte sie gewarnt und ihr gesagt, sie solle Angelo nicht nachlaufen. Doch im Grunde hatte sie genau das getan, als sie um das Gespräch gebeten hatte. Sie hatte erwartet, er werde ihr sagen, dass er sie immer noch liebe. Vielleicht hätte sie sogar akzeptiert, dass er sich dem Druck der Gesellschaft und seiner Eltern beugte. Doch nach diesem unfassbar dreisten Angebot war ihr nun klar, dass Maurizio und ihr Vater recht gehabt hatten. Er liebte sie nicht, jedenfalls nicht genug. Er zog den bequemen Weg vor und war noch nicht einmal Manns genug, ihr das zu sagen.

»Also ja«, sagte ihr Vater.

Sie nickte. »Ich habe ihn um ein Gespräch gebeten. Ich wollte wissen, warum er mir ausweicht, mir nicht selbst gesagt hat, dass unsere Verlobung gelöst ist. Ich weiß, das war nicht damenhaft«, fügte sie leise hinzu.

»Aber mutig.« Er führte sie auf die Terrasse. »Was hat er gesagt?«

»Viel. Er hat mir erzählt, dass Großherzog Leopold seinen Vater zum Conte di Riposo ernennen wird und eine angemessene Verbindung erwartet. Und dass es nicht angeht, dass er die Schwester eines Aufständischen heiratet.«

Ihr Vater legte seine Hand auf ihre. »Also deshalb hat Sergio die Verlobung gelöst. Es tut mir sehr leid für dich, aber jeder an seiner Stelle hätte so gehandelt. Auf einen

Adelstitel zu verzichten, damit der Sohn heiraten kann, wen er will, das würde niemand tun.«

»Ich weiß«, sagte sie mit erstickter Stimme.

Ihr Vater blieb stehen. »Schau mich einmal an.«

Sie gehorchte.

»Da ist noch mehr, nicht wahr? Hat er dich beleidigt?«

Sie hatte es nicht erzählen wollen, doch da er fragte, platzte es aus ihr heraus. »Er hat mich gefragt, ob ich seine Mätresse werden will.«

»Was?« Jäh drehte er sich um und blickte zurück zum Haus. »Dieser Lump, dieser gottverdammte Mistkerl. Er wagt es ... Ich werde ihn zum Duell fordern.« Sein Mund war zu einem Strich gepresst, seine Augen blitzten. Es war das erste Mal, dass sie an ihm etwas von der Hitzköpfigkeit bemerkte, die man ihrem Onkel Michele nachsagte.

Sie drückte seinen Arm. »Bitte tun Sie das nicht.«

»Und warum nicht? Pezzo di merda! Er verdient es, dass ich ihm die Eier abschneide, und bei Gott, ich werde es tun.«

Noch niemals hatte sie ihren Vater so fluchen hören. »Wenn du ihn forderst, wird jeder in Montescudaio wissen, warum. Es ist schlimm genug, dass alle sich das Maul darüber zerreißen, dass er mich hat sitzen lassen, um die Contessa zu heiraten.«

»Was hast du ihm geantwortet?«

Sie schluckte. »Ich habe ihn geohrfeigt.«

»Gianna!« Sein Ausruf sollte wohl entsetzt klingen, doch sie sah, wie die Fältchen um seine Augen sich vertieften und seine Mundwinkel nach oben zuckten. »Gut gemacht«, sagte er leise und fügte hinzu. »Du hast recht, ich werde ihn nicht zum Duell fordern, du hast ihm bereits die passende Antwort gegeben. Tanze noch ein- oder zweimal mit Domenico, dann können wir gehen, ohne dass es auffällt. Da kommt er schon.«

Sie wandte sich um und blickte in Domenicos lächelndes Gesicht.

»Marchese, darf ich Ihnen Ihre schöne Tochter entführen? Sie schuldet mir noch einen Tanz.« Galant bot er ihr seinen Arm. Sie knickste und sah unwillkürlich zum Rand der Tanzfläche, wo Angelo und seine Verlobte standen. Beide sahen zu ihr. Die Contessa schien erstaunt, Angelo wirkte äußerst ungehalten. Gianna klappte den Fächer auf und schenkte Domenico über den Rand hinweg einen Augenaufschlag, der sogar Madame Colleone begeistert hätte, bevor sie ihre Hand auf seinen Arm legte und sich zur Tanzfläche geleiten ließ.

Als die nächste Einladung zu einem Ball folgte, erklärte Gianna ihren Eltern, dass sie nicht die Absicht habe, noch irgendwelche Bälle zu besuchen, auf denen sie Angelo und seiner Verlobten begegnen würde.

Ihre Mutter blickte sie besorgt an. »Du wirst dich daran gewöhnen müssen, ihnen zu begegnen. Auch wenn wir privat nicht mehr befreundet sind, sie sind unsere Nachbarn, und wir haben gemeinsame Freunde. Du kannst dich doch nicht hier verkriechen.«

Gianna zuckte mit den Schultern. »Warum nicht? Ich lege keinen Wert auf Geselligkeit.«

Die ganze Provinz hatte von ihrer Verlobung mit Angelo gewusst, wirklich jeder. Und so wusste auch jeder, dass er sie wegen einer anderen verlassen hatte. Sie hatte keine Lust auf mitleidige Blicke oder anzügliche Bemerkungen und auch nicht auf irgendwelche Verehrer.

»Verstehe«, sagte ihre Mutter und tauschte einen Blick

mit ihrem Vater. Anscheinend hatten sie über dieses Thema schon gesprochen. »Gianna, mein Kind, dieser Mann ist es nicht wert, dass du ihm auch nur eine Träne nachweinst. Ich weiß, du brauchst Zeit, um über diese Enttäuschung hinwegzukommen, aber du musst auch an deine Zukunft denken. Irgendwann wirst du dich vermählen. Und wenn du nicht willst, dass wir einen Mann für dich aussuchen ...« Sie verstummte.

»Aber warum muss ich denn überhaupt heiraten?«, fuhr Gianna auf.

Ihr Vater runzelte die Stirn. »Willst du damit sagen, dass du darüber nachdenkst, ins Kloster zu gehen?«

»Was?« Entsetzt starrte sie ihn an. »Ins Kloster?«

Ihr Vater lächelte. »Dachte ich mir. Das passt nicht zu dir. Aber du wirst doch nicht im Ernst hier als alte Jungfer auf dem Gut bleiben und bei deinem Bruder und seiner Familie leben wollen.«

Eine alte Jungfer. So wie die alte Tante Alfonsina. Sie war unverheiratet und lebte auf dem Anwesen ihres Bruders, eines von Giannas Onkeln. Rosanna und sie hatten immer gekichert, wenn sie in ihren dunklen Kleidern auf Familienfesten aufgetaucht war. *Kein Wunder, sie will keiner haben,* hatte Rosanna gesagt. *Schau sie dir doch an. Sie sieht aus wie eine Krähe.* Aber vielleicht war Alfonsina in ihrer Jugend schön gewesen. Vielleicht hatte sie geliebt und war enttäuscht worden, oder ihr Geliebter war im Krieg gefallen. Es konnte viele Gründe geben, warum sie nicht geheiratet hatte. Und ihre eigene Zukunft? Bis vor einigen Wochen hatte sie klar vor ihr gelegen. Sie hatte Angelo heiraten und mit ihm auf Bandello leben, ihn lieben und Kinder bekommen wollen. Doch diese Zukunft gab es nicht mehr. Und bisher hatte sie sich keine Gedanken darüber gemacht, wie ihr Leben nun weitergehen sollte. Sie blickte ihre Eltern an. Sie hatte geglaubt, sie könne hier auf Alberi d'Argento bleiben, bei ihnen. Doch ihr Vater war fünfzig, ihre Mutter drei Jahre jünger. Sie würden nicht ewig leben. Und sie selbst würde dann eine alte Jungfer sein, die in schwarzen Kleidern auf Bällen am Rand der Tanzfläche saß und die jungen Mädchen beobachtete. Keinen Mann, keine Kinder. Wie lebte Tante Alfonsina, was tat sie im Haus ihres Bruders und dessen Familie?

Etwas von ihren Gedanken musste sich in ihrem Gesicht widergespiegelt haben, denn ihre Mutter lächelte sie an. »Noch bist du jung, mein Kind, und du hast die Wahl. Domenico schien mir sehr angetan von dir. Aber du musst keinen Adeligen heiraten, Hauptsache, dein zukünftiger Mann kann dir den Lebensstil bieten, den du gewohnt bist.« Sie machte eine kurze Pause. »Was hältst du davon, wenn du für einige Zeit zu deiner Tante Emilia nach Genua fährst, um auf andere Gedanken zu kommen? Deine Cousine Antonia freut sich bestimmt über einen Besuch von dir und Emilia und Fabrizzio sowieso.«

Genua. Sie war noch niemals dort gewesen. Emilia und ihr Mann kamen regelmäßig zu Besuch nach Alberi d'Argento. Emilia war die jüngere Schwester ihres Vaters. Sie war hier aufgewachsen, und obwohl sie sich in Genua wohl fühlte, hatte sie doch immer wieder Sehnsucht nach ihrer Heimat. Ihre Tochter Antonia war ein Jahr jünger als sie selbst. Warum *nicht*? Je weiter weg von Angelo, desto besser. Sie nickte.

»Fein«, sagte Silvana und strich ihr übers Haar. »Ich schreibe gleich an Emilia. In Genua kommst du bestimmt auf andere Gedanken. Emilia ist in vielen Salons ein gern gesehener Gast.«

11. KAPITEL

Eine Woche später saß sie mit ihrem Vater und der Nichte der Zofe ihrer Mutter, einem sechzehnjährigen Mädchen namens Luisa, in der Kutsche nach Livorno. Ihr Vater wollte dort mit den Besitzern der Tavernen reden, denen er Wein verkaufte, und Gianna sollte das Schiff nach Genua nehmen. Der Seeweg war angenehmer, als mit der Postkutsche die Küste entlangzufahren. Luisa hatte in Alberi d'Argento als Zofe angefangen, doch im Grunde wurde sie dort nicht gebraucht, Silvana hatte sie ihrer anderen Zofe zuliebe eingestellt. Da es nicht anging, dass Gianna allein reiste, hatte Silvana gefragt, ob Luisa sie begleiten wollte, um in Genua als Giannas Zofe zu arbeiten. Luisa hatte über das ganz Gesicht gestrahlt. *Ich würde die junge Herrin sehr gerne begleiten,* hatte sie auf Silvanas Frage geantwortet. Auch jetzt noch schien sie entzückt von der Aussicht, Montescudaio hinter sich zu lassen. Sichtlich aufgeregt sah sie aus dem Fenster der Kutsche und wirkte, als müsse sie sich beherrschen, um nicht nach jeder Kurve in Entzückensschreie auszubrechen.

Als sie bei Rosignano die Steilküste erreichten, konnte sie nicht mehr an sich halten. »Oh, sehen Sie nur, Signorina, das Meer! Ich habe es noch nie gesehen. Was für eine wundervolle Farbe. Ach, ist das schön.«

Ihre Begeisterung war ansteckend. Gianna beugte sich vor und sah aus dem Fenster. Bisher war sie nur einmal in Livorno gewesen, und das war acht Jahre her. Damals war das Wetter schlecht gewesen, dunkle Wolken hatten über dem Meer gehangen und das Wasser grau gefärbt. Jetzt schien die Sonne, der Himmel strahlte hellblau, während das Meer in der Ferne tief dunkelblau schimmerte. An der felsigen Küste brachen schäumend die Wellen.

Am Hafen blieben die beiden jungen Mädchen in der Kutsche, während Enrico sich nach einer Passage in den Norden erkundigte.

»Wir werden hier übernachten«, erklärte er, als er zurückkehrte. »Morgen früh läuft die Iberia nach Genua aus.« Er wies den Kutscher an, zur Villa di Londra zu fahren, dem Gasthaus, in dem er immer übernachtete, wenn er sich in Livorno aufhielt.

Am nächsten Morgen brachte die Kutsche sie zum Hafen. Enrico sprach mit dem Kapitän des Schiffes, dann kehrte er in Begleitung eines bärtigen Mannes in einem gestreiften Hemd zurück. Während der Seemann und der Kutscher Manfred das Gepäck abluden und zum Schiff trugen, half Enrico Gianna und Luisa aus der Kutsche.

»Die Iberia braucht etwa sieben Stunden bis Genua. Ich habe euch eine Kabine gebucht, dort könnt ihr euch ausruhen. Es gibt eine Mahlzeit am Mittag. In Genua wird euch ein Steward zum Kontor von Fabrizzio Barrati bringen.« Er bot Gianna den Arm und geleitete sie über eine Art Holzbrücke auf das Schiff. Luisa folgte ihnen.

An Bord wartete bereits ein junger Mann auf sie. Er verneigte sich. »Mein Name ist Giovanni Fassio, ich bin für Ihre Sicherheit und Ihr leibliches Wohl verantwortlich.«

Gianna musterte ihn verstohlen. Sie schätzte ihn auf sechzehn oder siebzehn Jahre. Er war mager und kaum größer als sie. Aber wahrscheinlich war die Reise nicht so gefährlich, dass sie einen Beschützer bräuchte.

Ihr Vater holte einige Münzen aus seiner Tasche und drückte sie dem Jungen in die Hand. »Ich verlasse mich darauf, dass Sie sich um die Damen kümmern und sie sicher zum Kontor der Barrati bringen.«

Strahlend nickte der Junge. »Sie können sich auf mich verlassen, Signore. Ich lasse die Damen nicht aus den Augen.«

Anschließend umarmte ihr Vater sie. »Du wirst uns fehlen, Gianna. Ich wünsche dir viel Freude in Genua. Komm zurück, wenn es dir bessergeht.«

Plötzlich war sie sich nicht mehr so sicher, ob sie wirklich fortwollte. Doch jetzt war es zu spät. Und sie konnte jederzeit nach Hause, wenn das Heimweh stärker war als ihr Liebeskummer.

Während das Schiff ablegte, standen Gianna und Luisa an der Reling. Dampfwolken stiegen aus dem Schornstein, die Matrosen warfen die Leinen los, und dann drehte sich die Iberia langsam und fuhr los.

»Da, das ist die alte Festung von Livorno«, sagte ihr junger Steward und deutete auf eine gewaltige Mauer, die sich direkt aus dem Meer erhob. »Die Medici haben sie irgendwann um fünfzehnhundert gebaut.«

Auch andere Passagiere standen an der Reling und warfen einen letzten Blick auf die Stadt. Die Iberia fuhr an der Festung vorbei auf eine weitere Mauer weiter draußen im Meer zu.

»Das ist der Molo Mediceo, er schützt den Hafen vor Stürmen«, erklärte ihr Begleiter.

»Sie kennen sich gut aus«, sagte Gianna.

Er warf sich in die Brust. »Ich fahre die Strecke Neapel–Marseille seit zwei Jahren. Natürlich kenne ich mich aus.«

»Darf ich fragen, wie alt Sie sind, Signor Fassio?«

»Ich bin, ähm, siebzehn. Aber nennen Sie mich bitte Giovanni. Keiner an Bord sagt Signor zu mir.«

Gianna unterdrückte ein Lächeln. Entweder er war noch nicht siebzehn, oder er war es noch nicht lange. Dann musste er mit vierzehn oder fünfzehn Jahren angefangen haben, zur See zu fahren.

Die Iberia fuhr dampfend an der Mauer entlang und bog an ihrem Ende auf die offene See hinaus. Kaum hatte sie den geschützten Hafen verlassen, fing das Schiff heftig an zu schaukeln.

»Die Wellen sind recht hoch«, sagte Gianna und hielt sich an der Reling fest.

»Ach nein, Signorina.« Giovanni lachte. »Das ist gar nichts. Da hätten sie gestern an Bord sein sollen, als wir von Neapel hierhergefahren sind. Das war vielleicht ein Seegang. Die Hälfte der Passagiere war krank.«

»Krank?«

»Ja. Haben Sie noch nie etwas von Seekrankheit gehört? Es wird einem übel und schwindelig. Manche spüren es kaum, und manche trifft es richtig hart, die hängen dann stundenlang über der Reling.«

Er schien das unterhaltsam zu finden, Gianna fand es allerdings weniger lustig. Sie glaubte, den Schwindel bereits zu spüren, und in ihrem Magen breitete sich ein flaues Gefühl aus. Ein Blick auf Luisa zeigte ihr, dass es dem Mädchen ähnlich ging. Luisa war sehr blass um die Nase.

Etwa eine Stunde später wusste sie genau, was Giovanni gemeint hatte. Sie stand über die Reling gebeugt, klammerte sich an das Holz und servierte ihr Frühstück den Fischen. Neben ihr stand Luisa und übergab sich ebenfalls.

Als Giannas Magen endlich leer war, richtete sie sich

keuchend auf, holte ein Taschentuch aus ihrem Ridikül und tupfte sich den Mund ab.

»Signorina?« Giovanni stand neben ihr und hielt ihr einen Becher Wasser entgegen.

»Oh, nein, ich kann nichts trinken.«

»Sie sollen auch nicht trinken. Spülen Sie sich nur den Mund aus.«

Dankbar griff sie nach dem Becher, nahm einen Schluck und spuckte ihn höchst undamenhaft über die Reling. »Hört das wieder auf?«, fragte sie atemlos.

»Früher oder später geht es bei allen vorbei. Außerdem wird das Wetter besser, der Wind lässt nach.«

Er reichte auch Luisa einen Becher, die dankend annahm.

»Setzen Sie sich doch auf die Deckstühle. Dort ist es auch nicht so windig.« Fürsorglich nahm er Giannas Arm und geleitete sie zu einer Reihe Stühle, die an der Wand zur Kajüte standen. Luisa blieb an der Reling stehen, bis Gianna sie rief.

»Komm, setz dich auch.«

»Danke sehr, Signorina.« Sie knickste und stolperte zu dem Stuhl neben Gianna. »Ich wusste nicht, dass man von einer Schiffsreise krank werden kann.«

»Ich ebenfalls nicht. Sonst wäre ich vielleicht doch lieber mit der Kutsche gefahren.«

Die Voraussage des kleinen Stewards traf ein. Zwei Stunden später hatte der Wind nachgelassen, und die See war merklich ruhiger. Die Iberia fuhr in Sichtweite der Küste nach Norden.

Giovanni nahm seine Aufgabe sehr ernst, er wich kaum von ihrer Seite. »Da, sehen Sie die Berge?« Er deutete auf die Küstenlinie.

Gianna erkannte Berge, deren Gipfel in der Sonne weiß schimmerten.

»Ist das Schnee?«, fragte Luisa.

»Nein, Marmor. Das sind die Steinbrüche von Carrara, wo sie den berühmten weißen Marmor abbauen.«

»Sie kennen sich wirklich gut aus.«

Unter Luisas Bewunderung schien er zu wachsen. »Als Nächstes passieren wir La Spezia. Dann haben wir die Hälfte der Strecke nach Genua geschafft.«

Da ihr immer noch etwas flau im Magen war, lehnte Gianna dankend ab, als Giovanni sie und Luisa zum Mittagessen holen wollte. Luisa, die sich schon halb aus ihrem Stuhl erhoben hatte, setzte sich wieder hin. Sie bemühte sich sichtlich, sich ihre Enttäuschung nicht anmerken zu lassen.

»Du kannst gerne zum Essen gehen, Luisa. Nur weil ich keinen Appetit habe, musst du nicht hungrig bleiben.«

»Wirklich? Es würde Sie nicht stören, wenn ich ohne Sie gehe, Signorina?«

Gianna schüttelte den Kopf und wandte sich an Giovanni. »Würden Sie bitte Signorina Perucci in den Speiseraum geleiten?«

Giovanni verneigte sich und bot Luisa den Arm. »Aber gerne.«

Lächelnd sah Gianna den beiden nach. Auf Alberi d'Argento hatte sie Luisa nie besonders beachtet. Doch jetzt stellte sie fest, dass sie das Mädchen mochte. Ihre frische fröhliche Art und ihre Neugier auf die Welt waren sehr sympathisch.

Kurze Zeit später kehrte Giovanni zurück.

»Essen Sie nichts?«, fragte Gianna ihn.

»Doch, aber natürlich nicht im Speisesaal der Passagiere. Wir essen unter Deck.« Er deutete auf eine niedrige Tür. »Wenn Sie mich für einige Zeit entschuldigen würden, Signorina, es ist nämlich jetzt auch für die Mannschaft Essenszeit.«

»Aber natürlich, gehen Sie nur.«

Am Nachmittag wurden Kaffee und ein paar Häppchen angeboten, und dieses Mal ging auch Gianna zum Essen. Der Speiseraum für die Passagiere war nicht besonders groß, er bot Platz für etwa zwanzig Leute, und nicht alle Tische waren besetzt.

Das Schiff fahre die Route Neapel–Livorno–Genua–Marseille und nehme neben Passagieren auch viele Waren mit, erklärte Giovanni ihnen, als er sie nach dem Kaffee zu ihrer Kabine begleitete. Sie würden Genua bald erreichen, dort über Nacht bleiben und am nächsten Tag nach Marseille weiterfahren.

»Sie müssen unbedingt an Deck kommen, wenn wir in Genua ankommen«, sagte er. »Der Anblick ist umwerfend. Genua hat nach Neapel den schönsten Hafen in Europa.«

Gianna lächelte über den unverhohlenen Stolz in seiner Stimme. »Sie kommen aus Genua, Giovanni?«

»Jawohl. Ich bin am Hafen geboren und aufgewachsen. Meine Mutter behauptet, man habe bei mir versehentlich Hafenwasser statt Weihwasser bei der Taufe verwendet.«

Die Sonne stand schon tief, als Giovanni an die Tür der kleinen Kabine klopfte. »Kommen Sie, die Stadt kommt in Sicht.«

Gianna und Luisa folgten ihm. Sie waren nicht die

Einzigen. Alle zwölf Passagiere hatten sich an der Bugreling versammelt und blickten nach Norden.

Giovanni deutete auf die Berge, die inzwischen deutlich zu sehen waren. »Dort liegt sie: La Superba.«

»La Superba?«, fragte Gianna.

»Ja, so nennt man meine Stadt, und das mit Recht. Sehen sie.«

Er hatte nicht übertrieben. Die Bucht von Genua bildete einen Halbkreis. Die Stadt schien unmittelbar aus dem Meer emporzuwachsen und zog sich an den Bergen, die sie umgaben, nach oben. Die Abendsonne verlieh den bunten Häusern, die den Hafen säumten, einen zauberhaften Glanz.

»Oh, ist das schön«, hauchte Luisa, und Gianna gab ihr recht.

Die Iberia näherte sich rasch dem Hafen. Gianna entdeckte zwei gewaltige Hafendämme, die weit ins Meer hineinreichten, und einen hohen Leuchtturm. Im Hafen selbst lagen so viele Schiffe, dass Gianna zunächst glaubte, die Iberia könne gar nicht anlegen, doch das Schiff fuhr zielstrebig an dem Wald aus Masten vorbei, umrundete eine kleine Mole und legte schließlich an einem Pier an, der in den Hafen hineinragte.

Giovanni holte Giannas beide Koffer aus der Kabine, Luisa folgte ihm mit ihrer Reisetasche.

Auf dem Pier wimmelte es von Menschen. Eine zweite Brücke war am hinteren Teil der Iberia angelegt; dort schleppten Männer in dreiviertellangen Hosen Kisten heraus.

Kaum hatte Giovanni Giannas Koffer auf dem Pier abgestellt, näherte sich ein dünner, schwarzhaariger Mann und machte Anstalten, danach zu greifen. Dabei redete er in schlechtem Toskanisch auf Giovanni ein. Gianna verstand ihn kaum. Anscheinend war er ein Lastenträger, der anbot, ihr Gepäck zum nächsten Wirtshaus zu bringen. Giovanni schüttelte energisch den Kopf, deutete auf sich, dann auf die Koffer und antwortete in einer Sprache, die völlig anders klang als alles, was sie bisher gehört hatte. Französisch war es nicht. Der Lastenträger starrte Giovanni verblüfft an, dann antwortete er in der gleichen Sprache und zeigte auf ein großes Gebäude auf der anderen Seite der Straße, die am Hafen entlangführte.

»Diese Gepäckträger sind das reinste Lumpengesindel. Hüten Sie sich ja vor denen, Signorina. Die schleppen Ihnen zwar die Koffer, aber Sie bekommen sie nur zurück, wenn Sie ein Vielfaches des üblichen Preises zahlen.«

»Was war das für eine Sprache? Etwas Ähnliches habe ich noch nie gehört.«

Giovanni lachte. »Das war Zenéize. Ein Dialekt, der nur hier in Genua gesprochen wird. Und nur wir Genueser verstehen ihn. Er wusste, dass er mich nicht übers Ohr hauen kann, als ich ihn auf Zenéize angesprochen habe. Er sagte, das Kontor der Barratis liegt auf der anderen Seite dieser Straße. Das große gelbliche Haus.« Er blickte auf die Koffer und kratzte sich am Kopf. »Dann wollen wir mal.«

»Warten Sie.« Gianna hielt ihn auf, als er nach den Koffern griff. »Die sind sehr schwer. Vielleicht gehe ich einfach erst mal zu meinem Onkel. Er hat bestimmt jemanden, der uns beim Tragen hilft. Sie und Luisa passen so lange auf die Koffer auf.«

»Wie Sie meinen, Signorina.« Er nickte ihr zu und lächelte Luisa an.

Gianna grinste. Sie hatte schon auf der Fahrt das Gefühl gehabt, dass Giovannis Aufmerksamkeit nicht nur den

Münzen ihres Vaters zu verdanken war, sondern auch Luisas Liebreiz.

Sie raffte ihren Rock und ging den Pier entlang bis zur Straße. Dort herrschte reger Verkehr. Pferdefuhrwerke, teilweise mit vier oder sechs Pferden bespannt, fuhren vom Hafen fort, andere kamen an. Sie drängte sich an ein paar Männern in dunkelblauer Uniform vorbei, die in eine lebhafte Diskussion verwickelt waren, überquerte die Straße und erreichte schließlich ein gelbgestrichenes, zweistöckiges Gebäude. *Kontor Barrati* stand über der Tür. Es gab keinen Türklopfer, und so öffnete sie die Tür und trat ein. Eine Glocke klingelte. Der Raum war mittelgroß und durch einen Tresen geteilt.

Hinter dem Tresen stand ein Mann und kritzelte in einem Buch. Beim Klingeln der Glocke blickte er auf. Einen Augenblick starrte er sie verblüfft an. Sein Blick glitt rasch über ihren Hut und ihr Kleid nach unten zu ihren Schuhen. Dann neigte er höflich den Kopf. »Sie wünschen, Signora …?«

»Mein Name ist Gianna di Raimandi, und ich suche meinen Onkel, Signor Barrati.«

Ein Lächeln erhellte sein Gesicht. »Ah, Sie sind das. Signor Barrati hat mir gesagt, dass er Sie heute erwartet. Einen Moment, ich hole ihn.«

Er verschwand durch eine Tür hinter dem Tresen und kam kurze Zeit später in Begleitung ihres Onkels wieder.

Verblüfft blickte sie ihn an. Noch niemals hatte sie einen derartig elegant gekleideten Mann gesehen. Auf Giuseppes Beerdigung hatte er selbstverständlich Schwarz getragen, und sie hatte nicht weiter auf seine Kleidung geachtet. Bei seinen früheren Besuchen auf Alberi d'Argento war er eher einfach gekleidet gewesen. Vielleicht ein Zugeständnis an das Landleben? Jetzt trug er ein blütenweißes, gefältetes Seidenhemd, darüber eine graue Weste aus einem schimmernden Stoff mit weißen Stickereien und eine dunkelblaue Hose.

»Gianna! Wie schön, dich zu sehen!« Er öffnete eine Klappe im Tresen und kam mit ausgestreckten Händen auf sie zu. Als sie seine Hände ergriff, beugte er sich vor und küsste sie rechts und links auf die Wange. Dann blickte er sich um. »Du bist doch aber nicht alleine hierhergekommen?«

»Nein. Meine Zofe und der Steward, der uns auf der Reise behilflich war, stehen mit dem Gepäck draußen am Pier.«

»Gut. Wie viele Koffer sind es denn?«

»Zwei und die Tasche meiner Zofe.«

»Nur?« Er lachte, dann wandte er sich an den Mann hinter dem Tresen. »Rufen Sie bitte Luigi, er soll die Koffer tragen helfen.« Von einem Haken nahm er Zylinder und Gehstock. »Ich mache Schluss für heute, Signor Cozzani«, sagte er zu dem Mann und hielt Gianna die Tür auf.

Zusammen mit Luigi gingen sie hinaus zum Pier. Luisa und Giovanni waren so in ihr Gespräch vertieft, dass sie ihr Kommen zunächst gar nicht bemerkten.

»Nächste Woche habe ich drei Tage frei«, sagte Giovanni und sah Luisa tief in die Augen. »Vielleicht können wir mal ausgehen? Ich kann dir Genua zeigen, ich kenne diese Stadt besser als jeder andere.«

»Vor allem die Viertel, die unschuldige junge Mädchen besser nicht betreten«, sagte Fabrizzio spöttisch.

Beide fuhren herum. Sichtlich empört öffnete Giovanni den Mund und schloss ihn schnell wieder. Seine Wangen färbten sich rot, er verneigte sich. »Signore, niemals würde ich ein Mädchen wie Signorina Luisa in solche Viertel bringen.«

Luisa knickste vor Fabrizzio und betrachtete ihn anschließend mit unverhohlener Bewunderung, was Giovanni sichtlich nicht gefiel. Er runzelte die Stirn und sah zu Boden.

»Giovanni hat sich während der Reise sehr liebenswürdig um uns gekümmert«, sagte Gianna.

Fabrizzio lächelte, ganz ohne Spott. »Das glaube ich. Und ich danke dir herzlich dafür, Giovanni.« Er griff in seine Tasche, doch Giovanni winkte ab. »Der Vater der Signorina hat mich bereits bezahlt«, sagte er, und eine Mischung aus Stolz und Trotz lag in seiner Stimme.

Luigi griff nach Giannas Koffern, Giovanni nach Luisas Tasche. Zusammen überquerten sie die Straße.

Vor dem Kontor verabschiedete sich Giovanni. »Arrivederci.« Er verbeugte sich vor Gianna und ihrem Onkel, warf Luisa noch einen schmachtenden Blick zu und lief dann zurück zum Pier.

Luigi stellte die Koffer ab, lief um das Haus herum und kam mit einem zweirädrigen Karren wieder. Verwundert sah Gianna auf das Gefährt. Keine Kutsche?

Fabrizzio schien ihre Gedanken zu erraten. »Abgesehen von ein paar Prachtstraßen, sind die Straßen hier so schmal, dass man sie eher als Gassen bezeichnen kann. Mit einer Kutsche kommt man nicht gut vorwärts. Zu Fuß geht es schneller, es sei denn, die Damen wünschen in einer Sänfte zu reisen.« Er deutete auf eine, die gerade vorbeigetragen wurde.

»Nein, dann laufe ich lieber«, erklärte Gianna.

»Es ist auch nicht sehr weit, und ihr seht ein bisschen was von der Stadt.«

Luigi lud Giannas Koffer und Luisas Reisetasche auf den Karren, und dann gingen sie los.

Zunächst folgten sie der Straße beim Hafen, dann bog ihr Onkel rechts in eine Gasse ab, die so schmal war, dass eine Kutsche wohl nur hindurchfahren konnte, wenn sich niemand auf der Straße befand. Die Häuser rechts und links waren hoch und zum Teil prächtig verziert. Sie folgten der Gasse zu einer schmalen Straße. Hier drängten sich Sänftenträger, Fußgänger und auch mal eine Kutsche aneinander vorbei. Zwischen den hohen Gebäuden hallten die Rufe der Sänftenträger, den Weg frei zu machen, die Hufschläge der Pferde auf dem Pflaster und das Rattern der Räder. Wie laut diese Stadt war. Wieder bogen sie in eine dunkle Gasse ein. Niemals würde sie sich hier alleine zurechtfinden, dachte Gianna. Diese Stadt war ganz anders als Florenz mit seinen breiten Prachtstraßen, den aus massiven Steinquadern gebauten Palazzi und offenen Plätzen.

»Oh, so was haben wir auch«, sagte ihr Onkel, als sie ihre Gedanken aussprach. »Die Piazza S. Domenico und auch das Viertel um den Palazzo Ducale und das Teatro Carlo Felice sind sehr großzügig und schön. Emilia und Antonia werden dir alles zeigen. Wir sind übrigens gleich da, das ist die Rückseite unseres Hauses.«

Gianna blickte nach oben. Das war kein Haus, sondern ein Palazzo, fünf Stockwerke hoch. Die Fassade war zartgrün gestrichen und prächtig verziert. Die Barratis mussten sehr reich sein.

Ein Diener in Livree empfing sie an der Haustür. Er verneigte sich, nahm Fabrizzio Hut und Stock ab und anschließend Giannas Mantel. Dann führte er sie ins Vestibül.

Mit raschelnden Röcken kam Emilia die Treppe heruntergelaufen, gefolgt von einem Mädchen in Giannas Alter. »Gianna, Liebes, wie schön, dass du hier bist!« Sie zog Gianna in ihre Arme und drückte sie an sich. Dann drehte sie sich zu dem Mädchen um. »Das ist Antonia, deine Cousine. Ich glaube, ihr habt euch vor fast zehn Jahren das letzte Mal gesehen.«

Antonia lächelte sie an. Sie glich ihrem Vater. Wie er hatte sie warme, braune Augen, dunkles, glattes Haar und sehr helle Haut. Gianna erwiderte das Lächeln.

»Caterina, unsere große Tochter, ist schon seit drei Jahren verheiratet und hat zwei Kinder«, erzählte Emilia. »Und Michele, unser Sohn, studiert. Jedenfalls hoffe ich, dass er das tut und sich nicht die Nächte um die Ohren schlägt wie sein Pate damals.«

Fabrizzio lachte. »Für Familiengeschichten haben wir später noch Zeit. Lass das Mädel erst einmal ankommen.«

»Du hast ja recht. Antonia, begleite Gianna bitte in ihre Räume. Ich läute nach Elisa, sie soll ein paar Erfrischungen bringen. Du hast deine eigene Zofe mitgebracht?«, wandte sie sich wieder an Gianna.

Verlegen nickte sie. Vor lauter Aufregung hatte sie Luisa ganz vergessen. »Ja, das ist Luisa, die Nichte von Mamas Zofe. Meine Eltern wollten nicht, dass ich alleine reise, und sie wollte mich begleiten. Ich hoffe, es kommt nicht ungelegen.«

»Aber nein, wir haben reichlich Platz. Luisa kann im Obergeschoss bei unserem Dienstmädchen Elisa schlafen. Bei Celeste wäre auch noch ein Platz frei, aber Elisa ist ungefähr in Luisas Alter, ich glaube, das passt besser.«

Luisa sank in einen Knicks. »Vielen Dank, Signora. Ich freue mich, hier zu sein, und hoffe, hier eine Menge zu lernen. Wie man so schöne Frisuren macht, wie die Signora sie trägt, und so was …«

»Herzlich willkommen im Palazzo Barrati, Luisa«, antwortete Emilia. »Schön, dass du lernen möchtest. Gloria, meine Zofe, kam damals mit mir aus der Toskana hierher. Sie wird dir gerne helfen. Warte bitte hier, Elisa zeigt dir dann dein Zimmer.«

Gianna folgte Antonia über eine Treppe aus Marmor in den zweiten Stock in einen Gang. Zwischen den Türen hingen Gemälde, die Jagdszenen, Landschaften oder Schiffe zeigten. Antonia öffnete eine Tür neben einem Bild, auf dem sie den Hafen von Genua erkannte. »Das sind deine Räume.«

»Räume?«, fragte Gianna.

»Ein kleiner Salon und ein Schlafzimmer.«

Entzückt blickte Gianna sich um. Die Wände waren in hellem Türkis gehalten, es gab ein großes Fenster. In der Ecke neben dem Fenster standen eine Chaiselonge, ein Stuhl und ein kleiner Tisch; auf der gegenüberliegenden Seite stand ein Sekretär, darüber hing ein Spiegel. Eine Tür verband den Salon mit dem Schlafzimmer. An der Stirnwand war ein großer Kleiderschrank, die Türen waren mit Schnitzereien verziert, und gegenüber dem Fenster stand ein Bett. Auch hier befand sich neben dem Fenster ein Tisch mit geschwungenen Beinen, darauf standen Waschkrug und Schüssel, daneben lagen schneeweiße Tücher.

»Das ist nur zum schnellen Frischmachen«, erklärte Antonia. »Zwei Türen weiter ist unser Baderaum. Wenn du baden willst, gib Elisa Bescheid, sie sorgt für heißes Wasser.«

»Danke.«

Vom Fenster aus konnte man auf den Platz vor dem Palazzo blicken, auf dem ein kleiner Springbrunnen stand. Sie würde sich hier wohl fühlen.

»Ah, da kommt Vincenzo mit deinen Koffern«, sagte Antonia und zog die Tür ein Stück weiter auf. Der Diener, der sie an der Haustür empfangen hatte, trug die Koffer in das Schlafzimmer, dann verneigte er sich und ging hinaus. Kurze Zeit später erschien eine junge Frau in dunkelblauem Kleid mit einer hübschen weißen Schürze und einem Häubchen auf dem Haar, die ein Tablett trug. Sie knickste beim Eintreten, dann stellte sie einen Krug, einen Becher und eine Schale mit Früchten auf den Tisch.

»Das ist Elisa«, stellte Antonia sie vor.

Das Mädchen knickste wieder, dieses Mal tiefer. »Guten Abend, Signorina.«

»Guten Abend, Elisa.«

Die Barratis schienen nicht nur sehr reich zu sein, bei ihnen ging es auch wesentlich vornehmer zu als auf Alberi d'Argento. Ilaria war zwar auch immer höflich, doch sie knickste eher flüchtig, wenn sie es denn überhaupt tat. Ihr Diener sprach doch manchmal recht zwanglos mit ihrem Vater, und die Köchin hörte man oft genug so laut schelten, dass es durch das untere Stockwerk hallte.

»Ich lasse dich jetzt allein«, sagte Antonia. »Wenn du etwas brauchst, dann zieh einfach an der rechten Schnur über der Tür, dann läutet es bei Elisa oder Gloria. Soll ich dir deine Zofe schicken, um die Koffer auszupacken?«

»Ach nein, ich glaube, Luisa hat selbst genug zu tun. Das schaffe ich schon.«

»Wie du meinst. Wir sehen uns um acht Uhr zum Abendessen. Ich hole dich ab. Wenn du magst, zeige ich dir morgen das Haus.«

»Danke schön.«

Nachdenklich sah sie Antonia nach. Sie wusste nicht so recht, was sie denken sollte. Ihre Cousine war nett und höflich, aber auch ein bisschen unnahbar. Vielleicht lag es daran, dass sie sich noch fremd waren.

Sie trank einen Becher Wasser und aß einen Apfel, dann ging sie ins Schlafzimmer und machte sich daran, die Koffer auszupacken. Ihre Mutter hatte darauf bestanden, dass sie die Trauerkleidung zu Hause ließ. So hatte sie drei Röcke, einige Blusen, mehrere leichte Nachmittagskleider zum Spazierengehen oder für den Besuch in diversen Salons, drei Kleider für das Dinner und ihr burgund-rosé changierendes Ballkleid eingepackt, obwohl sie nicht glaubte, dass sie hier auf Bälle gehen würde. *Solltest du noch irgendetwas benötigen, dann wird Emilia dir eine passende Schneiderin nennen können,* hatte sie gesagt. Eigentlich, fand Gianna, hatte sie mehr als genug Kleider mit. Allerdings schienen sie ihr ein wenig altmodisch zu sein. Sowohl Emilia als auch Antonia trugen Kleider mit mehrstufigen Röcken, bei denen die jeweiligen Stufen gerafft und mit Bändern eingefasst waren.

Was trug man hier zum Abendessen? Sie entschied sich für ein Kleid aus hellblauer Seide mit dreiviertellangen schmalen Ärmeln, das am Ausschnitt mit champagnerfarbenen Spitzen verziert war. Anschließend machte sie sich ein wenig frisch und läutete. Zum Umkleiden würde sie Hilfe benötigen. Eine Weile später klopfte es an der Tür. Auf ihr »Herein« erschien zu ihrer Überraschung Luisa.

»Elisa hat mir den Weg gezeigt«, erklärte sie auf Giannas verblüfften Blick hin. »Sie sagte, Sie brauchen sicher Hilfe beim Anziehen.«

Anscheinend konnten die Dienstboten hier Gedanken lesen. »Da hat sie recht. Ich will das Blaue anziehen. – Und, wie gefällt es dir hier?«

»Gut. Elisa ist sehr nett und hilfsbereit, sie erklärt mir viel. Das Zimmer, das wir haben, ist auch ganz hübsch.«

Irgendwie schien ihr, trotz ihrer Worte, irgendetwas nicht zu gefallen. »Aber?«, fragte Gianna.

»Sie sind hier alle so schrecklich vornehm. Ganz anders als zu Hause«, platzte es aus ihr heraus, dann errötete sie. »Ich meine natürlich nicht, dass es auf Alberi d'Argento nicht vornehm zuginge, aber …«

»Ich verstehe dich. Ich bin auch überrascht. Vor allem weil Onkel Fabrizzio am Hafen doch recht ungezwungen und leger war. Vielleicht liegt es daran, dass wir auf dem Land wohnen, da ist manches anders.«

Sichtlich erleichtert nickte Luisa. »Die Zofe von Fabrizzios Mutter hat mich eine Landpomeranze genannt, weil ich nicht wusste, dass man jetzt auch die Haare in Locken legt, die an der Seite herabhängen.«

Gianna lachte. »Dann bin ich wohl auch eine Landpomeranze, ich wusste das auch nicht. Komm, hilf mir in das Kleid.«

Eine halbe Stunde später klopfte Antonia an die Tür. Auch sie hatte sich umgezogen und trug nun ein Kleid aus grüner Seide mit einem V-Ausschnitt, der bis zur Taille ging, darunter eine plissierte, cremefarbene Bluse. Ihr Haar fiel in Schillerlocken auf ihre Schultern. Ein grünes Samtband mit dunkelroten Rosen vervollständigte die Frisur. Gianna kam sich mit ihrem schlichten Chignon geradezu provinziell vor. Das also hatte Luisa gemeint.

Luisa starrte entzückt auf Antonias Frisur. »Wie macht

man solche Locken?« Antonia wandte sich zu ihr um, und Luisa schlug hastig die Hand vor den Mund. »Verzeihung, Signorina, ich wollte nicht vorlaut sein.«

Antonia lachte. »Kein Problem. Du bist ja hier, um zu lernen. Die macht man mit einer Brennschere. Wenn Gianna möchte, kann Gloria ihr morgen früh die Haare machen, und du schaust zu.«

Gianna sah Antonia an. »Meinst du, mir steht das?«

»Bestimmt.« Antonia nickte so heftig, dass die Locken um ihr Gesicht tanzten. »Probier es aus. Aber jetzt müssen wir gehen. Großmutter Adele kann Unpünktlichkeit nicht leiden. Überhaupt legt sie großen Wert auf Förmlichkeit. Am liebsten würde sie meinen Vater noch in gepuderter Perücke sehen, so wie unseren seligen König Carlo Alberto. Sag bloß nichts Gutes über Vittorio Emanuele, den Conte di Cavour oder gar Garibaldi.«

Gianna runzelte die Stirn. Ihr Onkel Fabrizzio war der beste Freund ihres Onkels Michele, und beide waren im Widerstand aktiv gewesen, das wusste sie von ihrem Vater. »Aber dein Vater war doch …« Verlegen schwieg sie. Vielleicht wusste Antonia ja gar nichts von den politischen Aktivitäten ihres Vaters. Nicht in allen Familien wurde über diese Dinge so offen gesprochen wie in ihrer.

Antonias Lachen zerstreute ihre Bedenken. »Ja, mein Vater denkt ganz anders, und sie weiß das auch. Aber sie meint wohl, was sie nicht zur Kenntnis nimmt, existiert auch nicht. Im Grunde ist sie eine sonderliche alte Dame, die in der Vergangenheit lebt. Mein Großvater ist 1846 gestorben, und manchmal glaube ich, damals ist für sie die Zeit stehengeblieben. Es war eine arrangierte Ehe, und mein Großvater war nicht immer treu, aber sie hat ihn wohl geliebt.«

Antonias Worte beschworen die letzten Wochen. Ihre Mutter, die ihr erzählt hatte, dass sie vor ihrer Ehe verliebt gewesen war und sich in ihren Vater erst beim Kennenlernen verliebt hatte. Jetzt sprach Antonia davon, dass ihre Großmutter den Mann geliebt hatte, mit dem man sie im Grunde ohne ihr Einverständnis verheiratet hatte. Vielleicht war die erste große Liebe, die erste Leidenschaft wirklich nicht die Grundlage für eine gute Ehe. Vielleicht brauchte es etwas anderes. Ein gemeinsames Ziel. Sie dachte an ihre Eltern. Ihre Mutter liebte Alberi d'Argento ebenso wie ihr Vater. Sie interessierte sich für den Weinanbau und hatte oft beim Abendessen mit ihrem Vater über Reben, Rebschnitt und die Ernten geredet. Donata dagegen hatte das Weingut ihrer Eltern immer nur als lästiges Anhängsel angesehen und nie einen Hehl daraus gemacht, dass sie das Landleben langweilig fand und sich in der Stadt wohler fühlte, während Signor Sergio den Wein und alles drum herum liebte. Wie oft hatte er in den guten Zeiten mit ihrem Vater auf der Terrasse gesessen, die jungen Weine probiert, miteinander verglichen und darüber gesprochen, wie man die Ernten verbessern konnte? Sie waren im Grunde niemals Konkurrenten gewesen, das Ziel war immer, die beiden Weingüter zu verbinden. Durch eine oder mehrere Hochzeiten.

Gab es überhaupt Gemeinsamkeiten zwischen Angelo und ihr? Hatte er sich jemals dafür interessiert, was sie dachte, was sie bewegte? Sie konnte sich nicht erinnern. Aber das hatte sie auch niemals vermisst. Über ihre Jungmädchenträume hatte sie mit Rosanna geredet. Mit ihr hatte sie ihre Vorstellungen von der großen Liebe geteilt. Sie hatten gemeinsam Romane gelesen, sich in die Helden verliebt, mit den Heldinnen geschmachtet. Und mit ihren

Sorgen war sie immer zu Maurizio gegangen, der sich nie zu schade gewesen war, einem kleinen Mädchen die Nase zu putzen, einer Zwölfjährigen zuzuhören, die unglücklich gewesen war, weil sie geglaubt hatte, dass ihre Eltern ihre Brüder vorzogen. Er hatte ihre Briefe aus dem Institut für junge Damen gelesen und beantwortet, und selbst dieses Jahr, als sie Angelo nachgelaufen war, sich unmöglich benommen hatte, war er immer für sie da gewesen, hatte ihr zugehört, ihr geholfen. Sie war niemals allein gewesen. Vielleicht war ihre Liebe zu Angelo ein Luxus gewesen, den sie sich nur hatte leisten können, weil sie Freunde, Eltern und Geschwister hatte, die sie liebten. Ohne sie hätte sie vielleicht viel schneller gemerkt, dass es zwischen Angelo und ihr außer der körperlichen Anziehung nicht viel gegeben hatte.

12. KAPITEL

Das Esszimmer der Barratis war ein wenig kleiner als das auf Alberi d'Argento, jedoch exquisit eingerichtet. Der Boden bestand aus blank poliertem, hellgrauem Marmor mit schwarzen Einlegearbeiten. Die Wände waren in hellem Lila gestrichen, die Decken mit Stuck verziert, und über dem Esstisch hing ein aufwendig mit Kristalltropfen und -sternen verzierter Kronleuchter.

Um den Tisch saßen bereits ihr Onkel und ihre Tante sowie eine alte Dame in einem hochgeschlossenen, schwarzen Kleid.

Fabrizzio erhob sich, kam ihnen entgegen und bot Gianna den Arm. Er führte sie um den Tisch herum zu der

Dame. »Liebe Mutter, das ist Gianna di Raimandi, die Tochter unseres lieben Schwagers Enrico. Sie wird einige Zeit bei uns bleiben.« Er sprach sehr laut.

Die alte Dame runzelte die Stirn. »Du brauchst mich nicht so anzuschreien, Fabrizzio, ich verstehe dich sehr gut.«

Hinter Gianna ertönte ein unterdrücktes Hüsteln, vermutlich von Antonia.

Gianna sank in einen tiefen Knicks. »Ich bin erfreut, Sie kennenzulernen, Signora.«

Die Dame hob ein Lorgnon, das sie an einer Kette um den Hals trug, vor ihre Augen und unterzog Gianna einer eingehenden Musterung. »So, so, eine von den Ridolfis. Bist du mit Cosimo Ridolfi verwandt?«

Verwirrt sah Gianna von der alten Dame zu Fabrizzio. Wie kam sie auf die Ridolfis?

»Nicht Ridolfi, Mamma«, sagte Fabrizzio überdeutlich. »Raimandi. Giannas Vater ist Emilias Bruder.«

»Du bist auch mit den Ridolfis verwandt?«, wandte sich die alte Dame an Emilia. »Das hast du mir nie erzählt.«

Fabrizzio seufzte und brachte Gianna zu ihrem Platz neben Antonia. »Sie ist fast taub, aber sie glaubt, es merke niemand«, flüsterte er Gianna zu, während er ihr den Stuhl zurechtrückte.

»Was gibt es da zu flüstern, Fabrizzio?«

»Nichts Wichtiges, Mutter.«

»Nun, können wir jetzt beten und dann endlich essen?«

Alle falteten die Hände und senkten die Köpfe. Fabrizzio sprach ein kurzes Gebet. Anschließend trug ein Diener die Vorspeise auf, Carne cruda, feingehacktes Kalbfleisch, das mit Olivenöl, Zitrone, Salz und Pfeffer abgeschmeckt war. Dazu gab es frisch gebackene kleine Fladenbrote.

»Wenn das Wetter gut ist, zeigen wir dir morgen Vormittag ein bisschen etwas von Genua und gehen anschließend ins Café del Cairo«, sagte Emilia und lächelte Gianna an.

Der zweite Gang wurde aufgetragen. Trennete, sehr dünne Bandnudeln, mit Basilikumpesto. Als Hauptgang gab es gebratenen Thunfisch mit gegrilltem Gemüse.

Beim Nachtisch winkte Gianna dankend ab. »Ich bekomme kaum noch Luft.«

Fabrizzios Mutter nahm sich gleich zwei Portionen, sie war allerdings auch nicht so eng geschnürt.

»Wollen wir uns noch ein bisschen in den Salon setzen und plaudern?«, fragte Emilia, nachdem alle ihre Mahlzeit beendet hatten. »Oder bist du müde von der Reise?«

Ein wenig müde war sie schon, aber gleichzeitig noch zu überwältigt von den vielen neuen Eindrücken, um jetzt schon zu Bett zu gehen. »Ich würde sehr gerne noch ein bisschen plaudern.«

»Ich ziehe mich zurück!«, verkündete Signora Adele laut und rückte ächzend ihren Stuhl zurück.

»Noch einen kleinen Vin Santo, Mamma?«, fragte Fabrizzio.

»Einen kleinen Vincenzo? Von wem sprichst du nun wieder?«

»Er hat gefragt, ob du noch einen Vin Santo trinken möchtest«, sagte Emilia.

»Nein, hat er nicht. Er hat irgendetwas genuschelt. Kein Wunder, dass ich ihn nicht verstehe, wenn er nicht in ganzen Sätzen spricht. Danke, ein Glas nehme ich gerne.«

Gianna betrachtete angelegentlich die Muster auf ihrer Serviette, um ihr Lächeln zu verbergen. Die alte Dame schien außerordentlich anstrengend zu sein.

Lächelnd stand Fabrizzio auf, ging zu seiner Mutter und reichte ihr den Arm.

Der Salon lag neben dem Speiseraum. Dicke Teppiche lagen auf dem Marmorboden, vor einem riesigen Kamin standen ein niedriger Tisch und fünf Sessel, an der Wand unter einem Fenster befand sich ein großes Sofa. Die Frauen setzten sich an den Tisch, Fabrizzio schenkte eine goldgelbe Flüssigkeit in kleine Gläser und verteilte sie. »Übrigens ist das ein Vin Santo von Alberi d'Argento.«

Sie prosteten einander zu.

»Ich habe mich noch gar nicht dafür bedankt, dass ich hier sein darf. Das ist wirklich sehr nett«, sagte Gianna.

Fabrizzios Mutter beugte sich vor. »Bist du hier, um einen Ehemann zu finden? Dann musst du aber genau hinsehen, die meisten Burschen in der Stadt taugen nichts.« Sie seufzte tief. »Es gibt keine Männer mehr wie meinen Emanuele. Gott hab ihn selig.«

Gianna wusste nicht, ob sie lachen oder empört sein sollte. Ein Blick zu Antonia zeigte ihr, dass die sich schon wieder das Lachen verkniff. Emilia schüttelte kaum merklich den Kopf. »Nein, liebe Mamma, Gianna ist nicht auf der Suche nach einem Ehemann. Sie möchte hier einfach eine schöne Zeit verbringen.«

»Tz.« Die alte Dame nippte an ihrem Glas. »Die jungen Dinger heutzutage. Nur auf ihr Vergnügen aus. Wie alt bist du, junge Dame?«

»Ich bin achtzehn.«

»Nun, dann wird es aber höchste Zeit. Deine Eltern hätten dir schon längst einen Mann suchen sollen. Oder gehörst du auch zu den Mädchen, die meinen, sie müssten aus Liebe heiraten? Lass mich dir eines sagen: Das ist

Blödsinn.« Sie nippte wieder an ihrem Glas, und Emilia nutzte die Gelegenheit, um ihren Redefluss zu unterbrechen.

»Giannas Eltern kümmern sich sehr gut um sie und werden sicherlich auch dafür sorgen, dass sie keine alte Jungfer wird.« Sie zwinkerte Gianna an.

Trotzdem schmerzten die Worte der alten Dame. Ihre Eltern hatten sich gekümmert. Sie war verlobt gewesen und hatte ihren Verlobten innig geliebt. Alles hätte so schön sein können. Und jetzt lag ihr Leben in Scherben.

Als Adele gegangen war, wandte sich Fabrizzio an Gianna. »Entschuldige bitte. Meine Mutter ist ein wenig eigen, aber sie meint es nicht böse. Sie war immer eine großartige Kupplerin, hat nicht nur meine Schwester unter die Haube gebracht, sondern auch einige Ehen in unserer Verwandtschaft arrangiert. Ich glaube, sie hat mir nie verziehen, dass ich mich nicht von ihr habe verkuppeln lassen.«

»Wurde Ihre Ehe nicht arrangiert?«, fragte Gianna.

Grinsend schüttelte Fabrizzio den Kopf. »Nein. Meine Eltern wollten, dass ich Claudia Salieri heirate, die Tochter eines befreundeten Reeders. Eine aufgeblasene Ziege, die ihre Nase hoch trug und sehr großen Wert auf gute Manieren legte. Wenn ich so drüber nachdenke, war sie der guten Donata Frattini sehr ähnlich. Ich fand sie langweilig und ging ihr, wenn irgend möglich, aus dem Weg.«

»Du bist irgendwelchen Frauen aus dem Weg gegangen?«, spottete Emilia. »Das wäre mir ganz neu.«

»Der schon«, sagte Fabrizzio und lachte. »Die wollte so unbedingt heiraten, dass man nicht vorsichtig genug sein konnte, um sie nicht zu kompromittieren. – Genau genommen wollte ich gar nicht heiraten. Mir gefiel mein Leben so,

wie es war. Nette Frauen gab es viele, und so manche waren einem Abenteuer nicht abgeneigt.«

»Und ich will gar nicht wissen, wie viele Herzen du gebrochen hast«, sagte Emilia.

»Gar nicht so viele« antwortete er ganz ernst. »Ich habe nie einen Hehl daraus gemacht, dass ich kein Mann zum Heiraten bin, und ich habe keiner irgendwelche Versprechungen gemacht.«

Emilia schüttelte den Kopf. »Musstest du auch nicht, mein Liebster. Es gab trotzdem genug Mädchen, die meinten, sie könnten dein wankelmütiges Herz gewinnen und dich zähmen.«

»Das war aber dann nicht *mein* Problem, sondern das der Damen.«

»Da hört ihr es«, wandte sich Emilia an die beiden Mädchen. »So hartherzig war er.«

»Sie haben wirklich nie ans Heiraten gedacht?«, fragte Gianna.

Ein Lächeln zog sich über Fabrizzios Gesicht. »Doch. Als Michele seine Antonella hier vorgestellt hat und ich gesehen habe, was für ein patentes Mädchen sie ist und wie glücklich die beiden sind, da wünschte ich mir, ich könnte auch so eine Frau finden. Eine mit Temperament, Mut und Herz.«

»Und wie kamen Sie beide dann zusammen?«

Fabrizzio wechselte einen Blick mit seiner Frau. »Wie dein Onkel Michele, war ich Carbonaro und Mitglied von Giovine Italia. Ich habe nie mitgekämpft, sondern im Hintergrund gearbeitet, Treffen organisiert, Papiere gefälscht und so ... Das Ganze ist eine längere Geschichte. Jedenfalls war ich so leichtgläubig, mich mit einem Offizier der Armee Carlo Albertos zu treffen, der angeblich Giovine Italia beitreten wollte. Das Ganze entpuppte sich als Falle, in der ich nur der Köder war, denn er hatte es auf Michele abgesehen. Er nahm uns beide gefangen, doch wir konnten entkommen. Eine Zeitlang blieb alles ruhig, doch im Herbst darauf wurde ich gewarnt, dass die nächste Verhaftungswelle bevorstehe und es besser sei, unterzutauchen. Ich ritt nach Alberi d'Argento zu Michele. Die Familie nahm mich großzügig auf. Und dort traf ich eine junge Frau mit der Stimme eines Engels. Sie sang ein Liebeslied, als ich das erste Mal das Haus betrat. Es war Micheles Schwester, die ich das letzte Mal gesehen hatte, als sie neun Jahre alt war. Mittlerweile war sie achtzehn Jahre alt und wunderschön. Aber natürlich war es für mich Ehrensache, die Finger von der Schwester meines besten Freundes zu lassen.«

»Es gab ja auch genug hübsche Mädchen in der Umgebung«, sagte Emilia.

Fabrizzio nickte und erntete einen Rippenstoß von seiner Frau. »Ich merkte schnell, dass sie nicht nur schön war und wunderbar singen konnte, sondern auch klug war. Wir ritten aus, natürlich immer in Begleitung, wir trafen uns im Salon, lasen und diskutierten über Bücher. Bald machte es mir keinen Spaß mehr, mit den anderen Mädchen zu schäkern. Und irgendwann wurde mir klar, dass sie die Art Frau war, die ich suchte. Leider wurde mir auch klar, dass ich in der Falle saß. Nicht nur, weil Emilia mich dazu brachte, eine Ehe ernsthaft zu erwägen, sondern weil ich wusste, ich bekomme sie nicht. Denn jemand wie ich war bestimmt nicht die passende Partie für Emilia di Raimandi. Gut, unsere Väter hatten Geschäfte miteinander gemacht, Michele war mein bester Freund, trotzdem … die Marchesi di Raimandi sind alter Adel, und ich bin bloß der Sohn eines Kaufmanns. Piero di Raimandi war drei Monate zuvor gestorben, für Emilias Verheiratung war nun dein Vater Enrico zuständig, und er wusste um meinen Ruf. Ich war sicher, er würde mir seine Schwester nicht anvertrauen. Also beschloss ich, die Sache zu vergessen und so bald wie möglich nach Genua zurückzukehren. Allerdings hatte ich die Rechnung ohne Emilia gemacht.« Lächelnd nickte er seiner Frau zu.

Gianna nippte an ihrem Wein und sah ihre Tante an. »Inwiefern?«

Emilia lachte. »Als er auf Alberi d'Argento ankam, hatte ich schon viel von ihm gehört, vor allem Michele sprach oft über ihn. Und immer hieß es, er sei ein wunderbarer Freund, aber ein Frauenhelden. Ich bin sehr behütet aufgewachsen, unter einem Frauenheld konnte ich mir nicht wirklich etwas vorstellen. Jedenfalls nichts Schlimmes. Vielleicht weil Held in dem Wort vorkam, und ein Held war für mich eine romantische Gestalt.«

Und Romantik sei für sie in jener Zeit wichtig gewesen, erzählte sie weiter, denn es habe nicht alles zum Besten auf dem Gut gestanden.

Giannas Großvater, Don Piero, hatte Anfang des Jahres einen Schlaganfall erlitten, der ihn zum Invaliden machte. Als Enrico und Michele die Führung des Gutes übernahmen, entdeckten sie, dass ihr Vater Schulden gemacht hatte. Im Grunde gehörte Alberi d'Argento der Bank. Nur dank eines strengen Sparplanes und der unermüdlichen Arbeit der Brüder konnten die Hypotheken bezahlt werden. Jeder musste Opfer bringen. Emilia ging nicht auf die höhere Töchterschule nach Florenz, es gab keine neuen Kleider, keine echte Ballsaison. Der junge Pellegrini machte ihr den Hof, aber er vermochte keine romantischen Gefühle in ihr zu wecken. Ebenso wenig wie einige andere junge Männer aus der Gegend. Und dann kam Fabrizzio. Er war sieben Jahre älter als sie, weltgewandt und umwerfend charmant. Es dauerte keine zwei Wochen, dann hatte sie sich in ihn verliebt. Doch so zuvorkommend er zu ihr war und sooft sie sich trafen, er machte keinerlei Versuche, ihr näherzukommen. Am Anfang fand sie das noch ritterlich, doch als die Wochen vergingen, machte sie sich Gedanken. Wenn sie Klavier spielte oder sang, saß er immer dabei und lauschte ihr sichtlich hingerissen. Und auch sonst merkte sie, wie sehnsüchtig seine Blicke ihr folgten, wenn er sich unbeobachtet glaubte. Ihr Gefühl sagte ihr, dass er ebenso für sie empfand wie sie für ihn, doch er erklärte sich nicht. Dann kam der Abend, an dem er der Familie eröffnete, dass er abreisen werde.

»Ich wollte nicht glauben, dass er gehen werde, ohne sich vorher zu erklären oder mir zumindest einen Hinweis zu geben, dass er wiederkommen würde«, erzählte Emilia. »Aber er tat es nicht, im Gegenteil, er ging mir sogar aus dem Weg. Ich war todunglücklich. Micheles Frau Antonella war wohl die Einzige in der Familie, die mitbekommen hat, wie es um mich stand. Als wir eines Morgens allein im Salon saßen, fragte sie mich nach Fabrizzio. Ich fing an zu weinen und erzählte ihr alles. Antonella tröstete mich. ›Ich habe gesehen, wie er dich anstarrt. Ich bin mir sicher, dass er dich liebt.‹ Ich fragte: ›Aber warum schweigt er dann? Und jetzt meidet er mich auch noch.‹

Sie antwortete: ›Weil er aus irgendeinem Grund glaubt, dass eine Verbindung zwischen euch nicht möglich ist.‹

Dann erzählte sie mir von Michele und sich selbst. Wie sie sich auf der Reise nach Genua ineinander verliebt hatten, er aber geglaubt hatte, diese Liebe sei unmöglich, weil er sich Giovine Italia verpflichtet hatte. ›Stell dir vor, er hat gesagt, dass ich in Genua bestimmt bald einen netten Mann zum Heiraten finden werde. Dabei wollte ich doch nur *ihn*.‹

Also habe ich Antonella gefragt, wie sie doch zusammengekommen seien. Sie hat gelacht und erzählt, dass sie ihm einfach gesagt habe, sie wolle keinen anderen Mann.«

»Ach«, warf Fabrizzio ein. »Diesen Teil der Geschichte von Antonella und Michele kenne ich noch gar nicht. Dieser Idiot hätte sie tatsächlich gehen lassen. Nicht zu fassen.«

Emilia hob die Augenbrauen, ihr Lächeln war spöttisch und liebevoll zugleich. »Ach wirklich ... Nun, Antonella riet mir, mit Fabrizzio zu sprechen«, fuhr sie an Gianna gerichtet fort. »Das tat ich. Ich lauerte ihm im Rauchsalon auf und fragte ihn, warum er vor mir davonlaufe. Na ja, er wand sich ein bisschen, aber irgendwann nannte er mir seine Gründe. Und wir küssten uns.« Sie nickte Fabrizzio zu.

»Tja«, fuhr er fort. »Plötzlich stand ein wutschnaubender Michele neben uns, packte mich am Kragen, schüttelte mich durch und schrie mich an, wie ich es wagen könne, mich an seiner Schwester zu vergreifen. Es dauerte ein bisschen, bis er sich so weit beruhigt hatte, dass ich um ihre Hand anhalten konnte.«

Gianna lächelte traurig. »Was für eine schöne Geschichte.«

»Gib dir Zeit«, sagte Emilia sanft. »Du wirst sehen, es gibt hier viele nette junge Männer, und niemand weiß, was in Montescudaio passiert ist. Morgen werden Antonia, du und ich erst einmal ein bisschen bummeln gehen. Genua hat wunderschöne Ecken. Und zum Abschluss gehen wir ins Café del Cairo.«

Gianna schlief tief und traumlos und erwachte am nächsten Morgen mit einem Gefühl freudiger Erwartung. Vielleicht würde es ihr wirklich gelingen, hier in dieser lebensfrohen Stadt Angelo zu vergessen. Der Blick aus dem Fenster hob ihre Laune noch. Es war ein goldener Herbsttag. Nur ein paar Schäfchenwolken schwammen im Blau des Himmels.

Noch im Nachthemd huschte sie in das Badezimmer, wo schon ein Krug mit warmem Wasser, Handtücher und wunderbar nach Lavendel duftende Seife auf sie warteten.

Anschließend läutete sie. Zu ihrer Überraschung kam nicht Luisa, sondern ein Mädchen, das sie noch nicht kannte. Es brachte ihr eine Tasse Kaffee und ein Hörnchen. »Ihre Zofe kommt gleich, Signorina«, sagte es.

Gianna setzte sich in den Sessel in ihrem kleinen Salon, trank den heißen, schwarzen Kaffee und knabberte an ihrem Hörnchen.

Kurze Zeit später erschien Luisa. »Guten Morgen, Signorina. Signora Barrati lässt ausrichten, Sie möchten sich zum Ausgehen ankleiden lassen. Sie werden gleich nach dem Frühstück aufbrechen.«

»Guten Morgen, Luisa. Hast du gut geschlafen?«

Luisa lächelte. »Ja, nachdem Elisa mir den gesamten Tratsch über das Personal hier im Palazzo erzählt hat, habe ich gut geschlafen.«

Wie auf Alberi d'Argento, wurde auch hier das Frühstück nicht im Esszimmer serviert, sondern in einem der Salons. Sie waren zu dritt, Emilia, Antonia und sie. Fabrizzio sei schon sehr früh zur Arbeit gegangen, erklärte Emilia.

Einige Zeit nach dem Frühstück brachen sie auf. Bevor sie den Palazzo verließen, überreichte Emilia Gianna ein großes Tuch aus feiner weißer Baumwolle, in das in Zartblau phantasievolle Bäume gewebt waren. »Das ist ein Mezzaro«, sagte sie. »Man trägt ihn *so*.« Sie legte das Tuch lose über Giannas Haar und drapierte es so, dass Schultern und Oberarme bedeckt waren. »Es schützt vor der Sonne, vor Wind und, falls nötig, vor aufdringlichen Blicken.«

Antonia und Emilia schlangen sich ähnlich gemusterte Tücher um.

Vor der Tür standen zwei Träger mit einer Sänfte. Einen Augenblick wunderte Gianna sich, doch dann erinnerte sie sich an die schmalen Gassen, durch die sie gestern gekommen waren. Emilia nickte den Trägern zu, machte jedoch keine Anstalten, in die Sänfte zu steigen, sondern ging los. Die Männer mit der Sänfte folgten ihnen.

»Das ist auch so eine Besonderheit dieser Stadt«, erklärte Emilia lächelnd. »Da viele Gassen zu eng für eine Kutsche sind, gibt es Sänften. Da auch das den meisten zu umständlich ist, führt man sie nur mit sich, um zu zeigen, dass man reich genug ist, sich eine leisten zu können, geht aber zu Fuß, solange es nicht regnet.«

Die Straße, der sie zunächst folgten, war breit genug für Kutschen, und es fuhren auch immer wieder welche an ihnen vorbei, auch Fuhrwerke. Die Hufe der Pferde klapperten auf dem Pflaster, die Räder der Fuhrwerke ratterten. Beides hallte von den Mauern der Gebaude wider. Kurze Zeit später bog Emilia ab in eine schmalere Straße. Hier standen Palazzi, zum Teil fünf Stockwerke hoch, mit bogenförmigen Toren, hinter denen sich Höfe verbargen, in denen Palmen und Zitronenbäume wuchsen.

»Warte, bis wir in der Via Nuova sind«, sagte Antonia angesichts Giannas Staunen.

Sie erreichten die Via Nuova nach einigen Minuten. Sie

war noch ein wenig schmaler, doch rechts und links standen die prächtigsten Palazzi, die Gianna je gesehen hatte.

»Das ist der Palazzo Rosso«, erklärte Emilia und deutete auf ein Gebäude mit dunkelroten Mauern, die von helleren Steinen durchbrochen waren. Die Fenster des Palazzo waren riesig, bestimmt drei Mann hoch, über ihnen befanden sich aus Stein gemeißelte Löwenköpfe.

»Und hier ist der Palazzo Bianco«, fuhr Emilia fort und wies auf ein noch prunkvolleres Gebäude, dessen Fassade mit Marmor, Stuck und Malereien verziert war. Emilia nannte noch mehr Namen, insgesamt gab es vierzehn Palazzi in der Via Nuova, doch Gianna war so überwältigt, dass sie sie sich nicht merkte. Erneut bogen sie in eine breite Straße ab. Hier fanden sich Arkaden, unter denen Cafés und Läden waren. In manchen Läden wurden Seidenstoffe und Seidenstrümpfe verkauft, in anderen Hüte. Juweliere hatten feinste Goldarbeiten in ihren Auslagen, andere verkauften Tiegel, Schachspiele und Figuren aus Marmor und Alabaster.

Schließlich gingen sie wieder in Richtung Meer. An einer Hafenpromenade standen Tische und Stühle im Freien unter Bäumen. »Das ist das El Cairo«, sagte Emilia.

Sie suchten einen Tisch in der Nähe des Gebäudes, in dem sich das Café befand. Emilia bestellte heiße Schokolade für alle und eine Auswahl an Törtchen.

Die beiden Sänftenträger machten es sich auf einer der Bänke an der Promenade bequem.

Auf dem Heimweg dachte Gianna, dass es vielleicht ganz angenehm wäre, sich tragen zu lassen, denn ihre Füße schmerzten. Doch weder ihre Tante noch Antonia zeigten irgendwelche Ermüdungserscheinungen, und sie wollte sich keine Blöße geben.

Abends, als sie im Bett lag, fiel ihr ein, dass sie heute kein einziges Mal an Angelo gedacht hatte. Zu aufregend war der Tag gewesen. Dankbar dachte sie an ihre Mutter, die sie hierhergeschickt hatte. Genua war eine wunderbare Stadt.

13. KAPITEL

Heute nach dem Abendessen sind wir bei den Scardis eingeladen«, verkündete Emilia nach etwas über einer Woche beim Frühstück. »Es wird bestimmt ein interessanter Abend, sie erwartet ein paar besondere Gäste.«

»Besondere Gäste?«, fragte Gianna. »Welche?«

»Lass dich überraschen.«

Nach dem Abendessen, das dieses Mal etwas leichter ausgefallen war, stiegen Gianna, Antonia, ihre Tante und ihr Onkel in die Kutsche der Barratis, um drei Blocks weiter zu fahren. Ihr Ziel befand sich in der Via Fiasella. Es war ein Haus, das neben den Palazzi in der Via Nuova eher unscheinbar wirkte. Es gab kein Vestibül, sondern einen kleinen Eingangsbereich, von dem eine Treppe in den ersten Stock führte. Hier allerdings befand sich ein großer Salon, der sich wohl über die Hälfte des Stockwerks erstreckte. Der Boden bestand aus polierten Holzdielen.

»Und wer sind jetzt die besonderen Gäste?«, fragte Gianna.

Emilia nickte zur Tür. »Unter anderem diese Frau dort. Das ist die Principessa Cristina Trivulzio di Belgiojoso«, flüsterte sie.

Gianna folgte ihrem Blick. Von der Principessa hatte ihre Lehrerin für Geschichte und Literatur im Institut oft gesprochen. Ihre Familie und die ihres Mannes hatten zu den Widerstandskämpfern gegen die Habsburger gehört, und so hatte auch Cristina sich für die Ideen der Rebellen begeistert. Sie war mit sechzehn Jahren verheiratet worden, jedoch hatte sie ihren Mann vier Jahre später verlassen. Ein Skandal in der Mailänder Gesellschaft, wie Giannas Lehrerin mit deutlicher Bewunderung in der Stimme erzählt hatte. Sie war als Spionin unterwegs gewesen, hatte Papiere für die Widerstandskämpfer gefälscht. Schließlich hatte sie vor Metternich ins Ausland fliehen müssen. 1840 war sie nach Italien zurückgekehrt und hatte sich aktiv an den Kämpfen 1848 beteiligt. Seit Mitte der 50er Jahre lebte sie in Mailand.

Sie musste mittlerweile um die fünfzig sein. Ihr Gesicht wirkte ein wenig verhärmt, aber man sah ihr an, dass sie einmal sehr schön gewesen war.

»Sie hatte jede Menge Liebhaber«, flüsterte Antonia ihr zu. »Man behauptet, das sei immer noch so. Siehst du den Mann neben ihr? Angeblich ist er auch einer ihrer Verehrer, dabei ist er bestimmt fünfundzwanzig Jahre jünger als sie.«

Der Mann neben der Principessa war eine blendende Erscheinung, elegant gekleidet, groß und schlank, doch das Auffälligste war sein Haar. Es war blond und glänzte golden im Schein der Kronleuchter. Galant geleitete er die Principessa zu einem Stuhl, danach ließ er seinen Blick durch den Raum schweifen.

»Sein Name ist Riccardo Parenti, er ist der Marchese da Abairate. Seine Familie gehört zu den ältesten und angesehensten in Mailand«, erklärte Antonia leise. »Seit er hier ist, spielt die vornehme Gesellschaft von Genua verrückt. Er ist nicht verheiratet und einer der begehrtesten Junggesellen im ganzen Norden. Beinahe alle Mütter hoffen, dass er sich hier eine Braut sucht.«

Tatsächlich zupften manche der jungen Damen angelegentlich an ihren Locken oder bedachten ihn über den Rand ihrer Fächer mit schmachtenden Blicken. Er schien sich dessen wohl bewusst zu sein, er lächelte charmant und gleichzeitig unverbindlich in die Runde, so dass jede Frau sich angesprochen fühlen konnte, aber keine bevorzugt wurde.

»Ach, diese goldenen Locken, wie Garibaldi«, schwärmte eine Dame Anfang dreißig neben ihnen. »Fast bereue ich, dass ich schon verheiratet bin.«

»Man merkt, dass Sie Garibaldi noch nicht begegnet sind, liebe Signora Zunino«, erwiderte Emilia trocken. »Sein Haar ist mitnichten golden, sondern dunkelblond, eher rötlich.«

»Aber Sie sind ihm wohl schon begegnet?«, gab die Signora patzig zurück.

»Allerdings, des Öfteren. Mein Bruder hat 1849 an seiner Seite gekämpft.«

»Nun denn, jedenfalls ist dieser Marchese da Abairate ein Bild von einem Mann.« Sie bedachte den Mailänder mit einem Lächeln und einem schmachtenden Augenaufschlag.

Höflich erwiderte er das Lächeln, sein Blick verweilte kurz auf der Signora, dann wanderte er weiter zu Emilia. Grüßend neigte er den Kopf.

Ihre Tante erwiderte den Gruß. Offenbar kannten sie sich. Als er Gianna ansah, zeigte sich Interesse in seinem Gesicht.

Gianna zuckte mit den Schultern und wandte sich ab. Von blendenden Erscheinungen und guten Partien hatte sie genug; sie legte keinen Wert auf solche Bekanntschaften. Emilia quittierte ihre Reaktion mit einem Lächeln.

Gianna hielt Ausschau nach Antonia und entdeckte sie am Fenster. Sie schien ebenfalls nicht sehr beeindruckt von Signor Parenti, denn sie unterhielt sich angeregt mit einem dunkelhaarigen jungen Mann, der recht durchschnittlich aussah, jedoch ein ausgesprochen charmantes Lächeln hatte.

Emilia folgte Giannas Blick. »Das ist Mario Giraudo, er kommt aus dem Piemont, aus Aqui Therme, und studiert hier Rechtskunde. Wir warten eigentlich alle darauf, dass er sich endlich ein Herz fasst und um Antonias Hand anhält. Ich glaube, er hat Angst vor Fabrizzio.«

»Möchte Antonia ihn denn heiraten?«

»Schau, wie sie ihn ansieht.«

Tatsächlich, Antonia lächelte den jungen Mann sichtlich verliebt an und schien für alle anderen Anwesenden weder Augen noch Ohren zu haben, so aufmerksam hörte sie ihm zu.

Fabrizzio kam mit zwei Gläsern Champagner, reichte eines seiner Frau und eines Gianna. »Die Gastgeberin fragte, ob du gleich für die Gesellschaft Piano spielst, Emilia.«

»Sehr gerne. Solange Signora Zunino nicht dazu singt … Oh, ich glaube, wir müssen dich vorstellen, Gianna.«

Gianna wandte sich um und sah den Mailänder auf sich zukommen. Er verneigte sich höflich vor Emilia. »Signora Barrati, es ist mir eine Freude, Sie zu wiederzusehen, und auch Sie, Signor.« Er nickte Fabrizzio zu. »Würden Sie mich bitte der jungen Dame vorstellen?«

Auch von nahem war er eine ausgesprochen einnehmende Erscheinung. Sein Gesicht war schmal, die Lippen unter dem schmalen blonden Schnurrbart waren voll, und als er sie jetzt anlächelte, zeigte er makellos weiße Zähne.

Fabrizzio lächelte. »Gerne. Das ist die Nichte meiner Frau, Gianna di Raimandi. Gianna, das ist Riccardo Parenti, Marchese da Abairate.«

Da es offenbar erwartet wurde, reichte Gianna ihm die Hand, und er deutete einen Kuss auf ihr Handgelenk an.

»Di Raimandi? Aus Montescudaio?«

»Ja.«

»Dann erlauben Sie mir, Ihnen mein aufrichtiges Beileid auszusprechen. Ihre Brüder Giuseppe und Tommaso waren gemeinsam mit mir an den Vorbereitungen für die Erhebung in Livorno beteiligt. Es tut mir sehr leid, dass dieses Unternehmen für Giuseppe ein so schreckliches Ende genommen hat. Er war ein mutiger junger Mann.«

»Etwas weniger Mut, und er würde vielleicht noch leben«, gab Gianna ungehalten zurück. Mit diesem Lackaffen wollte sie nicht über Giuseppe reden. An der Planung war er also beteiligt gewesen. Aber dann hatte er wahrscheinlich sicher in seinem Palazzo in Mailand gesessen, während andere in Livorno gekämpft hatten und gestorben waren.

Irritiert sah der Marchese sie an. »Sollte ich Ihre Gefühle verletzt haben, tut es mir leid.«

Sie presste die Lippen zusammen. »Es tut immer noch weh, darüber zu reden. Er fehlt uns sehr.«

»Das verstehe ich sehr gut.«

Tatsächlich? Das Mitgefühl in seinem Gesicht schien echt, aber vielleicht war er auch nur ein Blender wie Angelo.

Als könne er ihre Gedanken lesen, fuhr er fort. »Mein älterer Bruder hat mit General Garibaldi in Rom gekämpft und ist dort gefallen. Man vergisst so etwas nicht. Und damit es nicht wieder vorkommt, müssen wir Italien befreien.« Er sah so aus, als glaubte er das wirklich.

»Nun, davon scheinen wir im Moment noch sehr weit entfernt zu sein«, gab sie zurück.

»Vielleicht weniger weit, als Sie glauben, Signorina di Raimandi.«

Ernst sah er sie an. Seine Augen waren braun, nicht blau, wie man das bei seinem blonden Haar vermuten würde. Ein warmes Mittelbraun. Sein Blick verunsicherte sie. Er war zu prüfend, zu intensiv.

Erleichtert vernahm sie die ersten Töne des Klaviers aus dem Nachbarraum. »Bitte entschuldigen Sie mich.« Sie nickte ihm zu und eilte ins Nebenzimmer. Auch hier war der Boden aus Holz, die Wände waren mit Seide bespannt und die Decken mit Stuckarbeiten verziert. In der Mitte stand ein Flügel, an dem Emilia saß und eine heitere Melodie spielte. Das Zimmer füllte sich rasch. Antonia kam in Begleitung des jungen Mannes, mit dem sie geplaudert hatte. Sie stellte ihn als Kommilitonen ihres Bruders vor. Er errötete, als er sich vor Gianna verbeugte. Nach dem selbstsicheren Auftreten des Mailänders wirkte seine schüchterne Art sehr sympathisch.

»Na, was hältst du von dem neuen Schwarm der Genueser Gesellschaft?«, fragte Antonia und nickte zur Tür, durch die eben jener Mailänder trat.

»Nichts«, sagte Gianna, »ein eingebildeter, eitler Fant, ein Weiberheld, von der gleichen Sorte wie mein ehemaliger Verlobter. Von solchen Männern habe ich genug.«

Antonia lachte. »Aber er scheint Interesse an dir zu

haben. Schau, da kommt er. Spätestens morgen wirst du sämtliche Matronen in Genua zum Feind haben.«

Tatsächlich, Signor Parenti schritt zielstrebig durch den Raum auf die Ecke zu, in der sie mit Antonia und Mario stand. Sie tat, als hätte sie es nicht bemerkt, ging um den Flügel herum und gesellte sich zu Fabrizzio, der an die Wand gelehnt stand und sichtlich hingerissen seine Frau betrachtete.

Emilia spielte jetzt *La donna è mobile* von Verdi. Das Geplauder und Lachen im Raum wurden leiser. Als das Lied zu Ende war, sah sie auf und wechselte einen Blick mit der Principessa Trivulzio. Danach schlug sie ein Stück an, das Gianna nicht kannte. Anscheinend war sie die Einzige, denn alle Anwesenden verstummten und wandten sich der Frau am Flügel zu. Die Musik war schwungvoll, ein fröhlicher Marsch. Die Principessa und einige andere standen auf und begannen zu singen.

»Fratelli d'Italia, l'Italia s'è desta.«

Immer mehr stimmten mit ein. Gianna lauschte dem Text.

»Brüder Italiens,
Italien hat sich erhoben,
Und mit dem Helm des Scipio
sein Haupt geschmückt.
Wo ist die Siegesgöttin?
Sie möge Italien ihr Haupt zuneigen.«
Beim Refrain sangen dann alle mit, auch Fabrizzio.
»Lasst uns die Reihen schließen,
wir sind bereit zum Tod,
wir sind bereit zum Tod,
Italien hat gerufen!«

Staunend hörte Gianna zu, sah die begeisterten Gesichter der Männer und Frauen im Salon. Das musste der Geist sein, der ihre Brüder nach Livorno getrieben hatte. Der Mailänder sang laut, er hatte eine schöne, kräftige Stimme. Glaubte er, was er da sang? Bereit für den Tod? Und Fabrizzio? Dieser fröhliche, lebenslustige Mann sang mit funkelnden Augen vom Tod?

Das Lied war zu Ende, Emilia nahm die Hände von den Tasten. In die entstandene Stille hinein klang die Stimme der Principessa. »Die Verwirklichung demokratischer Freiheiten ist ohne nationale Unabhängigkeit nicht denkbar«, rief sie. »Durch die italienische Beteiligung am Krimkrieg konnte der sardische Ministerpräsident, Conte Cavour, die italienische Frage auf die politische Agenda Frankreichs setzen. Wir hoffen, dass Napoleon III. sich unserer Sache annimmt. Aber was können wir *hier* tun? Wir können zum Beispiel die Società Nazionale Italiana finanziell unterstützen.« Sie winkte einem der Diener, der mit einen Korb in der Hand an der Tür wartete. »Meine lieben Patrioten, ich bitte um Ihre Spenden.«

Emilia stimmte *Addio, mia bella, addio* an und sang dieses Mal auch mit. Gianna kannte das Lied, es war von den Freiwilligen im ersten Unabhängigkeitskrieg gesungen worden.

Der Diener ging herum, und die Leute spendeten großzügig. Verlegen flüsterte Gianna ihrem Onkel zu, dass sie gar kein Geld mitgenommen hatte. Er lachte. »Keine Sorge. Von euch jungen Mädchen erwartet niemand eine Spende.«

Nach der Spendensammlung wurden kleine Häppchen gereicht, und irgendeine Dame verlas ein schwülstiges Gedicht über Garibaldi, das Gianna zum Lachen reizte. Was er wohl darüber denken würde? Sie erinnerte sich daran, dass er vor neun Jahren mit seinen Truppen bei Alberi d'Argento kampiert hatte. Viel hatte sie nicht mitbekommen, nur dass er nett und eher bescheiden gewesen war.

Emilia hatte sich wieder zu Fabrizzio und Gianna gesellt. »Hast du etwas gespendet?«, fragte sie ihren Mann.

Der lächelte betreten. »Natürlich.«

»Mir gefällt das nicht«, sagte Emilia. »Sie verrennen sich. Wie viele Aufstände hat Mazzini inzwischen angezettelt? Fünf? Und alle sind gescheitert und haben das Leben junger Männer gekostet.«

»Nun, Signora Barrati«, mischte sich ein älterer Mann ein, der in Begleitung des Mailänders hinzugetreten war, »nicht umsonst heißt es: Ideen reifen rasch, wenn sie mit dem Blut von Märtyrern gedüngt wurden.«

Gianna starrte ihn an. Was war das für eine zynische, menschenverachtende Ansicht? »Wer hat das gesagt?«, fragte sie.

»Giuseppe Mazzini.«

»Ach. Das kann er leicht sagen. Es sind ja nicht seine Brüder oder Söhne, die ihr Leben opfern!«, antwortete sie hitzig.

»Eine so große Sache erfordert Opfer, Signorina, und die erbringt man dann gerne. Signor Mazzini ist bereits zweimal zum Tode verurteilt worden.«

Gerne? Giuseppe, der das Leben geliebt hatte, Tommaso, der unter dem Verlust seines Bruders litt, und ihre Eltern, die den Sohn betrauerten. Zwar bemerkte sie den mahnenden Blick, den Emilia ihr zuwarf, doch sie war zu zornig. »Darf ich fragen, Signore, was Sie bereit sind zu opfern? Haben Ihre Söhne, Brüder oder Sie selbst sich an den Kämpfen beteiligt? Zumindest Sie stehen gesund und munter vor mir. Und soweit mir bekannt ist, hat sich Signor Mazzini aus dem Staub gemacht, bevor die Todesurteile vollstreckt werden konnten. Es ist leicht, von Opfern zu reden, wenn man sicher im Ausland sitzt und selbst keine bringen muss.«

Sie war laut geworden, und nun waren alle Gespräche in der Nähe verstummt; die Leute starrten sie an.

Der ältere Herr brauchte einen Moment, um seine Fassung wiederzufinden, dann lächelte er wohlwollend. »Aus Ihnen spricht die Leidenschaft des Weibes. Es mangelt Ihnen an Erfahrung und an Einsicht in die politischen Zusammenhänge.«

Sein gönnerhafter Ton ließ sie endgültig vergessen, was Madame Colleone ihnen immer wieder eingeschärft hatte: Bei Gesprächen über Politik hatte man als Frau beifällig zu nicken und niemals eine eigene Meinung zu äußern. »An Erfahrung mangelt es mir gewiss nicht. Einer meiner Brüder wurde in Livorno erschossen, der andere verletzt. Mein Onkel wurde 1833 ebenfalls zum Tode verurteilt, nur ist er nicht geflohen, sondern hat 1849 an Garibaldis Seite in Rom gekämpft. Danach wurde er ausgewiesen. Meine Familie hat politisch Verfolgte versteckt und ihnen zur Flucht verholfen und dabei viel riskiert. Das ist etwas anderes, als hier kluge Gespräche zu führen und ab und zu ein paar Hundert Lire zu spenden.«

Es brauchte nicht die entsetzten Blicke und das Getuschel der Anwesenden, um ihr klarzumachen, dass sie ins Fettnäpfchen getreten war. Ihr Temperament war mal wieder mit ihr durchgegangen, wie auf dem Ball, als sie Angelo geohrfeigt hatte. Dieses Mal war es eine Ohrfeige aus Worten gewesen, und im Gegensatz zu damals hatte es jeder mitbekommen.

Sie wartete nicht auf Antwort, sondern drängte sich zwischen den Menschen hindurch und lief ins Nebenzimmer. Dort öffnete sie einen der Fensterflügel und atmete so tief ein, wie es ihr mit dem Korsett möglich war.

Sie hörte Schritte hinter sich, doch sie drehte sich nicht um. Wahrscheinlich war es ihr Onkel oder ihre Tante.

»Sie sind eine außergewöhnliche junge Dame, Signorina di Raimandi.«

Immer noch atemlos fuhr sie herum und starrte in das Gesicht des Lackaffen, des Marchese aus Mailand. »Sie! Sie haben doch mit Mazzini und meinen Brüdern diesen Aufstand in Livorno geplant. Und wo waren Sie da? In Sicherheit in Ihrem Palazzo in Mailand und haben über Märtyrer nachgedacht.«

»Bilden Sie sich Ihr Urteil immer so schnell? Sie kennen mich doch gar nicht.«

»Und ich lege auch keinen Wert darauf, Sie kennenzulernen.«

»Das ist aber schade. Ich würde Sie nämlich sehr gerne näher kennenlernen. Eigentlich wollte ich Sie fragen, ob ich Sie in den nächsten Tagen zu einer Fahrt nach Nervi abholen dürfte.«

Er lächelte. Wahrscheinlich hielt er sich für unwiderstehlich, was ja auch kein Wunder war, so, wie die anwesenden Damen jeden Alters ihn anschmachteten. »Nein danke. Aber es gibt ja genug junge Damen hier, die wahrscheinlich vor Dankbarkeit niederknien würden, wenn Sie sie fragen. Und jetzt entschuldigen Sie mich bitte, dort drüben winkt meine Tante.« Sie ließ ihn stehen und eilte zu Emilia.

In der Kutsche entschuldigte sich Gianna für ihren Ausbruch. »Es tut mir wirklich leid, wahrscheinlich habe ich euch bis auf die Knochen blamiert, aber dieses salbungsvolle Gerede von Blut und Märtyrern war nicht zu ertragen.«

»Du hast uns nicht blamiert«, erklärte Emilia. »Die Principessa war sehr beeindruckt von dir.«

»Tatsächlich?«

»Ja, sie teilt deine Meinung, was Mazzini angeht. Sie unterstützt den Widerstand, aber mit Mazzini geht sie ganz und gar nicht konform. Als du im Nebenzimmer warst, hat sie gesagt, es sollte mehr junge Leute wie dich geben, die den Mut haben, ihre Ansichten zu äußern, statt anderen nach dem Mund zu reden. Aber zu dem jungen Parenti hättest du ruhig ein wenig netter sein können. Er hat dir doch nichts getan.«

Gianna zuckte mit den Schultern. »Ich habe kein Interesse an einem Schönling. Diese Sorte kenne ich inzwischen. Reich, verwöhnt, gutaussehend. Ein Weiberheld. Soll er doch mit seinen zahllosen Verehrerinnen schäkern und Kutsche fahren. Ich bin ein Mal auf so einen Kerl reingefallen, ein zweites Mal passiert mir das nicht.«

Fabrizzio grinste, und ihr wurde plötzlich klar, dass alles, was sie eben über den Mailänder gesagt hatte, auch zu ihm gepasst hatte, als er ein junger Mann gewesen war. Verlegen senkte sie den Kopf.

»Ich glaube nicht, dass er so ist«, sagte Emilia. »Dafür, dass er gut aussieht und die Frauen ihn anhimmeln, kann er nichts.«

»Genau«, sagte Fabrizzio und grinste noch breiter. »Es gibt nämlich auch Ausnahmen.«

Der November ging in den Dezember über. Das Wetter wurde schlechter, der Himmel war meist wolkenverhangen, und es regnete viel. Ihr Cousin Michele kam nach Hause. Alle zusammen besuchten sie die Oper und Anfang Dezember einen Ball.

Die Sehnsucht nach Angelo war schwächer geworden, aber noch nicht vergangen. Sie verfluchte sich selbst dafür. Warum war er ihr noch nicht gleichgültig? Sie kannte doch alle seine Schwächen, seine Fehler. Inzwischen hatte er wohl das in rosa Rüschen gehüllte Mädchen geheiratet. Und hoffentlich langweilte er sich gründlich mit ihr und bereute es.

Überraschenderweise hatte ihr niemand ihren Auftritt im Salon der Scardis übelgenommen. Eher im Gegenteil, die jungen Männer umschwärmten sie, begeisterten sich für ihr Temperament und fanden, sie sei eine *interessante Persönlichkeit*. Die Mütter der Herren schienen weniger begeistert. Es schmeichelte ihr, streichelte ihre verwundete Seele, doch mehr auch nicht. Keiner der jungen Männer vermochte irgendwelche Gefühle in ihr zu wecken. Bei einem Besuch im Teatro Carlo Felice traf sie Riccardo Parenti. Sie war mit Tante und Onkel, Antonia und Michele dort, um sich *Rigoletto* anzusehen. In der Pause entdeckte sie Parenti, der mit zwei Damen, einer jungen und einer, die wohl die Mutter war, plauderte. Beide Damen wirkten sichtlich hingerissen. Er dagegen schien eher gelangweilt und ließ seinen Blick durch das Foyer streifen, während die ältere Dame auf ihn einredete. Sein Blick fiel auf ihre Gruppe, und Gianna drehte sich hastig um. Egal, was Emilia gesagt hatte, ihr Ausbruch im Salon Scardi war ihr immer noch peinlich, und deshalb war er der letzte Mann in Genua, mit dem sie reden wollte. Doch er hatte sie natürlich schon gesehen, und außerdem kannte er ja auch ihre Tante und ihren Onkel. So überraschte es sie nicht, einige Augenblicke später seine Stimme hinter sich zu hören.

»La Famiglia Frattini. Wie schön, Sie hier zu treffen.«

Ihr blieb nichts anderes übrig, als sich wieder umzudrehen. Fabrizzio begrüßte ihn herzlich, und Emilia lächelte ihn an.

»Ich wusste gar nicht, dass Sie noch in Genua sind, Signor Parenti.«

»Ich bleibe bis kurz vor Weihnachten, ich möchte noch einen Freund treffen.« Galant verneigte er sich vor Gianna. »Signorina di Raimandi. Wie geht es Ihnen?«

»Gut«, gab Gianna zurück und setzte ein unverbindliches Lächeln auf. Täuschte sie sich oder funkelte Spott in seinen Augen? Sein Lächeln unter dem blonden Schnurrbart wirkte ebenfalls ein wenig spöttisch. Sie wandte den Blick ab und betrachtete die Muster der Fliesen auf dem Boden. Sollte sich doch jemand anderes mit ihm unterhalten. Verehrerinnen hatte er wohl genug, wenn sie die Blicke der Dame im Foyer richtig deutete.

»Wie gefällt Ihnen die Oper, Signorina di Raimandi?«

Natürlich, so einfach ließ sich ein erfolgsverwöhnter, gutaussehender Mann nicht abwimmeln. Sie hob das Kinn. »Oh, ganz gut. Sie ist sehr … lebensnah, nicht wahr? Dieser Mann, der jeder Frau vormacht, er liebe sie, dabei doch nur sein Vergnügen haben will und sich dann der nächsten zuwendet.« Mit einem Ruck klappte sie ihren Fächer auf. »Es ist sehr warm hier, Michele«, wandte sie sich an Antonias Bruder. »Würdest du mich bitte zur Tür begleiten? Einen schönen Abend noch, Signor Parenti. Ich glaube, Ihre Begleiterinnen warten auf Sie.« Mit dem Fächer deutete sie auf die beiden Damen, die missmutig zu ihnen herübersahen.

Michele bot ihr den Arm und führte sie zum Ausgang. Sie unterdrückte den Drang, sich umzudrehen, um Parentis Reaktion zu sehen. Sollte er sie doch für unhöflich halten. Hauptsache, er verschonte sie mit seinen Annäherungsversuchen.

Nach der Vorstellung wartete Gianna im Foyer auf die Barratis, die von einem wichtig aussehenden Herr aufgehalten worden waren. Signor Parenti trat auf sie zu. Höflich zog er den Hut. »Nun, hat es Ihnen weiterhin gefallen?«

Da sie nicht einfach davongehen konnte, blieb ihr nichts anderes übrig, als zu antworten. »Nicht besonders. Es war eine sehr traurige und irgendwie seltsame Geschichte. Ich habe in Florenz Nabucco gesehen, das hat mir sehr viel besser gefallen.«

»Ich teile Ihre Ansicht. Auch mir hat Nabucco besser gefallen.« Er machte eine Pause, lächelte sie an. »Vielleicht kann ich Sie doch noch zu einer Kutschfahrt nach Nervi überreden? Es ist wirklich sehr schön dort, selbst im Winter. Und vielleicht könnte ich das Bild, das Sie anscheinend von mir haben, ein wenig geraderücken.«

Kaum reichte man ihm den kleinen Finger, griff er nach der ganzen Hand. Sie klappte ihren Fächer auf und hob die Augenbrauen. »Ich denke nicht, dass es irgendetwas geradezurücken gibt, Marchese«, erwiderte sie kühl. »Und ich werde bestimmt nicht mit Ihnen ausfahren.«

»Wie Sie meinen.« Er setzte den Zylinder wieder auf und begann leise, wie zufällig, zu singen.

Das Blut stieg ihr in den Kopf, als sie die Melodie erkannte. Er sang die zweite Strophe aus *La donna è mobile*.

»Unglücklich wird der,
der sich auf sie verlässt,
der ihr leichtgläubig
sein Herz anvertraut.«

Ihre Empörung raubte ihr die Worte, das spöttische Lächeln, mit dem er sie betrachtete, die Fassung. Wortlos wandte sie sich ab, raffte ihren Rock und schritt so gemessen, wie sie vermochte, nach draußen.

Als das Weihnachtsfest näherrückte, überkam sie zum ersten Mal Heimweh. Sosehr sie Genua mochte und so nett ihre Verwandten zu ihr waren, Weihnachten wollte sie zu Hause verbringen. Doch vorher sollte es eine Verlobung geben. Mario Giraudo hatte tatsächlich den Mut gefunden und um Antonias Hand angehalten, und sie hatte angenommen. Gianna freute sich für ihre Cousine. Sie mochte Antonia, auch wenn ihre trockene, etwas distanzierte Art nie wirkliche Herzlichkeit zwischen ihnen aufkommen ließ. Die Verlobungsfeier war für den dritten Advent geplant. Auch Tommaso würde dabei sein. Er hatte sich aus Pinerolo gemeldet und geschrieben, dass er plante, Weihnachten auf Alberi d'Argento zu verbringen. Vorher wollte er noch ein paar Tage bei den Barratis bleiben und dann zusammen mit Gianna mit dem Schiff nach Livorno fahren.

Als Gianna Luisa von ihren Plänen unterrichtete, reagierte die junge Zofe mit einem gezwungenen Lächeln.

»Freust du dich denn nicht, nach Hause zu kommen und deine Familie wiederzusehen?«, fragte Gianna.

»Doch, schon. Aber hier ist es viel aufregender. Und wer weiß, ob Tante Ilaria mich als Zofe arbeiten lässt oder ob ich wieder Zimmermädchen werde?«

»Das auf keinen Fall«, widersprach Gianna. »Du bist jetzt meine Zofe, und Ilaria hat genug mit Mamma und Stella zu tun.«

Das Mädchen nickte, wirkte aber immer noch niedergeschlagen. Schließlich stellte sich heraus, dass sie in den jungen Seemann Giovanni Fassio verliebt war. Sie hatte sich an ihren freien Nachmittagen mit ihm getroffen, wenn er in Genua gewesen war. Livorno war zu weit weg von Alberi d'Argento, um sich einfach so zu treffen.

Gianna verkniff sich die Bemerkung, dass der junge Mann wahrscheinlich in jedem Hafen ein Mädchen hatte. Vielleicht tat sie ihm unrecht, aber das war nun mal der Ruf, der den Seeleuten anhaftete.

»Willst du deine Eltern fragen, ob du hier in Genua eine Stelle suchen darfst?«, fragte sie vorsichtig. »Die Barratis wären dir bestimmt behilflich.«

»Ach, das erlauben sie niemals.« Luisa schniefte. »Und außerdem glaube ich nicht, dass Giovanni mich heiraten will. Er ist ja auch noch zu jung, um eine Familie zu gründen. Aber ich habe ihn schon sehr lieb.«

Erleichtert atmete Gianna auf. Das Mädel war vernünftiger, als sie erwartet hatte. Sie verzichtete auf Bemerkungen wie *Andere Mütter haben auch schöne Söhne* oder *Du wirst schon einen anderen finden*. Dergleichen hatte sie bei Angelo nicht trösten können, und es würde auch Luisa nicht helfen. »Du kannst dir wahrscheinlich vorstellen, dass ich nachfühlen kann, wie es dir geht«, sagte sie stattdessen. Die gesamte Dienerschaft von Alberi d'Argento hatte von ihrer Verlobung mit Angelo gewusst, und natürlich hatten sie auch alle die Auflösung mitbekommen. Sie wollte gar nicht wissen, wie in den Dienstbotenräumen darüber getratscht worden war.

Luisa nickte, und ein Lächeln stahl sich in ihre Mundwinkel. »Und ich weiß, wie viele Verehrer die Signorina hier hat.«

14. KAPITEL

An einem regnerischen Abend, zehn Tage vor Weihnachten, traf Tommaso im Palazzo Barrati ein. Gianna fiel ihm um den Hals, kaum dass er das Haus betreten hatte.

Er umarmte sie. »Geht es dir gut, kleine Schwester?«

»Ja.« Sie küsste ihn auf die Wangen, dann trat sie einen Schritt zurück. »Und dir?«

»Mir auch.«

Sie blickte ihm ins Gesicht und wusste, dass er log. Er wirkte verhärmt. Seine Wangen waren schmal geworden, ein bitterer Zug hatte sich um seinen Mund gegraben, Schwermut lag auf seinem Gesicht. Er ähnelte dem Gemälde von Mazzini, das sie gesehen hatte. In seinem Gesicht zeigte sich der gleiche asketische Ausdruck, und in seinen Augen brannte ein fanatisches Feuer.

An diesem Abend sprach er nicht viel, sondern ging früh zu Bett. Am nächsten Morgen entschuldigte er sich, er habe dringende Verabredungen. Er war den ganzen Tag fort.

Gianna war enttäuscht. Sie hatte sich gefreut, ihn wiederzusehen, doch er sprach kaum mit ihr und fragte auch nicht nach der Familie. Er schien in einer anderen Welt zu leben.

Zwei Tage später meldete der Diener einen Besucher für Signor di Raimandi. Tommaso hatte darum gebeten, sich hier mit einem Freund treffen zu dürfen. Gianna saß mit ihm im Salon und hatte sich eben erhoben, um sich zu verabschieden, als der Besucher eintrat. Bei seinem Anblick sank sie jedoch in ihren Sessel zurück und beobachtete fassungslos, wie ihr Bruder dem Mann entgegeneilte und ihn herzlich umarmte. Dann drehte er sich um. »Gianna, ich möchte dir meinen Freund Riccardo, Marchese da Abairate vorstellen. Er ist derjenige, der mir in Livorno das Leben gerettet hat.«

Entgeistert starrte sie ihren Bruder an.

Jetzt wäre der passende Moment, um in Ohnmacht zu fallen, schoss es ihr durch den Kopf.

Vielleicht sollte sie eine Ohmacht vortäuschen. Doch sie würde auch wieder aufwachen müssen, und dann wäre er immer noch hier. Sie unternahm einen halbherzigen Versuch, aufzustehen, doch ihre Muskeln schienen sich in Pudding verwandelt zu haben, sie gehorchten ihr nicht.

Tommaso sah sie verwundert an. »Ist dir nicht wohl? Du bist ganz blass.«

»Mir ist ein wenig schwindelig.«

Parenti trat auf sie zu und verneigte sich. »Liebe Signorina di Raimandi, ich bin erfreut, Sie wiederzusehen.«

»Ganz meinerseits«, brachte sie leise heraus.

»Ihr kennt euch bereits?« Tommasos Blick wanderte von ihr zu Parenti.

»Ich hatte das Vergnügen, deine Schwester im Salon der Familie Scardi und in der Oper zu treffen«, sagte Parenti lächelnd. »Leider waren es nur kurze Begegnungen.«

Endlich schaffte Gianna es, sich aus dem Sessel zu erheben. Sie musste hier fort, bevor der Marchese ihrem Bruder erzählte, was sie ihm an den Kopf geworfen hatte. »Entschuldigt mich bitte. Ich lasse euch allein, ihr habt sicher viel zu besprechen.«

Ihr Weg zur Tür glich einer Flucht, doch der Marchese musste sich ebenso schnell bewegt haben, denn er hielt ihr galant die Tür auf.

»Ich würde Sie wirklich gerne wiedersehen, Signorina«, sagte er leise. »Vielleicht auf einen Kaffee im del Cairo?«

»Ich … ich denke darüber nach.«

Zunächst dachte sie nur darüber nach, was sie ihm alles an den Kopf geworfen hatte. Sie saß in ihrem Zimmer und fragte sich, wie sie ihm je wieder unter die Augen treten sollte. Madonna, einen Feigling hatte sie ihn genannt, der vom sicheren Mailand aus agierte. Und sie hatte ihm unterstellt, ein Frauenheld zu sein. Nun, das mochte stimmen. Aber es half nicht. Sie hatte ihm unrecht getan und ihm keine Gelegenheit gegeben, sich zu rechtfertigen und ihre Unterstellung richtigzustellen. Warum er sich überhaupt solche Mühe gab, nachdem sie ihn derartig beleidigt hatte, war ihr ein Rätsel.

Sie stand auf und lief im Zimmer auf und ab. Es gab nur *eine* angemessene Reaktion: Sie musste sich entschuldigen. Und wenn sie das schon tun musste, brachte sie es besser gleich hinter sich. Sie warf einen Blick in den Spiegel, der neben dem Kleiderschrank hing. Madonna, warum war sie so blass? Sie kniff sich in die Wangen, bis diese sich röteten, dann griff sie zur Puderdose und puderte Stirn, Nase und Kinn. Schon besser. Luisa hatte ihr Haar am Morgen zu einem schlichten Chignon aufgesteckt, mittlerweile hatten sich einige Strähnen daraus gelöst. Sie strich sie zurück, doch sie lockten sich sofort wieder um ihr Gesicht. Vielleicht sollte sie nach Luisa läuten, damit sie ihr das Haar noch einmal frisierte. Sie wollte schon zur Klingelschnur greifen, da hielt sie inne. Warum eigentlich benahm sie sich wie ein Mädchen vor dem ersten Rendezvous? Sie hatte ihn beleidigt, sie musste sich entschuldigen, aber es war doch völlig gleichgültig, wie sie dabei aussah. Verwundert über sich selbst, schüttelte sie den Kopf und verließ das Zimmer. Sollte sie einfach an die Salontür klopfen und ihn um ein Gespräch unter vier Augen bitten oder sich in Tommasos Gegenwart entschuldigen? Hatte er ihrem Bruder inzwischen erzählt, wie sie ihn behandelt hatte? Tief in Gedanken versunken, ging sie die Treppe hinunter zum Salon und erschrak, als Tommaso und der Marchese aus der Tür traten. Die beiden bemerkten sie nicht.

»Wir sehen uns heute Abend in Matteos Taverne«, sagte Tommaso. »Stefano und Vittorio werden auch da sein.«

Parenti nickte. »Bis dann. Und richte deiner Schwester Grüße von mir aus. Sie ist eine bemerkenswert temperamentvolle und auch mutige junge Frau.«

Es war wohl besser, sich bemerkbar zu machen, bevor noch mehr über sie gesprochen wurde. Verstecken konnte sie sich hier nirgends, sonst hätte sie das vorgezogen. Sie nahm die Schultern zurück und räusperte sich. Beide Männer fuhren herum. »Darf ich Sie kurz sprechen, Signor Parenti?« Sie warf ihrem Bruder einen schnellen Blick zu, so wie früher, wenn sie beide heimlich in der Küche von der Cioccolatina genascht hatten, dann deutete sie auf die Salontür.

Tommasos Lächeln war beinahe so verschwörerisch wie in ihrer Kindheit. Er verabschiedete sich, der Marchese hielt ihr die Tür auf.

Giannas Hände waren feucht vor Nervosität. Parenti trat hinter ihr in den Salon und lehnte die Tür an. Offenbar hatte er nicht die Absicht, es ihr leichtzumachen, denn er schwieg und blickte sie forschend an.

»Ich möchte mich entschuldigen«, begann sie. »Ich weiß jetzt, dass ich Ihnen unrecht getan habe. Tommaso erwähnte nur einen Freund, er nannte nie Ihren Namen. Es tut mir leid, dass ich Sie für feige gehalten habe.«

»Ich wollte es Ihnen erklären, aber Sie haben mir keine Möglichkeit gegeben.«

Schon brodelte der Zorn wieder in ihr. Reichte es nicht, dass sie sich entschuldigte, musste er nun auch noch darauf herumreiten? Was wollte er hören? Sie biss sich auf die Unterlippe. Nicht schon wieder die Beherrschung verlieren.

Er beugte sich vor. »Ich nehme Ihre Entschuldigung an. Ich weiß, der Augenschein sprach gegen mich.«

»Ich danke Ihnen. Mein Urteil war ohne Zweifel vorschnell.«

»In mehr als einer Hinsicht, denke ich. Sie bezeichneten mich auch als Weiberhelden, ohne mich zu kennen.«

Perbacco! Woher wusste er das, zum Donnerwetter? Sie hatte es ihm nicht ins Gesicht gesagt, sondern zu Antonia im Salon der Scardis.

Lächelnd beantwortete er ihre unausgesprochene Frage. »Klatsch und Tratsch verbreiten sich schnell in den Genueser Salons, und Sie, Signorina, haben keinen Hehl aus Ihrer Meinung gemacht.«

Ihr wurde sehr heiß. »Nun, zumindest benahmen Sie sich an jenem Abend wie einer.«

»Tat ich das? Ich kann mich nicht erinnern, einer Dame Avancen gemacht zu haben. Außer Ihnen.«

Er lächelte immer noch. Unwillkürlich erwiderte sie das

Lächeln. »Ja, da haben Sie wohl recht. Vielleicht war auch dieser Eindruck ein falscher.«

»Lassen Sie mich beweisen, dass es so ist. Haben Sie über meine Einladung nachgedacht?«

Nun, aus dieser Sache kam sie wohl nicht mehr heraus, ohne ihn erneut zu beleidigen. Aber im Grunde war er wirklich nett und hatte ihr ihren Affront nicht übelgenommen, wie es vielleicht manch anderer getan hätte. Es könnte durchaus unterhaltsam werden, mit ihm auszugehen. Sie nickte. »Auf einen Kaffee ins del Cairo.«

»Dann werde ich Ihren Onkel um die Erlaubnis bitten, Sie hier abzuholen. Sagen wir, übermorgen um drei?«

Wieder nickte sie.

Er neigte den Kopf und hielt ihr die Tür auf.

»Der Marchese da Abairate war heute zu Besuch und hat mich um die Erlaubnis gebeten, dich ins del Cairo einzuladen«, sagte Fabrizzio beim Abendessen. »Ich denke, er hat vorher mit dir gesprochen, und habe es erlaubt. Oder hätte ich es ihm verweigern sollen?«

Zu ihrer eigenen Verwirrung spürte sie, wie sie errötete. Antonia blickte sie neugierig an, Emilia lächelte.

»Er hat mich vorher gefragt«, sagte sie leise.

Adele hörte auf zu essen, hob ihr Lorgnon und blickte in die Runde. »Ihr redet wieder so undeutlich. Wer hat wen eingeladen?«

Gianna hob die Stimme. »Signor Parenti hat mich eingeladen.«

»Nie von ihm gehört. Wer ist das?«

»Das ist der Marchese da Abairate aus Mailand«, erklärte Fabrizzio, als Gianna keine Anstalten machte, zu antworten.

»Ah«, sagte Adele. »Von dem habe ich schon gehört. Sehr reiche Familie. Er ist der einzige Sohn, der Vater lebt nicht mehr. Warum sagt ihr das nicht gleich?« Sie verengte die Augen und musterte Gianna durch ihr Lorgnon. »Macht er dir den Hof?«

Gianna rang um Atem. »Nein, bestimmt nicht.«

»Nein? Aber warum soll er sonst mit dir ausgehen, wenn er dir nicht den Hof macht? So eine gute Partie solltest du dir nicht entgehen lassen.«

Hilfesuchend blickte Gianna ihren Onkel an. Sie mochte die alte Dame, doch manchmal war sie sehr anstrengend. Und dann diese Fragerei, während der Diener an der Tür stand. Nachher würde die Gerüchteküche beim Personal brodeln. Nicht auszudenken, wenn Parenti davon hörte und am Ende glaubte, sie habe das Gerücht in die Welt gesetzt.

»Sie gehen nur ins Café, Mamma«, erklärte Fabrizzio. »Der Marchese ist mit Giannas Bruder Tommaso befreundet, daher kennen sie sich.«

»Ach so.« Sichtbar enttäuscht legte Adele das Lorgnon weg und widmete sich wieder ihrem Essen.

Es blieb nicht bei einem Besuch im Café del Cairo. Riccardo Parenti war wirklich ganz anders, als sie ihn zunächst eingeschätzt hatte. Kein leichtlebiger, sondern ein sehr ernsthafter junger Mann, der schon früh die Verantwortung für den Besitz der Familie übernommen hatte, als sein Vater vor vier Jahren überraschend gestorben war. Die Familie besaß ausgedehnte Ländereien in Brianza. Bis zu Beginn des 19. Jahrhunderts hatten sie Wein angebaut, der aber wegen der schlechten Bodenbeschaffenheit von minderer Qualität gewesen war. Riccardos Vater hatte die

Weinstöcke gerodet und Maulbeerbäume gepflanzt. Inzwischen waren es Tausende. Die Seidenindustrie bildete die Grundlage für das Vermögen der Parentis.

Riccardo erzählte ihr von dem Zorn der Mailänder auf die Habsburger, die den Handel kontrollierten und die Gewinne besteuerten. »Die Bauern sind gar nicht so unzufrieden«, erklärte er. »Sie meinen, sie würden ohnehin ausgebeutet, und da sei es egal, ob von den Lombarden oder den Habsburgern. Wir müssen sie aufrütteln.«

»Sie haben mehrere Kriege mitgemacht«, sagte Gianna, als sie unter dem blauen Winterhimmel im Café saßen. »Erst Napoleon, der dort seine Schlachten geschlagen hat, dann Carlo Alberto 1848. Ist es nicht verständlich, dass sie einfach nur Frieden wollen?« Dann presste sie die Lippen zusammen. Mal wieder hatte sie Madame Colleone vergessen. Man sprach als Frau nicht über Politik, und schon gar nicht widersprach man.

Riccardo schien es allerdings nicht zu stören, er antwortete ernsthaft. »Natürlich ist es verständlich. Wir müssen ihnen erklären, dass es ihnen unter Vittorio Emanuele bessergeht, dass er dauerhaft Frieden schaffen kann und Wohlstand. Wenn es keine Zollschranken mehr gibt, weil ganz Norditalien ein Königreich ist, können sie ihre Waren überall verkaufen. Zurzeit brauchen sie für alles eine Genehmigung der örtlichen Kommandantur, und wenn der zuständige Mann gerade eine schlechte Verdauung hat oder seine Frau ihm Hörner aufsetzt, dann verweigert er die Genehmigung, und die Bauern bleiben auf ihrem Obst und Gemüse sitzen, bis es verfault.«

Gianna unterdrückte ein Kichern bei seinen letzten Worten. Er besaß einen feinen Sinn für Humor und scheute sich nicht, die Dinge beim Namen zu nennen. Angelo hatte sich nie derartige Gedanken gemacht. Er hatte überhaupt nie an etwas anderes gedacht als an sein Vergnügen und den nächsten Tag. Wie hatte ihr Vater gesagt? *Angelo wählt immer den Weg des geringsten Widerstands.* Warum dachte sie jetzt an Angelo? Und was schlimmer war: Warum schmerzte der Gedanke an ihn immer noch, obwohl sie doch inzwischen wusste, dass er nichts taugte? Ihr Kopf wusste es. Aber da war etwas jenseits des Verstandes. Sie hatte ihn nicht vergessen. Nicht sein Lächeln, nicht die Leichtigkeit, mit der er das Leben nahm, und auch nicht seine Küsse, seine Berührungen in der Scheune.

Dumme Gans, schalt sie sich. *Er denkt bestimmt nicht mehr an dich.*

Sie griff nach ihrer Tasse und trank den letzten Schluck heiße Schokolade.

Später begleitete Riccardo sie nach Hause, und sie bedankte sich bei ihm für den schönen Nachmittag. Es war ihr ernst, sie mochte seinen Sinn für Humor, seine Beobachtungsgabe und auch sein Interesse an Politik. Als er sie fragte, ob er sie denn jetzt zu einer Kutschfahrt nach Nervi abholen dürfe, sagte sie ja.

Zwei Tage später fuhren sie in einer Mietkutsche zu dem kleinen Ort an der Küste. Riccardo hatte recht, Nervi war entzückend. Sie schlenderten die lange Küstenpromenade entlang, von der man einen herrlichen Blick auf das türkis schimmernde Meer hatte, und durch Parks, in denen nicht nur Palmen, Mandelbäume und Mimosen wuchsen, sondern auch seltsam geformte Bäume, die Gianna noch nie gesehen hatte.

»Das sind Araukarien«, sagte Riccardo, als sie sich darüber wunderte. »Soweit ich weiß, wurden sie aus Australien eingeführt. Und das dort«, er deutete auf ein Gewächs mit einem kurzen Stamm und langen, spitz zulaufenden Blättern, »ist eine Palmlilie. Sie kommt aus Mittelamerika.«

Gianna lächelte in sich hinein. Gutaussehend, reich, klug und auch noch gebildet. Dieser Mann war eigentlich zu gut, um wahr zu sein. Es wunderte sie nicht mehr, dass die feine Gesellschaft von Genua entzückt von ihm war. Umso erstaunlicher, dass er noch nicht verheiratet war. Ob es daran lag, dass er wirklich der Liebhaber der Principessa Trivulzio war?

»Wo sind Sie mit Ihren Gedanken?«, fragte er.

Sie antwortete, ohne nachzudenken. »Ich habe mich gerade gefragt, wieso Sie noch nicht verheiratet sind. Sie sind der perfekte Schwiegersohn. Ich glaube, außer meiner Tante gibt es kaum jemanden hier in Genua, der Ihnen nicht seine Tochter als Braut anbieten würde.« Kaum hatte sie es ausgesprochen, biss sie sich auf die Lippe. Hoffentlich deutete er ihre Worte nicht falsch und glaubte nun, sie gehöre zu den Damen, die auf einen Heiratsantrag von ihm hofften.

Er lachte. »Ich bin nicht auf Brautschau hier, sondern wegen der Politik. Aber es ist tatsächlich so, dass meine Mutter mich schon länger zur Heirat drängt und mir auch schon einige passende Bräute ausgesucht hat. Leider sind unsere Ansichten, wer zu mir passt, recht verschieden.«

Die Frage, welche Art Frau seiner Meinung nach zu ihm passte, drängte sich ihr auf, doch sie hütete sich, sie auszusprechen. Das war gefährliches Terrain.

Er betrachtete sie von der Seite, ein amüsiertes Lächeln umspielte seine Lippen. »Um ehrlich zu sein, ich versuche, eine Heirat noch möglichst lange hinauszuzögern. Ein kluger Mann hat einmal gesagt, die Ehe sei wie eine Mausefalle: Diejenigen, die drinnen sind, möchten wieder raus, die anderen umkreisen sie, um hineinzukommen.«

Gianna brach in Gelächter aus, und er stimmte mit ein.

»Sie, Signorina, scheinen ebenfalls keinen großen Wert darauf zu legen, sich einen Ehemann zu angeln. Jedenfalls tuschelt man in den Salons darüber, dass Sie ein Herz aus Eis haben.«

»Tut man das? Nun, vielleicht geht es mir ja ähnlich wie Ihnen. Wer möchte schon in einer Mausefalle sitzen?«

»Sehen Sie? Da haben wir etwas gemeinsam.« Er hatte ihr seinen Arm geboten, jetzt legte er seine Hand auf ihre. »Wir sollten zurückfahren. Es ist schon spät.«

Vor der Eingangstür des Palazzo bat er darum, mit hineinkommen zu dürfen, weil er noch mit Tommaso reden wollte. Emilia begrüßte ihn erfreut, und als er erzählte, dass er die Tage abreisen werde, lud sie ihn kurz entschlossen zum Abendessen ein.

Riccardo zog sich mit Tommaso in einen der Salons zurück, und Gianna ging auf ihr Zimmer und läutete nach Luisa, damit sie ihr beim Umkleiden für den Abend behilflich war.

»Wie war Ihr Ausflug?«, fragte Luisa, als sie ihr half, das Kleid auszuziehen.

»Sehr schön. Nervi ist wirklich sehenswert. Schade, dass wir nicht im Frühling dorthin können. Es muss dann wunderbar sein.«

Luisa öffnete die Tür des Kleiderschranks. »Welches Kleid möchten Sie denn anziehen? Ich habe gehört, die Signora hat Signor Parenti zum Abendessen eingeladen.«

Nach kurzem Nachdenken wählte sie ein Kleid aus königsblauer Seide, das sie sich hier in Genua hatte schneidern lassen. Es passte gut zu ihren Augen und betonte den rötlichen Schimmer in ihrem Haar.

Beim Abendessen war der Marchese ungewöhnlich ruhig und nachdenklich, obwohl er bereitwillig alle Fragen beantwortete.

Adele hatte anscheinend vergessen, dass Fabrizzio den Gast vorgestellt hatte, oder sie hatte seinen Namen nicht verstanden. Während die Vorspeise gereicht wurde, musterte sie ihn immer wieder durch ihr Lorgnon. »Junger Mann«, wandte sie sich schließlich an ihn. »Man hat Sie mir nicht vorgestellt, und ich habe Sie hier noch nie gesehen. Woher kommen Sie?«

Fabrizzio seufzte und sagte dann sehr laut: »Liebe Mamma, das ist der Marchese da Abairate aus Mailand.«

»Schreien musst du nicht, Fabrizzio, ich verstehe dich sehr gut. Aus Mailand also. Und was führt Sie hierher?«

Riccardo neigte kurz den Kopf. »Geschäfte, Signora Barrati. Meine Familie handelt mit Seide.«

»Ah.« Sie nickte und aß weiter.

Das Gespräch wandte sich wieder anderen Dingen zu. Man sprach über Giannas und Tommasos Abreise und über den nächsten Besuch von Fabrizzio und Emilia auf Alberi d'Argento, bis Adele etwas einfiel. »Aber Sie sind nicht der junge Mann, der um die Hand von Antonia angehalten hat?«

»Nein, der bin ich nicht«, antwortete Riccardo lächelnd.

»Nicht? Dann sind Sie also hier, weil Sie um Signorina Giannas Hand anhalten möchten.«

Gianna verschluckte sich, zerrte ihre Serviette vom Schoß und versteckte hustend ihr Gesicht darin. Neben sich hörte sie Antonia tief einatmen.

Riccardo räusperte sich. »Also, ich …« Er verstummte.

»Sie sollten es tun, junger Mann, bevor Ihnen ein anderer zuvorkommt. Sie kommt aus einer der besten und ältesten Familien in Montescudaio«, erklärte Adele nachdrücklich.

Fassungslos ließ Gianna die Serviette sinken und starrte die alte Dame an. Was dachte sie sich bloß dabei? Wahrscheinlich gar nichts.

»Glauben Sie bitte nicht, dass ich bei meiner Einladung irgendwelche Hintergedanken dieser Art hatte«, sagte Emilia mit hochroten Wangen und warf ihrer Schwiegermutter einen mörderischen Blick zu. »Meine Nichte ist nicht hier, um einen Mann zu finden.«

»Das habe ich auch nicht angenommen.«

Sein Blick ruhte auf Gianna, er betrachtete sie nachdenklich, als sähe er sie zum ersten Mal.

Sie wandte den Kopf ab. Von Anfang an war ihre Bekanntschaft mit dem Marchese von Missverständnissen geprägt gewesen, aber dieses setzte allem die Krone auf. Wie sollte sie jemals wieder unbefangen mit ihm reden?

Zu ihrer Erleichterung begann ein Gespräch über den Handel mit Seide in Genua. Trotzdem brachte sie keinen Bissen mehr herunter und war ausgesprochen erleichtert, als sich die Herren nach dem Abendessen zum Rauchen in den grünen Salon zurückzogen.

Emilia wartete, bis die Männer den Raum verlassen hatten, dann trat sie zu Adele. »Mamma, Sie haben Gianna und mich heute in große Verlegenheit gebracht. Was soll denn der Marchese von uns denken? Dass wir ihn eingeladen haben, um ihn mit meiner Nichte zu verkuppeln?«

»Was er denkt, ist doch egal. Was er *tut*, ist wichtig. Ihm gefällt das Mädel. Er konnte kaum seine Augen von ihr lassen. Also soll er auch Nägel mit Köpfen machen und um ihre Hand anhalten. Sonst dauert das wieder so lange wie bei diesem jungen Mann, der schon seit über einem Jahr

3

Σ

um Antonia herumscharwenzelt. Und ich finde, die beiden passen gut zusammen.« Nach dieser Feststellung erhob sie sich. »Entschuldigt mich bitte. Ich möchte heute früh zu Bett gehen.«

Emilia wartete, bis sie den Raum verlassen hatte, dann wandte sie sich zu Gianna um. »Liebes, es tut mir wirklich leid. Aber ich bin überzeugt, Signor Parenti weiß, wie er ihre Bemerkung einzuordnen hat. – Was gibt es da zu kichern, Antonia?«

»Ist sie nicht unglaublich?«, gluckste Antonia. »Spielt die Kupplerin, wo sie nur kann. Wahrscheinlich leidet sie immer noch darunter, dass mein Vater sich seine Frau selbst ausgesucht hat.«

Emilia presste die Lippen zusammen, doch Gianna hatte das Gefühl, dass sie damit nur ihr Lächeln überspielte. »Mit einem hat sie recht: Ihr wärt ein schönes Paar. Und er ist ein sehr netter junger Mann.«

Ungläubig schüttelte Gianna den Kopf. »Bitte fangen Sie nicht auch noch damit an, Tante.«

Sie vermochte kaum ihn anzusehen, als er einige Zeit später kam, um sich zu verabschieden.

»Es besteht kein Grund zur Verlegenheit«, sagte er. »Meine Großmutter ist der alten Dame recht ähnlich und nimmt auch kein Blatt vor den Mund.« Wieder sah er sie mit diesem seltsamen Blick an. »Ich habe unsere Gespräche sehr genossen. Wenn Ihr Weg Sie jemals nach Mailand führt, dann müssen Sie mich besuchen.«

Dass sie jemals nach Mailand kam, war mehr als unwahrscheinlich. Plötzlich bedauerte sie es, dass ihre Wege sich nun trennten. Er war ein angenehmer und unterhaltsamer Begleiter gewesen. Tatsächlich hatte sie sich in seiner

Gesellschaft keine Minute gelangweilt, wie ihr das öfter mit anderen jungen Männern ergangen war. Das lag wohl zum Teil an seiner Klugheit, aber auch daran, dass er kein Mann war, der sich selbst gern reden hörte, sondern Gespräche führte und aufrichtig an ihren Gedanken interessiert war. Sie mochte ihn sehr. Diese Einsicht machte sie so verlegen, dass sie sich übertrieben förmlich von ihm verabschiedete.

15. KAPITEL

Vier Tage vor Weihnachten stand sie mit Tommaso und Luisa an Bord des Schiffes, das sie nach Livorno bringen sollte. Zu Luisas Bedauern, war es nicht die Iberia, sondern ein anderes Schiff.

Es wurde ein stilles Weihnachten auf Alberi d'Argento. Schwermut lag wie feiner Nebel über dem Gut. Ihre Eltern freuten sich, dass Gianna und Tommaso zu Hause waren und auch darüber, dass Piero mit seiner Frau und seinem Sohn drei Tage nach dem Weihnachtstag auf dem Gut eintraf. Doch sie trauerten um Giuseppe und bemerkten schnell, wie verändert Tommaso war. Vor allem Silvanas Blick folgte ihm oft, und Sorgenfalten zeigten sich auf ihrer Stirn. Ein Lichtblick für die Eltern waren die beiden Enkelkinder, Pieros Sohn Antonio, der jetzt fünf Monate alt war, und die vier Monate alte Alisa, Stellas und Lorenzos Tochter. Wenn sie ihre Enkel auf dem Schoss hatte, wirkte Silvana beinahe so fröhlich wie früher, und auch auf Enricos Gesicht zeigte sich das alte, verschmitzte Lächeln.

Piero bemühte sich um Normalität, neckte Gianna wie früher und fragte sie nach Verehrern. Um ihm zu helfen, erzählte sie, wie sie Riccardo Parenti kennengelernt hatte und auch von den Missverständnissen zu Anfang, auch wenn sie nicht alles erwähnte.

Ihre Mutter blickte sie während ihrer Schilderung aufmerksam an. »Er scheint ein netter junger Mann zu sein.«

»Nett trifft es nicht so ganz«, sagte Gianna lächelnd. »Er hat durchaus eine scharfe Zunge. Aber er ist der unterhaltsamste Mann, den ich in Genua getroffen habe.«

»Er ist ein wahrer Patriot«, warf Tommaso ein und wieder flackerte dieses fanatische Feuer in seinen Augen. »Er spendet ein Vermögen und ist auch bereit, für die Freiheit Italiens zu kämpfen und zu sterben. Wie wir alle.«

Enrico warf ihm einen scharfen Blick zu. »Ich bin durchaus der Meinung, dass es reicht, dass dein Bruder dafür gestorben ist. Mehr muss nicht sein.«

»Doch, es muss mehr sein, und es wird mehr sein. Wartet es ab.« Nach dieser rätselhaften Äußerung versank er wieder in seine Schweigsamkeit.

Zu Giannas Freude waren während ihrer Abwesenheit gleich zwei Briefe eingetroffen. Einer von Rosanna aus Florenz und einer von Maurizio aus Verona.

Rosannas Brief las sich fröhlicher als erwartet. Sie lebte mit ihrem Mann in einer Villa außerhalb der Stadt und fühlte sich zu ihrer eigenen Überraschung wohl dort. Ihr Mann behandelte sie äußerst zuvorkommend und ließ ihr viele Freiheiten. Sie leitete einen Salon, in dem sich regelmäßig Frauen der Florentiner Gesellschaft zum Lesen trafen, und hatte angefangen, selbst Geschichten zu schreiben. Anscheinend erwartete sie noch kein Kind, sonst hätte sie das sicher auch erwähnt, glaubte Gianna. Ob sie ihren Gemahl wohl inzwischen liebte? Darüber äußerte sie sich nicht.

Maurizios Brief war älter. Er berichtete von seiner Ankunft in Verona. Launig erzählte er von dem schlechten Essen, vom Exzerzieren und von seinen Stubenkameraden. Sie fragte sich, ob er vielleicht in Verona ein Mädchen gefunden hatte. Sie wünschte es ihm. Er wäre bestimmt ein guter Ehemann, so aufmerksam und nett, wie er war.

Mitte Januar erschütterte die Nachricht Italien, dass Felice Orsini, ein adliger Italiener und Mazzinianer, in Paris ein Bombenattentat auf Kaiser Napoleon und seine Gemahlin verübt hatte. Orsini und seine Mittäter hatten vier Bomben auf die Wagenkolonne des Kaisers geschleudert, als diese am Abend vor der Pariser Oper vorgefahren war. Wie durch ein Wunder war das Kaiserpaar unverletzt geblieben, doch durch die Wucht der Explosion waren mehr als hundert Menschen verletzt worden, acht waren gestorben.

Alle Zeitungen in Italien berichteten darüber und Gianna fragte sich, ob Tommaso davon gesprochen hatte, als er an Weihnachten gesagt hatte: *Wartet es ab.* Zumindest war er nicht am Attentat beteiligt gewesen. Die beteiligten Attentäter waren schnell gefasst, und ihre Namen waren bekanntgegeben worden. Felice Orsini und ein Mann namens Giuseppe Andrea Pieri waren zum Tode durch die Guillotine verurteilt worden, zwei weitere zu lebenslanger Haft.

Ende Januar saß Gianna mit Stella im Salon, die kleine Alisa lag in ihrer Wiege und schlief, als der Diener ihr einen

Brief überreichte. Er kam aus Mailand. Der Absender war der Marchese da Abairate, und der Brief war recht dick. Ihr Herz schlug ein wenig schneller, als sie ihn öffnete.

Liebe Signorina di Raimandi,
ich war vor einigen Tagen wieder in Genua. Ich hatte mich auf den Besuch gefreut, auch darauf, die liebenswürdige Familie Barrati wiederzutreffen, doch ich musste feststellen, dass Genua ohne Sie jeglichen Reiz für mich verloren hat. Seitdem denke ich immer wieder an die Bemerkung der alten Dame, Adele Barrati, ich solle um Ihre Hand anhalten, bevor mir jemand zuvorkomme. Ich glaube, sie ist klüger, als wir glauben, und ich denke, sie hat damals schon gewusst, was mir erst bei meinem jetzigen Besuch in Genua klargeworden ist: Ich möchte Sie heiraten. Ich habe noch nie ein Mädchen wie Sie getroffen. Klug, wortgewandt, mit Humor und dazu noch schön. Diesem Brief liegt ein Schreiben an Ihren Vater bei, in dem ich um Ihre Hand bitte. Ich wollte es nicht ohne Ihr Einverständnis tun. Wenn Sie sich vorstellen können, meine Frau zu werden, dann überreichen Sie meinen Brief Ihrem Vater. Wenn nicht, verbrennen Sie beide Briefe, und ich werde Sie niemals wieder belästigen. Aber ich hoffe sehr, Sie sind einverstanden, liebste Gianna.
Hochachtungsvoll
Riccardo Parenti, Marchese da Abairate

Gianna ließ den Brief sinken und starrte ins Kaminfeuer. In Gedanken ging sie zurück nach Genua, erinnerte sich an ihre erste Begegnung, wie liebenswürdig er im Grunde trotz ihrer Unhöflichkeit gewesen war. Sie dachte an seinen Stolz. Sie hatte ihm nicht zuhören wollen, und er hatte ihr nicht gesagt, dass er Tommasos Leben gerettet hatte, dabei wäre es ihm schon im Salon der Scardis ein Leichtes gewesen, ihre Verdächtigungen zu widerlegen. Aber er hatte gewollt, dass sie sich selbst ein Urteil bildete. Sie mochte ihn. War sie auch in ihn verliebt? Sie hatte seine Gesellschaft und ihre Unterhaltungen vermisst. Unwillkürlich lächelte sie, als sie an die Begegnung in der Oper dachte. »La donna è mobile«. Oh ja, er hatte Humor, und er war wortgewandt. Ans Heiraten hatte sie, seit sie nach Genua gegangen war, nicht mehr gedacht. Jetzt erinnerte sie sich an das Gespräch, das sie vor ihrer Abreise mit ihren Eltern geführt hatte. Was wollte sie? Sie liebte Angelo nicht mehr. Wollte sie allein bleiben für den Rest ihres Lebens? Nein. Hatte jemals ein anderer Mann außer Angelo ihr Herz so zum Schlagen gebracht wie Riccardo? Ebenfalls nein. Und sie hatte seine Gesellschaft vermisst. Würde sie nach Angelo wirklich noch einmal einen Mann finden, den sie so mochte, mit dem sie so gerne redete und der ihr so viel bieten konnte wie Riccardo? In Gedanken ging sie die möglichen Heiratskandidaten hier in der Provinz durch. Es gab niemanden, der sich mit ihm vergleichen ließ, niemanden, mit dem sie ihr Leben teilen wollte. Bei ihm konnte sie es sich dagegen vorstellen. Sie würde seinen Brief ihrem Vater geben.

Gianna heiratete Riccardo im Mai und wusste kurze Zeit später, dass sie einen Fehler gemacht hatte. Sie liebte ihn nicht. Was sie für ihn empfand, waren Achtung und Freundschaft, doch keine Liebe und schon gar keine Leidenschaft. Sie hatte sich getäuscht; vielleicht hatte ihre Einsamkeit sie anfällig für diese Täuschung gemacht.

Nach ihrer Rückkehr aus Genua hatte sie wohl irgendwie erwartet, dass ihr Leben so weitergehen werde wie die Jahre zuvor. Nun gut, ohne Angelo, aber dennoch.

Allerdings war es nicht nur Angelo, der fehlte. Rosanna fehlte ihr noch mehr. Jahrelang waren sie unzertrennlich gewesen, hatten die zwei Jahre in Madames Institut miteinander verbracht. Sie vermisste die Gespräche, die langen Nachmittage, die sie im Sommer auf der Veranda und im Winter im Salon gesessen hatten, tuschelnd und kichernd. Ihre gemeinsamen Ausritte. Es gab keine gleichaltrige unverheiratete junge Frau in der Nähe. Lorenzos Frau war nett, aber es war nicht dasselbe, und außerdem hatte sie ihr Kind. Und auch Maurizio fehlte ihr sehr. Auch er hatte immer zu ihrer Welt gehört, und jetzt erst merkte sie, wie viel Zeit sie mit ihm verbracht hatte. Oft hatte sie nach ihren Besuchen oder Ausritten noch bei ihm in der Sattelkammer gesessen und geredet. Sie war einsam gewesen, und in ihrer Einsamkeit hatte sie sich in eine Sehnsucht nach Riccardo hineingesteigert, die sie für Liebe gehalten hatte. Sein kurzer Besuch im Februar, als er gekommen war, um sich ihren Eltern vorzustellen und bei ihrem Vater noch einmal persönlich um ihre Hand anzuhalten, hatte sie noch darin bestärkt. Sie hatten nur wenig Zeit allein miteinander verbracht, sich ein- oder zweimal geküsst. Und auch wenn seine Küsse kein Herzklopfen bei ihr ausgelöst hatten, so hatten sie ihr auch nicht missfallen.

Anfang Mai war er dann mit seiner Mutter und seiner Schwester gekommen, und eine Woche später hatte Don Antonio sie in der Kapelle getraut, die zum Gut gehörte. Die Hochzeitsfeier war wunderschön gewesen, die Hochzeitsnacht eine Enttäuschung. Es war nicht seine Schuld gewesen. Er hatte sich zärtlich und rücksichtsvoll gezeigt. *Es heißt, das erste Mal tut immer weh,* hatte er gesagt. *Später wird es besser.* Er hatte sie geküsst, gestreichelt, doch sie hatte nichts bei seinen Berührungen empfunden. Und das war auch nach dem ersten Mal so geblieben. Wenn sie nicht das Erlebnis mit Angelo in der Scheune gehabt hätte, hätte sie wohl geglaubt, das wäre normal. Doch sie erinnerte sich zu gut an ihr Zittern, an die süße Schwere in ihrem Schoß, an das Kribbeln auf ihrer Haut, als Angelo sie gestreichelt hatte. Und sie sehnte sich so sehr nach diesen Gefühlen. Vielleicht kam das ja noch. Vielleicht konnte man lernen, zu lieben.

Doch die Wochen vergingen, und an ihren Gefühlen änderte sich nichts. Sie ging mit ihm nach Mailand und fand die Stadt und das Leben dort bedrückend. Die Stadt unterschied sich sehr vom fröhlichen Genua. Die Menschen waren ernster, die Gebäude wirkten düsterer als die farbenfrohen Häuser und Palazzi in Genua. Doch es lag nicht nur an der Stadt, sondern auch daran, dass weder seine Mutter noch seine Schwester besonders herzlich zu ihr waren. Seine Mutter, Claudia, machte keinen Hehl daraus, dass sie Riccardos Wahl missbilligte. Margherita, seine Schwester, war ein Jahr jünger als Gianna. Gianna hatte gehofft, in ihr vielleicht eine Freundin zu finden, doch Margherita besaß weder Rosannas Herzenswärme oder den trockenen Humor von Antonia noch Luisas Fröhlichkeit. Ihr einziges Ziel schien es zu sein, einen Ehemann zu finden. Unglücklicherweise schien sich das gute Aussehen in der Familie Parenti auf die Männer zu beschränken. Zwar hatte auch Margherita helles Haar, doch es war nicht von dem leuchtenden Weizenblond wie bei Riccardo. Es schien farblos, als hätte sich die Farbe ausgewaschen. Auch ihr Teint war fahl, und zu allem Unglück war sie beinahe so groß wie ihr Bruder und sehr dünn. Im Treppenaufgang hingen Gemälde der Familie. Auch Riccardos Mutter war in ihrer Jugend keine Schönheit gewesen, jetzt im Alter glich sie die fehlende Anmut mit Würde und Stolz aus. Sein Vater und sein verstorbener Bruder waren gutaussehende Männer gewesen. Es gab noch eine weitere Schwester, Rosalia. Sie war zwei Jahre älter als Riccardo, verheiratet und nicht mit zur Hochzeit gekommen, weil sie mit ihrem fünften Kind schwanger war. Gianna traf sie erst in Mailand. Ihr schien es ziemlich gleichgültig zu sein, wen ihr Bruder zur Frau genommen hatte, ihr Leben kreiste ausschließlich um ihre Kinder, zwei Jungen und zwei Mädchen, die sie voller Stolz vorstellte. Es waren nette Kinder, und Gianna bewunderte sie gebührend und ließ Rosalias Lobreden über die Mutterschaft und das Glück, viele Kinder zu bekommen, über sich ergehen, ohne viel zu sagen.

Riccardo selbst war viel unterwegs und besuchte die ausgedehnten Anwesen im Norden. Wenn er zu Hause war, war er freundlich, zuvorkommend. Sie führten viele Gespräche, doch die Vertrautheit, die sie sich erhofft hatte, wollte sich nicht einstellen. Und irgendwann spürte er wohl auch, dass sie ihn nicht liebte.

Er kam Anfang August von einer zweiwöchigen Reise zurück. Beim Abendessen war er einerseits sehr schweigsam, andererseits freudig erregt. Irgendetwas beschäftigte ihn außerordentlich, denn er aß nur wenig, hörte nicht richtig zu. Als seine Schwester erzählte, dass ihr der junge Conte da Loredano den Hof machte und sie bereits in der Familienloge in der Scala besucht hatte, nippte er an seinem Wein und nickte abwesend.

»Riccardo!«, rief seine Mutter empört. »Das ist doch wichtig. Du weißt, der Conte wäre eine sehr gute Partie für Margherita.«

»Wie bitte?« Er stellte das Glas ab. »Tut mir leid, Mamma, ich war in Gedanken.«

»Seit du wieder hier bist, bist du in Gedanken. Stimmt etwas nicht? Haben wir geschäftliche Probleme?«

»Nein, nein, da ist alles in Ordnung.« Er winkte ab.

»Aber irgendetwas ist doch«, insistierte seine Mutter.

»Nein, es ist absolut nichts. Machen Sie sich keine Sorgen.«

Neugierig sah Gianna ihn an. So hatte auch sie ihn noch nie erlebt. Normalerweise war er seiner Mutter gegenüber sehr aufmerksam und zuvorkommend.

Er erwiderte ihren Blick, ein kurzes Lächeln zuckte um seinen Mund. »Es wäre schön für Margherita«, sagte er. »Aber meinen Sie nicht, dass es noch ein wenig verfrüht ist, Pläne zu schmieden, nur weil der Conte sie in der Loge besucht hat?«

Margherita verzog schmollend den Mund, seine Mutter warf ihm einen zornigen Blick zu.

Er sagte nichts weiter. Es kostete ihn sichtlich Geduld, zu warten, bis er sich zurückziehen konnte, ohne unhöflich zu sein. Er bat Gianna, ihn in den Salon zu begleiten. Dort schloss er sorgfältig die Tür.

»Was ist los?« Unwillkürlich flüsterte sie.

»Der Conte Cavour und Napoleon haben sich heimlich in Plombières-les-Bains getroffen.«

»Cavour und Napoleon?« Camillo Benso Conte di Cavour, Präsident des Ministerrates von Sardinien, und der französische Kaiser?

Riccardo nickte. »Stell dir vor, sie haben ein geheimes Abkommen geschlossen.«

»Worüber?«

Er nahm ihre Hand und führte sie zu einem der Sessel vor dem Kamin. »Setz dich.«

Sie gehorchte und sah zu, wie er zum Schrank ging und

zwei Gläser mit Sherry füllte. Er reichte ihr eines und setzte sich in den Sessel ihr gegenüber.

»Napoleon hat Cavour militärische Unterstützung im Falle eines Krieges gegen Österreich zugesagt.«

Ungläubig sah sie ihn an. »Einfach so?«

»Nein, es ist die Folge von geheimen Treffen mit … mit Leuten, deren Namen du nicht kennst. Und es gilt nur unter der Bedingung, dass der Krieg nicht für eine revolutionäre Sache steht und diplomatisch vor der Öffentlichkeit in Frankreich und in Europa gerechtfertigt werden kann.«

»Das heißt?«

»Wir brauchen einen Grund. Wir können nicht einfach Österreich den Krieg erklären.«

»Aber zurzeit haben wir keinen Grund.«

Er lächelte. »Wir werden einen finden. Ich hätte niemals geglaubt, dass Orsinis Attentat solche Folgen haben könnte. Es heißt, er habe Napoleon im Gerichtssaal durch sein Auftreten dermaßen beeindruckt, dass der Kaiser versucht hat, das Todesurteil abzuwenden. Als ihm das nicht gelungen ist, hat er sich entschlossen, die italienische Sache zu der seinen zu machen. Sie waren beide Carbonari, wusstest du das?«

»Nein. Aber woher weißt du das alles?«

»Das darf ich dir nicht sagen. Noch nicht.« Er hob sein Glas. »Viva l'Italia!«

So glücklich hatte sie ihn lange nicht mehr gesehen. Sie stieß mit ihm an. »Viva l'Italia! Glaubst du, es wird zum Krieg kommen?«

»Früher oder später.«

Sie dachte an Maurizio. Er war in Verona, und wenn es zum Krieg zwischen dem Königreich Sardinien-Piemont, den Franzosen auf der einen Seite und den Österreichern auf der anderen Seite käme, würde er auf der Seite des Feindes kämpfen.

»Gianna? Woran denkst du?«

»Daran, was ein Krieg bedeutet. Leid, Verlust. Dein Bruder ist vor zehn Jahren gestorben, Giuseppe letztes Jahr, und wenn es Krieg gibt, werden noch viel mehr sterben.«

»Für die Freiheit.«

Sie sah das Feuer in seinen Augen und schwieg.

Später, als sie zu Bett gingen, nahm er sie in die Arme, küsste sie, dann zog er ihr das Nachtgewand aus. Sie erwiderte seine Küsse und wünschte sich so sehr, auch seine Leidenschaft erwidern zu können, bei seinen Berührungen etwas zu empfinden. Aber sie fühlte nichts und wartete darauf, dass es vorbei war. Danach drehte sie ihm den Rücken zu. Ihr war zum Weinen zumute.

Er stemmte sich auf einen Ellbogen und beugte sich über sie. »Gianna, sieh mich an.«

Gehorsam wandte sie sich ihm zu.

Sein Gesicht war ernst. »Ich wüsste gern, ob es an mir liegt.«

»Wovon sprichst du?«

»Davon, dass du nicht gerne das Bett mit mir teilst.«

Das Blut schoss ihr ins Gesicht, gleichzeitig überlief sie ein Kälteschauer. »Wie kommst du darauf, dass ich …?«

Er hob die Hand. »Nicht lügen, Gianna. Du bist nicht die erste Frau, mit der ich schlafe. Ich dachte erst, es läge daran, dass du unerfahren bist. Aber wir sind inzwischen drei Monate verheiratet, und du magst es immer noch nicht.«

»Ich …« Sie wusste nicht, was sie sagen sollte. »Ich weiß nicht, woran es liegt.«

»Vielleicht daran, dass du mich nicht wirklich liebst?«

»Riccardo …« Wieder wusste sie nicht weiter.

»Du bist unglücklich«, stellte er fest. »Denkst du noch an deinen früheren Verlobten, an diesen Angelo?«

»Nein!« Endlich konnte sie antworten, ohne zu lügen. »Nein, er ist mir gleichgültig.«

»Warum bist du dann unglücklich?«

»Ich mag diese Stadt nicht, ich bin ein Landkind. Ich habe Heimweh. Mir fehlten die Weite, der offene Himmel, mir fehlen die Sterne über der Toskana.« Es war die Wahrheit, wenn auch nicht die ganze. Doch nun sprudelten ihre Worte wie eine Quelle. Alles, was sie die letzten drei Monate beschäftigt hatte, brach jetzt aus ihr heraus. Wie einsam sie sich fühlte, weil seine Mutter und seine Schwester sie kühl behandelten, dass sie keine Freude daran hatte, in der Stadt zu flanieren, weil überall österreichische Offiziere waren, denen man als gute Mailänderin gefälligst mit eisiger Verachtung zu begegnen hatte. Sie erinnerte sich an einen ihrer ersten Besuche mit Margherita in einem Café. Sie hatte den Gruß eines Offiziers erwidert, und Margherita hatte sie sehr nachdrücklich darauf hingewiesen, dass ein solches Verhalten absolut nicht erwünscht war. Dabei hatte der Mann wahrscheinlich nur freundlich sein wollen. Die Männer waren hier stationiert, fern ihrer Heimat, ohne Familie, umgeben von Menschen, die sie hassten und verachteten. Also blieb sie im Haus und langweilte sich. Als sie aufhörte zu sprechen, liefen ihr die Tränen über die Wangen.

Riccardo sah sie lange an. »Warum erzählst du mir das erst jetzt?«

»Du hast so viel zu tun, bist so oft unterwegs. Ich wollte nicht jammern, wenn du hier bist. Ich dachte, ich gewöhne mich vielleicht an das Leben hier.«

Er strich ihr über die Wange. »Wir haben ein kleines Landhaus in Abbiategrasso. Es liegt sehr schön am Ortsrand. Wenn du hier so unglücklich bist, gefällt es dir vielleicht dort besser.«

»Du meinst, wir könnten dort leben?«

»*Du* könntest dort leben. Ich werde die nächste Zeit kaum hier sein.«

Fragend sah sie ihn an.

»Ich habe tatsächlich viel zu tun. Große Dinge geschehen, ich werde sehr viel unterwegs sein. Aber es ist nicht nur das. Ich bin kein Mann, der sich einer Frau aufdrängt, die ihn nicht will, und du willst mich nicht.«

Sie öffnete den Mund, um ihm zu widersprechen, und schloss ihn wieder. Er würde wissen, dass sie log, und das würde seinen Stolz verletzen. Diesen Stolz, der ihn schon in Genua daran gehindert hatte, ihre falsche Anschuldigung richtigzustellen. »Du verlässt mich?«

»Nein, meine Liebe. Ich werde von Zeit zu Zeit nach Abbiategrasso kommen, wenn ich in Mailand bin.«

»Aber …«, setzte sie an, um gleich wieder zu schweigen. Was sie hatte sagen wollen, ziemte sich eher nicht für eine Ehefrau.

»Was, aber?«

Sie schüttelte den Kopf und sprach dann doch. »Du brauchst einen Erben, und ich möchte Kinder haben.« Es war die Wahrheit. Sie wünschte sich Kinder, umso mehr, weil sie jemanden haben wollte, den sie lieben konnte. Und weil es etwas war, das sie ihm schenken konnte, wenn sie ihn schon nicht liebte. Dafür würde sie auch weiterhin mit ihm das Bett teilen.

Jetzt lächelte er. »Vielleicht erwartest du ja schon ein Kind. Wenn nicht, nun, wir werden sehen.« Er küsste sie auf die Stirn. »Versuch zu schlafen, und mach dir keine Gedanken mehr.«

Sie schlief nicht, sie lag wach und dachte nach. Was für ein ungewöhnlicher Mann er war. Die meisten anderen Männer würden einfach weiterhin ihre ehelichen Rechte einfordern, ob es der Frau gefiel oder nicht. Doch dazu war er viel zu stolz. Sie hörte ihn neben sich atmen und wusste, dass er ebenfalls nicht schlief.

16. KAPITEL

Eine Woche später begleitete er sie und Luisa nach Abbiategrasso. Das Städtchen war reizend. Die Altstadt bestand aus zwei- bis dreistöckigen Häusern, fast alle mit Arkaden. Unter den meisten befanden sich Cafés und kleine Läden. Das Landhaus war einfach nur entzückend, etwas außerhalb gelegen, zwei Stockwerke hoch, aus Naturstein erbaut. Die Zimmer waren eher klein, die Einrichtung war in hellen, freundlichen Farben gehalten und sparsam. Ganz anders als die nach Giannas Meinung viel zu überladenen Räume des Mailänder Palazzo. Hinter dem Haus erstreckte sich ein Obst- und Gemüsegarten.

»Wie lange bleibst du?«, fragte sie, nachdem er ihr Haus und Garten gezeigt und sie der Familie vorgestellt hatte, die Haus und Grund versorgten. Es waren eine Frau mittleren Alters, Anna, die als Köchin und Zimmermädchen fungierte, und ihr Mann, Giulio, der für den Garten und die beiden Pferde zuständig war. Bei ihnen lebte ihr jüngster Sohn, Luca.

»Ich fahre nachher zurück. Im Stall steht ein Landauer, damit kannst du ausfahren, wenn du möchtest. Giulio wird dich kutschieren. Wenn du ausreiten willst, tu es bitte nicht allein. Luca soll dich begleiten.«

Gianna schluckte. Dass er es so eilig hatte, fortzukommen, hatte sie nicht erwartet. Vielleicht ging es ihm ja ähnlich wie ihr, und er liebte sie nicht. Er hatte es ihr nie gesagt. Sie hatte es immer auf seinen Stolz geschoben. Aber warum sollte es ihm anders gehen als ihr?

Als er sich verabschiedete, verbot sie sich die Frage, wann sie ihn wiedersehen würde.

Sie lebte sich schnell ein. Die Landschaft hier unterschied sich grundlegend von den lieblichen Hügeln um Montescudaio. Das Land war flach. Sumpfige Reisfelder wechselten mit Gebieten, in denen Mais angebaut wurde oder Wein an Pergolen rankte. Riccardo hatte ihr geraten, ein wenig Deutsch zu lernen. *Es schadet nie, wenn man die Sprache des Feindes versteht,* hatte er gesagt. Da sie nicht viel zu tun hatte, folgte sie seinem Rat. Ein ehemaliger Soldat, der 1848 unter Carlo Alberto gekämpft hatte, sprach Deutsch und gab ihr Unterricht. Es war eine seltsame, schwierige Sprache, aber sie übte jeden Tag eine Stunde und machte gute Fortschritte.

Sie verbrachte viel Zeit im Garten, las oder kümmerte sich um die Rosen, die Riccardos Großmutter gepflanzt hatte. Hier auf dem Land verzichtete sie auf die Krinoline und trug einfache Röcke aus Baumwolle, in denen sie sich leichter bewegen konnte. Luisa war zunächst nicht begeistert gewesen, aufs Land zu ziehen, doch sie freundete sich schnell mit der Tochter eines Bauern an, der ein Stück außerhalb Äpfel und Mais anbaute. Außerdem verbrachte sie viel Zeit mit Anna in der Küche und ließ sich das Kochen beibringen. Anna kümmerte sich auch um einen Garten mit Kräutern und Heilpflanzen. Als Gianna sie eines Tages dort beobachtete, wie sie Kräuter pflückte, ging sie hinüber und sah ihr zu. Irgendwann siegte ihre Neugier, und sie fragte Anna, welche Pflanzen sie wofür verwendete. Anna reagierte zunächst etwas befangen, doch bald legte sie ihre Scheu ab und erklärte Gianna, wie man Malvenwasser herstellte, das zur Reinigung von Wunden verwendet wurde, welche Kräuter heilend wirkten, wenn man sie zu Salben verarbeitete, welche gegen den Husten halfen, der sich in der feuchtkalten Jahreszeit auf die Brust legte, und welche als Tee gegen Unruhe und Schlaflosigkeit wirkten.

Auch wenn Gianna sich immer noch nach ihrer Heimat sehnte, war sie in Abbiategrasso glücklicher als in den letzten Monate in Mailand. Zu ihrer Überraschung fehlte Riccardo ihr. Ähnlich wie nach ihrem Abschied in Genua Anfang des Jahres. War es so, dass sie ihn nur lieben konnte, wenn er nicht da war?

Sie schrieb an ihre Eltern, berichtete davon, dass sie jetzt in Abbiategrasso wohnte, berichtete aber nicht von dem Zerwürfnis mit Riccardo. Das war zu heikel, um es in einem Brief zu erzählen. Vier Wochen später kam die Antwort ihrer Mutter, mit der vorsichtigen Frage, ob es ihr wirklich gutging. Gianna lächelte. Vor ihrer Mamma etwas zu verheimlichen, war schon immer schwer gewesen. Als sie ein Kind gewesen war, hatte sie in ihrem Gesicht lesen können, und jetzt hatte sie offensichtlich zwischen ihren Zeilen gelesen. Sie antwortete und schrieb dieses Mal ehrlich, wie es um ihre Ehe stand.

Die Wochen vergingen. Es war Mitte Oktober, in den frühen Morgenstunden zog Nebel von den Reisfeldern am Ticino über das Land. Noch nie hatte sie derartig dichte Nebelfelder gesehen, sie konnte keine zehn Fuß weit sehen.

An einem Morgen betrachtete sie vor der Haustür den Tanz der Nebelschwaden. Es war noch sehr früh. Sie hatte schlecht geschlafen und war aufgestanden, um frische Luft zu schnappen. Anna rumorte in der Küche, und Giulio war wohl auch schon auf, aber Luisa schlief sicher noch. Nur mit Nachtgewand und Morgenmantel bekleidet, stand Gianna an den Türrahmen gelehnt, als sie Hufschläge hörte und sich kurz danach die Silhouette eines Reiters aus dem Nebel schälte. Erschrocken wollte sie sich zurückziehen, doch dann blieb sie stehen. Vielleicht war es ein Bote mit einer wichtigen Nachricht. Wer sonst würde so früh hierherkommen? Und dann war er so nah, dass sie das blonde Haar erkannte. Riccardo.

Er stieg vom Pferd und sah sich um. Der Stall war im Nebel nur schemenhaft zu erkennen, und Giulio hatte Riccardos Ankunft bestimmt nicht bemerkt.

Sollte sie sich zurückziehen und so tun, als hätte sie ihn nicht gesehen? Sie könnte Luisa wecken und sich angemessen kleiden, bevor sie ihn begrüßte.

Das Pferd schnaubte, und er blickte in Richtung Haus. »Hallo? Ist da wer?«

Es war dumm, sich vor ihm verstecken zu wollen. Sie trat einen Schritt vor. »Ich bin es, Gianna. Giulio ist im Stall.«

Er führte das Pferd zu einem Pfosten und band es an. »Madonna, ist das eine Suppe heute Morgen. Ich bin froh, dass ich hierhergefunden habe.« Dann kam er zur Haustür. In seinem Haar glänzten Wassertröpfchen, seine Kleidung war nass. »Was machst du so früh und bei diesem Wetter hier draußen?«

»Ich konnte nicht mehr schlafen und wollte ein wenig frische Luft schnappen. Und dann fand ich diesen Anblick so zauberhaft. Man könnte glauben, man sei im Feenreich.«

Er lächelte, sein Blick wanderte von ihrem noch offenen Haar über ihren Körper bis zu ihren Füßen. Auch auf ihr Nachthemd und ihren Morgenmantel hatte sich die Feuchtigkeit gesetzt, der Stoff klebte an ihr. Kurz glaubte sie, einen goldenen Schimmer in seinen hellbraunen Augen zu sehen, und ihr Herz schlug schneller. Dann veränderte sich sein Gesichtsausdruck, sein Lächeln wurde spöttisch. »Du jedenfalls siehst wie eine recht nasse Fee aus. Besser, du ziehst dich um, bevor du dich erkältest. Ich bringe mein Pferd in den Stall. Sag du bitte Anna Bescheid, sie möge mir das zweite Schlafzimmer fertigmachen. Ich möchte mich waschen und umziehen.« Er verbeugte sich knapp und verschwand im Nebel.

Gianna ging ins Haus. Da war er also, nach zwei Monaten. Kein Kuss zur Begrüßung, und er würde nicht bei ihr schlafen, sondern in einem anderen Zimmer. Darüber sollte sie eigentlich froh sein, aber sie war es nicht, sie war verwirrt. Ja, er hatte gesagt, er wolle sich nicht aufdrängen, doch sie war seine Ehefrau. Dass er so bereitwillig auf seine Rechte verzichtete, konnte nur bedeuten, dass er sie nicht oder nicht mehr liebte. Hatte er eine Mätresse? Das war sehr wahrscheinlich, er war ein junger Mann, warum sollte er enthaltsam leben?

Sie ging in die Küche, wo Anna gerade Wasser aufsetzte. »Don Riccardo ist eben angekommen. Würdest du ihm bitte das kleine Schlafzimmer zurechtmachen? Er möchte sich waschen und umziehen.«

Anna wandte sich um und riss die Augen auf. »Das

kleine Zimmer?« Dann schluckte sie, und ihr Gesicht wurde ausdruckslos. »Selbstverständlich.«

Was mochte sie denken? Aber wahrscheinlich tuschelten die Dienstboten sowohl hier als auch im Mailänder Palazzo darüber, dass der Marchese und seine Frau nicht zusammenlebten. Sie erinnerte sich an den Klatsch in den Salons von Genua, zum Beispiel über den Conte di Manfred. Er hbee seine Frau aufs Land geschickt und halte sich eine Geliebte. Aufs Land geschickt. So hatte sie es bisher nicht gesehen. Aber war es nicht genau das, was Riccardo getan hatte? Er hatte es ihr schmackhaft gemacht, und sie war auch gerne gegangen. Doch vielleicht war es nur ein geschickter Schachzug von ihm gewesen, die langweilige Gemahlin loszuwerden und sich eine willigere und vergnüglichere Bettgenossin zuzulegen. Sie straffte die Schultern. Und wenn es so war. Sie würde ihn deswegen nicht zur Rede stellen. Nicht nur er, auch sie hatte ihren Stolz.

Auf dem Weg zu ihren Räumen klopfte sie an Luisas Tür. »Don Riccardo ist da. Komm und hilf mir beim Anziehen.«

Eigentlich hätte Luisa schon längst auf den Beinen sein sollen, um ihrer Herrin behilflich zu sein, doch in den Wochen hier war das Mädchen fast zu einer Freundin geworden, und außerdem hatte Gianna noch nie viel Wert auf Förmlichkeit gelegt.

Sie zog die feuchten Kleider aus, wusch sich und schlüpfte schon mal in ihr Hemd.

Luisa klopfte an und trat ein. »Guten Morgen, Signora. Entschuldigung, dass ich noch nicht auf war. Ich wusste nicht, dass der Herr kommt.«

»Ich wusste es auch nicht.«

Luisa half ihr, das Korsett anzuziehen, und schnürte sie, dann holte sie die große Krinoline aus dem Schrank.

Gianna betrachtete das Ungetüm, dann schüttelte sie den Kopf. Seit sie hier war, trug sie nur noch zu hochoffiziellen Anlässen die Krinoline, sonst nur einen schmaleren Reifrock. Das würde sie jetzt auch nicht ändern, es war einfach zu unbequem. »Nimm den Reifrock und dieses Kleid.« Es war eines ihrer Lieblingskleider und aus leichter Baumwolle. In den cremefarbenen Stoff waren fliederfarbene Blüten und farngrüne Blätter eingewebt. Der Rock war für die jetzige Mode eigentlich zu schmal, aber dafür sehr bequem.

Luisa steckte ihr das Haar hoch, dann ging sie ins Esszimmer. Der Frühstückstisch war gedeckt, es duftete nach Kaffee und frischen Hörnchen. Riccardo saß in einem Sessel am Fenster und blätterte in einer Zeitung. Auch er hatte sich umgezogen und trug jetzt eine dunkelblaue Hose, ein weißes Hemd mit grauer Halsbinde und eine hellblaue gemusterte Weste aus schimmerndem Stoff. Es mussten Sachen sein, die er hier im Haus gehabt hatte, denn sie kannte sie nicht, und er war nur mit einer Satteltasche angekommen.

Er legte die Zeitung weg und stand auf. »Noch einmal guten Morgen, meine Liebe. Gut siehst du aus. Das Landleben scheint dir zu bekommen.«

Vollendet höflich und distanziert. Ebenso hätte er seine Tante begrüßen können. »Und *dir* scheint das Herumreisen zu bekommen«, gab sie etwas spitz zurück. »Du siehst ebenfalls gut aus.« Sein Gesicht war leicht gebräunt, anscheinend war er viel zu Pferd unterwegs gewesen.

Er quittierte ihren Tonfall mit einem Lächeln und geleitete sie zum Tisch. Erst als Anna den Raum verlassen hatte, sprach er. »Ich war in Turin und in Genua. Es tut sich etwas. Politisch, meine ich.«

»Und was?«

»Vittorio Emanuele rüstet auf. Er versammelt die Truppen. Noch im Geheimen.«

Er war unterhaltsam und scharfsinnig wie immer, sprach über Politik, fragte sie nach ihren Deutschkenntnissen, amüsierte sich mit ihr über die Eigenarten dieser Sprache, erzählte von der seltsamen Stimmung in Mailand, teils erwartungsvoll, teils düster. Er schilderte die zunehmende Ablehnung der Österreicher, die man dadurch zeigte, ihnen auf der Straße aus dem Weg zu gehen und die Cafés unter den Arkaden postwendend zu verlassen, sobald jemand in habsburgischer Uniform es wagte, sich dort niederzulassen. Auch die deutschen Zeitungen, die in den Cafés auslagen, wurden demonstrativ auf nicht besetzte Tische gelegt.

»So sind wir Lombarden, zeigen unsere Verachtung sogar den Zeitungen«, sagte er lachend. »Dabei ist es nützlich, die Meinung des Feindes zu kennen und seine Zeitungen zu lesen.«

»Wie lange bleibst du?«, fragte sie ihn schließlich.

»Ich möchte Sonntagabend wieder in Mailand sein. Ich bin nur hier, um nach dem Rechten zu sehen und mit Giulio die Abrechnungen durchzugehen. Die Ernten waren gut, sagte er mir vorhin.«

Zwei Tage. »Und dann?« Wie lange würde er herumreisen und sie hier alleine lassen?

»Dann muss ich zu unseren nördlichen Anwesen und auch noch mal nach Turin.«

»Du musst nach Turin?«

Sein Lächeln war verlegen und stolz zugleich. »Ich bin seit dem ersten Oktober Mitglied des Parlaments.«

»Das ist ja großartig. Herzlichen Glückwunsch.« Sie meinte es ehrlich, freute sich mit ihm. Schließlich kannte sie seine politischen Ambitionen.

»Es wäre mir lieb, wenn du spätestens im November nach Mailand kommen würdest«, fuhr er fort. »Der Winter hier ist unangenehm feucht und kalt und dieses Haus lässt sich nicht gut heizen. Außerdem gäbe es Gerede, wenn wir Weihnachten getrennt verbrächten.«

Ihre Freude verflog. Also Gerede musste vermieden werden? Natürlich, als Mitglied des Parlaments musste er sich standesgemäß verhalten. Stumm nickte sie. Die Vorstellung, Weihnachten alleine hier zu verbringen, war auch ihr unangenehm. Sie hatte sogar schon darüber nachgedacht, über Weihnachten ihre Eltern zu besuchen, doch die Reise wäre im Winter zu beschwerlich.

»Gut, dann gehe ich und rede mit Giulio. Wir sehen uns zum Abendessen«, sagte Riccardo und verließ den Raum. Er verbrachte den Vormittag mit Giulio, den Nachmittag in seinem Arbeitszimmer über den Büchern. Beim Abendessen war er ebenso zuvorkommend wie beim Frühstück, plauderte mit ihr, ohne ein persönliches Wort mit ihr zu wechseln. Das blieb so bis zu seiner Abreise am Sonntag nach dem Gottesdienst.

»In zwei Wochen schicke ich dir unsere Kutsche«, sagte er beim Abschied.

Gianna versuchte die letzten freien Tag in Abbiategrasso zu genießen, doch so recht wollte es ihr nicht gelingen. War das nun ihr Leben? An der Seite eines gleichgültigen, wenn auch höflichen Ehemanns? Ohne Kinder? Ohne Liebe?

Mitte November kehrte sie nach Mailand zurück. Ihre Schwiegermutter empfing sie kühl, Riccardo war unterwegs. Gianna lernte weiterhin Deutsch, besuchte Lesezirkel und Salons.

Eines Abends machte seine Mutter einige Bemerkungen darüber, dass Gianna immer noch kein Kind erwartete. Riccardo ging nicht darauf ein, Gianna presste die Lippen zusammen. Claudia hatte mit ihrer Bemerkung einen wunden Punkt getroffen. Auch hier in Mailand hatte Riccardo nie wieder einen Versuch unternommen, mit ihr zu schlafen. Sie konnte sich es nur damit erklären, dass er eine oder mehrere Geliebte hatte.

Als die Mahlzeit beendet war, sagte Riccardo, er habe noch zu arbeiten, und zog sich zurück.

Seine Mutter wartete, bis er gegangen war, dann schickte sie Margherita ebenfalls hinaus. Sie schloss die Tür und drehte sich zu Gianna um. »Ich muss mit dir reden.«

Gianna unterdrückte ein Seufzen. »Bitte.«

»So kann das nicht weitergehen. Die Leute zerreißen sich schon den Mund darüber, dass ihr nicht mehr zusammenlebt.«

»Woher wollen die Leute das wissen?«, fuhr Gianna auf.

»Woher wohl? Du lebst monatelang alleine auf dem Land, statt deinem Mann zur Seite zu stehen. Doch Riccardo braucht einen Erben, und nichts passiert.«

»Und das ist *meine* Schuld?«

»Solche Dinge sind immer die Schuld der Frau. Wenn du eine hingebungsvollere Gattin wärst, müsste er sein Vergnügen nicht woanders suchen. Er ist ein junger Mann und hat … Bedürfnisse.«

»Wie bitte?« Gianna blickte in Claudias selbstgerechte Miene und wünschte, sie könnte ihr kurzerhand ihr Weinglas ins Gesicht werfen.

»Mutter!«, erklang Riccardos scharfe Stimme. »Was soll das?« Er stand in der Tür, sein Gesicht war unbewegt, doch seine Augen funkelten.

Claudia hob die Hände. »Irgendjemand muss sie doch zur Vernunft bringen. Du tust es ja nicht.«

»*Ich* muss zur Vernunft gebracht werden?«, fauchte Gianna. »Bin ich untreu oder er?«

Riccardo trat vor. »Lassen Sie uns bitte allein.« Er wartete, bis seine Mutter den Raum verlassen hatte. »Es tut mir leid. Mutter ist manchmal …«

Zitternd vor Wut starrte Gianna ihn an. »Nicht manchmal. Immer. Sie konnte mich von Anfang an nicht leiden, doch das geht zu weit. Aber immerhin weiß ich jetzt, warum du mich meidest.«

Sein Mund wurde schmal. »So, weißt du das.«

»Deine Mutter hat es eben gesagt. Du hast eine Mätresse oder mehrere. Deshalb hast du mich fortgeschickt, und du hast mich nur zurückgeholt, um Gerede zu vermeiden. Das waren deine Worte.«

»Ich habe keine Mätresse.« Er sprach leise, doch der Zorn in seiner Stimme war nicht zu überhören. »Und ich habe dich nicht fortgeschickt. Du *wolltest* gehen. Aber in einem hat sie recht: Ich bin verdammt noch mal ein Mann und habe Bedürfnisse. Ich will eine Frau, die Freude daran hat, mit mir das Bett zu teilen, und nicht nur darauf wartet, dass es möglichst schnell vorbei ist.«

Einen Augenblick lang starrte sie ihn an, dann riss sie die Tür auf und rannte durch den Flur, die Treppe hinauf in ihr Schlafzimmer. Dort verriegelte sie die Tür, fiel aufs Bett und schluchzte vor Zorn und Verzweiflung. Als sie sich beruhigt hatte, dachte sie nach. Sie wollte weg hier, doch nach Abbiategrasso konnte sie nicht, das würde dem Ruf der Familie schaden, und weder er noch dieser Drache, der seine Mutter war, würden das dulden. Einen Besuch bei Verwandten hingegen konnte man ihr nicht verweigern. Doch wohin sollte sie gehen? Am liebsten würde sie zu ihren Eltern flüchten, aber die Reise nach Alberi d'Argento dauerte fünf Tage. Wer sonst könnte ihr helfen? Emilia. Emilia hatte Erfahrung, sie war glücklich verheiratet. Vielleicht könnte sie ihr einen Rat geben.

Sie trocknete ihre Tränen und läutete nach Luisa. Sie kam, ihr Gesicht war besorgt, wahrscheinlich wusste inzwischen die gesamte Dienerschaft von ihrem Streit.

»Wir fahren nach Genua«, eröffnete Gianna ihr. »Gleich morgen.«

Riccardo war schon fort, als sie am nächsten Morgen zum Frühstück ging. Vielleicht war er auch schon über Nacht fort gewesen. Umso besser. Sie schrieb eine kurze Notiz, dass sie ihre Tante besuchen werde, und legte sie auf seinen Schreibtisch. Ihrer Schwiegermutter teilte sie ihren Entschluss erst mit, bevor sie mit Luisa das Haus verließ und in Begleitung eines Dieners zur Poststation ging.

Zwei Tage dauerte die Reise nach Genua. Sie übernachteten in einer Osteria auf halbem Weg und fuhren am nächsten Morgen weiter.

Als sie endlich ankamen, fiel Gianna der völlig überraschten Emilia um den Hals und brach in Tränen aus. »Du musst mir helfen.«

Emilia, pragmatisch wie immer, ließ ihr zunächst ein heißes Bad ein und sorgte dafür, dass sie ein bequemes Hauskleid und etwas zu essen bekam und auch Luisa versorgt wurde. Anschließend erwartete sie Gianna in ihrem Salon. Im Kamin brannte ein Feuer. In eine Decke gewickelt, kuschelte Gianna sich auf Emilias Ottomane und nippte an einem Glas Rotwein.

Ihre Tante saß ihr gegenüber im Sessel. »Also, was ist passiert? Betrügt er dich?«

»Ich glaube schon, aber das ist nicht das Schlimmste.«

Erst zögernd, dann immer schneller erzählte Gianna die Geschichte ihrer Ehe.

»Ich weiß, es ist meine Schuld, ich hätte ihn nicht heiraten dürfen. Und jetzt weiß ich nicht weiter.«

»Du sagst, du liebst ihn nicht?«

»Nicht so, wie ich Angelo geliebt habe.«

Emilia zog die Brauen hoch. »Immer noch Angelo?«

»Nein.« Gianna schüttelte den Kopf. »Aber da war etwas, was ich nicht vergessen kann.« Stockend schilderte sie das Erlebnis mit Angelo in der Scheune. »Meine Eltern wissen nichts davon.«

Ihre Tante trank einen Schluck Wein und sah sie nachdenklich an. »Die meisten Ehen werden arrangiert, und die Frauen fügen sich den Wünschen ihrer Ehemänner ohne besondere Freude. Eigentlich sollte es dir recht sein, wenn Riccardo nicht mehr mit dir schläft. Dann hast du deine Ruhe.«

»Aber so habe ich mir mein Leben nicht vorgestellt. Und ich möchte Kinder haben.« Sie zuckte mit den Schultern. »Irgendwie fühlt sich das alles so verkehrt an.«

»Wenn du wirklich etwas ändern willst: Man kann lernen, Freude an der körperlichen Liebe zu haben.«

»Wirklich?«

»Aber ja. Ich glaube, du hast am Anfang zu viel erwartet und wurdest enttäuscht. Jetzt bist du dir sicher, dass es dir nicht gefällt, und wenn du dann nur daliegst und wartest, bis es vorbei ist, dann kann es dir auch nicht gefallen. Dazu kommt, dass dir jeder Pfarrer erzählen wird, es sei richtig so, weil Lust Sünde sei.«

Verlegen dachte Gianna an ihre Beichte kurz nach ihrer Hochzeit auf Alberi d'Argento. Don Alberto, der Pfarrer der di Raimandis, hatte genau das gesagt. Es sei schon alles gottgewollt und richtig so, sie solle die Augen schließen und an die Mutter Gottes denken.

Emilia beobachtete sie scharf. »Habe ich recht?«

»Ja. Aber was kann ich tun?«

»Dich nicht nur hinlegen und warten, dass etwas Wunderbares geschieht. Tu selbst etwas. Küss ihn, berühre ihn. Er ist doch ein schöner Mann. Wie fühlt sich seine Haut an? Man sagt, der Appetit kommt beim Essen. Das ist in der Liebe nicht anders.« Sie lächelte. »Es gibt übrigens Speisen, die eine aphrodisierende Wirkung haben. Ich gebe dir ein paar Rezepte. Und trink ruhig etwas mehr Wein oder, noch besser, Champagner vorher, damit du nicht so viel denkst. Sei zärtlich zu ihm, du wirst merken, es ist ein schönes Gefühl. Auch wenn du nicht so verliebt in ihn bist wie damals in Angelo, du magst ihn sehr, das merkt man.«

Staunend lauschte Gianna ihren Ratschlägen. »Woher weißt du über solche Sachen so gut Bescheid?«

»Ich bin seit dreiundzwanzig Jahren verheiratet. Glaubst du, diese Jahre waren immer nur eitel Wonne? Ich war verliebt, aber die Verliebtheit vergeht mit den Jahren, wird im besten Fall zu Liebe. Trotzdem gab es auch schwierige Zeiten. Auch ich hatte nicht immer Lust, vor allem nicht, als unsere Kinder noch sehr klein waren.« Sie lächelte. »Ich habe ein Buch für dich.«

»Ein Buch?«

Emilia stand auf, holte ein Buch aus dem Regal gegenüber dem Fenster und reichte es Gianna.

»Das Decamerone?«

»Erzähle es nicht deinem Beichtvater.«

Gianna blieb eine Woche, dann fuhr sie zurück nach Mailand. Zu ihrer Enttäuschung war Riccardo schon wieder unterwegs. Seine Mutter und seine Schwester wussten nur, dass er in Turin war, aber nicht, wann er wiederkommen wollte.

Die Stimmung in der Stadt war eigenartig in diesem Januar 1859. Oberflächlich schien alles wie immer. Die Österreicher fühlten sich als Herren der Stadt, die Mailänder ignorierten sie. Doch in den Caféhäusern wanderten Gerüchte von Tisch zu Tisch, dass wohl bald etwas passieren werde.

Riccardo kam ein paar Tage nach ihr aus Turin zurück, er war sichtlich aufgebracht.

»Ich fürchte, Cavours Plan geht nicht auf«, sagte er, als sie nach dem Abendessen beisammensaßen. Vorher hatte er sich höflich nach dem Verlauf ihrer Reise und nach dem Befinden der Barratis erkundigt, jedoch nicht nach dem Grund. Seine Blicke waren allerdings prüfend gewesen, als wüsste er schon gern, was sie dachte.

»Warum glaubst, dass er nicht aufgeht?«

»Vittorio Emanuele hat in Turin vor dem Parlament von einem Schmerzensschrei gesprochen, den er aus ganz Italien gehört habe, dem Schrei nach Freiheit«, erzählte er und fügte spöttisch hinzu: »Man munkelt, er habe diesen melodramatischen Ausdruck auf Wunsch Napoleons benutzt, um unsere europäischen Verbündeten zu beeindrucken und sie für die Befreiung Italiens zu gewinnen. Aber«, er deutete auf die Zeitungen, die auf einem Beistelltisch lagen, »es sieht nicht so aus, als seien sie beeindruckt. Die führenden Politiker in England finden es zwar empörend, dass die Österreicher eine Willkürherrschaft ausüben, aber sie glauben nicht, dass dies einen Krieg rechtfertigt. Jetzt hat Napoleon vorgeschlagen, den Feldzug um ein Jahr zu verschieben. Cavour hat getobt. Er hat im Audienzzimmer von Vittorio Emanuele die Möbel mit Fußtritten traktiert und eine Uhr zerschlagen.«

»Woher weißt du das alles so genau? Warst du dabei?«

Er nickte »Ich war dabei.«

Also gehörte er wohl inzwischen zum engsten Kreis um Cavour. »Und nun?«

»Vittorio Emanuele provoziert die Österreicher. Er führt Truppenübungen an der Grenze zur Lombardei durch. Das lässt sich Franz Josef nicht lange bieten. Früher oder später wird es zum Krieg kommen.« Er holte tief Luft, als bräuchte er Mut, um weiterzusprechen. »Wenn es zum Krieg kommt, schließe ich mich der sardinischen Armee an. Ich wollte es dir schon früher sagen, doch dann kam dieser dumme Streit mit Mutter und ...«

»Und ich bin davongelaufen«, beendete sie seinen Satz.

»Was nur verständlich ist, nach dem, was ich gesagt habe.« Er stand auf und verbeugte sich. »Ich wünsche dir einen angenehmen Abend.«

Gianna sprang auf und verstellte ihm den Weg zur Tür. »Warum willst du zur Armee? Du bist kein Soldat!«

In seinem Lächeln lag eine Mischung aus Zärtlichkeit und Spott. »Das kann man lernen. Vittorio Emanuele hat Napoleon einhunderttausend Freiwillige zugesagt. Die müssen wir erst einmal zusammenbekommen.«

Sie stand sehr nah bei ihm, so nah wie schon lange nicht mehr. Er roch nach dem Holzfeuer im Kamin und nach der Zedernholzseife, mit der er sich wusch. *Tu selbst etwas,* hatte Emilia gesagt. *Küss ihn. Denk nicht nach.* Sie holte tief Luft, schloss die Augen, schlang die Arme um seinen Nacken und drückte ihre Lippen auf seine. Er stand so regungslos wie eine Marmorfigur. Angst erfasste sie. Was, wenn er sie jetzt zurückwies, sie auslachte?

Nicht denken!

Plötzlich lief ein Zittern über seinen Körper. Er öffnete den Mund, und sie strich mit der Zunge zart über seine Lippen. Einen Herzschlag später hatte er seine Arme um sie geschlungen und erwiderte den Kuss. Es fühlte sich wirklich anders an als sonst. Sie hatte nicht das Gefühl, etwas über sich ergehen zu lassen, das sie eigentlich nicht wollte. Und da sie begonnen hatte, konnte sie auch jederzeit aufhören. Und das tat sie dann auch, denn er schien nicht die Absicht zu haben, diesen Kuss zu beenden.

Er nahm sie an den Schultern und blickte sie an. »Das ist das erste Mal, dass du mich küsst, ohne dass ich dich darum bitte.«

Ein Lächeln stahl sich in ihre Mundwinkel. Seine Überraschung und seine offensichtliche Freude ließen ihr Herz schneller schlagen. Sie zog seinen Kopf wieder zu sich und küsste ihn erneut. Sie dachte nicht, sie fühlte nur. Seine Lippen auf ihren, die Wärme seines Körpers. Er küsste ihren Mund, ihren Hals, umfasste ihre Brust, wie er es auch sonst getan hatte. Doch anders als sonst machte der Gedanke an das, was folgen würde, ihr nichts aus. Sie wagte es, es ihm gleichzutun, öffnete seine Halsbinde, küsste ihn dort, knöpfte seine Weste auf und legte die Hand auf seine Brust, spürte sein Herz durch den Seidenstoff seines Hemds schlagen. Es schlug sehr schnell.

Er nahm ihre Hände in seine und küsste die Handrücken. Dann sah er sie an. »Gianna …«

Sie legte zwei Finger auf seine Lippen und schüttelte den Kopf. Reden würde ihr den Mut nehmen, vielleicht zerstören, was gerade zwischen ihnen wuchs. Er küsste ihre

Finger und zog sie dann wieder an sich. Stumm öffnete er die Verschnürung ihres Kleids, sie knöpfte sein Hemd auf. *Wie fühlt sich seine Haut an?*, hatte Emilia gefragt. Sie war überraschend weich, auf der Brust hatte er einen goldenen Flaum. Es war ihr nie aufgefallen, wohl weil sie ihn nie wirklich angesehen hatte, wenn er unbekleidet gewesen war.

Er zog ihr das Kleid über den Kopf, sie öffnete die Krinoline, schlüpfte heraus und schob sie mit dem Fuß weg. Endlich hatte er auch das Korsett aufgeschnürt, so dass sie es ausziehen konnte und nur noch ihr Hemd trug. Als er die Hand auf ihre Brust legte und mit dem Daumen ihre Brustwarze streichelte, tat sie das Gleiche bei ihm und hörte ihn scharf die Luft einziehen. Er ließ sie los, hastete zur Tür und verriegelte sie. Dann drehte er sich um und sah sie an. Ein ungläubiges Lächeln lag auf seinen Lippen, Staunen in seinen Augen. »Gianna.«

Sie ging zu ihm.

Der weiche Teppich vor der Couch wurde zu ihrem Bett. Sie streichelte seine Arme, strich über seinen flachen Bauch, fühlte die Muskeln unter seiner Haut. Zum ersten Mal wagte sie es, seinen Penis anzufassen, und war überrascht von der seidigen Glätte, die ihrer Hand schmeichelte. Er streichelte ihre Brüste, die zarte Haut über ihrer Scham, die Innenseite ihrer Oberschenkel. Dann tastete er sich vorsichtig, fast zögernd, zwischen ihre Beine vor. Die Berührung fühlte sich völlig anders an als sonst.

Als er sich auf sie legte und in sie eindrang, spürte sie keinerlei Widerstand, im Gegenteil. Die Reibung, die sonst unangenehm gewesen war, löste ganz neue Gefühle in ihr aus. Ihr Atem beschleunigte sich, und als er sich schneller bewegte, kam sie ihm entgegen.

Er hielt inne. Sie öffnete die Augen und begegnete seinem Blick. »Riccardo …« Warum machte er nicht weiter?

Seine Augen funkelten. »So soll es zwischen uns sein, Liebste. So hätte es von Anfang an sein sollen.«

Später lagen sie engumschlungen auf dem Teppich.

»Wo hast du gelernt, so zu küssen?«, fragte er.

»Nicht bei einem anderen Mann, falls du das denkst.«

»Das denke ich nicht, und das meinte ich nicht.«

Gianna dachte an Emilia. In einem der vielen Gespräche in dieser Woche in Genua hatte sie ihr gesagt, Männer, auch der eigene, müssten nicht alles wissen. Sie lächelte und schwieg.

Riccardo richtete sich auf. »Entweder du ziehst dich wieder an«, er deutete auf die im Raum verstreuten Kleidungsstücke, »oder wir sammeln das ein und versuchen in unser Schlafzimmer zu kommen, ohne dass es jemand merkt.«

Sie entschieden sich für die zweite Möglichkeit, zogen nur die Unterwäsche an. Riccardo sammelte die Kleider ein, und Gianna griff nach der Krinoline. Dann hasteten sie die Gänge entlang und die Treppe nach oben und kamen ungesehen ins Schlafzimmer. Sie schlossen die Tür und brachen beide in Gelächter aus.

»Willst du wirklich in den Krieg, wenn es dazu kommt?«, fragte sie, als sie im Bett lagen.

»Ja.«

Sie biss sich auf die Unterlippe. »Aber warum? Jetzt, wo wir uns gefunden haben? Oder gibt es doch eine andere?«

»Egal, was getratscht wird, Gianna, ich hatte nie eine Mätresse. Deine einzige Rivalin ist Italien. Das Land braucht mich.«

Und ich?, wollte sie fragen, doch sie tat es nicht.

Immerhin blieb er eine Woche, und in dieser Zeit teilten sie jede Nacht das Bett. Und sie merkte, dass Emilia recht gehabt hatte. Es war nicht der Liebesrausch, den sie sich in ihren romantischen Mädchenträumen ausgemalt hatte, es war kein »Verschmelzen« zweier Körper oder Seelen, keine Ekstase, doch sie lernte ihren und seinen Körper besser kennen, und sie konnte ihre Vereinigung genießen, wie sie gutes Essen oder guten Wein genoss.

17. KAPITEL

Ende Januar reisten sie gemeinsam nach Turin, um der Hochzeit von Vittorio Emanueles jüngster Tochter Marie Clothilde mit Napoléon Joseph Charles Paul Bonaparte beizuwohnen. Gianna war entsetzt, als sie das Paar sah. Marie Clothilde war sechzehn Jahre alt, ihr zukünftiger Ehemann war einundzwanzig Jahre älter als sie. Die junge Prinzessin war keine große Schönheit, was beim Anblick ihres Vaters nicht weiter verwunderte. Vittorio Emanuele war alles andere als eine beeindruckende Erscheinung. Er war untersetzt, hatte ein rotes Gesicht, eine dicke Nase und hervorquellende Augen, und zu allem Überfluss trug er einen so gewaltigen Schnurrbart, dass es schon lächerlich wirkte. Gianna hatte Porträts seines Vater Carlo Alberto gesehen und war überrascht, wie wenig Vittorio Emanuele ihm glich.

Aber Marie Clothilde war doch jung und von zierlicher Gestalt und ihr Bräutigam nicht nur wesentlich älter, sondern auch groß und dick.

»Eine Hochzeit zwischen einer Gazelle und einem Elefanten«, raunte Riccardo ihr zu, als das Paar vor dem Altar stand.

»Die Ärmste.«

»Sei froh, dass du keine Prinzessin bist. Diese Ehe dient nur dem Bündnis zwischen Vittorio Emanuele und Napoleon.«

Auf der Heimfahrt dachte Gianna oft an die kleine Prinzessin. Wie würde es ihr in der Hochzeitsnacht ergehen? Und würde sie jemals gerne das Bett mit ihrem massigen, so viel älteren Ehemann teilen?

In den nächsten Wochen reiste Riccardo regelmäßig nach Turin. Da die Fahrt dorthin gut drei Tage dauerte, blieb er jedes Mal mindestens eine Woche dort.

Im März erzählte er ihr, dass Cavour zur Konferenz der Großmächte nach Paris gefahren war, um dort eine wütende Rede zu halten, die darin gegipfelt war, dass er gedroht hatte, er werde sich mit England verbünden, und scheue auch nicht davor zurück, einen Flächenbrand in Europa zu entfachen.

»Du meine Güte«, sagte Gianna. »Und so jemand gilt als kluger Staatsmann?«

»Oh, das ist er«, antwortete Riccardo. »Russland im Krimkrieg beizustehen war ein hervorragender Schachzug, damit hat er die italienische Sache ins Blickfeld der europäischen Nationen gerückt. Ohne dies wäre das Geheimabkommen von Plombières nie zustande gekommen. Aber er ist auch ein Choleriker.«

Anfang April las Gianna in der Zeitung, dass der Kaiser von Frankreich Vittorio Emanuele aufgefordert hatte, mit der Abrüstung seiner Armee zu beginnen. Riccardo war zu dieser Zeit wieder in Turin. In den Cafés in Mailand schlugen die Wellen der Empörung hoch. Man schimpfte allerorts über den Verräter Napoleon.

Einige Tage später kam Riccardo nach Hause, sichtlich erregt und in Eile.

»Stellt euch vor«, sagte er beim Abendessen, »Österreich hat Sardinien-Piemont ein Ultimatum gestellt. Vittorio Emanuele soll seine Truppen verkleinern und die Freiwilligen nach Hause schicken. Sie verlangen, dass der König binnen drei Tagen antwortet. Cavour war so begeistert über diese Nachricht, dass er eine Arie aus dem Troubadour aus dem Fenster seines Büros geschmettert hat.«

»Aber warum?«, fragte Margherita. »Was ist so gut daran?«

»Das Ultimatum ist die Provokation, auf die wir gewartet haben. Nun sind wir ein Staat in Bedrängnis. Napoleon wird uns zu Hilfe eilen, und die anderen europäischen Staaten werden sich zurückhalten.«

»Was ist mit Preußen?«, warf Gianna ein. »In den deutschen Zeitungen steht, sie seien mit den Österreichern verbündet.«

»Wenn Preußen eingreift, wird es schwierig. Aber ob sie eingreifen?«

Während der Mahlzeit beobachtete Gianna ihn. Er nahm sich kaum Zeit zum Essen, erklärte weiter die Situation.

»Ich habe mich den Freiwilligen der Armee von Sardinien-Piemont angeschlossen«, sagte er schließlich.

Seine Mutter ließ das Besteck sinken und starrte ihn entsetzt an. »Wie bitte?«

»Mamma, das müssen Sie verstehen. Seit Jahren arbeite

ich für die Freiheit Italiens. Jetzt sind wir so nah dran wie seit 1848 nicht mehr. Vittorio Emanuele braucht jeden Mann.«

Gianna senkte den Blick. Nun war es also so weit.

»Also ich finde das großartig«, verkündete Margherita mit jenem Pathos in der Stimme, mit dem die Leute in den Genueser Salons über die Freiheit Italiens gesprochen hatten. »Du wirst ein Held.«

Diese dumme Gans. Dachte sie gar nicht daran, dass er auch fallen könnte? Gianna hob den Kopf und suchte Riccardos Augen. Als ihre Blicke sich trafen, lächelte er kaum merklich.

»Hast du nichts zu sagen?«, fuhr ihre Schwiegermutter sie an. »Oder ist es dir gleichgültig, ob dein Mann in den Krieg zieht?«

Und fällt.

Sie sprach es nicht aus, doch man konnte diesen Gedanken deutlich in ihrem Gesicht lesen. »Riccardo hat mir schon vor einiger Zeit von diesem Entschluss erzählt«, sagte Gianna leise. »Und es ist mir nicht gleichgültig.« Sie wandte sich an ihn. »Wann gehst du?«

»Morgen. Die Zeit drängt.«

Morgen schon.

Sie zogen sich früh zurück.

»Warum morgen schon?«, fragte sie ihn, als sie in ihrem Schlafzimmer waren. Sie trug nur ein dünnes Nachtgewand. Luisa hatte ihr beim Auskleiden geholfen und sich eben zurückgezogen.

Riccardo hatte ihr den Rücken zugekehrt und zog Weste und Hemd aus. Er drehte sich um. »Die Truppen marschieren schon. Eigentlich hätte ich gar keine Zeit gehabt, um hierherzukommen. Es war nur möglich, weil wir ohnehin in Richtung Osten marschieren. Das französische Heer kommt über die Alpen, und in Genua landen Schiffe mit Napoleons Truppen aus Afrika. Wir müssen uns mit ihnen vereinigen, bevor das Ultimatum abgelaufen ist.« Er machte eine Pause, und das vertraute selbstironische Lächeln umspielte seine Lippen. »Und außerdem wollte ich nicht ohne Abschied gehen, auch wenn ich Abschiede hasse.« Mit ein paar raschen Schritten war er bei ihr, zog sie in seine Arme und küsste sie.

Später lag sie neben ihm, mit ihrem Kopf an seiner Schulter.

Er spielte mit einer ihrer Haarsträhnen. »Ich habe mein Testament geändert, schon vor einiger Zeit.«

Sie zuckte zusammen. »Ich will davon nichts hören.«

»Das musst du aber. Meine Ländereien hinterlasse ich meiner Mutter, ich denke, du hast kein Interesse an der Seidenraupenzucht. Sie wird dir und Margherita jährlich je ein Drittel des Gewinns auszahlen. Da du Mailand nicht magst und das Verhältnis zu meiner Mutter, nun ja, nicht das beste ist, hinterlasse ich dir das Haus in Abbiategrasso. Bist du einverstanden?«

Vergeblich versuchte sie, den Kloß in ihrer Kehle zu schlucken. Er sprach, als wäre er sicher, dass er nicht zurückkommen würde.

»Gianna?«

»Was würdest du tun, wenn ich dich darum bitten würde, nicht zu gehen?«

Er drehte sich zu ihr und schlang den Arm um sie. »Tu es nicht.«

Einige Herzschläge lang sahen sie einander an, dann schüttelte sie seinen Arm ab und kehrte ihm den Rücken zu. Sie hörte ihn hinter sich atmen, es klang, als würde er mehrmals ansetzen, etwas zu sagen. Doch er sprach nicht. Gianna war sich selbst ein Rätsel. Warum war sie so gekränkt? Sie hatte doch immer gewusst, dass er sein Leben der italienischen Sache verschrieben hatte.

Als er zaghaft über ihren Arm strich, drehte sie sich wieder um und umarmte ihn. Sie würden nicht im Streit auseinandergehen.

18. KAPITEL

Am Morgen des 20. April 1859 verlas Feldmarschallleutnant von Stadion die Nachricht, dass dem König von Sardinien ein Ultimatum gestellt worden war, innerhalb von drei Tagen alle Freiwilligen aus der sardischen Armee zu entlassen, Garibaldi das Kommando zu entziehen und seine Freischaren aufzulösen.

»Sollte Vittorio Emanuele unser Ultimatum ablehnen, werden wir in drei Tagen losmarschieren. Lang lebe der Kaiser.«

»Also gibt es Krieg«, sagte Maurizio zu Bernardo, als sie zu ihrem Quartier zurückgingen.

»Glaubst du?«

»Ja. Das war ziemlich dämlich von Seiner Majestät.«

»Maurizio!« Bernardo blickte sich hastig um. »Wenn dich jemand hört.«

»Ach, ist doch wahr.« In ihm brodelte es. Er würde in den Krieg gegen seine eigenen Landsleute ziehen müssen.

Dabei hatte er so sehr darauf gehofft, seine Militärzeit in Friedenszeiten ableisten zu können. »Denkst du wirklich, Vittorio Emanuele rüstet ab? Er wartet doch nur auf eine Gelegenheit zum Kampf, ohne dass er ihn anfängt. Dieses Ultimatum gleicht einer Kriegserklärung. Darauf haben die Sardinier nur gewartet.«

»Tja, wenn du recht hast, geht es in drei Tagen los, und ab morgen sind Übungen angesagt. Aber heute Abend haben wir Ausgang. Ich kenne da ein Haus in Verona mit sehr hübschen Mädchen, die eine Vorliebe für Uniformen haben. Und du siehst sehr fesch aus, Herr Oberjäger.«

Vor drei Monaten war Maurizio vom Jäger zum Oberjäger befördert worden. Ihm unterstand eine Gruppe von neun Mann, zu der auch Bernardo gehörte. Obwohl der schon länger in der Armee war als er, war er nicht befördert worden. Er machte sich nichts draus, er besaß keinerlei Ehrgeiz. Er war nicht freiwillig in der Armee, sondern im Zuge der Mobilmachung ausgelost worden, und sein Ziel war es, die aktive Zeit möglichst bequem und gesund hinter sich zu bringen.

Maurizio klopfte ihm auf die Schulter. »Na dann, viel Spaß.«

»Vielleicht solltest du dir auch mal ein bisschen Spaß gönnen. Komm doch mit.«

Er schüttelte den Kopf. »Nein danke.«

Bernardo blieb stehen und sah ihn scharf an. »Du bist jetzt seit anderthalb Jahren hier. Ich habe dich nie mit einem Mädchen schäkern sehen, du bist nie mitgegangen, wenn wir mal Signora Vianella und ihre Mädchen besucht haben. Sag, interessierst du dich am Ende nicht für Frauen?«

»Nein, das ist es nicht. Ich interessiere mich durchaus für Frauen, aber eben nicht für solche.«

»Also gibt es ein Mädchen? Du hast aber nie von ihr gesprochen.«

»Nicht jeder prahlt so mit seinen Eroberungen wie du«, versuchte er abzuwiegeln.

Bernardo und die anderen hatten ihn schon öfter wegen seines zurückhaltenden Lebenswandels aufgezogen, aber dieses Mal war sein Freund sehr ernst. »Wer ist sie? Los, erzähl.«

Da Bernardo offensichtlich nicht bereit war, sich abwimmeln zu lassen, erzählte er ihm schließlich von Gianna.

»Sag mal, kann es sein, dass du noch nie mit einer Frau geschlafen hast?«, fragte Bernardo, als er zu Ende gesprochen hatte.

Maurizio spürte das Blut in seinen Schläfen pochen. »Ich wüsste nicht, was dich das angeht.«

»Also habe ich recht. So, und jetzt erzähl ich dir mal was. Wenn es stimmt, was du sagst, geht es in drei Tagen in den Krieg, und keiner von uns weiß, ob er lebend zurückkommt. Deine Liebe und Treue zu dem Mädel in allen Ehren, aber du solltest nicht unberührt in den Kampf und vielleicht in den Tod ziehen. Deshalb kommst du heute Abend mit und amüsierst dich.«

Und so kam es, dass er am Abend mit Bernardo und einigen Kameraden durch die Straßen von Verona zu Signora Vianellas Bordell ging. Bernardo hatte die Wahrheit gesagt, die Mädchen waren hübsch, sauber und sehr charmant. Er vermutete, dass sein Freund der Signora gesteckt hatte, dass er keinerlei Erfahrung besaß, denn sie führte ihn nicht zu einem jungen Mädchen, sondern zu einer Frau Ende zwanzig. »Das ist Viola«, stellte sie sie vor. »Sie wird sich um dich kümmern.«

Viola war keine Schönheit auf den ersten Blick. Ihr Gesicht wirkte exotisch, sie hatte ausgeprägte, hohe Wangenknochen, schwarze Mandelaugen und einen schmalen, aber schön geformten Mund. Ihr Haar war lang, glatt und schwarz wie Ruß. Sie war überraschend zärtlich zu ihm, vielleicht spürte sie seine Unerfahrenheit. Am Ende der Nacht hatte er das Gefühl, jetzt sehr viel über Frauen zu wissen.

Drei Tage später kam die Nachricht, dass Vittorio Emanuele das Ultimatum ignoriert hatte. Seine Truppen marschierten auf Mailand zu. Und schlimmer noch: Spione berichteten, die ersten französischen Truppen seien in Eilmärschen über die Alpen marschiert und würden sich in den nächsten Tagen mit der sardinischen Armee vereinigen.

Am 23. April befahl Feldzeugmeister Gyulay, Oberbefehlshaber der österreichischen Armee, den Abmarsch. Der Krieg hatte begonnen.

Frühmorgens saßen Maurizio und seine Kameraden zusammen, tranken heißen, starken Kaffee und aßen frisches Brot.

»Esst euch richtig satt, ab morgen gibt es kein frisches Brot mehr, und schon gar nicht so guten Kaffee«, sagte Leutnant Meissner, der die letzten Anweisungen für den Marsch gab. »Beschwert eure Tornister nicht mit Essen, ihr habt auch so genug zu schleppen.«

Bernardo wartete, bis Meissner gegangen war, dann griff er in den Brotkorb, holte zwei kleine Laibe heraus und gab einen davon Maurizio. »Steck ihn ein. Ist egal, was der Leutnant sagt. Wer weiß, wann es das nächste Mal etwas gibt? Und füll deine Wasserflasche.«

Kurz danach verließen sie Verona. Drei Tage und drei Nächte marschierten sie in Eilmärschen nach Westen in Richtung des Ticino. Es war ein mühsamer Marsch über schlechte Wege und durch sumpfige Felder, die von der riesigen Armee so aufgewühlt waren, dass die Soldaten manchmal bis über die Knöchel im Schlamm versanken. Die Verpflegung war miserabel, denn auch die Wagen mit dem Nachschub kamen auf den schlammigen Wegen kaum voran.

Leutnant Meissner stieg vom Pferd und marschierte mit seinen Jägern.

Am zweiten Abend ritt Oberleutnant Castiglioni vorbei, als sie kurz rasteten. »Morgen, spätestens übermorgen, erreichen wir den Ticino. Wenn wir ihn überquert haben, machen wir Rast, und dann geht es nach Turin!«

Die Jäger jubelten ihm zu.

»Jawohl, wir zeigen es dem Piemontesen!«, rief Franz, einer der Oberjäger.

»Hoffentlich«, murmelte Maurizio. Er hatte ein ungutes Gefühl. »Wir hätten viel früher marschieren sollen, dann wären wir jetzt schon in Turin. Wer weiß, wie schnell die Franzosen vorwärtskommen?«

Bernardo versetzte ihm einen Rippenstoß. »Unk doch nicht rum. Wir sind über einhunderttausend Mann und haben fast vierhundert Geschütze. Ich habe gestern Feldmarschallleutnant von Stadion mit Leutnant Meissner reden hören. Die Sardinier haben nur sechszigtausend Mann und neunzig Geschütze. Die schlagen wir in ein paar Tagen.«

Doch nachdem sie endlich den Ticino überquert und ihr Lager errichtet hatten, ging es nicht weiter. Zunächst waren alle dankbar für die längere Rast, aber dann kam von

Gyulay der Befehl, zurückzugehen. Statt weiter auf Turin vorzurücken, ließ er die Truppen zwischen Biella und Pavia aufmarschieren und blieb dort. Unter den Soldaten machte sich Unruhe breit. Spione brachten Meldungen von den Truppenbewegungen der Franzosen, die mittlerweile ebenfalls auf Mailand marschierten.

Schließlich erhielt Graf von Stadion von Gyulay den Befehl, mit seinen Männern bei Vaccarizza den Po zu überqueren, um herauszufinden, ob die Franco-Sarden planten, den linken Flügel der österreichischen Armee anzugreifen.

Maurizio war dankbar, dass die Untätigkeit und das Warten ein Ende hatten, auch wenn dieser Befehl Kampf bedeuten könnte. Sie überquerten den Po und marschierten bis Montebello. Dort trafen sie auf die französische Armee.

19. KAPITEL

Am späten Nachmittag des 20. Mai kam eines der Dienstmädchen vom Einkauf zurück und erzählte Gianna von Geschäften, die geschlossen hatten, und von verstärkten österreichischen Patrouillen in der Stadt. Irgendetwas schien im Gange zu sein. In Luisas Begleitung machte Gianna sich auf den Weg, um Genaueres zu erfahren.

Die Straßen waren ungewöhnlich leer, viele Geschäfte hatten ihre Türen verriegelt und die Rollläden heruntergelassen. In den Cafés saßen Gruppen von Männern und steckten die Köpfe zusammen, die Stimmung war düster und verschwörerisch zugleich. Schließlich schnappte Gianna Gerüchte von einer Schlacht auf, die ganz in der Nähe stattfinden sollte, doch niemand konnte ihr etwas Genaues sagen.

Die Abendmahlzeit mit Riccardos Mutter und seiner Schwester verlief schweigend. Jede der Frauen hing ihren Gedanken nach.

Am nächsten Morgen schickte Claudia einen der Diener los, um in Erfahrung zu bringen, was geschehen war. Es dauerte über eine Stunde, bis er zurückkehrte. Er berichtete, dass die Österreicher die Wachen auf dem Kastell über Nacht noch einmal verstärkt hatten. Gerüchten zufolge war Garibaldi auf dem Weg nach Mailand. Am Comer See sei es zu Gefechten gekommen, und Garibaldis *Cacciatori delle Alpi* hätten die Österreicher in die Flucht geschlagen. Des Weiteren sei es zu einer Schlacht zwischen den Österreichern und Franco-Sarden in Montebello, einem Ort südlich von Pavia, gekommen. Es hieß, die Franco-Sarden hätten gesiegt, aber der Mann hatte niemanden gefunden, der ihm das hatte bestätigen können.

Erst zwei Tage später berichteten die Zeitungen über die Schlacht. *Ein großer Sieg für Vittorio Emanuele* jubilierte die Schlagzeile. Etwa siebentausend Mann hatten auf Seiten der Franco-Sarden gegen eine Übermacht von fünfundzwanzigtausend Österreichern gekämpft. Danach hätte Gyulay sein Hauptquartier nach Garlasco zurückverlegt, die habsburgische Armee sei auf der Flucht.

Die deutschen Zeitungen, die Gianna sich aus einem der Cafés bringen ließ, berichteten ein wenig anders. Der Sieg war wohl in erster Linie den Franzosen zu verdanken gewesen, denn das sardinische Heer sei erst erschienen, als der Kampf schon fast vorbei gewesen war.

Die drei Frauen im Palazzo Abairate konnten sich nicht über den Sieg freuen. Mehr als siebenhundert Tote und Verletzte habe es auf Seiten der Alliierten gegeben, hieß es. Noch gab es keine Listen.

Zwei Tage später überbrachte ein Bote einen Brief. Er war an Gianna adressiert. Sie nahm den Umschlag entgegen, sah die Schrift und wusste im selben Augenblick, was darin stand. Es war nicht Riccardos Schrift. Irgendwie schaffte sie es vom Vestibül in den Salon, wo sie sich hinsetzte und minutenlang auf den Umschlag starrte. Solange sie ihn nicht öffnete, stand noch nichts fest. Sie könnte sich der Illusion hingeben, dass er noch lebte, dass er zurückkehren werde. Sie könnte träumen. Erst wenn sie den Brief öffnete und las, würde sie sich dem Unausweichlichen stellen müssen. Der Umschlag in ihrer Hand zitterte.

Die Tür öffnete sich und Riccardos Mutter trat ein. »War da nicht jemand an der Tür? Gibt es Nachrichten von Riccardo?«

Gianna hob den Kopf.

Ihre Schwiegermutter sah ihr ins Gesicht und wurde bleich. »Schlechte Nachrichten?«

Stumm und mit zitternden Fingern riss Gianna den Brief auf. Er war von einem Oberleutnant Ferrari, der ihr mit tiefstem Bedauern mitteilte, dass Sergente Riccardo Parenti am 20. Mai bei der Schlacht von Montebello gefallen war. Er war auf dem Schlachtfeld beerdigt worden, doch es bestände die Möglichkeit, den Leichnam später nach Mailand zu überführen, wenn die Kämpfe vorbei waren.

»Er ist tot«, sagte sie, und ihre Stimme bebte. »In Montebello gefallen.«

Seine Mutter öffnete den Mund wie zu einem Schrei, doch es kam kein Laut über ihre Lippen. Sie schwankte.

Hastig sprang Gianna auf und führte sie zu einem Sessel. Kaum saß sie, streckte sie die Hand aus. Gianna gab ihr das Schreiben.

Tränen flossen über Claudias Gesicht, während sie den Brief wieder und wieder las.

Gianna weinte nicht. Sie starrte zum Fenster, ohne wirklich etwas zu sehen. In Gedanken war sie bei ihrer letzten gemeinsamen Nacht. Wäre er geblieben, wenn sie geweint, gedroht, gebettelt hätte? Stumm schüttelte sie den Kopf. Nein, niemals. Sie hätte ihm nur den Abschied erschwert. Sie sah sein Gesicht vor sich, sein leichtes, immer etwas spöttisches Lächeln.

Ach, Riccardo, dachte sie. *Wie dumm und überflüssig dieses Opfer ist.*

Jetzt hatte sie das Gefühl, sie habe schon beim Abschied gewusst, dass er nicht zurückkommen würde.

Wie von fern hörte sie die vorwurfsvolle Stimme ihrer Schwiegermutter. »Wie kannst du nur so gefasst sein?«

Sie war nicht gefasst. Sie wollte schreien, um sich schlagen, doch in ihrer Kehle saß ein dicker Kloß, ihr Mieder schien plötzlich so eng, dass sie kaum noch Luft bekam. Vor ihren Augen flimmerte es. Dann kam ihr der Boden entgegen, und alles wurde schwarz.

Als sie wieder zu sich kam, lag sie auf dem Teppich. Jemand hatte ihr Kleid aufgeschnürt und das Mieder gelockert. Unter ihrem Kopf lag ein Kissen. Verwirrt blickte sie sich um. Margherita kniete neben ihr, daneben stand ihre Schwiegermutter und blickte sie sichtlich betreten an. Was war passiert? Dann brach die Erinnerung mit der Wucht eines Gewittersturms über sie herein. Der Brief, die Nachricht von Riccardos Tod. »Bin ich ohnmächtig geworden?«

»Ja«, sagte Margherita. »Geht es wieder?« Ihre Augen waren gerötet, doch sie weinte nicht.

Mit ihrer Hilfe stand Gianna auf, ging zum Sofa und setzte sich.

Claudia rang die Hände. »Es tut mir leid«, stieß sie schließlich hervor.

Giannas Augen brannten, doch immer noch weinte sie nicht. »Lasst mich bitte allein«, sagte sie.

Die beiden Frauen starrten sie einen Moment an, dann gingen sie.

Gianna starrte auf die Marmorfliesen. Doch sie sah sein Gesicht. Die forschenden braunen Augen, den vollen Mund unter dem Schnurrbart, sein spöttisches Lächeln, das immer so gewirkt hatte, als würde er sich auch über sich selbst lustig machen. Riccardo, Riccardo. Er hätte nicht sterben müssen, er hätte hierbleiben können, bei ihr. Sie hatten doch gerade erst angefangen, einander wirklich kennenzulernen. Wenn sie wenigstens ein Kind erwarten würde.

Irgendwie überstand sie diesen Tag, tat, was nötig war. Riccardos Mutter war nicht dazu in der Lage, irgendetwas zu machen, sie hatte sich zurückgezogen. Gianna erinnerte sich, dass Riccardo ihr in Genua erzählt hatte, sein älterer Bruder sei 1848 gefallen. Obwohl sie nie gut mit ihrer Schwiegermutter ausgekommen war, tat sie ihr doch unendlich leid. Zwei Söhne im Krieg verloren und den Mann vor ein paar Jahren wegen einer Herzschwäche. Wie viel konnte man aushalten als Ehefrau und Mutter? Sie dachte an das totenbleiche Gesicht ihrer Mutter, an ihre Tränen, als Giuseppe gestorben war. In ihrem letzten Brief hatte Silvana geschrieben, dass Lorenzo sich Garibaldis Freischaren angeschlossen hatte und Tommaso in der sardinischen Armee kämpfte. »Herr im Himmel, bitte verschone meine Brüder.«

Ihre Tränen kamen erst, als sie zu Bett ging und daran dachte, dass er nie wieder neben ihr liegen würde. Sie drückte ihr Gesicht ins Kissen und dachte über den unglücklichen Beginn ihrer Ehe nach. Es tröstete sie auch nicht, dass er nach ihrer Rückkehr aus Genua nicht mehr hatte glauben müssen, er sei ihr zuwider gewesen oder habe irgendetwas falsch gemacht. Hätte sie Emilia doch nur viel früher um Rat gefragt. Auch wenn sie nicht in ihn verliebt gewesen war, so hatte ihre Ehe sich doch zum Guten entwickelt, und vielleicht hätte sie gelernt, ihn zu lieben. Hatte *er* sie geliebt? Gesagt hatte er es nie, vielleicht war er auch nur zu stolz gewesen. Aber eines war sicher: Italien hatte er mehr geliebt als sie.

Stunde um Stunde schluchzte sie in das Kissen, bis es schließlich durchnässt war. Irgendwann in den frühen Morgenstunden fiel sie in einen unruhigen Schlummer.

Die nächste Woche schwankte sie zwischen tiefer Trauer und Betäubung. Bei der Verlesung des Testaments sah sie Riccardos Gesicht vor sich, als er ihr erzählt hatte, was darin stand, und die Tränen liefen ihr über die Wangen.

Sie schrieb ihren Eltern, was passiert war und dass sie so bald wie möglich nach Hause kommen werde. In Mailand halte sie nichts. Auch in ihrer Trauer gab Riccardos Mutter ihre Zurückhaltung nicht auf, eher im Gegenteil, Gianna hatte sich noch niemals in ihrem Leben so unwillkommen gefühlt wie in der Woche nach Riccardos Tod. Doch nach Hause konnte sie noch nicht, denn die Armee der Franzosen und der Sardinier, der Franco-Sarden, wie sie der Einfachheit halber genannt wurden, rückte auf

Mailand vor. Auch der Weg nach Genua zu Emilia war ihr versperrt. So beschloss sie, nach Abbiategrasso zu gehen. Das Haus gehörte ihr, und dort würde sie sich nicht wie ein unerwünschter Gast fühlen.

Der Abschied von Margherita und Claudia fiel kühl aus, aber etwas anderes hatte sie auch nicht erwartet. Ohne Bedauern stieg sie in die Timonella, eine kleine, schnelle Mietskutsche, die sie nach Abbiategrasso bringen sollte.

Je weiter sie sich von Mailand entfernte, desto freier fühlte sie sich. Sie würde Riccardos Tod weiterhin betrauern, doch gleichzeitig schloss sie mit diesem Teil ihres Lebens ab. Sie würde in Abbiategrasso warten, bis es sicher genug war, um nach Alberi d'Argento zu reisen. Sie wollte zu ihrer Mutter, zu ihrer Familie, einem Ort, wo sie willkommen war und geliebt wurde. Und es war ihr völlig gleichgültig, ob sie zu einer alten, wunderlichen Tante werden würde wie Alfonsina. Noch einmal würde sie sich nicht in eine Ehe stürzen.

In Abbiategrasso wimmelte es von habsburgischen Soldaten. Ein Teil der Armee hatte dort Quartier bezogen und kampierte auf den Feldern, während die Offiziere in den Häusern der Einwohner untergebracht worden waren.

Anna und Giulio begrüßten Gianna herzlich und bekundeten ihr Beileid.

Zu Giannas Entsetzen hatte sie ihr Haus nicht für sich, denn auch hier hatte man zwei Offiziere der Habsburger untergebracht. Einen Ungarn namens Horváth und einen Mann aus Linz, Ludwig Aigner. Die beiden Männer teilten sich das Zimmer, in dem Riccardo geschlafen hatte, erzählte Anna sichtlich mitgenommen. Ein gewisser

Feldmarschallleutnant Sternberg habe das angeordnet, trotz ihrer Proteste. »Immerhin sind sie sehr höflich und bezahlen alles, was sie essen und trinken.« Anna zwinkerte ihr zu. »Natürlich verlange ich den doppelten Preis. Wenn ich die Kerle schon im Haus habe, dann sollen sie auch zahlen. Außerdem haben die Habsburger Ihre Pferde und die Kutsche requiriert.«

Das war ärgerlich, aber zu erwarten gewesen. In Mailand hatte man von den Requirierungen schon gehört.

So kam es, dass Gianna an ihrem ersten Abend mit den beiden Offizieren am Esstisch saß. Die beiden Männer hatten sichtlich betreten auf ihre Trauerkleidung reagiert und bemühten sich jetzt, in schlechtem Italienisch Konversation zu führen. Als Gianna erzählte, dass ein Jugendfreund bei den Habsburgern diene, waren sie geradezu erleichtert, dass Gianna sie nicht hasste, und rührend hilfsbereit.

»Wie heißen Ihr Freund, Signora?«, fragte der Ungar. Er war ein mittelgroßer, schlanker Mann mit dunklen Augen, lockigem, schwarzem Haar und einem schwarzen Schnurrbart.

»Maurizio Manari.« Sie dachte nach. Was hatte Maurizio in seinem einzigen Brief vor einem Jahr geschrieben? »Er dient als Jäger in der Brigade unter einem Mann namens Stadion.«

»Ah, Feldmarschallleutnant von Stadion«, sagte der Österreicher. »Ein sehr guter Mann, schon lange hier in Italien. Er hat Erfahrung.«

Worin Erfahrung?, fragte sich Gianna.

Im Kampf gegen ihr Volk? Hatte von Stadion in Montebello gekämpft? Und wenn ja, wollte sie wirklich wissen, ob es eine Kugel aus Maurizios Gewehr gewesen war, die Riccardo getötet hatte? Sie verdrängte den Gedanken.

Die beiden Offiziere reisten bereits am nächsten Tag ab. Zwei Tage später kam Luisa völlig aufgelöst vom Markt zurück. »Signora! Signora!«, rief sie schon an der Haustür.

Gianna war mit Anna im Garten gewesen und starrte verblüfft ihre Zofe an. »Was ist denn?«

»Eine Schlacht. Ganz in der Nähe. Es muss schrecklich sein.«

»Wo?«, fragte Anna, ihr Gesicht wurde kreidebleich.

»Bei Magenta. Es heißt, es gebe jetzt schon Tausende Tote. Es heißt, die Erde sei rot vom Blut der Gefallenen.«

»Luca«, murmelte Anna. »Mein Gott, Luca!«

Jetzt erst fiel Gianna auf, dass sie Annas Sohn seit ihrer Rückkehr nicht gesehen hatte. »Wo ist euer Sohn?«

»Er hat sich dem sardinischen Heer angeschlossen.« Anna bekreuzigte sich, ihre Lippen bewegten sich in einem stummen Gebet.

Gianna tat es ihr gleich. Ihr Gebet war denkbar einfach. »Lieber Gott, beschütze meine Brüder und Annas Sohn.« Dann lief ihr ein eisiger Schauer über den Rücken. Maurizio. Wahrscheinlich kämpfte Maurizio ebenfalls dort. »Bitte, bitte«, betete sie. »Lass Maurizio in Sicherheit sein, lass ihn irgendwo anders sein, wo er nicht gegen sein eigenes Volk kämpfen muss.«

Quälend langsam schleppten sich die Stunden dahin. Um etwas zu tun, begleitete Gianna Anna in den Garten, um Heilkräuter zu ernten. »Wir werden sie brauchen«, erklärte Anna.

Am Nachmittag hörte Gianna in der Ferne ein Grollen

und Donnern. Sie sah zum Himmel, der war zwar bewölkt, doch es gab keine Gewitterwolken.

»Kanonen«, sagte Anna. »Das sind Kanonen.«

Gianna presste die Lippen zusammen. Würde die Schlacht bis nach Abbiategrasso kommen?

Die Schlacht kam nicht, aber Verwundete kamen. Die ersten Transporte trafen am späten Abend ein. Wagen und Ochsenkarren, auf denen stöhnende, wimmernde Männer lagen. Mit ihnen kamen Nachrichten von der Schlacht. In Magenta werde um jede Straße, um jedes Haus gekämpft, erzählten die Kutscher. Vier- oder fünfmal sei die Stadt gestürmt und wieder verloren worden. Der Kampf wüte in den Weingärten vor Magenta, entlang der Eisenbahnlinie, in der Stadt selbst.

Die Verletzten wurden zunächst in dem einzigen Hospital von Abbiategrasso untergebracht, doch das war schnell überfüllt. Danach brachte man sie in die Kirchen.

Am späten Nachmittag begann es zu regnen. Die Schlacht sei zu Ende, sagte Anna, aber man wisse nicht, wer gewonnen hatte.

Die ganze Nacht rollten die Transporte mit den Verwundeten an Giannas Haus vorbei, galoppierten Kuriere die Straße entlang.

In den frühen Morgenstunden stand sie auf und ging in die Küche. Sie konnte nicht mehr schlafen. Sie würde sich einen Kaffee kochen. Zu ihrer Überraschung fand sie Anna in der Küche vor. Sie hatte bereits Wasser aufgesetzt und schnitt Streifen aus einem alten Bettbezug. »Zum Verbinden«, sagte sie auf Giannas fragenden Blick hin. »Don Adriano war hier und hat gefragt, wer zum Pflegen in seine Kirche kommt. Es sind so viele Verwundete, sie brauchen jede Hand.«

»Ich komme auch.« Gianna lief in ihr Zimmer und holte einen gestreiften Baumwollrock und eine schlichte Bluse aus dem Schrank. Zum Pflegen musste sie keine Trauer tragen; Zweckmäßigkeit war wichtiger. Sie nahm das Korsett, das sie zum Reiten trug. Es war leicht und wurde vorne geschnürt, so dass sie es ohne Hilfe anziehen konnte. Als sie zurück in die Küche kam, hatte Anna Kaffee gekocht und ihr ein Frühstück zubereitet.

»Ich habe keinen Hunger.«

»Sie müssen etwas essen, Signora. Niemand weiß, wann Sie wieder etwas bekommen.«

Da hatte sie wohl recht. Gianna setzte sich und zwang sich zum Essen. Währenddessen packte Anna einen Korb mit Kräutern, ihren selbstgemachten Salben und Verbandszeug. Mittlerweile war auch Luisa in die Küche gekommen. Auch sie wollte helfen. Zu dritt machten sich die Frauen auf den Weg zur Kirche.

Auf dem Vorplatz stauten sich die Wagen. Helfer, Männer aus Abbiategrasso, luden die Verwundeten ab und trugen sie in die Kirche.

Gianna und ihre Begleiterinnen drängten sich zwischen den Wagen und den Männern hindurch zum Eingang. Don Adriano und eine Frau standen davor und verteilten Scharpie, Verbände und Krüge mit Wasser an die Helfer.

Als Gianna zu ihnen trat, sah der Pfarrer sie erstaunt an. »Sie, Marchesa?«

»Ich kann helfen«, sagte Gianna.

»Gott segne Sie. Wir können jede Hand brauchen. Am besten, Sie versorgen die armen Teufel, die gerade ankommen, mit Wasser.«

Gianna nahm einen Krug und mehrere Becher, ging von

Karren zu Karren und reichte die gefüllten Becher den Männern, die darauf lagen. Immer mehr Karren kamen an, immer mehr Verwundete wurden in die Kirche getragen. Schließlich war drinnen kein Platz mehr, und so legten die Helfer die Soldaten auf den Platz davor.

Es waren nicht nur Italiener und Franzosen. Auf ihrem Rückzug hatten die habsburgischen Truppen nicht alle Verletzten mitnehmen können. Die Frauen versorgten jeden, egal ob Italiener, Franzose oder Österreicher. Einige holten Bettlaken und banden sie an die Büsche als Schutz vor der sengenden Sonne.

Als die Männer vor der Kirche mit dem Nötigsten versorgt waren, band Gianna sich eine Schürze um, holte einen großen Krug Wasser und einen Becher und betrat die Kirche. Nach drei Schritten blieb sie stehen. Der Gestank, der ihr entgegenschlug, war unerträglich. Seit dem frühen Morgen waren unzählige Verwundete dazugekommen. Jeder freie Fleck war belegt von Männern, die stöhnten, sich vor Schmerzen krümmten oder apathisch vor sich hin starrten. Ganz vorne am Altar arbeitete der Arzt von Abbiategrasso, Dr. Cattaneo, mit zwei Helfern. Die beiden Männer drückten einen Mann an den Schultern auf den langen Tisch, der als Operationstisch diente. Der Soldat hatte ein Beißholz zwischen den Zähnen und der Arzt die Knochensäge in der Hand. Schaudernd wandte sie den Blick ab. Als sie mit dem Wasserkrug und dem Becher durch die Reihen ging, rief jemand ihren Namen. »Gianna!«

Sie blieb stehen und musterte die Gesichter der Männer in den blauen Uniformen. Doch sie entdeckte keine vertrauten Züge. Vielleicht war auch gar nicht sie gemeint. Wer riefe sie auch schon bei ihrem Vornamen? Sicher hatte es einer anderen Gianna gegolten. Sie ging zum nächsten Mann. Sein Bein war oberhalb des Knies abgerissen, der Stumpf notdürftig abgebunden. Aus der Wunde suppten Eiter und Blut, Scharen von Fliegen saßen darauf und sie stank erbärmlich. Auf der Haut über dem Stumpf liefen rote Streifen in Richtung seiner Leiste. Gianna presste die Lippen zusammen. Wundbrand. Hier kam jede Hilfe zu spät, der Mann würde sterben. Sie half ihm, sich aufzurichten, und hielt ihm den Becher an den Mund. Er trank gierig, dann ließ er sich zurücksinken. »Grazie, Signora«, murmelte er.

Sachte streichelte sie seine Wange. Wie jung er war, bestimmt noch keine zwanzig. Sie befeuchtete ein Tuch mit Wasser und legte es ihm auf die fieberheiße Stirn.

Er griff an seinen Hals und zog ein Kreuz an einer dünnen Kette unter seiner Jacke hervor. »Können Sie das nach Hause schicken? Zu meiner Mutter? Maria Giordana, Via Parma, in Alexandria.«

Tränen standen in ihren Augen, als sie ihm die Kette abnahm. »Kann Ihre Mutter lesen?«

»Ein wenig.«

»Dann werde ich ihr schreiben.«

Ein Lächeln glitt über seine schmerzverzerrten Gesichtszüge. »Danke. Schreiben Sie ihr, ich sei in der Schlacht von Magenta gefallen. Bitte schreiben Sie ihr nichts *hiervon.*« Er deutete auf sein Bein.

Unfähig, etwas zu sagen, nickte sie.

Er blickte sie an. »Glauben Sie, es dauert noch lange?«

Jetzt liefen ihr die Tränen über die Wangen. War es das wert, diese sogenannte Freiheit? Den Tod so vieler Männer? »Ich glaube nicht«, antwortete sie. »Soll ich einen Priester holen lassen?«

»Ja, bitte.« Er schloss die Augen. Seine Gesichtszüge entspannten sich ein wenig und ließen ahnen, dass er ein hübscher Junge gewesen sein musste.

Sie richtete sich auf und sah sich suchend um. Wo war der Priester?

»Gianna! Gianna di Raimandi!«

Sie wandte sich in die Richtung, aus der der Ruf gekommen war, und ihr Herz krampfte sich zusammen. Der Mann in der grauen Uniformjacke der Habsburger, der ihr zuwinkte, war Maurizio. Sie winkte zurück und wandte sich an eine der Frauen neben ihr. »Dieser Mann stirbt«, flüsterte sie ihr zu. »Kannst du den Pfarrer holen? Sag ihm, er möge die Adresse seiner Mutter aufschreiben und mir geben.« Mehr konnte sie nicht tun. Es gab zu wenig Schmerzmittel, um sie den Sterbenden zu geben. Die Frau nickte und lief zum Ausgang.

Gianna nahm Krug und Becher, hastete hinüber zu Maurizio und fiel neben ihm auf die Knie. Zwei Jahre hatte sie ihn nicht gesehen. Er war blass und mager, Schweißperlen standen auf seiner Stirn, doch soweit sie erkennen konnte, hatte er noch alle seine Gliedmaßen.

Seine Augen leuchteten. »Gianna! Was machst du hier?«

»Ich lebe in Abbiategrasso. Du bist verletzt? Wo?«

»Nichts Schlimmes. Nur ein Streifschuss.« Er deutete auf seine linke Seite. »Er ist schon verbunden.«

Sie griff nach seiner Hand. »Geht es dir gut? Ich habe so oft an dich gedacht, seit dieser verfluchte Krieg ausgebrochen ist.«

Ein Schatten zog über sein Gesicht. »Du kannst dir sicher denken, wie ich mich fühle. Ich habe gehofft, dass es nicht zum Krieg kommt. Weißt du etwas über die Schlacht? Wir haben verloren, aber wie schlimm ist es?«

»Schlimm. Es gibt Tausende Tote auf beiden Seiten. Gyulay hat sich zurückgezogen. Man sagt, er marschiere nach Piacenza.«

Die beiden Männer neben ihm richteten sich auf und hörten zu. Einer trug ebenfalls eine graue Uniform, der andere den weißen Waffenrock der kaiserlichen Infanterie.

»Gyulay«, sagte der Mann in Grau und spuckte aus. Sein rechtes Bein war geschient, sein rechter Arm hing in einer Schlinge. »Dieser Zauderer, der unfähigste Führer, den die Armee je hatte. Wir hätten siegen können, wenn er nicht so lange gewartet hätte. Und jetzt hockt er in seiner Villa und lässt es sich gutgehen, während seine Leute da draußen verrecken.«

»Sei still, Andreas«, sagte Maurizio. »Du weißt nicht, wer zuhört.«

Gianna drückte Maurizios Hand. »Ich muss weitermachen. Kann ich irgendetwas für dich tun?«

»Komm noch mal her, wenn du Zeit hast. Ich weiß nicht, wie lange wir bleiben können. Ich möchte nicht riskieren, in Gefangenschaft zu geraten.«

Nachdenklich sah sie ihn an. »Kannst du gehen?«

»Natürlich. Mir tun die Rippen weh, aber laufen kann ich. Warum?«

»Du kommst mit in mein Haus.«

»Nein, das ist keine gute Idee.«

»Warum nicht?«

»Weil ich der Feind bin. Dein Mann kämpft in der sardinischen Armee. Du kannst keinen Soldaten der Habsburger in dein Haus bringen.«

»Du bist mein Freund. Ich sehe dich nicht als Feind.«

»Aber dein Mann wird es so sehen.«

»Riccardo ist in der Schlacht von Montebello gefallen«, antwortete sie knapp.

Prüfend sah er sie an. »Das tut mir leid …«, sagte er langsam.

Sie erwiderte seinen Blick und schwieg. Irgendwann würde sie ihm von Riccardo und ihrer Ehe erzählen, aber nicht jetzt.

»Trotzdem kann ich nicht mit dir kommen. Ich würde dich kompromittieren.«

Sie unterdrückte ein Seufzen. Damit hatte er wohl recht. »Ich muss weiter, aber ich komme später wieder zu dir.«

Jetzt lächelte er. »Ich würde mich sehr freuen.«

20. KAPITEL

Mit einem Korb, in den sie eine Flasche Wein, Käse, Brot und die ersten Pfirsiche gepackt hatte, kehrte sie am Abend zur Kirche zurück. Die Abendmahlzeit hatte sie ausfallen lassen, sie wollte mit Maurizio irgendwo draußen hinter der Kirche essen. Luisa war eingeweiht, sonst ging es niemanden etwas an, dass sie mit einem »Kaiserlichen« befreundet war und ihn besuchte.

Sie kam dazu, als gerade eine der Frauen seinen Verband abnahm. So harmlos, wie er behauptet hatte, war seine Verletzung nicht. Obwohl die Kugel ihn nur gestreift hatte, hatte sie eine große Wunde unterhalb seiner Rippen hinterlassen, die nässte.

Er zuckte zusammen, als die Frau mit einem Stück Scharpie ruppig die Wunde abtupfte.

»Lassen Sie *mich* das tun«, sagte Gianna und kniete sich neben ihn. »Sie können sich um den Jungen dort kümmern.« Sie deutete auf einen jungen Mann in französischer Uniform.

Die Frau warf ihr einen kurzen Blick zu, dann nickte sie, packte ihr Verbandszeug zusammen und ging weiter.

»Das muss ein ziemliches Kaliber gewesen sein, das dich gestreift hat«, sagte Gianna.

»Ein Minié-Geschoss. Die Kugeln haben eine Form, die besonders üble Wunden reißt.«

Gianna ging zum Eingang der Kirche, wo das Verbandszeug lagerte, und holte Scharpie, Malvenwasser und einen sauberen Verband.

Sie tränkte ein Stück Scharpie mit Malvenwasser und tupfte sacht die Wundränder sauber. Auf die Wunde legte sie ein mit Malvenwasser getränktes Tuch, dann wickelte sie die Binde um seinen Leib. Er war furchtbar dünn, die Rippen zeichneten sich deutlich ab. »Ich wusste nicht, dass die Verpflegung bei den Österreichern so schlecht ist«, sagte sie.

»Der Nachschub funktioniert nicht so, wie er soll. Wir hatten tagelang nur hartes Brot und alle paar Tage ein bisschen verkochtes Rindfleisch.« Er seufzte. »Eigentlich funktioniert alles nicht so, wie es soll.«

»Wirst du wohl das Maul halten?«, fuhr der Mann, der neben ihm lag, ihn an. »Du erzählst unseren Feinden militärische Geheimnisse.«

Gianna warf ihm einen kühlen Blick zu. Es war nicht der Mann, der vorher neben Maurizio gelegen hatte, sondern ein anderer. »Es ist kein Geheimnis, dass die habsburgische Armee diese Schlacht und auch die Schlachten von Montebello und Palestro verloren hat, weil euer Gyulay euch keine Verstärkung geschickt hat, sondern unentschlossen hin und her marschiert ist. Warum sollte es beim Nachschub besser sein? Er erzählt mir nichts, das ich nicht schon weiß.«

»Ich weiß, wer Sie sind«, zischte er. »Das hat mir der Pfarrer erzählt. Sie sind die Marchesa da Abairate, Ihr Mann ist Hauptmann im sardinischen Heer. Wahrscheinlich helfen Sie uns nur, um zu erfahren, was unser Kaiser als Nächstes plant.«

»Als ob ihr Soldaten wüsstet, was euer Oberbefehlshaber plant«, fuhr sie auf. »Außerdem, viele der Frauen, die sich hier um die Verwundeten kümmern, haben Männer, die kämpfen. Sie helfen euch trotzdem.«

Maurizio legte ihr die Hand auf den Arm. »Keiner zweifelt daran, dass die Damen hier nur helfen wollen. Nicht wahr, Milan?« Seine Stimme war beim letzten Satz deutlich lauter und schärfer geworden. Der Mann senkte den Kopf und murmelte etwas, das vage wie *Natürlich nicht* klang.

Immer noch wütend, starrte Gianna den Mann an. Für die Menschen hier waren die Habsburger der Feind, und eigentlich sollte er dankbar sein, dass man seine Wunden verband und ihn mit Nahrung und Wasser versorgte, statt sie der Spionage zu verdächtigen.

Maurizios Hand lag immer noch auf ihrem Arm. Jetzt drückte er ihn leicht, und sie blickte ihn an. Ein verschmitztes Lächeln hatte sich in seinen Mundwinkeln eingenistet, seine Augen funkelten. »Warum habe ich das Gefühl, dass zwei Jahre Erziehung zu Sanftmut in Madames Institut bei dir in Vergessenheit geraten sind?«

»Weil ich festgestellt habe, dass mir Sanftmut im Leben nicht hilft«, antwortete sie knapp.

Ihre Worte wischten das Lächeln aus seinem Gesicht. »Gibt es draußen einen Ort, an dem wir reden können?«, fragte er leise.

»Hinter der Kirche ist ein kleiner Park. Ich werde dort auf dich warten.«

Sie stand auf und ging zu dem Mann, der sie als Feind bezeichnet hatte. »Brauchen Sie noch etwas? Wasser?«

Sein Blick war unverändert feindselig. »Ich brauche nichts.«

»Aber *ich* hätte gerne noch etwas Wasser«, sagte der Mann neben ihm. Es war der, den Maurizio am Morgen *Andreas* genannt hatte. Er sprach mit starkem Akzent, wahrscheinlich kam er aus Welsch-Tirol.

Sie füllte den Becher und reichte ihn ihm.

Lächelnd gab er ihr den leeren Becher zurück. »Danke, Signora.«

Gianna stellte Krug und Becher auf den Tisch, der neben der Kirchentür stand, und ging nach draußen. Ein schmaler Pfad führte um die Kirche herum in den Park. Dort stellte sie ihren Korb ab, lehnte sich an den Stamm eines Baumes und wartete. Es dauerte nicht lange, dann kam Maurizio den Pfad entlang. Er ging langsam und ein wenig gekrümmt. Es war deutlich zu sehen, dass seine Wunde ihm Schmerzen verursachte, doch er lächelte.

»Gianna, ich habe nicht zu hoffen gewagt, dass wir uns noch einmal begegnen.«

»Ich auch nicht.« Sie erwiderte sein Lächeln. »Und ich kann gar nicht sagen, wie froh ich bin.« Sie deutete auf eine Bank aus Stein. »Setz dich.« Sie holte den Wein aus dem Korb und reichte ihm die Flasche. »Er kann sich natürlich nicht mit unserem Wein oder dem der Tenuta messen«, sagte sie lachend, »aber er ist durchaus trinkbar.«

Während Maurizio die Flasche öffnete, breitete sie ein Tuch auf der Bank aus und legte Brot und Käse darauf. Sie konnte förmlich sehen, wie ihm das Wasser im Mund zusammenlief. Als sie die Pfirsiche aus dem Korb holte, lachte er. »Weißt du, dass ich immer an dich denken muss, wenn ich Pfirsiche esse oder rieche?«

»Warum?«

»Weil das meine erste Erinnerung an dich ist. Du hast im Hof gestanden und mit dem Fuß aufgestampft, geweint und geschimpft, weil dein Bruder dir deinen Pfirsich weggenommen hat.«

Als er das erzählte, erinnerte sie sich. Es waren die ersten reifen Pfirsiche in diesem Jahr gewesen, und ihre Mutter hatte jedem der Kinder einen gegeben. Giuseppe hatte seinen mit drei Bissen verschlungen und dann ihren Pfirsich, von dem sie gerade zweimal abgebissen hatte, weggenommen. »Du hast mich getröstet und mir später einen anderen Pfirsich gegeben. Woher hattest du den eigentlich?«

Er lächelte. »Ich habe ihn aus eurer Frutetta gestohlen.«

Auch sie lächelte bei der Erinnerung. Doch dann wurde sie wieder ernst und dachte an die Worte des Soldaten Milan. Eigentlich saß sie hier mit einem Feind. Doch sie konnte ihn nicht als Feind ansehen, auch wenn er auf der falschen Seite stand. Er war immer noch der beste Freund, denn sie je gehabt hatte, und außerdem ein Mann, der sie besser verstand als jeder andere. »Lass uns auf die Zeit trinken, in der wir keine Feinde waren.«

»Wir sind Feinde? Du und ich?«

Hilflos zuckte sie mit den Schultern. »Im Grunde, ja. Du kämpfst für die Leute, die meinen Bruder Giuseppe getötet haben. Lorenzo kämpft im Norden mit Garibaldis

Freischaren, Tommaso im sardinischen Heer. Wenn du ihnen jemals in einer Schlacht gegenüberstehen solltest, ist es deine Aufgabe, sie zu töten. Und ihre, dich zu töten.«

»Lorenzo ist im Krieg? Und seine Frau?«

»Ist sehr unglücklich deswegen, wie du dir denken kannst. Ich frage mich immer, ob es das wert ist, so viel Leid, so viele Tote. Nur damit ein anderer uns sagt, was wir zu tun und zu lassen haben.«

»Du glaubst nicht, dass es eine Republik geben wird, wenn die Sardinier und Franzosen siegen?«

»Nein. Vittorio Emanuele und Cavour wollen ein Königreich Sardinien, keine Republik. Der Einzige, der wirklich für eine Republik kämpft, ist Garibaldi, und den haben sie nach Como geschickt und ihm ein Himmelfahrtskommando gegeben.« Sie schüttelte den Kopf.

»Woher weißt du so viel darüber? Ich erinnere mich, dass du dich früher nicht für Politik interessiert hast.«

»Ich habe damit angefangen, als die Politik meine Lebenspläne zunichtegemacht hat. Außerdem haben Riccardo und ich viel über Politik gesprochen. Er war sehr scharfsinnig und hat die Machenschaften der Politiker durchschaut.«

Maurizio füllte die Becher, die sie mitgebracht hatte, und reichte ihr einen. »Salute. Auf dass der Krieg bald vorbei ist.«

»Das ist ein guter Wunsch!«, stimmte sie ihm von ganzem Herzen zu und trank einen großen Schluck. »Und jetzt will ich nicht mehr über den Krieg reden. Sag mir, was du tun willst, wenn er vorbei ist.«

Er nippte an seinem Wein. »Ich muss aufpassen, ich habe lange nichts mehr getrunken. Er steigt mir zu Kopf.«

»Dann iss etwas.«

Sichtlich hungrig machte er sich über Brot und Käse her. Die Verpflegung der Verwundeten war nicht üppig und natürlich wurden zunächst die Franzosen und Italiener versorgt, bevor man den Deutschen etwas gab. Morgen würde sie noch mehr mitbringen, auch für seine Kameraden.

»Wenn dieser Krieg vorbei ist, werde ich wohl in Verona bleiben, falls die Habsburger gewinnen, oder nach Österreich gehen, falls sie verlieren. Und irgendwann werde ich in einem anderen Krieg kämpfen«, sagte er.

»Aber warum?«

»Ich bin Soldat. Es ist meine Arbeit. Damit verdiene ich meinen Lebensunterhalt.«

»Aber du kannst doch nicht bis an dein Lebensende kämpfen.« Kaum hatte sie zu Ende gesprochen, wurde ihr klar, dass es genau das war, was Soldaten taten. Sie kämpften, bis sie irgendwann fielen.

Er lächelte, doch es wirkte nicht echt.

»Du könntest deinen Abschied nehmen und nach Montescudaio zurückkehren. Mein Vater hat dir eine Stelle angeboten, weißt du noch?«

»Ich erinnere mich.«

»Hast du kein Heimweh?«

»Manchmal schon.«

»Mir fehlt es ganz schrecklich. Die grünen Hügel, die Zypressen, die Pinien, die Weingärten, die Olivenhaine. Hier gibt es nur Pappeln und Reisfelder und ein bisschen Wein. Alles ist flach und langweilig. Sobald hier in der Gegend nicht mehr gekämpft wird, fahre ich nach Hause. Ich will die Sterne über der Toskana wiedersehen.«

»Hier hält dich nichts?«, fragte er behutsam. »Keine Erinnerungen?«

»Wenn du wissen willst, ob meine Ehe glücklich war:

Nein, wirklich glücklich war ich nicht. Es war schwierig zu Anfang, doch es wurde besser. Aber er war ein zurückhaltender Mann, keiner, der sein Herz vorbehaltlos öffnete. Seine wahre Liebe galt Italien. Für diese Liebe ist er gestorben.« Überrascht stellte sie fest, dass die Wunde nicht mehr schmerzte, dass sie keine Bitterkeit mehr empfand, weil er sie verlassen hatte, um in den Krieg zu ziehen. Sie hatte Riccardo verziehen, jetzt musste sie noch sich selbst verzeihen, den falschen Mann geheiratet zu haben.

»Habt ihr keine Kinder?«

»Nein. Ich habe mir Kinder gewünscht, doch jetzt muss ich ehrlich sagen, dass ich froh bin, dass wir keine bekommen haben.« Sie nippte an ihrem Wein. Er war wirklich nicht gut; die Leute hier verstanden sich nicht aufs Weinmachen. »Erzähl mir von dir«, forderte sie ihn auf. »Du hast in den letzten zwei Jahren doch sicher einiges erlebt, vor dem Krieg.«

»Nichts Besonderes. Ich habe gelernt, wie man exerziert, marschiert, schießt. Ich habe ein paar Freundschaften geschlossen. Mein Oberleutnant, Raimondo Castiglioni, ist ein bisschen wie ein Vater für mich.«

»Er ist ein Verwandter von den Castiglionis der Tenuta, nicht wahr?«

»Signor Sergios Bruder. Aber er ist ganz anders.«

»Aber das kann nicht alles sein. Gibt es kein Mädchen, das du liebst, das auf dich wartet?«

»Doch, es gibt ein Mädchen, das ich liebe.«

Seine Worte versetzten ihr einen winzigen Stich. Wer mochte die Unbekannte sein?

»Aber sie wartet nicht auf mich«, fuhr er fort.

»Wie bitte? Aber warum denn nicht? Eine Frau kann froh sein, einen Mann wie dich zu bekommen.«

»Meinst du?«

»Aber natürlich. Ich kenne dich doch. Du bist der liebste, verständnisvollste, großzügigste Mann, den ich kenne.« Und außerdem war er zu einem sehr gutaussehenden Mann geworden. Seine Gesichtszüge hatten die jugendliche Weichheit verloren, waren markant geworden, und in seinen Augen stand immer noch diese unbestimmte Traurigkeit, die sie schon früher anziehend gefunden hatte. »Wenn sie das nicht begreift, ist sie es auch nicht wert, dass du sie liebst.«

Sein Blick wurde plötzlich sehr nachdenklich. »Vielleicht hast du ja recht«, sagte er leise. »Vielleicht hat sie es nur noch nicht begriffen.«

Aus Gründen, über die sie sich nicht im Klaren war, gefiel ihr die Richtung nicht, die das Gespräch genommen hatte. Ihm schien es ähnlich zu gehen, er wechselte das Thema, fragte sie nach ihrem Vater, ihren Geschwistern, nach dem Gut. Und schon waren sie bei der Vergangenheit, erinnerten sich an glückliche Tage, begannen jeden zweiten Satz mit *Weißt du noch*.

Sie redeten, bis die untergehende Sonne den Himmel rotgolden färbte und Gianna einfiel, dass es besser wäre, nicht im Dunkeln nach Hause zu gehen, selbst wenn sie hier in der Gegend kaum auf marodierende Soldaten stoßen würde.

»Ich muss los«, sagte sie und packte die leere Flasche und die Becher in den Korb.

»Ja, das musst du wohl. Soll ich dich begleiten?«

»Noch ist es hell. Und du bist verletzt, du musst dich schonen.«

»Ich möchte aber gerne.«

Im Grunde wollte sie es auch. Es hatte so gutgetan, mit

ihm zu reden. Und so weit war es nicht, er würde es schon schaffen. »Aber *ich* trage den Korb«, sagte sie.

»Zu Befehl, Signora Generale«, antwortete er lächelnd.

Langsam gingen sie an der Kirche vorbei und schlugen den Weg zu ihrem Haus ein. Ein leichter Wind wehte, die Luft war noch warm, von den Reisfeldern her hörte man die Frösche quaken.

An einem Busch blieb er stehen. »Hörst du das?«

Sie lauschte. Aus dem Busch erklang ein zartes Zirpen. Es waren die kleinen Grillen, die auch in Montescudaio ihr Nachtlied sangen. »Es gibt hier auch Glühwürmchen, nachher wenn es dunkel ist.«

»Ich weiß, ich habe sie auch gesehen.«

»Dort vorn ist das Haus«, sagte sie.

Luisa hatte die Lampen auf dem Weg und am Hauseingang angezündet. Bei der Mauer, die das Haus umgab, blieben sie stehen. In der Nähe sang eine Nachtigall. Die Kletterrose, die am Haus emporrankte, duftete süß.

»Ich kehre dann um«, sagte er.

»Es war sehr schön, mit dir zu reden, Maurizio. Ich komme morgen wieder zur Kirche.«

»Gianna«, sagte er leise.

»Ja?«

Er nahm ihr den Korb aus der Hand und stellte ihn ab. Plötzlich stand er so dicht bei ihr, dass sie die bernsteinfarbenen Punkte in seinen Augen leuchten sah. Wärme ging von ihm aus wie von einem Kamin. Unwillkürlich wollte sie einen Schritt zurücktreten, doch hinter ihr war die Mauer. Er wich nicht zurück, machte keine Anstalten, ihr Platz zu machen. Stattdessen legte er die Hände an ihre Wangen, beugte sich vor und küsste sie. Seine Lippen waren überraschend weich. Sie schloss die Augen und erwiderte den

Kuss, kostete davon wie von einem guten Wein. Und wie Wein wärmte er sie von innen. Es fühlte sich so … richtig an. Er küsste gut. Wo er das wohl gelernt hatte?

Madonna! Was zur Hölle tat sie da? Sie riss die Augen auf, packte ihn an den Schultern und schob ihn weg. »Was machst du?«

Er blinzelte wie jemand, der aus einem Traum erwachte. »Dich küssen.«

»Aber … aber das geht nicht.« Empört starrte sie ihn an. »Freunde küssen sich nicht. Nicht so. Was denkst du dir denn dabei?«

Seine Wangen wurden rot, doch er lächelte ein wenig. »Ich musste das jetzt tun, sonst hätte ich es nie gewagt. Ich weiß, du siehst mich nur als Freund, aber ich liebe dich, Gianna. Ich glaube, ich liebe dich seit Jahren, aber ich durfte es dir nie zeigen. Erst warst du mit diesem Schönling Angelo verlobt. Und dann hast du Riccardo geheiratet. Ich fürchte mich vor dem Moment, in dem du wieder heiratest, und das wirst du tun, so jung und schön, wie du bist. Ich bin zum Militär gegangen, weil ich hoffte, dich vergessen zu können, aber ich kann es nicht. Ich werde wieder nach Verona gehen, weil ich dort jemand bin. Oberjäger Manari und nicht nur der Stallknecht der Castiglionis. Aber ich bin es leid, dir etwas vorzuspielen.« Etwas atemlos hielt er inne.

»Wie kannst du nur?«, entfuhr es ihr. Sie war heillos verwirrt. Von seinem Kuss, von dem Geständnis. Nie wieder würde sie unbefangen mit ihm reden können. »Wir sind doch Freunde. Jetzt können wir es nicht mehr sein.«

»Ich kann immer noch dein Freund sein. Ich wollte nur, dass du es weißt, weil …« Plötzlich wirkte er unsicher.

»Ich wollte das nicht wissen«, platzte sie heraus und

schämte sich im gleichen Augenblick dafür. Er hatte ihr sein Herz zu Füßen gelegt, und sie benahm sich wie ein trotziges Kind und trampelte darauf herum. »Entschuldige. Ich bin ganz durcheinander. Was wolltest du eben noch sagen?«

»Nichts.«

Fahrig strich sie eine Haarsträhne aus dem Gesicht. »Ich muss … ich muss nachdenken.« Sie wandte sich ab und lief den Weg entlang, als wäre die gesamte österreichische Armee hinter ihr her.

Atemlos betrat sie das Haus durch den Hintereingang. Sie wollte nicht gesehen werden, nicht in diesem Zustand. Auf ihren Lippen kribbelte immer noch sein Kuss. Maurizio, ihr bester Freund. Was hatte er sich nur dabei gedacht?

Sie ging in den Salon und schenkte sich ein Glas Wein ein. Mit dem Glas in der Hand setzte sie sich auf einen der Sessel. Er liebte sie. Hätte sie es wissen müssen, spüren müssen? In Montescudaio hatte er es niemals gezeigt, und auch in seinen Briefen hatte er niemals eine Andeutung gemacht, dass sie mehr für ihn war als eine Freundin. Doch er war immer für sie da gewesen. Mit all ihren kleinen Kümmernissen und Sorgen war sie entweder zu Rosanna oder zu ihm gegangen. Und er hatte sich immer Zeit für sie genommen, egal wie viel Arbeit auf ihn gewartet hatte. Was er wohl gefühlt hatte, als er hatte mit ansehen müssen, wie sie Angelo nachgelaufen war, als sie ihn um Hilfe gebeten hatte? Aber er hatte getan, was sie gewollt hatte: ein Treffen mit Angelo arrangiert, wider besseres Wissen. Beschämt dachte sie daran, wie er sie im Heuschober erwischt hatte. Er musste gewusst haben, dass es ihn seine Stellung kosten würde, wenn er sich einmischte. Trotzdem hatte er es getan und sie anschließend auch noch nach Hause begleitet. Welcher Mann tat so etwas, wenn nicht für die Frau, die er liebte? Madonna, wie blind war sie gewesen? Blind vor Verliebtheit in Angelo. Sie dachte an das Gespräch heute Abend. Es gebe ein Mädchen, das aber nicht auf ihn warte. Sie dachte an seinen Blick, als er gesagt hatte, vielleicht habe sie recht, vielleicht habe diese Frau es nur noch nicht begriffen. Er hatte von *ihr* gesprochen. Hatte er recht? Liebte sie ihn und hatte es nur noch nicht gemerkt?

Die Tür öffnete sich, und Luisa stürmte in den Salon. Als sie Gianna sah, blieb sie jäh stehen. »Dem Himmel sei Dank, Signora. Ich wollte gerade jemanden schicken, der Sie suchen geht. Niemand hat Sie heimkommen sehen. Ich habe mir Sorgen gemacht.«

»Ich bin auch noch nicht lange da.«

»Geht es Ihnen nicht gut? Sie wirken … verstört. Ist etwas mit Ihrem Freund, Signor Manari?«

»Nein, es geht ihm gut.«

Schlaflos lag sie in ihrem Bett und ließ die letzten sieben Jahre ihres Lebens Revue passieren. Warum hatte sie sich in Angelo verliebt, was hatte sie überhaupt an ihm geliebt? Abgesehen von seinem guten Aussehen fiel ihr kein Grund mehr ein. Sie dachte an das Urteil ihres Vaters über ihn. Schwach sei er, jemand, der den Weg des geringsten Widerstands ging. Und Piero hatte ihn als eitlen, selbstverliebten Gecken bezeichnet. Was hatte sie nur in ihm gesehen? Und dann war Riccardo gekommen. Wahrscheinlich hatte er ihr gefallen, weil er das Gegenteil von Angelo gewesen war. Die Ernsthaftigkeit, mit der er seine Ziele verfolgt hatte, seine Klugheit und sein Sinn für Humor hatten sie beeindruckt. Und jetzt war da Maurizio. War es wirklich nur Freundschaft, die sie für ihn empfand? Sie dachte an ihre Freundinnen, an Rosanna, Antonia und auch Luisa, mit der sie inzwischen mehr verband als nur die Beziehung zwischen Herrin und Dienerin. Das Gefühl für Maurizio war eindeutig ein anderes. Doch es war nicht zu vergleichen mit der nervösen Aufregung, diesem inneren Zittern, das sie bei Angelo empfunden hatte. Dafür war es beständiger, sie fühlte sich sicher in seiner Gegenwart. Sein Kuss hatte ihr gefallen, sehr sogar. Wie es wohl wäre, mit ihm das Bett zu teilen? Sie schloss die Augen und malte sich aus, wie es wäre, wenn er sie anfasste, streichelte. Wie sich seine Haut unter ihren Händen anfühlen würde. Oh ja, sie konnte es sich sehr gut vorstellen. Mehr noch, die Vorstellung ließ ihre Haut kribbeln, ihr wurde warm. Vielleicht war das, was sie empfand, tatsächlich Liebe. Vielleicht war es so neu, weil sie vorher noch nie wirklich geliebt hatte. Sie musste ihn sehen, mit ihm reden, ihn eventuell noch einmal küssen, um sich über ihre Gefühle klar zu werden. Gleich nach dem Frühstück würde sie zur Kirche gehen und ihn um ein Gespräch bitten. Sie lächelte. Dieser Gedanke fühlte sich ebenso richtig an wie sein Kuss. Müdigkeit überkam sie, sie kuschelte sich in ihre Decke, die Augen fielen ihr zu.

Als sie erwachte, war es noch dämmrig, die Sonne ging gerade auf. Sie stand auf und öffnete das Fenster. Die Frösche hatten ihr nächtliches Konzert beendet, die Vögel begrüßten mit Gesang den neuen Tag. Es konnte nicht später als sechs Uhr sein, wahrscheinlich schlief Luisa noch.

Gianna ging in den Raum, der ihr als Waschraum diente. Anna hatte gestern Abend den Wasserkrug frisch gefüllt. Das Wasser war kühl, aber das machte nichts. Nachdem sie sich gewaschen hatte, beschloss sie, Luisa noch schlafen zu lassen, und schlüpfte in die Kleider, die sie bereits gestern zur Pflege getragen hatte. Nur ein Unterhemd und eine Hose, darüber eine einfache Bluse und einen gestreiften Rock. Ihr Haar flocht sie zu einem schlichten Zopf. Sie war zu ungeduldig, um sich jetzt noch frisieren zu lassen.

Leise stieg sie die Stufen der Treppe hinab ins Parterre. In der Küche klapperte bereits das Geschirr. Sie klopfte an und öffnete die Tür. Anna starrte sie an. »Signora? – Verzeihung, Marchesa, ich habe Sie nicht erkannt. Wünschen Sie etwas?«

»Können Sie mir Kaffee und Hörnchen in den Salon bringen? Ich möchte heute sehr früh aus dem Haus. Und packen Sie bitte einige Pfirsiche, Brot und Schinken zum Mitnehmen ein. Danke.«

Sie schloss die Tür und ging in den Salon. Kurze Zeit später kam Anna mit einem Tablett und einem Korb.

Gianna trank den Kaffee und aß ein halbes Hörnchen, sie hatte keinen Appetit. Dann nahm sie den Korb, schlüpfte vor der Haustür in die derben Schuhe, die sie hier trug, und lief den Weg entlang zur Kirche. Was er wohl dächte, wenn sie so früh kam? Wahrscheinlich würde er bei ihrem Anblick schon ahnen, was sie ihm sagen wollte, so gut, wie er sie kannte.

Es waren nur wenige Frauen in der Kirche, die meisten würden später kommen. Zielstrebig ging Gianna den Gang entlang in Richtung Altar. Dann blieb sie stehen. Maurizio war nicht da. Dort, wo er gestern gelegen hatte, lag nun ein Mann in französischer Uniform. Auch der Mann namens Milan war fort. Suchend sah sie sich um, ein dumpfer Druck legte sich auf ihre Brust. Vielleicht war er nur ausgetreten und würde gleich wiederkommen, versuchte sie sich zu beruhigen. Doch im Grunde glaubte sie das nicht. Etwas weiter vorn entdeckte sie den Mann mit dem gebrochenen Bein, den Maurizio Andreas genannt hatte. Sie lief zu ihm.

Er lächelte ihr entgegen. »Guten Morgen, Signora.«

»Guten Morgen, Signore. Können Sie mir sagen, wo Maurizio, ich meine, Oberjäger Manari ist?«

Andreas warf ihr einen prüfenden Blick zu. »Fort.«

»Fort?« Entsetzt sah sie ihn an. »Aber wohin?«

»Fort«, wiederholte er nur. »Er und Milan.«

Natürlich. Er war geflohen. Wenn er hierbliebe, wäre er ein Gefangener der Franzosen. Aber warum hatte er nicht gesagt, dass er heute schon gehen werde? Sie schluckte. Er hatte es ihr sagen wollen. *Ich wollte, dass du es weißt, weil …*, waren seine Worte gewesen. Doch sie hatte ihn nicht ausreden lassen. Und jetzt zog er in den nächsten Kampf, vielleicht würde er fallen und niemals erfahren, dass sie seine Gefühle erwiderte. Sie sank neben Andreas auf die Knie. »Er ist zurückgegangen zu seiner Einheit?«

»Jawohl, Signora.«

Flehend sah sie ihn an. »Wissen Sie, wo sich seine Leute aufhalten? Ich muss ihn sprechen. Es ist sehr wichtig. Ich schwöre, ich werde ihn nicht verraten.«

Bedauernd sah er sie an. »Ich weiß es nicht genau. Aber, selbst wenn, dürfte ich es Ihnen nicht sagen.«

»Ich verstehe.« Selbstverständlich durfte er die Standorte der Kaiserlichen nicht verraten. Angestrengt dachte sie nach. Am Vortag hatten Offiziere der sardinischen Armee darüber gesprochen, wohin sich die habsburgischen Truppen zurückziehen wollten. Richtung Mantua, besagten die Gerüchte, zurück ins Festungsviereck. Doch welchen Weg schlugen sie ein? Über Pavia? »Wann ist er gegangen?«

»Vor zwei Stunden.«

»Dann kann er noch nicht weit sein«, dachte sie laut. »Mit einem Pferd oder einem Wagen müsste ich ihn einholen können.«

»Signora, warum wollen Sie ihn unbedingt sprechen?«

Sie sah ihn an. »Sind Sie sein Freund?«

»Ja, er ist mein Vorgesetzter, aber er ist auch ein Freund.«

»Er ist auch *mein* Freund. Ich kenne ihn schon seit meiner Kindheit, er ist auf dem Nachbargut aufgewachsen. Und gestern Abend, da sagte er mir …« Sie brachte es nicht fertig, weiterzusprechen. Doch Andreas verstand sie auch so.

»Also *Sie* sind das«, sagte er nachdenklich. »Wir haben uns alle gewundert, warum er nie ein Mädchen hatte.« Er senkte den Kopf. »Es war geplant, Quartier in Binasco zu nehmen«, murmelte er wie in einem Selbstgespräch. »Wenn Sie ihn nicht einholen, fragen Sie dort nach dem Quartiermeister. Er kann Ihnen sagen, wo die Kaiserjäger untergebracht sind.«

»Danke.« Sie griff in ihren Korb und holte das Brot und die Pfirsiche heraus. »Die sind für Sie.« Ohne auf eine Antwort zu warten, stand sie auf, raffte ihren Rock und hastete aus der Kirche.

In ihrem Haus rief sie nach Luisa und erzählte ihr, was sie vorhatte. Hastig packte sie ihren Pass und Geld ein. Dann setzte sie sich an den Schreibtisch. Falls sie ihn nicht traf, könnte sie ihm vielleicht über den Quartiermeister eine Nachricht zukommen lassen. Sie tauchte die Feder in die Tinte, dann stockte sie. Wahrscheinlich würde man ihren Brief öffnen und lesen. Unter Umständen machte sie ihn lächerlich, wenn sie ihm einen Liebesbrief schrieb. Sie musste ihre Nachricht irgendwie verschlüsseln.

Schließlich schrieb sie: *Erinnerst du dich an unser Gespräch über Pfirsiche? Inzwischen weiß ich, dass ich Pfirsiche liebe. Ich hoffe, es ist nicht zu spät.*

Das würde er verstehen. Zum Umziehen blieb keine Zeit, sie nahm nur ein Tuch aus dem Schrank und legte es um Kopf und Schultern. Niemand hier besaß mehr Pferde, sie würde sich eine Kutsche mieten müssen. Aber wahrscheinlich war es auch sicherer, mit einem Kutscher zu fahren. Es gab einen Fuhrunternehmer im Ort, der noch zwei oder drei Timonellen, leichte, zweirädrige Wagen, besaß. Sie waren weder für die Franco-Sarden noch für die Österreicher von Nutzen, denn man konnte mit ihnen weder Verwundete noch Vorräte transportieren.

Sie verabschiedete sich von Luisa. »Die Fahrt nach Binasco dauert etwas mehr als zwei Stunden. Ich sollte am späten Nachmittag zurück sein.«

»Viel Glück, Signora. Und passen Sie auf sich auf.«

21. KAPITEL

Der Fuhrunternehmer im Ort wiegte zweifelnd den Kopf, als Gianna ihm sagte, wo sie hinwollte. »Nach Osten? Ich glaube nicht, dass ich jemanden finde, der Sie dorthin bringt.«

»Ich zahle das Doppelte. Ich muss nur etwas abgeben und dann gleich wieder zurückfahren. Ich habe es sehr eilig.«

Der Mann kratzte sich am Kopf. »Wenn das so ist …« Er stand auf und ging auf den Hof, wo drei Männer saßen und rauchten. »Enzo, ich habe einen Auftrag für dich. Es ist nur eine Tagesfahrt, du bist heute Abend wieder zurück.«

Der jüngste der Männer stand auf. »Natürlich, Signor Brambilla. Wohin geht es denn?«

»Die Marchesa da Abairate möchte nach Binasco und das so schnell wie möglich.«

Der Mann wich zurück und schüttelte den Kopf. »Ins Kriegsgebiet? Nein.«

»Sei nicht dumm«, sagte Brambilla. »Die Schlacht ist vorbei, die Kaiserlichen sind besiegt und ziehen sich zurück. Die Marchesa möchte nur eine Nachricht überbringen.«

»Ich zahle den doppelten Lohn«, rief Gianna, was ihr einen ärgerlichen Blick von Brambilla einbrachte, der wohl gehofft hatte, das zusätzliche Geld für sich behalten zu können.

»Mach es, Enzo«, sagte einer der älteren Männer. »Wer weiß, wann du wieder einen Auftrag bekommst.«

Enzo nickte langsam. »Na gut.«

»Ich möchte Ihr schnellstes Pferd«, wandte sich Gianna an Brambilla.

»Bekommen Sie. Eh, Enzo, spann Jupiter an.«

Kurze Zeit später saß sie in der Timonella, vor die ein junger Brauner gespannt war. Enzo saß auf dem Kutschbock und schwang die Peitsche. Im Galopp ging es vom Hof und die Straße entlang. Nach einiger Zeit ließ Enzo das Pferd traben. Gianna spähte auf die Straße vor ihnen. Wie weit waren Maurizio und sein Kamerad gekommen?

Am Anfang begegneten sie noch ab und zu Menschen oder Pferdefuhrwerken, doch nach etwa zwei Stunden war weit und breit keine Menschenseele mehr zu sehen.

Plötzlich wurde ihr klar, wie unsinnig ihre Idee, ihn auf der Straße einholen zu wollen, war. Wahrscheinlich würden die beiden sich verstecken, sobald sich jemand näherte, denn es könnten ja auch Franco-Sarden sein, die sie gefangen nehmen würden. Und er hielt bestimmt nicht nach ihr Ausschau. Also musste sie wohl doch bis nach Binasco und dort den Quartiermeister finden. Ihre Hoffnung schwand, ihn noch einmal wiederzusehen.

»Wie lange brauchen wir noch?«, rief sie Enzo zu.

»Eine Stunde, wenn wir weiter so vorankommen.«

Als sie um die nächste Biegung fuhren, marschierte vor ihnen ein Trupp Soldaten in verschmutzten, ehemals weißen Waffenröcken, begleitet von zwei Reitern in Husarenuniform.

Enzo riss die Zügel so heftig zurück, dass der Braune sich wiehernd aufbäumte. »Kaiserliche!« Er versuchte die Timonella zu wenden, doch der Weg war zu schmal, sie gerieten auf die Wiese daneben. Die Kutsche schwankte. Gianna klammerte sich an der Tür fest.

»Warten Sie«, rief sie Enzo zu. »Wir sind kein Militär, sie werden uns nichts tun.«

Angst stand in seinem Gesicht. »Das sagen *Sie*.« Mit der Peitsche hieb er auf das Pferd ein und versuchte, die Kutsche wieder auf den Weg zu lenken. Doch der Boden war vom Regen aufgeweicht, die Räder sanken ein.

Hufschläge kamen näher. Zwei Reiter hatten gewendet und ritten auf sie zu. »Halt. Wer sind Sie?«

Beim Klang der Stimme sprang Enzo vom Kutschbock und rannte auf den Weingarten zu, der in einiger Entfernung vom Weg angelegt war.

»Stehen bleiben, oder wir schießen«, rief eine andere Stimme.

Fassungslos beobachtete Gianna, wie zwei Soldaten ihre Gewehre luden und anlegten. Enzo blieb nicht stehen, sondern flüchtete weiter. Zwei Schüsse krachten. Im gleichen Augenblick erreichte Enzo die Weinstöcke und verschwand in dem dichten Laub. Die beiden Männer rannten ihm nach.

Die beiden Reiter hatten die Timonella erreicht. Einer packte den Braunen am Zügel, der andere sprang vom Pferd und riss die Tür auf. »Raus mit dir.« Erst als sie ausstieg, schien er zu merken, dass sie eine Frau war. »Ja, schau an, wen haben wir denn da?«

Mittlerweise waren auch einige der Fußsoldaten hinzugekommen.

»Eine Signorina«, sagte einer. »Und ganz allein. Was machst du denn hier, Vögelchen?«

Gianna richtete sich auf und nahm die Schultern zurück. »Ich bin die Marchesa da Abairate und unterwegs nach Binasco«, sagte sie mit so viel Würde, wie sie angesichts der Situation aufbringen konnte. Enzo hatte sie mit seiner Flucht in eine üble Situation gebracht. Frauen, die ohne männliche Begleitung unterwegs waren, waren Freiwild für Soldaten.

»Klar, und ich bin der Fürst zu Schwarzenberg«, antwortete der Soldat prompt, und seine Kameraden stimmten in sein Gelächter ein. »Dann komm mal mit, Marchesa. Dann kannst du unserem Patrouillenführer erzählen, was du hier tust und wer der Kerl ist, der sich aus dem Staub gemacht hat.« Der Soldat packte sie am Arm.

Gianna sträubte sich. »Ich kann mich ausweisen.«

»Ja, ja.« Er ging nicht weiter darauf ein, sondern zerrte sie den Weg entlang. Einer der Männer hatte inzwischen die Timonella gewendet und auf den Weg zurückgebracht.

Es war nur ein kleiner Trupp, vielleicht zehn oder zwölf Mann, plus die beiden Husaren. Versprengte, die auf der Suche nach ihren Regimentern waren. Vielleicht war Maurizio bei ihnen. Doch sie entdeckte nur weiße Waffenröcke.

Einer der Männer trat vor. »Nun?«

»Eine Frau und ein Flüchtiger, Herr Feldwebel.«

Der Feldwebel trat auf sie zu, griff ihr unters Kinn und starrte ihr ins Gesicht. »Wer ist der Kerl, und warum ist er abgehauen?«

Gianna riss den Kopf zurück und befreite sich. »Der Mann ist mein Kutscher. Und fortgelaufen ist er wohl, weil er Angst vor Ihnen hatte. Warum haben Sie auf ihn geschossen? Er hat nichts getan.«

»Schau her, das Kätzchen zeigt die Krallen. Wenn der Kerl nichts getan hat, hat er auch keinen Grund, abzuhauen. Also, was wollt ihr hier? Spionieren?«

Gänsehaut kroch ihren Rücken hinunter. Seine Vermutung war nicht so abwegig. Auch hier gab es ein gutorganisiertes Spionagenetz, ähnlich wie sie es in Mailand erlebt hatte. Wenn er sie für eine Spionin hielt, war sie in Gefahr. Sie zwang sich zur Ruhe. »Ich wollte nach Binasco, um eine Nachricht zu überbringen. Als Spionin würde ich wohl kaum Nachrichten dorthin tragen.«

»Wer weiß? Vielleicht ist die Nachricht nur ein Vorwand, um Informationen über unsere Truppenbewegungen zu sammeln.«

»Es ist kein Geheimnis, dass die Habsburger auf dem Rückzug sind«, entfuhr es ihr.

Der Feldwebel presste die Lippen zusammen. »Wenn ihr keine Spione seid, dann zeig mir deine Papiere.«

Gianna griff in die Tasche ihres Rocks, holte ihren Pass heraus und reichte ihn dem Mann.

Der kniff die Augen zusammen, drehte und wendete das Dokument und musterte sie dann demonstrativ. »So, tatsächlich eine Marchesa. In einem solchen Aufzug? Man reist wohl inkognito«, spottete er. »Dann zeigen Sie mir mal Ihren Passierschein, Gnädigste.«

Jetzt war sie wirklich in Bedrängnis. An einen Passierschein hatte sie nicht gedacht. Bevor sie antworten konnte, kamen die beiden Männer, die Enzo verfolgt hatten, zurück.

»Der Kerl ist entkommen, Herr Feldwebel.«

»Nicht so schlimm, wir haben ja noch diese Dame hier.« Er wandte sich wieder an Gianna. »Also, wo ist jetzt der Passierschein?«

»Den hat mein Kutscher.« Sie wies auf die Weingärten, in die Enzo geflohen war. »Ich bin davon ausgegangen, dass er ihn vorweist, wenn wir kontrolliert werden.«

Der Feldwebel runzelte die Stirn. »Sehr schlau. Das können wir natürlich jetzt nicht überprüfen. Weißt du was? Ich denke, du bist eine Spionin, und deine Papiere sind gefälscht.« Er winkte einen Soldaten herbei. »Halt sie fest.«

Grinsend packte der Mann ihre Arme und drehte sie auf den Rücken. Der Feldwebel griff in die Taschen ihres Rocks und holte ihre Geldbörse und den Brief an Maurizio heraus.

»M. Manari? Wer ist das? Dein Verbindungsmann? Wo steckt er?«

»Er ist nicht mein ›Verbindungsmann‹, sondern ein Freund. Er gehört zu den Kaiserjägern.«

»Aber natürlich. Glaube ich dir sofort. Jeder weiß, dass Mailänder Adlige viele Freunde in der habsburgischen Armee haben.«

Die umstehenden Soldaten lachten schallend.

Der Feldwebel grinste und öffnete ihre Geldbörse. »Da ist ziemlich viel drin. Bestechungsgeld?«

»Vielleicht ist sie ja wirklich eine Marchesa, Herr Feldwebel«, warf einer der umstehenden Soldaten ein. »Die Börse sieht recht kostbar aus.«

»Die hat sie geklaut, genauso wie den Pass.« Er drehte den Brief in den Händen. »Mal sehen, was in dieser Botschaft an den ›Freund‹ steht.«

Hilflos sah Gianna zu, wie er den Brief öffnete.

Er las, runzelte die Stirn und las noch einmal. Dann starrte er sie an. »Pfirsiche? Du fährst nach Binasco, um eine Nachricht über Pfirsiche zu überbringen?«

Gianna schluckte. Wie sollte sie das erklären?

Doch er wartete gar nicht auf eine Erklärung. »Das ist ein Code, eine versteckte Botschaft an einen Spion. Gib es zu.«

Sie schwieg. Der Mann hatte sein Urteil gefällt, egal was sie sagte oder welchen Beweis sie anbieten würde, er wollte glauben, dass sie eine Spionin war.

Er leckte sich über die Lippen. »Na gut, dann durchsuchen wir sie mal. Vielleicht finden wir ja noch mehr.«

Während der Soldat hinter ihr sie festhielt, begann er sie abzutasten. Ihre Schultern, ihre Brüste, ihre Taille. »Bisher nichts. Womöglich müssen wir genauer nachsehen.« Unter den gierigen Blicken der Soldaten knöpfte er ihre Bluse auf und schob die Hand unter ihr Unterhemd. »Da habe ich doch zwei hübsche Äpfelchen gefunden. Wollt ihr mal sehen?«

»Jawohl, Herr Feldwebel«, brüllte einer der Soldaten, und die anderen lachten.

Er nickte dem Mann hinter ihr zu. Der legte ihr die Hand über den Mund. Mit einem Ruck zog der Feldwebel ihr Unterhemd nach unten, so dass es den Blick auf ihre Brüste freigab.

»Hübsche Äpfel«, schrie einer. »Reif zur Ernte.«

Gianna keuchte und versuchte, den Kopf freizubekommen, doch der Griff des Soldaten hinter ihr war eisern.

Der Feldwebel zog ihr Hemd wieder hoch. »Das reicht fürs Erste. Wir schauen mal, ob sie etwas unter ihren Röcken verbirgt.«

»Bestimmt, Herr Feldwebel«, rief einer. »Ich weiß auch, was.«

Die Soldaten grölten. Gianna zitterte so sehr, dass sie sich kaum auf den Beinen halten konnte.

Treten, dachte sie, als der Feldwebel sich vorbeugte, ihr den Rock hochzog, seine Hand über ihr linkes Bein nach oben gleiten ließ und dabei ihr Hosenbein bis zum Oberschenkel hochschob.

Jetzt sollte sie zutreten, mitten in sein hämisch grinsendes Gesicht. Doch sie war wie gelähmt.

Seine Finger strichen weiter nach oben, gleich würde er ihre Scham berühren. Er sah ihr ins Gesicht. »Pass auf, Kätzchen, wir werden Spaß haben. Erst ich, dann meine Männer. Das haben wir uns verdient, nach dem, was ihr uns in Montebello, Palestro und Magenta angetan habt.«

Plötzlich schien die Zeit stillzustehen. Ihr Kopf war völlig leer, sie handelte, ohne nachzudenken. Ihr linkes Bein schnellte nach vorne. Mit voller Wucht traf sie ihn in den Bauch, gleichzeitig riss sie den Kopf so heftig zur Seite, dass der Soldat ihren Mund freigab. Sie schrie aus vollem Halse und trat um sich, doch der Mann hinter ihr ließ ihre Arme nicht los.

Langsam richtete sich der Feldwebel auf, eine Hand auf

den Magen gepresst. Sein Gesicht war von Wut verzerrt. »Dafür wirst du bezahlen!«

»Was geht hier vor?«

Die Augen des Feldwebels weiteten sich. Der Mann, der sie festgehalten hatte, ließ sie so plötzlich los, dass sie das Gleichgewicht verlor und auf die Knie fiel. Die Soldaten, die eben noch gegrölt hatten, standen stramm.

Sie richtete sich auf und wandte sich um. Auf dem Weg näherten sich mehrere Soldaten in weißen und grauen Waffenröcken sowie einige Männer zu Pferd. Direkt vor ihnen saß ein Mann auf einem Fuchs und fixierte den Feldwebel. Sein dunkelblauer Waffenrock war mit goldenen Tressen und Schnüren verziert, am Kragen trug er drei goldene Sterne.

Der Feldwebel salutierte. »Feldwebel Josef Kübl, Herr Rittmeister. Wir sind auf dem Weg nach Binasco, um unsere Abteilungen wiederzufinden.«

»Das sind wir auch.« Der Rittmeister deutete auf Gianna und wechselte vom Italienischen ins Deutsche. »Ich will wissen, was Sie mit der Frau vorhatten.«

Der Feldwebel antwortete ebenfalls auf Deutsch. »Jawohl, Herr Rittmeister. Sie ist eine Spionin, Herr Rittmeister. Wir haben sie und ihren Komplizen hier aufgegriffen. Ihr Komplize hat sich aus dem Staub gemacht.«

Gianna wollte aufstehen, doch ihre Beine gehorchten ihr nicht. So zog sie nur die Bluse über dem Unterhemd zusammen und blickte den Mann auf dem Pferd an. Was würde er tun?

»Das ist keine Erklärung für das, was ich eben gesehen habe«, sagte er scharf. »Sie wissen, dass Seine Majestät Übergriffe auf die Zivilbevölkerung strengstens verboten hat.«

»Aber sie ist eine Spionin, Herr Rittmeister. Wir haben Beweise.«

Endlich fand Gianna ihre Sprache wieder. »Das bin ich nicht, Herr Rittmeister.« Endlich fand sie auch die Kraft, aufzustehen.

»Sie sprechen Deutsch?«

»Ein wenig. Mein Name ist Gianna Parenti, Marchesa da Abairate. Ich komme aus Abbiategrasso.«

Der Rittmeister neigte den Kopf. »Rittmeister Farkas vom zehnten Husarenregiment.« Er gab einem der Soldaten aus seinem Gefolge einen Wink und deutete auf Giannas Tuch, das auf dem Boden lag. »Geben Sie der Dame ihr Tuch wieder.«

Der Soldat, er trug einen grauen Uniformrock wie Maurizio, gehorchte. Dankbar nahm sie das Tuch entgegen, legte es um und knotete es vor der Brust zusammen.

»Glauben Sie ihr nicht, Herr Rittmeister«, sagte der Feldwebel. »Sieht die vielleicht aus wie eine Marchesa? Ihr Komplize ist bei unserem Anblick geflohen, obwohl wir ihn angerufen haben.«

»Das war nicht mein Komplize, sondern der Kutscher, und Sie haben ohne Grund auf ihn schießen lassen«, fuhr Gianna auf.

Zweifelnd blickte Rittmeister Farkas von Kübl zu ihr. »Können Sie erklären, was Sie in diesem Aufzug hier auf der Straße tun, Marchesa?«

Bevor Sie antworten konnte, ergriff Kübl das Wort. »Sie behauptet, sie habe eine Nachricht für einen unserer Kaiserjäger. Der Mann heißt angeblich«, er zog den Brief aus der Tasche, »Manari.«

»Maurizio Manari?«, fragte der Soldat, der ihr das Tuch gegeben hatte, überrascht.

Gianna atmete auf. Wenn dieser Mann ihn kannte, konnte er vielleicht den Rittmeister von ihrer Unschuld überzeugen. Und vielleicht wusste er sogar, wo sie Maurizio finden konnte.

»Sie kennen den Mann, Righetti?«, fragte der Offizier.

»Jawohl, Herr Rittmeister. Er gehört zum fünften Korps und steht unter dem Befehl von Oberleutnant Castiglioni. Seit der Schlacht von Magenta gilt er als vermisst. Er ist wohl gefangen oder tot.«

»Er ist nicht tot«, sagte Gianna. »Er war mit anderen Verwundeten in der Kirche von Abbiategrasso. Ich selbst habe ihn gepflegt.«

»Er lebt?« Strahlend wandte sich der Righetti genannte Soldat an sie.

»Ja, er war nicht schwer verwundet.«

»Er *war* in der Kirche?«, schaltete sich Rittmeister ein.

Gianna schluckte. Es war am besten, wenn sie jetzt bei der Wahrheit blieb. Der Feldwebel lauerte nur darauf, sie bei einer Lüge zu ertappen. »Er und ein weiterer kaiserlicher Soldat haben Abbiategrasso heute Morgen verlassen. Ich hatte … ich hatte gehofft, ihn vielleicht auf dem Weg nach Binasco einzuholen.«

»Und warum? Was steht in dieser Nachricht?«

Ihre Wangen wurden heiß. »Das ist privat, Herr Rittmeister.«

Righetti neben ihr musterte sie so eingehend, dass ihr die Hitze bis zu den Haarwurzeln kroch.

Der Rittmeister schmunzelte. »So so, privat. Ich denke nicht, dass einer der Kaiserjäger jetzt Zeit für ein Techtelmechtel hat.«

»So ist es nicht«, widersprach sie energisch. »Ich kenne Signor Manari schon seit meiner Kindheit. Er kommt aus Montescudaio wie ich auch. Er ist auf dem Nachbargut aufgewachsen.«

Rittmeister Farkas schüttelte den Kopf. »Eine schöne Geschichte, leider völlig unglaubwürdig.«

»Sag ich doch, Herr Rittmeister.« Triumph klang in der Stimme des Feldwebels. Er überreichte dem Rittmeister den Brief. »Ich bin sicher, es ist eine verschlüsselte Botschaft. Das Weib lügt, wenn es den Mund aufmacht. Wir sollten sie verhaften.«

Farkas las ihre Nachricht, dann blickte er sie scharf an. »Wir nehmen Sie mit nach Binasco. Wenn dieser Manari dort ist, kann er Sie identifizieren.« Er wies auf die Timonella. »Steigen Sie bitte ein. Righetti, Sie kutschieren.«

Giannas Gefühle waren in Aufruhr. Farkas' Anweisung ermöglichte ihr, sicher nach Binasco zu kommen. Aber wenn Maurizio nun einen anderen Weg eingeschlagen hatte, würde sie unter Umständen wegen Spionage vor Gericht gestellt werden. Und wenn sie bis heute Abend nicht zurück war, würde Luisa sich Sorgen machen.

»Ich weiß, dass Sie die Wahrheit sagen«, raunte Righetti ihr zu, als er ihr in die Kutsche half. »Er hat mir von Ihnen erzählt.«

Dankbar nickte sie ihm zu und nahm in der Timonella Platz. Zumindest einer, der ihr glaubte. Doch konnte er ihr helfen? Righetti kletterte auf den Kutschbock. Als die Kutsche anfuhr, blickte sie zurück. Wo mochte Enzo stecken? Hockte er noch irgendwo zwischen den Weinstöcken oder war er auf dem Weg zurück nach Abbiategrasso? Wenn er zurückging, würde er wohl seinem Herrn erzählen, was passiert war. Und wenn sie nicht nach Hause kam, würde Luisa hoffentlich zuerst bei der Vermietung nachfragen. In diesem Fall wäre sie zumindest nicht »verschollen«, sondern Luisa würde wissen, wo sie war.

Etwa eine Stunde später näherten sie sich Binasco. Die Straße war nicht länger menschenleer. Auf der Straße marschierten Soldaten in den unterschiedlichsten Waffenröcken, wenn man es so nennen konnte. Die meisten marschierten nicht, sondern schleppten sich unter der sengenden Sonne vorwärts. Gianna hatte schon längst ihr Tuch um Kopf und Schultern geschlungen, um sich vor den brennenden Strahlen zu schützen.

Die Pferde trotteten mit gesenkten Köpfen dahin, ebenso erschöpft wie ihre Reiter, die zusammengesunken auf ihnen saßen. Sie passierten Ochsenkarren mit Verwundeten, die nur notdürftig verbunden waren. Die Verwundeten wurden nach Binasco gebracht, die Truppen kampierten vor der Stadt. Gianna sank das Herz. Wie sollte sie Maurizio hier finden?

Man gab ihr gar keine Gelegenheit dazu. Rittmeister Farkas dirigierte die Kutsche per Handzeichen zu einem großen Gebäude, wo Righetti ihr beim Aussteigen behilflich war.

»Begleiten Sie die Dame hinein, und lassen Sie ihr ein Zimmer zuweisen. Dann melden Sie sich bei mir«, befahl Farkas.

Das Gebäude entpuppte sich als ein Privathaus, in dem die Offiziere der habsburgischen Armee Quartier genommen hatten.

Eine ältere Dame mit mürrischem Gesichtsausdruck öffnete die Tür.

»Guten Tag, Signora Zanatta«, begrüßte Righetti sie. »Diese Dame benötigt ein Zimmer.«

Der Blick der Frau wanderte von Giannas Haar, das

nach der Begegnung mit dem Feldwebel zerzaust war, über ihre einfache Bluse, den gestreiften Baumwollrock hinunter zu den derben Schuhen. »Hier ist das Quartier der Offiziere. Die Marketenderinnen sind an der Straße nach Lodi untergebracht.«

»Die Signora ist keine käufliche Frau«, erklärte Righetti.

Ein spöttisches Lächeln zuckte in den Mundwinkeln der Frau. »Nicht? Na, meinetwegen. Kommen Sie mit.«

Sie folgten ihr durch ein großzügiges Vestibül in einen schmalen Gang, der in den Dienstbotentrakt des Palazzo führte. Dort öffnete die Frau eine Tür. »Was anderes ist nicht frei.«

Es war eine bessere Abstellkammer mit einem winzigen Fenster. Darin standen eine Pritsche, ein kleiner Tisch und ein Stuhl. Wahrscheinlich hatte vor dem Krieg eine der Mägde darin geschlafen.

»Ich muss los«, sagte Righetti. »Ich versuche ihn zu finden.«

»Danke.«

Nachdem er gegangen war, wandte sie sich an die Frau. »Kann ich bitte etwas Wasser haben, Signora Zanatta?« Zu gerne hätte sie auch um etwas zu essen gebeten, doch sie wagte es nicht, denn die Signora wirkte äußerst ungehalten.

»Ich schicke die Magd«, sagte sie und wandte sich ab. Die Tür blieb offen.

Gianna setzte sich auf den Stuhl und dachte nach. Man hatte sie nicht in ein Gefängnis gebracht, man sperrte sie nicht ein. Konnte sie daraus schließen, dass Rittmeister Farkas ihr glaubte? Nur, wie würde es jetzt weitergehen? Sollte sie hier warten, bis Maurizio gefunden war und ihre Geschichte bestätigte? Und wenn man ihn nicht fand, wenn er doch nicht nach Binasco gegangen war, was geschah dann? Würden die Österreicher sie auf ihrem Rückzug weiterhin mitnehmen? Wozu? Spione, die erwischt wurden, wurden aufgehängt. Auch Frauen?

Ein junges Mädchen kam herein, stellte einen Krug und einen Becher auf den Tisch und ging wortlos wieder hinaus.

Gianna trank zwei Becher Wasser. Dann legte sie sich auf die Pritsche. Ihre Tür war offen, das Gebäude nicht bewacht. Wer sollte sie eigentlich daran hindern, einfach zu gehen? Und dann? Sie hatte weder Pferd noch Kutsche. Sollte sie zu Fuß nach Abbiategrasso zurückgehen? Möglich wäre es, auch wenn es lange dauern würde. Doch es befanden sich immer noch versprengte Soldaten auf dem Weg hierher, und wenn sie diesen in die Hände fiel … Auf eine weitere Begegnung mit ihnen legte sie keinen Wert. Sie schauderte, als sie an die Hände des Feldwebels auf ihren Brüsten, zwischen ihren Beinen dachte. Außerdem hatte der Rittmeister ihren Pass. Nein, das kam nicht in Frage. Vielleicht ließ die Truppe sie zurück, wenn sie abzog. Dann könnte sie versuchen, nach Hause zu kommen.

Sie musste trotz ihrer Sorgen eingedöst sein, denn sie erwachte, als die Tür geöffnet wurde. Es war das Mädchen, das ihr das Wasser gebracht hatte. »Rittmeister Farkas möchte Sie sprechen.«

Rasch erhob sich Gianna, ihr Herz schlug wild. Sollte Righetti Maurizio gefunden haben? Sie versuchte, den zerknitterten Rock glatt zu streichen, und fuhr sich übers Haar, dann folgte sie dem Mädchen.

Der Raum, in den sie geführt wurde, war wohl das Arbeitszimmer des Hausherrn gewesen, jetzt nutzten es die

Habsburger als Büro. Hinter einem wuchtigen Schreibtisch aus dunklem Holz, auf dem sich jede Menge Papiere türmten, saß der Rittmeister und blickte ihr entgegen. Sie nickte ihm zu. Hinter ihm stand der Feldwebel. Sein Gesichtsausdruck wirkte äußerst angespannt. Keiner der beiden sprach.

»Sie wollen mich sprechen?«, begann sie.

Der Rittmeister nickte. »Sie behaupten also weiterhin, die Marchesa da Abairate zu sein.«

»Ich behaupte es nicht, ich *bin* es. Sie haben schließlich meinen Pass.«

Der Feldwebel sah an ihr vorbei. Sie wandte den Kopf. Jemand trat aus der Ecke hinter der Tür. Maurizio. Er war frisch rasiert und trug einen sauberen Waffenrock. Vor Erleichterung begannen ihre Knie zu zittern.

»Sie ist es«, sagte er. »Ihr Mädchenname ist Gianna di Raimandi, sie ist auf dem Nachbargut aufgewachsen. Im Herbst 57 ist sie nach Genua gegangen und hat dort den Marchese da Abairate getroffen, ihn geheiratet und ist mit ihm nach Mailand gezogen. Nach der Schlacht von Magenta hat man mich und andere Verwundete der kaiserlichen Armee in die Kirche von Abbiategrasso gebracht, wo sie zu den Pflegerinnen gehört hat.«

Beim Sprechen hatte er den Rittmeister angesehen, jetzt wanderte sein Blick zu ihr. *Was machst du denn für Sachen?*, schien er zu fragen. Sie lächelte ein wenig hilflos. Diese Frage konnte sie ihm nur unter vier Augen beantworten.

»Nun denn«, sagte der Rittmeister. »Damit ist die Sache wohl geklärt.«

Der Feldwebel trat einen Schritt vor. »Bei allem Respekt, Herr Rittmeister, dass ihre Identität nun bewiesen ist, ist keine Erklärung dafür, warum sie geheime Nachrichten an Oberjäger Manari überbringt. Der Marchese da Abairate war bekennender Mazzinianer, er hat in der Schlacht bei Montebello gegen uns gekämpft und ist dort gefallen. Wie wir alle wissen, wimmelt es in der Gegend von Mailand von Spionen. Vielleicht ist der da ihr Verbindungsmann.«

Maurizio trat einen Schritt vor. »Ich kenne Sie nicht, Herr Feldwebel, und Sie kennen mich nicht. Wie kommen Sie dazu, mir zu unterstellen, ich sei ein Spion?« Seine Stimme klang kalt, aber sehr sachlich. »Und von welcher Nachricht sprechen Sie?«

Farkas griff nach einem Umschlag auf dem Schreibtisch und hielt ihn hoch. »Das hatte die Marchesa bei sich. Für Sie.«

Mit einem verwunderten Blick auf sie trat Maurizio vor und nahm den Umschlag in Empfang.

Gianna schluckte und wünschte sich, im Boden versinken zu können.

Maurizio sah von ihr zu Farkas. »Ich nehme an, ich soll ihn jetzt lesen?«

»Ich bitte darum. Damit der Herr Feldwebel beruhigt ist.« Der Spott in Farkas' Stimme war nicht zu überhören.

Maurizio zog das Blatt aus dem Umschlag und las. Ein Hauch von Rosa überzog seine Wangen, er hob den Kopf und lächelte Gianna an. »Besser spät als nie.«

»Herr Rittmeister, glauben Sie wirklich, dass diese Nachricht keine Bedeutung hat?«, fragte Kübl ungehalten.

Auch Rittmeister Farkas lächelte. »Ich glaube, sie hat sehr wohl eine Bedeutung, Herr Feldwebel.« Farkas nickte Maurizio zu. »Aber ich kann Ihnen versichern, dass sie rein privater Natur ist. Sie können wegtreten.«

Das Gesicht des Feldwebels verriet deutlich, dass er mit dieser Erklärung nicht zufrieden war. Er salutierte, warf Gianna noch einen zornigen Blick zu und verließ den Raum.

Der Rittmeister wandte sich wieder an Gianna. »Nun, da das geklärt ist, können Sie jederzeit gehen. In Anbetracht der Tageszeit würde ich Ihnen raten, erst morgen früh abzureisen.«

»Und mit was?«, erwiderte Gianna leicht gereizt. »Ich denke nicht, dass ich hier jemanden finde, der mir einen Wagen oder eine Timonella überlässt.« Wahrscheinlich besaß hier niemand mehr so etwas. Alles, was Räder hatte, war von den Habsburgern requiriert, um Proviant und Verwundete zu transportieren.

»Sie bekommen selbstverständlich Ihre Kutsche und das Pferd zurück. Zu meinem Bedauern kann ich keinen Mann stellen, um Sie zu begleiten.«

Was hieß, dass sie eine Unterkunft für die Nacht finden musste, wenn sie nicht in der Abstellkammer schlafen wollte. Und morgen musste sie sich dann allein nach Abbiategrasso durchschlagen. Sie presste die Lippen zusammen und zwang sich zum Schweigen.

»Ich bitte um die Erlaubnis, die Marchesa nach Hause begleiten zu dürfen«, sagte Maurizio.

Überrascht sah Farkas ihn an, dann schüttelte er den Kopf. »Unmöglich. Zum einen kann Ihnen diese Erlaubnis nur von Ihrem vorgesetzten Offizier erteilt werden, zum anderen haben wir den Marschbefehl bekommen. Wir brechen morgen früh auf.«

»Aber die Straßen sind nicht sicher.«

»Ich stelle ihr einen Passierschein aus.« Er griff zu Papier und Feder.

Einen Augenblick blieb Maurizio stehen, dann salutierte er und verließ den Raum.

Gianna wartete, bis der Rittmeister fertig geschrieben hatte, und nahm den Passierschein und ihren Pass entgegen.

»Ihr Pferd und Ihre Kutsche stehen im Stall beim Stadttor. Sie bekommen beides, wenn Sie diesen Schein vorlegen. Ich wünsche Ihnen eine gute Reise.«

»Danke«, erwiderte sie ironisch und ging.

Maurizio wartete im Gang auf sie. »Komm mit nach draußen.«

An den Palazzo grenzte ein Garten, der von einer Jasminhecke umgeben war. Die Blüten verströmten einen betörenden Duft. Maurizio öffnete ein Tor, das in der Hecke kaum zu sehen war, nahm ihre Hand und zog sie hinein. Drinnen drehte er sich zu ihr um. »Was hast du dir bloß dabei gedacht?«

»Gar nichts«, sagte sie. »Ich habe die halbe Nacht wach gelegen und darüber nachgedacht, was du mir gesagt hast. Und wie ich darauf reagiert habe. Wie ein trotziges kleines Kind. Und dann wurde mir klar, dass ich unbedingt mit dir reden muss. Um mir über so einiges klar zu werden. Ich stand früh auf und lief zur Kirche, und du warst fort. Ab da konnte ich an nichts anderes mehr denken, als dass du in die nächste Schlacht ziehst und ich dir vorher unbedingt noch sagen muss, dass ich dich liebe.«

Stumm strich er ihr über die Wange, dann zog er sie an sich und küsste sie. Es fühlte sich genauso gut an wie das erste Mal. »Ich bringe dich nach Hause.«

»Aber du hast doch gehört, was dieser Farkas gesagt hat. Ihr rückt morgen ab.«

»Ich meine, jetzt. Es ist noch vier bis fünf Stunden hell.

Wir nehmen die Timonella, und ich nehme ein Pferd mit. Wenn ich direkt zurückreite, bin ich kurz nach Einbruch der Dunkelheit wieder hier.«

»Glaubst du, dein Vorgesetzter erlaubt das?«

»Hauptmann Häusel? Nein, bestimmt nicht. Du hast es gehört, wir brechen morgen auf. Es gibt Gerüchte, dass der Kaiser selbst auf dem Weg hierher ist und das Kommando übernehmen will. Gestern kam Generalstabschef Hess hier an und hatte ein langes Gespräch mit Gyulay.« Er kratzte sich am Kopf. »Wenn Oberleutnant Castiglioni hier wäre, der würde es zulassen. Aber er ist vorausgeritten nach Melegnano.«

»Aber du kannst doch nicht einfach fort.«

Er zuckte mit den Schultern. »Schau dir doch das Durcheinander hier an. Kein Mensch wird merken, dass ich ein paar Stunden fort bin.«

»Trotzdem …« Ihr war nicht wohl dabei.

»Ich sage Bernardo, was ich vorhabe. Sollte irgendetwas schiefgehen, ich nicht rechtzeitig zurückkommen, wird er mich decken.«

»Bernardo?«

»Righetti. Mein Freund. Er hat mich gesucht, nachdem sie dich hierhergebracht haben. Hast du noch Gepäck?«

»Nein. Ich wollte ja nicht lange fort sein. Ich dachte, ich könnte dich auf dem Weg hierher einholen.«

»Kannst du kutschieren?«

»Einigermaßen.«

»Gut. Warte hier, ich rede mit Bernardo und bin gleich wieder da.«

22. KAPITEL

Er ging nicht direkt zum Lager der Jäger, sondern suchte sich vor dem Stadttor einen Platz, wo er ein paar Minuten allein sein und nachdenken konnte. Viel Zeit hatte er nicht. Eigentlich hatte er damit gerechnet, dass Rittmeister Farkas ihm erlauben würde, Gianna nach Abbiategrasso oder zumindest bis nach Rosate zu begleiten. Ab Rosate sollte der Weg sicher sein, aber es befanden sich immer noch versprengte Soldaten auf den Straßen, ganz zu schweigen von Deserteuren. Man munkelte, dass es drei- bis viertausend Mann waren, die vermisst wurden. Verletzt, gefangen oder desertiert. Eigentlich achtete die Heerführung auf strengste Disziplin, denn jeder Übergriff auf die italienische Bevölkerung wurde von den Zeitungen der Gegner genüsslich ausgeschlachtet. Aber, wie man am Beispiel des Feldwebels gesehen hatte, schützte das nicht, wenn jemand der Spionage verdächtigt wurde. Gut, Gianna besaß jetzt einen Passierschein, aber der half nicht, wenn sie marodierenden Deserteuren oder Franco-Sarden in die Hände fiel, im Gegenteil, die würden sie für eine Kollaborateurin halten. Es war zu gefährlich für sie, allein unterwegs zu sein. Wenn nur Oberleutnant Castiglioni hier wäre. Der würde ihm sofort die Erlaubnis geben. Kurz spielte er mit dem Gedanken, doch Hauptmann Häusel zu fragen, doch er verwarf ihn wieder. Wenn Häusel es ihm verbot, würde er wegen Befehlsverweigerung bestraft werden, wenn er trotzdem die Truppe verließ. Er konnte nur hoffen, dass sein Plan aufging und er zurück war, bevor jemand sein Fehlen bemerkte.

Entschlossen machte er sich auf den Weg in sein Lager.

Glücklicherweise wartete Bernardo auf ihn. »Und, was ist jetzt?«

»Sie kann gehen. Rittmeister Farkas ist überzeugt, dass sie keine Spionin ist, aber Feldwebel Kübl hat sich darin verrannt, dass sie geheime Nachrichten überbringt und ich ihr Kontaktmann bin.«

»Non è un'aquila. Er ist nicht besonders schlau. Das habe ich gleich gemerkt, als ich ihm begegnet bin. Nur ein Kerl, der sich wichtigtut.«

»Hör zu«, Maurizio senkte die Stimme und erklärte Bernardo die Situation.

Der wiegte zweifelnd den Kopf. »Wenn das rauskommt …«

»Dann bekomme ich vielleicht ein paar Tage Arrest wegen unerlaubten Entfernens von der Truppe. Falls es überhaupt jemanden interessiert. Die haben doch alle noch genug mit der Aufarbeitung der Schlacht zu tun. Hess hat Gyulay wohl ordentlich den Kopf zurechtgesetzt. Übernimmt er denn nun das Oberkommando?«

»Leider nicht«, sagte Bernardo. »Noch hat Gyulay es. Der Befehl lautet: Rückzug über Lodi und Mantua nach Verona ins Festungsviereck. Wir geben alles preis, die ganze Lombardei. Dabei könnten wir immer noch gewinnen. Radetzky hätte es geschafft, aber Gyulay, dieser Salonlöwe, zieht sich zurück, damit er seine Mahlzeiten pünktlich einnehmen kann.«

Maurizio nickte. Diese Sache gärte immer noch in der Truppe. Während der Schlacht von Magenta hatte Clam Callas einen Kurier zu Gyulay geschickt und dringend um Verstärkung gebeten. Gyulay hatte die Depesche in die Tasche gesteckt und erst einmal ausgiebig gefrühstückt, bevor er geruht hatte, die Nachricht zu lesen. Und auch dann hatte er keine Verstärkung geschickt, obwohl die Corps Zobel, Stadion und Schwarzenberg bereitgestanden hatten und Magenta innerhalb von drei Stunden hätten erreichen können. Gyulay selbst war erst am frühen Nachmittag auf dem Schlachtfeld erschienen …

»Ich habe gehört, der Kaiser selbst übernimmt das Oberkommando.«

»Ja, das habe ich auch gehört«, sagte Bernardo. »Für die Moral der Leute wäre es wohl das Beste.«

»Ich brauche ein Pferd«, kam Maurizio wieder auf sein Anliegen zurück. »Gianna bekommt die Timonella und das Pferd, mit dem sie hierhergekommen ist.«

Bernardo schüttelte den Kopf. »Das ist zu gefährlich. Dann kriegen sie dich auch noch wegen Diebstahl dran. Nimm das Pferd, das ihr habt, und reite damit zurück. Der Vermieter kann froh sein, wenn er seine Kutsche wiederbekommt, nachdem sein Mann sich einfach aus dem Staub gemacht hat.«

Wahrscheinlich hatte er recht. Wenn er sich ein Pferd aus dem Stall nahm, würde er auffallen. »Gut, dann mache ich mich jetzt auf den Weg.« Er holte seine Uhr aus der Tasche. »Wir haben siebzehn Uhr. In spätestens vier Stunden sollte ich zurück sein. Heb mir was vom Essen auf, wenn du kannst. Und wenn jemand nach mir fragt …«

»Dann sage ich, du bist im Lager der ›Damen‹, um zu probieren, ob noch alles funktioniert nach deiner Verletzung«, unterbrach ihn Bernardo lachend.

»He, der Schuss hat mich unter den Rippen getroffen, nicht zwischen die Beine!«

»Aber es ist ein guter Grund für deine Abwesenheit. Und jetzt verschwinde. Grüß das Mädel von mir, scheint eine Nette zu sein.«

Im Laufschritt kehrte Maurizio zum Palazzo der Zanatte zurück. Kurz hatte er mit dem Gedanken gespielt, sein Gewehr mitzunehmen, sich aber dagegen entschlossen. Gegen eine Überzahl konnte er mit einem Gewehr nichts ausrichten und mit einem Mann wurde er auch ohne fertig.

Gianna wartete auf ihn neben der Tür des Palazzo. Zusammen gingen sie zum Stall. Dort hielt er sich im Hintergrund, während sie dem Stallmeister den Passierschein zeigte. Der las ihn sehr genau durch, dann winkte er einen der Pferdeburschen herbei. »Spann den Braunen da vor die Timonella, die im Hof steht.« Er reichte das Papier zurück und verbeugte sich knapp. »Sie sollten Abbiategrasso in etwa drei Stunden erreichen, wenn Sie es langsam angehen, Signora. Gute Reise.«

»Danke.«

Kurze Zeit später war das Pferd angeschirrt. Maurizio half ihr auf den Kutschbock und gab ihr die Zügel und die Peitsche in die Hand. »Du fährst einfach auf der Straße durch das Stadttor und immer geradeaus. Fahr langsam, ich treffe dich hinter dem Lager.«

Sie lächelte ihm zu. »Willst du das wirklich tun? Ich könnte es auch allein schaffen.«

»Könntest du. Aber ich weiß nicht, wer auf diesen Straßen unterwegs ist, und in Begleitung bist du sicherer.«

Ohne zu warten, bis sie anfuhr, ging er zielstrebig aus dem Tor. Vor der Stadt hielt er sich links, bog von der Straße ab und auf einen kleinen, mit Pappeln gesäumten Feldweg ein. Hinter einem Wacholderbusch blieb er stehen und blickte zurück. Niemand folgte ihm. Er sah Giannas Kutsche aus dem Stadttor fahren und begann zu laufen. Der Feldweg verlief einige Zeit parallel zur Straße, dann bog er von ihr ab. Dazwischen lag ein Feld, es war wohl mal ein

Weizenfeld gewesen, doch die Halme waren von Pferdehufen niedergetrampelt worden. Er überquerte es und traf Gianna an einer Biegung der Straße. Sie zügelte den Braunen. Ihr Lächeln brachte sein Herz zum Rasen. Er dachte daran, was sie ihm geschrieben hatte. Als er sie gestern geküsst hatte, war das mit dem Mut der Verzweiflung gewesen. Es hatte Gerüchte in der Kirche gegeben, dass die Franzosen demnächst abziehen und die verletzten Österreicher, die laufen oder reiten konnten, mitnehmen würden. Milan und er waren die Einzigen, auf die das zutraf, also hatten sie beschlossen, am nächsten Morgen kurz vor Sonnenaufgang zu fliehen. Er hatte es ihr nicht sagen können, nicht sagen dürfen. Und dann hatte sie ihn nach einem Mädchen gefragt. Ihr seltsamer Gesichtsausdruck, als er gesagt hatte, es gebe da jemanden. Es hatte ihr sichtlich nicht gefallen. Beim Abschied war ihm klargeworden, dass es vielleicht die letzte Möglichkeit war, ihr zu sagen, wie sehr er sie liebte. Er hatte das unsägliche Gemetzel von Magenta überlebt, doch die nächste Schlacht würde kommen. Und er wollte nicht sterben, ohne dass sie wusste, wie es um ihn stand.

Er stieg zu ihr in die Kutsche und zog den Waffenrock aus. »Es muss nicht jeder gleich sehen, dass ich zu den Österreichern gehöre. Ist es dir recht, wenn ich kutschiere?«

Stumm reichte sie ihm die Zügel und die Peitsche. Er trieb den Braunen zu einem flotten Trab. Gianna saß neben ihm und schwieg. Er warf ihr einen Blick zu. Sie knetete ihren Rock zwischen den Fingern und wirkte sichtlich verlegen. Ihre Befangenheit war ansteckend. Er wollte irgendetwas sagen, doch ihm fiel nichts ein; seine Gedanken kreisten immer wieder um das Gespräch gestern Abend und um ihren Brief. Es half nichts, sie mussten über sich reden. Er räusperte sich. »Gianna, ich hätte …«

Im gleichen Augenblick sagte sie: »Du musst mich für …«

Ihre Blicke begegneten sich, und sie brach in Gelächter aus.

»Du zuerst«, sagte er.

»Du musst mich für eine komplette Idiotin halten, einfach eine Kutsche zu mieten und loszufahren. Aber als du heute Morgen nicht mehr in der Kirche warst, hatte ich einfach nur Angst, dass du …« Sie schluckte. »Dass ich dich vielleicht nie wiedersehe und dir nicht sagen kann, dass du recht hattest. Ich war so blind, ich habe nichts begriffen … Und als du mich geküsst hast, hatte ich einfach nur Angst vor … Ich weiß eigentlich gar nicht, wovor.« Sie schwieg und sah ihn an.

Ihre Augen waren dunkelblau wie der Abendhimmel über Montescudaio. Sie lächelte verlegen, und er hätte sie am liebsten gleich wieder geküsst. Doch jetzt war es an ihm, zu sprechen. »Es tut mir leid. Nicht, dass ich dich geküsst habe, aber dass ich dich damit so erschreckt habe. Nachdem Milan und ich uns entschlossen hatten, zu fliehen, ging es mir so wie dir heute Morgen. Ich hatte Angst, ich sehe dich nie wieder, und ich wollte, dass du weißt, was du mir bedeutest.«

Falls ich sterbe, verkniff er sich.

Es war auch nicht nötig, Giannas Blick zeigte ihm deutlich, dass sie genau daran dachte. Er bemühte sich um ein Lächeln. »Mach dir keine Gedanken. Ich bin sehr glücklich, dass wir uns wiedergesehen haben. Jetzt bringe ich dich nach Hause.«

»Mein Zuhause ist Montescudaio. Sobald ich kann, werde ich dorthin zurückkehren und dort auf dich warten. Irgendwann wird dieser Krieg vorbei sein.«

Er nahm die Zügel in die linke Hand und legte den Arm um sie. »Ich bin Soldat, das ist mein Beruf.«

»Nein«, sie schüttelte den Kopf. »Du bist kein Soldat. Ich glaube, du kannst kämpfen, wenn du musst, aber es ist nicht dein Leben.«

Natürlich hatte er nicht davon geträumt, Soldat zu werden und sein Leben auf Schlachtfeldern und in Kasernen zu verbringen. Es war eine Notlösung gewesen und eine Flucht. Nun schien es so, als könnte Gianna seine Gefühle erwidern. Doch was änderte sich dadurch? Er war immer noch ein Bastard und Gianna die Marchesa da Abairate, geborene di Raimandi. Er hatte weder Namen noch Besitz. Vielleicht konnte er ihr Liebhaber sein, für eine gewisse Zeit, aber niemals ihr Mann. Und wer wusste, wie ihre Gefühle aussehen würden, wenn sie erst wieder auf Alberi d'Argento war, in ihrer Heimat, wo sie sich sicher fühlte? Er wusste inzwischen sehr gut, was Krieg, Gefahr und Todesangst mit den Gefühlen der Menschen machten. Da wurde schnell etwas für Liebe gehalten, was im Grunde nur der unbedingte Wille zum Leben war oder auch Mitleid.

»Du sagst nichts?«

Er schnalzte und trieb den Braunen an. »Es ist nicht die richtige Zeit, um Pläne zu machen und Entscheidungen zu treffen. Nicht jetzt, nicht hier.«

»Wann dann?«

»Wenn dieser Krieg vorbei ist. Wenn du zu Hause bist und Zeit hattest, nachzudenken.«

»Glaubst du, der Krieg dauert noch lange?«

»Ich weiß es nicht.«

Sie schwiegen, bis nach der nächsten Biegung die Häuser von Rosate in Sicht kamen. Unwillkürlich atmete er auf. Der gefährlichste Teil des Weges lag hinter ihnen.

Doch als sie näher kamen, wusste er, dass er sich getäuscht hatte. Auf der Straße kamen ihnen Soldaten in weißen Waffenröcken entgegen. Und bei ihnen befand ausgerechnet Ivo Vuković. Ivo war mittlerweile zum Feldwebel der Infanterie aufgestiegen. Ihre Wege hatten sich nur noch selten gekreuzt, doch Maurizio erinnerte sich gut daran, dass sein ehemaliger Stubenkamerad selbst gerne zu den Jägern gegangen wäre. Es hatte Ivos Hass auf ihn noch verstärkt. Ihm jetzt zu begegnen, wo er sich von seiner Einheit entfernt hatte, war nicht gut. Die beiden fremden Soldaten wären kein Problem, sie kannten ihn nicht, aber Ivo ... Hastig sah er sich um. Es war zu spät, um abzusteigen, um den Ort zu Fuß zu umgehen, während Gianna allein weiterfuhr. Es war ebenfalls zu spät, seinen Waffenrock wieder anzuziehen, denn Ivo schien ihn bereits erkannt zu haben; er kam zielstrebig auf die Timonella zu und packte das Pferd am Zügel.

»Sieh an, der Herr Oberjäger. In Zivil und nicht bei seiner Einheit.«

Die beiden anderen Soldaten kamen näher und starrten ihn an.

»Wenn das mal nicht nach Desertion riecht«, fuhr Ivo fort. »Oder bist du auf einem Botengang? Allerdings frage ich mich, wohin. Die kaiserliche Armee und das Hauptquartier befinden sich hinter dir.«

»Ich bringe die Marchesa da Abairate nach Abbiategrasso. Anschließend gehe ich zurück nach Binasco.«

»Hast du einen Auftrag dafür?«

»Ich habe einen Passierschein«, sagte Gianna und zog den Brief aus der Tasche.

Ivo nahm ihn in Empfang und überflog ihn. Dann steckte er ihn ein. »Der ist nur für Sie, Signora. Eine

Begleitperson wird nicht erwähnt.« Mit verengten Augen musterte er Maurizio. »Ich denke, die Situation ist eindeutig. Du wolltest dich aus dem Staub machen. Magenta war wohl zu blutig für dich. Oder du hast dir überlegt, dass du jetzt doch lieber für die Sardinier kämpfst. Die finden es bestimmt sehr nützlich, wenn du ihnen erzählst, wohin wir uns zurückziehen und wo wir unseren nächsten Angriff planen.«

»Mit dem Denken hattest du es noch nie«, antwortete Maurizio. »Ich habe den Auftrag, die Marchesa sicher nach Hause zu bringen und dann zurückzukehren. Du kannst ja einen Boten nach Binasco schicken, der meine Geschichte bestätigt, und hier warten. Ich bin in etwas über einer Stunde aus Abbiategrasso zurück. Allerdings solltest du mich nicht aufhalten. Wenn ich mich verspäte, werde ich Meldung machen, wer mich aufgehalten hat und warum.« Er ließ seinen Blick über alle drei Soldaten schweifen. Es bestand eine winzige Chance, dass sie sich täuschen ließen. Die beiden Infanteristen wirkten etwas verunsichert, doch Ivos Gesicht verfinsterte sich.

»Für dich immer noch Herr Feldwebel und *Sie*, Manari. Aber ja, ich werde einen Boten nach Binasco schicken, um zu melden, dass wir hier einen Deserteur gefangen haben. Und so dumm, dich gehen zu lassen, bin ich nicht. Runter von der Kutsche. Wir finden in Rosate schon einen Ort, an dem wir dich einsperren können, bis wir dich aufhängen.«

Gianna fuhr neben ihm zusammen. »Er wollte mich wirklich nur begleiten. Es war nie seine Absicht, zu desertieren.«

Maurizio schüttelte den Kopf, ihr Einwand brachte nichts. Zu lange hatte Ivo auf die Gelegenheit gewartet, ihm zu schaden, er würde sie sich nicht entgehen lassen. Er griff nach seinem Waffenrock und stieg aus der Kutsche. Dann zog er die Jacke an. »Ich bin nicht in Zivil, ich wollte nur nicht, dass mich die Franco-Sarden schon von weitem als Soldaten der Habsburger erkennen.«

»Ja klar.« Ivo winkte ab. »Dir fallen bestimmt noch mehr Ausreden ein. Dreh dich um und Hände auf den Rücken.«

Ihm blieb nichts anderes übrig, als zu gehorchen. Ivo fesselte ihm die Hände mit einem Strick. Maurizio versuchte es mit Höflichkeit. »Lassen Sie die Dame weiterfahren, Herr Feldwebel, sie hat einen Passierschein.«

Ivo drehte sich zur Kutsche und musterte Gianna abfällig. »Wie eine Marchesa sieht sie nicht gerade aus. Vielleicht ist dieser Wisch gefälscht.« Er klopfte auf seine Brusttasche, in die er den Passierschein gesteckt hatte. »Die Italiener sind gut im Papierefälschen, das haben wir schon öfter festgestellt. Wir werden das prüfen.«

Eine Mischung aus Angst und Wut brodelte in Maurizios Magen. »Lass sie fahren!«, wiederholte er scharf. »Du hast kein Recht, sie festzuhalten.«

»Einem Deserteur zu helfen ist strafbar, falls dir das nicht bewusst ist.« Ivo griff wieder nach den Zügeln des Braunen und ruckte daran. »Los«, sagte er zu den beiden anderen. »Wir gehen zurück und sperren die beiden ein. Dann nimmst du«, er deutete auf einen der Männer, »den Gaul, reitest nach Binasco, suchst dort bei den Jägern einen Hauptmann Häusel und meldest, dass wir Oberjäger Manari in Zivil und in Begleitung eines zweifelhaften Weibes auf dem Weg zu den Franco-Sarden aufgegriffen haben. Desertion oder Spionage, wahrscheinlich beides.«

23. KAPITEL

Giannas Gefühle schwankten zwischen ohnmächtiger Wut und Verzweiflung. Inzwischen verfluchte sie ihren impulsiven Entschluss von heute Morgen. Nicht nur, dass sie jetzt schon zum zweiten Mal in Schwierigkeiten war, sie hatte auch Maurizio in Gefahr gebracht. Sie kannte sich mit dem Militär nicht gut genug aus, um einzuschätzen, wie ernst die Situation für ihn war. Auf Desertion stand die Todesstrafe, das wusste sie. Doch die Vorwürfe dieses Kerls waren völlig haltlos. Oder vielleicht nicht? Der Augenschein sprach gegen Maurizio, das musste sogar sie zugeben. Ohne Uniform auf dem Weg in das von den Franco-Sarden eroberte Gebiet. Was sollten die Soldaten denken? Aber die beiden kannten sich ganz offensichtlich. Sie hatte den Hass in den Augen des Mannes gesehen. Er war kein Italiener, das hatte sein Akzent verraten. Auch kein Ungar, die trugen andere Uniformen. Vielleicht ein Kroate? Die waren wegen ihrer Brutalität gefürchtet. Die Kroaten gaben niemals auf, sie kämpften mit den Händen und den Zähnen weiter, erzählte man sich. Und sie machten keine Gefangenen, schonten keine Verwundeten, sie brachten jeden um, der sich ihnen in den Weg stellte.

Maurizio ging neben der Kutsche, die beiden anderen Soldaten hinter ihm. Weder seine Körperhaltung noch sein Gesichtsausdruck verrieten etwas über seine Gefühle. Er ging gleichmäßig, sah geradeaus. Wenn er sich fürchtete, dann verbarg er es gut.

Als wollte sich das Wetter diesem missglückten Tag anpassen, begann es zu regnen. Gianna legte sich ihr Tuch um den Kopf, doch viel hielt es nicht ab. Zum Glück befanden sie sich inzwischen in Rosate und würden hoffentlich bald in eine Unterkunft gebracht.

Vor einem Gebäude, das aussah wie das Rathaus, hielt der Mann das Pferd an. Einer der Soldaten öffnete die Tür, trat ein, kam kurze Zeit später wieder heraus und schubste Maurizio vorwärts. Schnell stieg Gianna aus der Kutsche. Selbst wenn man ihr erlaubt hätte, weiterzufahren, würde sie es nicht tun. Niemals würde sie ihn jetzt allein lassen. Sie raffte ihren Rock und stieg hinter dem Kroaten die Treppe zur Eingangstür empor.

Im Vestibül war niemand außer ihre Gruppe. Anscheinend zogen die Beamten im Ort es vor, neutral zu bleiben.

»Halte die mal«, sagte der Mann zu dem einen Soldaten und reichte ihm seine Muskete. Dann trat er grinsend auf Maurizio zu, holte aus und schlug ihm mit der Faust mehrfach in den Magen. Maurizio keuchte und krümmte sich. »Schließt ihn da ein.« Er deutete auf eine Tür. »Da kann er bleiben, bis Hauptmann Häusel Zeit hat, sich um diesen Verräter zu kümmern.«

Die beiden Soldaten schleiften Maurizio zur Tür und stießen ihn in den Raum dahinter.

»Was machen wir mit der da?«, fragte einer.

Ivo musterte sie, sein Blick blieb an ihrem Busen hängen. »Ich hätte da schon ein paar Ideen«, erklärte er. »Aber wir warten besser auf die Befehle aus Binasco. Sperrt sie einfach zu ihm.« Spöttisch lächelnd verbeugte er sich vor ihr. »Leider haben wir nur diesen einen Raum. Aber ihr werdet euch schon irgendwie arrangieren.« Er nickte den beiden Soldaten zu. Die packten sie an den Armen und schubsten sie durch die Tür.

Gianna taumelte. Hinter ihr krachte die Tür ins Schloss, der Schlüssel wurde umgedreht. Dunkelheit umgab sie.

Der Raum hatte kein Fenster, wahrscheinlich wurde er deshalb als ›Gefängnis‹ genutzt. Irgendwo hörte sie Maurizio stöhnen. Suchend wandte sie den Kopf. Unter der Tür schimmerte ein schwacher Lichtschein hindurch. Langsam gewöhnten sich ihre Augen an die Dunkelheit. Sie sah sich um. Der Raum war klein, es gab keinerlei Möbel, nur an einer Wand einen Haufen, der aussah wie ein Strohlager, und in einer Ecke stand ein Eimer. Vor dem Lager lag Maurizios gekrümmter Körper, seine Hände waren immer noch hinter dem Rücken gefesselt. Sie fiel neben ihm auf die Knie, tastete nach seinen Handgelenken. Es dauerte, bis sie es schaffte, den Knoten zu lösen. Stöhnend drehte er sich auf den Rücken. Sie legte die Hände an seine Wangen. »Maurizio! Es tut mir so leid.«

Sein Atem ging immer noch schwer. »Es ist nicht deine Schuld. Ivo hat es schon lange auf mich abgesehen. Er nutzt jede Gelegenheit.« Er stemmte sich zum Sitzen hoch und blickte sich um. »Verdammt, hier kommen wir nicht raus. Wir können nur warten, bis Hauptmann Häusel kommt oder Befehle schickt.«

»Und dann stellen sie dich vors Kriegsgericht. Das hat dieser Kerl gesagt.« Tränen traten ihr in die Augen. Egal was er sagte, es war ihre Schuld. Wäre sie nicht auf die Idee gekommen, unbedingt mit ihm reden zu wollen, wäre das alles nicht passiert.

Er legte den Arm um sie und zog sie an sich. »Das wäre nicht so schlimm.«

»Nicht?«

»Nein. Ich befürchte eher, dass Ivo versucht, mich auf andere Weise aus dem Weg zu räumen. Mich ›auf der Flucht‹ zu erschießen oder die anderen zur Selbstjustiz anzustacheln. Vor dem Profos kann ich mich wenigstens verteidigen.« Er stand auf, ging zu dem Strohhaufen an der Wand und ließ sich darauf nieder. »Komm hier rüber, Gianna. Das ist besser, als auf dem Boden zu sitzen. Wir werden wohl die Nacht zusammen verbringen müssen.«

Dagegen hatte sie nichts. Besser bei ihm als irgendwo anders. Sie setzte sich zu ihm. »Hast du noch Schmerzen?«

»Ein bisschen. Er weiß, wo er hinschlagen muss.«

»Warum hasst er dich so?«

»Er konnte mich von Anfang an nicht leiden. Er behauptete, ich sei ein Spion. Irgendwie hat sich das in seinem Kopf festgesetzt. Sein Bruder ist im ersten Unabhängigkeitskrieg bei der Schlacht um Rom von einem italienischen Spion erschossen worden. Daraufhin ist seine Mutter vor Kummer gestorben. So hat mir das Bernardo erzählt. Aber wieso er glaubt, ich sei ein Spion, weiß ich nicht.«

Fröstelnd zog sie die Schultern hoch.

Er legte wieder den Arm um ihre Schultern, seine Hand lag auf ihrem Oberarm. »Deine Bluse ist noch feucht. Du wirst krank, wenn du sie nicht ausziehst.« Rasch stand er auf, ging zur Tür und schlug mit der Faust dagegen. Niemand antwortete. Er schlug noch einmal auf das Holz, dann kam er zurück zu ihr. Als er sich setzte, öffnete sich die Tür einen Spalt. Ein schmaler Streifen Licht fiel in den Raum, doch ihr Lager blieb im Dunkeln.

»Was gibt es?«, fragte eine Stimme, die sie als Ivos erkannte.

»Können wir eine Decke bekommen? Die Kleider der Marchesa sind feucht, sie wird sich erkälten.«

Ein dreckiges Lachen war die Antwort. »Dann soll sie ihre Kleider ausziehen. Und wenn sie eine halbe Stunde zu mir kommt, kriegt sie auch eine Decke.«

Sie hörte, wie er neben ihr Luft holte, spürte, wie seine Muskeln sich spannten. Der Arm, gegen den sie sich lehnte, wurde hart wie Marmor. Maurizio machte Anstalten aufzuspringen. »Stronzo! Du ver-« Weiter kam er nicht. Sie presste ihm die Hand auf den Mund und drückte ihn auf das Lager. »Nicht«, wisperte sie. »Still.«

Genau das wollte dieser Dreckskerl: Maurizio reizen, damit er ihn beschimpfte oder gar angriff. Dann hatte er einen Grund, ihn zu bestrafen.

Maurizio schnaufte so heftig, dass sie glaubte, es müssten Dampfwolken über ihrer Hand zu sehen sein, doch er schwieg.

»Was wolltest du sagen?«, kam Ivos Stimme schmeichelnd von der Tür her.

Sie nahm ihre Hand weg. »Nichts«, keuchte Maurizio.

»Dann ist es ja gut. Was ist jetzt, Täubchen? Kannst dich ein bisschen bei mir aufwärmen und bekommst eine Decke für die Nacht.«

»Nein danke«, erwiderte sie so kühl, wie es ihr möglich war. »Ich ziehe es vor, mich zu erkälten.«

Er lachte und schloss die Tür.

Neben sich hörte sie Maurizio stöhnen. »Hast du Schmerzen?«

»Dieser Mistkerl hat mir vorhin auf die Wunde geschlagen.«

Und sie hatte ihn an der gleichen Stelle erwischt, als sie ihn eben zurückgeschoben hatte. »Lass sehen.«

»Als ob man bei diesem Licht was sehen könnte. Und machen kannst du auch nichts. Es wird schon wieder.«

»Es tut mir leid. Ich habe nicht mehr an deine Verletzung gedacht. Jetzt habe ich dir auch noch weh getan. Es tut mir wirklich leid.«

»Gianna, ohne dein Eingreifen hätte ich einen ranghöheren Offizier beleidigt und ihm einen Grund geliefert, mich zu bestrafen, also hör auf, dich zu entschuldigen.« Er knöpfte seinen Waffenrock auf. »Du bekommst meine Jacke.«

»Aber dann frierst du doch.«

»Ich kann das besser aushalten als du.« Er zog die Jacke aus.

»Aber …«, setzte sie noch mal zum Protest an. Weiter kam sie nicht, weil seine Lippen auf ihren lagen. Er ließ sich auf das Lager sinken, zog sie mit sich, so dass sie neben ihm zum Liegen kam, ohne seinen Mund von ihrem zu lösen.

»Du hast dich verändert«, sagte sie, als er schließlich den Kopf hob.

»Der Krieg verändert jeden«, gab er zurück, zog sie näher an sich und küsste sie erneut. Durch den Stoff seines Hemds spürte sie die Wärme seiner Haut.

Er deckte sie mit der Jacke zu und schlang seine Arme um sie. Sie schliefen nicht, und sie sprachen nicht. Eng aneinandergeschmiegt, lagen sie auf dem Stroh. Gianna lauschte seinem Atem und dem Schlagen seines Herzens. Sie hatte Angst um ihn. Egal, wie es morgen für ihn ausging, die nächste Schlacht stand bevor. Unwillkürlich drückte sie sich noch enger an ihn.

Er hob den Kopf. »Was hast du?«

»Angst«, sagte sie. »Jetzt, wo ich dich gefunden habe, habe ich Angst, dich zu verlieren. Der Krieg ist noch nicht vorbei. Was, wenn das unsere einzige Nacht ist?«

Statt zu antworten, küsste er sie. Ihren Mund, ihren Hals, die Grube über dem Schlüsselbein. Er öffnete die Knöpfe ihrer Bluse und streichelte ihre Brüste.

Plötzlich war ihr so warm, als hätte jemand ein Feuer entzündet. In ihrem Schoß spürte sie eine süße Schwere, das gleiche Gefühl wie damals im Stall mit Angelo. Beinahe ungeduldig grub sie ihre Hände in sein Haar, streichelte seinen Nacken, seine Schultern, drängte sich an ihn. Sie wollte ihn fühlen, seinen Körper auf ihrem spüren und ihn in sich. Ihr Atem ging heftig, das Verlangen nach ihm war beinahe schmerzhaft. Maurizios Hände entzündeten kleine Feuer auf ihrer Haut und brachten ihr Blut zum Kochen. Und wenn es nun wirklich die einzige Nacht war, die sie zusammen verbrachten, wenn er wieder in die Schlacht ziehen musste, dann wollte sie ihn jetzt haben.

Er schien zu spüren, was sie dachte. Stumm schob er ihren Rock hoch, strich über ihren Bauch, über die zarte Haut ihrer Schenkel, tastete sich zu ihrer Scham vor. Sie hörte ein Stöhnen. War *sie* das oder er? Das Stroh raschelte, als er sich zur Seite drehte.

Sie spürte, dass er seine Hose öffnete. Ein Anflug von Angst mischte sich in ihre Erregung. Wie würde es mit ihm sein? Er war Soldat. Würde er grob sein?

Grob war er nicht, doch es war viel zu schnell vorbei. Zitternd lag er in ihren Armen. »Gianna, Gianna. Ich weiß, es ging zu schnell, aber ich habe so lange auf dich gewartet, jetzt konnte ich nicht mehr warten.«

Ein Glucksen stieg in ihre Kehle. Maurizio schien wieder einmal ihre Gedanken gelesen zu haben. Er kannte sie durch und durch. Viel besser, als sie *ihn* kannte. Bisher war er Maurizio gewesen, ihr bester Freund, ihr Seelentröster. Der selbstsichere junge Soldat, der zärtlich-leidenschaftliche Liebhaber, der war neu für sie. Plötzlich überkam sie wieder die Angst. Würde sie Zeit haben, diesen neuen Maurizio kennenzulernen, oder würde das Schicksal ihn ihr nehmen, wie es ihr Riccardo genommen hatte? Wenn sie nur schon auf Alberi d'Argento gemerkt hätte, dass sie ihn liebte, dann hätte er sich nicht für die Armee gemeldet. Sie dachte an ihren Vater, der ihm eine Stelle angeboten hatte. Sie dachte an den Abschied an jenem Tag. Wie blind musste sie gewesen sein, dass sie nicht gemerkt hatte, warum er wirklich gegangen war. Blind vor Liebe zu Angelo, diesem Windhund.

Sie griff in sein Haar, zog seinen Kopf zu sich und küsste ihn. Er brauchte nicht lange, um ein zweites Mal bereit zu sein. Und dieses Mal dauerte es.

Irgendwann musste sie eingeschlummert sein. Schwere Schritte auf dem Gang und das Klirren von Sporen weckten sie.

»Ist er da drin? Aufschließen!« Eine befehlsgewohnte Stimme; der Mann sprach Italienisch ohne jeden Akzent.

Maurizio hob den Kopf. »Das ist …« Er sprang auf und stand stramm. Als sich die Tür öffnete und ein Mann eintrat, salutierte er. »Oberleutnant Castiglioni.«

Ruckartig setzte Gianna sich auf und blinzelte durch das Licht der Lampe, die der Begleiter des Mannes in der Hand hielt. Oberleutnant Castiglioni? Der Mann, der vor ihr stand, war etwa in Signor Sergios Alter, doch er sah ihm nicht besonders ähnlich.

Er kniff die Augen zusammen. »Oberjäger Manari, warum sind Sie nicht korrekt gekleidet? Wo ist Ihr Waffenrock?«

Maurizio drehte den Kopf zu ihr, der Blick des Hauptmanns folgte der Bewegung.

»Eine Frau?« Er wandte sich zu seinem Begleiter. Es war Feldwebel Vuković. »Sie haben nichts davon gesagt, dass eine Frau dabei ist.«

Gianna stand auf und wollte Maurizio seinen Waffenrock geben, doch er schüttelte den Kopf.

»Herr Hauptmann, diese Dame ist die Marchesa da Abairate, geborene di Raimandi.«

Ein Ausdruck des Erstaunens huschte über das Gesicht des Hauptmanns. »Verstehe. Vuković, holen Sie einen Mantel oder eine Decke für die Dame. Und Sie, Manari, ziehen gefälligst Ihren Rock an.«

Gianna reichte die Jacke Maurizio, der sie hastig anzog und zuknöpfte.

Vuković salutierte, verließ den Raum und kehrte kurze Zeit später mit einem dunkelblauen Mantel wieder. Als er zu ihr trat und ihn ihr um die Schultern legen wollte, wich sie einen Schritt zurück und streckte die Hand aus. »Bleiben Sie mir vom Leib.«

Er warf ihr einen mörderischen Blick zu und überreichte ihr den Mantel. Sie bedankte sich nicht bei ihm, sondern bei dem Oberleutnant. Der betrachtete sie aufmerksam.

»Hat man Sie die ganz Nacht hier eingesperrt, Marchesa?« Er blickte sich im Raum um, betrachtete das Strohlager, die kahlen Wände, musterte den Eimer in der Ecke. »Ohne Nahrung, ohne Decken?«

»Allerdings.« Sie legte eine gehörige Portion moralische Entrüstung in ihre Stimme, wie sie es bei Madame Colleone gelernt hatte. Es fiel ihr nicht schwer. »Deshalb war Signor Manari so freundlich, mir seine Jacke zu leihen.«

»Das ist eine verdammte Schweinerei«, fuhr der Oberleutnant auf. »Oh, Entschuldigung, Marchesa.« Er drehte sich zu Vuković. »Haben *Sie* das zu verantworten?«

»Ich konnte doch nicht wissen, dass sie eine echte Marchesa ist. Sie ist angezogen wie eine Frau vom Land. Ich hielt sie für eine Spionin. Und der da«, er deutete auf

Maurizio, »hat sich unerlaubt von der Truppe entfernt. Wenn Sie meine Meinung hören wollen, Herr Oberleutnant, der Kerl wollte desertieren.«

»Ihre Meinung interessiert nicht«, donnerte der Oberleutnant. »Die Marchesi da Abairate gehören zum ältesten Adelsgeschlecht in der Lombardei. Es gibt einen Skandal unter den Italienern, wenn bekannt wird, dass Sie die Marchesa die ganze Nacht zusammen mit einem Soldaten in eine Zelle gesperrt haben, und ein Skandal ist das Letzte, was wir jetzt brauchen. Die Zeitungen in Europa berichten schon genug über die angeblichen Gräueltaten der österreichischen Armee. Jetzt liefern wir auch noch selbst Stoff dazu. Das wird beim Oberkommando nicht gut ankommen, das garantiere ich Ihnen.«

Gianna räusperte sich.

Der Hauptmann fuhr zu ihr herum, sein Gesicht war vor Zorn gerötet. »Ja?«

»Ich möchte ausdrücklich darauf hinweisen, dass Oberjäger Manari sich tadellos benommen und mich in keinster Weise kompromittiert hat.«

»Das will ich auch hoffen.«

Trotz seines geröteten Gesichts und seines Polterns hatte Gianna das Gefühl, dass Castiglionis Zorn nicht ganz echt war. Er spielte ihnen etwas vor. Nun, das konnte sie ebenfalls. Sie seufzte theatralisch und fuhr sich über die Stirn. »Könnte ich ein Glas Wasser bekommen? Und vielleicht auch ein Stück Brot? Ich habe seit gestern Nachmittag nichts mehr gegessen.«

»Aber natürlich. Wie gedankenlos von mir.« Eilig verbeugte der Oberleutnant sich und bot ihr den Arm. »Kommen Sie, Marchesa, und Sie auch, Manari.« Er führte sie den Gang entlang zu einem anderen Raum. Hier standen ein Tisch und vier Stühle. Castiglioni trat zur Tür. »Gruber!«

Sofort erschien ein Mann in Uniform. »Jawohl, Herr Oberleutnant.«

»Besorgen Sie Wasser und Kaffee. Und Brot.« Er wandte sich an sie. »Viel kann ich Ihnen nicht bieten Marchesa. Wir haben Rosate schon vorgestern geräumt.« Er wartete, bis der Gruber genannte Soldat die Sachen gebracht hatte, und wies ihn an, die Tür zu schließen. »Bedienen Sie sich, Marchesa, und Sie ebenfalls, Manari. Und schenken Sie uns allen Kaffee ein.«

Er griff nach dem Becher, den Maurizio ihm reichte, und wartete, während Gianna und Maurizio aßen. Der Kaffee war heiß und bitter, das Brot überraschend frisch.

Schließlich wandte der Oberleutnant sich an Maurizio. »Also, was war da los, Manari? Unerlaubtes Entfernen von der Truppe! Das ist keine Kleinigkeit. Junge, was hast du dir bloß dabei gedacht?«

Verblüfft über die Veränderung in Ton und Wortwahl starrte Gianna den Hauptmann an.

Maurizio erzählte ihm, dass er Gianna schon aus Montescudaio kannte und wie sie nach Binasco geraten war. »Ich habe ihnen klarmachen können, dass sie keine Spionin ist, und sie haben mir geglaubt, dass ich sie kenne. Rittmeister Farkas hat gesagt, sie könne nach Abbiategrasso zurückkehren, aber, mit Verlaub, Herr Oberleutnant, hier gibt es doch überall versprengte Soldaten oder Deserteure. Und ihr Kutscher hat sich aus dem Staub gemacht. Ich habe die Marchesa nur sicher nach Hause bringen wollen. Wir sind um kurz nach siebzehn Uhr aufgebrochen. Wenn alles geklappt hätte, wäre ich kurz nach Einbruch der Dunkelheit wieder im Lager gewesen.«

»Aber es hat nicht geklappt. Was ist passiert?«

»Kurz vor Rosate sind wir auf Feldwebel Vuković und zwei weitere Soldaten getroffen. Er hat behauptet, ich wolle desertieren.«

»Ein gefundenes Fressen für Vuković.«

»Darf ich etwas fragen, Herr Oberleutnant?«

»Natürlich.«

»Wieso sind Sie hier? Vuković hat einen Soldaten zu Hauptmann Häusel geschickt.«

»Das verdankst du Bernardo Righetti. Er hat mitbekommen, wie dieser Soldat, den Vuković geschickt hat, Hauptmann Häusel Meldung gemacht hat, und ist wie der Teufel nach Melegnano geritten, um mir zu sagen, dass du in Schwierigkeit bist. Zu deinem Glück hatte Hauptmann Häusel keine Lust, gestern Abend noch nach Rosate zu reiten. Also habe ich ihm gesagt, dass ich mich dieser Angelegenheit annehmen werde.« Castiglioni trank einen Schluck Kaffee. »Ich kann das nicht auf sich beruhen lassen, Junge, zu viele wissen davon.«

Maurizio senkte den Kopf. »Jawohl, Herr Oberleutnant, ich verstehe.«

Beunruhigt sah Gianna von einem zum anderen. »Er wollte mir nur helfen.«

»Trotzdem hätte er nicht gehen dürfen, ohne um Erlaubnis zu fragen.«

»Was werden Sie mit ihm tun?« Ihre Stimme zitterte, sie dachte an Vuković' Worte, dass er dafür sorgen werde, dass Maurizio wegen Desertion gehängt würde.

Der Oberleutnant musterte sie, und sein Blick verriet ihr, dass er wusste, wie es um sie und Maurizio stand. »Da er aber nicht heimlich abgehauen ist, sondern, im Gegenteil, den Jäger Righetti zu mir geschickt hat, um mich über sein Vorhaben zu informieren, wird es mit ein paar Tagen Arrest erledigt sein.«

Maurizio hob den Kopf, und auch Gianna starrte Castiglioni an. Der hob ganz leicht den rechten Mundwinkel. »Righettis Pferd hat ein Eisen verloren, deshalb hat er länger für den Weg gebraucht und ist erst gekommen, als Vuković schon auf eigene Faust gehandelt hat. Aber ich habe Hauptmann Häusel davon überzeugen können, dass ich informiert bin und diese Sache genehmigt habe.«

»Danke, Herr Oberleutnant!«, sagte Maurizio, seine Stimme zitterte.

»Was gibt es da zu danken?«, gab der trocken zurück. »Alles ganz korrekt. Übrigens hat Righetti es sich nicht nehmen lassen, mich zu begleiten. Er wartet draußen.« Er schob seinen Stuhl zurück und stand auf. Maurizio erhob sich ebenfalls. »Ihr habt eine Viertelstunde, um euch zu verabschieden«, sagte der Oberleutnant. »Righetti wird die Marchesa nach Abbiategrasso begleiten. Ich würde Ihnen dringend empfehlen, dort zu bleiben«, wandte er sich an sie. »Wir haben Krieg.« Er verneigte sich vor ihr und nickte Maurizio zu. »Ich erwarte Sie draußen, Oberjäger Manari.«

Maurizio salutierte. »Jawohl, Herr Oberleutnant.«

Gianna beherrschte sich, bis er die Tür hinter sich geschlossen hatte, dann sprang sie auf und fiel Maurizio um den Hals. Sie weinte, doch es waren Tränen der Erleichterung.

Er zog sie an sich. »Dem Himmel sei Dank für Menschen wie Bernardo und Oberleutnant Castiglioni«, sagte er leise.

»Er scheint ganz anders zu sein als sein Bruder.«

»Das ist er. Gott segne ihn.«

Sie lehnte sich an ihn. »Was passiert nun?«

»Wir, also die habsburgische Armee, ziehen uns zurück. Ziel dürfte das Festungsviereck bei Verona sein. Da werden wir uns sammeln und für die nächste Schlacht bereitmachen.« Er schob sie ein Stück weg, um ihr in die Augen zu sehen. »Der Oberleutnant hat recht. Reisen ist gefährlich. Warte, bis sicher ist, dass hier in der Gegend nicht mehr gekämpft wird. Dann kannst du nach Hause fahren.«

»Und du?«

»Ich werde kämpfen.«

Zitternd sog sie die Luft ein. Noch eine Schlacht. Wieder eine, in der er fallen könnte. Wie sollte sie die Angst um ihn aushalten? »Aber wenn der Krieg vorbei ist, dann kommst du nach Hause.«

»Gianna, in Montescudaio bin ich nichts als ein Knecht.«

»Dann bleibe ich hier. Oder ich gehe nach Verona. Ich liebe dich, ich will dich nicht verlieren.«

»Du wirst mich niemals verlieren. Weil ich immer nur dich geliebt habe.«

»Aber das reicht mir nicht. Ich will mit dir zusammen sein, mein Leben mit dir teilen.«

»Als Soldatenfrau? Nein, Gianna.«

»Dann mit dir auf Alberi d'Argento. Mein Vater hat dir eine Stelle angeboten, nicht als Knecht, sondern als Cantiniere. Ich weiß, dass er dich mag.«

Maurizio lächelte. »Ja, er mag mich bestimmt, aber sicher nicht als Schwiegersohn.«

»Ich bin großjährig. Ich war bereits verheiratet. Ich denke, ich kann selbst entscheiden.«

Langsam nickte er. »Wie ich gestern sagte: Im Moment ist nicht die Zeit für Entscheidungen. Geh nach Hause, finde in dein normales Leben zurück. Und wenn der Krieg vorbei ist, wirst du wissen, ob du wirklich einen Bastard heiraten willst.«

Sie riss die Augen auf. »Wie bitte?«

»Enzo Manari war nicht mein Vater. Er hat meine Mutter geheiratet, weil sie schwanger war, von dem Herrn der Tenuta Bandello, Sergio Castiglioni.«

Gianna zwinkerte. »Du bist ... du bist Sergios Sohn?«

Und Angelos Halbbruder. Deshalb hatte Don Sergio ihn nach dem Erdbeben auf der Tenuta aufgenommen und ihn sogar mit Angelo gemeinsam unterrichten lassen. Damals hatte sie sich nichts dabei gedacht. Aber plötzlich erinnerte sie sich an die Verwunderung ihrer Eltern, an Getuschel und Gerüchte in der Dienerschaft. Angelos Mutter hatte nie einen Hehl aus ihrer Abneigung gemacht. Kein Wunder. Wie es wohl sein musste, den Sohn des eigenen Mannes von einer anderen Frau ständig vor Augen zu haben? Wenn sie sich vorstellte, Riccardo hätte ihr ein Bastardkind ins Haus gebracht ... sie hätte es wohl auch nicht geliebt.

»Ich habe es erst erfahren, als ich fünfzehn Jahre alt war. Angelo hat es mir gesteckt.«

»Angelo wusste Bescheid?«

Er hatte ihn sogar zweimal in ihrer Gegenwart als Bastard bezeichnet, erinnerte sie sich. Doch sie hatte damals gedacht, es sei nur eine Beschimpfung gewesen.

»Ja, er wusste es. Und er hätte es wohl gerne verbreitet, wenn sein Vater es ihm nicht verboten hätte. Offiziell bin ich Enzo Manaris Sohn, Don Sergio hat ihn damals bezahlt, damit er meine Mutter heiratet und mir seinen Namen gibt. Du verstehst, es ist unmöglich, dass ich zurückkomme und um deine Hand anhalte. Dein Vater würde mich wohl davonjagen.« Er schluckte. »Vor zwei Tagen, da wollte ich dich doch nur einmal küssen und dir sagen, dass ich dich liebe, mehr nicht. Ich habe niemals damit gerechnet, dass du meine Gefühle erwiderst, und wenn ich geahnt hätte, dass du jede Vorsicht vergisst, um mir zu folgen, hätte ich meinen Mund gehalten.«

»Aber ich bin froh, dass du es gesagt hast. Versprich mir, dass du auf dich aufpasst, dass du diesen verdammten Krieg überlebst. Und dann komm nach Hause. Ich werde auf dich warten.« Sie griff sich ins Genick und öffnete den Verschluss der Goldkette, die sie schon seit ihrer Kindheit trug. Daran hing ein kleines Medaillon mit dem in Gold geprägten Bild der Mutter Gottes. Ihre Mutter hatte es ihr geschenkt. Sie trat zu ihm und legte es ihm um.

Abwehrend hob er die Hände. »Das trägst du, seit ich dich kenne. Ich kann es nicht annehmen.«

Sie lächelte. »Es ist kein Geschenk, nur eine Leihgabe. Es soll dich im Krieg beschützen. Und dann musst du es mir zurückgeben.«

»Ich werde es zurückgeben.« Sein Lächeln war so traurig, dass ihr das Herz weh tat. »Wenn der Krieg vorbei ist. Ich komme nach Montescudaio. Und wenn du mich dann wirklich willst …«

Es klopfte an der Tür, und Oberleutnant Castiglioni trat ein. »Die Timonella ist bereit, Marchesa.«

»Ich danke Ihnen für Ihre Hilfe, Oberleutnant Castiglioni. Und auch dafür, was Sie für Maurizio getan haben.«

Der Oberleutnant lächelte, und plötzlich fiel ihr die Ähnlichkeit mit Maurizio auf. Beide waren mittelgroß, hatten hellbraunes Haar und Augen, deren Farbe zwischen Blau und Grau changierte. Vielleicht, wenn sie nahe genug heranträte, würde sie sehen, ob auch er diese goldenen Sprenkel darin hatte. Aber es war das Lächeln, die Art, wie sie den Mund verzogen, das bei beiden gleich war. Und beide hatten die gleiche forschende Art, jemanden anzusehen.

Sie erwiderte seinen Blick. »Ich verspreche Ihnen, dass von mir niemand von diesem Vorfall erfahren wird. Es wird keine Berichte in den Zeitungen geben. Ich habe dummerweise einen Ausflug gemacht und bin von Ihren Soldaten sicher nach Hause geleitet worden.«

»Danke, Marchesa.« Er verbeugte sich.

Sie seufzte leise, als sie sich umdrehte und den Raum verließ. Hoffentlich würde sie beide wiedersehen.

Bernardo Righetti wartete neben der Timonella. Der Braune war angespannt, ein gesatteltes Pferd stand daneben. »Sie können es sich aussuchen, ob Sie kutschieren oder reiten möchten«, sagte Righetti und verneigte sich kurz vor ihr.

Da sie keine Reitkleidung trug, zog sie es vor, zu kutschieren. Righetti half ihr auf die Timonella und übergab ihr die Zügel, dann saß er auf. Gianna wandte den Kopf und blickte zum Rathaus. Hinter einem der Fenster glaubte sie Maurizio zu sehen, aber vielleicht spielte ihre Einbildungskraft ihr auch nur einen Streich. Sie schnalzte mit den Zügeln, und der Braune trabte an.

24. KAPITEL

Wir warten, bis Righetti zurück ist, dann brechen wir auf«, sagte Castiglioni. »Ich habe ein Pferd für dich dabei.«

»Danke, Herr Oberleutnant.«

Castiglioni warf ihm einen ungeduldigen Blick zu. »Reiner Eigennutz. Ich habe keine Lust, dich aus den nächsten Schwierigkeiten herauszuhauen. Und in die gerätst du, wenn ich dich mit Vuković marschieren lasse.«

Da mochte er recht haben. Es juckte ihn in den Fingern, Ivo zu verprügeln. »Feldwebel Vuković kommt nicht mit uns nach Binasco?«

»Feldwebel Vuković und die Soldaten, die im Laufe der letzten Nacht hier eingetroffen sind, sind bereits auf dem Weg nach Melegnano. Die Franzosen dürften mittlerweile in Abbiategrasso Quartier bezogen haben. Righetti wird die Marchesa bis kurz vor die Stadt begleiten und dann umkehren, alles andere wäre ein zu großes Risiko.«

»Ich hätte sie auch begleiten können.«

Der Oberleutnant schüttelte den Kopf. »Manchmal ist ein schneller Abschied besser, und außerdem muss ich die Form wahren und wenigstens so tun, als würde ich dich für deine Eigenmächtigkeit bestrafen.« Der Oberleutnant deutete auf die Kaffeekanne. »Schenk uns noch mal Kaffee ein, und setz dich.«

Maurizio gehorchte, reichte dem Oberleutnant den Becher und setzte sich.

»Wir reiten direkt nach Melegnano und von dort aus weiter nach Lodi. Der Befehl heißt Rückzug hinter den Mincio.« Seine Stimme klang bitter. »Er überlässt die Lommelina den Franco-Sarden.«

Maurizio musste nicht fragen, wer *er* war. Castiglioni sprach von Feldzeugmeister Gyulay. »Mein Gewehr und mein Gepäck sind noch in Binasco.«

»Das liegt auf dem Weg, wir holen dein Zeug. In Melegnano oder spätestens in Lodi wirst du dich wieder deiner Kompanie anschließen. Und ich will keine Querelen mehr mit Vuković. Geh ihm aus dem Weg. Er mag ein Idiot sein, aber er ist ein guter Soldat. Wir werden jeden Mann brauchen.« Er hob die Augen zur Decke. »Ich bete, dass die Gerüchte wahr sind und Seine Majestät selbst den Oberbefehl übernimmt, damit wir diesen Salonlöwen Gyulay los sind. Er kann sich von jetzt an seine Mahlzeiten bestellen, wann es ihm passt, um elf Uhr frühstücken, niemanden wird es mehr stören, denn es wird keine eiligen Depeschen an ihn mehr geben. Weißt du, dass Napoleon nach Magenta erst eine Depesche nach Paris geschickt hat, in der von einem heißen, unentschiedenen Kampf die Rede war? Erst als Gyulay den Befehl gegeben hat, sich nach Binasco zurückzuziehen, hat Napoleon eine zweite Depesche geschickt, in der von einem großen Sieg die Rede war.«

Maurizio blieb stumm. Wie verzweifelt musste der sonst so loyale Castiglioni sein, um so über den Oberkommandierenden zu reden? Nicht zum ersten Mal kam ihm der Gedanke, dass Gyulay Ungar war, Angehöriger eines Volkes, das von den Österreichern unterdrückt wurde. Vielleicht wollte der Feldzeugmeister den Österreichern schaden, sie sabotieren. Aber, nein, der Gedanke war zu unwahrscheinlich. Gyulay gehörte zu denen, die von der Herrschaft der Habsburger profitierten, er war reich, obwohl in Mailand inzwischen Gerüchte umgingen, Gyulay sei von Napoleon mit zwei Millionen Franc bestochen worden, damit er die Lombardei den Franzosen überließ. Es war absurd. Gyulay war Millionär, warum sollte er so etwas tun?

Rückzug. Sie nahmen den gleichen Weg, den sie wenige Wochen zuvor vorwärtsmarschiert waren, dem Feind entgegen. Damals in Erwartung einer großen Schlacht und mit der Hoffnung auf einen Sieg. Zähneknirschend gaben die Oberleutnants das Kommando zum Rückzug, während Kuriere Nachrichten überbrachten, dass der Gegner triumphierend in Mailand einzog. Fünfzehntausend Soldaten hatte die österreichische Armee bei Magenta verloren. Tote und Vermisste. Die Überlebenden waren erschöpft, ausgehungert, ausgelaugt. Und jetzt mussten sie Gewaltmärsche zurück ins Festungsviertel durchstehen.

Maurizio ging mechanisch. Schritt für Schritt. Der monotone Marsch durch die Po-Ebene gab ihm zu viel Zeit zum Denken. Neben und hinter ihm gingen »seine« Jäger, oder vielmehr diejenigen, die Magenta überlebt hatten. Bernardo, der Italiener, Johannes, Fritz und Hans, die Österreicher, Milan, der Kroate. Fünf Leute. Vier waren gefallen oder vermisst. Karl, ein Bursche aus einem kleinen Tiroler Bergdorf. Er war erst achtzehn Jahre alt gewesen, der Sohn eines Jägers, der sich freiwillig gemeldet hatte. Ein Minié-Geschoss hatte ihm den halben Kopf weggerissen.

Zurück, Schritt für Schritt. In seinem Kopf waren Bilder, die er nicht sehen wollte.

Francesco Minuto aus dem Treviso, Anfang zwanzig, verheiratet. Seine Frau hatte ihr erstes Kind bekommen, als man ihn eingezogen hatte. Er hatte nicht kämpfen wollen. Eine Kartätschenkugel hatte ihm ein Bein zerschmettert, er war auf dem Schlachtfeld verblutet. Josef Hochwimmer, er war angeschossen worden. Vielleicht hatte er überlebt, er galt als vermisst. Ebenso wie Anton Gabler, der erst vor vier Wochen zu ihnen gestoßen war, auch ein Freiwilliger. Maurizio hatte ihn zuletzt in einem Kampf Mann gegen Mann gegen einen Zuaven gesehen.

Ab und zu ritt ihr Zugführer, Leutnant Meissner, vorbei

und wechselte einige Worte mit ihnen, versuchte aufmunternd zu klingen, doch der bittere Zug um seinen Mund und der resignierte Ton in seiner Stimme verrieten, dass er genauso bedrückt war wie sie. Alles umsonst, die Entbehrungen bei den Märschen, die Kämpfe, die Toten. Zu retten war nichts mehr. Gyulay hatte die Lomellina aufgegeben.

Sie marschierten durch Pavia, räumten die Stadt, die Vorräte und Geschütze blieben zurück, eine Beute der nachrückenden Franzosen.

Piacenza war bereits geräumt, als sie die Stadt erreichten. Weiter ging es nach Cremona, nach Mantua, bis sie endlich Verona erreichten.

Erst war es nur ein Gerücht, dann Tatsache. Der Kaiser war in Verona. Er hatte Gyulay in den Ruhestand versetzt. Als Leutnant Meissner seinen Zug davon unterrichtete, schien seine Stimme vor unterdrückter Freude zu vibrieren. »Gewehre und Uniformen reinigen«, befahl er. »Morgen wird es eine Parade geben.«

Fritz und Johannes warteten, bis er die Stube verlassen hatte, dann brachen sie in Jubel aus. »Endlich sind wir ihn los«, sagte Fritz und schlug Johannes auf die Schulter. »Vielleicht übernimmt sogar der Kaiser selbst das Kommando. Passt auf, dann schlagen wir die Franzmänner und auch die Piemontesen.«

Milan ging zu seinem Spind und holte eine Flasche mit einer klaren Flüssigkeit heraus. »Her mit euern Bechern. Darauf müssen wir anstoßen.«

Maurizio war nicht überzeugt, dass ein Wechsel in der Heerführung das Blatt wirklich wenden würde, doch er mochte seinen Kameraden die Stimmung nicht verderben.

So stieß er mit ihnen an. Der Schnaps war scharf und schmeckte leicht nach Pflaume.

Hans nahm einen großen Schluck und hustete. »Was ist das?«

Milan grinste. »Sliwowitz. Mein Vater brennt ihn selbst.«

Am nächsten Morgen wurden sie sehr früh von Leutnant Meissner geweckt. »Truppenparade. Ich will blanke Stiefel, blitzsaubere Gewehre und kein Stäubchen auf den Uniformen.«

Nach dem Frühstück stellten sie sich in Ehrenformation auf dem Paradeplatz auf. Vor den Jägern der V. Kompanie stand Leutnant Meissner neben den Hauptleuten. In einiger Entfernung entdeckte Maurizio Oberleutnant Castiglioni. Er saß auf Dario. Das schwarze Fell des Hengstes glänzte in der Morgensonne. Castiglioni ließ den Blick über seine Leute schweifen. Als er Maurizio ansah, nickte er ihm kurz zu.

Ein Mann in Generalsuniform verlas die Proklamation, dass der Kaiser den Oberbefehl über die k. und k. Armee übernehmen werde. Jubel brandete auf. Und dann kam er selbst: Franz Josef I. Er ritt durch das Tor. Vor den Truppen stieg er vom Pferd und ging die Reihen zu Fuß ab. Er sprach den einen oder anderen an, schüttelte hier ein paar Hände und nickte dort den Soldaten zu. Begleitet wurde er von einem Offizier, der ihm wohl einiges erklärte.

Schließlich war auch das zu Ende, der Kaiser saß auf und ritt vom Platz. Danach durften sie sich endlich rühren und wegtreten.

Ein paar Tage später gab der Kaiser Befehl zum Ausrücken. Angeblich rüsteten die Preußen auf, um die Franzosen von Norden her anzugreifen.

»Eine solche Gelegenheit gibt es vielleicht so schnell nicht wieder«, verkündete Oberleutnant Castiglioni, als er sein Bataillon antreten ließ. »Auch Napoleon wird über die preußische Mobilisierung informiert sein, und einen Krieg an zwei Fronten kann er nicht gewinnen.«

Sie brachen am nächsten Morgen in der Dämmerung auf und marschierten mal wieder in Richtung Mincio. Am Abend zuvor war Maurizio zu Oberleutnant Castiglioni beordert worden.

»Du hast dich gut geschlagen bisher«, sagte Castiglioni nach der förmlichen Begrüßung und bot ihm einen Platz an. »Wenn diese Schlacht vorbei ist, werde ich dafür sorgen, dass du zum Leutnant befördert wirst.«

»Danke, Herr Oberleutnant.«

»Kein Grund, zu danken«, wiegelte er ab, wie so oft. »Du hast es verdient, auch wenn es manchmal ein paar Probleme mit der Disziplin gab.« Er lächelte kurz. »Hast du noch mal was von der kleinen Marchesa gehört?«

»Nein, Herr Oberleutnant. Ich weiß, dass sie nach Hause in die Toskana wollte, aber ich weiß nicht, ob sie schon aufgebrochen ist.«

»Du solltest Urlaub einreichen und sie besuchen.«

Maurizio versuchte zu lächeln, obwohl ihm nicht danach zumute war. »Wenn der Krieg vorbei ist.«

Castiglioni presste die Lippen zusammen. »Ich glaube, dass die nächste Schlacht die letzte in diesem verfluchten Krieg sein wird. Entweder wir schlagen sie, dann werden sich die Franzosen zurückziehen, oder wir werden geschlagen und …« Er hob die Schultern. »Hoffen wir, dass es nicht passiert.«

»Was ist mit den Preußen?«, fragte Maurizio.

»Ich glaube nicht, dass sie eingreifen. *Noch* nicht.«

Er machte eine kurze Pause, dann sprach er leise weiter. »Auch wenn der Befehl lautet, keine Nahrungsmittel mitzunehmen, damit mehr Platz für Kugeln und Pulver im Marschgepäck ist, pack dir was zu essen und auch Wasser ein. Sieh zu, dass auch deine Leute es tun. Der Nachschub ist immer noch miserabel organisiert, und ihr könnt nicht kämpfen, wenn ihr tagelang nicht richtig gegessen habt. Aber das weißt du natürlich nicht von mir.«

Maurizio nickte und verabschiedete sich.

Beim Frühstück nahm er sich mehrere kleine Brote aus dem Brotkorb und packte zwei davon in seinen Tornister, und zwar so, dass seine Jäger es sahen. Auf ihre fragenden Blicke hin nickte er. Also griffen auch sie zu, und sie waren nicht die Einzigen. Selten zuvor war der große Korb mit Brot so schnell leer gewesen.

Dann marschierten sie los. Zweihunderttausend Mann stark sei die Armee mittlerweile, hatte Feldzeugmeister Franz von Wimpffen vor dem Abmarsch verkündet. Die Division von Feldmarschallleutnant von Stadion, zu der Maurizio gehörte, stand unter seinem Oberkommando. Trotz der Hitze waren die meisten Soldaten guter Laune. Viele sangen, andere machten Witze über die schlechte Verpflegung. Die allerdings wurden still, als bekanntgegeben wurde, dass das Mittagessen ausfallen werde, weil die Offiziere keine Zeit damit verlieren wollten, Fleisch und Brot zu requirieren. Wie Castiglioni es prophezeit hatte, funktionierte der Nachschub mal wieder nicht. Immerhin wurde Kaffee ausgeschenkt, und es wurde eine kurze Rast gehalten.

»Warum besorgen wir uns nicht selbst was zu essen?«, murrte Michael, einer der neuen Jäger in Maurizios Gruppe. Er war mit einem Trupp Soldaten erst am 17. Juni aus

Innsbruck eingetroffen. »Dort hinten habe ich Hühner gackern hören. Wir holen uns zwei oder drei, dann haben wir wenigstens heute Abend was.«

»Weil es verboten ist«, antwortete Maurizio. »Die Führung geht mit äußerster Härte gegen Diebe und Plünderer vor. Wenn sie dich erwischen, erschießen sie dich.«

»Wegen ein paar Hühnern, die wir unseren Feinden wegnehmen?«

»Die Zivilbevölkerung ist nicht der Feind. Und es sind schon Soldaten für weniger erschossen worden.«

Zweifelnd sah Michael ihn an. Maurizio konnte in seinem Gesicht lesen, dass er glaubte, er sage das nur, weil er Italiener war. Die Neuen aus Innsbruck begegneten den italienischen Soldaten mit Misstrauen.

Bernardo beugte sich vor. »Hör zu, Junge. Kurz vor Magenta sind zwei Ungarn dabei erwischt worden, wie sie zwei kleine Votivherzen aus Silberblech von einem Kruzifix an einer Landstraße entfernt haben. Sie wollten sie wahrscheinlich als Glücksbringer haben. Beide wurden von Feldmarschallleutnant Benedek zum Tode verurteilt und sofort hingerichtet.«

Michael wurde blass. »Aber warum?«

»Weil die sardinische und die französische Presse ständig böswillige Lügengeschichten über die angeblichen Gräueltaten der Österreicher drucken und deshalb jeglicher Übergriff oder Diebstahl strengstens bestraft wird. Das war Benedeks Begründung. Also lass die Bauern hier in Ruhe.«

Michael nickte stumm.

Sie marschierten weiter, überquerten den Mincio und wandten sich nach Süden. Als die Sonne sank, entdeckte Maurizio in der Ferne auf einem Hügel einen Turm. Hauptmann Häusel zügelte sein Pferd neben ihnen und deutete auf den Turm. »Das ist unser Ziel, Männer: Solferino.«

Sie erreichten die Stadt wenig später. Hauptmann Häusel wies seinen Jägern ihre Positionen zu. Sie sollten sich in kleinen Gruppen auf dem Abhang vor dem Turm verschanzen und gezielt auf die anrückenden Truppen schießen, um deren Vormarsch frühzeitig zu stören.

Maurizio lagerte mit seiner Gruppe hinter einem Erdwall, auf dem niedrige Büsche wuchsen. Von hier hatte man einen guten Blick über die Ebene. Spione berichteten, dass weit und breit keine feindlichen Truppen zu sehen waren, trotzdem überprüfte Maurizio seinen Stutzen und die Munition und wies seine Jäger an, das Gleiche zu tun. Leutnant Meissner kam in Begleitung einiger Soldaten, die Kaffee ausschenkten.

»Kein Essen?«, fragte Maurizio.

Der Leutnant presste die Lippen zusammen. »Oberleutnant Castiglioni versucht herauszufinden, wo der Nachschub festhängt.«

Dankbar dachte Maurizio an den Rat seines Onkels, etwas zu essen einzupacken. Er holte die beiden kleinen Brote aus seinem Tornister, und auch die anderen packten ihren verbotenen Proviant aus.

Trommeln und Kanonendonner weckten ihn auf. Erschrocken fuhr er hoch. Er hatte von Gianna geträumt und von zu Hause. Wo war er, in einer Schlacht? Im Osten zeigte sich ein heller Schein, sonst war es noch dunkel. Es konnte nicht später als vier Uhr morgens sein. Um ihn herum setzten sich die Männer auf, blickten sich um. Der Lärm kam aus der Ebene vor ihnen. Es musste der Feind sein. Sein Magen zog sich zusammen. Der Feind? Seine Landsleute?

Er verdrängte den Gedanken. Keiner hatte recht in diesem Krieg.

Hufschläge rissen ihn aus seinen Überlegungen. Ein Soldat, den er nicht kannte, kam angeritten und zügelte sein Pferd neben ihnen. »Hauptmann Häusel! Die französische Armee marschiert in diesem Moment auf uns zu. Bringen sie Ihre Männer in Stellung!«

25. KAPITEL

Ein Knall. Der Gestank von Pulver, Schreie um ihn herum. Er legte an, schoss und duckte sich, um sein Gewehr nachzuladen. Neben ihm schoss Bernardo, duckte sich, lud nach. Sie wechselten sich ab, hielten die anrückenden Franzosen unter Feuer. Das Zischen einer Kanonenkugel ließ ihn zusammenfahren, sie schlug einige Meter vor ihnen ein.

»Zurückziehen!«, brüllte Leutnant Meissner hinter ihnen.

Geduckt gingen sie rückwärts. Die nächste Kanonenkugel schlug ein, dieses Mal schon näher. Und dann fielen Schüsse von der Seite. Maurizio spürte einen Schlag über der Hüfte, er sackte zusammen, ein sengender Schmerz breitete sich in seiner rechten Seite aus. Neben ihm krümmte sich Bernardo. Vorsichtig richtete Maurizio sich auf. Seine Seite schmerzte, doch er konnte sich bewegen. Vermutlich war es ein Schrapnell gewesen, das ihn erwischt hatte. Wenn es eines der neuartigen Minié-Geschosse der Franzosen gewesen wäre, wäre er jetzt tot. Er kroch zu Bernardo. In dessen Oberschenkel klaffte eine tiefe Wunde, das Blut strömte pulsierend daraus hervor.

»Verdammt.« Er brauchte irgendetwas, mit dem er das Bein abbinden konnte. Er griff nach dem Gurt, der Bernardos Tornister hielt, doch Bernardo schlug ihm die Hand weg. »Was soll das?«, fuhr Maurizio ihn an. »Ich muss dein Bein abbinden.«

»Verschwinden musst du«, zischte Bernardo. »Da kommen die Franzosen. Du kannst mir nicht mehr helfen.«

Maurizio sah in die Richtung, in die er deutete. Im flirrenden Sonnenlicht erkannte er die rotblauen Uniformen der Franzosen. Sie stürmten den Hügel. »Merda!« Trotz des stechenden Schmerzes in seiner Seite richtete er sich auf, packte Bernardo unter den Achseln und zerrte ihn mit sich. Nach einigen Metern erschlaffte der Körper in seinen Armen. »Nein!« Maurizios Schrei wurde vom Donnern der Kanonen und dem Krach der Musketen übertönt. Bernardo war tot. Er ließ den Körper zu Boden gleiten, sank neben ihm zusammen. Seine Hände zitterten, als er seinem Freund die Augen schloss. Hastig sprach er ein Gebet, dann nahm er ihm die Kette mit dem Kreuz, die er um den Hals trug, ab und schob sie in seine Jackentasche. Er würde sie an seine Familie schicken. Vorausgesetzt, er überlebte die Schlacht. Vielleicht wäre es besser gewesen, sie ihm zu lassen.

Zu spät. Wieder krachten Schüsse. Maurizio robbte hinter den nächsten Erdwall und versuchte sein Gewehr zu laden.

»Haltet die Stellung«, hörte er Castiglioni rufen. »Für den Kaiser!«

Nicht mein *Kaiser,* dachte er.

Aber der andere, gegen dessen Soldaten er kämpfte, war ebenso wenig sein Kaiser.

Jemand nahm ihm die Flinte aus der Hand und gab ihm eine andere. »Geladen.«

Er nickte und legte auf einen Franzosen an, der mit aufgepflanztem Bajonett auf den Wall zustürmte. Der Schuss warf den Mann zu Boden. Wieder wurde ihm das Gewehr weggenommen und ein anderes in die Hand gedrückt. Er wandte kurz den Kopf. Neben ihm lag einer der neuen Rekruten, ein Junge von allerhöchstens neunzehn. Er verzog den Mund, als wollte er ihn anlächeln, doch es wirkte eher wie eine angstvolle Grimasse. Maurizio blickte wieder nach vorne auf die anrückenden Franzosen. Er zielte, drückte ab, und einer in blauer Uniform fiel. Er gab das Gewehr dem Jungen und nahm ein geladenes in Empfang. Das Zielen fiel ihm zunehmend schwer, seine Hände zitterten. Er tastete nach seiner Hüfte. Der Stoff des Waffenrocks war nass, und als er die Hand zurückzog, waren seine Finger rot von Blut.

Eine Kanonenkugel schlug unmittelbar vor dem Erdwall ein, eine zweite wenige Meter rechts von ihm. Er bekam keine Luft mehr, seine Ohren dröhnten. Die Luft war erfüllt von Staub und Rauch. Als er wieder sehen konnte, lag der Junge, der seine Gewehre geladen hatte, merkwürdig verrenkt neben ihm, seine Augen waren gebrochen. Auf dem nächsten Erdwall entdeckte er Castiglioni, der seine Hände auf den Bauch drückte. Maurizio versuchte, auf die Beine zu kommen, als Männer in blauroter Uniform den Hügel stürmten. Ihnen folgten andere, die rote Pluderhosen, kurze blaue Jacken und rote Kappen trugen. Napoleons Zuaven. Mit ihren Krummsäbeln hackten sie auf die Verletzten ein, fällten Flüchtende.

Maurizio griff nach seinem Stutzen, pflanzte mit fliegenden Fingern das Bajonett auf.

Einer der Zuaven entdeckte Castiglioni, der versuchte, hinter den Erdwall zu robben. Mit gehobenem Säbel stürmte er auf ihn zu.

»Nein!« Nicht auch noch Castiglioni! Maurizio sprang auf und warf sich dem Zuaven entgegen. Drei Schritte, dann rammte er dem Mann das Bajonett in den Bauch. Danach ließ er den Stutzen los und brach über dem Oberleutnant zusammen. Der Säbel des Zuaven verfehlte Castiglioni, strich Maurizio über die Wange. Der Zuave fiel auf die Knie, seine Augen waren geweitet, die Hände umklammerten das Bajonett. Maurizio achtete nicht auf ihn. Er musste den Oberleutnant und sich in Deckung bringen. Sein Herz hämmerte, das Blut rauschte so laut in seinen Ohren, dass die Schüsse und Schreie wie von fern schienen. Irgendwie schaffte er es, aufzustehen und Castiglioni nach hinten zwischen die Weinstöcke zu zerren, die rechts von dem Erdwall wuchsen. Dort legte er ihn hin, ließ sich neben ihn fallen und schloss die Augen. Nichts mehr hören, nichts mehr sehen. Er wollte weinen, schreien. Bernardo war tot. Der Junge, der sein Gewehr geladen hatte, dessen Namen er nicht kannte, war tot. Die meisten seiner Kameraden, mit denen er exerziert, gefeiert, gelacht und gestritten hatte, waren wohl inzwischen nicht mehr am Leben. Doch seine Ohren konnte er nicht verschließen, und als sein Atem sich beruhigt hatte, hörte er die Schreie der Verwundeten nur umso deutlicher. Neben ihm stöhnte Castiglioni. Maurizio setzte sich auf. Sein Magen krampfte sich zusammen, als er die Wunde sah. Es musste eines der Minié-Geschosse gewesen sein, es hatte den Oberleutnant in den Bauch getroffen und ein großes Loch hineingerissen.

Er konnte die Gedärme in der Wunde sehen. Wahrscheinlich steckte die Kugel noch. Panisch sah er sich um. Wo waren die Krankenwärter? Castiglioni musste in Sicherheit gebracht werden, die Wunde musste so schnell wie möglich versorgt werden.

Ächzend richtete sich der Oberleutnant auf und sah auf seinen Bauch. »Merda, das war's dann wohl.« Er ließ sich zurücksinken.

Maurizio versuchte, den Kloß in seiner Kehle zu schlucken, doch es gelang ihm nicht. »Ich hole Hilfe, Herr Oberleutnant. Wir bringen Sie in Sicherheit.«

Castiglioni schüttelte den Kopf. »Lass gut sein, mein Junge. Ich weiß, dass ich sterbe. Einen solchen Bauchschuss überlebt niemand. Nicht nötig, noch ein Risiko einzugehen.«

»Nein!« Das würde er nicht akzeptierten. Dieser Mann war sein Vater, viel mehr als Sergio Castiglioni es jemals gewesen war. Er durfte nicht sterben. Es musste eine Möglichkeit geben, ihn zu retten. Und wenn er ihn selbst über das Schlachtfeld zum Lazarettlager tragen musste.

Castiglioni hob die Hand und strich über Maurizios unverletzte Wange. »Bist ein guter Junge. Wenn ich einen Sohn gehabt hätte, hätte er so sein sollen wie du. Sag das meinem missratenen Bruder. Er kann stolz auf dich sein.«

»Danke, Herr Oberleutnant.«

Castiglioni verzog unwillig das Gesicht. »Für die Wahrheit brauchst du dich nicht zu bedanken. Hör mir zu, ich weiß nicht, wie viel Zeit ich noch habe. Ich fürchte, der Krieg ist verloren. Vielleicht gibt es irgendwo noch mal Schlachten, die sinnlose Opfer fordern, aber du sollst nicht dabei sein. Du bist verletzt. Bleib hier, versteck dich oder stell dich tot. Und wenn es vorbei ist, dann gehst du zu deinem Mädel, dieser niedlichen Marchesa, und heiratest sie. Mach ihr viele Kinder. Und wenn Söhne dabei sind, könntest du einen nach mir benennen? Das wird alles sein, was von mir bleibt, ich habe keine eigenen Kinder.« Sein Atem ging schwer, immer wieder verzog er das Gesicht.

Maurizio spürte die Tränen über sein Gesicht laufen. Auf seiner linken Wange mischten sie sich mit dem Blut aus der Wunde des Säbels und tropften hellrot auf seine Hände. »Ich verspreche es. Wenn Gianna mich will und wir Kinder haben, wird unser erster Sohn Ihren Namen tragen, Herr Oberleutnant.«

»Natürlich will sie dich. Ich habe gesehen, wie sie dich ansieht. Das Mädel liebt dich.« Er schloss die Augen.

Maurizio spähte zwischen den Weinreben hindurch. Die Franzosen zogen sich zurück, hinter ihnen drängte die habsburgische Armee heran, eroberte den Hügel zurück. Seine Wange schmerzte. Er tastete nach der Wunde, die der Säbel des Zuaven gerissen hatte. Es war ein Schnitt, glatt, aber tief, der sich von seinem linken Auge bis zu seinem Kinn zog. Das war nicht weiter schlimm, auch wenn eine Narbe bleiben würde. Schlimmer war das Schrapnell, das über seiner Hüfte steckte. Er tastete nach seiner Feldflasche. Ein kleiner Schluck war noch darin. Er beugte sich über Castiglioni und befeuchtete ihm die Lippen, dann trank er den Rest. Die Sonne stand hoch und brannte unbarmherzig. Der Gestank von Blut und Exkrementen lag in der Luft.

»Soldat, was tun Sie hier?«

Hinter ihm stand ein Mann in der Uniform eines Leutnants. »Oberleutnant Castiglioni ist verletzt«, antwortete er. »Ich habe ihn in Deckung gebracht.«

Der Mann warf einen kurzen Blick auf Castiglioni und stieß einen Fluch aus. »Da kann man nichts mehr tun.«

»Ich weiß«, sagte Maurizio leise. Wieder stiegen ihm die Tränen in die Augen.

»Sie mochten ihn?«

»Sehr.«

»Dann nehmen Sie jetzt Ihr Gewehr und kämpfen. Los! Machen Sie ihm Ehre.«

Maurizio nickte. »Arrivederci«, flüsterte er Castiglioni zu.

Der schlug die Augen auf. »Aber nicht so bald, mein Junge. Nicht so bald. Dich will ich erst in fünfzig Jahren wiedersehen.«

Mühsam stand Maurizio auf.

»Sind Sie ebenfalls verletzt?«, fragte der Leutnant. »Wo ist Ihr Gewehr?«

»Ich wurde angeschossen, und mein Gewehr ist dort.« Er wies mit dem Kinn auf den toten Zuaven.

Der Leutnant ging hin, packte den Stutzen, stemmte einen Fuß auf den Bauch des Mannes und riss das Bajonett heraus. Dann kam er zurück und reichte den Stutzen Maurizio. »Haben Sie noch Munition?«

»Jawohl.«

»Kommen Sie mit.«

Mechanisch griff er nach der Flinte und hinkte hinter dem Mann her, vorbei an Toten und Verwundeten.

Der Leutnant rief einen der Soldaten, der ihnen mit den heranstürmenden Truppen entgegenkam. »Dort zwischen den Weinstöcken liegt Oberleutnant Castiglioni. Holen Sie sich einen zweiten Mann, und bringen Sie ihn ins Feldlazarett.«

»Danke, Herr Leutnant«, sagte Maurizio.

Der Mann drehte sich zu ihm um. »Machen Sie sich keine Hoffnungen, er wird nicht überleben. Aber wir werden ihn nicht den Leichenfledderern oder dem Feind überlassen.« Er deutete auf einen anderen Erdwall. »Dahinter liegen einige Kaiserjäger in Stellung, da ist jetzt Ihr Platz.«

So schnell er konnte, humpelte Maurizio hinter den Wall, hockte sich hin und lud sein Gewehr. Dann legte er sich hin. Rechts und links von ihm lagen Männer in grauen Waffenröcken. Er spähte über den Wall. Von hier aus hatte man einen guten Blick auf die Ebene von Cavriana und die heranrückenden Franzosen. Er legte an.

»Warte noch«, sagte der Mann neben ihm. »Wir sollen sie näher herankommen lassen.«

Er nickte. Links von ihm lag Solferino, das sie verteidigen sollten. Rechts lagen die Weingärten, die sowohl ihnen als auch den Franzosen das Vorwärtskommen erschwert hatten. Doch jetzt hörte er Hufschläge, Wiehern und Geschrei von links. Die französische Kavallerie schlug einen Bogen um das österreichische Heer und versuchte durchzubrechen. Er schwenkte das Gewehr und schoss. Einer der Reiter stürzte und geriet unter die Hufe der nachfolgenden Pferde. Seine Hände zitterten, als er nach der nächsten Kugel griff.

»Lass uns abwechseln«, sagte der Mann neben ihm. »Du lädst, ich schieße. Nach zehn Schuss tauschen wir. Ich bin übrigens Hans.«

Dankbar nickte er. »Maurizio.«

Er kroch ein Stück den Wall hinunter in Deckung, setzte sich und lud sein Gewehr. Dann gab er es Hans, nahm dessen in Empfang, lud es, wartete, bis Hans gefeuert hatte, und tauschte die Gewehre. Immer näher kamen die Franzosen. Ihre Gewehre waren nicht so treffsicher wie die der

Habsburger, die moderner waren und eine größere Reichweite hatten, aber das machten sie durch Masse und ihr unaufhaltsames Vorwärtstürmen wett.

Als sie die Flinten wieder tauschten, rieb Hans sich die Augen.

»Jetzt lädst *du*«, sagte er zu Hans und kroch nach oben.

Das Zielen und das Schießen waren anstrengend. Wie viele Stunden dauerte die Schlacht jetzt schon? Seinem Durst nach zu urteilen, viele. Wie sollte man so kämpfen, halbverhungert und durstig? Wenigstens waren inzwischen Wolken aufgezogen, die Sonne brannte nicht mehr auf seinen Rücken.

Schüsse knallten, die Linie der Franzosen rückte näher. Er visierte einen der Zuaven an und drückte ab. Ob er getroffen hatte, konnte er nicht erkennen, weil eine Kanonenkugel einige Meter vor dem Wall einschlug und Staub und Erde aufwirbelte. Es donnerte wieder, aber dieses Mal über ihm. Er warf einen Blick zum Himmel. Die Wolkendecke hatte sich verdichtet. Ein Blitz zuckte über den Himmel, kurz danach krachte der Donner. Und dann fing es an zu regnen. Es war kein sanfter Sommerregen, sondern eine Sturzflut. In kürzester Zeit waren sie bis auf die Haut durchnässt.

»Verdammt, da zündet kein Pulver mehr«, hörte er Hans neben sich fluchen.

Ihrem Gegner ging es jedoch ebenso, es fielen noch einige Schüsse, dann verstummten die Gewehre. Die Männer pflanzten die Bajonette auf, warfen ihr Tornister ab und gingen aufeinanderlos. Maurizio rammte sein Bajonett einem anstürmenden Franzosen in den Bauch und riss es sofort wieder heraus. Der nächste Soldat, der auf ihn zustürmte, hatte weder Gewehr noch Säbel, mit bloßen

Händen ging er auf ihn los. Maurizio zögerte, er konnte doch keinen Wehrlosen töten. Doch dann spürte er die Hände des Soldaten an seinem Hals. Er ließ sein Gewehr fallen, griff nach den Daumen des Mannes und versuchte sich zu befreien, aber der andere hatte Bärenkräfte. Doch plötzlich riss er die Augen auf, sein Griff lockerte sich. Aus seiner Kehle sprudelte Blut. Hinter ihm stand ein Soldat in ehemals weißem Waffenrock und einem Messer in der Hand. Er warf einen kurzen Blick auf die Leiche, wandte sich um und stürmte dem nächsten Angreifer entgegen. Überall kämpften jetzt Mann gegen Mann, mit Säbel, Messer, Gewehrkolben oder bloßen Händen. Soldaten schlugen, traten und bissen sich. Maurizio hob sein Gewehr auf. Vor ihm war ein Mann in grauem Waffenrock in ein Handgemenge mit einem Zuaven verwickelt. Maurizio rannte los und erstach den Zuaven von hinten mit dem Bajonett. Doch ehe er es wieder aus dem Rücken des Mannes herausziehen konnte, spürte er einen heftigen Schlag auf den Hinterkopf. Er fiel zu Seite und rollte ein Stück den Abhang hinunter. Dann wurde alles schwarz.

Als er wieder zu sich kam, lag er auf dem Bauch, den Kopf zu Seite gedreht, und sein Hinterkopf fühlte sich an, als hätte ihn jemand mit einem Schmiedehammer bearbeitet. Was war passiert? Er erinnerte sich an den Ansturm der Franzosen, an den Schlag auf den Kopf. Jemand musste mit einem Gewehrkolben auf ihn eingeschlagen haben. Um ihn herum lagen Männer in den verschiedensten Waffenröcken. Direkt vor ihm lag ein Infanterist, dem der halbe Unterkiefer fehlte und der leise wimmerte.

Dann sprengte ein Trupp Kavallerie vorbei, über die Körper der Männer, die auf dem Weg lagen, hinweg, ohne Rücksicht auf Verwundete. Ihnen folgte bespannte

Artillerie. Schwere Pferde, die Haubitzen zogen, bahnten sich ihren Weg. Einer der am Boden liegenden schrie gellend, als ihm die Räder einer Haubitze über sein Bein fuhren, ein anderer rollte sich zur Seite und geriet unter die Hufe eines nachfolgendes Pferdes. Schreie, Flüche und Hilferufe mischten sich unter das Wiehern der Pferde. Dann rutschte eines der Zugpferde auf dem schlammigen Boden aus. Das mit eingespannte Pferd scheute. Die Haubitze, die sie zogen, kam vom Weg ab und rutschte auf Maurizio zu. Verzweifelt rollte er sich zur Seite, versuchte, auf die Beine zu kommen. Die Haubitze rutschte weiter, zerrte die Pferde mit sich, die stampfend darum kämpften, auf den Beinen zu bleiben. Einer der Hufe traf seine linke Hand. Er glaubte die Knochen brechen zu hören, dann folgte eine Welle von Schmerz. Wieder wurde es schwarz um ihn.

Als er die Augen wieder aufschlug, war es dunkel. Der Schlachtenlärm war verstummt, stattdessen hörte er um sich herum Jammern und Hilferufe, manche leise, andere laut und verzweifelt. Die Schlacht musste vorbei sein, und die Laute kamen wohl von anderen Verwundeten, die man zurückgelassen hatte. Seine Hüfte schmerzte, und sein linker Arm fühlte sich taub an. Er versuchte sich aufzurichten. Der Schmerz in seiner Hand war so heftig, dass er aufschrie. Er holte tief Luft, biss die Zähne aufeinander, stützte sich mit der rechten Hand ab und kam zum Sitzen. Seine linke Hand pochte und tat unfassbar weh. Er versuchte den Arm zu heben, doch der schien seltsam kraftlos. Schließlich griff er mit der rechten Hand nach dem Handgelenk und hob die Hand auf sein Bein, oder vielmehr das, was von seiner Hand übrig war. Sie sah aus, als hätte sein

Vater, der Schmied, sie auf seinem Amboss bearbeitet. Dunkel von Blut, seltsam breit, und was da so hell aus dem Fleisch stach, waren wohl Knochensplitter. Der Gaul hatte ihn gründlich erwischt. Er blickte sich um. Der Mond schien durch eine Wolkenlücke. Im fahlen Licht sah er zahllose Körper auf dem Feld liegen. Wo waren die Truppen? Er suchte nach dem Schein eines Feuers, doch erfolglos. Sollte er versuchen aufzustehen und ein Lager zu finden? Doch wohin sollte er gehen? Blindlings in der Nacht umherzuirren, war gefährlich, er könnte auf Feinde stoßen. Hier liegen bleiben und darauf hoffen, dass man nach Verletzten suchte? Wahrscheinlich war das seine einzige Chance. Wenn er nur nicht so durstig wäre. Ob einer von den Toten um ihn herum noch Wasser in seiner Feldflasche hatte? Mühsam stand er auf. Wie viele hier lagen. Soweit er sehen konnte, war der Boden mit Körpern bedeckt. Er machte einen vorsichtigen Schritt, dann sackten seine Beine unter ihm weg. Er fiel auf die verwundete Hand und brüllte vor Schmerz. Es kostete ihn alle Kraft, sich auf den Rücken zu drehen. Seine Hand pochte, ihm war heiß. Hatte er Fieber? Vermutlich. Er blieb liegen und schloss die Augen, versuchte sich Giannas Gesicht vorzustellen. Mit der rechten Hand tastete er nach dem Anhänger.

Gianna, Gianna. Ich wollte dich wiedersehen, dachte er. *Ich wollte dich noch einmal küssen, noch einmal lieben.*

Ob Beten helfen würde?

Er musste eingeschlafen sein, denn er wurde von Stimmen geweckt. Inzwischen schmerzten nicht nur seine Hand und seine Hüfte, sondern auch sein Gesicht. Die Schnittwunde, die der Zuave ihm mit seinem Säbel verpasst hatte, musste sich entzündet haben. Jemand beugte sich über ihn, Hände tasteten über seinen Körper. Er zwang sich, die Augen zu öffnen, und blickte in ein bärtiges Gesicht und blaue Augen.

Der Mann richtete sich auf. »Der hier lebt noch!«, rief er.

Maurizio brauchte einen Moment, um zu begreifen, dass der Mann Deutsch sprach. Ein Österreicher.

Er beugte sich wieder über ihn. »Keine Angst, Kamerad, wir bringen dich in Sicherheit.«

Dann waren plötzlich mehrere Leute um ihn und hoben ihn hoch. Der Schmerz in seiner kaputten Hand nahm ihm den Atem. Man legte ihn auf ein Fuhrwerk neben andere Verwundete. Ruckelnd fuhr der Karren an, hielt ein paar Meter später, und der nächste Verletzte wurde hinaufgehievt.

Einige Zeit später erreichten sie eine Straße, die Hufe des Pferdes klapperten auf Pflastersteinen. Jetzt hielten sie nicht mehr an, um weitere Verwundete aufzuladen.

Als Schatten auf sein Gesicht fielen, öffnete er die Augen. Sie mussten in einer Stadt sein, es waren die Wände der Häuser, die sie warfen. Das Rütteln des Fuhrwerks auf dem Pflaster jagte den Schmerz wie glühende Nadeln durch seinen Körper. Der Mann neben ihm wimmerte.

Endlich hielten sie wieder an. Männer kletterten auf den Karren, zwei packten ihn, einer an den Beinen, einer an den Schultern. Sie gaben sich keine Mühe, vorsichtig zu sein, sondern schleppten ihn in einen kühlen dunklen Raum, wo sie ihn unsanft auf den Boden legten.

»Warum lassen wir die Österreicher nicht einfach verrecken und kümmern uns um unsere eigenen Verwundeten?«, murrte der eine im Gehen.

Natürlich, wahrscheinlich war es die italienische Bevölkerung der Stadt, die half, die Verwunden zu bergen. Er konnte von Glück sagen, dass man ihn nicht einfach auf dem Schlachtgeld hatte liegen lassen. Doch wie würde es weitergehen? Lag er hier in der Kirche zum Sterben? Eine Frau hockte sich zu ihm, sah ihm ins Gesicht. Dann befeuchtete sie ein Leinentuch mit Wasser und strich ihm über die Lippen.

»Durst«, murmelte er. »Wasser, bitte gib mir Wasser.«

»Du bist Italiener?« Das Mitleid verschwand aus ihrem Gesicht, machte einem Ausdruck von Verachtung Platz. »Und hast für die Österreicher gekämpft?«

»Gib ihm trotzdem Wasser, Valentina.« Der Mann, der sprach, trug eine schwarze Soutane. »Vielleicht liegt auch dein Sohn irgendwo verletzt in einer Kirche und ist dankbar, wenn sich jemand um ihn kümmert. Vor Gott sind wir alle Brüder. Tutti Fratelli.«

Die Frau zögerte, dann nickte sie. »Sie haben recht, Don Lorenzo. Tutti Fratelli.« Sie füllte einen Becher aus ihrem Krug und hielt ihn Maurizio an die Lippen. »Trink langsam«, sagte sie.

Er gehorchte, trank ein paar Schlucke. »Grazie mille, Signora.«

»Du hast da einen bösen Schnitt im Gesicht.« Sachte tupfte sie mit dem Leinentuch seine Wange ab. »Hat sich entzündet, da wird eine Narbe bleiben. Bist du sonst noch verletzt?«

»Meine Hand und eine Wunde von einem Schrapnell über der rechten Hüfte.«

Die Frau beugte sich vor, um seine Hand anzusehen. »Madonna! Das sieht schlimm aus. Du brauchst schleunigst einen Arzt. Aber die kümmern sich erst einmal um die Schwerstverletzten.« Sie winkte einem jungen Mädchen, das dem Mann neben ihm etwas zu trinken gereicht hatte. »Hast du noch Malvenwasser, Sofia? Meines ist alle.«

»Ich habe noch welches. Warum?«

»Du musst die Hand des jungen Mannes hier darin baden. Es kann dauern, bis einer der Ärzte Zeit hat, sich um ihn zu kümmern.«

»Ich mache das, Mamma.«

Die ältere Frau packte ihr Verbandszeug zusammen und ging zu dem nächsten Verwundeten.

Das Mädchen setzte sich neben ihn, goss eine Flüssigkeit aus einer Tonflasche in eine Schale, dann griff sie nach seinem Handgelenk, hob es an und legte seine Hand in die Schale. Obwohl sie sehr vorsichtig war und seine Hand langsam bewegte, traten ihm die Tränen in die Augen, und er konnte ein Stöhnen nicht unterdrücken. Mitleidig sah sie ihn an. Sie war noch sehr jung, vielleicht sechszehn oder siebzehn Jahre alt. Er erinnerte sich an die Worte des Pfarrers an ihre Mutter. Ihr Bruder war für die Franco-Sarden in den Krieg gezogen. Vielleicht hatte sie auch einen Liebsten bei der Armee. Trotzdem saß sie hier und versorgte ihn, obwohl er der Feind war.

Die kühle Flüssigkeit linderte die Schmerzen in seiner Hand. Wie hatten sie es genannt? Malvenwasser? Er schaute in die Schale. Blut hatte das Wasser rot gefärbt. Das, was im Wasser lang, hatte keine Ähnlichkeit mehr mit einer Hand. Es war eine geschwollene Masse Fleisch, die Finger standen grotesk in verschiedene Richtungen ab.

»Was bewirkt Malvenwasser?«

»Es wirkt heilend und kann Wundbrand verhindern.« Sie lächelte. »Möchten Sie noch etwas trinken?«

»Ja, gerne. Sie sind sehr freundlich, Signorina. Wo ich doch Ihr Feind bin.«

»Niemand hier in dieser Kirche ist mein Feind. Ich sehe hier nur Menschen, die Hilfe brauchen. Und wir sind nicht genug, um zu helfen.«

Da hatte sie recht. Beinahe ohne Pause wurden Verwundete hereingeschleppt. Und viele starben. Für jeden Toten, der hinausgetragen wurde, kamen zwei neue Verwundete hinzu.

Maurizios Blick fiel auf einen Mann in einem weißen Anzug, der vom einen zum anderen ging, hier nach einer Helferin rief, dort Verbandszeug holte. Sein Gesicht war sehr blass, immer wieder blickte er sich in der Kirche um und schüttelte den Kopf, als könnte er nicht fassen, was er sah. »Wer ist das?«, fragte er das Mädchen.

»Das ist Henry Dunant, ein Schweizer. Er kam gestern Abend in die Kirche, und seitdem ist er hier, kümmert sich um die Verletzten, sorgt dafür, dass sie behandelt und verbunden werden. Er hat dafür gesorgt, dass wir Scharpie, Verbandszeug und Decken bekommen. Es heißt, er habe aus geschäftlichen Gründen Kaiser Napoleon sprechen wollen, das aber vergessen, als er das Elend hier gesehen hat. Ich glaube, ihn hat der Himmel geschickt.«

Maurizio nickte stumm und sah dem Mann in Weiß nach. Bleierne Müdigkeit überkam ihn, seine Augen fielen zu. Er spürte noch, dass Sofia seinen Kopf anhob und eine Decke darunterschob, dann schlief er ein. Wirre Träume suchten ihn heim. Er war wieder in Montescudaio, half seinem Vater in der Schmiede. Das Feuer war so heiß, dass sein ganzer Körper brannte. Sein Vater schmiedete ein Hufeisen und gab ihm das glühende Eisen in die linke Hand. Statt es fallen zu lassen, hielt er es fest und sah, wie sich das glühende Metall durch sein Fleisch fraß.

Stimmen weckten ihn auf. Der Mann in Weiß stand

neben ihm, in Begleitung eines anderen Mannes. Die schwarze Armbinde wies ihn als Arzt aus. Er hockte sich neben ihn, nahm vorsichtig seine linke Hand und betrachtete sie eingehend. Dann schüttelte er den Kopf. »Verstehen Sie Italienisch?«

»Ja, Signore.« Seine Zunge fühlte sich geschwollen an, seine Kehle war wund, das Sprechen bereitete ihm Schmerzen.

»Die Hand ist nicht zu retten. Wir werden sie amputieren müssen.«

Als der Mann das aussprach, hatte Maurizio das Gefühl, er hätte es schon die ganze Zeit gewusst. Als wäre diese Bedrohung ein Gedanke in seinem Kopf gewesen, den er nur nicht zugelassen hatte, weil etwas nicht Wirklichkeit wurde, wenn man nicht daran dachte. Doch nun konnte er es nicht mehr leugnen. Das Wort *Krüppel* war in seinen Gedanken. Er schüttelte den Kopf. »Nein.«

Der Mann in Weiß, Dunant, beugte sich zu ihm. »Deine Hand oder dein Leben. Wie alt bist du?«

»Dreiundzwanzig.«

Der Arzt schaltete sich ein. »Wir haben keine Zeit zum Diskutieren, es gibt zu viele Verletzte.« Er winkte zwei Männer herbei. »Tragt ihn in das Seitenschiff, wir müssen operieren.«

Die beiden schleppten ihn durch die Kirche in einen Raum und legten ihn auf einen Tisch. Er zitterte am ganzen Körper. Konnte er aushalten, was ihm bevorstand? Hoffentlich ging es schnell.

Jemand hob seinen Kopf an und setzte ihm eine Flasche an den Mund. »Trink. Es wird sehr weh tun, wir haben keine Betäubungsmittel.«

Es war Grappa, er brannte in seiner ohnehin schon

wunden Kehle, doch er trank in großen Schlucken. Neben ihm krempelte der Arzt die Ärmel hoch. Einer der Helfer trennte den linken Ärmel von Maurizios Uniformrock ab. Dann ging alles sehr schnell. Jemand schob ihm ein Beißholz zwischen die Zähne und drückte dann seine Schultern nach unten. Ein anderer setzte sich auf seine Beine. Er drehte den Kopf zur Seite, er wollte nicht sehen, was der Arzt tat. Ein Brennen zog sich über seinen Arm. Der erste Schnitt? Schnitt auf Schnitt folgte. Er biss mit aller Macht auf das Holz, stöhnte, keuchte, wand sich unter dem eisernen Griff der Männer, die ihn hielten.

»Durchhalten«, sagte der Mann, der seine Schultern auf den Tisch drückte. »Gleich ist es vorbei.«

Doch es war nicht vorbei, die Schmerzen steigerten sich noch. Der Boden begann zu schwanken, wie damals in Montescudaio, als seine Welt in Trümmer gefallen war. Jetzt stürzte der Himmel ein, begrub ihn unter sich, alles wurde schwarz.

26. KAPITEL

Als er wieder zu Bewusstsein kam, lag er auf dem Steinboden der Kirche. Jemand wischte ihm mit einem kühlen Tuch den Schweiß aus dem Gesicht. Es war das Mädchen, Sofia, sie kniete neben ihm. Als sie bemerkte, dass er wach war, schenkte sie ihm ein strahlendes Lächeln. »Haben Sie Durst?«

Ja, er hatte Durst. Er versuchte sich aufzurichten. Seine Hand! Etwas war mit seiner Hand. Er spürte sie pochen, und dann fiel ihm wieder ein, was geschehen war. Langsam drehte er den Kopf. Sein linker Arm endete in einem Stumpf. Dort, wo seine Hand sein sollte, befand sich ein blutbefleckter Verband. Krüppel. Er konnte nicht mehr schießen. Damit war seine Laufbahn als Soldat beendet. Er hatte keine Eltern, kein Zuhause, keinen Ort, an den er gehen konnte. Auf der Tenuta Bandello war er nicht mehr willkommen. Wie sollte er seinen Lebensunterhalt verdienen? Als Schmied sicher nicht. Es gab keine einhändigen Schmiede. Als Knecht? Wer stellte schon einen Versehrten als Knecht ein? Don Enrico würde es vielleicht tun, schon aus Mitleid. Und Gianna? Würde sie auch Mitleid mit ihm haben? Er hatte ihr gesagt, sie solle nach Hause gehen, in ihr normales Leben zurückfinden und dann erst entscheiden, ob sie wirklich einen Bastard zum Mann haben wollte. Und jetzt war er nicht nur ein Bastard, sondern auch ein Krüppel. Vielleicht würde Gianna ihn aus Mitleid und Ehrgefühl zum Mann nehmen, doch das wollte er nicht. Verdammt, warum war er nicht gefallen oder auf dem Schlachtfeld in der letzten Nacht gestorben? Dann wäre alles so viel einfacher. Für ihn und für sie.

»Du wolltest doch etwas trinken.« Beherzt griff Sofia unter seine Schultern und half ihm, sich aufzusetzen. Dann hielt sie ihm den Becher hin.

Er nahm ihn und trank ihn in kleinen Schlucken leer. Jemand hatte ihm den verdreckten Waffenrock und sein Hemd ausgezogen, er trug ein sauberes Leinenhemd.

»Du musst etwas essen«, sagte Sofia. »Der Arzt sagte, du hättest wahrscheinlich seit fast drei Tagen nichts mehr gegessen.«

Das stimmte. Die letzte Mahlzeit war ein Stück trockenes Brot irgendwann am Donnerstagabend gewesen.

Freitagmorgen waren sie von dem Angriff der Franzosen überrascht worden. »Was für einen Tag haben wir?«

»Sonntagmorgen. Du warst sehr lange bewusstlos. Du hast Fieber, aber der Arzt sagt, es ist wohl kein Wundfieber. Er hat nicht nur deine Hand abgeschnitten, sondern auch einen Schrapnellsplitter entfernt. Dort.« Sie zeigte auf seine rechte Seite.

Jetzt erst bemerkte er, dass seine Hüfte kaum noch schmerzte. Wieder blickte er auf die Stelle, wo seine Hand sein sollte.

»Ich hole dir Suppe. Dann geht es dir bestimmt besser.«

Sie war so lieb, so eifrig bemüht, ihm zu helfen. Doch er wollte keine Hilfe. Er wollte tot sein wie Bernardo, wie Raimondo Castiglioni, wie Andreas und so viele andere seiner Kameraden. »Vielen Dank, aber ich habe keinen Hunger.«

»Aber du musst etwas essen.« Ihre Augen waren hellbraun, ebenso wie die Locken, die sich aus dem Kopftuch befreit hatten und ihr Gesicht umrahmten. Ein hübsches Gesicht.

»Ich habe keinen Hunger«, wiederholte er und ließ sich zurücksinken.

Einen Augenblick lang starrte sie ihn empört an, dann stand sie auf und ging.

Er schloss die Augen und dachte an Gianna. An die Nacht in Rosate. Wie sich ihre Haut unter seinen Händen angefühlt hatte. Wie Seide.

»Er will nichts essen!« Sofias Stimme war hoch vor Empörung. »Und dabei ist er schon so schwach.«

Widerwillig öffnete er die Augen. Sofia stand an seinem Lager und starrte ihn mit einer Mischung aus Zorn und

Besorgnis an. Neben ihr stand Henry Dunant. »Warum willst du nichts essen?«

»Weil ich nicht will.« Er hatte keine Lust, sich zu erklären, er wollte seine Ruhe haben, in Frieden einschlafen und am besten nicht mehr aufwachen.

»Du solltest dich schämen«, sagte Dunant. »Die Männer hier sterben uns unter den Händen weg. Viele von ihnen könnten noch leben, wenn sie nur rechtzeitig Hilfe bekommen hätten. Dir konnten wir helfen. Und jetzt willst du dein Leben wegwerfen?«

Wortlos erwiderte Maurizio seinen Blick.

»Du bist dreiundzwanzig Jahre alt. Sollen wir deinen Eltern schreiben, dass du gestorben bist, weil du dir nicht helfen lassen wolltest?«

»Ich habe keine Eltern mehr.« Er verzog den Mund bei dem Gedanken an seinen leiblichen Vater. Wie würde Sergio Castiglioni wohl reagieren, wenn sein Bastard als Krüppel zu ihm käme und um Arbeit und Essen bat? Vielleicht würde er ihn sogar aufnehmen, er hatte ihn niemals schlecht behandelt, aber die Signora würde das nicht dulden.

Dunant beobachtete ihn genau. »Und es gibt auch keine Frau oder ein Mädchen, das gerne deine Frau werden würde?«

Gianna. Er schloss die Augen. Gianna. Mit der rechten Hand tastete er nach dem Medaillon. *Es ist nur eine Leihgabe*, hatte sie gesagt. *Bring es mir zurück.*

Seine Augen brannten, als er sie wieder öffnete. Er spürte, dass er weinte. »Welche Frau will schon einen Krüppel zum Mann? Ich kann keine Familie ernähren.«

Dunant schüttelte den Kopf. »Doch, kannst du. Es gibt ganz hervorragende Prothesen, die haben sogar Finger, die du bewegen kannst. Eine Frau hat sie entwickelt. Eine Deutsche namens Caroline Eichler. Ich schreibe dir auf, wo du solche Prothesen bekommst. Und jetzt iss.«

Dunant wirkte, als würde er jeden Augenblick vor Erschöpfung umfallen. Unter seinen Augen lagen bläuliche Schatten, tiefe Falten hatten sich um seine Mundwinkel gegraben. Sein Anzug war nicht länger weiß, sondern mit Dreck und Blut beschmiert. Er nickte ihm zu und ging weiter zu dem nächsten Verwundeten, einem Mann, der sich erschöpft gegen eine der Säulen gelehnt hatte. Auf seinem Schoß hielt er eine Schüssel, aus der er langsam löffelte. Seine Beine wirkten seltsam kurz. Maurizio zwinkerte und sah genauer hin.

»Eine Kanonenkugel hat ihm beide Beine zerschmettert«, hörte er Sofia sagen. »Sie haben sie ihm abgenommen, aber die Wunde ist brandig geworden. Es ist nicht sicher, dass er überlebt. Er hat eine Frau und zwei Kinder. Das hat mir Signor Dunant erzählt.«

Der Mann lächelte Dunant an und sagte etwas. Dunant legte ihm kurz die Hand auf die Schulter, dann ging er weiter.

Maurizio wandte den Kopf ab und begegnete Sofias Blick. *Willst du mit ihm tauschen?*, schien sie zu fragen. Sein Schicksal gegen das des Mannes neben ihm? Der andere könnte zu Frau und Kinder zurückkehren, zwar nur mit einer Hand, aber das wäre seiner Frau bestimmt egal. Wenn es möglich wäre, würde er mit ihm tauschen. Doch es war nicht möglich, und deshalb musste er leben. Dunant hatte recht, er durfte sein Leben nicht wegwerfen. Plötzlich erinnerte er sich an Raimondo Castiglionis letzte Bitte. Er solle Gianna heiraten, viele Kinder haben und seinen ersten Sohn nach ihm benennen. Er würde es versuchen.

Er würde gesund werden, nach Alberi d'Argento gehen, Gianna ihr Medaillon wiedergeben und sie um ihre Hand bitten. Und wenn sie wirklich ja sagte, würde ihr erster Sohn Raimondo heißen. Das hatte er versprochen.

Mit der rechten Hand stützte er sich ab, setzte sich auf und sah Sofia an. »Ich hätte gerne etwas Suppe.«

Strahlend reichte sie ihm eine Schüssel und ein Stück Brot. Aus der Schüssel duftete es verführerisch, große Fleischstücke schwammen in einer goldgelben Brühe. Das Brot war frisch und weiß. Sein Magen knurrte. Er aß langsam und blickte sich dabei um. Die Kirche war sehr groß. Der Boden bestand aus weißen und gelblichen Marmorplatten, auf denen dicht an dicht Verwundete lagen. In die Ecke, in der er lag, hatte man wohl die österreichischen Soldaten gebracht. Er entdeckte die weißen Waffenröcke der Infanterie, die blauen der Husaren und gar nicht so weit weg lag ein Mann im grauen Waffenrock der Jäger. Zwischen den Männern hatte man notdürftig Stroh verteilt, wohl um das Blut und auch die Exkremente aufzusaugen. Der Geruch in der Kirche musste bestialisch sein. Er bemerkte es nicht mehr, weil er schon seit Tagen hier lag, aber die Gesichter der Frauen, die von draußen kamen, verrieten deutlich, dass es stank. Zahllose Stimmen erfüllten den riesigen Raum. Das Jammern und Stöhnen der Verwundeten. Das Flüstern der Frauen, die ihnen Mut zusprachen, Wasser und Nahrung reichten, ihre Wunden verbanden. Die Rufe der Ärzte, die Männer in den Raum bringen ließen, in dem auch er operiert worden war. Und immer noch wurden verwundete Soldaten hereingebracht.

»Wird denn noch gekämpft?«, fragte er Sofia.

»Nein. Die Österreicher sind am Freitag besiegt worden. Es heißt, sie ziehen sich nach Verona zurück.«

»Und warum werden dann noch Verwundete gebracht?«

»Weil noch Tausende dort draußen liegen. Jeder, der einen Wagen und Zugtiere hat, hilft, sie zu bergen. Viele leben nicht mehr. Wir müssen Massengräber ausheben, die Toten vergiften unsere Felder. Mein Vater hat 1848 gekämpft, aber er sagt, so etwas habe er damals nicht erlebt.«

Maurizio stellte die Schüssel weg. Der Appetit war ihm vergangen.

»Diesen Henry Dunant«, plauderte Sofia weiter, »schickt der Himmel. Er hat seinen Kutscher mit einem Wagen nach Brescia geschickt, um Verbandszeug, Medizin und frische Hemden zu holen, und Zitronen, Orangen und Zucker. Meine Mutter macht gerade Limonade, ich bringe Ihnen gleich eine. Und er hat dafür gesorgt, dass alle gleich behandelt werden. Manche Leute wollten euch Österreicher erst nicht versorgen.« Sie sah ihn mit ihren großen Augen an. »Aber du bist gar kein Österreicher, nicht wahr?«

»Ich komme aus der Toskana«, sagte er.

»Und warum hast du für die Habsburger und gegen uns gekämpft?«

»Ich wollte niemals gegen Italiener kämpfen. Aber in der Toskana ist vieles anders als hier in der Lombardei. Leopold II. ist Habsburger, aber er ist ein gerechter und guter Herrscher und sehr beliebt beim einfachen Volk. Weißt du wirklich, was Vittorio Emanuele und Cavour wollen? Habt ihr denn so sehr unter den Österreichern gelitten?«

Sie legte zwei Finger auf ihre Unterlippe, eine Falte bildete sich zwischen ihren Brauen. »Bis vor zwei Jahren war eigentlich alles gut. Dann wurde der Handel mehr und mehr kontrolliert, man brauchte für alles eine Genehmigung, und die wurden völlig beliebig verteilt. Es genügte ein schiefer Blick, eine falsche Antwort, und schon durfte man seine Waren nicht mehr auf dem Markt verkaufen. Sie haben uns vorgeschrieben, was in der Schule unterrichtet und was in der Kirche gepredigt werden durfte. Aber damit ist es jetzt vorbei.«

»Verstehe«, sagte er. Abgrundtiefe Müdigkeit überkam ihn. Seine Arme und Beine schienen schwer wie der Schmiedehammer seines Vaters. Seltsam, dass er jetzt so oft an seine Eltern dachte. Vielleicht war er dem Tod näher, als er glaubte, und erinnerte sich deshalb an die Toten.

»Wollen Sie noch Suppe, Signore?«, fragte Sofia.

»Nein, aber bitte noch etwas Wasser. Und nenn mich Maurizio, nicht Signore.«

Sie lächelte ihn so entzückt an, als hätte er ihr soeben ein Geschenk gemacht, und füllte seinen Becher noch einmal.

»Sofia!«, sagte eine strenge Frauenstimme, die ihm bekannt vorkam. Ihre Mutter. Sie stand im Gang neben den Bänken und sah ihre Tochter sichtlich ungehalten an. »Es gibt noch mehr zu tun.«

»Ich komme, Mamma.« Sie legte den Kopf schief. »Ich schaue nachher noch mal nach dir, Maurizio.«

Verblüfft sah er ihr nach. Kokettierte sie etwa mit ihm? Wahrscheinlicher war, dass sie Mitleid mit Zuneigung verwechselte, so jung, wie sie war. Er trank seinen Becher aus, dann legte er sich wieder zurück. Trotz der Müdigkeit konnte er nicht schlafen, und so beobachtete er seine Umgebung. Henry Dunant war nirgends zu sehen, vielleicht hatte er sich schlafen gelegt. Er entdeckte drei Männer in habsburgischen Uniform mit der schwarzen Armbinde, die sie als Ärzte auswiesen. Sie halfen offensichtlich den italienischen und französischen Ärzten. Einer kam auf ihn zu.

»Man sagte mir, ich soll Ihre Verbände wechseln«, sprach er ihn auf Deutsch an, setzte sich zu ihm und begann den Verband von seinem Armstumpf abzuwickeln.

Sein erster Impuls war, den Blick abzuwenden, doch dann zwang er sich, hinzusehen. Er hatte sich entschlossen, damit zu leben, also musste er auch den Anblick ertragen. Wenn *er* es schon nicht konnte, wie sollten es dann seine Freunde oder gar Gianna?

Der Stumpf war noch rot, die Fäden, mit denen die Haut über dem Knochen vernäht war, stachen grotesk aus den blutverklebten Nahtstellen heraus.

»Das heilt gut. Ich denke, Sie haben großes Glück gehabt, der Arzt, der das gemacht hat, versteht sein Handwerk. Haben Sie noch mehr Wunden außer den Arm und den Schnitt im Gesicht?«

»Eine Verletzung durch ein Schrapnell an der rechten Hüfte.«

»Sehe ich mir gleich an.« Der Arzt legte Scharpie auf die Wunde und wickelte eine saubere Leinenbinde um den Stumpf. Dann sah er nach der Verletzung über der Hüfte. »Auch das wird heilen. Das Fieber, das Sie haben, ist kein Wundfieber. Vielleicht weil sie in der Nacht im Freien gelegen haben, vielleicht spielen auch der Schock und mangelnde Nahrung eine Rolle.« Er schickte sich an, zu gehen.

»Warten Sie«, bat Maurizio. »Können Sie mir etwas über die Schlacht sagen? Was passiert ist, wie hoch unsere Verluste sind? Gibt es Listen?«

»Ich glaube nicht, dass es schon Listen gibt. Auf beiden Seiten gibt es Tausende Tote.«

»Aber es heißt, wir haben die Schlacht verloren.«

»Das ist richtig. Mac-Mahon hat mit seinen Leuten Solferino eingenommen. Benedek hat sich bei San Martino gut gehalten, er hätte die Piemontesen dort sogar besiegen können, doch nachdem wir hier verloren haben, hat Seine Majestät allen den Rückzug befohlen.« Ein kurzes Lächeln glitt über das Gesicht des Arztes. »Benedek hat den Befehl ignoriert und weitergekämpft. Doch am Abend musste er dann aufgeben.«

Obwohl er die Antwort schon kannte, fragt er doch. »Wissen Sie, wer von den Offizieren gefallen ist? Ich habe gesehen, dass Oberleutnant Castiglioni schwer verletzt wurde.«

»Der Oberleutnant ist tot. Auch Windisch-Graetz ist gefallen und noch viele mehr.«

Ja, er hatte es gewusst, und doch tat die Bestätigung weh. Irgendwo tief in seinem Inneren hatte er wohl doch gehofft, dass der Oberleutnant wie durch ein Wunder überlebt hatte. Umso wichtiger war es, dass er selbst weiterlebte.

»Ich kannte Raimondo Castiglioni«, sagte der Arzt. »Er war ein großartiger Mensch.«

»Das war er.«

»Ich muss weiter. Dieser Schweizer, Dupont oder wie er heißt, hat Scharpie, Verbandszeug und Lebensmittel besorgt. Ihm verdanken wir, dass wir helfen können und nicht mehr als Kriegsgefangene zusehen müssen, wie die Leute sterben. Er scheint ein guter Mensch zu sein. Ich möchte ihn nicht enttäuschen.« Er legte ihm kurz die Hand auf die Schulter, dann stand er auf.

»Er heißt Dunant«, sagte Maurizio. »Henry Dunant. Und er ist ein sehr guter Mensch.«

Am späten Nachmittag stand Maurizio auf. Er fühlte sich sehr schwach. Morgens hatte ihm einer der Helfer nach draußen zu einem Graben geholfen, der als Latrine genutzt wurde, doch jetzt wollte er es alleine versuchen. Er lehnte sich kurz gegen eine der Säulen, bis der Schwindel vorbei war, dann ging er Schritt für Schritt zur Tür. Draußen empfingen ihn eine sengende Sonne und blendende Helligkeit. Wieder machte er eine Pause, bevor er weiterging. Er knöpfte mit einer Hand die Hose auf; so langsam bekam er Übung darin.

Als er zu seinem Platz in der Kirche zurückkehrte, zitterten seine Beine, und er war so erschöpft, dass er einschlief.

Am selben Abend verbreitete sich die Nachricht in der Kirche, dass die Verwundeten demnächst nach Brescia verlegt werden sollten. Zunächst war es nur ein Gerücht, das flüsternd von Mann zu Mann weitergegeben wurde. Keiner wusste, woher es gekommen war oder ob es stimmte. Doch am nächsten Morgen übertönten das Knallen von Peitschen, das Fluchen von Treibern und das Rollen der schweren Räder von Ochsenkarren die Geräusche in der Kirche.

Maurizio setzte sich auf. Also stimmte es.

Sofia eilte durch den Mittelgang auf ihn zu. »Signor Dunant sagt, du wirst mit den ersten Transporten nach Brescia gebracht.« Ihre Augen schimmerten feucht. »Ich habe dir einen Korb gepackt. Wer weiß, wann ihr wieder etwas zu essen bekommt.« Sie stellte den Korb auf den Boden. In ihm befanden sich eine Feldflasche, ein kleines Brot, ein Stück Käse und ein Pfirsich.

»Vielen Dank.«

»Was wirst du tun, wenn sie dich aus dem Hospital entlassen? Signor Dunant meint, du darfst wahrscheinlich nach Hause gehen, weil du nicht mehr kriegsdiensttauglich bist.«

»Dann werde ich an den Ort gehen, der mein Zuhause werden könnte.«

»Gibt es ein Mädchen, das dort auf dich wartet?«

»Ich hoffe es.«

Sie schluckte, und als sie weitersprach, zitterte ihre Stimme. »Sollte sie es nicht tun, dann könntest du vielleicht hierher nach Castiglione kommen. Ich würde dich nehmen, auch ohne linke Hand. Meine Eltern haben ein kleines Gut. Wir bauen Obst und Gemüse an und verkaufen es auf den Märkten. Jetzt, wo die Lombardei frei ist, können wir auch in den großen Städten verkaufen. Mein Vater sagt, dort hat nicht jeder einen Garten, die Leute sind auf die Lieferungen vom Land angewiesen.« Etwas atemlos hielt sie inne. »Obst und Gemüse verkaufen kannst du auch mit einer Hand«, fuhr sie fort. »Weil du doch gesagt hast, du wüsstest nicht, wie du eine Familie ernähren sollst.«

Ihm verschlug es die Sprache. Sie hatte ihm einen Heiratsantrag gemacht. Wie viel Überwindung sie das wohl gekostet hatte? So ein mutiges Mädchen. »Ich bin überwältigt. Du bist so jung und so hübsch. Gibt es denn keinen jungen Mann hier, für den dein Herz schlägt?«

Stumm schüttelte sie den Kopf.

»Du warst noch nie verliebt?«

»Nein. Bisher nicht.«

Sie war nicht in ihn verliebt, sie verwechselte Mitleid mit Liebe. Doch es würde nichts nützen, wenn er ihr das sagte. Also griff er in sein Hemd und zog Giannas Anhänger heraus. »Das hat mir die Frau gegeben, die ich liebe. Es sollte mich beschützen. Ich werde zu ihr gehen und es ihr zurückbringen. Und wenn sie mich nicht mehr will, dann muss ich damit leben. Aber du verdienst einen Mann, der dich von ganzem Herzen liebt und nicht einen, dessen Herz einer anderen gehört. Und ich bin sicher, du wirst diesen Mann finden.«

Sie presste die Lippen zusammen.

»Ich werde dich niemals vergessen«, sagte er. »Du warst eine Freundin für mich.«

Einer der Krankenwärter trat zu ihm. »Signor Dunant sagte, wir sollen dich mit nach Brescia nehmen. Kannst du laufen?«

»Ich kann laufen.« Er stand auf und sah sich noch einmal in der Kirche um. Es war eine schöne Kirche, das hatte er in dem schmalen Seitenaltar, in dem er gelegen hatte, nicht wahrgenommen. Sie war weiträumig, die Decke wurde getragen von mächtigen, weißgetünchten Säulen, und auch die Wände waren hell, was die riesige Kirche freundlich wirken ließ.

»Der Karren, mit dem du fahren sollst, steht direkt vor der Tür«, sagte der Wärter und ging dann weiter zu dem Mann mit den amputierten Beinen. »Du sollst auch mit nach Brescia.« Er winkte einem anderen Mann. »Komm her, den müssen wir tragen.«

Es war offensichtlich, dass der Soldat kein Italienisch verstand. Unsicher und verängstigt blickte er von einem zum anderen.

Maurizio trat zu ihm. »Sprichst du Deutsch?«

Erleichtert nickte der Soldat. »Ein wenig. Ich komme aus Ungarn.«

»Wir werden in ein Hospital nach Brescia verlegt. Diese beiden tragen dich nach draußen.«

Dem Mann schien es besserzugehen, er war nicht mehr so blass, und seine Augen hatten ihren fiebrigen Glanz verloren.

Während die beiden Männer ihn nach draußen trugen, griff Maurizio nach dem Korb, den Sofia für ihn gepackt hatte. Sie stand immer noch am selben Fleck und sah ihn an, als würde sie sich sein Gesicht für immer einprägen wollen. Er beugte sich vor und küsste sie sanft auf die Stirn. »Ich wünsche dir alles Glück der Erde, Sofia. Und wenn ich dir einen Rat geben darf: Heirate keinen Soldaten. Sie sterben oft allzu früh.« Er verließ die Kirche, ohne sich noch einmal umzudrehen.

Draußen stand Henry Dunant und wies die Verwundeten den verschiedenen Karren zu. Er trug nicht mehr seinen weißen Anzug, sondern einen aus grauem Tuch. Lächelnd trat er auf Maurizio zu. »Ich freue mich, dass du dich für das Leben entschieden hast. Hier ist die Adresse, bei der du dich über die Eichler-Prothesen informieren kannst.« Er überreichte ihm einen Zettel.

Dankend nahm Maurizio ihn an und steckte ihn in den Korb. Er verzichtete darauf, Dunant zu sagen, dass eine solche Prothese seine finanziellen Möglichkeiten bei weitem überstieg. So etwas konnten sich vielleicht Adlige oder reiche Kaufleute leisten. »Man sollte Ihnen einen Orden verleihen für das, was Sie hier geleistet haben, Signor Dunant«, sagte er stattdessen. »Ohne Sie wären noch viel mehr gestorben.«

Dunant schüttelte traurig den Kopf. »Ich konnte viel weniger tun, als ich es mir gewünscht habe. Es kann nicht sein, dass sich nach einer Schlacht niemand um die Verwundeten kümmert. Wenn wir erfahrene Leute gehabt hätten, ausgebildete Krankenschwestern, wie Miss Florence Nightingale in England, und wenn diese Leute direkt nach der Schlacht bereitgestanden hätten, um die Verletzten zu bergen und zu versorgen, wären viel weniger gestorben. So musste erst die Bevölkerung mobilisiert werden, und dann hatten wir Pflegerinnen, die es zwar gut meinten, aber zum Teil in ihrer Unwissenheit noch mehr Schaden angerichtet haben.« Traurig schüttelte er den Kopf. »Es muss doch möglich sein, in Friedenszeiten so etwas wie eine Hilfsorganisation zu gründen, deren Ziel es ist, Verwundete durch freiwillige und erfahrene Hilfskräfte zu pflegen, ohne Ansehen der Nationalität.«

»Vielleicht haben Sie hier den Grundstein dafür gelegt. Ja, es hat gedauert, doch Sie haben die Menschen dazu bewegen können, zu helfen, und vor allem haben Sie erreicht, dass nicht zwischen Freund und Feind unterschieden wird. Leben Sie wohl, Signor Dunant. Es war mir eine Ehre, Sie kennengelernt zu haben.« Er salutierte, dann stellte er seinen Korb auf den Karren und kletterte hinauf. Er setzte sich neben den Soldaten, der keine Beine mehr hatte, und lehnte sich an die seitlichen Bretter des Wagens. Es war früher Vormittag, doch die Sonne brannte bereits. Die Fahrt nach Brescia würde kein Vergnügen werden.

Drei weitere Männer wurden auf den Karren gehoben, dann knallte der Kutscher mit der Peitsche, und die Ochsen zogen an. Sie fuhren den steilen Weg vom Platz vor dem Dom hinab, durch die Stadt und bogen dann auf die Straße nach Brescia ein. Es wurde heiß, und der Wagen hatte keine Plane, um Schatten zu spenden. Maurizio trank einen Schluck aus seiner Flasche und gab sie an die anderen Männer weiter. Er verteilte auch das Brot. Nur den Pfirsich behielt er für sich, den aß er allein und dachte dabei an Gianna.

Auf der Straße herrschte viel Verkehr. Wagen, beladen mit Nahrungsmitteln und Verbandszeug, kamen ihnen entgegen. Vor ihnen und hinter ihnen fuhren Karren und Wagen mit Verwundeten. Neben der Straße sah er Menschen vor ihren Häusern sitzen und Scharpie zupfen. Manche kamen zu den Wagen und reichten mit Wasser gefüllte Flaschen hinein. Eine Frau, die mit zwei Flaschen Wasser zu ihrem Karren kam, ließ die Arme sinken und trat zurück, als sie die österreichischen Uniformen erkannte. »Für euch habe ich nichts.« Sie spuckte aus und ging zu dem Wagen, der ihnen folgte und auf dem französische Soldaten lagen.

Nicht alle waren so großmütig wie die Frauen von Castiglione. Wenn Henry Dunant seine Ideen verwirklichen wollte, hatte er noch viel Arbeit vor sich.

Maurizio schüttelte seine Feldflasche. Ein bisschen Wasser war noch darin. Er teilte mit dem Ungarn.

Schließlich hielt der Zug in einem kleinen Ort, der nur aus sechs Häusern bestand. Die Bewohner kamen mit Wassereimern zu den Wagen. Maurizio wollte einer älteren Frau den Eimer abnehmen, als ein Mann dazukam und ihn ihr aus der Hand schlug. »Das sind Österreicher, die kriegen nichts. Das Wasser ist nur für unsere französischen Brüder.«

Maurizio kletterte vom Karren. »Sono Italiano«, fuhr er den Mann an. »Ich bin Italiener. Der Mann, der neben mir liegt, ist Ungar, der auf meiner anderen Seite Südtiroler. Dort auf dem Karren hinter uns liegen Algerier, Franzosen und Tunesier. Sie sind alle krank, und sie haben alle Durst. Der Krieg ist vorbei. Ihr habt keine Ahnung, wie viele mit ihrem Leben dafür bezahlt haben. Im Angesicht des Todes sind wir alle Brüder.«

Er nahm den leeren Eimer und marschierte an dem Mann vorbei zum Brunnen. Es ging leichter, als er gedacht hatte, den Eimer mit nur einer Hand am Haken zu befestigen. Zornig ließ er ihn ins Wasser fallen, dann drehte er an der Kurbel. Er starrte in den Brunnen. Hoffentlich ließ der Mann ihn in Frieden. Unter normalen Umständen wäre er mit einem wie ihm leicht fertig geworden. Doch die Umstände waren nicht mehr normal. Als er den Eimer zurück zum Karren trug, funkelte der Mann ihn zornig an, doch er schwieg. Die Frau jedoch half ihm, den Eimer auf den Karren zu stellen, und reichte ihm saubere Leinenstreifen. Einer der leichter Verwundeten half den Schwächeren, Gesicht und Hände zu waschen. Maurizio füllte derweil seine Flasche.

Der Mann beobachtete mit mürrischem Gesichtsausdruck die Szene, dann wandte er sich ab und ging zu dem Wagen hinter ihnen, auf dem die französischen Soldaten lagen. Er verteilte Brot und Wasser und bemühte sich demonstrativ um die Männer.

Seine Frau gab Maurizio einen Beutel mit Äpfeln und strich ihm über die unverletzte Wange. »Mein Sohn ist etwa so alt wie du. Er kämpfte bei San Martino. Ich weiß nicht, ob er noch lebt und ob er verletzt ist. Aber wenn er verwundet ist, möchte ich, dass ihm jemand Wasser und Nahrung gibt und seine Wunden verbindet. Für uns Mütter seid ihr alle Brüder. Tutti Fratelli.«

Er lächelte sie an. »Ich bete zu Gott, dass er Ihren Sohn lebend und, wenn möglich, unversehrt nach Hause bringt, Signora.«

Sie sah auf seinen Armstumpf. »Einer Mutter ist es gleichgültig, ob der Sohn gesund oder mit fehlenden Gliedmaßen nach Hause kommt, wenn er nur nach Hause kommt.«

Nach über sechs Stunden Fahrt auf dem langsamen Ochsenkarren über holprige Straßen erreichten sie Brescia. In der Stadt wimmelte es von Männer in französischen und sardinischen Waffenröcken. Der Ungar neben ihm starrte ängstlich über den Rand des Karrens und auch der Südtiroler wirkte besorgt.

»Was glaubst du? Sind wir Kriegsgefangene?«, fragte der Ungar. »Werden sie uns ins Lager sperren?«

»Dunant sagte, sie bringen uns in ein Hospital.«

Es schien ein endloser Zug an Karren und Wagen zu sein, der durch die Straßen von Brescia holperte. Die Sonne sank schon, als sie vor einem großen Gebäude hielten. Krankenwärter kamen heraus, gefolgt von Krankenschwestern mit den typischen Flügelhauben.

Zwei Wärter hoben den Ungarn vom Wagen und bedeuteten Maurizio, ihnen zu folgen. Durch einen langen Flur gelangten sie in einen Saal, in dem zwei Dutzend Betten an den Wänden aufgereiht standen. Der Mann wies auf eines und bedeutete ihm, sich hineinzulegen. »Der Arzt kommt, wenn er Zeit hat«, brummelte er.

»Danke, Signore.«

»Oh, du kannst Italienisch? Dann kannst du für uns übersetzen. Diese armen österreichischen Teufel haben Angst vor uns. Sie starren uns an, als wollten wir sie hier abschlachten. Dabei wollen wir nur helfen.« Er schüttelte den Kopf. »Da wollen sie Italien regieren und können noch nicht mal mit den Menschen reden, die hier leben.«

»Das ist doch im Piemont nicht anders«, entfuhr es Maurizio. »Die meisten dort sprechen Französisch und nicht Italienisch.«

»Ist das so? Na, das wird sich jetzt hoffentlich ändern, wo Vittorio Emanuele den Krieg gewonnen hat.«

Nach dem, was er von den österreichischen Ärzten in Castiglione gehört hatte, hatten wohl eher die Franzosen die Schlacht gewonnen, nicht die Sardinier. Dann fiel ihm etwas auf. »Ist der Krieg denn vorbei?«

»Es heißt, der französische Kaiser will den Frieden, und diese Schlacht habt ihr verloren.«

Frieden. Noch niemals war ihm ein Wort so verheißungsvoll erschienen. Er legte sich in das Bett, das der Krankenwärter ihm zugewiesen hatte. Das Laken war sauber und kühl. Die Matratze weich im Vergleich zu den Fliesen der Kirche und dem Holz des Ochsenkarrens. Trotz der Unruhe um ihn herum, es wurden weiterhin Verwundete hereingebracht, von denen manche stöhnten und manche laut jammerten, schlief er ein.

Obwohl er nicht unbedingt bettlägerig war, nutzte er die nächsten Tage dazu, sich gründlich auszuruhen. Der Stumpf an seinem linken Arm verheilte gut, auch die Wunde über seiner Hüfte. Er bat um ein Rasiermesser und einen Spiegel und schabte sich den Bart ab. Zum ersten Mal seit der Schlacht sah er sein Gesicht im Spiegel. Mager war es geworden, sein Mund erschien ihm schmaler und strenger. Der Schnitt im Gesicht verlieh ihm das Aussehen eines Piraten oder Räuberhauptmanns, aber damit konnte er gut leben. Schwieriger war es, mit nur einer Hand zurechtzukommen, doch auch das lernte er. Mittlerweile konnte er sich die Hose aufknöpfen, und sich an- oder ausziehen, und er merkte, wie er zunehmend geschickter wurde. Vielleicht könnte er doch diese Prothese bekommen und dann ein fast normales Leben führen.

27. KAPITEL

Zunächst waren es nur Gerüchte. In den Cafés von Abbiategrasso wurde von einer großen Schlacht irgendwo östlich von Mailand gemunkelt. Man flüsterte die Namen *Solferino* und *San Martino,* Orte, von denen Gianna noch nie etwas gehört hatte. Fahrende Händler munkelten von einem Sieg der Franco-Sarden. Der Jubel kam nur zögernd. Lange war nicht sicher, wer die Schlacht gewonnen hatte. Und als dann die Nachrichten vom Sieg kamen, gab es kaum Begeisterung. Zu hoch war der Preis gewesen, auf beiden Seiten. Zigtausend waren gefallen, beinahe ebenso viele sollten sterbend auf den Schlachtfeldern liegen. Es gab Berichte von verstopften Straßen in Richtung Brescia und Verona, wohin die verwundeten Soldaten mit jedem Gefährt, das Räder hatte, transportiert wurden.

Zwei Tage später berichteten die Zeitungen ausführlicher von der Schlacht bei diesen beiden Orten. Verlustlisten wurden veröffentlicht. Natürlich nur die der französischen und der sardinischen Armee. Angsterfüllt überflog Gianna die Listen. Tommaso stand nicht darauf. Das musste nichts bedeuten, denn Tausende würden vermisst, hieß es. Eine Liste der Gefallenen des habsburgischen Heers war nicht zu bekommen. Die Namen der hochrangigen Offiziere standen natürlich in der Zeitung. Aber einfache Jäger wie Maurizio nicht. So blieb ihr nichts anderes übrig, als zu hoffen und zu beten.

Zum Beten ging sie in die Kirche, doch dort wurde die Erinnerung an ihn so lebendig, dass sie es kaum ertragen konnte. Sie sah ihn wieder neben der Säule liegen, dachte an den Abend, als er sie geküsst und ihr seine Liebe gestanden hatte. Er musste überleben. Von Stadion hatte überlebt, erfuhr sie, und Maurizio hatte zu seinem Korps gehört. Vielleicht könnte sie nach Brescia fahren. Doch wie sollte sie ihn dort finden? Unter Umständen war er auch gar nicht verletzt, sondern bei seiner Einheit. Die Untätigkeit und die Ungewissheit ließen sie nicht zur Ruhe kommen. So beschloss sie, nach Mailand zu fahren. Es hieß, die Eisenbahnlinie Mailand–Venedig, die von den Österreichern bei ihrem Rückzug im Laufe des Junis an verschiedenen Stellen zwischen Mailand, Pescheria und Brescia zerstört worden war, sei repariert, und nun kämen Züge mit Verwundeten auch nach Mailand. Dort würde sie Maurizio wahrscheinlich nicht finden, aber sie konnte helfen, pflegen, und sie würde mehr erfahren als hier auf dem Dorf.

Mittlerweile fuhren auch wieder Postkutschen, und so kehrte sie mit Luisa in den Palazzo Abairate nach Mailand zurück.

Riccardos Mutter empfing sie kühl, seine Schwester nur wenig herzlicher.

»Ich bleibe nicht lange«, erklärte Gianna. »Aber ich möchte helfen.«

»Wir haben vier französische Offiziere aufgenommen«, sagte Riccardos Mutter. »Zwei brauchen Hilfe beim Essen, die anderen beiden sind nur leicht verletzt.«

Die Franzosen sprachen kein Italienisch, und da Gianna kein Französisch konnte, unterhielten sie sich mit Handzeichen. Claudia hatte jeweils einen leicht- und einen schwerverletzten Mann zusammen in ein Zimmer gelegt. Die Leichtverletzten halfen ihren Kameraden, wo sie nur konnten, und so war die Pflege nicht schwer. Im Grunde mussten sie nur mit Essen und Trinken versorgt und die Verbände mussten gewechselt werden. Alle vier waren ausgesprochen zuvorkommend und höflich.

Irgendwann ging Gianna in eines der Cafés, in das früher die Offiziere der Habsburger gerne eingekehrt waren. Dort lagen, wie immer, auch deutsche Zeitungen aus, in denen mehrere Artikel über die Schlacht waren. Ihr Deutsch war nicht gut genug, um sie ganz zu verstehen, also überflog sie die Artikel nur auf der Suche nach Namen. Sie stieß auf Oberleutnant Castiglioni; er war gefallen. Sie unterdrückte ein Schluchzen. Der Mann, von dem Maurizio gesagt hatte, er sei wie ein Vater für ihn, und der sie beide aus der fatalen Situation in Rosate gerettet hatte, war tot. Und Maurizio?

Nach drei Tagen wurden die Franzosen in eines der Hospitäler von Mailand verlegt. Und nicht nur sie, fast alle bei den Mailänder Familien untergebrachten Verwundeten wurden abgeholt und auf die Hospitäler verteilt, um den Ärzten die Arbeit zu erleichtern. Doch da es nicht genug Pfleger gab, meldeten sich viele Mailänderinnen in den Hospitälern, um zu helfen. Darunter auch Adelige wie die Contessa Justine Verri, Signora Uboldi di Capei und die Contessa Taverna. Gianna tat es ebenfalls, zum einen, weil sie das tatenlose Herumsitzen nicht aushielt, zum anderen weil sie hoffte, vielleicht auf Maurizio oder einen seiner Freunde zu treffen, denn es waren auch Österreicher nach Mailand gebracht worden. Man hatte die Offiziere in anderen Sälen untergebracht als die einfachen Soldaten und die Österreicher getrennt von den Alliierten. Gianna meldete sich für die Abteilung, in der die Österreicher lagen. Was sie dort an Verletzungen sah, überstieg alles, was sie in der

Kirche von Abbiategrasso erlebt hatte. Es gab Soldaten, denen das halbe Gesicht weggeschossen worden war, die aber trotzdem überlebt hatten und irgendwie weiterleben mussten. Einem jungen Mann musste der Arm aus dem Schultergelenk amputiert werden. Sie sah Menschen an Wundstarrkrampf sterben, den schrecklichsten Tod, den sie sich vorstellen konnte. Nachts wurden die Toten aus dem Spital gebracht und begraben. Vorher schrieb man ihren Namen oder die Nummer ihrer Erkennungsmarke auf, um die Angehörigen zu benachrichtigen.

Gianna saß an den Betten der hoffnungslosen Fälle, nach denen kein Arzt mehr sah, und schrieb für sie in fehlerhaftem Deutsch Briefe an ihre Angehörigen. Und immer dachte sie an Maurizio. War er verletzt und lag irgendwo in einem Hospital in Brescia oder Cremona? Gab es jemanden, der sich um ihn kümmerte? Sie betete für die Verwundeten und Sterbenden, und sie betete für Maurizio und ihre Brüder.

Nach zwei Wochen leerten sich die Hospitäler. Viele Soldaten konnten entlassen werden, andere waren zumindest so weit wiederhergestellt, dass sie in ihre Heimat zurückkehren konnten, und viele waren gestorben. Drei Wochen nach der Schlacht brauchte man keine freiwilligen Helfer mehr.

Wie betäubt wanderte Gianna durch die Straßen von Mailand. Hier konnte sie nichts mehr tun, und es hielt sie auch nichts mehr hier. Sie würde nach Hause fahren. Am Nachmittag ließ sie die Kutsche anspannen und fuhr zum Friedhof. In der Familiengruft der Parentis nahm sie noch einmal Abschied von Riccardo. Sie würde nicht mehr nach Mailand zurückkehren. Sie stand vor seinem Sarkophag und dachte an ihre erste Begegnung in Genua, an die kurze Zeit ihrer Ehe. Sie hatte ein schlechtes Gewissen. Er war erst ein paar Wochen tot, und sie liebte einen anderen Mann. Doch selbst wenn sie den Rest ihres Lebens nicht mehr lieben würde oder alleine verbrächte, änderte es nichts daran, dass er tot war. Und sie glaubte zu wissen, dass er nicht gewollt hätte, dass sie lange um ihn trauerte.

Zwei Tage später bestieg sie in Luisas Begleitung die Postkutsche nach Genua. Vorher hatte sie einen Brief an Maurizio geschrieben, den sie an Anna nach Abbiategrasso geschickt hatte, mit der Bitte, ihn einem Signor Manari auszuhändigen, falls er dort nach ihr fragte.

In Genua suchte sie Emilia und Fabrizzio auf. Sie empfingen sie mit ihrer typischen, warmherzigen Großzügigkeit. Beide wirkten glücklich, denn sie hatten Nachricht von ihrem Sohn Michele erhalten, der sich Garibaldis *Cacciatore delle Alpi* angeschlossen und bei Como und Varese gekämpft hatte. Er war unverletzt und würde demnächst nach Hause kommen. In Genua erfuhr sie auch von dem Treffen der beiden Kaiser Napoleon III. und Franz Joseph in Villafranca.

»Sie haben einen Waffenstillstand geschlossen«, erzählte Fabrizzio beim Abendessen.

»Ohne Vittorio Emanuele?«, fragte Gianna.

»Er ist nicht glücklich darüber, aber er hat unter Vorbehalt unterzeichnet.«

»Und was heißt das?«

»Österreich übergibt die Lombardei an Kaiser Napoleon, mit Ausnahme von Mantua und Peschiera.« Fabrizzio griff zur Zeitung. »Hier steht es. Napoleon wird die Lombardei dann an Vittorio Emanuele abtreten, dafür bekommt er Nizza. Venetien verbleibt unter österreichischer

Herrschaft, soll aber einer italienischen Konföderation beitreten. Der Großherzog von Toskana und die Herzöge von Modena und Parma kehren zurück …« Er schüttelte den Kopf. »Und das nennen die einen Sieg? Wir sind von einem vereinigten Italien fast so weit entfernt wie vor dem Kampf. Das war es nicht, was Mazzini und Garibaldi wollten.«

»Es ist mir gleichgültig, was die wollten«, fuhr Emilia auf. »Hauptsache, das Töten hat ein Ende, und Michele und Giannas Brüder können nach Hause kommen.«

Gianna stimmte ihr von ganzem Herzen zu. »Ist der Krieg denn wirklich zu Ende?«, fragte sie.

»Ich hoffe es.«

Zwei Tage später bestiegen Gianna und Luisa ein Schiff nach Livorno. Die See war ruhig, es war warm, fast konnte man vergessen, dass im Norden ein Krieg geherrscht hatte, der so vielen Männern das Leben gekostet hatte.

In Livorno stiegen sie wiederum in eine Postkutsche nach Süden, und in Cecina mieteten sie eine Droschke, die sie bis nach Alberi d'Argento brachte.

Giannas Kehle wurde eng, als sie in die Zypressenallee einbogen. Anderthalb Jahre war sie fort gewesen, nicht lange und doch eine Ewigkeit. Sie war nicht mehr das unschuldige Mädchen, das sich mit ihrem Bräutigam auf den Weg in den Norden gemacht hatte. So viel war passiert. Sie hatte ihre Jungmädchenträume verloren, sie hatte ihren Mann begraben.

Dann hielt die Kutsche auf dem Hof, der Kutscher öffnete die Tür und half ihnen heraus.

Carlo, der Stallbursche, stürmte aus dem Stall. »Signorina! Verzeihung. Marchesa! Welch eine Überraschung.«

Die Haustür wurde aufgerissen, und ihre Mutter rannte völlig undamenhaft über das Pflaster. »Gianna!«

Und dann lagen sie einander in den Armen, lachten und weinten gleichzeitig, redeten durcheinander.

Ihre Mutter führte sie ins Haus und läutete nach Ilaria. »Du möchtest bestimmt ein Bad nehmen«, sagte sie.

»Das wäre wundervoll.«

Silvana begrüßte Luisa, die hinter Gianna ins Haus trat. »Du bist erwachsen geworden, Luisa. Eine richtige junge Dame.«

Ilaria kam ins Vestibül, knickste kurz vor Gianna und ihrer Mutter und umarmte dann ihre Nichte. Lächelnd beobachtete Gianna die beiden.

Schließlich wandte sich Ilaria an Silvana. »Signora?«

»Bitte richte ein Bad her für die Marchesa, und lass ein paar Erfrischungen in den Salon bringen. Und sag Claudio, er möchte das Gepäck der Marchesa auf ihr Zimmer bringen. Und dann kümmere dich um deine Nichte.«

Gianna folgte ihrer Mutter in den Salon. Jetzt erst fiel ihr auf, dass sie Schwarz trug. Sie setzte sich ihr gegenüber in einen der Sessel und betrachtete sie genauer. Dünn war sie geworden, ihr Haar war mehr grau als braun, und um Augen und Mund entdeckte Gianna Falten, die sie bei ihrer Hochzeit mit Riccardo noch nicht gehabt hatte. Jetzt, nachdem die erste Freude vorbei war, lag deutliche Trauer in ihren Zügen. Giannas Herz wurde schwer. Die Trauerkleidung trug ihre Mutter bestimmt nicht wegen Riccardo.

»Mamma?« Ihre Stimme gehorchte ihr nicht, sie musste mehrmals schlucken, bevor sie weitersprechen konnte. »Ist Tommaso oder Lorenzo etwas zugestoßen?«

Silvanas Augen schimmerten feucht. »Tommaso. Er ist in der Schlacht von Magenta gefallen.«

Tommaso. Noch ein Opfer für die Freiheit. Erst Giuseppe, dann Riccardo und nun er. Die drei Freunde, die zusammen am Aufstand in Livorno beteiligt gewesen waren, jetzt wieder vereint. Unter ihrer Trauer schwelte hilfloser Zorn. Sie waren so jung gewesen, so voller Idealismus.

Ihre Mutter presste die Lippen zusammen, sie weinte lautlos.

Kälte kroch über Giannas Rücken. »Lorenzo?« Nicht auch noch er.

»Nein.« Silvana schüttelte den Kopf. »Er kam vor zwei Wochen nach Hause. Er wurde bei Treponti verletzt und geriet vorübergehend in österreichische Gefangenschaft. Aber jetzt ist er da.«

»Dann ist er nicht schwerverletzt?«, fragte Gianna vorsichtig. Vor ihrem inneren Auge sah sie die entsetzlichen Wunden und Verstümmelungen der Soldaten in den Hospitälern in Mailand.

»Nein, es war nur eine Stichwunde, die gut verheilt ist.«

So hatte zumindest Stella ihren Mann und die kleine Alisa ihren Vater wohlbehalten zurückbekommen. »Piero ist hoffentlich zu Hause geblieben?«, fragte sie weiter. Ihrem spitzzüngigen Bruder war es ohne weiteres zuzutrauen, dass er sich ebenfalls Garibaldis Truppen angeschlossen hatte.

Ihre Mutter wischte sich die Tränen ab. »Piero wäre wohl gerne gegangen, aber Nerinas Vater hat ihm vor einem halben Jahr sein Geschäft überschrieben und sich völlig zurückgezogen. Er konnte nicht weg.« Sie lächelte. »Es war ein kluger Zug von Nerinas Vater. Vielleicht steckte auch Nerina selbst dahinter.«

Gianna spürte einen Stich. Vielleicht liebte Piero auch seine Frau zu sehr, um in den Krieg zu ziehen. Riccardo hatte sich weder von ihrer Bitte noch von der Tatsache, dass er der einzige Erbe und alleine für das Land und die Geschäfte der Familie verantwortlich war, davon abhalten lassen.

»Aber wie geht es *dir*, mein Kind? Du bist dünn geworden.«

Sie erzählte von Riccardo, dass sich alles zum Guten gewendet hatte, und von dem Schmerz und dem Zorn über seinen Tod. »Ich glaube, ich habe ihn doch geliebt. Anders als Angelo und auch anders als …« Sie stockte. Was würden ihre Eltern sagen, wenn sie ihnen von Maurizio erzählte?

»Als wen?«, fragte ihre Mutter. In diesem Augenblick kam Ilaria, um zu sagen, dass ihr Bad bereit war.

»Ich erzähle es Ihnen und Vater nachher.«

Nach dem Bad begrüßte sie Stella und die kleine Alisa. Ihren Bruder sah sie erst beim Abendessen, er war in den Weingärten gewesen. Er war dünner geworden, schien aber sonst wohlauf. Stella war sichtlich froh, ihn wiederzuhaben, auch wenn sie versuchte, es nicht so deutlich zu zeigen. Sie konnte ihre Augen kaum von ihm abwenden, und wenn er sie anblickte, errötete sie wie eine Jungfrau.

Gianna schilderte ihre Erlebnisse in Abbiategrasso nach der Schlacht von Magenta und sprach von ihrer Liebe zu Maurizio. Ihre Eltern hörten ihr schweigend zu und schwiegen auch, nachdem sie ausgeredet hatte. Gianna sah, wie sie einen langen Blick wechselten. Auch ihr Vater war alt geworden. Sein Haar war nun vollständig ergraut, doch in seinen Augenwinkeln saßen immer noch die Fältchen, die von seinem Humor zeugten, und trotz der Trauer über Tommaso wirkte er nicht verbittert.

»Ich dachte mir so etwas. Man musste nur darauf achten, wie er dich ansah, wie er immer für dich da war. Dass er Sergios Sohn ist, wusste ich schon vor seiner Geburt. Sergio hat Enzo Manari bezahlt, damit er Angelica heirate. Aber ich denke, die beiden führten eine gute Ehe, und Enzo hat Maurizio geliebt, seine erste Ehe war kinderlos, und auch mit Angelica hatte er keine Kinder.«

»Sie wussten es?«

»Ja, aber weder Sergio noch Maurizio wollten, dass es bekannt wird. Klatsch und Tratsch gab es natürlich trotzdem.«

»Und wären Sie damit einverstanden, dass ich ihn heirate, wenn er ...«, sie schluckte, »wenn er den Krieg überlebt hat?«

Sie hoffte auf sein »ja«, doch wenn er nein sagte, würde sie sich ihm widersetzen. Sie besaß das Haus in Abbiategrasso, sie bekam Geld aus Riccardos Geschäften. Das war genug zum Leben für sie und Maurizio. Ein bescheideneres Leben, als sie hier geführt hatte, doch das war gleichgültig, solange es ein Leben mit Maurizio war.

Doch ihr Vater enttäuschte sie nicht.

»Das wäre ich. Er ist mir als Schwiegersohn sehr viel lieber als Angelo. Doch auch dir, meine Liebe?«, fragte er und blickte Silvana an.

Sie lächelte. »Ja, mir auch.«

Jetzt erst spürte Gianna, dass sich ihre Hände um das Besteck herum verkrampft hatten. »Ich danke euch!«, sagte sie, und es kam aus vollem Herzen.

»Da ist noch etwas, was du wissen solltest«, sagte ihr Vater. »Damit du nicht überrascht bist. Angelos Frau ist vor fünf Monaten im Wochenbett gestorben, das Kind mit ihr. Angelo ist also Witwer. Und er war hier, um zu sagen, dass er jetzt nach dem Ende des Krieges gerne das Zerwürfnis zwischen unseren Familien beseitigen würde ...«

Die Art, wie ihr Vater fragend die Stimme hob, verriet ihr, dass noch mehr dahintersteckte. Angelo war frei, er wollte, dass die Familien sich versöhnten, und das ging natürlich am besten mit einer Heirat, wie sie ursprünglich einmal geplant war. Gianna horchte in sich hinein. Angelo war frei, und sie könnte ihn bekommen. Doch sie wollte ihn nicht mehr. Der Gedanke an ihn löste gar nichts in ihr aus, kein Herzklopfen, keine Freude, aber auch keinen Zorn. Der Mann war ihr vollkommen gleichgültig.

»Was soll ich ihm antworten, wenn er kommt und um deine Hand anhält? Ich bin überzeugt, dass er nicht lange warten wird.«

»Sagen Sie ihm nichts. Schicken Sie ihn zu mir. Ich werde ihm die passende Antwort selbst geben.«

Lächelnd nickte ihr Vater. »Ich bin sicher, dass du das tun wirst.«

Nach dem Essen ging Gianna auf die hintere Terrasse und lehnte sich an die noch sonnenwarme Mauer des Hauses. Es war ein klarer Abend und Neumond. Die Sterne schienen so hell wie selten. Über ihr zog sich das Band der Milchstraße über den Himmel. Das einzige Geräusch war das leise Zirpen der Nachtgrillen, der *Elfchen*, wie sie in ihrer Familie genannt wurden. Die Luft kühlte sich nach der Hitze des Tages ab, ein leichter Wind umschmeichelte ihre Arme wie Seide. Sie sah zum Himmel und dachte an Maurizio. Lebte er noch? Stand er vielleicht irgendwo in der Lombardei oder in Venetien und sah zum Himmel, so wie sie? Sie atmete tief ein und schickte ihre Gedanken zu den Sternen.

Wenn ihr auch auf ihn scheint, sagt ihm, er soll zu mir kommen.

Am Sonntag nach ihrer Ankunft ritt Angelo auf den Hof. Es war später Nachmittag, Gianna saß auf der Veranda am Frühstückszimmer, die um diese Uhrzeit angenehm schattig war. Von dort aus konnte man auf den Hof sehen. Angelo stieg vom Pferd, warf dem Stallburschen die Zügel zu und ging zielstrebig zur Haustür. Gianna nutzte die Gelegenheit, um ihn zu mustern. Er war etwas dicker geworden, trug den Schnurrbart länger, und die Enden waren nach oben gezwirbelt. Gekleidet war er schwarz, er war ja noch in Trauer. Seine ganz Haltung strahlte Selbstsicherheit aus. Kam er, um mit ihrem Vater etwas Geschäftliches zu besprechen, oder kam er ihretwegen? Sie musste nicht lange auf die Antwort warten. Es dauerte nur ein paar Minuten, dann trat er durch die offene Verandatür und verneigte sich.

»Guten Tag, liebe Gianna.« Seine schwarzen Augen funkelten, er lächelte sie an, als wären sie erst vor kurzem und in bester Freundschaft auseinandergegangen.

Sie blieb sitzen und musterte ihn kühl. »Guten Tag, Conte di Riposo.«

»Aber nicht doch, wir kennen uns so lange, du musst mich nicht so anreden. Nenn mich Angelo, wie früher.«

»Nun, Angelo, was verschafft mir die Ehre deines Besuchs?«

Ihre Förmlichkeit schien ihn zu verunsichern, doch er fing sich schnell wieder. »Ich hörte vom Tod deines Mannes und wollte mein Beileid ausdrücken.«

»Danke.«

»Vielleicht hast du schon gehört, dass meine Frau ebenfalls verstorben ist?«

»Mein Vater erzählte es mir. Es tut mir sehr leid für dich.«

Jetzt war er deutlich irritiert. Er stand immer noch, da sie ihm keinen Platz angeboten hatte, und drehte den Zylinder in den Händen. Gianna schwieg und wartete. Sie würde es ihm bestimmt nicht einfach machen. »Ich sagte deinem Vater schon, dass wir auf Bandello gerne das Zerwürfnis zwischen unseren Familien beilegen würden. Ich glaube, er war nicht abgeneigt.«

»Er hat sich mit deinem Vater immer gut verstanden, auch wenn sie nicht immer einer Meinung waren.«

»Ja, das denke ich auch. Und ich denke auch sehr viel an unsere Kindheit und wie glücklich wir alle waren. Ich habe dich nicht vergessen, Gianna, und nun, da dieser grausame Krieg, der uns getrennt hat, vorbei ist, steht unserer Liebe nichts mehr im Weg.«

Gianna hob die Augenbrauen. »Der Krieg hat uns getrennt? Ich meine eher, es waren der Ehrgeiz deiner Familie und deine Bequemlichkeit, die uns getrennt haben.«

»Mir blieb nichts anderes übrig, als meinen Eltern zu gehorchen.«

»Das sehe ich anders. Nun, so schlecht wird eure Ehe wohl nicht gewesen sein.«

»Du weißt, dass ich nicht aus Liebe geheiratet habe.«

»Du vielleicht nicht, aber ich.« Sie stand auf und sah ihm in die Augen. »Ich habe meinen Mann geliebt. Und wenn ich jemals wieder heirate, wird es aus Liebe sein, nicht wegen Titeln, Vermögen oder weil es vorteilhaft für zwei Weingüter ist.«

Das traf ihn. Einen Moment lang tat er ihr beinahe leid, doch dann erinnerte sie sich daran, wie er sie angelogen und hingehalten hatte und dass er ihr angeboten hatte, seine Mätresse zu werden. Was auch immer er unter Liebe verstand, es war nicht das Gleiche wie für sie.

»Ich war vielleicht ein wenig voreilig. Du bist erst ein paar Tage hier und noch in Trauer. Aber ich wollte dich wissen lassen, dass ich dich immer noch liebe und mich freuen würde, wenn du meine Frau werden würdest. Du musst dich nicht gleich entscheiden. Ich werde wiederkommen, wenn du etwas länger hier bist.«

»Du brauchst nicht wiederzukommen. Ich werde dich nicht heiraten, Angelo. Was auch immer zwischen uns war, für mich ist es bei dem Ball damals gestorben. Such dir besser eine andere Frau.« Sie nickte und blickte zur Tür.

Er verstand den Wink, verneigte sich kurz und sehr steif. »Wie du meinst. Vielleicht änderst du deine Meinung noch.«

»Warte besser nicht darauf.«

28. KAPITEL

Nach einer Woche im Hospital wurde Maurizio unruhig. Nun, da es ihm besserging, wurde ihm die Untätigkeit lästig. Er mochte nicht mehr im Bett bleiben, er wollte etwas tun. Bei der Pflege und beim Verbinden konnte er nicht helfen. Als er den Arzt fragte, was er machen könnte, bot er ihm an, beim Essenausteilen behilflich zu sein. Also zog er morgens mit den Krankenwärtern und Pflegerinnen durch die Krankensäle, verteilte Brot, goss Kaffee in Becher, mittags schleppte er einen eimergroßen Topf mit Fleischbrühe in die Räume und schöpfte Suppe in Schüsseln.

Eines morgens kam ein Mann an sein Bett und stellte

sich als Prothesenmacher der Armee vor. Er vermaß Maurizios Armstumpf und erklärte ihm, wie er die Prothese anpassen werde. Zunächst werde er einen Gipsabdruck seines Armstumpfes nehmen und dann die Prothese aus Messing nach dem Vorbild einer Hand formen. Befestigt würde sie mithilfe einer Ledermanschette werden.

»Sie hat einen beweglichen Daumen«, erklärte der Prothesenmacher, »den Sie mit der anderen Hand betätigen können. Damit können Sie Gegenstände greifen und festhalten.«

Die Prothese erwies sich in manchen Dingen als hilfreich. So schaffte er es mit ihrer Hilfe, schwere Gegenstände zu tragen oder sein Bett selbst zu machen. Wahrscheinlich würde er damit auch ein Pferd satteln können.

Eine der größten Erleichterungen war, dass er keine Hilfe mehr beim Essen brauchte. Bisher hatte ihm jemand sein Essen in mundgerechte Bissen schneiden müssen, jetzt konnte er die Gabel mit der Prothese halten und Fleisch, Gemüse, Kartoffeln selbst schneiden.

Etwa drei Wochen nach der Schlacht von Solferino verbreitete sich die Nachricht im Hospital, dass die beiden Kaiser sich in Villafranca getroffen hatten, um über den Frieden zu verhandeln.

Einige Tage später suchte Hauptmann Häusel ihn in Begleitung eines französischen Offiziers im Krankenzimmer auf. Er hinkte ein wenig, eine Kugel hatte ihn ins Bein getroffen. »Ich freue mich, dass es Ihnen bessergeht.«

»Danke, Herr Hauptmann«, antwortete Maurizio höflich und fragte sich, was die beiden Männer wohl von ihm wollten. Er musste nicht lange auf eine Antwort warten.

»Ich will nicht lange herumreden. Eigentlich sind Sie,

wie wir alle hier, ein Kriegsgefangener. Doch mit Ihrer Verletzung sind Sie nicht mehr diensttauglich. Deshalb können Sie vorzeitig aus der Armee entlassen werden unter der Voraussetzung, dass Sie keinen Kriegsdienst mehr leisten. Ihren Sold bekommen Sie ausgezahlt.«

Maurizio atmete durch. Er konnte gehen. Doch wovon sollte er leben?

Hauptmann Häusel räusperte sich und zog ein Blatt Papier aus seiner Tasche. »Oberleutnant Castiglioni hat Sie in seinem Testament bedacht und außerdem veranlasst, dass Sie das Pferd, Dario, welches Sie dem Oberleutnant geschenkt haben, zurückbekommen.«

»Dario lebt noch?« Er hatte damit gerechnet, dass das Pferd ebenfalls in Solferino gefallen war.

»Ja, der Gaul lebt noch«, sagte der Hauptmann. »Er hat ein paar Narben davongetragen, aber er ist gesund.«

Unwillkürlich lächelte Maurizio. Dann hatten sie beide Narben davongetragen. Er freute sich, dass der Hengst noch lebte.

»Wollen Sie nicht wissen, wie viel Ihnen der Oberleutnant hinterlassen hat?«, fragte Häusel.

»Doch.«

Hauptmann Häusel nannte die Summe, und Maurizio schnappte nach Luft. Das war mehr, als er als Soldat in drei Jahren verdient hätte. Er könnte ein kleines Stück Land und ein Haus irgendwo in der Toskana kaufen, vielleicht sogar einen Knecht als Gehilfen anstellen. Er schloss die Augen und dankte seinem Onkel.

»Das Pferd steht hier im Stall. Sie können es gegen Vorlage dieser Bescheinigung holen«, sagte Hauptmann Häusel. »Ich wünsche Ihnen alles Gute.«

Nachdem er gegangen war, setzte Maurizio sich auf sein

Bett und dachte nach. Er war frei, er konnte gehen. Doch wohin? Und was sollte er tun? Nach Alberi d'Argento reiten und Gianna fragen, ob sie ihn heiraten und für den Rest ihres Lebens für seinen Lebensunterhalt aufkommen wollte? Nein. Er musste selbst für sich sorgen. Was konnte er? Er war ein ausgezeichneter Schütze, nur das nützte ihm jetzt nichts mehr. Er konnte gut mit Pferden umgehen. Das wäre auf einem Gestüt ein Vorteil, auch auf der Tenuta Bandello, doch die Raimandis züchteten keine Pferde, und als Stallbursche konnte er dort nicht arbeiten, wenn er um Giannas Hand anhalten wollte. Blieb noch Don Enricos Angebot. Er könnte bei Mario als Cantiniere anfangen, lernen, wie man Wein machte. Er griff nach Giannas Medaillon. Er würde nach Hause gehen, in die Toskana.

Zunächst ritt er nach Abbiategrasso. Zwar hatte Gianna gesagt, sie wolle so schnell wie möglich nach Montescudaio, aber es bestand die Möglichkeit, dass sie noch dort war.

In der Stadt wimmelte es von französischen Soldaten; offensichtlich hatten sie sich dort einquartiert, wo Monate zuvor die Österreicher Quartier bezogen hatten. Die Bevölkerung konnte einem leidtun, dachte er. Die Stadt besaß wahrscheinlich so gut wie keine Lebensmittelvorräte mehr. Er hatte gehofft, hier übernachten zu können, doch die Stadt war so überfüllt, hier würde er kein noch so kleines Zimmer finden. Er lenkte sein Pferd auf die Straße in Richtung Giannas Haus. Der Weg führte an der Kirche vorbei, in der er nach Magenta gelegen hatte. Es war inzwischen Abend. Über der Stadt sammelten sich die Mauersegler, verständigten sich mit ihren schrillen Rufen. Aus den Reisfeldern drang das Quaken der Frösche, und irgendwo sang eine Amsel ihr Abendlied. Die Luft kühlte sich allmählich ab, das Licht wurde dunstig.

Als er Dario vor Giannas Haus zügelte, kam ihm ein junger Mann entgegen, er musste in seinem Alter sein. Über dem linken Auge trug er eine Klappe, darunter verlief eine noch rote Narbe. Eine Kriegsverletzung. Er musterte Maurizio, sein Blick blieb auf seiner linken Wangen hängen. Plötzlich wurde ihm klar, wie viel Glück er gehabt hatte, dass der Säbel des Zuaven nur seine Wange und nicht sein Auge getroffen hatte. Er begrüßte den Mann und fragte nach der Marchesa da Abairate.

»Sie ist nicht mehr hier«, sagte der Mann.

Eine Frau mittleren Alters kam aus dem Haus. »Was gibt es denn, Luca?«

»Der Mann sucht die Marchesa.«

Die Frau sah ihn scharf an. »Wie ist Ihr Name, junger Mann?«

»Maurizio Manari.«

Sofort heiterte sich ihre Miene auf. »Die Marchesa ist schon vor einigen Wochen abgereist, doch sie hat einen Brief hinterlassen. Kommen Sie herein.« Sie winkte ihn in die Küche, bot ihm Wasser an und reichte ihm einen Umschlag.

Er riss ihn sofort auf, war zu ungeduldig, um zu warten. Es war nur eine kurze Notiz: *Lieber Maurizio, du lebst! Dem Himmel sei Dank! Ich bin auf Alberi d'Argento. Komm, so schnell du kannst. Ich warte auf dich. In Liebe, Gianna.*

Anna bot ihm an, im Haus zu übernachten, was er dankend annahm.

Am nächsten Morgen machte er sich auf den Weg nach Hause.

29. KAPITEL

Es war ein eigenartiges Gefühl, den Weg zurückzureiten, den er vor zwei Jahren angetreten hatte. Wieder ließ er sich Zeit. Einerseits drängte es ihn, so schnell wie möglich zu Gianna zu kommen, andererseits fürchtete er sich davor. Als er vor zwei Jahren nach Verona geritten war, hatte er geglaubt, sie niemals wiederzusehen, hatte gehofft, sie irgendwann zu vergessen. Er hatte sie nicht vergessen, aber gelernt, ohne sie zu leben. Dann war der Krieg ausgebrochen, und ausgerechnet der hatte sie zusammengeführt. Vielleicht hätte er ohne die Schrecken der Schlacht von Magenta und der nächsten Schlacht und ohne den möglichen Tod vor Augen niemals den Mut gehabt, ihr seine Liebe zu gestehen. Jetzt musste er erneut den Mut aufbringen und sich ihrer Entscheidung stellen. Liebte sie ihn wirklich, oder war es eine Täuschung aufgrund der besonderen Situation gewesen? Er würde es erfahren, wenn er es fertigbrachte, ihr gegenüberzutreten. Noch war er fest entschlossen, aber er je näher er seiner Heimat kam, desto unsicherer wurde er.

Anfang September erreichte er Montescudaio. Überall in den Weingärten waren Arbeiter und schnitten die Reben von den Stöcken, auf den Straßen kam er an Wagen mit Körben voll Trauben vorbei. Er erreichte die Weggabelung, von der aus man auf die Tenuta Bandello blicken konnte. Nachdenklich betrachtete der das Gut, das jahrelang seine Heimat gewesen war, dann lenkte er sein Pferd zur Stadt. Er fand eine Osteria am Stadtrand, in der er ein Zimmer für die Nacht mietete. Er würde erst einmal ausschlafen, sich morgen gründlich waschen und dann zunächst zur

Tenuta Bandello reiten, um seinen Vater zu sehen und ihm die Nachricht von Raimondos Tod zu überbringen.

In seinem Zimmer wusch er sich den Staub ab und wechselte das Hemd. Mittlerweile kam er mit der Prothese recht gut zurecht. Hemden auf- und zuknöpfen konnte er inzwischen mit einer Hand, auch wenn es länger dauerte. Beim Hosenanziehen war die Prothese durch ihren beweglichen Daumen recht nützlich, er musste nur den Hosenbund dazwischenklemmen, den Daumen schließen und konnte die Hose so hochziehen. Im Vergleich zu vielen anderen Versehrten ging es ihm wirklich gut, er konnte fast alles mit einer Hand tun, wozu er früher zwei benutzt hatte, selbst sein Pferd satteln und aufzäumen.

In der Schankstube war es überraschend voll, alle Tische waren besetzt. An den meisten saßen Männer, nur an wenigen Familien. Dann fiel ihm ein, dass es Samstag war; die Arbeiter auf den umliegenden Weingütern hatten morgen frei. Er suchte einen Tisch, an dem nur Männer saßen, und fragte, ob er sich dazugesellen dürfe. Man machte ihm bereitwillig Platz. Der Wirt kam, und Maurizio bestellte einen Krug Wein, Bruschetta und geschmorte Lammkeule mit weißen Bohnen. Die Lammkeule war beinahe so gut wie die, die Rosa auf der Tenuta immer gemacht hatte. Sie schmeckte nach Salbei, nach Knoblauch und Zitrone. Nach Heimat. Fast konnte er ihre Stimme hören, wenn sie die Stallburschen zum Essen rief. Wie es ihr wohl ging? Und ihrem Mann Emilio?

»Ich kenne dich«, sagte einer der Männer, die mit ihm am Tisch saßen. »Warst du nicht Knecht auf der Tenuta Bandello?«

Er sah auf. Der Mann war einige Jahre älter als er. »Stimmt, das war ich. Woher kennst du mich?«

»Ich bin schon seit Jahren als Tagelöhner bei der Lese auf dem Gut. Du bist vor zwei Jahren gegangen.« Er warf einen Blick auf den Lederhandschuh, unter dem sich die Prothese befand. »Warst du im Krieg?«

»Ja«, sagte Maurizio. »Hab meine Hand dort gelassen. Jetzt muss ich sehen, wie ich klarkomme.«

»Hast den Österreichern hoffentlich richtig eingeheizt. Wo hast du gekämpft?«

»Bei Magenta und ...« Hastig griff er nach seinem Becher und trank einen Schluck. Beinahe hätte er Solferino genannt und sich damit verraten, denn dort hatten nur Österreicher und Franzosen gekämpft, keine Italiener. »San Martino«, beendete er den Satz.

»Ah, San Martino«, sagte ein anderer. »Ein großartiger Sieg für Vittorio Emanuele. Man sagt, er habe seine Armee selbst in die Schlacht geführt. Hat immer an vorderster Front gekämpft.«

Maurizio sah auf den Tisch und schwieg. Vittorio Emanuele war seinen Truppen vorangeritten, doch er hatte keine Ahnung von Taktik gehabt, und seine Generäle hatten darum gekämpft, von ihm beachtet zu werden, statt ihre Angriffe zu planen. Benedek hätte diese Schlacht gewonnen, wenn er nicht abberufen worden wäre. Und nun münzte man das in einen Sieg für den König von Sardinien-Piemont um? Wussten diese Leute, zu welchen Bedingungen der Waffenstillstand von Villafranca geschlossen worden war? Wussten sie, dass Vittorio Emanuele und Cavour dafür gesorgt hatten, dass Leopold II. und die Herzöge von Modena und Parma zurückkehren würden, mit Billigung des Königs, um ihre Herrschaft wieder anzutreten?

»Wie läuft es so auf der Tenuta?«, wechselte er das Thema.

»Ach, ganz gut«, sagte der Mann. »Die Ernte ist gut. Es wird auch ein guter Wein.«

»Und bei den Herrschaften?«

»Die sind in Trauer. Die Frau des jungen Herrn ist vor einem halben Jahr im Wochenbett gestorben und das Kind mit ihr.«

Angelos Frau war tot? »Das ist traurig.«

»Na ja«, schaltete sich ein anderer ein. »Traurig mag es sein, aber so wie es aussieht, hat der junge Herr schon Pläne. Er wird nicht lange Witwer bleiben.«

»Und wer wird die Glückliche werden?«, fragte Maurizio.

»Die Tochter der di Raimandis. Es würde ja auch gut passen. Sie ist Witwe, er hat seine Frau verloren. Sie waren vor dem Krieg schon verlobt, doch dann haben die Familien sich zerstritten. Doch jetzt ist Frieden. Es wäre eine vorteilhafte Verbindung für beide Güter.«

Maurizio starrte auf seine Prothese. Angelo war frei und warb um Gianna. Und sie? Sie hatte die Wahl. Wen würde sie wählen? Den Mann aus ihren Kreisen, den sie schon geliebt hatte, als sie ein Mädchen gewesen war? Würde sie alles andere vergessen, nun, da sie ihn bekommen konnte? Was hatte er dem entgegenzusetzen? Einen Kuss hinter der Kirche von Abbiategrasso, eine Liebesnacht auf einem schmutzigen Strohhaufen in einem kalten Kerker in Rosate. Ein Kriegsversehrter ohne Hand, ohne Vermögen, mit einer Narbe im Gesicht gegen einen schneidigen, gutaussehenden jungen Mann mit Adelstitel und einer vorteilhaften Verbindung für beide Güter. Nein, so war Gianna nicht. Geld brauchte sie als Witwe des Marchese Abairate nicht, und um das Gut musste sie sich ebenfalls keine Sorgen machen, das würde Lorenzo übernehmen. Es stand ihr frei, zu wählen. Er musste sie sehen, so bald wie möglich.

Doch als er am nächsten Morgen erwachte, war er sich seiner Sache schon nicht mehr so sicher. Er entschied sich dafür, erst seinen Vater aufzusuchen, dann hatte er das hinter sich.

Auch auf der Tenuta war die Lese in vollem Gange. Maurizio schlug nicht den direkten Weg zum Haus ein, sondern ritt durch die Weingärten zum Hof. Er band sein Pferd hinter den Ställen an und ging zunächst zum Haus der Romanis. Durch den Gemüsegarten ging er zur Hintertür, die in die Küche führte. Sie stand offen, wie immer im Sommer. Er spähte hinein. Rosa stand am Tisch und hackte Basilikum. Der intensive Duft erfüllte den Raum. Er klopfte an den Türrahmen. »Signora Rosa?«

Sie ließ das Messer sinken und drehte sich um. Ihre Augen wurden groß. »Maurizio? Jesus, du lebst? Heilige Mutter Gottes, wir hatten solche Angst um dich. Es hieß, du seiest vermisst oder gefallen.« Sie legte das Messer weg, stürmte zur Tür und zog ihn in ihre Arme.

Sie duftete nach frischem Brot und nach Basilikum. Es war fast wie damals, als er das erste Mal hierhergekommen war, nur dass er sie jetzt um einen Kopf überragte. Ihre sichtliche Freude brachte ihn zum Lachen und Weinen gleichzeitig. Er drückte sie an sich. Er hatte sich getäuscht, als er Henry Dunant gesagt hatte, er habe keine Familie. Rosa war die Cousine seiner Mutter, und sie hatte ihn immer wie einen Sohn behandelt. »Geht es euch gut?«, fragte er. »Wo ist Emilio?«

»Er versorgt die Pferde. Er wird sich freuen, dich zu sehen.« Sie trat einen Schritt zurück und musterte ihn. »Du bist kein Soldat mehr?«

»Nein.« Er wollte mehr sagen, doch sie unterbrach ihn.

»Gut. Es hat uns nicht gefallen, dass du dich bei den Österreichern eingeschrieben hast, aber wir haben es verstanden. Doch nun ist der Krieg vorbei. Bleibst du jetzt hier?«

»Ich denke nicht, dass ich hier willkommen bin. Du weißt, die Signora will mich nicht hierhaben.«

»Die!« Rosa ging wieder zum Tisch, packte das Messer und hackte auf das nächste Büschel Basilikum ein. »Bei uns bist du immer willkommen, und wir finden schon eine Arbeit für dich.«

»Das glaube ich nicht, Rosa.«

»Warum nicht?«, fragte sie, ohne ihre Arbeit zu unterbrechen. »Du bist fleißig, kennst dich mit Pferden aus ...«

Während sie noch sprach, zog er den Handschuh von der Prothese. »Sieh her. Deshalb.«

Sie drehte sich um. Ihr Gesichtsausdruck wechselte von Neugier zu Entsetzen und dann zu Mitleid. »Du hast deine Hand verloren?«

»In Solferino. Ich kann keine Ställe ausmisten, ich kann nicht mehr bei der Heuernte helfen, ich brauche ewig, um ein Pferd aufzuzäumen oder zu satteln. Ich kann keiner Dame mehr in den Sattel helfen. Es gibt nicht viel, was ich noch kann.«

»Dann solltest du erst recht hierbleiben.« Rosas Gesicht verriet allzu deutlich, was sie dachte. Sein Vater sollte gefälligst für ihn sorgen.

»Ich will aber nicht von der Barmherzigkeit irgendwelcher Leute abhängig sein. Ich ...«

»Er ist nicht irgendwer, er ist dein Vater!«, unterbrach sie ihn heftig.

»Und wenn er mal nicht mehr ist, bin ich von Angelos

Gnade abhängig. Nein. Don Enrico von Alberi d'Argento hat mir vor zwei Jahren angeboten, bei seinem Cantiniere in die Lehre zu gehen. Wenn er dazu steht, werde ich das tun.«

Rosa nickte. »Don Enrico steht immer zu seinem Wort. Ich bete für dich. Und jetzt isst du erst einmal mit uns zu Mittag. Es gibt Parpadelle mit Pesto.«

»Gerne. Aber dann muss ich erst mein Pferd versorgen.«

Nach der Mahlzeit ging Maurizio zum Haupthaus, um mit Don Sergio zu reden. Wenn er Glück hatte, ruhte die Signora und war Angelo in den Weingärten.

Auf sein Klopfen hin öffnete ein Diener, den er noch nicht kannte. Donata hatte wohl mehr Personal eingestellt, nachdem sie nun adlig waren. Als er darum bat, Don Sergio sprechen zu dürfen, hob der Mann die Brauen, führte ihn dann aber zu Don Sergios Arbeitszimmer.

»Maurizio?« Sergio erhob sich, als er eintrat. »Du lebst! Wir haben die Nachricht von Raimondos Tod bekommen und dachten, du seiest auch gefallen.« Er wirkte aufrichtig erfreut.

»Ich war verwundet, aber ich habe es überlebt. Ich wollte Ihnen die Nachricht vom Tod Ihres Bruders und seinen letzten Gruß überbringen.«

»Du warst dabei, als er gefallen ist?«

Maurizio nickte.

»Setz dich«, sagte Don Sergio. »Möchtest du etwas trinken?«

»Nein danke.« Er schob sich den Stuhl zurecht und setzte sich.

»Wie?«, fragte Don Sergio.

»Ein Bauchschuss. Ich wollte ihm helfen, aber die Wunde war tödlich.«

Don Sergio starrte auf den Schreibtisch. »Wir hatten nicht viel Kontakt, er war immer ganz anders als ich. Ein Sonderling.«

Er war anders gewesen als Don Sergio. Allerdings kein Sonderling. »Er war durch und durch Soldat.«

»Bist du gut mit ihm ausgekommen?«

»Sehr gut. Er war …« Er stockte. Was er hatte sagen wollen, war, dass Raimondo wie ein Vater gewesen war, doch das war gegenüber seinem leiblichen Vater wohl nicht taktvoll. »Er war ein großartiger Mann.«

Don Sergio lächelte. »Du siehst ihm ähnlich. Mehr als mir.«

»Ja, das ist mir auch aufgefallen.«

»Aber du bist doch nicht nur hierhergekommen, um mir davon zu erzählen.« Er runzelte die Stirn. »Wieso bist du nicht in Uniform? Bist du abgehauen?«

»Nein, ich bin entlassen worden.« Wie schon bei Rosa hob er die linke Hand, ließ aber den Handschuh an. »Ich war bei den Jägern und habe meine Hand verloren. Ohne Hand kann ich nicht schießen und auch nicht mehr kämpfen.«

Don Sergio schwieg einen Moment. Vielleicht überlegte er, wie er seiner Frau beibringen sollte, dass sein Bastard nun zurückgekehrt war und Unterstützung brauchte. Maurizio unterdrückte ein Grinsen und wartete ab. Sollte sein Vater sich ruhig ein paar Gedanken machen.

»Das tut mir sehr leid«, sagte Don Sergio schließlich. »Wenn ich irgendwie helfen kann … Wenn du Geld brauchst …«

Geld. Aber nicht das Angebot, hierzubleiben. Nun, er

hätte es ohnehin nicht angenommen. »Das ist nicht nötig. Ihr Bruder hat mir Geld hinterlassen.« Er stand auf. »Ich wollte nur seine letzten Grüße überbringen.«

Auch Don Sergio erhob sich. »Was wirst du jetzt tun?«

Irgendetwas hielt ihn davon ab, die Wahrheit zu sagen. Don Sergio würde es früh genug erfahren, falls er auf Alberi d'Argento bleiben sollte. »Ich suche mir eine Arbeit, die ich tun kann.«

»Wenn du Unterstützung brauchst, melde dich.«

Zu seiner Überraschung umarmte Don Sergio ihn zum Abschied.

Auf dem Hof kam ihm Angelo entgegen. Er schien in Gedanken zu sein und war schon fast an ihm vorbei, als er abrupt anhielt und ihn anstarrte. »Du? Was tust du hier?«

Maurizio musterte ihn. Er war ein wenig dicker geworden und trug den Schnurrbart inzwischen nach oben gezwirbelt, wie es Mode war. Angelo musterte ihn ebenfalls. Sein Blick blieb an seinem Gesicht hängen. Die Narbe. Da er auf seiner Reise hierher kaum in einen Spiegel geblickt hatte, dachte er nicht oft daran. »Ich hatte deinem Vater etwas auszurichten.«

Unwillig zog Angelo die Augenbrauen zusammen. »Willst du jetzt etwa hierbleiben?«

»Keine Sorge, das ist nicht meine Absicht.« Er ließ seinen Halbbruder stehen und ging zum Haus der Romanis. Dort verabschiedete er sich von Rosa, Emilio und deren beiden Söhnen.

Anschließend ging er in den Stall, sattelte Dario und machte sich auf den Weg nach Alberi d'Argento.

Je näher er dem Gut kam, desto langsamer ritt er. Wie sollte er vorgehen? Am liebsten würde er zuerst mit Gianna reden, doch er wollte ihr nicht unter die Augen treten, ohne eine Arbeit zu haben. Aber wenn er erst mit Don Enrico sprach, die Arbeit bekam und Gianna dann nichts mehr von ihm wissen wollte, was sollte er dann auf dem Gut?

Feigling, schalt er sich.

Nach Magenta hatte er den Mut aufgebracht, sie zu küssen, und es hatte sich als richtig erwiesen. Aber da hatte er auch nichts zu verlieren gehabt, außer sein Leben in der nächsten Schlacht.

Als er in die Zypressenallee einbog, trieb er sein Pferd an. Er würde zunächst mit Don Enrico sprechen, dann mit dessen Cantiniere und dann mit Gianna.

Das Klappern der Hufe auf dem Pflaster im Hof erschien ihm unnatürlich laut. Er warf einen raschen Blick zu den Fenstern. Würde ihn jemand hören? Doch im Haus rührte sich nichts, stattdessen kam der Stallmeister, Domenico, um die Ecke. Auch er erkannte ihn und begrüßte ihn freundlich. Don Enrico sei in seinem Arbeitszimmer, sagte er und bot ihm an, das Pferd zu versorgen.

Maurizio nahm dankend an und ging zur Haustür. Auf sein Klopfen hin öffnete Luisa und starrte ihn an. »Signor Manari! Welch eine Freude, Sie hier zu sehen. Soll ich Sie Signora Parenti melden?«

»Nein. Ich wollte mit Don Enrico sprechen.«

»Nein?« Sie zog die Brauen hoch.

»Bitte, sagen Sie ihr noch nichts von meinem Besuch, Signorina. Ich muss erst etwas bereden, bevor ich mit ihr sprechen kann.«

Luisa knickste. »Wie Sie meinen. Sie kennen den Weg zum Arbeitszimmer?«

Ja, den kannte er. Er warf einen langen Blick auf das

Wappen der di Raimandis. »Wer Flügel hat, dem steht der Himmel offen.« Noch nie war er dem Himmel so nahe gewesen wie jetzt, oder der Hölle.

Er stapfte durch den Flur, atmete tief ein und klopfte an die Tür von Don Enricos Arbeitszimmer.

Das Erste, was ihm beim Eintreten auffiel, war Don Enricos schwarze Kleidung. Trug er Trauer wegen des Tods seines Schwiegersohns, oder war seinen Söhnen etwas zugestoßen? Ein Blick in sein Gesicht ließ ihn Böses erahnen. Don Enrico war um Jahre gealtert. Sein Gesicht war eingefallen, unter seinen Augen lagen dunkle Schatten. Entsetzt und ratlos hielt Maurizio inne. Wie sollte er ihn um Arbeit bitten oder gar um die Hand seiner Tochter anhalten, wo er doch für die Habsburger gekämpft hatte? Er verneigte sich tief. »Don Enrico, es tut mir leid, Sie zu stören. Wenn ich geahnt hätte, dass Sie in Trauer sind ...« Er wusste nicht weiter.

»Hallo, Maurizio.« Seine Stimme klang wie immer, und als Maurizio ihm wieder ins Gesicht blickte, entdeckte er keinen Groll darin.

»Don Enrico. Wer?« Er wusste nicht, ob es schicklich oder unverschämt war, das zu fragen. Er folgte seinem Gefühl.

»Tommaso. Er ist in Magenta gefallen.«

Auch das noch. Magenta, die Schlacht, in der auch er gegen das sardinische Heer gekämpft hatte. »Mein Beleid«, sagte er leise.

»Danke.«

»Was ist mit Lorenzo?«, fragte er und betete insgeheim, dass er gesund heimgekehrt war.

»Er ist wieder zu Hause«, sagte Don Enrico.

Dem Himmel sei Dank. »Nun, Don Enrico, dann will

ich Ihre Zeit nicht weiter in Anspruch nehmen«, begann er und zog sich zur Tür zurück. Er würde sich woanders eine Arbeit suchen und später mit Gianna reden.

»Warte. Du bist doch nicht hierhergekommen, um ein wenig mit mir zu plaudern. Was wolltest du?«

Maurizio räusperte sich. »Sie hatten mir vor zwei Jahren angeboten, bei Mario in die Lehre zu gehen. Ich wollte eigentlich fragen, ob Sie mich anstellen würden.« Unauffällig legte er die linke Hand hinter den Rücken, Enrico sollte die Prothese nicht sehen. »Aber ich habe in der Armee gekämpft, die Ihren Sohn auf dem Gewissen hat, und ich verstehe, wenn Sie mich nicht hier auf Ihrem Grund und Boden haben wollen.«

Don Enrico schüttelte den Kopf. »Es war Krieg. Du bist nicht schuld an Tommasos Tod. Vielleicht ist noch nicht einmal der Krieg schuld daran. Ich denke, er hat den Tod gesucht. Er und Giuseppe waren immer unzertrennlich. Jetzt sind sie wieder vereint. Was ist mit deiner Hand?«

Dem Mann entging aber auch nichts. Er ließ die Hand nach vorne fallen. »Ich habe sie in Solferino verloren. Deshalb bin ich auch nicht mehr in der Armee. Ich kann nicht mehr kämpfen.« Er schluckte. »Oberleutnant Castiglioni hat mir Geld hinterlassen. Genug, um ein Stück Land zu kaufen. Doch ich kann es nicht alleine bewirtschaften, dazu bräuchte ich einen Knecht. Deshalb suche ich eine Arbeit, von der ich leben kann.«

»Und eine Familie ernähren?«

Hatte Gianna ihm erzählt, dass sie sich nach Magenta begegnet waren? Hatte sie davon gesprochen, was zwischen ihnen gewesen war? Er suchte in Don Enricos Gesicht nach irgendeinem Hinweis, doch er fand keinen. »Ja, auch um eine Familie zu ernähren.«

»Gibt es denn schon eine Auserwählte?«

Hatte er da eben ein Zwinkern in Don Enricos Augen gesehen? Maurizio blinzelte. Seine Ohren wurden heiß, dann seine Wangen und schließlich glühte sein ganzes Gesicht. »Ich … ähm … ja, also … ich weiß nicht …« Herr im Himmel, er stotterte.

»Du weißt nicht, ob es eine gibt?«

Dieses Mal sah er das Zwinkern ganz deutlich. Und war da nicht ein Lächeln in Don Enricos Mundwinkeln? Unwillkürlich nahm er Haltung an. Es half. »Es gibt eine Frau, die ich schon lange liebe. Nur ist sie weit über meinem Stand. Trotzdem hat sie mir gesagt, dass sie meine Gefühle erwidert. Allerdings war das, bevor ich meine Hand verloren habe. Deshalb weiß ich nicht, ob sie mich noch will.« Er schloss kurz die Augen, dann sah er Don Enrico ins Gesicht. »Es handelt sich um Ihre Tochter.«

Enricos Lächeln breitete sich über sein Gesicht aus. »Ich weiß. Gianna hat uns von eurer Begegnung nach Magenta erzählt.«

Konnte man das Lächeln als Zustimmung deuten? »Ich würde ja um ihre Hand anhalten, aber ich bin nur ein Knecht, jetzt sogar ein Krüppel und … ich weiß, dass ich kein standesgemäßer Gemahl für Ihre Tochter bin.«

»Gianna hatte einen standesgemäßen Verlobten, der sich als Windhund entpuppt hat.«

Und der jetzt wieder um sie wirbt, schoss es ihm durch den Kopf.

»Sie hatte einen standesgemäßen Gemahl, und die Ehe war nicht wirklich glücklich, jedenfalls nicht zu Anfang. Ich denke, es ist an der Zeit, dass sie einen Mann findet, der sie aufrichtig und von ganzem Herzen liebt. Und was das ›standesgemäß‹ angeht: Es wäre nicht das erste Mal in dieser Familie, dass eine nicht standesgemäße Ehe geschlossen werden würde. Und das andere Paar ist überaus glücklich, immer noch.«

»Soll das heißen, Sie ziehen mich als möglichen Bewerber in Betracht?«

Don Enrico warf ihm einen langen Blick zu. »Ich kenne dich, seit du ein kleiner Junge warst. Ich habe immer mehr von dir gehalten als von deinem Bruder. Ja, ich weiß, dass Don Sergio dein Vater ist. Du bist kein möglicher Bewerber, du bist der Mann, den sie haben will. Das hat sie deutlich gesagt.« Er stand auf. »Sehe ich es richtig, dass du zuerst zu mir gekommen bist und sie noch gar nicht weiß, dass du hier bist?«

»Ja.«

»Na dann, worauf wartest du noch? Du findest sie auf der hinteren Terrasse.«

»Danke, Don Enrico.« Er verbeugte sich, dann lief er den Flur entlang zur Terrasse. Kurz bevor er sie erreichte, fiel ihm ein, dass sie gar nicht mehr über den Cantiniere gesprochen hatten.

Die Tür stand offen. Gianna saß in einem Korbstuhl und las. Auch sie trug Schwarz, ein schlichtes, schmales Kleid. Die Sonne entzündete rote Funken in ihrem Haar. Ein paar Herzschläge lang blieb er stehen, verschlang sie mit seinen Blicken, dann trat er vor und räusperte sich.

Sie ließ das Buch sinken und wandte den Kopf. Ihre Augen weiteten sich, und dann lächelte sie. Seine Kehle wurde eng. Bis an sein Lebensende wollte er sich an dieses Lächeln erinnern, an den Ausdruck auf ihrem Gesicht, als sie ihn erkannte. Wenn er doch nur malen könnte, um diesen Moment für alle Ewigkeit festzuhalten.

Sie stand auf, ging auf ihn zu. »Du bist da.« Langsam

hob sie die Hand, strich sachte mit dem Finger über die Narbe auf seiner linken Wange. »Solferino?«

»Ja. Ein Säbelhieb von einem Zuaven.«

»Es gibt dir etwas Verwegenes. Du siehst aus wie ein Pirat oder wie Rinaldo Rinaldini, der Räuberhauptmann aus dem Roman von diesem Deutschen.«

»Es stört dich nicht?«

»Nein. Warum sollte es? Du bist doch immer noch der Gleiche.«

»Nicht ganz.«

Fragend hob sie die Brauen. »Wie meinst du das?«

Er zögerte ein paar Augenblicke, um sich ihren Gesichtsausdruck einzuprägen, bevor sie erfuhr, dass er ein Krüppel war. Dann hob er die linke Hand, zog mit der rechten den Handschuh aus und entfernte die Prothese. Stumm blickte sie auf den Stumpf. Die Haut war ein wenig gerötet, wo die Prothese rieb. Er spürte sein Herz schlagen, während er darauf wartete, dass sie sprach. Sie schwieg. Schließlich sah er sie wieder an.

Sie räusperte sich, schluckte. Dann legte sie federleicht ihre Hand auf seinen linken Unterarm. »Heißt das, du bist aus dem Kriegsdienst entlassen?«

Verblüfft starrte er sie an. »Ja.«

»Dem Himmel sei Dank. Ich glaube nicht, dass ich diese Ungewissheit noch einmal ausgehalten hätte. Nicht zu wissen, ob du lebst, ob du verletzt bist.«

»Gianna? Ich verstehe nicht.«

»Verzeih mir. Es ist schlimm, dass du deine Hand verloren hast. Es tut mir sehr leid. Aber du lebst. Ich habe in Mailand Verwundete aus Solferino gepflegt. Ich glaube, es waren die furchtbarsten Verletzungen, die ich je gesehen habe. Und immer musste ich an dich denken. Ob du irgendwo mit ähnlich schlimmen Verletzungen liegst, vielleicht stirbst. Du lebst, und du musst nicht mehr in den Krieg. Du kannst hierbleiben.«

»Soll das heißen, dass du mich immer noch willst?«

Lächelnd nickte sie.

»Gianna, ich weiß nicht, was ich sagen soll.«

Ihr Lächeln wurde spitzbübisch. »Ich fände es eine gute Idee, wenn du mich um meine Hand bätest. Du kannst natürlich auch erst mit meinem Vater sprechen, ich kann dir aber schon verraten, dass er ja sagen wird.«

Er brauchte drei Anläufe, bevor er seine Sprache wiederfand. »Bei deinem Vater war ich schon. Ich wollte ihn fragen, ob er mich immer noch als Cantiniere anlernen würde, wie er es vor zwei Jahren gesagt hat. Es gibt nicht viele Arbeitsmöglichkeiten mit nur einer Hand, und damit könnte ich meinen Lebensunterhalt verdienen.«

»Und was hat er gesagt?«

»Irgendwie kamen wir völlig davon ab und sprachen stattdessen über dich.«

»Und?«

»Er hat mich zu dir geschickt.«

»Nun denn.« Sie trat einen Schritt zurück. »Ich warte.«

Er hatte sich nie Gedanken darüber gemacht, wie man einen Heiratsantrag machte. Aber nun sank er auf die Knie. Vor einer Frau wie ihr konnte man nur niederknien. »Gianna, liebste Gianna. Willst du meine Frau werden?«

Sie errötete, als wäre das ihr erster Heiratsantrag. »Ja, ich will.«

Blitzschnell kam er auf die Füße, zog sie in seine Arme und küsste sie. Ihr Kuss schmeckte nach Pfirsichen.

NACHWORT UND DANK

Die meisten Figuren in diesem Roman, wie Gianna, ihre Familie und die anderen Hauptfiguren sind fiktiv, ich habe sie erfunden, aber die historischen Hintergründe und Ereignisse sind real.

Es gab den Aufstand am Juni 1857 in Livorno, bei dem Giannas Bruder Giuseppe umkommt, und er lief auch so ab, wie ich es geschildert habe. Mazzini schickte Maurizio Quadro und einige seiner Getreuen nach Livorno, um den Aufstand zu organisieren. Sie rechneten damit, dass ein Großteil der Bevölkerung und auch die in Livorno stationierten Soldaten sich ihnen anschließen würden. Stattdessen schlossen die Soldaten die Stadttore, trieben die Aufständischen an die Stadtmauer und richteten sieben von ihnen, die sich nicht ergeben wollten, hin.

Auch die politischen Ereignisse, die schließlich zum Krieg führten, wie Orsinis Attentat, das geheime Treffen in Plombières-les-Bains und das Ultimatum der Österreicher, haben so stattgefunden.

Ebenso die Schlachten.

Es heißt, die Farbe »Magenta« habe ihren Namen von der Schlacht am gleichnamigen Ort am 4. Juni 1859, in der Nähe von Mailand, weil dort so viel Blut vergossen wurde, dass der Boden diese Farbe annahm. Die Schlacht von Solferino am 24. Juni 1859 übertraf das noch, sie war die blutigste seit der Schlacht von Waterloo. Während der

Schlacht wurden geschätzte 30 000 Soldaten getötet, weitere 10 000 Soldaten galten als vermisst oder gefangen. In den Tagen nach der Schlacht erkrankten 40 000 verwundete Soldaten aufgrund von Nahrungsmangel, Überanstrengung und den völlig unzureichenden sanitären Verhältnisse. Viel starben.

Henry Dunant, der eigentlich mit Napoleon über die Lizenz für eine Ölmühle in Algerien sprechen wollte, traf nach der Schlacht von Solferino in Castiglione ein, wohin man die meisten Verletzten gebracht hatte, und war so erschüttert, dass er sein eigentliches Vorhaben vergaß und freiwillige Helfer organisierte, um das Leiden zu mindern. Dank ihm machten die Helfer keinen Unterschied zwischen den Soldaten hinsichtlich deren Nationalität. Berühmt für diese Einstellung wurde die Losung »Tutti fratelli« (Alle sind Brüder) der Frauen Castigliones. Unter dem Eindruck des Grauens von Solferino gründete Henry Dunant später das Rote Kreuz und wurde Mitbegründer der Genfer Konvention.

Bei der Beschreibung der Kriegshandlungen und der Stimmung im habsburgischen Heer waren die Bücher von Hans Wachenhusen (»Halbmond und Doppeladler« und »Tagebuch vom italienischen Kriegsschauplatz«) sehr hilfreich. Wachenhusen war ein zeitgenössischer Roman- und Reiseschriftsteller, später dann Kriegsberichterstatter, und er beschreibt mit einem scharfen Blick fürs Detail und feinem Humor. Natürlich habe ich auch Henry Dunants Buch über Solferino gelesen, seine erschütternde Darstellung der unfassbaren Verhältnisse nach der Schlacht, des Leidens und des Sterbens der Verwundeten.

Es gibt in Solferino ein Ossarium, ein »Beinhaus«, in dem Tausende Totenschädel und Knochen aufbewahrt werden, die in den Jahren nach der Schlacht zufällig von Bauern beim Pflügen gefunden wurden oder die man ausgegraben hat. Jeder hat eine Geschichte, war einmal ein Leben.

Das Gefühl, dort zu stehen, kann ich nicht beschreiben, da fehlen mir die Worte.

In vier Sprachen (Französisch, Italienisch und Lateinisch) befindet sich in der Kapelle folgende Widmung:

Den vereinigten Resten
Toter Krieger
Weihet Kränze
Und fromm Gebete.
Feinde im Kampfe
Ruhen sie im Frieden des Grabes,
beisammen als Brüder.

Die Prothese, die Henry Dunant Maurizio empfiehlt, gab es wirklich. Es war die erste brauchbare moderne Handprothese, entworfen von Margarethe Caroline Eichler im Jahr 1836. Frau Eichler war eine deutsche Bandagistin, Instrumentenmacherin (Feinmechanikerin) und Konstrukteurin.

Wieder bedanke ich mich bei meiner Familie, für ihre Geduld und dieses Mal besonders bei meiner einen Tochter und ihrem Freund, die mir erlaubt haben, die Geschichte ihrer Liebe als Vorlage für die Beziehung zwischen Maurizio und Gianna zu benutzen. Das ist aber auch die einzige Ähnlichkeit, es gibt keine charakterlichen oder äußerlichen Ähnlichkeiten noch Übereinstimmungen in den Lebensgeschichten.

Meinem Stamm von Testlesern (Ute Bareiss, Ilona Schmidt, Sabine Fischer und Nicole Wellemin) danke ich ganz herzlich für Kritik, seelischen Beistand und Ermutigung. Ich bin sehr froh, dass es euch gibt.

Meine Agentin Anna Mechler hat auch dieses Projekt wieder von Anfang an begleitet. Fünf Romane von mir hat sie in zwei Jahren vermittelt, das ist schon ein toller Schnitt.

Dem Aufbau Verlag und meiner Lektorin Anne Sudmann danke ich dafür, dass sie aus meinem Manuskript ein wunderbares Buch gemacht haben.

Und zuletzt meinen Dank an meine Leser, die mich zum Teil seit meinen Schreibanfängen von vor fünf Jahren begleiten. Ich hoffe sehr, ihr schließt Gianna und Maurizio ebenso ins Herz wie Antonella und Marco und vorher Sarah und Peer.

Karin Seemayer
Die Tochter der Toskana
Historischer Roman
432 Seiten. Broschur
ISBN 978-3-7466-3341-1
Auch als E-Book erhältlich

Die Wege der Freiheit

Toskana, 1832: Antonellas Traum ist es, zu kochen und Wein anzubauen, doch sie soll den reichen Sohn des Müllers heiraten. Voller Verzweiflung bricht sie aus der Enge ihres kleinen Dorfes in den Apuanischen Alpen aus und flieht nach Genua. Die Reise ist gefährlich, denn Italien gleicht einem Pulverfass. Überall regt sich erbitterter Widerstand gegen die Herrschaft der Habsburger. Daher ist Antonella froh, als sie Marco trifft, der ihr Geleit anbietet. Was aber verheimlicht er ihr? Und wieso fühlt sie sich trotzdem so zu ihm hingezogen? Als sein Geheimnis offenbart wird, muss sie allen Mut aufbringen, um sein Leben zu retten.

Die Geschichte einer starken Frau zur Zeit der italienischen Freiheitskämpfe.

Regelmäßige Informationen erhalten Sie über unseren Newsletter. Jetzt anmelden unter: www.aufbau-verlag.de/newsletter

atb aufbau taschenbuch

Karin Seemayer
Das Gutshaus in der Toskana
Historischer Roman
384 Seiten. Broschur
ISBN 978-3-7466-3476-0
Auch als E-Book erhältlich

Die Zutaten der Liebe

Toskana, 1833: Auf dem Weingut in der Toskana scheinen Marco und Antonella am Ziel ihrer Träume angekommen: Marco kann nun endlich seiner Berufung nachgehen, Antonella freundet sich schnell mit Tiziana, der Besitzerin der benachbarten Osteria an, und ist froh, bei ihr als Köchin und Bäckerin arbeiten zu können. Außerdem erwarten die beiden ihr erstes Kind. Doch dann taucht ihr ehemaliger Verlobter auf und droht, ihr Glück zu zerstören.

Ein Weingut im Italien des beginnenden 19. Jahrhunderts und eine starke Frau, die für ihre Familie kämpft.

atb aufbau taschenbuch

Günter Schabowski
im Gespräch mit Frank Sieren

Wir haben fast alles falsch gemacht

Günter Schabowski

im Gespräch mit Frank Sieren

Wir haben fast alles falsch gemacht

Die letzten Tage der DDR

Econ

2. Auflage 2009

ISBN 978-3-430-30021-6

Redaktionelle Mitarbeit: Donata Hardenberg
Gesetzt aus der Sabon bei
Pinkuin Satz und Datentechnik, Berlin
Druck und Bindearbeiten: CPI – Clausen & Bosse, Leck
Printed in Germany

Inhalt

Vorwort

Die meisten Zwanzigjährigen kennen nicht einmal mehr seinen Namen. Sie wissen allenfalls noch, dass es einen Mann mit einem Zettel gab, der 1989 auf einer Pressekonferenz gesagt hat: Ab sofort öffnen wir die Mauer. Sie wissen vielleicht noch, dass hinter dieser Mauer die Kommunisten geherrscht haben und die Stasimitarbeiter die schlimmsten Kommunisten waren. In der Schule haben sie gelernt, dass die meisten DDR-Bürger nicht in den Westen reisen durften und es im Westen viel mehr zu kaufen gab als in der DDR. Das konnte man täglich im Westfernsehen sehen und von den Verwandten auf der anderen Seite der Mauer erfahren. 1989 war das Maß voll, und die Menschen gingen auf die Straße. Als der Druck der Demonstranten zu groß wurde, hat die Führung die Mauer geöffnet, und es hat eine friedliche Wiedervereinigung gegeben. Viel mehr ist nicht hängengeblieben.

Günter Schabowski ist der Mann mit dem Zettel. Bis Ende 1989 war er Mitglied des Politbüros, der Führungsriege der DDR, an deren Spitze seit den siebziger Jahren Staats- und Parteichef Erich Honecker stand. Schabowski hatte zu diesem Zeitpunkt bereits eine sozialistische Bilderbuchkarriere hinter sich. Der Sohn eines Klempners aus der vorpommerschen Kleinstadt Anklam hatte ein Diplom in Journalismus gemacht und die Parteihochschule der KPdSU in Moskau absolviert. Im März 1978 übernahm er die Leitung des SED-Massenblattes *Neues Deutschland*, neben dem Fernsehen das wichtigste Propagandaorgan der Führung. Nur sechs Jahre später wurde er Vollmitglied des Politbüros und kurz danach Chef der Berliner SED-Bezirksleitung. Den Posten als Chefredakteur gab er auf. Als Parteichef von Berlin hatte er für den Ostteil der damals geteilten Stadt eine ähnliche Funktion, wie sie der Regierende Bürgermeister Klaus Wowereit heute für das vereinigte Berlin hat. Schabowski war ein treuer Gefolgsmann, aber auch einer derjenigen, die – inspiriert vom Reformexperiment Gorbatschows in Moskau – im Herbst 1989 den Sturz Honeckers planten und durchführten. Nicht etwa, um das System abzuschaffen, sondern um es zu retten; ein Personalwechsel sollte die DDR wendiger machen. Bis zum Schluss versuchte Schabowski die Diktatur durch Reformen zu stabilisieren. Am Ende brach sie, weil lebensuntauglich, zusammen.

Zwischen Dezember 1989 und Januar 1990 verlor er alle seine Posten und wurde aus der Sozialistischen Einheitspartei Deutschlands (SED) ausgeschlossen, in die alle hatten eintreten müssen, die in der DDR Karriere machen wollten. Für diejenigen, die die SED als PDS fit für den Westen machen wollten, war der späte Reformer Schabowski nur noch Ballast, den es schnellstens loszuwerden galt.

Schabowski fand sich auf der Müllhalde der deutschen Geschichte wieder. Schon Ende des Jahres 1989 war sein bis dahin erfolgreiches Leben ein Trümmerhaufen. Das schien ihm selbst noch wenige Wochen zuvor völlig undenkbar. Er war von nun an kein erfolgreicher Aufsteiger mehr, sondern ein schuldbehafteter Verantwortlicher eines Unrechtsregimes, gegen das sich die Menschen erfolgreich aufgelehnt hatten. Im neuen Deutschland galt Schabowski zunächst als SED-Bonze, als Täter des alten Regimes.

In dieser Zeit habe ich Schabowski persönlich kennengelernt. Ein guter Freund von mir, Ludwig Koehne, und ich hatten ihn in seiner neuen Berliner Wohnung An den Kolonnaden zwischen Potsdamer Platz und Brandenburger Tor besucht, um mit ihm ein Interview zu machen. Als wir damals bei ihm klingelten, gingen wir davon aus, er habe vielleicht noch

Personenschützer und einen Privatsekretär, der seine Termine koordinieren und lästige Journalisten wie uns abwimmeln würde. Doch Schabowski selbst öffnete die Tür. Er hatte ein trauriges Gesicht, einige Kilo verloren, trug Jeans, Jeanshemd und Pantoffeln. Seine Lesebrille baumelte um den Hals. Und er schlug uns irgendwie gewitzt ein »Geschäft« vor, als wir ein Interview mit ihm machen wollten. »Ihr erklärt mir, wie man mein neugekauftes Westregal zusammenbaut, und ich erzähle euch, wie die Bonzen in der DDR gelebt haben.« Wir haben ihm geholfen, und er hat erzählt.

Wir hatten zuvor auch mit anderen Politbüromitgliedern gesprochen. Schabowski allerdings war, das zeigte sich bald, ein ungewöhnlicher DDR-Spitzenkader. Seine Rhetorik war kraftvoller und bildhafter, er hatte eben eine Berliner Schnauze. Seine Zweifel meldeten sich stärker, sein Wunsch, sich mit seiner Vergangenheit auseinanderzusetzen, war im Unterschied zu seinen ehemaligen Genossen groß. Andererseits konnten wir nicht vergessen, dass Schabowski mit hoher Wahrscheinlichkeit noch Jahrzehnte im Politbüro gesessen hätte, wäre die DDR nicht zusammengebrochen. Und dass er uns erstaunt angeschaut hätte, wenn wir mit ihm über seine Zweifel am System hätten sprechen wollen.

Nunmehr jedoch lag es ihm nicht, mit resignierter Halsstarrigkeit an den alten Maximen festzuhalten wie Egon Krenz, der für kurze Zeit Nachfolger von Honecker war. Er mochte sich auch nicht durchlavieren so wie viele andere. Er wollte vielmehr seinem Scheitern auf den Grund gehen. Monatelang führten wir Gespräche mit einem Mann, der gleichzeitig Bonze und Büßer war. Dieses Interview wurde in Buchform im Herbst 1990 veröffentlicht: *Eine Befragung*, so lautete der Titel damals. Der Verlag musste von uns nicht lange davon überzeugt werden, dass parallel dazu auch die Autobiographie von Schabowski mit dem Titel *Der Absturz* erschien.

Es blieb ihm auch in den folgenden Jahren ein Bedürfnis, sich seiner eigenen Geschichte zu stellen, das heißt, seine Biographie und auch das DDR-System einer kritischen Revision zu unterziehen, lange bevor die deutsche Justiz ihn anklagte und ihn 1997 zu drei Jahren Gefängnis verurteilte. Wir haben uns in den zwanzig Jahren nicht aus den Augen verloren. Immer wieder haben wir uns zu Gesprächen getroffen, obwohl ich schon seit fünfzehn Jahren in Peking lebe. Und so kam es, dass wir uns entschlossen, nach zwanzig Jahren wieder einen Gesprächsband zusammen zu machen.

Schabowski hat inzwischen im neuen Deutschland eine neue Rolle gefunden: Er bekommt viele Einladungen zu Veranstaltungen, und er warnt vor den Tücken der Ideologie, der Verblendung. Er hält Vorträge, schreibt Zeitungsbeiträge und ist Gast in Fernsehsendungen. Heute ist er überzeugt, dass nicht nur die DDR, sondern die gesamte Sowjetunion vom ersten Tag an den unmenschlichen Konstruktionsfehler hatte, den Willen der Mehrheit zu missachten und den Wettbewerb vieler nicht zu nutzen. Ein Fehler, der früher oder später zum Zusammenbruch des Systems führen musste. Seitdem gilt er bei einer Minderheit hartleibiger ehemaliger Genossen als »Verräter«. Sie hält daran fest, Schabowski habe mit der Maueröffnung die DDR dem Klassenfeind BRD in die Hände gespielt. Sie fühlt sich bis heute einer Siegerjustiz ausgeliefert.

Andererseits geht manchen Opfern das Schuldeingeständnis Schabowskis nicht weit genug. Sie finden es gar widerwärtig, dass ein solcher Mann sich überhaupt noch öffentlich äußern darf. Sie halten ihn für einen Wendehals, der nun die Melodie des neuen Systems pfeift und den Kopf geschmeidig aus der Schlinge zieht. Und selbst von Westdeutschen muss er sich scharfe Fragen anhören: Darf man es sich anmaßen, zwischen juristischer und moralischer Schuld in einem Regime zu unterscheiden, das Menschen, die nichts anderes getan haben, als dem Land den Rücken zu kehren, erschießen ließ? Konnte man die Augen davor verschließen, wo doch die freie deutsche Welt nur einen Steinwurf entfernt war? Macht es da noch einen Unterschied, was er genau gewusst hat, welche Akte mit den Berichten über die Maueropfer er aufgeschlagen hat oder nicht? Ist man juristisch nur schuld, wenn man einen Befehl unterschrieben hat?

Man kann jedoch auch feststellen, dass sich keiner der Verantwortlichen des DDR-Regimes tiefer mit seiner Schuld auseinandergesetzt hat als Schabowski. Auch in den »Bruderländern«, von der gesamten ehemaligen Sowjetunion ganz zu schweigen, lässt sich niemand finden, der diesen schweren Gang auf sich genommen hat. Resignierender Starrsinn oder skrupelloses Durchschummeln sind die beiden häufigsten Varianten. Gerade in der ehemaligen UdSSR gab es viele, die das Vakuum, das die Öffnung hinterließ, dazu nutzten, mit Hilfe von politischen Seilschaften schnell Geld zu machen.

Schabowski erlaubt sich weder den Trugschluss, dass er nichts dafür konnte, weil er ein fremdgesteuerter Mitläufer war, noch nutzt er die Ausrede, dass er immer schon innere Zweifel gehabt habe, ob das, was er getan hat, richtig gewesen sei, und dass er nur zu schwach gewesen sei, sich dagegen zu wehren. Vielmehr bereitet er seine einstige Geisteshaltung als strammer Vertreter des Systems ungeschminkt auf. Das mag vielen nicht reichen. Dennoch zeugt es von einem zivilisierteren Umgang mit Schuld. Ein Fortschritt, der inzwischen in Hunderten Vortragseinladungen seinen Widerhall findet. Wenn man sich vergegenwärtigt, dass jemand wie Schabowski noch hundert Jahre früher von den Siegern einen Kopf kürzer gemacht worden wäre, so ist der Fortschritt bemerkenswert – bei dem Spitzenvertreter eines Unrechtssystems ebenso wie bei den Siegern. Immer wieder wurde Schabowski in den letzten zwanzig Jahren in Schulen, zu Verbänden und in Unternehmen eingeladen, um die nachfolgenden Generationen vor den Gefahren von Ideologien und Diktaturen zu warnen. Im einen oder anderen Fall mag die Selbstgerechtigkeit der westlichen Gastgeber der Anlass gewesen sein. Jedem nachdenklichen Menschen wurde bei solchen Begegnungen bald klar, dass ideologische Scheuklappen nicht nur von Kommunisten getragen wurden. Sie sind auch nicht den Kim Jongs oder Mugabes dieser Welt vorbehalten. Es handelt sich um eine allgemeine menschliche

Eigenschaft, die Schattenseiten der eigenen Lebensweise auszublenden. Das kann zeitweilig auch sinnvoll sein. So lässt es sich leichter weiterleben. Aber gefährlich wird es, wenn dies anderen Menschen schadet.

Wie erfolgreich man diese Schattenseiten ausblenden kann, hängt vor allem davon ab, wie viel Spielraum die Opfer haben, sich dagegen zu wehren. Möglicherweise muss sich die Regierung um George W. Bush eines Tages dafür rechtfertigen, dass sie Millionen von Menschen in eine Krise gestürzt hat, weil sie viel mehr Geld ausgegeben als eingenommen hat und gleichzeitig die Menschen in trügerischer Sicherheit wiegte. Wegen des Irakkriegs hätte Bush gar gute Chancen auf ein Verfahren vor dem Internationalen Gerichtshof in Den Haag.

Die Topmanager von Lehman Brothers müssten sich eigentlich ähnlichen Fragen stellen wie Schabowski. Dabei gehörte ihre Art, Geschäfte zu machen, noch vor einem Jahr zum Common Sense. Sie galten bis zum Sommer 2008 sogar als Vorbilder. So schnell kann sich vermeintlicher Erfolg in Schuld verwandeln. Und dann finden sich viele, die so tun, als hätten sie es schon immer gewusst. Ähnlich wie einem Schabowski kann es womöglich auch den führenden Politikern der westlichen Industrienationen ergehen, die gegenwärtig mit harter Hand die Interessen von gut zehn Prozent der Weltbevölkerung gegen knapp neunzig Prozent der Menschen aus den Entwicklungsländern verteidigen. Auch sie nehmen Tote in Kauf, wenn es darum geht, ihr Wohlstandsniveau, die ideologische Lufthoheit und ihren letztlich undemokratischen Machtanspruch in der Weltgemeinschaft zu verteidigen – in unser aller Auftrag übrigens. Auch sie haben sich in den Augen vieler bereits schuldig gemacht. Die Mehrheit der Welt ist sich allerdings nicht einig genug, die Schuldigen zu zwingen, die Konsequenzen zu ziehen. Noch nicht. Den Bedürfnissen der Mehrheit folgend, werden auch die internationalen Institutionen dafür eines Tages mächtig genug sein.

Die Frage von Schuld ist also selbst im demokratischen

Westen eine sehr relative. Selbst wenn man heute noch denkt, auf der richtigen Seite zu stehen, kann das schon morgen anders sein. Das gilt selbstverständlich nicht nur für Spitzenpolitiker und die geopolitischen Veränderungen, sondern auch für jeden von uns im Alltag.

Frank Sieren | Peking, im Frühjahr 2009

I

»Ab sofort«
Die Öffnung der Mauer

Wahlleiter Egon Krenz verkündete am Abend des 7. Mai 1989 das offizielle Ergebnis der turnusmäßigen Kommunalwahlen: Die Liste der »Nationalen Front«, der Zusammenschluss von SED und Blockparteien, Massenorganisationen und Verbänden, habe 98,85 Prozent der Ja-Stimmen erzielt. Es war das übliche Ritual, und wie so oft schon zuvor, war auch dieses Mal das Wahlergebnis manipuliert worden. Doch etwas war anders: Zum ersten Mal sprach die erstarkte Opposition öffentlich von Wahlfälschung. Sie hatte durch unabhängige Beobachter die Stimmauszählung in zahlreichen Wahllokalen überwachen lassen und konnte konkrete Ungereimtheiten anführen. Das Politbüro schwieg zu dem Vorwurf. In den darauffolgenden Wochen kam es zu vermehrten Protestaktionen und Eingaben gegen die Wahlfälschung. Vor allem Vertreter der Kirchengruppen suchten Antworten auf folgende Fragen: Wie wurde die Fälschung organisiert? Wer war dafür verantwortlich?

Bei den Demonstrationen, die von nun an jeden 7. des Monats stattfanden, unterstrichen einzelne couragierte Gruppen ihre Forderung nach Aufklärung der Vorgänge. Den ganzen Sommer 1989 galt die Teilnahme an einer Demonstration in der DDR noch als gefährlich. Am 7. September wurden achtzig Personen und damit über die Hälfte einer Gruppe festgenommen, die gegen die Wahlfälschung protestiert hatte. »Freiheit ist immer die Freiheit des Andersdenkenden«, diese Worte von Rosa Luxemburg, die Mitte Januar 1989 zum 70. Jahrestag der Ermordung von Rosa Luxemburg und Karl Liebknecht das Motto von nur einigen Hundert verfolgten Demonstranten in Leipzig und Berlin gewesen waren, wurden im Laufe des Sommers zum systemkritischen Slogan von immer mehr Menschen. Mit der Reiseverordnung, die am 1. Januar 1989 in Kraft getreten war und die ein Beschwerderecht gegen die Ablehnung von Ausreiseanträgen für DDR-Bürger vorsah, ließen sie sich nicht mehr abspeisen. Im März demonstrierten in Leipzig erstmals 600 Ausreisewillige.

Nach dem Massaker an chinesischen Studenten auf dem Pekinger Platz des Himmlischen Friedens am 4. Juni verteidigte das SED-Zentralorgan *Neues Deutschland* das Vorgehen der chinesischen Führung. Erster Abgesandter der SED im isolierten Peking war, was kaum beachtet wurde, Hans Modrow. Ihm folgte im Juli Günter Schabowski. Er war das erste Mitglied des SED-Politbüros, das mit dem neuen KP-Generalsekretär Jiang Zemin zusammenkam. Schabowski hatte von Generalsekretär Erich Honecker den Auftrag erhalten, genauere Informationen über die Niederschlagung der Demokratiebewegung in Erfahrung zu bringen. Rund vier Wochen später versicherte Politbüromitglied Egon Krenz, der Sekretär für Sicherheit, Jugend und Sport, KP-Chef Jiang Zemin in Peking, »wer wie die VR China und die DDR die gleichen gesellschaftlichen Ziele im Interesse des Volkes« verfolge, stehe auf der »Barrikade der sozialistischen Revolution auch dem gleichen imperialistischen Gegner« gegenüber. Diese Solidaritätsbekundung löste Empörung aus und später bei der Opposition die Befürchtung, Krenz könne auch für die DDR eine Pekinger Lösung befürworten.

Der Abbau des ungarischen Grenzzaunes, der schon am 2. Mai begann, und die damit verbundene Lockerung des Grenzregimes hatten im Sommer 1989 Folgen, mit denen niemand gerechnet hatte. Am 4. August wurde in Bonn inoffiziell mitgeteilt, dass sich etwa 150 DDR-Bürger in der Botschaft der Bundesrepublik Deutschland in Budapest aufhielten, um ihre Ausreise zu erzwingen. Vierzehn Tage später musste auch die Botschaft in Prag wegen Überfüllung geschlossen werden. Die ungarische Führung versuchte die Lage zu entspannen, indem sie 108 Botschaftsflüchtlinge vom Roten Kreuz über Wien in die Bundesrepublik bringen ließ.

Die Massenflucht begann. Über 3000 DDR-Bürger flüchteten über die ungarische grüne Grenze. Am 11. September gab Ungarn unerwartet dem Druck nach und öffnete seine Schlagbäume. Alle DDR-Bürger durften in ein Land ihrer Wahl ausreisen. Die Regierung ließ sich bei ihrer Entscheidung »von den allgemein anerkannten internationalen Prinzipien der Menschenrechte« leiten. Innerhalb von drei Tagen verließen 15 000 DDR-Bürger ihr Land. Die amtliche Nachrichtenagentur ADN sprach von »organisiertem Menschenhandel«. Zur gleichen Zeit formierte sich das »Neue Forum«, die erste in der ganzen DDR wirkende Oppositionsgruppe. In Ostberlin meldete sich die Bürgerbewegung »Demokratie jetzt« zu Wort. Am 1. Oktober wurde die landesweite Oppositionsgruppe »Demokratischer Aufbruch« gegründet. Inzwischen hatte das »Neue Forum« beantragt, als öffentliche Vereinigung zugelassen zu werden. Das Innenministerium lehnte ab und bezeichnete die Gruppe als »staatsfeindlich«. Daraufhin kam es zur ersten Massendemonstration. In Leipzig verlangten rund 8000 Menschen Versammlungs- und Meinungsfreiheit. Das furchtlose Auftreten der Opposition und die ungarische Grenzöffnung hatten das Selbstvertrauen der Menschen gestärkt.

Am 12. September hatte Günter Schabowski im Politbüro eine Erklärung der Führung verlangt, in der die Probleme der Massenflucht offen angesprochen werden sollten. Seine Forderung wurde mit der Begründung abgelehnt, dass Diskussionen grundsätzlicher Natur nur in Anwesenheit des Generalsekretärs zu führen seien. Der Zwischenfall drang nicht an die Öffentlichkeit. Ruhe war die erste Bürgerpflicht im vormundschaftlichen Staat. Honecker, der an der Galle operiert worden war, hatte zu diesem Zeitpunkt das Krankenhaus zwar schon verlassen, er konnte seine Amtsgeschäfte jedoch erst am 25. September wieder aufnehmen. Egon Krenz war während der Auseinandersetzung im Urlaub.

Vom Balkon der Prager Botschaft verkündete Bundesaußenminister Hans-Dietrich Genscher am 30. September, dass die dort campierenden Flüchtlinge freikommen würden. Nach Verhandlungen mit DDR-Vertretern am Rande der UNO-Vollversammlung in New York erreichte er die Ausreise für die rund 3000 Flüchtlinge. Die DDR-Führung verlangte allerdings, dass die Ausreise per Bahn über die DDR erfolge. Es war die erste wichtige Entscheidung Honeckers nach seiner Genesung. Er ließ den Vorgang als »Ausweisung« bezeichnen. Schon kurz darauf zeigte sich, dass die von der Führung erhoffte Entspannung der Lage zum 40. Jahrestag der DDR nicht eintrat. Obwohl tschechoslowakische Polizeikräfte versuchten, die Botschaft abzuriegeln, waren binnen drei Tagen wieder rund 7500 Flüchtlinge auf dem Botschaftsgelände und erwirkten die zweite Massenausreise, die am 4. Oktober begann. Nun war die Bahnstrecke bekannt. Der Flüchtlingszug durch die DDR musste verriegelt werden, weil Tausende Menschen auf ihn aufspringen wollten. Das führte im Bahnhof von Dresden zu gewalttätigen Auseinandersetzungen, ein Vorgang, über den sich der dortige Bezirkssekretär Hans Modrow später im Politbüro bitter beklagte. Rund 3000 Bürger forderten freie Ausreise. Zum ersten Mal seit der Niederschlagung des Arbeiteraufstandes am 17. Juni 1953 kam es in der DDR wieder zu Straßenschlachten.

»Wer zu spät kommt, den bestraft das Leben« – dieser Satz von KPdSU-Generalsekretär Michail Gorbatschow wurde am 40. Jahrestag der DDR zum Aufbruchssignal der Opposition. Noch versuchte der SED-Staat, den Schein zu wahren. Etwa 100 000 junge Menschen, Mitglieder der FDJ, marschierten mit Fackeln an diesem 7. Oktober an Honecker und Gorbatschow vorbei. Es war der Höhepunkt der offiziellen Feierlichkeiten der DDR. Wenige Stunden zuvor war Gorbatschow in Schloss Niederschönhausen mit Erich Honecker und dem Politbüro zusammengetroffen. Die sowjetische Delegation war erstaunt, als Honecker in seiner

Rede die angespannte Lage mit keinem Wort ansprach. Daraufhin mahnte Gorbatschow vor der internationalen Presse in kaum verhüllter Diktion Reformen an. Am Abend kam es während eines offiziellen Empfangs im Palast der Republik zu Massendemonstrationen im ganzen Land, die zum Teil brutal aufgelöst wurden.

An jenem Tag gründete sich die Sozialdemokratische Partei der DDR, deren Geschäftsführer der Berliner Historiker Ibrahim Böhme wurde. Auch an den beiden darauffolgenden Tagen dauerten die Demonstrationen an, bei denen immer wieder »Gorbi, Gorbi«-Rufe zu hören waren. Am 9. Oktober kam es auf dem Karl-Marx-Platz in Leipzig zur größten Demonstration seit dem Volksaufstand am 17. Juni 1953. Im letzten Moment getroffene Absprachen verhinderten einen blutigen Zusammenstoß. Vertreter der Kirche forderten Schritte, die eine demokratische, rechtsstaatliche und sozialistische Perspektive der DDR einleiten sollten.

Zwei Tage später, am 11. Oktober, veröffentlichte das Politbüro eine von Krenz eingebrachte Erklärung zur Lage. Sie war das Ergebnis der ersten offiziellen Debatte im Politbüro über die Vorgänge im Land. Der DDR-Rundfunk zitierte Politbüromitglied Kurt Hager, der sagte, dass die »Aufgabe der allernächsten Zeit die Ausarbeitung einer präzisen Konzeption für die Verwirklichung erforderlicher Neuerungen« sein müsse. Dies setze eine Verbesserung der Informationspolitik voraus und eine aktive Einbeziehung der Bevölkerung in die Lösung gesellschaftlicher Probleme. Vertreter der evangelischen Kirche bezeichneten diese Erklärung als ersten Einstieg in einen Dialog. Am darauffolgenden Wochenende reifte bei einigen Politbüromitgliedern die Entscheidung, Erich Honecker in der kommenden Dienstagssitzung des Politbüros abzusetzen. »Wir sind das Volk« war eine der Losungen, mit denen über 100 000 Menschen am Montag durch Leipzig zogen. Es war die bislang größte Demonstration in der Volksbewegung. Einen Tag später, am 17. Oktober, wurde als erster Tagesordnungspunkt der Politbürositzung von Willi Stoph die Debatte über die Absetzung Honeckers eingebracht. Das Ergebnis der dramatischen Beratung war, dass das Politbüro beschloss, Erich Honecker, Günter Mittag und Joachim Herrmann aus dem Politbüro zu entlassen. Als Nachfolger des Generalsekretärs war Egon Krenz vorgesehen. Honecker musste für den folgenden Tag eine Sondersitzung des Zentralkomitees anberaumen. Auf dieser 9. Tagung des ZK bat Honecker, ihn aus »gesundheitlichen Gründen« von der Funktion des Generalsekretärs zu entbinden. Als Nachfolger schlug er Egon Krenz vor, der einstimmig zum neuen Generalsekretär des ZK der SED gewählt wurde. In einer in Rundfunk und Fernsehen übertragenen Rede erklärte Krenz am 19. Oktober, dass die SED »eine Wende« eingeleitet habe. Festgefahrene Machtkonstellationen gerieten in Bewegung. Die Kirchen trafen noch am selben Tag mit dem neuen Generalsekretär zusammen und unterstrichen »den Willen, Vertrauen zu schaffen und Vertrauen zu wagen«. Bischof Hempel stellte jedoch schon einen Tag später, auf der Dresdner Synode, den Führungsanspruch der SED in Frage. Dort forderte er auch, dass sich die Partei für das brutale Vorgehen der Sicherheitskräfte entschuldigen müsse. In den folgenden Tagen entwickelte sich eine Kontroverse zwischen Kirchen und Parteiführung.

In der Volkskammer gab es das erste Mal Gegenstimmen, als Egon Krenz am 24. Oktober in offener Abstimmung zum Staatsratsvorsitzenden und Vorsitzenden des Nationalen Verteidigungsrates gewählt wurde. Der LDPD-Vorsitzende Gerlach hatte, entgegen der Tradition der Einheit unter den Blockparteien, Ansprüche auf den Posten des Staatsratsvorsitzenden geltend gemacht.

Das politische Leben spielte sich – zum ersten Mal in der Geschichte der DDR – zunehmend in der Öffentlichkeit ab. Die Demonstrationen nahmen an Zahl und Umfang weiter zu: Die Menschen forderten Demokratie und freie Meinungsäußerung und protestierten gegen die Ämterhäufung von Krenz und gegen die Allmacht der Staatssicherheit. Den Höhepunkt bildeten die legendären »Montagsdemonstrationen«, die in der »Heldenstadt« Leipzig stattfanden.

Am 22. Oktober begannen in Leipzig die ersten »Sonntagsgespräche«, bei denen sich Vertreter der SED den Fragen der Bevölkerung stellten. Eine Praxis, die sich kurzfristig in mehreren Städten der DDR einbürgerte. Im Rahmen einer solchen Veranstaltung erklärte Günter Schabowski: Demonstrationen würden künftig »auch in Berlin zur politischen Kultur gehören«. Eine Woche später, am 4. November, fand auf dem Alexanderplatz eine Großkundgebung statt, zu der die Kultur- und Theaterschaffenden Berlins aufgerufen hatten. Es kamen mehrere Hunderttausende zu dieser Veranstaltung.

Wie wichtig war die Kundgebung auf dem Berliner Alexanderplatz, und wie haben Sie persönlich diesen Tag erlebt?

In den Annalen der Wende nimmt die Großkundgebung auf dem Berliner Alexanderplatz am 4. November einen besonderen Platz ein. Erstmals gab es in der Höhle des Löwen, am Sitz der Regierung und des Zentralkomitees, ein Pendant zu den Leipziger Montagsdemos. Der Platz in der östlichen Mitte Berlins war an diesem Tag nicht gerade sonnenüberflutet. Ein Spätherbsttag. Nach Regen sah es nicht aus. Unter dem Filter einer dünnen Wolkenschicht war alles in diffuses, aber helles Licht getaucht. Gut für den Zulauf. Auf 300 000 schätzte die Polizei die Teilnehmerzahl. Die Medien schrieben von 500 000 Teilnehmern. Natürlich war ich angespannt, aber mit einem kurzen, vergleichsweise entphrasten Redemanuskript in der Tasche fühlte ich mich gewappnet für den Auftritt.

Zwar ist der Alex von einem Preußenkönig nach einem russischen Zaren benannt worden, noch dazu an einem 2. November, selbstverständlich 184 Jahre früher, aber das war kein Grund zu ahnen, dass über diesem Areal ein moskowitischer Schatten lag. Mir schwante jedenfalls nicht, dass ich in einem verborgenen, mit dem KGB abgestimmten Szenario die Rolle eines Vorgeführten spielen würde. Der Redner Schabowski diente als Ersatzdarsteller für das Interims-Politbüro unter Krenz. Würde er von der Menschenmenge auf dem Alex verheizt, träfe es die ganze Clique von Putschisten gegen Honecker, mit der man an der Moskwa nicht gerechnet hatte und die deshalb nicht zuverlässig schien. Aber auf dieses Moskauer Szenario werde ich später noch zu sprechen kommen.

Mit einem der Tüftler jenes Drehbuchs saß ich unmittelbar vor Beginn in einem Café am Alex zusammen. Andere in der schrägen Runde waren der Dramatiker Heiner Müller und der Wittenberger Kirchen-Oberseminarist Schorlemmer. »Na«, sagte Müller, den unvermeidlichen Tabakstumpen schmauchend, »für die nächsten zwanzig Jahre ist die SED weg vom Fenster. Da könnt ihr euch regenerieren.« Ich bemühte mich, gelassen zurückzugrinsen. Schorlemmer sprang mir zur Seite. »Wir brauchen euch«, beschwor er mich. »Ihr seid die Fachleute. Ihr habt die Kenntnisse, ohne die ja der Laden nicht weiterlaufen kann.« Die DDR-Neigung des Oppositionspfarrers erstaunte mich. Die Miene eines weiteren Tischgenossen blieb unbewegt. Nur als ich zu ihm sagte: »Na, wie isses denn als Minister bei Freund Modrow?«, zeigte er eine abwehrende Regung auf meine Offerte. Es war Markus, Mischa, Wolf. Er hatte 34 Jahre lang, bis 1986, die Hauptverwaltung Aufklärung, den Auslandsnachrichtendienst im Ministerium für Staatssicherheit der DDR, geleitet. Nun war er einer der Mitredner auf dem Alex. Insgeheim mochte er feixen über den ahnungslosen Trottel neben ihm.

Was erwartete Sie auf dem Alexanderplatz?

Schauspieler und Regisseure der Berliner Theater, insbesondere des Deutschen Theaters und der Volksbühne, waren die Initiatoren des Massenmeetings. Auf Veranlassung der SED-Bezirksleitung hatten staatliche Ordnungshüter mit den Veranstaltern zusammengearbeitet, um einen ungestörten Verlauf der Kundgebung zu sichern. Die Theaterensembles stellten selbst die Ordner. Ausgestattet mit grünen Schärpen, zeugten sie von der neugewonnenen politischen Souveränität der Bürger. Latent war sie schon wieder im Begriff, instrumentalisiert zu werden.

Bereits einen Monat zuvor, in der angespannten und dumpfen Luft, die den Jahrestag der Republik umgeben hatte, war von den Berliner Künstlern eine Demonstration erwogen worden. Damals hatte ich die Intendanten beschworen, erst einmal davon Abstand zu nehmen. Das Risiko war zu groß, dass ein rigoroses Vorgehen gegen die Demonstranten von zentraler Stelle, möglicherweise von Honecker selbst, angeordnet worden wäre, ohne eine Einspruchsmöglichkeit der Bezirksleitung. Nun war das Aufgeschobene ohne dieses Gefahrenmoment möglich. Die Kulturschaffenden wollten ihre politischen Vorstellungen von einer demokratischen DDR-Gesellschaft mit einem Massenauditorium bekräftigen.

Wie kam es, dass gerade Sie für das Politbüro sprechen mussten?

Unter den vorgesehenen 29 Rednern wollte man auch einen SED-Offiziellen haben. Der Berliner Bezirksleitung wurde von den Veranstaltern eine Einladung übermittelt. Ein namentlicher Vorschlag war darin nicht enthalten. Im Politbüro informierte ich über die Einladung und verlangte eine Entscheidung. Kaum verhüllte Ablehnung und Unsicherheit schwappten mir entgegen, als ich darauf drängte, die Möglichkeit nicht auszuschlagen und Reform-Flagge zu zeigen. Ich wusste nicht, dass Kurt Hager, Politbüromitglied und Propagandachef, vor der Demonstration Krenz schon schriftlich gewarnt hatte: Sie sei ein »gefährliches Ereignis« und »ein Anlass dafür nicht gegeben«. Ein Verbot hielt man jedoch nicht für opportun, weil es neue Emotionen schüren könnte. Hin und her ging es bei der Frage, ob überhaupt ein Mitglied des Politbüros teilnehmen solle. Der Gedanke an Krenz wurde gleich wieder fallengelassen. Man befürchtete, er würde nicht ankommen, überhaupt müsse der Generalsekretär herausgehalten werden. Ich machte dem Palaver ein Ende, als ich sagte: »Einer muss hin. Dann werde ich es selbst tun.« Man reagierte mit einer gewissen Reserve, aber auch so etwas wie Erleichterung war unverkennbar, nach dem Motto: Soll der sich doch die Schnauze und besser noch den A… verbrennen.

Die Szene führte mir noch einmal vor Augen, warum wir uns in der Phase der Konspiration auf Krenz als Nachfolger Honeckers hatten einigen müssen. Krenz hatte zwar Sympathien für die Reformen Gorbatschows gezeigt, ihn schätzten die Altsassen des Politbüros aber dennoch wohl mehr als einen der ihren ein. Sie hofften, dass er, der langjährige Kandidat des Politbüros, der 1983 zum Sekretär für den Bereich Armee, Polizei und Staatssicherheit avanciert war, es schlimmstenfalls zur Wende, aber sicher nicht zu einer Kehrtwende würde kommen lassen. Das »Angebot« Krenz war für sie akzeptabel. So hatten wir einige von ihnen gewinnen können, für die Absetzung Honeckers zu stimmen.

Aber für Sie konnte es auch nicht leicht werden. Sie waren in der Bevölkerung bis dato nicht als Reformer bekannt. War das nicht ein unnötiges Risiko? Also politisch unklug?

Ich war mir klar darüber, dass ich keinen leichten Stand auf der Kundgebung haben würde. Aber es gab keine Alternative. Die Zeit der verlogenen Ergebenheitsreden hatten wir doch selbst beendet. Die Pfiffe, die Buhrufe, die mir entgegenschlugen, das Meer von Transparenten mit frechen, witzigen Parolen, die die stolpernde SED-Macht verhöhnten – das war die Szenerie, die ich an jenem denkwürdigen 4. November 1989 auf dem Alex wahrnahm. Bevor ich auf das kanzelartige Holzgerüst stieg, das als Rednertribüne diente, sah ich am Fuß der Treppe Pfarrer Schorlemmer stehen. Er klopfte mir aufmunternd auf die Schulter, während ich verlegen brabbelte: »Ich steig ja nicht aufs Schafott.« Seine Nächstenliebe habe ich mir inzwischen verscherzt; sie wandelte sich anderthalb Jahrzehnte später in giftige Aversion. In einem Zeitungsinterview überraschte er mich, indem er mich als den »Prototyp eines zynischen Wendehalses« bezeichnete. Und er lieferte dazu eine eigenschöpferische Reminiszenz an den 4. November. Vor der Rednertribüne soll ich seinen »Segen erbeten« haben. Aber er, der aufrechte Streiter des Herrn, habe ihn mir verweigert. Merkwürdig, da hatte ich mich doch noch gar nicht als »zynischer Wendehals« entpuppt.

War die Kundgebung auf dem Alex nicht Signal genug, um endlich denen das Feld zu überlassen, die dem Überdruss der Menschen gegen das System eine Stimme gegeben und

Foren geöffnet hatten wie die Montagsdemonstrationen in Leipzig?

Von solcher Einsicht war ich damals noch ziemlich entfernt. Eine merkwürdige Euphorie trieb mich an, überlagerte die hechelnde Anspannung, das Pochen des Selbstzweifels. Hatten wir nicht Honecker vom Thron gestoßen? Nicht mal Gorbi hatte so etwas gegen den siechen Tschernenko riskiert. War ich nicht trainiert für solche Konfrontationen? In den Wochen davor hatte ich mich in den Betrieben und auf der Straße in kontroverse Diskussionen gestürzt. War ich nicht als Einziger aus dem Politbüro bereit gewesen, mich den Demonstranten auf dem Alex zu stellen? Noch war das Erleuchtungssyndrom theoriebeglaubigter Weltverbesserer angeknipst. Noch glimmte jener Machbarkeitswahn, der uns ins Fiasko befördert hatte: »Nun ja, wir haben hier und da Mist gebaut, aber wir bleiben die Vorhut, die die Menge braucht, die sich selbst nicht begreift.« So verdrängte mich der Protest der Demonstranten nicht vom Rednerplatz. Die Resonanz blieb feindselig bis zum Schluss. Doch ich fühlte mich nicht schlecht. Ich hatte Präsenz bewiesen.

Wenige Tage nach der Kundgebung auf dem Alex, die sich im Grunde als ein Fehlschlag für die SED-Führung nach Honecker herausgestellt hatte, schien sich die Grenzöffnung anzubahnen. Was versprachen Sie sich davon? Eine Wende in der Stimmung gegen die Führung?

In der Tat. Aber das ging in unserem von Pannen gezeichneten Interregnum zunächst auch erst einmal schief. Am Morgen des 6. November hatten die Zeitungen in der DDR den schon im Oktober angekündigten Entwurf eines Reisegesetzes auf zwei *ND*-Seiten abgedruckt. Vier Wochen lang sollte er öffentlich diskutiert werden, um ihn nach den Vorstellungen der Bürger perfekt zu machen. Im Dezember sollte ihn die Volkskammer unter Berücksichtigung weitgehender Änderungsvorschläge als Gesetz sanktionieren. Das Timing zielte auf Weihnachten. Unter bundesdeutschen Tannenbäumen sollten sich Zigtausende Ost-West-Verwandte treffen können und uns aus dem Stimmungstief herausbefördern. Uns schien es ein demokratisches Nonplusultra für die DDR.

Doch die sensibilisierten Bürger hatten die Unzulänglichkeiten des Textes schnell diagnostiziert.

Den Text hatten Mitarbeiter mehrerer Ministerien ausgetüftelt, die meinten, ein paar Sicherungen einbauen zu müssen, um ein »wenig Mauer« zu erhalten. Noch am selben Tag wurde der Entwurf öffentlich kritisiert, insbesondere auf den Montagsdemos: Man nahm Anstoß an der Fortsetzung der Bevormundungspraxis in Form der staatlichen Ausreiseerlaubnis – in Demokratien kennt man nur Einreisegenehmigungen, für eine Ausreise ist kein Visum erforderlich; des Weiteren an den Gummiformulierungen, die festhielten, unter welchen Umständen ein Reisevisum oder eine Genehmigung für das Verlassen der DDR ausgestellt wurde. Jeder könne reisen, hieß es da, sofern dem nicht zwingende Gründe entgegenstünden. Das zielte auf die Kategorie der sogenannten Geheimnisträger. Und schließlich war man empört darüber, dass kein Wort über die Devisen verloren wurde, die man für eine Fahrt in die Bundesrepublik benötigen würde. So geschah es, dass statt der Entlastung, die wir uns versprachen, erneut eine kalte Dusche öffentlicher Ablehnung auf uns niederging.

Wie haben Sie auf diese negative Resonanz reagiert? Hat die Schreckstarre lange gedauert?

Erst abends haben wir reagiert. Nachdem wir die Fernsehnachrichten gesehen hatten, auch die ARD-Tagesschau, rief Krenz mich an. »Hast du die Berichte gesehen?«, fragte er.

Seine Stimme klang leicht verstört. »Was sagst du dazu, wie unser Reisegesetz aufgenommen wurde?« Noch am Telefon kamen wir überein, zu reagieren, am besten mit einer Regierungsverordnung, die nicht erst im Dezember die Volkskammer passieren müsste wie ein Gesetzestext. Krenz meinte, er veranlasse das bei Stoph, der ja noch als Ministerpräsident amtierte.

Ein oder zwei Tage später mussten wir einen weiteren Beschleunigungsgang einlegen. Aus Prag kamen Hinweise, dass sich die Botschaft schon wieder füllte, und sich die ČSSR außerstande sehe, eine solche Entwicklung erneut hinzunehmen. Deshalb werde von tschechischer Seite erwogen, die Grenze zu schließen, beziehungsweise wir wurden aufgefordert, unsererseits die Grenze zur ČSSR zu schließen, wenn der Flüchtlingsstrom nach Prag weiterhin anhalten würde. Die Jakesch-Regierung sah sich dadurch von der eigenen Opposition unter Druck gesetzt. Wir standen unter doppeltem Druck. Ein Riesen-Flüchtlings-Biwak auf DDR-Boden an einer verriegelten Grenze zur Tschechoslowakei war das Letzte, was wir brauchen konnten. Mit einer solchen Schreckensvision bereitete sich für uns das »Wunder« des 9. November vor.

War Ihnen klar, dass dies ein historischer Tag werden würde, der einen Spitzenplatz in der deutschen Geschichte bekommen sollte?

Von historischem Glamour verspürten wir nichts. Uns erfüllte nur die banale Hoffnung, mit dem Regierungspapier einen Ausweg aus dem Schlamassel gefunden zu haben. Drei Tage nach dem verpfuschten Gesetzentwurf trat das Zentralkomitee zusammen. Der Innenminister übergab dort Krenz den Entwurf des von ihm georderten Eilpapiers der Regierung zur Begutachtung. In dürren Worten informierte Krenz das Plenum über die beabsichtigten neuen Reiseregelungen. Er begründete den vorgezogenen Schritt mit der tschechischen

Drohung. Ein Wort über die Einwände der Bürger unterließ er. Das Zentralkomitee, das in seiner Mehrheit unter dem Schock der Massendemos, des Honecker-Sturzes und verwirrender Dekrete aus dem Politbüro stand, nahm die Information ohne besondere Debatte hin. Ich war zu dieser Zeit nicht in der ZK-Sitzung. Ich musste die Sitzung ab und zu verlassen, um mit Journalisten Gespräche zu führen. Als ich nach 17 Uhr wieder in den Sitzungssaal zurückkam, nahm ich kurz neben Krenz im Präsidium Platz. Es war schon Zeit, sich für die Pressekonferenz zu verabschieden, da schob er mir den Regierungstext zu. Ich überflog ihn. Die Essentials, Reisefreiheit und das Recht auf ständige Ausreise, waren enthalten. Nach kurzem Abwägen des Für, nämlich Entlastung von öffentlichem Druck, und Wider, sprich: neuerliches Eingeständnis einer hastigen Pannenkorrektur, einigten wir uns darauf, dass ich die internationalen Pressevertreter auf dem anschließenden Briefing von diesem Schritt unterrichten würde. »Das wird ein Knüller«, davon war Krenz inzwischen überzeugt.

Während der Fahrt ins Pressezentrum überlegte ich mir, wie ich taktisch am klügsten vorgehen sollte. Ich entschied mich, erst unmittelbar vor Ende meiner einstündigen Information, also gegen 19 Uhr, auf die veränderte Reiseregelung zu sprechen zu kommen. Zuvor und hauptsächlich wollte ich über die Entscheidungen der ZK-Tagung informieren. So würde nur wenig Zeit für peinliche Fragen der Journalisten bleiben.

Glaubten Sie wirklich, die Journalisten würden darauf hereinfallen?

Das ist der heutige Blickwinkel. Damals schienen nicht nur mir die Entscheidungen des ZK durchaus relevant, etwa die Ankündigung freier Wahlen in der DDR oder die Entscheidung, weitere Politbüromitglieder auszuschließen und erste Korrekturen in der Wirtschaftspolitik vorzunehmen. Dass meine eher beiläufige Mitteilung über die Grenzöffnung diese Reformansätze der SED um- und abwerten sowie letztlich die politische Landkarte des Kontinents grundlegend verändern würde, lag damals noch jenseits meines Vorstellungsvermögens.

Ich teilte den Journalisten also mit, dass die Regierung auf Veranlassung des Politbüros einen Vorgriff auf das Reisegesetz entworfen habe. Für die Pressekonferenz hatte ich mir im Vorfeld ein paar Notizen gemacht und zuunterst diese Vorlage plaziert. Als ich sie schließlich vorlesen wollte, konnte ich sie nicht sofort finden, weil sie zwischen die anderen Notizen geraten war. Ich blätterte daher meine Unterlagen durch, dann kam ein Mitarbeiter hinzu, um mir dabei zu helfen, und zog das Papier hervor. So entstand der Eindruck, als hätte man mir erst in dieser Situation einen Zettel zugesteckt. Vielleicht war aber auch die Verblüffung der Journalisten so groß, als sie von dem sensationellen Inhalt erfuhren, dass sie es sich gar nicht anders vorstellen konnten.

Wie lautete der Text genau?

»Privatreisen nach dem Ausland können ohne Vorliegen von Voraussetzungen, Reiseanlässe und Verwandtschaftsverhältnisse beantragt werden. Die Genehmigungen werden kurzfristig erteilt. Die zuständigen Abteilungen Pass- und Meldewesen der Volkspolizeikreisämter in der DDR sind angewiesen, Visa zur ständigen Ausreise unverzüglich zu erteilen, ohne dass dabei noch geltende Voraussetzungen für eine ständige Ausreise vorliegen müssen. [...] Ständige Ausreisen können über alle Grenzübergangsstellen der DDR zur BRD bzw. zu Westberlin erfolgen.«

Das haben Sie damals schneller vorgelesen.

Mein flinkes Verlesen mag den Journalisten ebenfalls so merkwürdig vorgekommen sein, dass sie glaubten, ich hätte in diesem Augenblick erst von dem Sachverhalt erfahren. Aber das stimmt nicht. Ich habe diese Formulierung in schnellem Tempo vorgelesen, weil ich vor der Öffentlichkeit nicht auch noch betonen wollte, dass das ein Schritt aus der Bedrängnis war.

Allerdings fuhr Ihnen die Zwischenfrage des Korrespondenten der italienischen Nachrichtenagentur ANSA, Enrico Ehrmann, dann in die Parade.

Es ist bezeichnend, dass ich nicht von mir aus, sondern durch die unverhoffte Zwischenfrage mit der Sensation herausrückte. Gegen 18.50 Uhr gab er mir das Stichwort mit der Frage: »War es nicht ein Fehler, dass Sie am Montag diesen Entwurf eines Reisegesetzes veröffentlicht haben?« Er zielte damit auf die Massenproteste, die dieser Gesetzesbandwurm auf den Montagsdemos provoziert hatte. Nun gab ich ziemlich kurz angebunden die Auskunft, dass auf Beschluss der Regierung die neue uneingeschränkte Reiseregelung »sofort, unverzüglich« in Kraft sei. So kam es, dass die Grenze einige Stunden früher passierbar wurde, als es sich der rote Amtsschimmel ausgedacht hatte.

Hatten Sie vorher nicht über die Frage nachgedacht?

Nein. Krenz hatte mir nichts von einer Sperrfrist gesagt. Sie war vermutlich Teil einer Art Durchführungsbestimmung, von der der Innenminister meinte, sie nicht mit dem Generalsekretär abstimmen zu müssen. Ebenso war in dem Entwurf der Regierungsverordnung nicht enthalten, wie die Militär- und Grenzpolizei-Instanzen in der Nacht zum 10. November über die neuen Regelungen an der Grenze zu unterrichten seien. Ferner wollte die Ministerialbürokratie diese Regelungen erst am folgenden Morgen um vier Uhr von einem Rundfunksprecher verlesen und so formal in Kraft setzen lassen. Krenz schien selbst nichts von einer Sperrfrist zu wissen, oder er hatte diesen Papieren, so sie ihm gleichfalls vorgelegt worden waren, keine besondere Beachtung geschenkt. Sie waren ja technischer Natur. Das Papier, der immer wieder beschworene Zettel, trug keinen solchen Vermerk. Ich war also in die internationale Pressekonferenz geeilt, um dort die Reisefreiheit zu verkünden – in der Annahme, alle Vorkehrungen seien getroffen und alle Beteiligten befänden sich in den Startlöchern für die Öffnung der Grenze.

Hätten Sie denn geglaubt, dass eine Sperrfrist funktionieren würde?

Natürlich nicht. Stunden vorher der Weltpresse die Supernachricht mitzuteilen und ihr den Mund, die Schreibmaschine oder das Telefon mit einer Sperrfrist bis vier Uhr früh versiegeln zu wollen, wäre ja auch ein Unding gewesen. Die Journalisten wären in ein Hohngelächter ausgebrochen und hätten sich einen Teufel darum geschert. Wenn Krenz mir mit einer solchen Schnapsidee gekommen wäre, hätte ich sie ihm entschieden ausgeredet. Nicht einmal mehr die befehlsgewohnte DDR-Presse war so noch zu dressieren, geschweige denn die auf der Konferenz versammelte Weltpresse. Ich sah also keinen Anlass zu einer Demarche. Krenz hatte bei der Aushändigung des Papiers an mich nichts dergleichen geäußert.

Sie haben die Öffnung um Stunden beschleunigt, ohne dass die Grenztruppen Bescheid wussten. Es hätte schiefgehen können.

Ja, ich war in diesem Augenblick nicht mehr und nicht weniger als ein Werkzeug der Geschichte. Bis vier Uhr früh wähnte die hinter den Kulissen nur noch amtierende Regierung, wie gesagt, Zeit zu haben, um die Posten an den Grenzübergängen überall im Lande zu benachrichtigen. Doch schon bald nach der Pressekonferenz wollte vor allem in Berlin eine rasch zunehmende Zahl von Bürgern die Öffnung »testen«. Die Lage wuchs sich zum Paradoxon aus: Innerhalb einer halben Stunde mag die Kunde von meiner Mitteilung schon nach Canberra gelangt sein. Nur bis zu den Berliner Grenzposten, einige Kilometer entfernt vom Ort der Pressekonferenz, war sie nicht gedrungen.

Eine mehrstündige gefährliche Phase der Unsicherheit an den Berliner Passierstellen war die Folge. Die Fernsehbilder und Pressefotos von dieser Nacht in Berlin gingen um die Welt und prägen bis heute die Erinnerung an die dramatischen Stunden. Noch heute scheint es kaum fassbar, dass es nirgendwo zu einem blutigen Tumult kam. Zum Glück haben die Grenzposten eigenständig reagiert. Doch auch die aufgekratzte Stimmung, aber friedliche Haltung der Menschen auf beiden Seiten der Grenze hat dazu beitragen. Das war letztlich entscheidend für den unblutigen Verlauf des Mauerfalls.

Wie erfuhren Sie, was sich an den Passierstellen der Grenze abspielte?

Stunden nach der Pressekonferenz sollte ich Augenzeuge des »Wunders« werden. Bis dahin empfand ich eine Art Genugtuung, die den Dauerstress der Wendetage überlagerte. Statt dürre, nichtssagende Kommuniqués abzusondern, hatten wir erstmals ohne Zeitverzug die Weltpresse ausführlich über eine Tagung des Zentralkomitees informiert, wenn auch nicht ohne taktischen Winkelzug. Ich war sicher, unser Kalkül würde aufgehen. Die Fluchtwelle würde abebben. Wer frei reisen und ohne Diskriminierung ausreisen, das heißt der ungeliebten DDR den Rücken kehren wollte, brauchte ja nicht mehr fluchtartig das Land zu verlassen. Sollte sich herausstellen, dass im Westen nicht sofort mit Arbeit und

Wohnung zu rechnen war, konnte der Betreffende zurückkehren und es später wieder versuchen. Inzwischen würden wir uns als Reformer zu empfehlen wissen. So würde sich die DDR allmählich stabilisieren.

Während ich dieser Vision nachhing, die eher eine selbstbeschwichtigende Illusion war, schrillte in Wandlitz mein Telefon. Ein Mitarbeiter der Bezirksleitung der SED meldete sich beunruhigt. Am Grenzübergang Bornholmer Straße passiere etwas Merkwürdiges: Viele Menschen hätten sich dort angesammelt. Aber die Grenzer würden sie nicht passieren lassen. »Das kann doch nicht sein«, sagte ich und unterdrückte hochkommenden Ärger. Schon wieder eine Panne, wer hat denn da bei der Information an die Grenzer Mist gebaut, dachte ich sofort. Den Anrufer bat ich, zu prüfen, ob die Blockade inzwischen behoben sei, und mich dann wieder anzurufen. Wenig später klingelte das Telefon erneut. Nichts habe sich geändert. Die Menschenmenge sei noch größer geworden. Aber niemand werde durchgelassen.

Ich entschloss mich kurzerhand, nach Berlin zu fahren, um notfalls kraft meiner Wassersuppe als Politbüromitglied die Panne am Grenzübergang Bornholmer Straße aufzulösen. In Wandlitz schlief alles, wie mir die dunklen Fenster verrieten. In der Schönhauser Allee sah ich schon von weitem, dass eine starre Autokette, von der Wisbyer kommend hin zur Bornholmer Straße, unsere Weiterfahrt blockierte. Die Trabis und Wartburgs, Kühlerhaube in Richtung Grenzübergang, verstopften auch die Zufahrt in die Bornholmer Straße. Ein Durchkommen war unmöglich. Der Run auf die Mauer war gewaltig. Wie sehr hatten wir das Bedürfnis der Menschen unterschätzt!

Ich fuhr auf die Autokette zu und bat die Insassen einiger Autos, mich durchzulassen. Ich wurde freundlich durchgewinkt. Weiter ging es zum Übergang Heinrich-Heine-Straße. Ich glaubte immer noch, der Stau in der Bornholmer sei ein Einzelfall. Vom Posten an der Heine-Straße würde ich per Diensttelefon die Grenzer an der Bornholmer veranlassen, den Schlagbaum hochzufahren. Als ich ankam, sah ich eine dichte Menschentraube am Grenzübergang Heinrich-Heine-Straße. Ist da auch ein Stau, fragte ich mich und war beunruhigt. In diesem Augenblick kam ein Zivilist auf mich zu und skandierte in Melde-Tonlage: »Genosse Schabowski, seit kurzem lassen die Grenzer die Leute passieren. Es hat kein besonderes Vorkommnis gegeben.« Der Zivilist war vermutlich einer von Mielkes Mannen, die dieser in Grenznähe postiert hatte. Es war schon ein Witz. 28 Jahre dauerte es, bis der eiserne Riegel weg war. Die Grenze war offen, und ein Stasimann konnte kein besonderes Vorkommnis dabei entdecken. Einige Zeit musste indes noch ins Land gehen, bis ich mir der Paradoxie dieses Augenblicks bewusst war – und darüber lachen konnte wie diejenigen, denen ich davon erzählte.

Der Wächter in Zivil in der Heinrich-Heine-Straße antwortete auf meine besorgten Fragen: »Nein, es läuft alles hervorragend. Die Menschen sind in phantastischer Stimmung, und was beruhigend ist, sie weisen ihren Personalausweis vor.« Als ich das mit dem Personalausweis hörte, war ich der Meinung, die DDR sei gerettet: Obwohl die Bürger sich frei bewegen konnten, fegten sie diese Grenze nicht weg, sondern respektierten sie. Ich war ungeheuer erleichtert. Eine gefährliche Eskalation schien gebannt. In den nächsten Tagen wurden Sonderstellen an der Grenze eingerichtet, an denen die Stempel für jedermann verfügbar waren.

Waren auch die anderen im ZK erleichtert?

Zurück in Wandlitz rief ich Krenz an. »Es läuft jetzt. Irgendeine verflixte Panne muss es gegeben haben bei der Benachrichtigung der Berliner Grenzer. Aber nun scheint es glattzugehen. Unglaublicher Andrang. Aber die Leute sind guter Stimmung.« Er stimmte mir zu, als ich ihm sagte: »Das können wir positiv verbuchen. Die kommen wieder.« Kein Wort von ihm, geschweige denn eine Vorhaltung, dass eine Sperrfrist nicht eingehalten worden sei. Am darauffolgenden

Tag war Katerstimmung im ZK. Irgendwann beim Frühstück kam das Gespräch auf die Maueröffnung. Und da gab es dann Reaktionen von Krenz und von Mielke wie: »Wie konnte es bloß so weit kommen.« Bis hin zu der Bemerkung: »Wer hat uns das eingebrockt?« Ich hörte mir das alles an und dachte mir: Na, dann holt euch mal die Antwort auf eure rhetorischen Fragen. Es war natürlich grotesk, denn selbst die Grenzer wussten Bescheid, dass am nächsten Morgen etwas passieren sollte. Aber keiner hatte am Abend mit einem solchen Ansturm gerechnet.

Was bedeutete die Maueröffnung für die Politiker der DDR und das System?

Die Maueröffnung war die einzige Maßnahme, die uns für kurze Zeit den nahezu ungeteilten Beifall der Mehrheit der Bevölkerung einbrachte. Die Menschen waren glücklich. Die verfluchte Einschränkung war weg. Dass mit der Maueröffnung das Ende der DDR seinen Anfang genommen hatte, ahnte auch ich noch nicht. Im Gegenteil, wir rechneten mit einem Stabilisierungsprozess, der sich zunächst ja auch einstellte. Endlich waren die Bürger der DDR wie die Bürger anderer zivilisierter Staaten in der Lage, ihrem Reisebedürfnis zu frönen. Die meisten gingen rüber und kamen wieder zurück.

Manche Genossen waren mit der Maueröffnung allerdings nicht einverstanden. Sie fühlten sich düpiert, weil sie so lange diese Grenze und die Mauer verteidigt hatten oder rechtfertigen mussten. Es gab damals aber auch Auswirkungen auf die Arbeitssituation. Einige von uns wurden sofort nervös und taten so, als sei ein Chaos entstanden – angeblich sollen zeitweilig zwanzig Prozent der Arbeiter in den Betrieben gefehlt haben. Da musste man einfach die Nerven behalten. Nach knapp einer Woche hatte sich die Sache ohnehin wieder eingeschaukelt.

Doch das Gesamtkonzept ging nicht auf, konnte nicht aufgehen, weil die Öffnung nicht flankiert war von anderen substantiellen Änderungen des sozialistischen Systems. Es war dazu nicht fähig. Mit jeder weiteren Lockerung in Richtung Freiheit und Demokratie hätte es nicht nur seine Defizite, sondern am Ende doch nur sich selbst beseitigt.

Was bedeutet der 9. November heute für Sie?

Der 9. November ist für mich das Datum, das den historischen Umschlag zur Einheit der Deutschen weit stärker markiert als der 3. Oktober. Der 3. Oktober setzte den rechtlichen Schlusspunkt, der Tag war mehr oder weniger eine Zufallswahl. Am 9. November aber fällte die Geschichte ihr Urteil – ohne Berufungsinstanz. Die gewaltlose Revolution der Bürger zwang das Regime zu Konzessionen, in die sein Ende eingeschlossen war. An jenem Tag war zwar weder im Westen noch im Osten abzusehen, dass die Einheit so schnell kommen würde. Die verschleiernde Wirkung des Faktischen ließ sogar prominente politische Köpfe im Westen bei der Koexistenz von zwei deutschen Staaten verharren. Das bestätigt auch die Brandt-Biographie von Brigitte Seebacher. Willy Brandts »Jetzt wächst zusammen, was zusammengehört« wurde in seiner Umgebung nicht geteilt. Aber so ist das mit der Geschichte: Ihrer Dimension ist das Fernrohr zuweilen angemessener als das Mikroskop. Wer wie ich heute über den 9. November 1989 spricht, ist nicht frei von dem Gefühl, als eine Art Fossil über abgehakte Geschichte zu sprechen.

Aber letztlich ist doch entscheidend, dass die Mauer überhaupt gefallen ist.

Richtig. Das Aufbrechen der Berliner Mauer hatte eine ungleich größere Resonanz als das kühne Wagnis der Ungarn, die bereits ab Mai 1989 begonnen hatten, die Grenzanlagen entlang des Eisernen Vorhangs abzubauen. Die Erklärung liegt auf der Hand. Die Mauer war längst zur Metapher für den Konflikt des 20. Jahrhunderts geworden. Ein unmögliches Stück trivialer politischer Architektur, ein negatives Faszinosum, ein Zeugnis der weltweiten Verurteilung unseres Sozialismusversuches. Die Mauer war in erster Linie ein Eingeständnis der Schwäche des Systems, das seine Bürger nur mit Reglementierungen und Schießeisen innerhalb seiner Grenzen zu halten vermochte.

Sie markierte – schlimmer noch für die Berliner und Moskauer Bauherren – den vorweggenommenen Bankrott des kommunistischen Experiments überhaupt. Sie machte die innergesellschaftlichen Konflikte offensichtlich, die in der Sowjetunion genauso wie in den anderen realsozialistischen Ländern permanent schwelten und aufflackerten, aber sich nicht so dauerhaft und greifbar offenbarten, weil dort der vergleichsweise intakte nationale Rahmen eine gewisse Abgeschlossenheit verbürgte.

Die Mauer veranschaulichte, dass kommunistische Weltverbesserung eine despotische, menschenfeindliche Illusion ist. Sie verriet, dass der vielgepriesene proletarische Internationalismus zum Etikettenschwindel verkommen war, und signalisierte, dass die Sowjetführung unter Chruschtschow entschlossen war, ihr nach dem Zweiten Weltkrieg errungenes westliches Glacis mit Zähnen und Klauen zu verteidigen. Die SED fungierte mit der ihr von Moskau verliehenen Macht als Satrap der sowjetischen Großmachtsinteressen. Am 9. August 1961 hatte der Fluchtpegel mit 1322 Flüchtlingen den Tageshöchststand seit Bestehen der DDR erreicht, nachdem Jahr für Jahr zwischen 140 000 und 331 000 Menschen dem Arbeiter-und-Bauern-Staat den Rücken gekehrt hatten. Nicht die Liebe zu Ulbrichts DDR, sondern die imperiale Befürchtung, einen mit hohem Blutzoll erkämpften strategischen Territorialgewinn einzubüßen, und die Sorge, die anderen Staaten des Ostblocks könnten sich destabilisieren, waren für Moskau Gründe, die Mauer zu bauen. Natürlich lag die Zementierung des Eisernen Vorhangs auch im Interesse des

Satrapen. Aber historische Korrektheit verlangt den Hinweis auf Motiv und Kompetenz des sowjetischen Hintergrunds.

Die Mauer machte schließlich die Hilf- und Ratlosigkeit der westlichen Welt offenbar. Sie musste den Bau geschehen lassen. Die Räson des Status quo und das Ausmaß der nuklearen Vernichtungspotentiale auf beiden Seiten schienen lange keinen anderen als den rhetorischen Einspruch zuzulassen. Nach 28 Jahren machte der Mauerfall aber auch augenfällig, dass ein aufbegehrendes Volk von sechzehn Millionen unter Umständen und auf Dauer eine nachhaltigere Kraft darstellen kann als die Overkill-Arsenale der Großen, die den Status quo zu verewigen schienen.

Die Geschichte nahm ihren Lauf. Rumpelnd und knirschend war unser Wendeversuch bis zum 9. November abgelaufen. Ebenso war dieser historische Tag über die Bühne gegangen. An einer Katastrophe waren wir nur eben vorbeigeschrammt. Es war ein fataler Irrtum zu glauben, man könne mit 28-jähriger Verspätung die DDR durch die Maueröffnung sanieren. Am 13. August 1961 hatten wir das triste Stück politischer Architektur hochgezogen, um die DDR zu stabilisieren. Am 9. November 1989 begannen wir den Mauerabriss, um die DDR zu retten. Es waren zwei konträre Unterfangen, die denselben Zweck verfolgten. Beide schlugen fehl. Die Frage nach der Lebenstauglichkeit einer sozialistischen Ideologiegesellschaft war beantwortet.

2

Westlehrling
Sich einleben in die Demokratie

Haben Sie nach 1990 noch damit gerechnet, dass Sie vor Gericht gestellt werden würden?

Ich wurde von der Staatsanwaltschaft vorgeladen, ohne zu ahnen, dass das einen Prozess gegen mich zur Folge haben könnte. Man befragte mich zum Beispiel zu meiner Verantwortung beim Schießbefehl. Ich hatte anfangs noch die Vorstellung, dass ich im juristischen Sinne nicht dafür verantwortlich war. Die in Frage kommenden Beschlüsse zum Grenzregime sind vor meiner Zeit im Politbüro gefasst worden. Ich gehörte ihm erst seit 1984 an. Ich war auch nicht Mitglied des Nationalen Verteidigungsrates, der unter Leitung Honeckers die höchste militärische Kompetenz in der DDR darstellte. Schließlich berief ich mich darauf, dass ich zu den Mitgliedern des Politbüros gehörte, die nach der Entmachtung Honeckers und noch zu Zeiten der DDR als Erstes das unmenschliche Grenzregime abschafften. Deshalb glaubte ich nicht an eine strafrechtliche Verfolgung. An Mitverantwortung für die Toten an der Mauer, die bis dahin Opfer des Regimes geworden waren, dachte ich nicht.

Sie hatten keine Ahnung, dass Ihnen der Prozess gemacht werden sollte?

Zunächst ging es gar nicht um mich. Ich wurde einfach zur Sache befragt. Allerdings bestand ich nach einigen Wochen wiederholter Befragungen darauf, dass ein Anwalt zugezogen wurde. Erst viel später wurde mir klar, dass es darum ging, einen Prozess gegen mich und andere vorzubereiten.

Das hat Sie wirklich überrascht?

Ja, ich hatte inzwischen meine Autobiographie veröffentlicht, in der ich mich als Einziger aus dem Politbüro mit meiner Vergangenheit auseinandergesetzt hatte. Mit dem Vorschlag, ein Buch über mein Leben in der DDR zu schreiben, hatte mir der Verlag eine einzigartige Chance geboten, die ich anfangs so noch gar nicht wahrgenommen hatte. Es war die Möglichkeit zu einer kritischen Selbstbetrachtung und damit die Möglichkeit, persönliche Verantwortung und Schuld zu erkennen und zu bekennen. Es war der Beginn des Ausbruchs aus einem Zustand dumpfer Resignation. Allerdings waren da noch Schranken. Ich wäre jedenfalls damals noch nicht auf die Idee gekommen, dass ich zu den Angeklagten gehören würde, denen man die Toten an der unseligen Mauer anlasten würde.

Aber das war doch auch Thema der Befragung.

Es wurde mir aber erst allmählich klar, dass ich mich als Mitglied des Politbüros, dieses obersten Entscheidungsgremiums in der DDR, dieser Verantwortung nicht entziehen konnte und deshalb auch irgendwie für die Mauerschüsse zuständig war. Wir hatten schließlich die absolute Kompetenz durch die Verfassung.

Haben die Staatsanwälte Sie nicht darauf gestoßen?

Die gingen behutsam vor. Sie stellten Fragen wie »Seit wann waren Sie im Politbüro?«, und ich antwortete: »Ich bin relativ spät, erst 1984, Mitglied des Politbüros geworden.« Dass sie dennoch eine bestimmte Linie verfolgten, wurde mir erst nach und nach bewusst. So sollte ich etwa die Kompetenz der einzelnen Politbüromitglieder unabhängig von deren Funktion einschätzen. Es ging also um die individuelle Verantwortung. Das hatte zur Folge, dass ich mich weiter und tiefer mit meiner eigenen Verantwortung auseinanderzusetzen begann. Die härteste Zuspitzung bestand darin, dass ich eine Haltung zu der Tatsache finden musste, dass Menschen an der Mauer umgekommen sind, als ich mich in der Machtspitze befand, und so eine direkte Verantwortung zu mir hergestellt wurde. Das war 1995, also drei Jahre vor dem Prozess.

Nun sollten Sie nach westdeutscher Rechtsprechung angeklagt werden, die zum Tatzeitpunkt nicht galt. Hielten Sie das für Siegerjustiz?

Nein. Ich machte mir keine Illusionen darüber, dass die Menschen im vereinten Deutschland erwarteten, dass den Opfern Genugtuung verschafft würde. Die Justiz der Bundesrepublik hatte gar keine andere Wahl, als genau zu untersuchen, wie das alles geschehen konnte, warum Menschen mit dem Leben bezahlen mussten, nur weil sie in der DDR nicht leben wollten. Die Frage, wer dafür verantwortlich ist, hatte nicht nur eine juristische, sondern auch eine moralische Dimension. Das Etikett »Siegerjustiz« war also verlogen und selbstgerecht. Daraus habe ich auch bei Prozessbeginn keinen Hehl gemacht.

Waren Sie schockiert, als Sie erfuhren, dass Sie angeklagt werden sollten, oder waren Sie darauf vorbereitet?

Ein Schock war es nicht mehr. Dass ein Prozess auf mich zukommen würde, hatte sich ja über eine lange Zeit schon angekündigt. Ich war allerdings der Ansicht, dass mein Fall von den Fällen anderer angeklagter Politbüromitglieder getrennt werden sollte. Immerhin hatten sie diesem Gremium weitaus länger angehört als ich und waren deshalb direkt an Beschlüssen, die zur Anklage standen, beteiligt gewesen. Ich dachte, wie gesagt, es würde zudem einen entlastenden Unterschied machen, dass ich einer der drei Verantwortlichen war, die Honeckers Absetzung betrieben und die Übergangsphase eingeleitet hatten. Mein Vorstoß wurde jedoch abgelehnt. Das war ein Rückschlag. Ich fügte mich, merkte aber schnell, dass es doch ein fairer Prozess war. Der Richter war sehr fair.

Als ich während des Prozesses den Angehörigen der getöteten Opfer gegenübersaß, die als Nebenkläger auftraten, wurde mir bewusst: Es ist armselig, sich mit formal-juristischen Gründen um die Verantwortung herumzureden. Das Regime, für das ich stand, hatte sich kriminalisiert, indem es Menschen töten ließ, die nichts weiter im Sinn hatten, als dem System, mit dem sie nicht einverstanden waren, den Rücken zu kehren.

Mussten Sie direkt auf die Vorwürfe der Hinterbliebenen reagieren?

Nein, die Vorwürfe wurden durch Anwälte artikuliert. Aber es reicht, wenn man den betroffenen Menschen gegenübersitzt. Wenn man noch ein Funken Anstand besitzt, spürt man sofort, dass es aufrichtiger ist, den schweren Vorwurf dieser Schuld hinzunehmen.

Haben Sie denn noch einmal während des Prozesses versucht zu erklären, warum Sie erst im Nachhinein zu dieser Einsicht gekommen sind?

Ich habe das versucht. An der Prozesslage hat das natürlich nichts geändert. Es war nicht so, dass ich ständig von einem schlechten Gewissen geplagt war. Die ideologische Verblendung, im Besitz eines grundlegenden Weltverbesserungsrezeptes zu sein, rechtfertigte alles. Wie sah das aus? Der imperialistische Klassenfeind, dessen Tage oder Jahre irgendwann gezählt waren – so genau ließ sich das nicht bestimmen –, setzte sich mit aller Tücke, die ihm zu Gebote stand, gegen seinen Untergang zur Wehr. Dazu gehörte eben auch, die DDR zu unterminieren. Unser Grenzregime war folglich vom imperialistischen Gegner provoziert worden. Wer sich durch Flucht in Lebensgefahr begab, war ihm auf den Leim gegangen. So sah, grob gesprochen, die Selbstrechtfertigung aus. Und weil es vorher keine tiefer sitzenden Schuldgefühle gab, war es im Nachhinein mühselig, eigene Schuld und Verantwortung zu begreifen. Wie viele weigern sich noch heute, reinen Tisch zu machen? Zur ideologischen Verblendung kam zeitweilig noch ein Verdrängungsmoment hinzu: Man hielt das Verteidigungsministerium und das Militär bzw. die Grenztruppen dafür zuständig und verantwortlich. Das waren die Instanzen, die die Grenze dichtzumachen hatten.

Wie erfuhren Sie von Opfern an der Mauer?

Aus westlichen Zeitungen, die mir zugänglich waren. So bekam ich immer wieder mit, dass Menschen an der innerdeutschen Grenze umgekommen waren. Im Politbüro indes wurden wir von Tötungen im Grenzbereich nicht unmittelbar unterrichtet. Das hätte ja bedeutet, zuzulassen, dass der Klassengegner dem Politbüro die Tagesordnung diktiert. Es gab gelegentlich Aktenumläufe in den Sitzungen, in denen über »verhinderte Grenzdurchbrüche« berichtet wurde. Aber das war keine Pflichtlektüre mit Beschlusscharakter. Tötungen wurden darin nicht erwähnt. Es blieb jedem Mitglied überlassen, in den Umlauf einzusehen oder nicht.

Sie saßen im Gericht mit Politbürokollegen zusammen? Haben Sie sich mit ihnen über Ihre gemeinsame Vergangenheit unterhalten?

Natürlich haben wir hin und wieder ein paar Worte gewechselt. Um die gemeinsame Vergangenheit ging es dabei kaum. Es gab in der Haltung zu den Vorwürfen des Gerichts keine übereinstimmende Position. Das habe ich ja schon in meiner Erklärung zu dem von Krenz geäußerten Vorwurf der »Siegerjustiz« klargemacht.

Krenz sparte Sie in seinen Äußerungen vor Gericht aus.

In seinen Darlegungen reflektierte er im Grunde die allgemeinen Auffassungen der SED und die der SED-Nachfahren. Er fühlte sich aufgehoben in der Solidarität der Restpartei, die ja im Saal anwesend war. Deshalb gab es wohl von seiner Seite aus keine direkte oder offensichtliche Feindseligkeit. Dafür hatte er auf der Besucherbank SED-Figuren sitzen, die sich immer wieder hassvoll über mich äußerten.

Was waren das für Äußerungen?

Das gipfelte meist in Flüchen und Verwünschungen auf den Verräter, weil er sich dem Klassenfeind »andiente«. Manchmal kam es auch vor dem Eingang zum Gericht zu Beschimpfungen, einige SED-Anhänger wollten mir gegenüber sogar handgreiflich werden. Als ich mit gleicher Münze antwortete, zogen sie den Schwanz ein.

Es wurde ja über den Prozess berichtet, und Sie haben die Berichterstattung sicherlich verfolgt. Wie ging die Presse Ihrer Meinung nach mit dem Prozess um?

Ich werte es positiv, dass meine Erklärungen vor Gericht zum Teil fast vollständig wiedergegeben wurden. Das geschah vermutlich auch deswegen, weil ich mich darin nicht auf die Konfrontation der bundesdeutschen Justiz mit den SED-Figuren beschränkte, sondern darüber hinausging. Es ging auch um die ideologische Verblendung durch die marxistische und leninistische Ideologie überhaupt.

Sie hatten Schwierigkeiten mit der Rhetorik des Staatsanwaltes?

Es brachte mich schon auf, wie der Staatsanwalt meine selbst- und systemkritischen Einsichten als Spiegelfechtereien hinzustellen versuchte. Damals hatte ich ja keine Erfahrung mit Gerichtsprozessen. Heute weiß ich, dass unter Umständen auch eine gewisse überzogene Rhetorik zum Handwerk des Anklagevertreters gehört. Immerhin hatte er das höchste Strafmaß für mich gefordert: sieben Jahre Haft. Der Richter war jedoch fair. Es blieb bei drei Jahren.

Haben Sie nach nahezu einem Jahr Prozessdauer damit gerechnet?

Die Anwälte hatten mich darauf vorbereitet. Im Strafmaß wurde der Zwiespalt der Justiz deutlich: Formal war ich für eine ganze Reihe von Totschlägen verantwortlich. Das Gericht kam nämlich zu dem Ergebnis, dass ich für Erschießungen an der Grenze von dem Augenblick an mitverantwortlich war, in dem ich Mitglied des Politbüros wurde. Das hätte für zwanzig Jahre gereicht, hätte man die einzelnen Fälle summiert. Dank der Einsicht des Gerichts, die von mir geltend gemachten Umstände zu berücksichtigen, kam es nicht dazu.

Hat der Richter das auch in der Urteilsverkündung betont?

Er hat, glaube ich, die Veröffentlichung meines Buches erwähnt, also die Tatsache, dass ich schon lange vor dem Prozess eine Auseinandersetzung mit meiner Vergangenheit begonnen habe. Ich bin dann in der Frist, die mir gesetzt wurde, ins Gefängnis gegangen, das war Mitte Dezember 1999. Krenz hingegen verlangte die Aufhebung des Urteils durch den Europäischen Gerichtshof. Er kam dann erst ins Gefängnis, als er in Brüssel abgewiesen worden war. Ich habe mich bei seinem Haftantritt um ihn gekümmert und ihn über die Regeln und Bedingungen informiert, die ihn im Gefängnis erwarteten. Ich wusste ja, wie schwer es zu verkraften ist, wenn man plötzlich zum Knastbruder degradiert wird. Die gemeinsamen Probleme als Gefängnisinsassen waren mir im Augenblick wichtiger als die ideologischen Differenzen.

War er dankbar dafür?

Ich glaube schon. Die Lage machte ihn befangen, es würde wohl jedem so ergehen. Wenig später ist Krenz aus Hakenfelde in die Haftanstalt Plötzensee verlegt worden, weil der journalistische Rummel um Hakenfelde seit seinem Eintreffen überhandgenommen hatte.

Wie waren Sie untergebracht?

Anfangs hockte ich mit drei anderen auf einer Bude. Ordnung war nicht ihr Ding. Also übernahm ich freiwillig den Stubendienst und hatte so eine sinnvolle Beschäftigung. Nach etwa sechs Wochen war eine Einzelzelle frei. Ab dann war ich nur noch für mich selbst zuständig. In der Zelle gab es ein Bett, ein Regal und einen Schrank, auch ein Waschbecken. Duschen gab es außerhalb der Zelle auf dem Gang. Ich hatte alles, was man zum Existieren braucht.

Wie verhielten sich Ihre Mitinsassen?

In Hakenfelde befand ich mich nicht unter Schwerstkriminellen. Betrügerei, Diebstahl und Raub sowie Sittlichkeitsdelikte waren die häufigsten Vergehen. Der erste Eindruck war, dass diese Leute durchaus aufgeschlossen waren für ein Gespräch. Anfangs wurde ich von ihnen intensiv befragt, wie das mit der Maueröffnung gewesen sei. Sie schauten häufig bei mir rein, da die Zellentüren offen standen. Über die Hälfte der Gefangenen waren Ausländer. Vielfach wurde ich um Hilfe gebeten, wenn es darum ging, Behördenpost zu übersetzen oder Kontakt zu Anwälten herzustellen. So war ich nicht zur Untätigkeit verdammt.

Wie war der Tagesablauf im Gefängnis?

Er war überwiegend von den Mahlzeiten bestimmt. Man stellte sich an, um das Essen in Empfang und mit in die Zelle zu nehmen, weil es keinen Essraum gab. Einige Grenzgeneräle, die auch eingelocht waren, wollten eine Begegnung mit mir vermeiden. Wenn ich mich in die Schlange zur Essenausgabe einreihte, verdrückten sie sich sofort. Sie wussten, dass ich inzwischen eine andere Haltung zur DDR eingenommen hatte. Sie hingegen hielten weiterhin stur am Alten fest und parierten noch immer nach den Weisungen ihres obersten Generals, der ebenfalls einsaß. Es gab aber auch Ausnahmen. Mit zwei oder drei Leuten konnte ich mich unterhalten, und es gelang mir sogar, bei ihnen die ideologischen Barrieren ein wenig abzubauen. Ich hatte ja viel Zeit.

Wie oft haben Sie sich mit ihnen getroffen?

Häufig. Sie waren willens und zunehmend aufgeschlossener herauszufinden, warum unsere ganze Sache schiefgegangen war und warum sich die Masse der sogenannten Werktätigen, für die alles gemacht worden war, gegen dieses System gewandt hatte.

Sie hatten nichts zu arbeiten im Gefängnis?

Nein, eine Arbeit, also eine im landläufigen Sinne berufliche Tätigkeit, konnte man nur im offenen Vollzug ausüben, und in den offenen Vollzug kam man nur, wenn eine Bewachung auch am Arbeitsplatz möglich war. Es war mir nicht gelungen, eine solche Arbeit zu finden. Ich bin kein Handwerker von Beruf. Ich hatte zwar versucht, in einer Redaktion, im Archiv oder als Korrektor unterzukommen, der *Spiegel* hatte mir sogar eine Möglichkeit in Aussicht gestellt, aber dann war die Behörde dagegen gewesen mit der Begründung, es sei keine Beschäftigung, die den Bedingungen eines offenen Vollzugs entsprechen würde. War man im offenen Vollzug, verließ man rechtzeitig vor Arbeitsbeginn das Gefängnis und hatte sich sofort nach Arbeitsschluss wieder im Knast einzufinden.

Hatten Sie Freigang?

Drei oder vier Stunden pro Woche hatte ich Ausgang. Ich konnte also Zeit zu Hause mit meiner Familie verbringen. Diese Möglichkeit hatte in Hakenfelde jeder Häftling bei einwandfreier Führung.

Wie verhielt sich das Aufsichtspersonal?

Das Personal war sehr korrekt, nicht im Entferntesten schikanös. Bei diesem oder jenem schien es sogar eine Tendenz zu geben, sich mit Inhaftierten zu arrangieren. Sie drückten ein Auge zu für ihre Vertrauten. Aber das passiert überall auf der Welt.

Sie wurden nach einem Jahr Haft begnadigt. Wie wurde das entschieden?

Um begnadigt werden zu können, müssen genügend Anträge aus der Bevölkerung vorliegen. In meinem Fall hatten sie Leute gestellt, die ich nicht kannte, mit der Begründung, dass ich der Einzige aus der höchsten DDR-Riege sei, der sich kritisch mit seiner Vergangenheit auseinandergesetzt habe. Diese Anträge gingen an eine Kommission, die dann dem Regierenden Bürgermeister von Berlin, Eberhard Diepgen, nahelegte, von seinem Begnadigungsrecht Gebrauch zu machen. Dass es so viele Anträge gab, hing sicherlich damit zusammen, dass meine Autobiographie inzwischen erschienen war und ich in den Jahren bis zum Prozessbeginn an vielen öffentlichen Diskussionsveranstaltungen teilgenommen hatte.

Waren Sie der Einzige Ihrer Truppe, der aufgrund solcher Anträge begnadigt wurde?

Günther Kleiber, einst stellvertretender Ministerpräsident der DDR, wurde auch begnadigt. Egon Krenz ist erst nach drei Jahren freigekommen, ich glaube wegen guter Führung. Es gab keine Begnadigung, weil er immer darauf beharrt hatte, dass sein Urteil Ausfluss von Siegerjustiz und nicht etwa das Ergebnis eines gerechten Verfahrens gewesen sei. Er sollte ursprünglich sechs Jahre in Haft bleiben. Meine vorzeitige Entlassung war an eine dreijährige Bewährungszeit gebunden, in der ich mich jede Woche bei der Polizei melden musste.

Aber die Gefahr, dass Sie rückfällig würden, war ja nicht sonderlich groß. Was ist Ihnen aus Ihrer Knastzeit besonders in Erinnerung geblieben?

Dass ein nicht geringer Teil der Inhaftierten wohl nicht mehr imstande oder geneigt ist, sich völlig aus dem kriminellen

Milieu zu lösen. Es ist nicht so, als ob diese Menschen bestimmte gesellschaftliche Spielregeln nicht mehr einhalten könnten, sie wollen es nicht mehr. Sie verachten bürgerliche Verhaltensweisen. So werden sie wohl immer wieder mit dem Gesetz kollidieren. Aber das ist natürlich ein subjektiver Eindruck.

Wie hatten Sie den Westen erlebt, bevor Sie in den Knast gingen?

Nach Erscheinen meines Buches wurde ich schon Anfang der neunziger Jahre zu Vorträgen und Diskussionsrunden eingeladen. 1992 lernte ich bei einer Veranstaltung in der Redaktion der *Hessischen/Niedersächsischen Allgemeinen* einen jungen Journalisten kennen, der in der Region eine kleine Zeitung gründen wollte. Er war wohl angetan von meiner Haltung. Er fragte mich, ob ich ihm als ehemaliger Zeitungsmacher beratend zur Seite stehen wolle. Da ich zu jener Zeit keine Einkünfte und keine Arbeit hatte und meine Familie versorgt werden musste, sagte ich zu, allerdings nur unter der Bedingung, dass ich nicht selbst journalistisch tätig werden würde – als ehemaliger Chefredakteur des *Neuen Deutschland* und führender Vertreter des alten Systems wäre das trotz meines geistigen Stellungswechsels anmaßend und unverfroren gewesen. Egal, wie klein oder unbedeutend das Blatt sein mochte, ich wollte nicht als Meinungsmacher eine Rolle spielen, auch nicht in der lokalen Politik der Alt-Bundesrepublik. Er akzeptierte meine Bedingungen, und so habe ich dort als stellvertretender Geschäftsführer gearbeitet. Ich war bis zum Prozessbeginn und auch während des Prozesses dort tätig und habe meinem jungen Partner, der in dieser Zeit mein engster Freund geworden ist, geholfen, die Redaktion zu organisieren. Während des Prozesses bin ich viele Monate lang zweimal wöchentlich nach Berlin zu den Gerichtsterminen gefahren. Mit dem Prozessende war auch das Urteil über meine Arbeit gefällt. Die tiefe Freundschaft ist geblieben.

Wie ist Ihnen der westdeutsche Arbeitsalltag bekommen?

Ich bin vor allem bestärkt worden in der kritischen Haltung gegenüber der sozialistischen Vergangenheit. Ich nahm naiv staunend zur Kenntnis, mit wie viel Freiheit, wie viel Entscheidungsvielfalt und wie viel Kreativität die Menschen im Westen ganz selbstverständlich hantierten. Wir in der DDR meinten stets, es müssten von uns Marxgeimpften irgendwelche Wege aufgezeigt und Verhaltensweisen vorgegeben werden. Ohne unsere Gängelei würde nichts gehen. Der junge Verleger, mit dem ich arbeitete, hatte das Risiko einer Zeitungsgründung auf sich genommen, weil er es wollte, und er hatte es angepackt. Am Anfang wurde unsere Arbeit von den örtlichen Verwaltungen und Organen sehr skeptisch betrachtet, oder man ignorierte das Blättchen einfach. Aber dann respektierte man uns allmählich, und wir wurden Teil der lokalen Medienlandschaft. In Anzeigenblätter packen die Verlage ja oft den Schutt, der in Verkaufszeitungen keinen Platz findet, und sammeln dann noch ein paar Anzeigen darum herum. Wir haben das anders gemacht. Wir haben versucht, journalistische Qualität zu liefern. Und plötzlich fingen sowohl die Geschäftsleute als auch die Politiker an, unser Medium zu beachten und für ihre Zwecke zu nutzen. Das war schon ein interessanter Vorgang. Ganz wesentlich dabei war, dass wir unsere politische Unabhängigkeit bewahren konnten. Wir führten unter anderem eine Diskussionsseite ein, auf der sich jeder zu politisch relevanten Fragen äußern konnte. Das verschaffte uns Resonanz, da im lokalen Umfeld nur eine politische Partei dominierte, auch medial. So wurden plötzlich durch unser Blättchen Meinungen zu Kindergärten, zur Abfallentsorgung, zur Vereinstätigkeit publik, die sonst nicht oder kaum vernehmbar gewesen wären. Auf diese Weise verlief meine Lehrzeit in Sachen Demokratie.

Sie waren ein Fremder in der Region, noch dazu einer »von drüben« und auch noch ein Spitzengenosse. Wurden Sie angefeindet?

Das war nicht der Fall. Außer in der ersten Zeit, da kassierte ich einige Anspielungen auf meine Vergangenheit von der örtlichen Medienkonkurrenz. Die relative Unkenntnis der Bevölkerung über den anderen deutschen Staat kam mir zugute. In den ersten Wochen hatte sich herumgesprochen, dass ein hohes Tier aus dem Politbüro in der Zeitung sitzen würde, aber viele wussten nicht, was »Politbüro« ist. Wenn ich im Supermarkt einkaufen ging, guckten mich die Leute schon mal mit großen Augen an. Ich bekam mit, wie hinter meinem Rücken über mich geflüstert wurde: »Das ist der, der war ein hohes Tier bei der Stasi.« SED-Funktionäre wurden für sie nur dadurch fasslich, dass man sie als Stasi registrierte. Aber das legte sich bald, und ich wurde dann auch respektiert als jemand, der sich kritisch mit der DDR auseinandersetzt und sich zugleich für die örtlichen Probleme interessiert und für Lösungen engagiert.

In jenen Jahren kam es auch zu Begegnungen mit diversen Politikern und namhaften Publizisten der Bundesrepublik.

Dazu zählte auch der Fernsehjournalist und Tagesthemen-Moderator Hanns Joachim Friedrichs, der 1995 gestorben ist. Wir machten eine Veranstaltung zusammen. Er war ein Mann, der mit seinen kritischen Fragen zu meiner Person nicht hinter dem Berg hielt, aber meine Antworten und meine Art, wie ich mich der Vergangenheit stellte, zu schätzen wusste. Ihn lernte ich über Cordt Schnibben kennen, der gestützt auf Gespräche mit mir eine erste umfassende Schilderung des Zerfalls der SED-Spitze im *Spiegel* veröffentlichte. Mit Friedrichs habe ich in Hessen schließlich auch eine große öffentliche Diskussion zum Thema »DDR« veranstaltet.

Der damalige Bundespräsident Roman Herzog hat Sie ebenfalls eingeladen. War das ein Stück Genugtuung für die Persona non grata*?*

Weit davon entfernt. Das war eher ein anstrengender Bewährungstest. Der Bundespräsident hatte mich zu einer Gesprächsrunde über die DDR eingeladen, die auch im Fernsehen übertragen werden sollte. Mit dabei waren außerdem Pfarrer Joachim Gauck, der inzwischen der Behörde vorstand, die die Stasiakten verwaltete, und die Mutter des letzten Maueropfers Chris Gueffroy. Mit solchen Gesprächspartnern an einem Tisch war ich nicht mehr nur der Einzelgänger Schabowski, sondern auch ein Stück die Verkörperung des Unrechtssystems, das den Sohn der Mutter auf dem Gewissen hatte. Damit musste ich leben. Aber ich hatte durchaus das Gefühl, dass Roman Herzog mich als Gesprächspartner akzeptierte. Das alles sprach sich auch in meiner damaligen hessischen Wahlheimat herum und ermöglichte mir, die politischen Verhältnisse, in denen ich lebte, unbefangener wahrzunehmen – auch in ihren Widersprüchen.

Welche Widersprüche?

Auf dem Hintergrund meiner DDR-Erfahrungen mit den grundlegenden Defiziten einer sozialistischen Parteidiktatur habe ich die Dinge zunächst etwas zu idealistisch gesehen. Dann merkte ich, dass auch in einer unbezweifelbaren Demokratie menschliche Schwächen wie Rechthaberei, Egoismen oder Machtstreben von Einfluss sind. Ich habe dann mit den Betreffenden, die solche Schwächen bei unterschiedlichen Anlässen erkennen ließen, diskutiert. Dass dies möglich war, war schon wieder ein demokratischer Beleg. Ich habe ihnen gesagt: Leute, ihr macht die gleichen Fehler, die wir gemacht haben, nur nicht in dieser absolutistischen Weise, weil es eben mehrere Parteien gibt. Aber ihr seid jetzt schon fünfzehn Jahre im Amt und fangt an, andere Auffassungen nicht an euch ranzulassen oder gar zu unterdrücken. Die Unzufriedenheit, das Nichteinverständnis der Leute nimmt zu und wird euch womöglich bei der nächsten Wahl aus euren scheinbaren Dauerposten katapultieren. Das trat denn auch ein, was mir wiederum eine realistischere Erkenntnis in Sachen Demokratie eintrug. Demokratie ist nicht das freie Spiel der edlen Kräfte und Eigenschaften des Menschen. Sie nimmt die Menschen, wie sie sind. Der große Vorzug der Demokratie liegt darin, die widerstrebenden Interessen und Bedürfnisse der Menschen einigermaßen auszutarieren. Letztlich ist sie aus dem Defizit des menschlichen Egoismus heraus entstanden. In einer Demokratie können die relativen Machthaber dazu gebracht werden, abzutreten oder ihre Politik zu verändern. Die menschliche Engstirnigkeit und die Demokratie sind eben zwei Seiten derselben Medaille. Die Demokratie ist das Mittel, das im Laufe von Jahrhunderten oder gar Jahrtausenden entwickelt wurde, um Machtpositionen, die zur Erstarrung neigen, unentwegt in Bewegung zu halten. Die Konstante der Demokratie ist eben die Veränderung.

Wie haben die lokalen Politiker auf Ihre Erkenntnisse reagiert?

Sie lachten darüber oder winkten ab. Sie haben sie in gewisser Weise antizipiert, aber sie haben natürlich daraus nicht die entsprechenden Schlussfolgerungen gezogen. Sie wähnten sich wohl zu sicher in ihrer Position. Aber immerhin haben sie zugehört. Das ist auch der Vorzug praktischer Demokratie, dass ich, obwohl ich jemand war, der aus dieser Ecke kam, so reden konnte, und mir niemand über den Mund fuhr. Diskutieren konnte man, auch wenn es nicht immer etwas genützt hat.

Sie haben gerade über den Alltag der Demokratie in der Provinz gesprochen. Es gibt ja auch den Alltag auf der Bundes-

ebene. Sie haben ihn ja Anfang der neunziger Jahre auch beobachtet. Was ist Ihnen aufgefallen?

Mein Blick auf die Bundesrepublik war von einem naiven Idealismus geprägt. Ich hielt sie grundsätzlich für das bessere System, was sie ja auch ist. Aber ich nahm zunächst die Schwächen kaum wahr. Mit den Jahren dann sah ich die Dinge nüchterner: Man darf die individuelle Verführbarkeit, die in jedem von uns steckt, nicht aus den Augen verlieren. Es gibt unterschiedliche Interessenslagen, die es auch mal verhindern oder erschweren, dass das bessere Konzept sich durchsetzt. Heute habe ich begriffen, dass eine Gesellschaft ohne diese Widersprüche nicht existieren kann. Das hat nicht dazu geführt, dass ich begonnen habe, an den demokratischen Verhältnissen zu zweifeln, sondern ich halte sie nun für umso notwendiger. Es ist der einzige Weg, die Dinge permanent zu korrigieren.

Sie haben auch Vortragsreisen mit einem Stasiopfer gemacht. Wie ist es dazu gekommen?

Mit einer Veranstaltung an der Humboldt-Universität bereits im Jahr 1990 fing es an. Ich diskutierte dort mit Siegmar Faust und anderen Personen, die von der Stasi malträtiert worden waren. Für sie war ich der Vertreter des Politbüros *in toto*. Ich wehrte mich dagegen und sagte, dass ich nicht in ihrer Runde sitzen würde, wenn ich wie alle Politbüromitglieder wäre oder dächte. Mit Siegmar Faust entwickelte sich danach sogar eine Art Freundschaft. Zu Beginn war er natürlich skeptisch, aber ich habe den Kontakt mit ihm gehalten. Idealistische Träume hatten ihn als jungen Burschen in die Partei geführt. Sie waren es, die ihn schließlich mit der sturen Struktur des Systems in Konflikt geraten ließen. Er kam für Jahre in den Stasi-Knast, wo man ihn auch mit den übelsten Methoden nicht brechen konnte. Nach meinem Prozess kam er auf mich zu und schlug mir vor, gemeinsam in Veranstaltungen zu gehen. Wir haben dann auch eine Reihe von Schulen besucht. Das war nicht einfach, vor eine Klasse zu treten. Erst schilderte Faust die Verhältnisse in der DDR, und wie das Regime ihn quälte und zu entwürdigen versuchte. Dann kam ich an die Reihe und sagte, dass ich ein Politbüromitglied gewesen sei, das Faust und sein Schicksal nicht gekannt habe. Aber die Anonymisierung dieses Verbrechens an ihm wie anderen Verfolgten würde das Regime und seine Machtträger wie mich nicht aus der Schuld entlassen. Meine Darlegung mündete in der Erkenntnis, dass die Verführungskraft von Ideologien groß ist und gefährlich bleibt, und dass sie dazu führen kann, dass Menschen nicht in der Lage oder willens sind, sich analytisch zu verhalten. Dass sie sich mit ihrer Weltsicht immer wieder im Recht sehen und damit eben auch alles Unrecht als Recht begreifen.

Sie waren der Täter, er war das Opfer.

Ja, ja. Das stand und steht über unseren Begegnungen. Die Schwierigkeit besteht darin, dass ich letztlich den Anschluss an meinen Partner, das Opfer, finden muss. Aber ich kann nur so darüber sprechen. Es genügt nicht zu sagen, dass ich mitschuldig geworden bin, sondern ich versuche zu begründen, wie man in eine solche Lage geraten kann. Es ist ein mühseliger, aber dennoch befreiender Prozess, Stück für Stück Erkenntnisse zu gewinnen und zugleich mit sich selbst ins Gericht zu gehen.

Wie haben die Jugendlichen reagiert?

Sie haben interessierte und interessante Fragen gestellt. Ich wollte von ihnen wissen, wie sie es finden würden, dass Täter und Opfer heute beisammensitzen können und miteinander diskutieren, zudem zwei Ossis im Westen. Sie waren begeistert davon, dass dies so unkompliziert möglich war. Das ist nur möglich, erwiderte ich, wenn der Täter seine Schuld begreift und diese Schuld beschreiben kann, und das Opfer verzeihen kann, ohne dass beide eine heuchlerische Masche daraus machen. Wir beide stimmten darin überein, dass eine Ideologie ein besonders schmackhaftes Gift sein kann, wenn sie scheinbar schlüssig verheißt, die Gemeinheiten und Ungerechtigkeiten im Leben der Menschen, letztlich den Widerspruch zwischen Arm und Reich, zu beseitigen.

War das überhaupt ein Thema, das Jugendliche beschäftigt?

In den Schulen, die wir aufsuchten, war es ein Thema. Schon die Einladung bekundete das Interesse. Insbesondere Abiturienten schienen dankbar dafür zu sein, dass sie uns ihre Fragen zur jüngeren deutschen Geschichte stellen konnten. Auch die Lehrer waren sehr interessiert.

3

Wie geschmiert
Eine DDR-Karriere

Das gesamte System mit seinem umfassenden, aber nicht haltbaren Machtanspruch unterlag doch letztlich dem Irrtum, dass kommunistische Gesellschaftskonstruktionen lebensfähig seien. Wie begann Ihr persönlicher Irrweg?

Ich war sechzehn, als ich im Mai 1945 in einem »Wehrertüchtigungslager« in Nordböhmen/Tschechoslowakei aufbrach und mich zu Fuß nach Berlin durchschlug. Ein Jahr später hatte ich das Abi in der Tasche. Ich wollte Journalist werden. In der Redaktion der Ostberliner Gewerkschaftszeitung fing ich als Volontär an, und damit öffnete sich mir der Raum der Politik. Die Chefs und die Ressortleiter waren Kommunisten. Sie hatten den Nazis die Stirn geboten und waren ins Zuchthaus oder in ein Strafbataillon gesteckt worden. Wir Jüngeren schauten respektvoll zu ihnen auf. Es waren glaubwürdige Menschen, die für ihre Überzeugung gelitten hatten.

Hatten diese Personen auch Antworten auf Ihre Fragen nach dem braunen Desaster, oder bekamen Sie diese Antworten von woanders her?

Nein, die Antworten kamen ausschließlich von ihnen. Die generelle Erkenntnis, die uns wie eine Erleuchtung vorkam, war, dass alle gesellschaftlichen Erscheinungen, die unbegreiflich und undurchschaubar sind, ihre Wurzel in den ökonomischen Verhältnissen haben. Hinter der Fassade der Politik bestimmt das große Kapital die gesellschaftliche Realität. Profit ist sein Lebensgesetz. Um des Profits willen wird im mörderischen Kampf gegen Konkurrenten eine anarchische Produktion betrieben, was immer wieder verheerende soziale Folgen für die arbeitende Mehrheit hat. Der dem Kapitalismus innewohnende Zwang, sich ständig neue Absatz- und Anlagemärkte zu erschließen, ist die Ursache für Kriege. Die kapitalistischen Verhältnisse drücken allem in der Gesellschaft ihren Stempel auf, der Moral, der Kunst, der Bildung und den zwischenmenschlichen Beziehungen. Nehmen Kommunisten die Dinge in die Hand, wird alles ins menschliche Lot gebracht. Elend, Krisen und Krieg gehören dann ein für alle Mal der Vergangenheit an, ein neues Zeitalter der Menschlichkeit bricht an.

Die Geschlossenheit der Weltanschauung – heute für mich das erste Symptom für eine suspekte Heilslehre – faszinierte mich. Auf all unsere Fragen gab es plötzlich Antworten. In diesem ökonomistischen Weltbild wurden Anthropologie und Psychologie, ja sogar die Soziologie als pseudowissenschaftliche Versuche verachtet, als Flickschneiderei an der kapitalistischen Montur, ohne dem System ernstlich zu Leibe zu rücken. Der Schriftsteller Günter Kunert, der im Gefolge der Biermann-Ausbürgerung 1979 die DDR verließ, stellte Wirkung und Fiasko der »wissenschaftlichen Utopie« so dar: »Die sich da Marxisten nannten, waren wohl in ihrer Jugend oder in sonst einem Augenblick geistiger Ratlosigkeit dem überwältigenden Zauber der inneren logischen Geschlossenheit des Marxismus erlegen, ohne sich freilich je darüber klargeworden zu sein, dass zwischen Theorie und Praxis, zwischen hypothetischen Annahmen gesellschaftlicher Entwicklung und der real existierenden Wirklichkeit kein ›ew'ger Bund zu flechten‹ ist …«[1]

1 In: *Die Welt*, 24. Juni 1991.

An anderer Stelle schrieb er: »Die Erkenntnisfähigkeit des Menschen ist *sui generis* beschränkt, und die Meinung, der Marxismus sei eine wissenschaftliche Weltanschauung, eine in sich unmögliche Konstruktion. Was wissenschaftlich am Marxismus gewesen ist, war einzig sein konsequenter Reduktionismus: die Engführung der Perspektive und die Terminologisierung der Darlegung. Das immerhin hatte er mit den Naturwissenschaften gemein. Aber was in den Naturwissenschaften pure Notwendigkeit ist, um nicht ins Uferlose zu geraten, wird, auf menschliche Gemeinschaften angewandt, mörderisch und selbstmörderisch. Denn: hat man sich erst einmal den Gedanken zu eigen gemacht, dass dem Sozialismus die Zukunft gehöre, unterwirft man sich zwangsläufig einem Evolutionsmodell, durch das man sich zu allen Taten und Untaten legitimiert hält, da man selber ja nur im Sinne dieses höheren und unabweichlichen Prinzips agiert, das an seinem Happyend alle Opfer rechtfertigt.«[2] So habe ich das auch empfunden, Kunert hat das treffend beschrieben.

Brauchte man viel Energie, um die Verlockungen der Demokratie nicht an sich heranzulassen?

Mit Demokratie hatten wir damals nicht viel am Hut. Weimar war irgendwie damit verbunden, eine absurde zersplitterte Parteienvielfalt, die letztlich den Nazis den Griff zur Macht ermöglicht hatte. Die Kommunisten in der Redaktion halfen unserer Unklarheit nach. Bürgerliche Demokratie diene nur der Verschleierung der Macht und des omnipotenten Einflusses des Kapitals. Sie könne einen begrenzten Nutzen für die revolutionären Kräfte haben, soweit sie ihnen gestatte, in der politischen Arena zu agieren. Mitglieder der PDS verfahren übrigens nach dieser kommunistischen Uralt-Taktik. Demokratie sei eine Art politisches Gesellschaftsspiel, durch das graduelle Interessensunterschiede innerhalb der herr-

2 Ebd.

schenden Minderheit durch von ihr bestellte politische Augenwischer austariert werden können. Auf diese Weise werde der Bevölkerung eine Meinungspluralität vorgegaukelt. Erst in einer Gesellschaft, in der die bislang ausgebeutete, beherrschte und getäuschte Mehrheit herrsche, trete an die Stelle demokratischer Spiegelfechterei wahre Demokratie, eben die Diktatur des Proletariats. Sie sei auf der Identität von unten und oben gegründet und von sozialer Vernunft geleitet.

Schürte der Kalte Krieg diese Denkweise noch?

Ja, die im Kalten Krieg übliche Verteufelung der jeweils anderen Seite machte die Rechtmäßigkeit unseres Denkens und Tuns zweifelsfrei und bestärkte uns wiederum in der Überzeugung, zu Recht die andere Seite zu verunglimpfen. Für die überlegte, wägende Ortung von politischen Standpunkten blieb kein Raum. Wir fühlten uns als die Underdogs, die der reiche antikommunistische und antisoziale Westen mit Marshallplan und Konsumwalze an die Wand drücken wollte.

Die »Konsumwalze« übte nicht die kleinste Verlockung auf Sie aus?

Nein. Wir waren reif und bereit für die Indoktrination, die Ende der vierziger und Anfang der fünfziger Jahre unter dem Motto des sich »verschärfenden Klassenkampfes« von Stalin betrieben wurde. Dabei spielte eine wesentliche Rolle, dass ich mich damals schon im politischen »Aufwind« der Partei befand – als ein von ihr ernst genommener »Nachwuchskader«. In der SED galt der Kampf dem Sozialdemokratismus, der als eine kleinbürgerliche Ideologie angesehen wurde, die in sozialer Ummantelung dem Kapital Hilfestellung leistet. In Wahrheit wurde damit der sozialdemokratischen Tradition, die mit der Vereinigung der beiden Arbeiterparteien scheinbar als ein paritätisches Erbe und Element der neuen Partei sanktioniert wurde, ein gewaltsames Ende bereitet und die SED zur marxistisch-leninistischen »Partei neuen Typus« formiert. Zugleich wurde eine unbarmherzige ideologische Kampagne gegen sogenannte titoistisch-zionistische Agenten des Imperialismus in der internationalen Bewegung nach dem Muster der Moskauer Schauprozesse von 1937 geführt, um die mörderische These von der Zuspitzung der internationalen Klassenauseinandersetzung zu belegen. Mit derselben Gläubigkeit, mit der wir die Theorie inhalierten, vernahmen wir schaudernd die erpressten Schuldbekenntnisse der hochrangigen Agenten in den eigenen Reihen und zweifelten noch weniger an der Heimtücke des Klassenfeindes. Für Konsumverlockungen waren wir angesichts dieser Niedertracht des Klassenfeindes nicht zu haben.

Die Selbstverweigerung gegen die Wahrheit, auch wenn sie bedingt in Gestalt westlicher Medien oder durch die Beschaffung von Büchern bei Auslandsreisen verfügbar war, ist das typische Symptom der Indoktrination, der ich mich einsichtig oder willig unterwarf. Entmannung aus Furcht vor der Sünde. Der Schriftsteller Stephan Hermlin, dem Reisen in den Westen nicht verweigert waren, sagte einmal: Er habe beispielsweise die Bücher von Arthur Koestler nicht gelesen und auch nicht die Texte, die Trotzki im Exil von Mexiko geschrieben hatte und die weltweit veröffentlicht wurden, weil er diese Publikationen von vornherein als Machwerke der Lüge angesehen habe.

Wurden auch bei Ihnen die Zweifel geringer?

Für Zweifel war überhaupt kein Raum im Bewusstsein. In dem Maße, in dem ich die Marx'sche Prophezeiung verinnerlichte, in dem ich mich zu ihrem Verfechter machte, ein Militant der Partei wurde, ein Journalist nach der Lenin'schen Definition – kollektiver Propagandist, Agitator und Organisator des Sozialismus –, in dem Maße verhärtete sich auch meine Weltanschauung hin zum »Utopiesyndrom«, das die kalifornischen Psychologen Paul Watzlawick, John Weakland und Richard Fisch in ihrem gewichtigen Bändchen namens *Lösungen* beschrieben haben. Als Utopiesyndrom diagnostizierten sie die Unterdrückung kleinmütigen Zweifels an der einmal erkannten Wahrheit, die selbstauferlegte Verpflichtung, für die Wahrheit zu missionieren, den Glauben in ihre Überzeugungskraft auf jedermann sowie das darauf gegründete und unbeirrbar angesteuerte Ziel einer entsündigten Welt. Dass es Mängel, Niederlagen, Verirrungen und Perversionen gibt, die den endlosen Weg zur Utopie säumen, wird nur als die Schuld derjenigen gedeutet, die sich der Wahrheit dumpf verschließen oder sich ihr feindselig in den Weg stellen. Wenn die auf der einzigen Wahrheit gegründeten politischen Strategien versagen, so ist die Ursache dafür nicht in der Prämisse zu sehen, sondern in der Widrigkeit äußerer Faktoren oder in der individuellen Unzulänglichkeit der betreffenden »Missionare«. Die Prämisse selbst bleibt davon unangetastet.

Ich kannte die Veröffentlichung über das Utopiesyndrom nicht, als ich im Frühjahr 1990 den Versuch unternahm, in einem Buch den Untergang der DDR und seine Ursachen aus meiner Sicht zu beschreiben. Ein Jahr später schickte mir ein freundlicher Leser meines Buches besagte Veröffentlichung zu. Ich empfand es als spannend, aber auch als bedrückend und beschämend, dass Wissenschaftler längst unsere Guru-Komplexe beschrieben und klassifiziert hatten, als wir noch blind auf unserem Holzweg voranschritten.

In dem Kapitel, in dem ich über meine Tätigkeit als Berliner Parteisekretär schrieb, die ich mit der Illusion begonnen hatte, unserer Sache noch sinnvoller zu dienen als als Journalist, stelle ich fest: »Der Mechanismus der Selbsttäuschung funktionierte eben störungsfrei. Er unterschied auf irrationale Weise zwischen dem Ganzen und seinen Teilen. Das System war und blieb gut, mochten auch seine Elemente dem widersprechen. Das System beanspruchte, die gesellschaftliche Wahrheit und Vernunft zu verkörpern. Deshalb mussten wir einen Journalismus der Notlügen praktizieren.

Wir verfügten über die bessere Ökonomie, auch wenn die Produktivitätslücke zum Westen größer wurde. Wir waren demokratischer, aber Andersdenken war im Ursinn des Wortes verpönt. Wir waren das System der Freiheit – hatten wir nicht die knechtende Ausbeutung abgeschafft? Unsere Freiheit war jedoch nur mit einem Heer an Staatssicherheit zu bewahren.«

Aber es kann doch nicht sein, dass Sie an diesem System nichts für verbesserungswürdig hielten?

Nur sehr bedingt. Selbst wer kritisch und weniger dogmatisch gesinnt war in der Führung, konnte und wollte lediglich gelten lassen, dass Bestandteile des Systems veränderungs- oder verbesserungsbedürftig waren, nicht aber das System an sich. Der Umkehrschluss, dass an der Grundkonstruktion des Automaten etwas nicht stimmen könnte, wenn er schadhafte Produkte auswirft, war nicht zugelassen. Unser System war die Projektion der Vollkommenheit, ein Ideal. Aber Idealen – so beruhigten wir uns selbst – nähert man sich nur via Unvollkommenheit. Es war das selbstverliebte Beharren in der Utopie, das uns nach dem Sturz Honeckers zumindest anfänglich glauben ließ, wir könnten aus dem ruinierten Balg doch noch einen sozialistischen Phoenix zaubern.

Wann begann dieses Weltbild zu bröckeln?

Erst nach dem faktischen Zusammenbruch der SED, vom Beginn des Jahres 1990 an. Es war eine Zeit tiefer Depression. Dennoch im Gefühl einer frisch erworbenen, wenngleich noch unsicheren geistigen Unabhängigkeit näherte ich mich der verbotenen Literatur. Nichts hat mich so angerührt wie Arthur Koestlers Buch *Sonnenfinsternis*[3], weil

3 Arthur Koestler, *Sonnenfinsternis*. Wien/Zürich 1991.

es dem Autor in diesem Roman gelungen ist, den verhängnisvollen Messianismus der marxistisch-stalinistischen Idee und seine unmenschliche Konsequenz, sozusagen im Namen einer ökonomisch gegründeten Humanität, atemberaubend vorzuführen. Koestler beschreibt exemplarisch das Schicksal eines kommunistischen Führers, den die Räson der neuen Gottheit, der sozialen Vernunft, mit ihrer diabolischen Dialektik dazu bringt, unmenschlich gegen andere und schließlich gegen sich selbst zu sein. Eine Stelle im Roman, die ich gleich zitieren werde, erhellt das Dilemma sehr anschaulich, aber auch die zynische, menschenverachtende Vorgehensweise von Weltverbesserern, denen das Experiment alles, aber der Mensch, dem es dienen sollte, nichts bedeutet. Jener Spitzenfunktionär, der sich schließlich, obwohl unschuldig, dazu bekennt, ein Agent zu sein, und erschossen wird, erliegt den Argumenten seines Verhörers. Dieser suggeriert ihm als *advocatus diaboli,* dass das falsche Schuldbekenntnis der höchste Dienst an der Partei sei, indem es die Wachsamkeit der Massen gegenüber feindlichen Agenten schärfen helfe. Kann man sich einen besseren feindlichen Agenten vorstellen als einen treuen hohen Parteifunktionär, der bereit ist, auf Geheiß der Partei – Koestler hatte Stalin im Visier – diese Rolle freiwillig zu spielen?

Im Roman heißt es: »›Ich hasse ideologische Unklarheit‹, fuhr Iwanow [der Untersuchungsrichter] fort, ›im Grunde gibt es nur zwei mögliche Theorien der Moral, und sie verhalten sich wie entgegengesetzte Pole. Die eine ist christlich-humanistisch, erklärt das Individuum für sakrosankt und behauptet, dass mathematische Regeln nicht auf menschliche Einheiten anwendbar sind. Die andere geht von dem Grundprinzip aus, dass das Kollektivziel alle Mittel heiligt, und erlaubt nicht nur, sondern gebietet, dass das Individuum in jeder Hinsicht der Gemeinschaft unterstellt und wenn nötig geopfert wird, als Versuchskaninchen, als Opferlamm und auf jede andere erforderliche Art. Die erste Auffassung können wir die Antivivisektionsmoral nennen, die zweite die Provivisektionsmoral. Wirrköpfe und Dilettanten versuchen stets, die beiden Auffassungen irgendwie zu vereinbaren; in praxi ist dies unmöglich. Wem Macht und Verantwortung aufgebürdet sind, der entdeckt bei der ersten Gelegenheit, wenn es eine praktische Entscheidung zu treffen gilt, dass er zu wählen hat, und die Logik der Ereignisse treibt ihn unaufhaltsam der zweiten Alternative zu.‹«

Das sozialistische Verheißungsmodell will sich nicht an Korrekturen verschwenden, sondern es soll sich durchsetzen. Fehler, Disproportionen und Rhythmusstörungen, gegen die das Retortenkonzept nicht gefeit ist, rufen Kritik und Ablehnung bei der Bevölkerung hervor. Da die Verheißung vollkommen zu sein hat und prinzipiell dem kapitalistischen Gesellschaftsentwurf überlegen ist, bedeutet das Eingeständnis von Unzulänglichkeiten oder Fehlern, auf die Überlegenheit zu verzichten. Deshalb kann sich das System nicht berichtigen, sondern die Menschen, die es nicht akzeptieren, müssen zur richtigen Räson gebracht werden. Durch Indoktrination, ideologisch und administrativ betrieben, sollten Kritik und Experimentierfreudigkeit abgetötet werden. Das Unheil kam aus der selbsternannten Heilsbringerschaft, mit der wir uns in der Partei ausgestattet hatten. Hier war in unserem etatistischen Sozialismusversuch die eigentliche Quelle der Repression. Es war ein Versuch, der scheiterte, weil er den Menschen das »Versuchen« abgewöhnen wollte.

Die Anmaßung war unser Verhängnis. Sie gipfelte in jenem einfachen Satz des Staatssicherheitsministers Erich Mielke vor der Volkskammer, als die Tage der SED gezählt waren, der da lautete: »Ich liebe euch alle.« Es macht die Phrase nur schrecklicher, dass sie nicht zynisch gemeint war. Ich liebe euch alle – deshalb muss ich euch züchtigen, lässt sich der Satz weiterdenken. Und: Deshalb müssen wir euch schützen vor euch selbst, in Gewahrsam nehmen vor euch selbst, Gewehrläufe auf euch richten lassen, wenn ihr undankbar dem Glück entfliehen wollt, das wir euch zugedacht haben.

Ein bekanntes Gedicht von Bertolt Brecht kommt mir wie

die hymnische Übersetzung dieser fundamentalistischen Logik vor[4]:

»Die Maßnahme

Wer für den Kommunismus kämpft,
Der muss kämpfen können und nicht kämpfen
Die Wahrheit sagen und die Wahrheit nicht sagen
Dienste erweisen und Dienste verweigern
Versprechen halten und Versprechen nicht halten
Sich in Gefahr begeben und die Gefahr vermeiden
Kenntlich sein und unkenntlich sein.

Wer für den Kommunismus kämpft,
Hat von allen Tugenden nur eine – dass er für den Kommunismus kämpft.

Mit wem säße der Rechtliche nicht zusammen, dem Recht zu helfen?
Welche Medizin schmeckte zu schlecht dem Sterbenden?
Welche Niedrigkeiten begingest Du nicht, die Niedrigkeit auszutilgen?
Könntest Du die Welt verändern, wofür wärest Du Dir zu gut?
Wer bist Du –
Versinke in Schmerz, umarme den Schlächter –
Aber ändere die Welt: Sie braucht es!«

Wie sah Ihr Weg der Erkenntnis aus?

Im deutschen Schicksalsjahr 1989 war ich, wie Sie wissen, ein Mitglied des SED-Politbüros, also jener politischen Allmachtsinstanz, die in kommunistischen Parteien und Staaten als oberste Zweifelsaustreiber den Zweifel der Menschen in

4 Bertolt Brecht, *Die Maßnahme*. Frankfurt am Main 1998.

ihre sogenannte historische Mission so massenhaft schürten, dass sie schließlich zum Teufel gejagt wurden. Mangels besserer Einsicht bin ich nicht couragiert vom fahrenden Zug gesprungen, der schon seit 1917 in die falsche Richtung ratterte. Lediglich in den letzten Minuten vor dem Aufprall habe ich eine Art Notbremsung versucht: Der Lokomotivführer wurde zwar paralysiert, aber von den Schienen kamen wir nicht mehr herunter. Erst nach der Katastrophe, nach der Verstoßung aus dem roten Orden, lockerten sich die Denkfesseln, bis sie schließlich fielen. Ich bin also ein Konvertit oder Renegat *post festum*.

Nach dem Sturz des Kommunismus gab es die unterschiedlichsten Formationen, von den Altersstarrsinnigen oder Unbußfertigen – wie Erich Honecker oder Kurt Hager, die noch 1990 ihren Eintritt in eine nachgelassene Sekte namens KPD erklärt hatten, die ihre Verbohrtheit als Standfestigkeit und Prinzipientreue verklärt – bis hin zu den Seiltänzern eines politischen Alltagsrealismus, die eine schonungslose Bestandsaufnahme ihrer Denkfehler scheuen, oder jenen, die in einer trotzigen DDR-Nostalgie Rechtfertigung und Trost angesichts einer negativen Lebensbilanz suchen. Es gibt verschwindend wenige, die eine radikale Auseinandersetzung mit ihrer Vergangenheit und einstigen ideologischen Verblendung riskieren. Gewiss ist eine solche Abrechnung heute nicht mehr lebensgefährlich wie noch vor 1989. Aber noch immer ruft sie Wut und Hass bei denjenigen hervor, die in der Unbelehrbarkeit verharren. Wer genauer hinsieht, meint darin Selbsthass zu erkennen, der sich abzureagieren sucht. Ich verkörpere auf meine Weise das kommunistische Dilemma, das der amerikanische Publizist Melvin J. Lasky in seinem Buch *Utopie und Revolution* mit dem Weg von der Utopie über die Revolution zum Dogma und letztendlich zur Häresie – zur Ketzerei – beschrieben hat.

Wenn ich meinen eigenen Weg der Erkenntnis betrachte, stoße ich auf Merkwürdiges: Es waren nicht die hellsichtigen Köpfe, die dem dogmatischen Kommunismus die Gefolgschaft verweigert hatten, die Abtrünnigen wie Fritz Schenk, die mutigen Ketzer, die Leute wie mich beeinflusst oder beirrt hätten – zumindest in einer Zeit, als Kommunisten ziemlich unbeschwert an ihre Zukunftsoption glauben konnten. Im Gegenteil: Auf eine indoktrinierte Gruppe wirkt der Ketzerglauben bestärkend, fanatisierend. Die Stigmatisierung des freien Denkens in den eigenen Reihen befriedigt ja in der kommunistischen Bewegung nicht nur das unnatürlich starke Bedürfnis nach geistigem Selbstschutz. Verketzerung war auch das Mittel, um eine permanente Gefährdung der Idee und der Sache zu suggerieren. So waren die auf reinen Erfindungen beruhenden Schauprozesse in Moskau in den dreißiger Jahren sowie Ende der vierziger in den Ostblockländern darauf gerichtet, die These von der Verschärfung des Klassenkampfes zu rechtfertigen und das einzelne Parteimitglied zu besinnungsloser Akzeptanz des Stalin'schen Terrors und Despotismus zu nötigen. Ich erinnere mich, wie die angeblichen Schandtaten von Rajk in Ungarn, Kostoff in Bulgarien, Slánský in der Tschechoslowakei und der erlogene Umstand, dass die Beschuldigten im Zentrum der Macht ihr Verräterunwesen treiben konnten, uns erschauern und doppelte und dreifache Wachsamkeit geloben ließen.

Wer uns – natürlich aus spießigem Kleinmut oder intellektueller Borniertheit – den Rücken kehrte, wurde automatisch zum Judas, zum Achtgroschenjungen des großen Feindes, der unseren die Menschheit erlösenden Auftrag hintertreiben wollte. So kam es zu einer absoluten Verweigerung der Kenntnisnahme von kommunismuskritischer Literatur.

Aber immerhin hat ein Kommunist namens Gorbatschow in dieser hermetischen Atmosphäre Reformen versucht.

Ja, aber auch er hat in der Spätphase des monozentristischen Kommunismus keine wesentlich andere Denkhaltung innerhalb der Bewegung hervorgebracht. Angesichts zunehmender Krisenerscheinungen in den kommunistischen Ländern war die Hoffnung auf Reformen, die Gorbatschow anfangs wagemutig eingeleitet hatte, eher ein Grund, an den kommunistischen Fiktionen festzuhalten. Reformen versprachen eine Verbesserung der Situation in der zunehmend von Widersprüchen geplagten realsozialistischen Gesellschaft. So blieb der Irrglaube an die Lebensfähigkeit der kommunistischen Gesellschaftskonstruktionen bis zum bitteren Ende erhalten, auch in den Köpfen der geistig beweglicheren Funktionäre. Gorbatschow liefert dafür selbst ein Beispiel.

Wie war das bei Ihnen? Hat Gorbatschow Risse in Ihrem Weltbild erzeugt?

Abgesehen von den unvorhergesehenen epochalen Veränderungen, die er auslöste, hat er bei mir nur den Aberglauben an einen besseren, lebensfähigen realen Sozialismus genährt. Auch bei mir musste mehreres zusammenkommen: erst das Zusammenbrechen der sozialistischen Strukturen der DDR noch vor ihrem politischen Ende, dann der Zerfall der Partei und schließlich der Fußtritt ihrer Restorganisation PDS – das alles setzte einen schmerzvollen geistigen Befreiungsprozess in Gang. Eine große Unsicherheit stellte sich zunächst ein. Selbst dann griff man noch nicht zu der Literatur, die so lange auf dem Index gestanden hatte. Am Anfang meines geistigen Wandels standen Gespräche, erstaunlicherweise Gespräche mit Journalisten der Bundesrepublik. Von den jähen und sich überschlagenden Veränderungen in der DDR des Jahres 1989 fasziniert, haben etliche von ihnen tagelang mit mir diskutiert, um diesen rapiden gesellschaftlichen Verfall besser verstehen zu können. Sie, Herr Sieren, gehörten dazu. Diese Gespräche öffneten bestimmte Schleusen.

Ein zweites Stimulans war meine bereits mehrfach erwähnte Publikation über das Ende der DDR. Ich bin dem Verlag heute noch dankbar dafür, denn das Schreiben war ein heilsamer Zwang, mich und mein Tun kritisch zu hinterfragen. Seither, das heißt seit dem Frühjahr 1990, bin ich dabei, meine großen Lesedefizite wettzumachen.

Ist die Rigorosität gegenüber dem System, dem Sie einst angehörten, mit den Jahren gewachsen oder schwächer geworden?

Ich bin kein objektivierender Historiker oder Wissenschaftler, ja, ich will gar kein aus vielen, auch gegensätzlichen Quellen schöpfender und wägender Geist sein. Mitunter geht mir das sogenannte objektivierende Gerede von Politastrologen oder Groß-Kolumnisten ziemlich auf den Docht, mit dem gerade heutzutage der rhetorische Bodengewinn der sogenannten Linken bedacht wird. Je mehr sich der Schleier der Zeit über die Ereignisse legt, oder je mehr gar die Gnade einer späten Geburt oder eines anderen Geburtsortes zur Milde verführt, desto weniger wollen mir jene eine entschiedene Tonlage über die rote Vergangenheit zugestehen.

Gehen Sie sich damit nicht manchmal selbst auf den Wecker?

(Lacht.) So ist das eben bei Proselyten, die bekanntlich die Schlimmsten sind. Sie sind es wohl deshalb, weil sie die Materie gut oder genau kennen, deren Verführung sie erlegen waren und die sie am Ende verstoßen hat. Daraus wächst dann der Antrieb, aufzudecken, wie die Entartung im marxistischen Weltdeutungsanspruch und Welterlöserwahn keimt: Das gescheiterte kommunistische Gesellschaftskonzept hat sich als Anmaßung eines falschen Denkens erwiesen, das zu geistiger Erstarrung führte. Daraus können wir für die Zukunft lernen: Der Mensch ist nie dagegen gefeit, den Erkenntnisgrad, zu dem er gelangt ist, zu überschätzen und zu generalisieren. Der Marxismus ist eine Ideengeburt des 19. Jahrhunderts. Was wusste Marx von IT, was wusste er vom nuklearen Overkill, der dem Antagonismus, der Intransigenz der inzwischen entstandenen Weltlager, die Dimension der Menschheitsvernichtung verlieh?

Dennoch ist es interessant, sich den historischen Kontext

zu vergegenwärtigen. Die sich vor nahezu zwei Jahrhunderten vollziehende erste industrielle Revolution erzeugte eine bis dahin nie gekannte Art und Dimension von Produktivität, aber auch von sozialer Konfrontation. Die Faszination, alles machen und steuern zu können, die Fabriken mit ihren rechtlosen Proletarierkohorten, mit ihren Dampfmaschinen, die Früh- oder Rohkapitalisten gehörten, mit ihren ratternden Transmissionen und bis dato nie gekannten Warenausstößen – das alles provozierte und nährte seinerzeit den Willen, sich auf das widersprüchliche Bild von Reichtum und Elend einen die Welt verändernden philosophischen Vers zu machen.

Die turbulenten Jahre nach der Französischen Revolution bis weit hinein in die erste Hälfte des 19. Jahrhunderts mit ihren revolutionären, liberal-freiheitlichen Aufwallungen gegen Feudalprivilegien und kleinstaatliche Hemmnisse mögen die Illusionen vom gewaltsamen Vom-Kopf-auf-die-Füße-Stellen der Gesellschaft und von einer sich wie ein Tsunami ausbreitenden weltweiten Erhebung des rechtlosen Bodensatzes beflügelt haben. Man gewinnt jedenfalls den Eindruck, wenn man in Marx-Biographien, wie beispielsweise in der von Francis Wheen, liest, wie Marx und sein Verschwörerhäuflein damals bei jedem sich irgendwo regenden sozialen Protest den unverzüglichen Ausbruch einer Weltrevolution zu wittern meinten. Die blieb zwar aus, aber mit dem *Kommunistischen Manifest* von 1848 brachte Marx die Vision zu Papier. Seine Philosophie wollten er und die darauf fußenden kommunistischen Parteien auf die Gesellschaft angewendet, vollstreckt wissen, unrevidierbar wie ein Gerichtsurteil der höchsten Instanz und ohne Rücksicht auf die materiellen, sozialen, politischen und sonstigen Veränderungen und Entwicklungen, deren permanenter Urheber der Mensch ist. Wir wollten die Utopie auf die Erde holen, aber wir haben sie nicht satteln können. Sie hat uns abgeworfen. Mehr: Sie hat uns verworfen.

4

Putsch in der Zone
Die Entstehung der DDR

Wie erschuf sich Moskau die DDR, seinen treuesten Spross?

Nach dem Zusammenbruch des Naziregimes war das von der Sowjetarmee besetzte Drittel Deutschlands vom ersten Augenblick an eine auf Dauer gesicherte Interessen- und Einflusssphäre des Sowjetkommunismus. Im Unterschied zu dem westlichen besetzten Teil Deutschlands, der Trizone, verfügte die Besatzungsmacht hier über einen Heimvorteil. Sie konnte sich auf ihresgleichen stützen, auf deutsche Kommunisten, die sich mit der sowjetischen Besatzungsmacht identifizierten. Weder die Amerikaner, die Engländer noch die Franzosen konnten sich auf demokratische Antinazikräfte stützen, die mit ihnen politisch übereingestimmt hätten – selbst nach der Phase der Entnazifizierung und bei zunehmender Wiedererlangung bundesdeutscher Souveränität.

Das hing mit der internationalistischen, ideologisch gegründeten Hierarchie der Kommunistischen Bewegung zusammen, die sich Moskau seit der russischen Oktoberrevolution als weltumspannendes Filialnetz geschaffen hatte. Die weltrevolutionären Voraussagen und Erwartungen von Marx und Trotzki hatten sich als unzutreffende Prophetie herausgestellt. Der globale Nachhall der russischen Revolution war ausgeblieben. In den dominanten Industriestaaten wartete das Proletariat nicht auf die Revolution. Nicht einmal im kriegsgebeutelten Deutschland reichten die proletarischen

Energien dafür. Dank inzwischen erkämpfter sozialdemokratischer und gewerkschaftlicher Verbesserungen wartete das Proletariat dort schon in den fünfziger Jahren auf den Feierabend und auf die Rente.

Lenin zimmerte flugs eine Ersatzvariante, die auf den vorläufigen Sieg des Sozialismus in einem Lande setzte. Russland als Revolutionsbasis sollte natürlich weiterhin jede Möglichkeit wahrnehmen, den staatlich etablierten Kommunismus auszuweiten. Sein zeitweiliges Paktieren mit Nazideutschland brachte Stalin Bodengewinn im Baltikum und die Annektierung des östlichen Polen ein. Bei der Niederschlagung des Naziregimes schuf dann der Rollenwechsel zum alliierten Bündnispartner des Westens die Möglichkeit, die Moskauer Einflusssphäre durch Bildung kommunistischer oder volksdemokratischer Satellitenstaaten zu vergrößern. Gründung und staatliche Formierung der DDR rollten straff nach der Stalin'schen Rezeptur als sozialistischer Vorposten im weltweiten Klassenkampf ab.

Das ging im Osten des kriegszerschundenen Deutschland nicht ohne deutsche Unterstützung. Wer half die Stalin'sche Rezeptur zu etablieren?

Als ergebener Gehilfe fungierte die Moskauer Emigranten-Fraktion der KPD unter Walter Ulbricht und Wilhelm Pieck. Sie leisteten nach Stalins Vorgaben die Vorarbeiten für die deutschen Nachkriegslösungen sowjetischer Machart, und zwar sowohl für eine Einheitsvariante, die mit dem missglückten Manöver der Stalinnote von 1952 aufgegeben wurde, wie für die folgende Zwei-Staaten-Variante. Die Führung der KPD setzte damit den stalinistischen Kurs fort, den sie schon Mitte der zwanziger Jahre unter Ernst Thälmann eingeschlagen hatte. Das Thälmann'sche ZK hatte sich als Sektion der Kommunistischen Internationale bei dem Machtkampf zwischen dem Politbüromitglied und Vorsitzenden der Kommunistischen Internationale Nikolai Iwanowitsch Bucharin und Stalin 1928 auf die Seite des Georgiers geschlagen und ohne Schwankungen seine Weisungen befolgt. Als der deutsche KP-Chef Thälmann im selben Jahr im Zusammenhang mit einem Korruptionsfall um den KP-Sekretär John Wittorf von sogenannten Parteirechten vorübergehend amtsentbunden wurde, annullierte Stalin diese Entscheidung. Damit war die Stalinisierung der deutschen Partei endgültig vollzogen.

Schon im Februar 1944 war eine zwanzigköpfige Arbeitskommission der KPD in Moskau damit befasst, Richtlinien für die Aufgaben in Deutschland nach dem Sieg über Hitler zu erarbeiten. Als die Gruppe Ulbricht im Mai 1945 in die sowjetische Besatzungszone eingeflogen wurde, zielte Moskau noch nicht auf eine Vereinigung von KPD und SPD. Der Kreml war sich sicher, dass ihre Protegés mit Unterstützung der Sowjetischen Militäradministration in Deutschland (SMAD) die ebenfalls wieder zugelassene SPD an die Wand spielen würden.

Wie konnten sie so sicher sein, dass die KPD so schnell eine dominante Rolle spielen würde?

In der Parteienlandschaft, die sich ab Juni 1945 in Berlin und in der sowjetischen Zone entwickelte, gab es von Anfang an keine Chancengleichheit: Die Sowjets förderten gezielt die KPD mit allem, was für eine Partei im Nachkriegsdeutschland eine ungeheuer große Rolle spielte: mit Büroräumen, mit Wohnungen, mit Möbeln, mit Lebensmitteln, mit Telefon, mit Autos, Benzin und – ganz besonders wichtig – mit Papier. Natürlich auch mit Geld. Die anderen Parteien konnten dagegen nur auf die Solidarität und das persönliche Engagement ihrer ausgehungerten, oft in Trümmern hausenden Mitglieder und Funktionäre setzen. Aus den Berichten des Narodnyi Kommissariat Wnutrennich Djel (NKWD), wie das sowjetische Innenministerium damals hieß, die Stalin und dem Moskauer Politbüro zugingen, wurde jedoch bald klar, dass die Arbeiterschaft in der sowjetischen Zone und in

Berlin der Sozialdemokratie zugetan war und dass die Kommunisten, auch verschrien als die eilfertigen Helfer der Besatzungsmacht, bei der Mehrheit der Bevölkerung keine Chance hatten. Angesichts der bevorstehenden ersten Kommunalwahl drohten den deutschen Gehilfen die Felle wegzuschwimmen. Moskau entschied sich nun für einen Kurswechsel. Die Vereinigung von SPD und KPD mittels Zwangsvollstreckung wurde auf die Tagesordnung gesetzt.

Zusätzlich zur bereits vorhandenen Ungleichbehandlung gegenüber der KPD erschwerte die SMAD der SPD fortan die Partei- und Mitgliederarbeit. Zum Beispiel mussten sie Versammlungen genehmigen lassen. Zugleich galt weiterhin die Taktik von Zuckerbrot und Peitsche. Dadurch gelang es der SMAD zunehmend, die SPD zu entzweien. Einzelne Vergünstigungen, Festnahmen, Drohungen sowie Gespräche unter vier Augen zwischen SPD-Führern und SMAD-Offizieren verstärkten den Druck von oben. Ein SPD-Funktionär erhielt ein Auto, ein anderer wurde festgenommen.

Diese Praktiken deuten darauf hin, dass die sowjetische Militäradministration aufs Engste mit dem sowjetischen Geheimdienst verflochten war. 1945 war der Chef des Volkskommissariats für Staatssicherheit (NKGB) Iwan Serow zum Stellvertreter für die Fragen der Zivilverwaltung beim obersten Chef der SMAD, Marschall Schukow, ernannt worden. Serow, ein verdienter und versierter Scherge, hatte schon die Deportation Tausender Bürger der baltischen Staaten nach Sibirien organisiert. Zuvor war er an der Deportation der Wolgadeutschen, der Tschetschenen und anderer nordkaukasischer Völker beteiligt. Während des Vormarsches der Roten Armee auf polnisches Gebiet sicherten Serows Einheiten die Niederschlagung des nationalpolnischen Widerstandes.

Über die Tätigkeit des sowjetischen Geheimdienstes in der SBZ schreibt der ehemalige Mitarbeiter der SMAD Michail Semiryaga in seinen Erinnerungen: »Ich (kann) bestätigen, dass sie nicht nur auf den Kampf gegen reale Gegner, wie etwa illegale neonazistische Gruppen, ausgerichtet war. Mit mehr Energie machten die sowjetischen Tschekisten auch

Jagd auf eingebildete Feinde. Die Untergebenen des Generals Serow und seiner Nachfolger suchten überall Trotzkisten, Schumacher-Leute, bürgerliche Nationalisten und später dann auch Tito-Anhänger. Wenn sie solche fanden, wurden sie den verschiedensten Repressionen bis hin zur Erschießung unterworfen, wie das auch in anderen osteuropäischen Ländern geschah.«[5]

Iwan Serow entschied sich aber auch aus Gründen der Stabilitätssicherung dafür, sogar Nazis in ihren Positionen zu lassen. Wie wurde damit in der frühen DDR umgegangen?

In besonderen Fällen konnte auch ein Nazi für das Regime instrumentalisiert werden, das die Sowjets in Ostdeutschland vorbereiteten – allerdings nur auf Zeit. Ein Beispiel dafür ist der ehemalige Außenminister der DDR, Georg Dertinger. Er hatte als Journalist in den Diensten der Nazipropaganda gestanden und war Mitglied der Ost-CDU geworden. Seine Vergangenheit wusste Dertinger zu nutzen. Das NKWD sah in ihm einen geeigneten Zuträger für Informationen aus der Bundesrepublik in der Annahme, dass dort Altnazis noch über gewisse Einflüsse verfügten. Dertinger traute den ursprünglichen Beteuerungen der Sowjets zur Wiedervereinigung. Er hielt die DDR für ein Provisorium und meinte mit seinem Amt auf eine mögliche Einheit der beiden deutschen Staaten hinzuarbeiten. Nach der Stalinnote von 1952 begrub Moskau seine Pläne für ein neutralisiertes Gesamtdeutschland, ordnete den Übergang zum Sozialismus in der DDR an und gab Dertinger zum Abschuss frei. Im Januar 1953 wurde er nun für seine zuvor befohlenen und genutzten Westkontakte der Spionage für den Westen beschuldigt und schließlich zu fünfzehn Jahren Zuchthaus verurteilt.

---

5 In: *Hallesche Beiträge zur Zeitgeschichte*, Halle 2008/Heft 1.

Wie stand es um SPD-Mitglieder und Kommunisten, die sich den neuen Spielregeln nicht beugen wollten?

Bis Anfang der fünfziger Jahre wurden viele dieser widerständigen Kommunisten nach fadenscheinigen Anklagen teils von sowjetischen Militärgerichten, teils von der SED-Justiz zu hohen Zuchthausstrafen verurteilt. Die Sozialdemokraten aus der SBZ, die sich der Vereinigung mit der KPD widersetzten und ihre Kontakte zur SPD in den Westzonen nicht abreißen ließen, gingen mit großem Mut das gleiche hohe Risiko ein. Im Verlauf der absoluten Stalinisierung der SED zur »Partei des Neuen Typus« nahm auch die Verfolgung der Sozialdemokraten an Intensität zu. In einem Brief des »Freundeskreises ehemaliger politischer Häftlinge aus den Reihen der Sozialdemokratischen Partei Deutschlands« vom 31. März 1971 an das Zentralkomitee der SED heißt es: Es waren »mehr als fünftausend Mitglieder und Funktionäre der deutschen Arbeiterbewegung«, die »lange Jahre in menschenunwürdiger Haft ihrer Freiheit beraubt« wurden. »Über vierhundert von ihnen sind dabei umgekommen.« Auch hier teilten sich Besatzungsmacht und SED die Arbeit. Um die Öffentlichkeit zu täuschen, wurde ein Großteil der zähmungsunwilligen Sozialdemokraten von sowjetischen Militärtribunalen und nicht von DDR-Gerichten verurteilt. Die SED sollte frei von jeglicher Verantwortung für diese Prozesse erscheinen.

Wie gingen die deutschen Kommunisten mit solchen Praktiken um?

Sie waren ja letztlich zu ihrem Vorteil. Deshalb hielten sie sich da raus. Außerdem diente diese Restriktion, dieses Unrecht, ihrem eigenen Vorrang in der »Zone«, später in der DDR. Die deutschen Kommunisten neigten außerdem nicht zu nationaler Aufmüpfigkeit oder Abweichlertum wie unter Tito in Jugoslawien. Sie waren mit einem Schuldkomplex beladen: Sie hatten – als direkte Nachfahren von Marx und Engels – im hochkapitalistischen Deutschland nicht das zuwege gebracht, was den Bolschewiki unter völlig untypischen Voraussetzungen gelungen war: die soziale Revolution, oder genauer, ihren sozialen Putsch in einem agrarisch und feudal geprägten Land. Ein weiteres, noch sträflicheres Versagen bestand darin, dass sie nicht hatten verhindern können, dass das Land der kommunistischen Urväter zur Beute des Faschismus wurde. Am unverzeihlichsten aber war es, dass dieses Deutschland ausgerechnet das rote Russland, das Vaterland der Werktätigen, überfallen hatte. Die revolutionäre Utopie hatte damit endlich an Macht gewonnen – die Sowjetunion verhieß den proletarischen Massen eine progressive Veränderung der Welt und mobilisierte sie so für den Kampf gegen das Kapital.

Die deutschen Kommunisten waren also besonders beflissen?

Das kann man so sagen. Hinter der besonderen Beflissenheit der SED, sowjetische Befehle und Wünsche zu befolgen, steckte das Gefühl, diesen Schuldkomplex abtragen zu müssen. Egal, ob die Anweisungen in der Frühzeit nach 1945 von den Offizieren der SMA, später vom Hohen Kommissar und danach vom Botschafter oder von der Moskauer Zentrale direkt kamen – der inzwischen gereifte Bundesgenosse blieb stets auch der suspekte Abhängige.

Das Schuldgefühl hat doch sicher mit der Zeit abgenommen?

Selbst wenn das Schuldgefühl sich etwas verflüchtigte, erhöhte sich der Spielraum der DDR kaum. Die DDR-Kommunisten waren für die Sowjets nie ganz unverdächtig. Die deutsche Teilung bot einerseits einen großen Vorteil, da durch das Spiel mit der nationalen Hoffnung der Westdeutschen politischer Einfluss auf das Nato-Mitglied Bundesrepublik genommen werden konnte. Aber die einerseits nützliche historische und ethnische Klammer zwischen den beiden Teilstaaten ließ Moskau andererseits stets ein wachsames Auge auf die deutsch-deutschen Beziehungen haben. Es konnte ja sein, dass die »Fritze« – diese Bezeichnung war in Moskau nicht nur auf die Westdeutschen, sondern im internen Sprachgebrauch auch auf die Ostdeutschen in der DDR gemünzt – sich auf den Pfad unzulässiger Gemeinsamkeiten begaben.

Konnte diese Verdächtigkeit auch hochrangige Parteifunktionäre in der DDR ereilen?

Durchaus. Selbst Walter Ulbricht fiel gegen Ende seiner Ära in Ungnade, wenn auch auf besondere Art. Zuvor musste er nur eine Krise überleben, die ihn allerdings fast das Portepee gekostet hätte, nämlich den Aufstand vom 17. Juni. Der sowjetische Geheimdienstchef Lawrentij Pawlowitsch Berija und DDR-Stasichef Wilhelm Zaisser wollten Ulbricht damals entmachten. Doch durch Berijas Exekution blieb der Spitzbart weiter mächtigster Statthalter Moskaus in der nachstalinistischen DDR und stand Seite an Seite mit Chruschtschow – beide waren Altstalinisten und vielleicht auch beide froh, dass sie nach Stalins Ableben dem Terror entronnen waren, dessen sie sich selbst bedient hatten.

Doch langfristig gesichert war seine Position dennoch nicht?

Ende der sechziger Jahre spitzte sich die Lage für Ulbricht wiederum zu. In Moskau hatte inzwischen Breschnew den Kreml-Thron bestiegen. Ulbricht machte sich in Moskau unbeliebt durch allerlei Thesen: Er erfand die Theorie vom Sozialismus als einer relativ selbständigen Periode. Die sowjetischen Ideologen sahen hingegen die UdSSR schon halb im Kommunismus und in absehbarer Zeit vollends in den Gefilden, wo jeder nach seinen Fähigkeiten tätig sein und jeder nach seinen Bedürfnissen leben würde. Die Ulbricht'sche Theorie war aber auch suspekt, weil sie das Vorbild Sowjetunion in den Hintergrund schob und die Bruderländer zu einer relativ selbständigen Politik verleitete. Außerdem irritierte Ulbricht seine sowjetischen Partner mit ständigen Hinweisen auf das effiziente Wirtschaftssystem, das er seit einigen Jahren in der DDR etabliert hatte. Das Neue ökonomisches System der Planung und Leitung der Volkswirtschaft (NÖSPL) mit seiner Verquickung von ökonomischen Hebeln und Elementen der Ur-Kybernetik wurde als eine indirekte Kritik an den schwerfälligen ökonomischen Strukturen der Sowjetunion empfunden. Dabei konnte auch das NÖSPL die Mangelwirtschaft der DDR-Wirtschaft nicht beheben.

Und Honecker nutzte die Missstimmung gegen Ulbricht, um sich in den Vordergrund zu spielen …

… mehr noch: Honecker sah seine Chance auf die Nachfolge Ulbrichts steigen. Während einer Begegnung in der Sowjetunion im Sommer 1970 stieß er bei Breschnew auf Zustimmung, als er auf die Ablösung Ulbrichts anspielte. Die KPdSU-Führung empfahl die gemäßigte Variante: Honecker sollte Generalsekretär werden und Ulbricht Staatsratsvorsitzender bleiben. Dem künftigen ersten Mann der DDR wurde jedoch eine unmissverständliche Warnung mit auf den Weg gegeben: Man solle in der DDR jegliche Überheblichkeit gegenüber anderen sozialistischen Ländern ablegen. Außerdem mahnte Breschnew, nie zu vergessen, dass die DDR »ein Kind der Sowjetunion« sei. Honecker begriff, dass von ihm unbedingte Gefolgschaftstreue erwartet wurde.

Warum wurde Ulbricht nicht einfach in Ungnade entlassen und ersetzt?

Breschnew war für den Personenwechsel in der Spitze der SED. Aber der Übergang musste glatt und geordnet erscheinen und durfte keinen Gedanken an Usurpation aufkommen lassen. Sonst hätte das ja die guten Sitten in den anderen sozialistischen Ländern verderben, zu Eigenmächtigkeiten verleiten und das sowjetische Prärogativ beeinträchtigen können. Genauso wenig sollte die Entmachtung Chruschtschows durch Breschnew als Muster dienen – das hätte womöglich eine spätere Entmachtung Breschnews als einen gefährlich normalen Vorgang erscheinen lassen. Die Tendenz zum Personenkult ließ jede Veränderung einmal etablierter Machtverhältnisse zu einer delikaten Angelegenheit werden.

Ende Januar 1971 besiegelte ein von Honecker inspirierter und von dreizehn Mitgliedern des Politbüros unterschriebener Brief an Breschnew Ulbrichts Schicksal. »Es tritt immer stärker hervor«, hieß es darin, »dass Genosse Walter Ulbricht, von dem Gefühl seiner Unfehlbarkeit geleitet, für kommende Jahrzehnte, bis zum Jahr 2000 politische und andere Prognosen vorlegt, die sich keine andere Partei der sozialistischen Staatengemeinschaft stellt. Aus vielen Bemerkungen und manchem Auftreten geht hervor, dass sich Genosse Walter Ulbricht gern auf einer Stufe mit Marx, Engels und Lenin sieht ... Seine Haltung gipfelte in einer Behauptung im Politbüro, dass er ›unwiederholbar‹ sei. Die übertriebene Einschätzung seiner Person überträgt er auch auf die DDR, die er immer wieder in eine ›Modell-‹ und ›Lehrmeisterrolle‹ hineinmanövrieren will.« Das Politbüro des ZK der KPdSU wurde gebeten, »uns bei der Lösung dieser komplizierten Frage zu helfen«.

Nach dem Beschwerdebrief an Breschnew dauerte es noch drei Monate, bis die Probleme im Politbüro auf Kosten Ulbrichts gelöst waren. Im Mai 1971 wählte das ZK der SED Honecker zum neuen Ersten Sekretär der Partei. Ulbricht wurde noch für kurze Zeit auf den bedeutungslosen Platz eines Ehren-Vorsitzenden der SED gerückt, statt dem Staatsrat zu präsidieren. Er verkraftete den Machtverlust nicht lange und segnete zwei Jahre später das Zeitliche.

Sie haben über persönliche Macht und Machtansprüche gesprochen. Welche Funktion hatte die führende Rolle der Partei in der DDR?

Die führende Rolle postulierte die autoritäre Vorherrschaft der Partei der Arbeiterklasse. Die Partei war streng hierarchisch organisiert. Ihr inneres Regulativ, den Demokratischen Zentralismus, hatten Marx und Engels schon 1848 für den Bund der Kommunisten definiert. Dieses Prinzip war auf das Gebot zur Disziplin innerhalb eines verfolgten Geheimbundes zugeschnitten. Wenn es, wie im Falle der SED, mit sächsisch-preußischer Pingeligkeit angewendet wurde, obsiegte ein Zentralismus mit extrem bürokratischen Folgen.

Wie war denn die SED organisiert?

An der Spitze der Partei stand das Zentralkomitee. Formell wählte es aus seiner Mitte das Politbüro, das man als eine Art Illuminatenorden bezeichnen könnte. Tatsächlich bestimmte jedoch der Generalsekretär nur seine Protegés zu Mitgliedern des Konsortiums. Er wiederum hatte als oberster Wächter und Richter der ideologischen Reinheit mit Härte und Eindeutigkeit die geschlossene Identität der Partei zu verkörpern. Wenn er auch nur im Ansatz die Bildung von Fraktionen zugelassen hätte, dann hätte er sich als Schwächling disqualifiziert. Damit wurde die Konsequenz aus früheren innerparteilichen Richtungskämpfen gezogen, die die revolutionäre Zielgerichtetheit der Partei geschwächt hatten. Bis zur Ära Tschernenko jedoch musste der Generalsekretär im Vorfeld zuallererst seine absolute Loyalität zur Moskauer Zentrale beweisen. Selbst zu Gorbatschows Zeiten war die Botmäßigkeit der Satelliten-Generalsekretäre nur etwas gelockert worden.

Der Generalsekretär der Partei in einem Bruderland wiederum musste jede Veränderung im Politbüro und die Besetzung anderer zentraler Parteiinstanzen vom DDR-Sektor der internationalen Abteilung des sowjetischen ZK absegnen lassen. Dazu gehörte beispielsweise selbst die Besetzung des Chefredakteurspostens des *Neuen Deutschland*.

Und im Politbüro wurde dann die Politik gemacht?

Die Beschlüsse des Politbüros galten als direkte, situationsbezogene Weiterentwicklung der kommunistischen Theorie und mussten von allen Parteimitgliedern willig befolgt werden. Es war gegen den kritischen Einspruch von Parteimitgliedern faktisch immun. Jegliches Nachdenken oder Diskutieren über Alternativen, ob von Gruppen oder von Einzelnen, galt als parteiwidrig und wurde als der Versuch gewertet, Plattformen in der Partei aufzubauen, um die Zentralgewalt zu untergraben. Die entsprechenden Etiketten lauteten »kleinbürgerliche« oder »sozialdemokratische Abweichungen«, »Schützenhilfe für den Klassenfeind« oder »Angriffe auf die Einheit und Reinheit der Partei«.

Das Politbüro, das aus 26 Mitgliedern und einigen nicht stimmberechtigten Kandidaten, also Beisitzern, bestand, und das ZK, das rund 200 Mitglieder zählte, thronten über dem Parteiapparat. Er umfasste die Parteibürokratie mit der Nomenklatura, den hauptamtlichen Sekretären, Instrukteuren und Mitarbeitern, die allesamt auf die Zentrale eingeschworen waren. Aus den Berufsrevolutionären von einst war eine Beamtenhierarchie geworden, die von den mittleren und kleinen Funktionären Aktivismus, Prinzipientreue und Gläubigkeit einforderte. Ganz unten schließlich bildeten die Parteimitglieder gemäß der von Lenin geforderten Hingabe die »Rädchen und Schräubchen« im großen Mechanismus der Partei.

Die führende Rolle der Partei bestand also darin, der marxistische Vorbeter der Nation zu sein?

Vorbeter? Das auch, aber in erster Linie Sachwalter der Macht. Zur führenden Rolle der Partei gehörte es, alle Bereiche der Gesellschaft lückenlos zu kontrollieren. Das hieß, dass die Partei mit dem Staatsapparat und der Wirtschaft verflochten war, mit den Gewerkschaften und anderen Massenorganisationen, aber auch mit der Armee und der Polizei. Überall waren die Mitglieder der Partei eingebaut. Der Sicherheitsapparat wurde ohnehin von Anfang an unmittelbar vom Generalsekretär betreut. So durchdrang der bürokratische Zentralismus den Staatsapparat. Er prägte beispielsweise das Planungssystem und die Kommandostrukturen der Volkswirtschaft, und mit der Konstruktion einer »Nationalen Front« sicherte die SED ihren Einfluss auf die anderen Parteien und auf die Massenorganisationen. Sie verfügte selbst in den Verbandsvorständen der Schriftsteller und Künstler über die Mehrheit. Außerdem steuerte sie mit ihrer Kaderpolitik die Medien. Das Resultat war eine totale Beherrschung von Staat und Gesellschaft durch die Partei. Die vorgeschaltete Optik einer Mehr-Parteien-Landschaft konnte das mehr schlecht als recht verschleiern.

Wie deckte die Partei die Kluft ab zwischen der Realität in der DDR und der Marx'schen Prognose?

Da der Weg durch die Ebene steinig war und sich am Horizont verlor, schoben wir Kommunisten die sogenannte Machtfrage als eine ideologische Zwischeninstanz vor das Endziel. Eroberung und Sicherung der Macht galten, wie gesagt, als Grundvoraussetzung für die Errichtung der sozialistischen Gesellschaft: Die Alleinherrschaft der kommunistischen Avantgarde durchdrang alle gesellschaftlichen Sphären, von der Kunst bis hin zum Kindergarten, sie sollte in einer Art ideologischer »Kommunion« als Wegweiser zum hehren Ziel in alle Hirne verpflanzt werden.

Und dieses Konstrukt half, Anspruch und Realität zu vereinbaren?

Letztlich konnte das den permanenten Widerspruch zwischen diesem Machttrieb und der Wirklichkeit natürlich nicht beheben. Im Gegenteil, der Widerspruch spitzte sich zu und wurde zur Ursache des Scheiterns. Aber bis dahin korrigierte die Partei zuweilen Abweichungen vom Kurs, wenn es taktisch zweckmäßig erschien. Selbst Zugeständnisse an den Klassenfeind in den internationalen Beziehungen gehörten dazu.

Von den Mitgliedern wurde verlangt, der Macht blind zu vertrauen – auch ihren Bocksprüngen. Nach der staatlichen Etablierung bestimmte dieses Machtgefüge wiederum das Verhältnis der Partei zu allen Bürgern. Charakteristisch für die Zumutungen an die eigene Gefolgschaft und die taktische Prinzipienlosigkeit um des Prinzips willen war der Hitler-Stalin-Pakt. Im Grunde war es für einen Kommunisten undenkbar, mit dem Kommunistenhasser Hitler zu paktieren.

Die so operierende Zentralmacht, die sich stark und weitsichtig gab, stand unablässig unter Spannung, sie schien merkwürdig gefährdet, unsicher und schutzbedürftig. In diesem Widerspruch von Bizeps und Seelenschwäche lag eine elementare, konstitutionelle Malaise. Die Zentralmacht betrachtete die Arbeiterklasse als ihre Basis. Sie musste ihr sozusagen gesetzmäßig zugeneigt sein, weil die Zentralmacht ihr ja den Weg ins Paradies der klassenlosen Zukunft wies. Dennoch konnte sie sich der Gefolgschaft der Arbeiterklasse nie sicher sein. Sie sei unklar im Kopf, glaubte die Führung, verführbar durch die Propaganda und Bestechungen des Klassenfeindes und dessen sozialdemokratischen Helfershelfer. Es war diese Paranoia, die hinter unserer Engstirnigkeit im Umgang mit den Menschen steckte. Im Grunde verriet sich darin, dass die Partei nie die Komplexe eines verschwörerischen Bundes kompensiert hatte.

Und mit diesem Konzept wollten die Kommunisten Wahlmehrheiten um sich scharen?

Damit brauchten sie ihre Zeit nicht zu vergeuden. Wahlen mussten aus formal-taktischen Gründen zwar stattfinden. Ihr Ergebnis war durch die beschriebenen Strukturen des allgegenwärtigen Parteieinflusses ohnedies gesichert.

Wie verhielt sich die Partei zu den Arbeitern, ihrer Lieblingsklasse, die ja diese Liebe nicht immer zu erwidern schien?

Sie hegte, wie ich schon andeutete, paradoxerweise ein tiefes Misstrauen gegen ihre eigentliche Zielgruppe, die werktätigen Massen. Die Parteiführer waren überzeugt, dass diese Massen politisch orientierungslos waren, auch weil es ihnen an Bildung fehlte. Daher galten sie als potentiell anfällig, vom Klassenfeind materiell und geistig verführt zu werden. Daher war die Diktatur des Proletariats auch so etwas wie eine Beaufsichtigung des Proletariats, das fortwährend zu Selbstprüfung und notfalls Selbstzüchtigung angemahnt wurde. Die alltäglichen Unzulänglichkeiten der neuen Gesellschaft und die Skepsis der Bürger gefährdeten unablässig die Machtverhältnisse und den Führungsanspruch der SED. Machtsicherung bedeutete wiederum ideologische Indoktrination. Dazu gehörten ein Parteilehrjahr für die schlichten Mitglieder als Pflichtfach, ausschließlich zur Propaganda bestimmte Massenmedien sowie verdeckte und offene Zuträgerei, die im Stasiismus kulminierte.

Die Kommunisten hatten in der Tat historisch etwas Einmaliges vollbracht. Sie hatten, beschleunigt von einer deutschen Lokomotive, ein geschichtliches Zeitfenster in Russland genutzt und sich an die Spitze eines sozialen Umsturzes gesetzt. Sie waren angetreten, wie Marx im *Kommunistischen Manifest* beschwor, »eine Assoziation« zu erschaffen, »worin die freie Entwicklung eines jeden die freie Entwicklung aller ist«. Und sie hatten ein schreckliches Gegenstück in die Welt gesetzt, ein bolschewistisches Imperium und später ein Netz von hörigen Despotien. Es ist bezeichnend für die Heuchelei und für die Lebensuntauglichkeit der marxistisch-kommunistischen Ideologie, dass ihre politische Schöpfung in dem Augenblick ins Koma fiel und schließlich verendete, als einer daranging, sich der Verheißung nur ein par Millimeter zu nähern – Gorbatschow.

Das Politbüro blieb von außen undurchschaubar. War das ein Zeichen der Schwäche oder ein Zeichen der Stärke, dass man sich nicht in die Karten schauen zu ließ?

Dieses Verhalten hat es schon in der marxistischen Urzeit gegeben. Ein Verschwörerkreis, der sich im Besitz einer absoluten historischen Wahrheit wähnt und seine Legitimation aus dem Vorhandensein einer feindlichen Umwelt definiert, die er beseitigen will und muss, ist auf Geheimhaltung angewiesen. Das ist für die Mitglieder dieses Bundes ein Dilemma. Sie dürfen sich und ihre Sache nicht durch Unachtsamkeit verraten, müssen jedoch gleichzeitig ihre Basis erweitern, um dem angestrebten Umsturz die notwendigen Bataillone zuzuführen. Dieser Seiltanz zwischen Abschottung und ersehnter Massenwirkung hat sich im Grunde bis heute nicht geändert. Er ist typisch für die Partei, auch nachdem sie die Macht erobert hatte. Sie wollte ihre Exklusivität erhalten, aber gleichzeitig die Massen mobilisieren und führen. Ihre Mitglieder wurden dazu abgerichtet, im »Klassen-Weltkrieg« strikte, fast militärische Disziplin zu wahren. Daraus ergaben sich die geschilderten totalitären Strukturen innerhalb der Organisation. Das Resultat war eben eine zentralistisch-diktatorische Partei mit strengen Regeln, die »Partei neuen Typus«.

Niemand konnte sofort Mitglied werden. Ein Bewerber musste vor der Aufnahme in die Partei zwei Jahre kandidieren und zwei schriftliche Bürgschaften von eingeschriebenen Kommunisten vorlegen. Die eigentliche Aufnahme fand während einer Parteiversammlung in der sogenannten Grundorganisation statt, bei der sich die Mitglieder durch Befragung des Kandidaten selbst davon überzeugen konnten, ob der Betreffende reif war für die Partei. Im Abstand von einigen Jahren wurden alle Parteieinheiten überprüft und danach ein Teil der Mitgliedschaften gestrichen, sofern sie den Maßstäben nicht entsprachen. Natürlich entwickelten sich diese Praktiken im Laufe der Jahre mehr und mehr zu hohlen Ritualen. Die SED zum Beispiel schwoll trotz dieser Absicherungen auf 2,3 Millionen Mitglieder an. Nach ihrem Machtverlust 1989/90 sank die Zahl in kurzer Zeit auf weniger als 100 000 ab – der berufsrevolutionäre Kitt büßte seine Haftkraft schnell ein.

Eines der Symbole der Enttäuschung der Mitglieder war Wandlitz, der einstige Wohnort der Politbüromitglieder. Dort haben auch Sie gewohnt. Wofür stand Wandlitz bei den DDR-Bürgern?

Die kleine Ortschaft am nördlichen Rand des Berliner Speckgürtels wurde in der Endzeit der DDR zu einem Objekt der Wut, ja des Hasses der gegen die SED-Herrschaft aufbegehrenden Bürger. Hier befanden sich auf einem ummauerten Waldgrundstück die streng bewachten 25 staatseigenen privaten Refugien der Mitglieder des Politbüros. Geheimniskrämerei, Konsumhunger der Menschen, das offiziell beschworene Gleichheitsideal und die durchsickernde Kunde von privilegierter »Sonderversorgung« verdichteten sich zu der Vorstellung von einem schändlichen Sybaritentum, das vom Lächerlichen bis zum Maßlosen reichte. Wandlitz wurde zum Synonym für die Verwesung des sozialistischen Gesellschaftsversuchs.

Wie sahen die Privilegien aus?

Bananen und Apfelsinen gab es immer. Aus dem Quelle-Katalog konnten Westwaren bestellt und im Verhältnis von einer Westmark zu zwei Ostmark erworben werden. Sie waren für den devisenlosen Normalverbraucher nicht erhältlich oder, sofern sie im Intershop verfügbar waren, unerschwinglich. Es gab zwar nicht die vermuteten goldenen Armaturen im Bad, sie waren lediglich aus Edelstahl und verchromt, aber tropffrei im Gegensatz zu den Kunststoffhähnen aus der DDR-Produktion. Radeberger und Wernesgrüner, die es »draußen« selten gab, standen durstigen Politbüro-Granden zur Verfügung. Diese Konsumvorrechte hatten nicht sofort, sondern allmählich dieses Ausmaß angenommen. Das steht in engem Zusammenhang mit der Sicherheitsneurose der Eliten im staatlich etablierten Kommunismus. Eingezäunte und bewachte Areale für die Führungssippen wie Wandlitz gab es in allen sozialistischen Bruderländern. Erfinder waren die Sowjets. Von ihnen kam in den fünfziger Jahren – nach dem 17. Juni 1953 und dem ungarischen Aufstand von 1956 – der Prikas an Ulbricht, aus Sicherheitsgründen die Quartiere der Politbüromitglieder von der Panke aus den Vorkriegsvillen in Berlin-Niederschönhausen in den Wandlitzer Mischwald zu verlegen. Es sollte ausgeschlossen werden, dass bei neuerlichen Massenprotesten der »Konterrevolution« Aktionen der Bevölkerung bis in die Bonzenareale branden könnten. 1960 entstanden die Unterkünfte in der sogenannten Waldsiedlung, und die Partei-Granden zogen um in die äußerlich unscheinbaren, aber geräumigen Häuser mit ihrem biedersoliden Interieur. Damals wurden dort auch spezielle Versorgungseinrichtungen geschaffen, in die zunehmend westliche Güter einflossen, stimuliert durch die Vorrechtsmentalität und die Konsumgelüste der Oberen und begünstigt durch die Abschottung des gesamten Objektes.

Wandlitz steht da als weiteres Symbol einer gescheiterten Utopie. Die Erinnerung daran ist sinnvoll angesichts einer schleichenden Verklärung der DDR, die um sich greift, je mehr Beschränkungen sich der demokratische Sozialstaat auferlegen muss. Allerdings hat die Schilderung der Westwaren-Schwelgerei des Politbüros, die vielen damals die Galle schäumen ließ, längst an Reizkraft verloren, weil der Versandhaus-Charme von Quelle und Neckermann in den vier Wänden des Normalverbrauchers Platz genommen hat. Wen erregt noch, dass die Herrschaften damals Mosel schlürfen konnten, wo heute in jedem Supermarkt die Weinregale mit Flaschen aus aller Welt bersten. Weitgehend geschwunden sind seither auch die heruntergekommenen Fassaden in den Städten und Städtchen, die eine Kontrastfolie zu dem Luxusleben des SED-Aufsichtsrates boten und gleichfalls die Wut über die Gleichsten unter den Gleichen provozierte. Und die Jüngeren werden womöglich eher staunen oder feixen über den drittklassigen Luxus der DDR-Häuptlinge, der schon 1989 und 1990 die ersten Westpilger in Wandlitz enttäuschte.

5

Strammer Glaube
Die Ideologie der Verschwörung

Sie machen keinen leichtgläubigen Eindruck. Wie konnten Sie auf die kommunistische Ideologie hereinfallen?

Die Antwort darauf ist so simpel, dass sie immer aufs Neue Skepsis hervorruft: Wer sich einmal auf den geistigen Holzweg einer politischen Sekte begeben hat und mit seinesgleichen in Klassenschlachtordnung marschiert ist, kommt so schnell nicht wieder davon los. Ausnahmen bestätigen die Regel. Die Utopie mag ihre Berechtigung haben, solange sie uns den Weg in eine Zukunft erhellt, die keinen Platz für Zweifel lässt. Das hat Paul Watzlawick, wie bereits erwähnt, sehr gut beschrieben.

Das kann doch nur passieren, wenn man glaubt, die Zukunft zu kennen.

Ja, Politik wird zur selbstgerechten und menschenwidrigen Verblendung, wenn sie sich mit seherischer Kompetenz ausgestattet weiß. Man kann auch noch weiter gehen und unsere Scheuklappensicht in die Formel fassen, die ich irgendwo gelesen habe und die mir gut in Erinnerung geblieben ist: Dieses System macht keine Fehler – es ist der Fehler!

Was ist denn der Kernfehler?

Dass das System den Zweifel nicht zulässt. Vor einigen Jahren traf ich einen Dominikanerpater. Während unseres Gesprächs sagte er sinngemäß: »Ich lebe mit vielen Zweifeln, auch im Religiösen. Mir sind Leute verdächtig, die immer genau wissen, was das Richtige ist.« Das sagte ein Katholik, einer, dem ich vor zwanzig Jahren vielleicht vorgehalten hätte, dass ihm seine religiöse Dogmatik den Blick auf die Realität verstellt. Heute sehe ich in dieser Aussage eine Antwort auf die Frage, warum die kommunistische Weltsicht zur geistigen Deformation führt. Indem wir nie etwas in Zweifel gezogen haben, haben wir uns vergottet. Das ist allerdings ein universales Phänomen: Der Mensch ist nie dagegen gefeit, seinen Erkenntnisgrad zu überschätzen.

Immerhin hatte der Marxismus im Laufe von 150 Jahren große Teile der Welt erfasst …

Gewiss, die Mängel der frühkapitalistischen Welt erzeugten das Bedürfnis nach Wandel oder Umsturz der Verhältnisse. Aber gerade die Omnipotenz der Ideologie von Marx und Lenin in Teilen der Welt sollte die Unbeweisbarkeit ihrer Prophezeiungen und die Menschenfeindlichkeit ihres Erlösungsanspruchs zutage fördern. Allerdings dürfen wir nicht übersehen, dass Millionen und Abermillionen, nicht nur in der Dritten Welt, ihre Erlösungserwartung nicht aufgeben werden, weil der Marxismus und seine leninistisch-stalinistische Variante sich so schmählich desavouiert haben. Nur die Fähigkeit der Demokratie, neue soziale Qualitäten und Lösungen zu entwickeln, kann Antwort auf ihre Hoffnungen sein.

Immerhin war die Ideologie so überzeugend, dass Sie daran geglaubt haben, ja mehr noch, dass sie Ihr Leben bestimmen sollte.

Ich betrachtete mich die längste Zeit meines Lebens als Kommunist mit Sendungsbewusstsein. Ich habe ja mein »Erweckungserlebnis« geschildert – das Ende des Nazikrieges und in dieser Situation die überzeugenden Anfänge einer Welterklärung durch Kommunisten. So erlangte Politik für mich über die Jahre nur Sinn und Wirkung, wenn sie als taktischer Ausfluss der Ideologie verstanden und praktiziert wurde. Ist Politik in der Demokratie die Kunst des Möglichen, so ist das Verhängnisvolle an Ideologien, dass sie stets auf das Absolute, auf eine Art von Endlösung, hinauslaufen. Ich meine hier mit dem Begriff Ideologie mehr als die ideologische Färbung. Letztlich ist jede Aussage über unsere Realität ideologisch geprägt. Ideologien sind ja nichts anderes als Ergebnisse historischer Prozesse, und sie werden bestimmt vom jeweiligen Erkenntnisgrad der Menschen. Es geht mir viel mehr um die Ideologie als geschlossenes System. Mit ihrem Absolutheitsanspruch lassen Verfechter von Ideologien wie dem Marxismus ihre Utopie verkommen – zum einen schaffen sie ein Klima der Intoleranz, und zum anderen missbrauchen sie ihre Ideologie, um andere Menschen zu indoktrinieren, zu manipulieren.

Wie festigt man diesen absoluten Glauben?

Autosuggestion spielt dabei gewiss eine erhebliche Rolle. Niemand ist in der Lage, aus der begrenzten menschlichen Erkenntnis heraus die Zukunft gültig vorherzusagen. Heute lächeln wir zum Beispiel über die Zukunftsbilder von Futurologen wie Herman Kahn. Und was ist aus der von Marx prognostizierten absoluten Verelendung der Arbeiterklasse geworden, was gar aus der Weltrevolution? Wer hat den Beschleunigungseffekt vorhergesehen, mit dem uns die modernen Technologien verblüfft haben? Oder vergegenwärtigen wir uns die Probleme der Globalisierung, der internationalen Terrorismus-Netzwerke und des religiösen Fundamentalismus. Der Mensch ist kein Seher, kein verlässlicher Prophet. Er sollte sich nicht für Gott halten.

Ein strammer Kommunist wird dennoch heftig bestreiten, dass seine Zukunftsvision pure Glaubenssache ist, oder?

Im Gegenteil, er wird stets seine Zukunftsvision als Realität beschwören. Gerade darin äußert sich seine Pseudoreligiosität. Zweifelt man die Ansichten eines Kommunisten an, so wird er antworten: Die kommunistische Gesellschaftsprognose ist durch die Marx'sche Theorie wissenschaftlich begründet. Sie zeige die Gesetzmäßigkeit, nach der sich die Gesellschaft vom Niederen zum Höheren entwickelt. Damit unterscheide sie sich von allen vorangegangenen Weltverbesserungsversuchen, die eben nur Utopien waren. Natürlich lässt sich aus hundert obduzierten Leichnamen nicht ableiten, wie man einen Homunkulus erschaffen kann. Folglich bleibt der vermeintlich wissenschaftlich geschärfte Blick in die Zukunft auch nur eine verführerische Hypothese, ein Mythos.

Aber das wurde auch Ihnen erst hinterher klar. Welchen Stellenwert hatte das von Kommunisten immer wieder benutzte Argument, dass die Zukunft nicht von selbst kommt, sondern nur entsteht, wenn alle an einem Strang ziehen?

Es ist ja nicht alles Chimäre bei Marx. Seine kritischen Analysen der Entartungsgefahr, die im Kapital stecke, mögen noch heute zutreffen. Aber er entfernte sich in dem Augenblick von der Realität, in dem er daraus Prophetie filterte in Form von Gesetzen, nach denen sich die Zukunft zu richten haben würde. Da diese gesellschaftlichen Entwicklungsgesetze nach Marx nur durch bewusstes Handeln der Menschen in Gang gesetzt werden würden, sah er den einzigartigen Daseinsanspruch aller kommunistischen Parteien in der Rolle als Vorhut und Anführer in die klassenlose Idealwelt.

Wissenschaft steht hier also für Verheißung. Ist das nicht letztlich Psychologie?

Psychologie ist ein gutes Stichwort. Bei der Ideologie stehen zu bleiben hieße meines Erachtens, sich bei der Rückfahrt in die jüngere Vergangenheit mit einer Teilstrecke zu begnügen. Die Endstation heißt Psychologie. Denn es geht am Ende um Besessenheit. Ihr kommt noch vor der Ideologie ein besonderer Rang zu. Der Ideologe, dem es gelingt, die Psyche des Menschen zu verändern, hat gewonnen. Das gilt ebenso, wenn es um die Beurteilung kommunistischer Aktivitäten oder Entscheidungen im zwischenstaatlichen Bereich geht.

Worin drückt sich das aus?

Der französische Soziologe Raymond Aron, ein namhafter Analytiker des Totalitarismus und der Politik des Neo-Marxismus, hat den Begriff der »säkularen Religion« für den Marxismus geprägt. Dieser trete – durch die Verfemung der Religion als Opium für das Volk – in den Seelen der Zeitgenossen, nicht zuletzt der Intellektuellen, an die Stelle des verschwundenen Glaubens. Opium für Intellektuelle nannte Aron das. In seinem unter demselben Titel veröffentlichten Buch schreibt er: Es »ist eher die Psychologie einer Sekte als einer Weltkirche (...), ihr Anhänger ist überzeugt, zu der kleinen Zahl von Auserwählten zu gehören, auf deren Schultern das Heil aller ruht. Die Gläubigen, die gewohnt sind, dem Zickzack der Linie zu folgen und gelehrig die einander ablösenden und widerspruchsvollen Erklärungen nachzubeten [etwa die für den deutsch-russischen – sprich Hitler-Stalin-Pakt oder für das Komplott der Mörder in weißen Kitteln –

gemeint ist die Ärzte-Verfolgung kurz vor Stalins Ableben], werden gleichsam zu neuen Menschen.«[6]

Eine Partei, die eine solch eschatologische Kraft für sich beansprucht, maßt sich immer an, dass nur sie über den Grad an Öffentlichkeit ihrer Entscheidungen zu befinden hat und ihre jeweilige Entscheidung zweifelsfrei der Sache und der Masse am besten dient. Der Blick auf die kommunistische Psychologie ermöglicht es zu begreifen, dass Kategorien wie Freiheit, Offenheit, Pluralismus oder auch Objektivität für uns lediglich Worthülsen waren. Im Bezug auf unsere gesellschaftlichen Erfordernisse waren sie bedeutungslos.

Dadurch entstand allerdings eine offene Flanke, die der Westen nutzen konnte.

Das glaubte man im Westen. Wenn der kapitalistische Westen die Abwesenheit von Freiheit etc. im Realsozialismus beanstandete, war das für uns kein Grund, uns zu schämen. Die Kritik und das Räsonnement von »Bewusstlosen« prallten an uns ab.

Das kann aber nicht ganz stimmen, sonst hätte die DDR-Führungsriege ja keine Scheinähnlichkeiten mit der westlichen politischen Szenerie erzeugt.

Das geschah aus rein taktischen Gründen. Wir bedienten damit die Erwartungen der anderen Seite. Anlässe boten sowohl die internationalen Beziehungen der DDR als auch die Lage im eigenen Land. Dazu gehörte zum Beispiel der Pseudo-Pluralismus. Er simulierte das Vorhandensein von mehreren Blockparteien, was sowohl westlichen politischen wie wirtschaftlichen Verhandlungspartnern gegenüber opportun schien. Sie sollten das Bild von der Einparteienherrschaft

6 Raymond Aron, *Opium für Intellektuelle.* Köln 1957.

verwischen. Zugleich diente diese Fassade im Lande selbst dazu, unterschiedliche Bevölkerungsschichten politisch ins Fahrwasser der SED zu lotsen. Der Handlungsrahmen der Blockparteien wurde begrenzt durch den Zusammenschluss zur Nationalen Front, die ausdrückliche Anerkennung der Führungsrolle der SED, die Einflussnahme der ZK-Abteilung »Befreundete Parteien« und durch die Finanzierung von SED-bewilligten Staatsgeldern.

In Ihrem im Frühjahr nach der Wende verfassten Buch Der Absturz *sehen Sie sich unter anderem daran mitschuldig, dass die Marx'schen Ideen zu Mittelmaß und Dogma wurden. Würden Sie das heute auch noch so sagen?*

Heute würde ich nicht mehr sagen, dass wir Marx so sträflich entstellt haben. Ich glaube vielmehr, dass wir ihn so ernst genommen haben, wie er es vielleicht wollte. Das spricht uns nicht frei und ihn postum nicht schuldig. Man kann dem Philosophen das Denken nicht verwehren. Allerdings sind die ärgsten Feinde einer Philosophie jene, die eine Philosophie vollstrecken wollen wie ein Gerichtsurteil.

Bei den übriggebliebenen Linken, und das ist nicht nur die PDS, trägt der Verbrecher Stalin die Verantwortung für eine Entartung des Marxismus. Das gilt ebenso für Versuche der intellektuellen Ehrenrettung von Marx im Westen – man braucht nur einen Blick auf die publizistischen Vorwürfe gegen den Politologen und Marx-Kritiker Konrad Löw zu werfen. Daraus spricht der Wunsch, aus dem Nachlass der vom Sockel gefallenen Säulenheiligen etwas Unbeschädigtes für den Eigenbedarf zu retten. Dabei hilft es anscheinend, das sozialistische Fiasko als das Werk verderbter, machtversessener und inkompetenter Typen zu personalisieren. Das erspart den Blick auf Marx und Engels. Bleiben sie unbelastet, bleibt es auch der Umgang mit ihnen. Geflissentlich übersehen wird von dieser Seite, dass sich die Führung der SED, ich zitiere Thomas Neumann, einen Kenner linker Schemata,

»unter dem Mantel des Stalinismus durchaus als Marxisten bewegte«[7] – und verstand.

Aber war der Kommunismus Stalins nicht ein extremer Einzelfall?

Gewiss, die Entartung ist singulär. Aber die Möglichkeit der Entartung ist in einer Gesellschaft, die keine Alternative duldet, bereits vorhanden. Sie steckt in der gesellschaftlichen Monostruktur. Diese wird immer wieder zur Fixierung auf einen weisen Steuermann verleiten, um die Unsicherheiten zu kompensieren, die in einer pluralistischen Demokratie durch die Streitkultur aufgearbeitet werden. Stalin war folglich eine Möglichkeit der marxistischen Praxis. Die Utopie ließ ihn zu. Die Marx'sche Partei-Idee von der hellseherischen Vorhut war die ideelle Voraussetzung für die Parteidiktatur.

Aber schon Ulbricht und noch mehr Honecker hatten doch einen anderen Führungsstil als Stalin.

In Stalin fanden sie aber die Lösung des von Marx aufgeworfenen Problems, »die Arbeiterklasse, das unbewusste Subjekt der Revolution, zu vertreten«.[8] Dennoch war die DDR kein sozialistisches Retortenexperiment. Ihre Entwicklung und ihr Ende können nicht nur als ein Produkt von falsch oder richtig interpretiertem Marxismus gedeutet werden. Die DDR war ebenso das Ergebnis der Großmächtekonstellation im Nachkriegseuropa – als Sozialismusversuch, als Vorposten im Kalten Krieg, als Eckpfeiler in den imperialen Plänen Stalins wie seiner Nachfolger. All das musste jeden sozialen Anspruch der DDR verderben. Ohne die eigene Verantwortung zu leugnen, muss ich feststellen, dass die Sowjetunion

---

7 Thomas Neumann, *Die Maßnahme*. Reinbek 1991.

8 Ebd.

eine enorme Mitverantwortung an allem trägt, was heute an Makeln und Unmenschlichkeiten des DDR-Systems verurteilt wird. Ich sah nicht ohne Betroffenheit, wie ein erheblicher Teil des ehemaligen Funktionärskaders in Moskau von seinem moralischen und politischen Anteil an der Prägung der DDR nach 1989 nichts mehr wissen wollte.

Woher kam denn die Überzeugungskraft des Kommunismus?

Marx' Entwurf einer Zukunftsgesellschaft hat mit Religion gemein, dass seine Utopie so unbewiesen ist wie das Leben nach dem Tode. Man musste daran glauben. Um trotz des Beweismangels die Gefolgschaft zu sichern, mussten die Vorstellungen indoktriniert werden. Allein der Führungskader der Partei besaß die Verkündigungskompetenz. Er war zugleich die Inquisition, die die reine Lehre vor der Häresie zu schützen hatte.

Das Erstaunliche an diesem System war ja, dass es den benachteiligten Menschen helfen wollte, sie aber gar nicht als Individuen wahrnahm. Was war das für ein Menschenrechtsverständnis?

Verhängnisvoll war unsere Ignoranz im Hinblick auf das Verhältnis von scheinbar kollektiven sozialen und individuellen Menschenrechten. Die Ereignisse haben gelehrt, dass die einen nicht schwerer wiegen als die anderen. Unser System, das die kollektiven sozialen Menschenrechte für wichtiger hielt, ignorierte, dass jegliches Menschenrecht stets ein individuelles Recht ist. Nur als solches ist es erfahrbare Realität. Das Recht auf Arbeit bleibt Sklavenpflicht, wenn ihm nicht das Recht auf Freizügigkeit zur Seite steht. Wem es verweigert wird, eine eigene politische Meinung zu haben, der wird früher oder später aus seinen Zwängen ausbrechen. Wer individuelle Rechte als das ausschließliche Maß der Freiheit versteht, unterliegt jedoch ebenso einem Irrtum. Eigene Freiheit und Würde enden dort, wo sie andere Mitbürger beeinträchtigen. Eine funktionierende moderne Gesellschaft braucht soziale Solidarität ebenso wie die heilsame Destabilisierung verfestigter politischer Strukturen durch die große Unbeständige, die Demokratie.

In der Summe läuft jedoch alles darauf hinaus, dass eine Gesellschaftsidee in sich unsinnig ist, die die Rolle des Individuums niedriger veranschlagt als ein abstraktes Gemeinwohl. Sie ignoriert, dass die Menschheit entmenschlicht wird, wenn der Einzelne, um ein Bild bei Arthur Koestler auszuleihen, nur der Quotient von 5 Milliarden durch 5 Milliarden ist.[9] Menschenmassen kann man vielleicht zu Hysterie verführen oder auch in Kriegen umbringen. Aber Glück, Sicherheit, Geborgenheit und Würde kann doch nur der Einzelne erfahren. Die Utopie droht nicht erst zum Prokrustesbett zu entarten. Die sich realisierende Utopie ist bereits das Prokrustesbett, in dem das Individuum ohne Rücksicht auf ein fragwürdiges Idealmaß getrimmt wird.

Aber der junge Marx hat doch im Kommunistischen Manifest *auch betont, dass »die freie Entfaltung eines jeden die Bedingung für die freie Entwicklung aller ist«. Kann man den Theoretiker überhaupt für die Praxis verantwortlich machen?*

Auch bei Marx war Freiheit alles andere als eine ungezügelte Größe. Sie musste sich aus der Einsicht heraus der Notwendigkeit beugen – eben auch nach den Marx'schen Gesetzen der Geschichte. Freiheit ist hier also mehr ein Akt bewussten Sich-Fügens in Unabänderlichkeit und nicht so sehr die Freiheit des Andersdenkenden, der die Folgsamkeit aus Einsicht ablehnt. Aber was bedeutet das für uns heute? Die Menschen dürfen sich nicht in Irrationalität flüchten, auch heute nicht

9 Arthur Koestler, *Sonnenfinsternis*. Wien/Zürich 1991.

angesichts der wirtschaftlichen Probleme. Dafür gibt es derzeit Anzeichen in unserer auch nach zwanzig Jahren noch dünnhäutigen Einheit. Die Quintessenz all dessen ist: Lasst uns humane und soziale Vernunft üben.

Auch wirtschaftlich setzte der Kommunismus nicht auf das Individuum. Warum nicht?

Wir waren davon überzeugt, dass zentrale Steuerung die wirtschaftliche Effizienz erhöht, und nicht, wenn jeder macht, was er will. Zur zentralen Steuerung gehörte vor allem die Vergesellschaftung der materiellen Grundlagen der Gesellschaft, insbesondere der Produktionsmittel. Wir waren so verflucht sicher, dass wir auf diese Weise bessere Brötchen für die Menschen der sozialistischen Epoche backen würden. Engels nannte diese Erwartungen ironisch »Rezepte für die Garküche der Zukunft«, aber wie sie zu realisieren waren, lieferten er und Marx nicht mit. Wir verließen uns auf eine Art marxistische Teleologie, das heißt darauf, dass die Heilsallmächtigkeit des Ziels schon die nötigen Formen hervorbringen würde. So war es keine schlafende, sondern eine geschäftige Ratio, die Ungeheuer gebären sollte.

Bereits der Marxismus, und nicht erst sein giftiger Trieb, der Stalinismus, litt an einer Anomalie: Einerseits proklamierte er die unbegrenzte Erkenntnisfähigkeit des menschlichen Geistes, um den Mantel der Unabänderlichkeit abzustreifen, die der konservative Zeitgeist über die sozialen Institutionen gebreitet hatte. Andererseits beanspruchte die Theorie das einzig wahre Endzeitwissen für sich. Die kommunistische Eschatologie sah den Sieg der Vernunft in Gestalt einer Gesellschaft der Gleichen und der Freien durch den gemeinsamen Besitz am produktiven Eigentum. Die Einheit von Marxismus und Rationalität war jedoch Selbstbetrug. Der hermetische Charakter dieser Weltanschauung offenbarte die eigene Irrationalität. Sie verriet sich auch in der Weigerung, Irrationalität als einen Teil des menschlichen Wesens zu begreifen. Selbst Umberto Eco weist in einer seiner theoretischen Schriften auf gnostische Elemente im Marxismus und Leninismus hin. Auch er findet, dass die Partei sich als Speerspitze verstand, als Gruppe von Auserwählten, die den Schlüssel zu Erkenntnis und folglich zur Erlösung besaß. In der falschen Ratio liegt das Scheitern der kommunistischen Bewegung am stärksten begründet.

Wäre eine DDR nach 1989 ohne Sozialismus nicht auch möglich gewesen?

Das wäre eine vollends sinnlose Konstruktion gewesen. Damit hatte die DDR sich zwangsläufig wieder in eine deutsche Teilregion verwandelt, ob es der Politik so flugs nun recht war oder nicht. Um das Scheitern der DDR zu betrachten, muss man durch die historischen Erscheinungen zum logischen Kern vordringen. Es gab ja nicht nur die DDR. Was für die Deutschen eine hautnahe und national eingefärbte Erfahrung war, war doch nur eine Phase im Untergang eines globalen Systems. Die zweite deutsche Einheit ist die Frucht eines epochalen Umbruchs. Was sich als Gegenentwurf zur bürgerlich-kapitalistischen Gesellschaft verstand, hat sich bis auf wenige Restposten von der Bühne der Weltgeschichte gestohlen – selbst im sozialistischen Stammland war einem Gorbatschow mit der Perestroika-Rosskur kein Heilerfolg beschieden. In der Medizin kennt man die Unverträglichkeit von Transplantaten. Der Körper stößt das Eingepflanzte ab. Auch der soziale Organismus kann so auf das Untaugliche reagieren, das ihm implantiert wird.

Die Welt des Politbüros war voller Verschwörungen. Waren das nicht so viele, dass man stutzig werden musste?

Es mangelte unserer Welt – und das ist wohl auch heute so – nicht an Verschwörungen. Zeitgemäß ist indes das Bestreben, sie zu leugnen. Obwohl uns die Gegenwart nicht selten zu Zeugen von Vorkommnissen macht, die auf eine Verschwörung hindeuten. Der Kommunismus ist ohne Verschwörungen nicht denkbar, sie sind Element der marxistischen Lehre. Der Theorie zufolge haben die Kommunisten die Deutungshoheit über Geschichte, Weltsicht und Zukunft verinnerlicht.

Das angestrengte Leugnen von Verschwörungen ist allerdings auch kontraproduktiv und führt wiederum zu wilden Spekulationen. Ein Terminus mit entsprechendem Hautgout ist schnell zur Hand: Verschwörungstheorien. Damit wird jeglicher Verdacht auf Verschwörung, Putsch oder Intrige als Absurdität abgestempelt. Nicht zu übersehen ist, dass in unserer Zeit – von der Regenbogenpresse bis hin zum Fernsehen – allerlei unseriöser Blödsinn als Verschwörung ausgegeben wird. Das erleichtert es, tatsächliche Verschwörungen ins Reich der Fabel zu verlegen, nach dem Motto »Ja, ja, die Aliens sind schon lange unter uns.« Machen wir uns nichts vor: Der billigste Trick des Teufels ist, die Leute glauben zu machen, dass es ihn nicht gibt.

Was kann dieses Abtun als haltlose Verschwörungstheorien denn nützen?

Die eilfertige Abwehr ist eine Art der Desinformation. Machtapparate operieren damit im Widerspruch zum Öffentlichkeitsgebot der Demokratie. Sie entspringt dem Bestreben, Machtinterna abzuschotten. Das hartnäckige Leugnen von Verschwörungen ist im Grunde stets ein unfreiwilliges Eingeständnis, dass an dem Verdacht etwas dran ist. Symptomatisch für diese gruppenpsychologische Erscheinung ist der Impuls zum Machtgewinn und zum Machterhalt. Letzterer kommt zum Tragen, wenn die Macht einer führenden Gruppe durch eine führende Einzelperson oder eine rivalisierende Gruppe innerhalb des bestehenden Machtgefüges gefährdet ist. Lässt der konstitutive Rahmen keine legale Veränderung zu, schließen sich diejenigen zu einer Verschwörung zusammen, die glauben, die Macht am besten erhalten zu können. Verschwörungen können aber ebenso ein Machtgefüge zerstören und die Herrschaft seiner Gegner installieren.

Welche Rolle spielte die Verschwörung in der Untergangsphase der DDR?

Die Untergangsphase der DDR liefert eines der letzten Beispiele für den Versuch, die Macht durch Verschwörung zu bewahren. Die Massenflucht aus der DDR während des Jahres 1989 drohte das Renommee des SED-Regimes zu zerstören – diese Ansicht wurde von drei Mitgliedern des Politbüros, von Krenz, Lorenz und mir, vertreten. Das Regime konnte und wollte sich keine öffentliche Diskussion über die angestauten Probleme leisten, und von Honecker war nur eine gewaltsame Lösung zu erwarten. Daher kamen wir bei geheimen Treffen überein, einige Meinungsführer im Politbüro für uns zu gewinnen und mit deren Hilfe im Verlauf einer Sitzung den Generalsekretär zu stürzen. Damit schienen eine weitgehende Reiseregelung, um die DDR zu stabilisieren, und finanzielle Arrangements mit der Bundesrepublik in greifbare Nähe gerückt zu sein. Das war natürlich eine Illusion, aber sie funktionierte für kurze Zeit.

Typisch für den verschwörerischen Duktus war, dass letztlich bei der Abstimmung im Politbüro Honecker für seine eigene Absetzung stimmte. Er beugte sich gewissermaßen aus einem Anflug von Ergebenheit dem Entscheid seiner Mit-Illuminaten, auch um nicht vollends aus dem Orden verstoßen zu werden. Dann kam es zum Fall der Mauer. Damit wurde eine blutige Tragödie zwar abgewendet, aber der endgültige Fall des SED-Regimes trat kurze Zeit danach doch ein. Illusionismus, strategische Selbstüberschätzung und Kurzsicht sind Grundzüge verschwörerischen Handelns. Zum einen lässt der Verschwörer nur sein Ziel gelten, und auf dem Weg dorthin darf er sich nicht von kleinlichem Schnickschnack beirren lassen. Zum anderen gestatten die ideologische Verblendung wie auch die geheimen Umstände der Vorbereitung eines Putsches gar keine wirkliche Planung. Groteskerweise gab es parallel eine von Moskau aus betriebene Verschwörung zur Absetzung Honeckers, die jedoch durch die Ereignisse überholt wurde. Beide Minenleger-Kommandos wussten nichts voneinander – ein Beispiel mehr für die konspirative Veranlagung des kommunistischen Systems.

Dieser Vorfall war aber schon ein Sonderfall. Wie sah es mit dem Alltag aus? Wenn die Macht so absolut ist, wozu sollte sie dann noch Verschwörung nötig haben?

Ihr Einwand hängt mit dem verbreiteten Klischee von Verschwörung zusammen. Danach sind Konspiranten ja eher eine Minderheit, die sich geheimer Praktiken und Techniken bedienen muss, um nicht vor Erreichung ihres Zieles entdeckt und unschädlich gemacht zu werden. Dazu gehören ebenso die zeitweilig vorgetäuschte völlige Anpassung an die Verhältnisse, die man umstürzen will, wie die geheimen Treffen und Absprachen – zum Beispiel wurden Zeitpunkt und Umstände des Honecker-Sturzes bei nächtlichen Spaziergängen durchs schlafende Wandlitz erörtert, um das Abhörrisiko auszuschließen.

Auf die meisten Verschwörungen der Weltgeschichte mögen diese Charakteristika zutreffen, sofern es sich gewissermaßen um punktuelle Verschwörungen wie Putsche handelte. Haben die Verschwörer ihr Ziel erreicht, sich selbst in der Macht eingerichtet oder auch nur in ihren Augen schädliche Tendenzen korrigiert, geht man zur Tagesordnung über. Die kommunistische Verschwörung weist andere Mechanismen auf. In ihrer Frühzeit, also in der Phase ihrer Selbstdefinition durch Marx und Engels, zeigt sie noch viele der typischen, um nicht zu sagen pathologischen Züge einer Verschwörung. Daran änderte auch nichts, dass Marx und Engels mit ihren Schriften an die Öffentlichkeit drängten. Vielmehr deutet es auf ein Dilemma der kommunistischen Verschwörung hin: Die Verschwörer konnten nicht allein im Geheimen operieren, sondern mussten sich um breitere propagandistische Wirkung der marxistischen Thesen bemühen. Nur so konnte das Proletariat nach ihrer Meinung zur alles bezwingenden Streitkraft für den revolutionären Endkampf werden.

Was machte die Dioskuren Marx und Engels dennoch für Jahrzehnte zu Außenseitern?

Einerseits wurde ihr Radikalismus nicht ganz ernst genommen von den Kräften der Gesellschaft, die ihrerseits gegen die Privilegien von Monarchie und Adel kämpften und für das Volk demokratische Rechte einforderten. Andererseits wurde Marx polizeilich überwacht und war Restriktionen ausgesetzt. Über seinem Tun lag die Aura des Illegalen. Darauf reagierte Marx zunehmend mit betriebsamer Geheimbündelei und der Überzeugung, am Vorabend einer Revolution zu stehen, die seine Prognosen bestätigen würde. Im Gegensatz zu anderen Konspirationen zielte ja das von Marx vertretene soziale Konstrukt nicht auf einen bloßen Machtwechsel. Der Eiferer aus Trier wollte die Gesellschaft vollständig umwälzen und das christlich-humanistische Weltbild durch ein materialistisch-atheistisches ersetzen. In seiner Welt ist der Mensch – so die trügerische Suggestion – sein eigener Gott. In Wahrheit aber muss der Mensch den irdischen Ersatzgott Marx und die von ihm ausgewählten Halbgötter mit Verkündigungskompetenz anbeten.

Der unverhüllt totalitäre Anspruch und Charakter des Kommunismus stehen folglich nicht im Widerspruch zu seiner verschwörerischen Praxis?

Ja, mehr noch: Er ist Kern und Wesen der marxistischen Verschwörung. Wer der bestehenden Ordnung jegliches Existenzrecht abstreitet, sie als Feind versteht, sie beseitigen will und sie nach seinem Konzept neu erschaffen will, kann letztlich nur mit dem Instrumentarium der Verschwörung dieses Ziel verfolgen. Die furchtbare Logik der Weltverbesserung äußert sich darin, dass ihr Zweck auch das unmenschlichste Mittel heiligt.

Aber das ist nicht erst die stalinistische Ausprägung dessen, was Marx und Lenin angedacht hatten.

Nein. Die Grundlagen lieferten bereits Marx und Lenin. Den Mythos von Lenin als Gegner des Terrors hielten zwar selbst die Betreiber der Perestroika noch aufrecht, doch mit dem Untergang des roten Imperiums und der Öffnung geheimer Archive kamen politische, private und persönliche Details des Revolutionärs ans Licht. Schon 1903 schrieb Lenin: »Grundsätzlich ist eine Kampfhandlung in einem bestimmten Zeitpunkt der Schlacht, bei einem bestimmten Zustand der Truppe und unter bestimmten Bedingungen durchaus angebracht und sogar notwendig.«

Und so erinnerte sich sein Kriegskommissar Trotzki: »›Wo haben wir die Diktatur?‹, sagte Lenin, ›zeigt sie uns doch! Einen Mischmasch haben wir und nicht eine Diktatur.‹ – ›Wenn wir einen sabotierenden Weißgardisten nicht zu erschießen verstehen, was ist denn das für eine große Revolution? Seht doch, was das bürgerliche Pack bei uns in den Zeitungen schreibt! Wo ist denn da eine Diktatur? Lauter Geschwätz und Wirrwarr!‹ – ›Ihr denkt doch nicht etwa, dass wir ohne allergrausamsten Terror als Sieger davongehen werden?‹ – ›Unsinn‹, wiederholte er immer, ›wie kann man eine Revolution ohne Erschießungen vollbringen? Denkt Ihr etwa mit allen Feinden fertigzuwerden, indem Ihr Euch selbst entwaffnet? Was für Repressivmaßregeln gibt es denn noch? Gefängnishaft? Wer nimmt sie ernst im Bürgerkrieg, wo jede Seite den Sieg davonzutragen hofft?‹«

»Man müsste eigentlich«, schrieb Lenin später, »alle Wölfe ausrotten, wie es einer vernünftigen, menschlichen Gesellschaft geziemt.« Und an anderer Stelle bekräftigt er: »Hier ist Sentimentalität durchaus nicht angebracht; die Sentimentalität wäre hier ein nicht minderes Verbrechen.«

In wohlberechnetem Kalkül wurde uns kommunistischen Adepten Ende der vierziger, Anfang der fünfziger Jahre in Parteischulungen eingebläut, dass Marx wie auch Lenin sich eindeutig gegen den Terror als Mittel gewehrt hätten. Der Terminus »Massenterror« sei ohnedies nichts anderes als eine Parole, mit der die Weißen und ihre kapitalistischen Hintermänner den von ihnen angezettelten Bürgerkrieg als ein Verbrechen der Bolschewiki darstellen und den Kampf der revolutionären Arbeiter und Bauern verunglimpfen wollten. Außerdem sei Lenin seit seiner Jugend gegen terroristische Akte, weil sein älterer Bruder Alexander Uljanow 1878 wegen der Beteiligung an der Vorbereitung eines Mordanschlages auf den Zaren gehängt worden war. Wer auf die Ermordung von einzelnen Leitfiguren des gestürzten Regimes fixiert sei, der schade der authentischen revolutionären Bewegung und lenke vom Entscheidenden ab, nämlich davon, die Massen zum Aufstand zu mobilisieren. Hinzu komme, dass Terror den Gegenterror der Herrschenden provoziere, wodurch legale Möglichkeiten zum Widerstand innerhalb des zu stürzenden Systems – wie die Mitgliedschaft in Gewerkschaften – kaum noch genutzt werden können.

Das war also eine vordergründige, taktische Distanzierung vom individuellen Terror?

Ja, und die Kommunisten haben sich auch nach dem geglückten revolutionären Umsturz nicht davon abhalten lassen, beispiellos grausamen Massenterror zu begehen. Sie ließen zum Beispiel die gesamte Zarenfamilie einschließlich der Kinder im sibirischen Verbannungskerker füsilieren. Das hielt auch Honecker nicht davon ab, den Terroristen der Rote Armee

Fraktion geheimen Unterschlupf in der DDR zu gewähren, während er hoffte, mit Helmut Schmidt eine Koalition der Vernunft gegen die amerikanischen Pershings zu zimmern. Ich behaupte, dass die zivile Tarnung, die sich die Kommunisten unter anderem auch mit ihrer formalen Abgrenzung vom Terrorismus gaben, ihre Gegner immer wieder zu täuschen vermocht hat – trotz all der schrecklichen Verbrechen, die im Namen ihrer Revolution begangen wurden. Übrigens finden sich in schriftlichen Äußerungen von Marx immer wieder hassvolle Tiraden vielfach über Gesinnungsgenossen, die nicht in allem seine radikalen Auffassungen teilten. Das konnte nicht ohne Wirkung auf diejenigen bleiben, die später seine revolutionären Ziele umsetzten.

Und diese Ausfälle von Marx inspirierten und bestärkten Stalin in seinem Extremismus?

Der verschwörerische Grundzug der kommunistischen Bewegung wuchs sich jedenfalls unter der Sowjetmacht zu einer besonderen Spielart des Terrors aus, die sich gegen eigene Gesinnungsgenossen richtete: Nach und nach wurden die meisten Mitglieder der alten Garde unter dem Vorwand umgebracht, dass sie von der Generallinie abweichen würden. So kam es zu den von Stalin inszenierten bizarren Schauprozessen 1937/38 in Moskau, die beispielhaft für die kommunistischen Säuberungen sind.

Welche Motive führten zu dieser barbarischen Gerichtsfarce?

Die Prozesse richteten sich gegen höchste Funktionäre des Sowjetstaats, unter ihnen war sogar ein Vorsitzender des Rates der Volkskommissare, also der Ministerpräsident. Die Prozesse wurden unter dem Vorwand inszeniert, dass die Männer hinter einem trotzkistischen, also konterrevolutionären Komplott stecken würden. Sie sollten Stalins Widersacher, den emigrierten Leo Trotzki, als gefährlichsten Sowjetfeind stigmatisieren und dem späteren Auftragsmord an ihm 1940 im mexikanischen Exil den Boden bereiten.

Trotzki war erklärter Gegner der Politik Stalins, was den Ausbau der staatlichen Macht der Kommunisten in Russland betraf. Als unverbesserlicher Utopist wollte er in Russland unverzüglich eine Gesellschaft ohne Klassen, ohne Privilegierte errichtet sehen. Er glaubte auch an eine unaufhaltsame, permanente Weltrevolution. In Russland hatte eine allmächtige kommunistische Bürokratie längst die Macht usurpiert. Sie konzentrierte in ihren Händen allen Reichtum des Landes und teilte sich wachsende Privilegien zu. Sie war Stalins Basis und verwandelte das Sowjetregime in eine bürokratische Tyrannei. Die Prozesse sollten die absolutistische Macht Stalins und seiner Funktionärskaste sichern. Aus demselben Grund setzte Stalin die These von der »unablässigen Verschärfung des Klassenkampfes« in die Welt. Die Feinde sind mitten unter uns – lautete die Losung der Sowjetpropaganda. Die Bevölkerung wurde mit der Parole, überall und jederzeit revolutionäre Wachsamkeit zu üben, zu massenhaftem Denunziantentum angestachelt, und so sollte zugleich von den noch immer schwierigen Lebensverhältnissen abgelenkt werden. Stalin verließ sich aber bei diesem Manöver nicht auf Zeitungen, Rundfunk oder Parteiagitatoren. Er versprach sich ungleich größere Wirkung von den Prozessen: Es sollte aufgedeckt werden, dass selbst Mitglieder aus dem Dunstkreis der obersten Machtetage gekaufte Agenten des Klassenfeindes wären, die den großen Führer töten sollten. Dabei reichten Anschuldigung und Pseudobeweise alleine nicht aus, die Opfer sollten sich selbst zu ihren vorgeblichen Schandtaten bekennen. Nahezu alle Prozessopfer spielten mit und bekannten sich in kommunistischer, sektenhafter Selbstentleibung zu den Vorwürfen. Das scheint unbegreiflich.

Die Prozesse gaben das Signal für eine landesweite Hetzjagd auf »Trotzkisten, Spione, Schädlinge und Vaterlandsverräter«. Allein die Zahl der Verhafteten und Verurteilten aus den Jahren 1937/38 überschritt weit die Millionengrenze. Über 680 000 wurden in den beiden Jahren nachweislich erschossen. Auch Mitglieder ausländischer kommunistischer Parteien, die sich im Moskauer Exil befanden, wurden liquidiert. Dem stalinistischen Terror fielen mehr Führungskader der KPD zum Opfer als den Schergen Hitlers. In der Zeit des Hitler-Stalin-Pakts lieferte Stalin sogar nahezu 600 seiner deutschen Genossen, die in Russland Zuflucht gefunden hatten, an die deutsche Gestapo aus.

Im Grunde belegt das alles nur, dass die Kommunisten an der Macht ihren nie abgelegten Verschwörerduktus zur Staatspraxis machten.

Galt nicht das Bekenntnis, zu den Verrätern zu gehören, groteskerweise als Möglichkeit, seine Treue zur Partei zu beweisen?

Ja. Wer freiwillig bekannte, zu den antistalinistischen Verschwörern zu gehören, ohne einer zu sein, wurde zwar möglicherweise erschossen, ihm wurde aber die Absolution in Sachen Parteitreue erteilt. Herbert Wehner liefert ein Beispiel für den menschenverschlingenden Wahn dieser Verhältnisse unter Stalin. Der Hamburger Historiker Reinhard Müller hat das enthüllt. Er stützt sich dabei auf Aktenfunde aus den Archiven des Moskauer Geheimdienstes. »Er [Herbert Wehner] war als Wahrer von Reinheit immer auf der richtigen Linie und hat natürlich alle, die diese Reinheit quasi irgendwo gefährden konnten oder gefährdet haben, aus der Partei verjagt, hat Dossiers angefertigt, hat Charakteristiken geschrieben und galt eben auch als das personifizierte Gedächtnis der KPD in Moskau«[10], so Müller. Ein Direktivbrief des Geheimdienstes über eine angebliche Verschwörung deutscher Trotzkisten in Moskau mit Namen, Gründen und erforderlichen Maßnahmen ging auf Informationen Wehners

---

10 Reinhard Müller, *Herbert Wehner – Moskau 1937*. Hamburg 2004.

zurück. Dutzende deutsche Kommunisten gerieten dadurch ins Visier von Stalins Geheimdienst, wurden verhaftet, gefoltert, erschossen oder kamen im Gulag erbärmlich um. Seine Zeit als Kommunist hat Wehner nie verschwiegen. Doch die Details über seine Taten glaubte er für immer in den Moskauer Archiven begraben. Nachfragen waren unerwünscht oder wurden als Verleumdung abgeschmettert. »Dass ich Kommunist gewesen bin, habe ich nie geleugnet. Ich werde es mein Leben lang büßen, dank derer, die patentierte Christen sind«, so ein Kommentar Wehners. Ein Fazit Müllers: »Diese Überwachung, diese Registratur, diese Verfertigung von Dossiers, dieser Zwang, Andersdenkende automatisch auszuschließen, zu untersuchen, zu kontrollieren – das hat auch die Persönlichkeit Herbert Wehners geprägt. Also dieser Kontrollzwang ist offensichtlich eine klassische stalinistische Deformation.«[11]

Gab es so etwas auch noch in der Spätphase der DDR, in den achtziger Jahren?

Ja, in modifizierter Form der Fall Herbert Häber. Mit Professor Häber profilierte sich Honecker in der für Moskau brenzligsten Sphäre der Außenpolitik, nämlich in den Beziehungen zwischen beiden deutschen Staaten. Sein Bemühen, einen kleinen Spielraum innerhalb der Blockräson zu finden, sollte Häber aus dem Politbüro direkt in die Stasipsychiatrie katapultieren. Häber war schon zu Ulbrichts Zeiten maßgeblich an der Vorbereitung der Treffen zwischen Brandt und Stoph in Erfurt und Kassel beteiligt gewesen. Aus dieser Zeit rührte seine vertrauensvolle Beziehung zu Honecker her, der im Hintergrund die Fäden zog.

Mit Zunahme des völkerrechtlichen Gewichts der DDR sah Honecker die Chance, in der Rangordnung der Partei- und Staatsführer des Warschauer Paktes aufzusteigen. Im

11 Ebd.

Ostblock sollte man ihn als den BRD-Spezialisten respektieren. Honecker machte Häber zu seinem permanenten Sondergesandten für die Bundesrepublik. Die Liste von Häbers Gesprächspartnern mutet an wie ein politisches *Who's who* der Bundesrepublik. Häbers Vorstellungen, die er Honecker nahezubringen versuchte, zielten auf den Ausgleich mit Bonn. Häber berichtete nicht dem Politbüro, sondern ausschließlich Honecker von seinen Reisen, bei denen er jedes spektakuläre Auftreten vermied. Seine bundesdeutschen Kontakte zollten ihm Anerkennung als sachkundigem, undogmatischem und offenem Gesprächspartner. Das hatte zur Folge, dass ihn vier Leute aus dem Politbüro belauerten, wenn auch aus unterschiedlichen Gründen. Zum einem der Chef der DDR-Kommandowirtschaft Mittag, der sich Honecker gegenüber viel auf seine Kontakte zu bundesdeutschen Wirtschaftsbossen zugutehielt und Ambitionen hatte. Zum anderen Mielke, der nicht zuletzt für seine Moskauer Hinterleute wissen wollte, was der Häber da im Westen und mit Honecker kungelte. Aber auch Ministerpräsident Stoph und das Politbüromitglied Krolikowski denunzierten Häber und Honecker permanent in Moskau wegen »nationalistischer Tendenzen und Praktiken« – das wurde nach 1989 bekannt. 1984 wurde Häber auf Betreiben Honeckers Mitglied des Politbüros. Honecker versuchte zu jener Zeit die Beziehungen zur Bundesrepublik auszubauen. Das führte zu Häbers großer Stunde, die politisch seine letzte werden sollte. Er verfasste den Brief, in dem Honecker Bundeskanzler Helmut Schmidt eine Koalition der Vernunft vorschlug. Für Moskau war das eine unerhörte Herausforderung, schließlich wollten die Sowjets den Westen und speziell die Bundesrepublik für die Stationierung der Pershings bestrafen. Trotz der zugespitzten Lage bestärkte Häber Honecker darin, eine Reise in die Bundesrepublik zu unternehmen, um die zarte Pflanze Entspannung nicht eingehen zu lassen.

Wie reagierte man in Moskau auf diesen Reiseplan?

Knapp drei Monate nach Häbers Aufstieg ins Politbüro, im August 1984, wurde Honecker nach Moskau zitiert. Dort wurde ihm in rüder Weise klargemacht, dass er die Reise nicht antreten dürfe. Außerdem wurden ihm die Aktivitäten Häbers in der Bundesrepublik zur Last gelegt. Honecker begriff sofort, dass ihm die Sowjets neben ihrer Kritik mit dem Hinweis auf Häber eine Brücke bauten: Lass den Mann fallen, und du bleibst. Zurück in Berlin wurde Häber, der sich gerade im Krankenhaus befand, von Honecker bedrängt, aus Krankheitsgründen um seine Entlassung aus dem Politbüro zu ersuchen. Zugleich musste Mielke belastendes Material gegen Häber produzieren, um ihn unter Druck zu setzen. Als Häber erneut ins Krankenhaus musste, wurde er dort mit Medikamenten vollgepumpt und nach drei Tagen in eine Psychiatrie unter Aufsicht der Stasi gebracht. Erst nach einigen Monaten durfte er wieder nach Hause. Das Ausscheiden Häbers aus dem Politbüro war damit nach außen einwandfrei etikettiert. Diagnose: gesundheitliche Gründe und unter anderem mangelnde psychische Belastbarkeit.

Die Tendenz zum Verschwörerischen im Kommunismus ist also in seiner Spätphase nicht im Alltag verblasst?

Die Tendenz zum Verschwörerischen gehört zum Kommunismus. Egal, ob in seiner geheimbündlerischen Ursprungsphase, ob als legale oder illegale politische Partei, nach der Annexion des russischen Zarenstaates wie nach der Herausbildung des Sowjetblocks.

Was machte westliche Beobachter glauben, dass sie es letztlich doch mit einem ähnlich agierenden Kontrahenten zu tun hätten – bei allen Unterschieden zwischen Ost und West?

Menschen schließen leicht von Äußerlichkeiten auf Inneres. Im Guten wie im Schlechten. Im Westen konnte man denken: Die tragen ja Schuhe wie wir, Anzüge und keinen Lendenschurz, keine wilden Bärte und keine Augenklappe. Ja, sie sind nicht mal abweisend, wenn man mit ihnen unmittelbar zu tun hat. Geheimbündelei? Es war vor allem die staatliche Existenz, zu der sich der Kommunismus gemausert hatte, die seine wahre Physiognomie überlagerte. Wenn Kommunisten an die Macht gekommen sind, sich mit allen staatlichen Insignien ausgestattet haben, dann scheint es irgendwie spinnert, ihnen den Verschwörungstrieb anhängen zu wollen.

Wie dachte Ihrer Ansicht nach die nichtkommunistische Welt?

Gewiss, die Roten sind Gegner. Gewiss, sie haben andere Welt- und Wertvorstellungen als wir, sie verfügen über nukleare Vernichtungspotentiale. Aber sie lassen sich auf Abkommen ein. Sind diese Staaten nicht im Grunde Länder wie andere auch? War die Sowjetunion nicht Teil der Anti-Hitler-Koalition gemeinsam mit Amerikanern, Engländern und Franzosen? Sitzen wir nicht mit den Ländern des Ostblocks in der UNO? Wir unterhalten diplomatische Beziehungen. Wir ringen mit ihnen um Abrüstungsfragen. Der wirtschaftliche Austausch floriert. Wir schließen mit ihnen Verträge wie die Ostverträge. Wo bleibt da noch Substanz für Verschwörung?

Was hat diesen unscharfen Blick sonst noch verursacht?

Vielleicht kann es das Beispiel der Diplomatie anschaulich machen. Auf diplomatischem Parkett war der Kontakt zwischen Ost und West sehr intensiv. Die Interessengegensätze wurden im Dialog ausgetragen. Kommunistische Diplomaten trugen ihre Berufsbezeichnung wie eine Art Tarnkappe.

Die staatliche Etablierung zwang sie, sich auf die Formalien im Umgang mit kapitalistischen Ländern einzustellen. Das Gebot der Imitation hatte skurrile Auswirkungen. Für besondere Anlässe mussten sich Sowjetdiplomaten sogar in altertümliche Standeskluft mit Dienstgradabzeichen zwängen, eine Mischung aus zaristischer Staatsratsmontur und einer Bergknappenuniform. Doch zuerst hatten sie sich als kommunistische Funktionäre zu verstehen, die die Generallinie der Partei durchsetzen mussten. Sie verfügten über keinen eigenen Spielraum, wie ihn die klassische Diplomatie benötigt, um Entscheidungen und Kompromisse ihrer Regierung vorzubereiten und zu ermöglichen. Es verbot sich geradezu für einen kommunistischen Diplomaten, so etwas wie Verständnis für sein Gastland zu entwickeln. Das hätte ihn verdächtig gemacht. So befand sich in jeder Botschaft eine Residentur des Geheimdienstes, um die Diplomaten zu überwachen. Zugespitzt könnte man sagen, dass die Botschaften vielfach die Rolle von Quartiermeistern der Residenturen spielten, meist wenn das jeweilige Land zu einem Brennpunkt in den bilateralen oder internationalen Beziehungen wurde.

Ist das nicht im Westen ähnlich?

Die Sowjetdiplomaten hatten sich in erster Linie als kommunistische »militants« zu verstehen, so dass sie und die KGB-Offiziere der Auslandsoperationen im Grunde austauschbar waren. Bezeichnenderweise war Geheimdienstchef Andropow während des ungarischen Aufstands 1956 Sowjetbotschafter in Budapest. Krjutschkow, der später Andropow im Amt folgte, war zur gleichen Zeit zweiter Mann in der Budapester Botschaft.

Natürlich bedeutet das nicht, dass sich rote Diplomaten wie ferngesteuert in ihrem Milieu bewegten. Im Gegenteil. Hin und wieder konnte man diesem Typus zwar begegnen, aber die Mehrzahl der Diplomaten wies gerade die Fähigkeit zu formaler Flexibilität bei unbedingter ideologischer Prinzipientreue auf. Und wer »fortiter in re« und »suaviter in modo« agierte, konnte auch im eigenen Land Karriere machen. Anatoli Dobrynin oder Valentin Falin zum Beispiel wurden 1986 bzw. 1988 Leiter der internationalen Abteilung des ZK, die nicht nur die offiziellen Diplomaten parteimäßig überwachte, sondern Indoktrination und Finanzierung der Bruderparteien im KA und in der Dritten Welt verantwortete.

Diplomatische, außenpolitische Akzentverschiebungen gab es auch in der kommunistischen Diktatur, aber sie richteten sich immer nach der strategischen Generallinie – zielten auf die Schwächung des Gegners und die Veränderung des Kräfteverhältnisses zugunsten der Sowjetunion. Die Generallinie entschied beispielsweise die Konkurrenz zwischen den sogenannten Amerikanisti und Germanisti im sowjetischen Außenministerium am Smolensker Platz. Setzten die einen auf Washington als westliches Machtzentrum, so rieten die anderen zu Arrangements mit Bonn, um den amerikanischen Einfluss in Europa zu schwächen und die atlantischen Bindungen zu belasten. Auch ein Typ wie Falin achtete hinter seiner weltgewandten Fassade als kundiger Liebhaber von Kunst jenseits des sozialistischen Realismus stets auf die Beschlusslage des Politbüros und den Spielraum, den der KGB gewährte. Je mehr die Fassade des Roten Reichs mit Attributen der etablierten Staatlichkeit ausgestattet wurde, desto ähnlicher schienen ihre Träger den politisch Verantwortlichen im Westen zu sein.

Aber wirkten dieser Tendenz nicht andere entgegen: Der Staat, der Weltsymbol des Fortschritts sein wollte, erstarrte immer mehr: Mit Symptomen, die immer augenfälliger wurden.

Ja. Ein äußerliches, lächerliches Symptom dieses Wandels waren die riesenhaften Porträts in den Demonstrationszügen, mit denen die Mächtigen an Sowjetfeiertagen ihre selbsternannte Säulenheiligkeit demonstrieren ließen. Ihre immer wieder in der Presse veröffentlichten Konterfeis blieben über Jahrzehnte unverändert. Die Ikonen roter Hybris wollten sagen, wir sind von ewiger Substanz, geistig wie physisch. Und doch konnten sie nicht verhindern, dass ihre Objekte in natura vergreisten und schließlich den Weg allen Fleisches nahmen. Im Zeitalter des Fernsehens war es unvermeidlich, dass es zu einem grotesken Nebeneinander kam – hier die Illustrationen der *Prawda* und dort die Fernsehbilder von der Kreml-Tribüne mit ihren feisten oder geschrumpften altersstarren Mimen unter steifen Hüten. Aber lassen wir die Randerscheinung.

Diese konfliktgeladene Normalität, die jahrzehntelange Koexistenz mit dem andersartigen Kontrahenten und die damit verbundenen Zwänge suggerierten den westlichen Betrachtern die Möglichkeit von Arrangements, deren nachhaltigstes die Allianz im Zweiten Weltkrieg war. Trotz wieder und wieder aufbrechender Interessenskonflikte entstand zunehmend der Eindruck von Alltäglichkeit. Das galt selbst für den Kalten Krieg. Machterhaltung war letztlich Selbsterhalt, Bewahren der eigenen Pfründe, der Wandlitze, die in Moskau ebenso verschwiegen existierten wie in Prag, Budapest oder Sofia.

Die Weltrevolutionäre hatten aber doch genug Risiko auf sich genommen. Ohne die Verschwörer hätte es die Umwälzungen gar nicht gegeben. Die rote Zeitrechnung begann schließlich mit der Oktoberrevolution.

Wer sich nur auf die geschichtlichen Vorgänge in Sankt Petersburg bezieht, fällt einer historischen optischen Täuschung anheim. Noch während der Februarrevolution 1917, die die Zarenherrschaft besiegelte, hockten die Auguren der Revolution im Exil – Lenin in der Schweiz, Trotzki in den USA, andere in der sibirischen Verbannung. Sie waren weit weg von der explosiven Lage, die sich in Russland entwickelte. »Sie hatten ihr ganzes bisheriges Leben mit dem Warten auf die Revolution verbracht, und jetzt wo sie kam, erkannten sie sie nicht«, schreibt Orlando Figes in seinem Revolutionspanorama *Die Tragödie eines Volkes.*[12]

Als mit dem Zarensturz die Würfel gefallen waren, wollte Lenin zurück nach Russland, um die in Gang gekommene Umwälzung ins kommunistische Fahrwasser zu lotsen und zu vollenden. Auf wen konnte er sich stützen, um dorthin zu gelangen? Wer waren seine politischen Sponsoren?

Abermals bot eine Verschwörung die Lösung. Treibende Kraft war ein aus Russland stammender »Global Player«, der während des Ersten Weltkriegs durch Waffengeschäfte zum Millionär geworden war: Israil Lasarewitsch Helphand, der sich den *nom de guerre* »Parvus« zugelegt hatte. Parvus war Sozialist und mit Trotzki und Lenin bekannt. Er war nach Deutschland emigriert. Die Reichsregierung war in einen Zweifrontenkrieg verstrickt und wollte Russland als Kriegsgegner ausschalten. Parvus legte der Reichsregierung schon 1915 Lenins Programm zur revolutionären Umwälzung Russlands vor. In der Folge sollen, von Parvus kanalisiert, Millionensummen nach Russland geflossen sein, mit denen die zarenfeindliche Presse bezahlt, Streikende bestochen und Aufstände angezettelt wurden. Parvus ließ sogar Sprengmeister ausbilden, die an strategisch wichtigen Stellen die Zufahrtswege unterbrechen und so Hungersnöte schüren sollten. Schließlich vermittelte er Lenins Transport durch Deutschland im plombierten Waggon.

Aus Lenins Programm war ersichtlich, dass sein künftiges Regime willens genug sein würde, einen Separatfrieden mit Deutschland zu interessanten Bedingungen zu schließen. Ein Drittel der Erdöl-, Weizen- und Kohleproduktion und große

12 Orlando Figes, *Die Tragödie eines Volkes*. Berlin 1998.

Teile der russischen Goldreserven traten die Bolschewiki an den militärischen Gegner ab. Der Zar hätte niemals Deutschland zuliebe sein eigenes Land als wirtschaftlichen Konkurrenten ausgeschaltet. Die deutsche Seite rechnete damit, Lenin und Parvus benutzen und nach getaner Arbeit schnell wieder loswerden zu können. In Wirklichkeit lief es auf das Gegenteil hinaus. Die österreichische Publizistin Elisabeth Heresch, Verfasserin des gründlich recherchierten Buches *Geheimakte Parvus*, kommt zu dem einleuchtenden Schluss: »Lenin war nichts als eine Galionsfigur. Machthungrig, wie er war, ließ er sich von Parvus vor den Karren spannen. Lenin hat anschließend natürlich jeden Verdacht der Käuflichkeit von sich gewiesen und den Kontakt zu Parvus, der sich Hoffnungen auf einen Regierungsposten gemacht hatte, abgebrochen. In der sowjetischen Historiographie wurde Parvus' Rolle als Königsmacher aus naheliegenden Gründen totgeschwiegen. Und auch in Berlin hatte man ein Interesse daran, Parvus schnell zu vergessen, zumal die letzten Millionen, die er nach Moskau transferiert hatte, über die sowjetische Botschaft wie ein Bumerang nach Deutschland zurückflossen, um nun hier die Revolution ein Stück weiter in die träge Welt zu treiben.«[13]

Da fragt man sich doch, warum die westliche Geschichtsschreibung die sowjetische Propagandaversion vom großen Lenin ohne den dunklen Flecken »Parvus« mehr oder minder unkritisch übernommen hat.

Zum einen gab es wenig Gelegenheit, der Wahrheit in der Sowjetunion nachzuspüren. Zum anderen ließ man sich auch hier von der vermeintlich elementaren Kraft der kommunistischen Ideologie und Revolution blenden. Es war den Kommunisten geglückt, den Gegner zeitweilig zum unbewussten Helfer umzufunktionieren. Lenin konnte sein Konzept von

13 Elisabeth Heresch, *Geheimakte Parvus*. München 2000.

der Errichtung des Sozialismus verwirklichen, statt der Trotzki'schen Phantasterei von der permanenten Revolution nachzujagen. Ein starkes rotes Russland sollte nun die Basis sein, um die revolutionären Kräfte auf allen Kontinenten materiell zu stärken und sie im Sinne des kommunistischen Heils zu erlösen.

Das klingt so, als wäre die verschwörerische Leistung der großen Revolutionäre Trotzki und Lenin für Sie nicht ganz frei von Zweifeln. Warum?

Letztlich war es ein kryptisches und im Grunde widernatürliches Zusammenspiel zwischen einer Gruppe von international verflochtenen Großkapitalisten und den führenden russischen antikapitalistischen Verschwörern. Die Letzteren, Lenin und Trotzki, redeten sich im Schweizer und im amerikanischen Asyl die Köpfe heiß. Doch wie lebten sie dort, und wer finanzierte sie? Ein Indiz deutet meines Erachtens auf eine undurchsichtige materielle Versorgung Trotzkis hin – und zwar die nicht vorhandenen Belege von Banken oder nicht vorhandenen Zeugnisse von Zeitzeugen über Geldzuwendungen. Wer hat dem nach Sibirien Verbannten die Flucht per Schiffsreise nach Amerika finanziert? Seinen Aufenthalt in New York, seine Schiffspassage 1917 zurück nach Europa mit Dutzenden seiner Parteigänger? Trotzki schweigt darüber in seinen Erinnerungen, man erfährt nur, dass er in New York gelegentlich für ein paar Dollar einen Artikel in der russischsprachigen Zeitung *Nowy Mir* veröffentlichte. Dennoch mussten die Trotzkis nicht darben. Sie besaßen eine Wohnung mit Telefon und Kühlschrank, damals ein Luxus. Von seinem Einkommen von insgesamt etwa 250 Dollar während seiner zweieinhalb Monate in den USA konnte Trotzki seine Freunde großzügig unterstützen – in einem Fall mit über 310 Dollar –, seine luxuriöse Wohnung bezahlen, seine Familie ernähren und schließlich sogar 10 000 Dollar an die kanadischen Behörden zahlen. Diese Summe verlangten die Kanadier, als sie Trotzki und einige seiner Gefolgsleute auf dem Rückweg nach Europa festgesetzt hatten, weil sie in ihnen Feinde des britischen Allianzpartners Russland sahen.

Auch die Umstände von Trotzkis Freilassung aus dem kanadischen Gewahrsam sind mehr als erstaunlich: Sogar Woodrow Wilson, der Präsident der Vereinigten Staaten, setzte sich für die Freilassung Trotzkis und seine Weiterreise nach Russland ein.

Was für ein Interesse hatten die Amerikaner daran? Warum setzte man sich von höchster Seite für Trotzki ein?

Die Ereignisse jener Tage bleiben rätselhaft. Wenn alle Mutmaßungen über eine Verschwörung zutreffen, bei der die Extreme Kapital und antikapitalistische Revolutionäre sich verbanden, dann kann man aufgrund der daraus resultierenden Entwicklungen nur schlussfolgern: Die Banker-Gilde hatte sich verrechnet und aufs falsche Pferd gesetzt. Die von ihr »Gekauften« schüttelten nach dem Erhalt der Macht alsbald die Verbindlichkeit gegenüber den Gläubigern ab.

6

Käfig der verheimlichten Schuld
Die Stasi im Schnüffelwahn

Die Staatssicherheit, der umfassende Bespitzelungsapparat der DDR, war eines der Themen, die lange Zeit das Interesse und den Unmut der Öffentlichkeit erregten. Ist die Stasi heute überhaupt noch ein Thema?

Die Einheit ist zwar auch 2009 noch immer irgendwie neu, aber manche mit dem Phänomen DDR verbundene Problematik beginnt nach zwei Jahrzehnten doch zu verblassen. Andererseits kommt es dennoch immer wieder zu politischen oder anderen aktuellen Anlässen, die die öffentliche Debatte über das Thema beleben. Das tut natürlich auch not. In Berlin wünschte man sich das besonders.

Ich erinnere mich, wie während des Berliner Wahlkampfs 1999 auf Plakaten der PDS der Mund ihres Vormanns Gysi mit einem Papierstreifen überklebt war, auf dem das Wort »Stasi« stand. Allerdings hat diese Anspielung die Zahl der Wähler in der Metropole, die ihre Stimme der SED-Nachfolgerin gegeben haben, wohl nicht geschmälert. Jedenfalls erleben wir seither, wie sich in Berlins Rotem Rathaus die politische Anpassung an die Farbe des Klinkerbaus vollzieht.

Das bedeutet jedoch nicht, dass sich Deutschland nicht mehr mit dem Thema Stasi beschäftigen will. Warum konnte ein Film wie »Das Leben der Anderen« so erfolgreich sein?

Oder warum kam es unlängst bei der Berliner Zeitung *zu Entlassungen, weil der Ressortleiter und der stellvertretende Politikchef Stasispitzel waren – das Ganze hat Anfang 2008 große Wellen geschlagen. Oder warum ließ ein Abgeordneter der Linkspartei wegen seiner Stasivergangenheit die Wikipedia-Internetseite über ihn sperren – all diese Fälle finden breiten Platz in den Medien, und darüber regt man sich in Deutschland auf.*

Keine Frage, dass die interessierte Öffentlichkeit das Thema nicht in Watte packt oder gar schon abgelegt hätte. Aber wie lässt sich die breite Öffentlichkeit erreichen? Besonders wichtig ist es, junge Menschen anschaulich über die Stasikrake und ihre Systembedingtheit zu informieren sowie ihr Bewusstsein für Freiheit und Demokratie zu schärfen. Am überzeugendsten können das natürlich Widerstandskämpfer, also die Opfer, doch ihre Zahl schwindet. Deshalb ist es wichtig, dass auch aus dem Kreis der Täter mehr Personen den Mut aufbringen, über ihre Verantwortung und Mitschuld zu sprechen.

Bringt es wirklich etwas, wenn man immer wieder in den alten Wunden wühlt?

Wenn es nur um Rache oder Strafe ginge, gewiss nicht. Einerseits muss die offene demokratische Gesellschaft jene, die den Machthabern geholfen haben, das eigene Volk auszuspionieren, zur Einsicht bringen, dass ihr Tun inhuman und verwerflich war. Andererseits führt dies dazu, dass die Betreffenden sich aus dem Käfig ihrer verheimlichten Schuld befreien können. Es geht nicht darum, eine vergeltungssüchige oder sonstwie lüsterne Öffentlichkeit zu bedienen. Nennen wir es eine Chance, die eigene Geducktheit zu überwinden. Wer sie wahrnimmt, kann wieder aufrecht gehen. Was Alexander und Margarete Mitscherlich über die Schwierigkeiten der jungen Bundesrepublik bei der Aufarbeitung ihrer braunen Vergangenheit geschrieben haben, trifft auch auf die Probleme der Menschen zu, die sich mit ihrer Stasivergangenheit auseinandersetzen müssen: »Begangenes Unrecht kommt nicht dadurch zur Ruhe, dass man es totschweigt. Und nur Unverstand kann von Beschmutzung des eigenen Nestes reden, wo es in Wahrheit darum geht, ein schwer verschmutztes Nest zu säubern.«[14] Wer denkt da nicht auch an jene unbelehrbaren Betonköpfe, die sich auf Treue zu ihren trügerischen Prinzipien hinausreden und heute Mitglieder der PDS sind – und zwar in nicht geringer Anzahl. Die Dimensionen der Vergehen mögen nicht vergleichbar sein, aber es gibt Ähnlichkeiten in deren Verarbeitung bzw. Nichtverarbeitung.

Ich habe den Eindruck, dass Sie sich durch die nonchalante Art der PDS um Ihren eigenen Erkenntnisprozess betrogen fühlen.

Der Eindruck ist falsch. Ich wüsste auch nicht, womit ich den geweckt habe. Die Aufarbeitung meiner Vergangenheit ist meine Entscheidung. Das war eine existentiell notwendige Selbstfindung. Wie sollte eine Partei, in der es Mitglieder gibt, die nicht die Einsicht und das moralische Format besitzen, mit ihrer Vergangenheit ins Reine zu kommen, mich so empfinden lassen? Nonchalance sehe ich in diesem Verhalten nicht.

Doch zurück zum Thema »Stasi«. Es gibt keine mühelose Erfahrung. Ich rate jedem, der bis jetzt die demokratische Emanzipierung gescheut hat, nicht der biologischen Lösung entgegenzudämmern. Unter den IM mag es Charakterlumpen, Denunzianten, käufliche Menschen und Karrieristen gegeben haben. Ich bin überzeugt davon, es war eine Minderheit. In der Mehrzahl waren es SED-Mitglieder, denen bei der Anwerbung suggeriert wurde, dass sie der besten Sache

14 Margarete und Alexander Mitscherlich, *Die Unfähigkeit zu trauern.* München 2004.

der Menschheit einen wirksamen Dienst erweisen würden, wenn sie andere bespitzeln, weil sie damit dazu beisteuern würden, das sozialistische Gleichheitsideal zu verwirklichen. Zuweilen wurde dem Umworbenen sogar eingeredet, er helfe dem bespitzelten Kollegen, Nachbarn oder gar Verwandten, indem er ihn durch seine »freundliche« Überwachung davor bewahre, ein antisozialistischer Missetäter zu werden. Natürlich sei dies ein sich selbst verleugnender Dienst. Dafür müsse man eben seinen spieß- oder kleinbürgerlichen Schweinehund überwinden.

Was versprach man sich davon?

Mit der planmäßigen Ausbeutung eines durch persönliche Gespräche, Parteischulung und Medien gezüchteten Pseudo-Idealismus versprach man sich, eine klassenlose Gesellschaft verwirklichen zu können, in der alle sozialen Widersprüche und Probleme gelöst werden. Es war ja nicht ein sozial indifferenter Agentenapparat, der an der Peripherie einer demokratischen Gesellschaft seine Objekte observierte oder anwarb. Zumindest in der SED, die 2,3 Millionen Mitglieder umfasste, galten die »Tschekisten«, wie sie sich bezeichnenderweise nach der von Lenin begründeten KGB-Vorläuferin, der Tscheka, nannten, als eine Art Elite. Sie waren die Treuesten der Treuen und befanden sich sozusagen im tagtäglichen Clinch mit dem Klassenfeind. Als Helfer auserkoren zu werden wurde als ebenso ehrenhaft vermittelt, wie es lebensgefährlich sein konnte, von ihnen als Objekt ausgespäht zu werden. Die Suggestion, sich als Stasi-Zuträger in Harmonie mit der humanistischsten aller bisherigen Gesellschaften zu befinden, war die Substanz der Verführung. Das war absurd und zynisch zugleich. Wir alle, einstige Funktionäre und Mitglieder der SED, nährten dieses Zerrbild und trugen es wie eine Monstranz vor uns her. Darauf zu verweisen ist angebracht bei denen, die bereit sind, Schuld abzutragen.

Aber es gibt die anderen – diejenigen, die ihre Verstocktheit in eine Tugend umfälschen, indem sie sich ohne Reue zu ihrer verkappten Stasi-Existenz bekennen und die Wachsamkeit der Demokratie als Gesinnungs-TÜV verunglimpfen. Eine Partei wie die PDS, die auf solche Parteigänger nicht verzichten kann, muss sich nicht beklagen, aus ihrer SED-Vergangenheit nicht entlassen zu werden.

War die Stasi ein »Staat im Staate« mit dem Spielraum, ihre eigenen Ziele zu verfolgen?

In der öffentlichen Debatte über den Stasiismus hat sich zeitweilig eine Art Parallaxenverschiebung eingestellt. Die unheilige Praxis der Stasi zog in besonderem Maß die Aufmerksamkeit der oppositionellen Kräfte auf sich. Sie, die Opfer, lenkten ungewollt den Blick vieler vordergründig auf diese Täter-Adresse. Die Metapher vom »Staat im Staate« bot sich an. Doch das stimmt so nicht. Die Stasi war ein wichtiges Herrschaftsinstrument der SED. Sie war immer der strikten Kontrolle der Partei unterworfen. In der Spitze des Ministeriums standen Nomenklaturkader, die wie Wilhelm Zaisser, Ernst Wollweber und schließlich Erich Mielke im Zentralkomitee oder im Politbüro saßen. Das MfS kontrollierte die Blockparteien und Massenorganisationen mittels seines Spitzelapparats. Selbst in die Parteiorganisationen der SED waren die IM gestreut.

Wie war das beim Neuen Deutschland, *dessen Chefredakteur Sie lange waren?*

Auch aus der Redaktion des *Neuen Deutschland* flatterten der Hauptabteilung XX des MfS regelmäßig Berichte eines IM auf den Tisch, obwohl an der Linientreue des Zentralorgans eigentlich nicht zu zweifeln war. Ein Redakteur outete sich 1989, als es mit der SED-Macht rapide bergab ging, und beging Selbstmord – vermutlich aus Scham.

Es war also nur das Politbüro davon verschont?

Nicht einmal das. Welche absurden Kapriolen der Schnüffel- und Überwachungswahn im SED-Staat schlug, illustriert eine kleine Geschichte aus dem Jahr 1990. Damals soll Rainer Eppelmann, in jener Zeit letzter Verteidigungsminister der DDR, Erich Honecker aufgesucht haben, der als inzwischen Unbehauster bei einem Pastor in Lobetal Unterkunft gefunden hatte. Eppelmann soll einen Koffer mitgebracht und mit den Worten geöffnet haben, Honecker und er seien beide so etwas wie Opfer des Systems gewesen. Sie hätten sich nämlich beide im Visier von »Horch & Guck« befunden. Der Koffer sei voller Abhörbänder der Stasi gewesen. Man habe sie in einem technisch besonders gut ausgestatteten Raum in Wandlitz, der Wohnsiedlung des Politbüros, gefunden, in dem die Telefone der Politbüromitglieder abgehört wurden. Wenn die Eppelmann-Story so nicht stimmen sollte, ist sie doch gut erfunden.

Mielke hatte Material in Verwahrung, das selbst Honecker belastete. Im Panzerschrank des Stasichefs fand sich nach dem Ende der SED-Macht ein roter Koffer mit Akten der Nazis über den Häftling Honecker. Den Papieren soll zu entnehmen gewesen sein, dass sich der saarländische Jungkommunist damals gegenüber den Gestapo-Verhörern nicht so standhaft verhalten habe, wie es seine offizielle Biographie erzählt. Vermutlich hatte Mielke das Dossier für den Fall aufbewahrt, dass die Zentrale im Kreml Material benötigt, um einen unzuverlässig gewordenen Generalsekretär zum Abtreten nötigen zu können.

So grotesk und für die SED-Führung kontraproduktiv ein solcher Tatbestand scheinen mag, es ist nicht auszuschließen, dass Mielke abhören ließ, um bei einem möglichen Intrigenspiel gegen ein Mitglied des Politbüros sofort mit belastendem Material aufwarten zu können. So wurde auch im erwähnten Fall Häber vorgegangen.

Der wichtigste und erste Auftrag des MfS war es jedoch, als »Schild und Schwert der Partei« die Bevölkerung der DDR flächendeckend zu bespitzeln.

Die Mitarbeiter des MfS unterdrückten jedes Aufmucken mit harter Hand. Der schon erwähnten Hauptabteilung XX oblag es, die staatlichen Organe und Einrichtungen, das gesamte Feld der Justiz, des Gesundheitswesens, der Kultur und der Bildung, die Medien, die Jugendarbeit, die gesellschaftlichen Organisationen und nicht zuletzt die Kirchen- und Religionsgemeinschaften mit geheimdienstlichen Methoden zu überwachen. Darüber hinaus war sie zuständig für die Bekämpfung der Opposition und der »Untergrundtätigkeit«, überhaupt für die Bekämpfung jeglicher Kritik an den Verhältnissen in der DDR. Wenn die Indizien zu wenig hergaben, wurde nicht selten dazukonstruiert, womit die Sache zu einem Fall für die »Organe« wurde, an dem sich dann deren Wachsamkeit und deren Durchgreifen belegen ließen.

Woher kam dieser Kontrollwahn? War er ein Überbleibsel des Nationalsozialismus oder ein Import von Stalin?

Die Spezifik der Stasi – nämlich gegen den äußeren Feind nach ideologischen Koordinaten zu operieren und im Innern das ganze Volk als verdächtig im Blick zu haben – ist nicht singulär. Diese Vorgehensweise ist charakteristisch für die Geheimdienste aller kommunistischen Staaten, allen voran für den sowjetischen Geheimdienst. Die Stasi war keine Schöpfung Honeckers, sie war bis in Details eine Schöpfung des KGB-Apparats. Wenngleich die Anzahl der blutigen Schandtaten bei der Stasi aufgrund ihrer relativ späten Geburt geringer ausfiel als beim sowjetischen Vorbild, so war dennoch in keinem anderen Bruderland das Netz der Bespitzelung und Überwachung so dicht wie in der DDR. Das lässt sich an Zahlen belegen: Kamen auf einen MfS-Mitarbeiter etwa 180 DDR-Bürger, so entfielen auf einen KGB-Angehörigen 595 Sowjetbürger; in der ČSSR lag das Verhältnis bei 1 zu 867 und in Polen gar bei 1 zu 1574. Die Hypertrophie war Symptom des Zerfalls. Zutage trat am Ende nur die Untauglichkeit des Konzepts, eine eingleisige Ideologie-Gesellschaft mit den Mitteln einer totalen geheimdienstlichen Vernetzung vor dem Zusammenbruch zu bewahren.

Woher rührte der Trieb der roten Geheimdienste zur Allgegenwärtigkeit, Allzuständigkeit und Allmachtskompetenz und deren staatlicher Institutionalisierung? War es ein Zufall, oder kam es zwangsläufig dazu?

Ein Dogma der kommunistischen Ideologie ist die Machtfrage. Mehr noch, dieses Dogma bleibt auch nach der Machtergreifung bestehen, ja, es ist sogar noch dominanter als zuvor. Denn die Sicherung der Macht ist die Gretchenfrage bei der Errichtung einer sozialistischen Gesellschaft.

Was verstehen Kommunisten unter Macht?

Macht bedeutet die Alleinherrschaft der Kommunisten. Schwächung, Gefährdung oder Infragestellen der Macht bedeuten Vergehen an der Menschheit, an ihren Interessen, am sozialistischen Ideal, an der Zukunft. Die rote Macht sah sich nicht nur von äußeren konterrevolutionären Feinden umzingelt. Ich verwies darauf schon. Sie hegte, wie gesagt, ein tiefverwurzeltes Misstrauen gegen die werktätigen Massen, die sie befreien wollte. Diese Mehrheit galt potentiell als anfällig für die materielle und geistige Verführung durch den Klassenfeind. Deshalb war die Diktatur des Proletariats eine über das Proletariat verhängte Beaufsichtigung, die stets Selbstprüfung und notfalls Selbstzüchtigung anmahnte.

Was hat die Stasi angetrieben?

Die Unzulänglichkeiten im Alltag und die Skepsis der Bürger gefährdeten unablässig die Macht und den Führungsanspruch der SED. Da die Entwicklung in die klassenlose Zukunft nach bestimmten Gesetzen verläuft, so das dogmatische Paradoxon, konnten Fehl- und Rückschläge nur das Werk des äußeren Feindes im Zusammenspiel mit bewusster oder unbewusster Komplizenschaft der Bürger sein. Machtsicherung kulminierte folglich in Überwachungen, Verfolgungen und Verhaftungen. Der kommunistischen Utopie wohnt objektiv die Tendenz zur Diktatur inne, die sich zu despotischer Realität auswächst, um sich auf Dauer zu etablieren. Hier liegen die Wurzeln der roten Geheimdienste und ihrer menschenfeindlichen Praxis.

Wäre das System ohne Staatssicherheit ein besseres gewesen?

Denken wir uns einmal die Schurken weg: Wäre das System dann bereinigt, wäre es dann wieder genieß- und zumutbar? Die Gebrechen, die gegen Ende immer deutlicher hervortraten, waren die Folge eines generellen Konstruktionsfehlers. Nur verbissene Anhänger der Marx'schen Utopie leugnen diesen Sachverhalt. In der Schlussphase begriff die Führung immer noch nicht, dass sie ihren eigenen Konkurs eingeleitet hatte. Mit symptomatischen Mitteln wie dem Stasinetz oder dem Devisentropf von Alexander Schalck-Golodkowski, Chef der Abteilung kommerzielle Koordinierung, hatte man versucht, den dünn gewordenen Lebensfaden des kranken Mannes an der Panke nicht sofort reißen zu lassen.

Das Aus der DDR ist das Resultat einer Reihe von Faktoren: Dazu gehörten der Mangel an Freizügigkeit, der durch die ungarische Grenzöffnung beklemmend offenbar wurde, die erstickende Allgegenwart der Stasi, das Fehlen echter Demokratie, Versorgungsprobleme, der täglich verordnete

Realitätsentzug in den Medien ebenso wie unsere Nachholverbesserungen wie etwa die Maueröffnung, der zögerliche Rückzug der SED aus der selbstverhängten Führungsrolle oder der klägliche Zerfall der scheinbar monolithischen Partei.

Spürt man den Geist der Stasi noch in PDS-Zweigen der Linken?

Auf unserem Alltag heute lastet eine bislang unbekannte Herausforderung, nämlich der 11. September und seine Folgen. Auch in der Bundesrepublik ist man darüber uneins, welche Antwort dem mörderischen Terrorismus in islamischer Verbrämung erteilt werden muss. Wenn Streit ausbricht unter den Bürgern oder den Politikern, dauert es nicht lange, bis sich PDS-Mitglieder mit populistischen Parolen einmischen. Ihr Extremismus kommt auf Filzlatschen daher. Stets geben sie sich ein Stück vernünftiger als die Vernünftigsten, derzeit sind sie pazifistischer als die Pazifisten.

Die begrenzten militärischen Schritte der USA gegen die islamistischen Urheber des gegenwärtigen Terrors hat das *Neue Deutschland* als Unternehmung abqualifiziert, mit der Afghanistan in die Steinzeit zurückgebombt wurde. Durch solche Äußerungen werden die Rollen von Tätern und Opfern ausgetauscht. Der Kommunismus lehnt wie gesagt in der Tat den individuellen Terror ab. Nach Lenin würde die Tötung von Einzelpersonen einen erstrebten kommunistischen Umsturz überhaupt nicht erleichtern, weil sich die staatliche Repression scharf gegen die Urheber von Terror richten und folglich die Arbeit für die Revolution erschweren würde. So weit die Theorie. Die Praxis sah etwas anders aus. Wo und wann sich Terrorismus als »antiimperialistische Kampfreserve« der sozialistischen Staatengemeinschaft anbot, war er von Nutzen. Und die Stasi war ja auch in Regionen wie in Nahost aktiv, die als Bastillen des heutigen Terrorismus gelten.

Da sind wir bei einem weiteren Stasi-Kapitel. Bis zum Ende der DDR haben Elite-Einheiten des MfS etwa 1900 Aktivisten im Ausland, und zwar im Jemen und in Palästinenser-Lagern, für Flugzeugentführungen, Bombenattentate und andere Anschläge ausgebildet. So belegt es eine Information der Stasi-Unterlagen-Behörde. Wenn damals Bin-Laden-Terroristen nicht darunter waren, lag das lediglich daran, dass die seinerzeit die sowjetischen Invasoren in Afghanistan bekriegten. Offiziell war die erwähnte Ausbildung als »Terrorabwehr« deklariert. De facto waren die so Trainierten nicht nur defensiv, sondern auch aktiv einsetzbar. Dazu addiert sich unter anderem die vielfältige Unterstützung vor allem arabischer Terroristen. Jens Giesecke, wissenschaftlicher Mitarbeiter der Gauck-Behörde, belegte das in seinem ausführlichen Bericht über den »Mielke-Konzern«. Diese Terroristen konnten die DDR als Rückzugsraum und Transitland unbehelligt benutzen. Angehörige der Terrorszene in der Bundesrepublik, zum Beispiel der RAF, konnten ebenfalls über den Flughafen Schönefeld ungestört von Westberlin aufbrechen und nach Westberlin einreisen.

Seit wann wurde so operiert?

Seit den sechziger Jahren ließ Mielke sogenannte Partisanenpläne für den Einsatz in der Bundesrepublik aufstellen. Rund 3500 Einzelkämpfer und Mitglieder von Einsatzgruppen wurden zwischen 1964 und 1986 für Anschläge und Überfälle in der Bundesrepublik ausgebildet. In einem 3790 Seiten starken Handbuch der MfS-Bürokraten heißt es beispielsweise: »Das Liquidieren beinhaltet die physische Vernichtung von Einzelpersonen und Personengruppen. Erreichbar durch das Erschießen, Erstechen, Verbrennen, Zersprengen, Strangulieren, Erschlagen, Vergiften, Ersticken.« Vor nicht allzu langer Zeit erschienen Presseberichte über ein ähnliches Vademecum für die islamistischen Killer aus dem Stall Bin Ladens. Es könnte, von Koran-Floskeln abgesehen, zumindest streckenweise aus der Mord-Gebrauchsanweisung des MfS abgeschrieben sein.

Am 20. Dezember 1991 wurde das Stasi-Unterlagen-Gesetz verabschiedet. Wie sehen Sie die Bilanz der Gauck-Behörde?

Das Gesetz war eine weise Entscheidung der Politik. Damit wurde das Herrschaftswissen der SED in die Hände der Opfer gegeben. Hüter des Gesetzes ist die Gauck-Behörde, die heute von Marianne Birthler geleitet wird. Die Gauck-Behörde leistete wertvolle Arbeit, zumal sie Aufgaben zu meistern hatte und auch immer noch hat, für deren Lösung man auf keinerlei Erfahrung zurückgreifen konnte, weder in politischer noch in historischer Hinsicht. Die Behörde steuerte zur Einheit bei, indem sie half, das Prinzip Offenheit durchzusetzen, und ließ so den Opfern Gerechtigkeit widerfahren. Diese konnten entscheiden, ob sie den Tätern vergeben oder sie anklagen wollten. Zugleich wachte die Behörde darüber, dass mit den Akten kein Missbrauch betrieben werden konnte. Darüber hinaus förderte sie die historische, politische und juristische Aufarbeitung der Stasi-Tätigkeiten, die ja sämtliche Bereiche der DDR-Gesellschaft erfassten. Dass Fehler bei einem solch singulären Unterfangen nicht ausbleiben konnten, war vorauszusehen. Aber das kann die Leistungen der Gauck-Behörde nicht schmälern. Summa summarum hat sie bewiesen, was man als das Credo ihres Vorgängers Joachim Gauck zu nennen geneigt ist: »Es ist eine Illusion zu glauben, das Problem der Stasi-Akten ließe sich dadurch erledigen, dass man einen riesigen Betondeckel über sie legt … Das Zurechtkommen mit der eigenen Geschichte würden wir damit nur verzögern. Sich der Vergangenheit zu stellen mag schmerzhaft sein, ist aber in jedem Fall heilsamer, als sie von sich wegzuschieben oder zu verdrängen.«[15]

15 Joachim Gauck, *Das unheimliche Erbe der DDR*. Reinbek 1991.

Aber es bleibt doch ein Rest Skepsis?

Eine Behörde kann Impulse geben, aber sie kann und wird das öffentliche Leben nie umfassend prägen können. Warum sollten wir das nach den Erfahrungen mit einer braunen und einer roten Diktatur auch wollen? An uns allen liegt es, an den Medien, an den Lehrern sowie an den Politikern, mit den Maßstäben, die uns das Amt in der Berliner Glinkastraße in die Hand gegeben hat, die DDR-Vergangenheit aufzuarbeiten.

Wird das gelingen?

Dass sich noch immer viele ehemals Verfolgte und Bespitzelte für die Akten der Behörde interessieren, beantwortet die Frage nicht ausreichend. Junge Leute wissen immer weniger über die Stasi. Diese Tatsache nahm Frau Birthler zum Anlass, Schulen aufzufordern, sich mit der DDR-Vergangenheit zu befassen.

Die Stasi sollte schon allein deshalb ein Thema bleiben, weil es dabei im Grunde genommen darum gehen muss, ein falsches System, nämlich das System kommunistischer Weltverbesserung, zu entlarven. Man muss begreifen, dass man im Falschen nichts Richtiges tun kann, es sei denn, man bezieht Front gegen das Falsche. Die Stasi ist ein dunkles Kapitel unserer wechselvollen Geschichte, das man nicht einfach ad acta legen kann. Heranwachsende – ich betone es noch einmal – haben ein Recht darauf, dass wir ihnen dieses Thema nicht vorenthalten.

7

Patrioten, keine Träumer
Die Kraft des 17. Juni 1953

Im Jahre 2003 jährte sich zum fünfzigsten Mal der Aufstand vom 17. Juni. Manche Altbundesbürger haben durch die vielen Publikationen und die öffentlichen Würdigungen damals erst die ganze Tragweite dieses Ereignisses erfasst. Wie haben Sie 1953 den 17. Juni erlebt? Und hat sich Ihre Wertung des Aufstands nach 1989 grundlegend verändert?

Ich war an jenem Tag kein Aufständischer, kein Opfer, sondern ein junger Kommunist, der weder fähig noch willens war, den Protest und Widerstand zu begreifen, geschweige denn zu billigen. Wie ich schon geschildert habe, war ich eingesponnen im Kokon eines dogmatischen marxistischen Weltverständnisses, mein Blick war durch die rote Brille eines instrumentalisierten Antifaschismus getrübt. Meine Wahrnehmung war verzerrt: Die Konterrevolution marschiert, von außen, von den imperialistischen Widersachern unseres guten antifaschistischen Aufbauwerkes gesteuert. Als 36 Jahre später, im Herbst 1989, die SED-Diktatur durch Massenflucht und Demos endgültig verdammt wurde, hörte ich von einem Altkommunisten folgenden Satz: »So weit is es nu gekommen. Da haben wir den 17. Juni in Reinkultur! Bringen sie uns nu um?« Dieser Ausspruch stammt von Mielke. Wir hatten ihn nach der Absetzung Honeckers aus dem Amt des Stasi-Ministers gedrängt. Er wohnte zu jener Zeit noch wie Honecker und Hager in Wandlitz. Ich hatte veranlasst, dass Journalisten die Wagenburg der DDR-Elite besichtigen konnten, als mich der Anruf Mielkes erreichte. Er wollte wissen, ob es stimmen würde, dass Wandlitz »offen« sei. Dabei verblüffte er mich mit dieser Assoziation zum 17. Juni. Wir Jüngeren hatten über die Jahre die Erinnerung an den Makel, der damit verbunden war, verdrängt, bei den Alten war augenscheinlich ein tiefsitzendes Trauma zurückgeblieben: Sie, die sieglosen Klassenkämpfer, die 1945 die politische Fußtruppe der roten Befreier waren, sie waren damals zur Zielscheibe eines Volksaufstands und abermals als Versager abgestempelt geworden. Und zwar ausgerechnet von denen, die sie erleuchten wollten.

Aus Mielkes Satz sprach Angst, womöglich auch die wütende Ohnmacht, nicht noch einmal mit blanker Repression reagieren zu können. Die Geschichte wiederholt sich nicht. Die Welt hatte sich verändert. Diesmal sollten die Demonstranten nicht nur die Mielkes und Honeckers, sondern wenige Wochen später auch uns, die verspäteten Gorbatschow-Nachahmer, für immer aus der Macht putzen. Es erfüllte sich, was 1953 noch unvollendet bleiben musste.

Was bedeutet der 17. Juni heute, nachdem die Volkserhebung von 1989 den größtmöglichen Erfolg erzielt hat, nämlich das Ende der SED-Diktatur und kein Jahr später die Vereinigung mit der Bundesrepublik?

Mittlerweile ist der 17. Juni erstaunlicherweise stärker denn je ins Sichtfeld der Deutschen gerückt. Aus der Distanz holen wir einiges nach. Wer sich über die späte Gedenkfülle mokieren sollte, der übersieht das Eingebundensein der deutschen Geschicke in die Welt- und Europapolitik der vergangenen Jahrzehnte. Die Vielzahl der Veranstaltungen, der Publikationen, der Sendungen und Medienberichte über den 17. Juni, die es im Jubiläumsjahr gab, wurde als Chance wahrgenommen, das nationale Bewusstsein, unser Vereintsein, zu vertiefen. 1958, als dieses Datum schon seinen Platz im Jahreskreis der Erinnerungstage der einstigen Bundesrepublik hatte, bezeichnete der Journalist und Schriftsteller Friedrich Sieburg den 17. Juni noch als einen Tag »entspannender Belanglosigkeit«, was wir, die SED, hämisch-erfreut registrierten.

Aber lag die Relativierung des Tages nicht auch daran, dass die Vision einer Wiedergewinnung der Einheit, die sich mit ihm verband, an Leuchtkraft einbüßte, ja, einbüßen musste?

Ja, vom Risiko der über dem Westen wie über dem Osten dräuenden nuklearen Overkill-Potentiale ganz zu schweigen. Und entbehrt der Vorwurf der Heuchelei gegenüber Politikern, die von den »Schwestern und Brüdern im Osten« zu sprechen pflegten, ohne etwas für sie zu tun, nicht selbst der Heuchelei? Erhielt nicht derjenige, der nur eine größere Lippe riskierte, Feuer aus derselben Ecke: Wurde er nicht als Revanchist, verbohrter kalter Krieger oder Realitätsverdränger abgestempelt oder mit ähnlichen Attributen belegt? »Deutsche Einheit – überflüssig und schädlich wie ein Kropf« – wie applaudierten wir in der DDR solcher turnschuhunterfütterten Politmeinung aus der BRD. Oder: Wer erinnert sich nicht an die Bremssignale, die noch 1989 aus Paris oder London ertönten, als die Einheit bereits unwiderruflich auf die Agenda gesetzt worden war. Deshalb ist der 17. Juni heute eigentlich auch ein Prüfstein für die Nachfolgepartei der SED – und somit auf andere Weise ein Prüfstand für den Reifegrad der neuen Einheit der Deutschen. Die PDS kommt in den Gedenkreden kaum vor. Ihr, die sich als Advokat der enterbten Ostdeutschen geriert, darf das Eingeständnis nicht erlassen werden, dass diese »Enterbung« von ihr selbst verschuldet ist – auch mit der brutalen Unterdrückung des Aufstands von 1953 bis hin zum politischen, wirtschaftlichen und sozialen Bankrott von 1989. Sie, die durch die Großmut der Demokratie nach ihrem politischen Gau ohne Tauglichkeitstest und Schamfrist schon 1990 in den Deutschen Bundestag schwappte, war bisher nicht imstande, sich mit der gebotenen Entschiedenheit von ihrer Vergangenheit zu verabschieden. Die Erklärungen, die sie mit der Aussicht auf Machtbeteiligung zu ihrer Vergangenheit absonderte, waren allesamt nach dem pseudoselbstkritischen Muster »Ja, aber ...!« gestrickt. In Publikationen des PDS-Parteivorstands wird der Aufstand von 1953 zwar nicht als faschistische Inszenierung diffamiert, dafür aber als »Arbeiterrebellion« kleingeredet. Mit Emphase wird sogleich ergänzt, dass von einem Volksaufstand keine Rede sein könne.

Den PDS-Propagandisten ist somit kurioserweise entgangen, dass sie damit die Kernanmaßung der Partei, die einzig wahre Klassenrepräsentanz der Werktätigen zu sein, selbst in Abrede stellen. Die Revolte richtete sich ja gegen das Joch der Partei. Es hätte zumindest den dreisten Charme von Chuzpe gehabt, wenn die Verfasser hinzugesetzt hätten: Es konnten ja nur die Arbeiter sein, denn die »anderen« waren ja längst eingelocht oder zur Flucht getrieben worden. Die Verrenkungen, mit denen die PDS-Oberen den Eindruck erweckten, sich der Verantwortung und Schuld ihrer Mutterpartei anzunähern, erinnern an eine Balzac'sche Formulierung: »Man schiss sich halsbrecherisch ins Hosenfutter.« Im Grunde verhöhnte ihre Rhetorik den zusehends zu Freiheit, Demokratie und nationaler Einheit drängenden Willen der Aufständischen von 1953.

Was bedeutet der 17. Juni für Sie heute?

Der 17. Juni 1953 markiert eine Erhebung gegen eine doppelte Diktatur – gegen die der Besatzungsmacht und gegen die ihrer deutschen Satrapen, der SED. In den Wochen des fünfzigsten Jahrestages prägten ebenfalls Demonstrationen das Bild unserer großen Städte. Bei diesen Demonstrationen prangerten die Menschen die Amerikaner an, aber die blutige Diktatur eines Saddams blieb außen vor. Als die Demonstranten 1953 durch die Städte und Ortschaften der frühen

DDR zogen, griffen sie nicht das eine Unrecht an und verdeckten das andere. Das ist der Unterschied zu heute. Es waren damals Aktionen, die sich direkt gegen eine Tyrannei wandten. Sie waren spontan und darüber hinaus mit einem hohen persönlichen Risiko für ihre Teilnehmer verbunden.

Das kann natürlich kein Kriterium für Meinungsfreiheit sein. Zum Wesen der Demokratie, also der Grundwerte einer freien Gesellschaft, gehört gerade das Recht, risikofrei auf die Straße gehen und seine Meinung für oder gegen etwas bekunden zu können. Manchmal nimmt die Großmut der Demokratie allerdings masochistische Formen an. Das scheint mir der Fall zu sein, wenn die politisch Verantwortlichen zulassen, dass sich erklärte Gegner der Demokratie – von welchem Rand des politischen Spektrums auch immer – unter dem Paragraphenschirm tummeln, der eigentlich demokratischen Kräften Spielräume, Gedanken- und Handlungsfreiheit eröffnet.

Die Tyrannei verlacht das als sentimentale Schwäche der Demokratie. Aber sie macht es sich zunutze. Die Tyrannei will sich, wo sie herrscht, nicht den Luxus freier Meinungsäußerung erlauben. Jede Auffassung, die nicht mit ihrem Kodex oder Kanon übereinstimmt, ist ein Misston, der ihren Absolutheitsanspruch untergräbt und eliminiert werden muss. Auch das belegt der 17. Juni. Nach einer kurzen Phase der Verunsicherung der SED-Spitze setzte die Repression ein, die den Aufstand erstickte.

Wie sehr dieser ideologische Winkelzug, der uns heute absurd erscheinen mag, selbst nach dem 17. Juni 1953 in der Bundesrepublik Aufmerksamkeit erzeugte, beleuchtete der Historiker Markus Kiefer in seiner umfangreichen Studie zum Thema »Die deutsche Frage in der überregionalen Tages- und Wochenpresse der Bundesrepublik 1949–1955«. Noch lange nach dem Volksaufstand schlug sich das in ungemein erfindungsreichen Ansätzen nieder, die prominente Leitartikler lieferten, um die Sowjets dazu zu verlocken, auf ihre SED-Vasallen zu verzichten zugunsten einer neutralistischen, militärisch gezähmten deutschen Einheit. Das zeigt auch, wie groß die Ahnungslosigkeit war im Bezug auf das kommunistische Machtdenken. Ganz zu schweigen davon, dass solche »Belanglosigkeiten« wie der Wert der DDR als vorgeschobenes militärisches Glacis der Sowjets oder die Bedeutung des sächsisch-thüringischen Uranbergbaus für die sowjetische Atombombenproduktion nicht beachtet wurden, der einer Befriedigung deutscher Einheitssehnsüchte niemals geopfert worden wäre.

Konrad Adenauer, Kurt Schumacher, die Patrioten, aber keine Träumer waren, und die westlichen Alliierten ließen Stalin abblitzen. War das ein Verrat?

Wer das heute als frühen Verrat an den Menschen in der DDR geißeln wollte, der ignoriert zweierlei: Erstens waren die Deutschen zu jener Zeit, ganz anders als 1989, noch zu sehr in Besatzungsstrukturen eingebunden, als dass sie sich eigenmächtig in das Abenteuer einer solidarischen Aktion hätten stürzen können. Zum Zweiten waren eben die Besatzungsmächte so vernünftig, dass sie ihre Haut nicht schon wieder für die Deutschen, die sie doch gerade erst besiegt hatten, in einer Auseinandersetzung riskieren wollten, deren Folgen unabsehbar gewesen wären – selbst für die Deutschen.

Stalins Manöver war also fehlgeschlagen. Was brachte denn letztlich die Menschen dazu, auf die Straße zu gehen und sich zu wehren?

Die SED, sprich Ulbricht, nahm in Abstimmung mit Moskau Kurs auf den beschleunigten Aufbau des Sozialismus. Es bestand ja keine Aussicht mehr, mit der Manövriermasse DDR westliche Pläne zu konterkarieren. Dieser Kurs, der auf der 2. Parteikonferenz im Sommer 1952 zur Generallinie der SED erhoben wurde, hatte unter anderem zur Folge, dass die

Zwangskollektivierung der Bauern rigoroser betrieben wurde, was negative Auswirkungen auf die ohnehin schlechte Versorgungslage hatte. Viele kleine und mittlere Privatunternehmer wurden durch Druck und Diskriminierung, häufig auch durch konstruierte Kriminalisierung, zur Aufgabe genötigt. Charakteristisch dafür ist eine Enteignungswelle unter dem Tarnwort »Aktion Rose«, der im Frühjahr 1952 an der Ostseeküste private Eigner und Pächter von gastronomischen Einrichtungen und Ferienanlagen zum Opfer fielen. Anfang Mai 1952 verkündete der Generalstaatsanwalt die Beschlagnahme von, wie es hieß, »Objekten im Werte von 30 Millionen Mark«. Außerdem – so weit ging der sozialistische Diebstahl – seien Bargeld, Schmuck und Wertsachen von rund 2,5 Millionen Mark »sichergestellt« worden. Die als verbrecherisch diffamierten Eigentümer wanderten ins Gefängnis oder entzogen sich der Verurteilung durch Flucht. Bestimmte soziale Gruppen erhielten keine Lebensmittelkarten mehr und sollten sich mit erheblich teureren HO-Waren selbst versorgen. Die Arbeiter wiederum wurden zu höherer Leistung in der Produktion angehalten, um die Produktivitätslücke zur Bundesrepublik zu verringern und vor allem um die Kosten für die beginnende militärische Aufrüstung der DDR aufzubringen. All das führte dazu, dass die Menschen zunehmend einen Ausweg in der Flucht nach Westen suchten. Flohen 72 226 Menschen zwischen Januar und Juni 1952 aus der DDR, so stieg die Zahl der Flüchtlinge von Juli bis Dezember 1952 auf 110 167 und erreichte von Januar bis zum Juli 1953 den Pegel von etwa 300 000 Flüchtlingen. An den Zahlen lässt sich ablesen, wie sehr sich die Stimmungslage verschärft hatte.

Wurde die SED in dieser Situation nicht unruhig? Merkte sie nicht, dass es höchste Zeit war, etwas zu ändern, dass hier etwas am Brodeln war, was früher oder später überschwappen musste?

Pfiffe geerntet, aber noch unbeirrt. Schabowski bei seiner Rede auf dem Berliner Alexanderplatz am 4. November 1989. © Bundesarchiv

DDR mit sportlichem Image. Die Partei- und Staatsoberen jubeln den Siegern des Finales der Internationalen Friedensfahrt 1982 zu.

Bei der Eröffnung des XI. SED-Parteitags am 17. April 1986 in Berlin. © dpa

Auf Nimmerwiedersehen – die Mitglieder des Politbüros der SED verabschieden Gorbatschow nach dem 40. Jahrestag der DDR auf dem Flughafen Berlin–Schönefeld. © dpa

Wohnungsbauprogramm – populär und schuldenträchtig. Mit Honecker bei der Übergabe der dreimillionsten Wohnung an eine Berliner Familie. © dpa

Sozialistischer Alltagsfrust: Wie steht's mit der Planerfüllung? Produktionsberatung im Ostberliner Betrieb Elektrokohle. © ullstein bild

1986 besucht der Kreml-Neuling Gorbatschow die DDR. Ostberlin prunkt noch mit Fernsehturm und Plattenbau. © dpa

Erstmals öffentliche Diskussion mit der Menge. Kundgebung vor dem Berliner Roten Rathaus Ende Oktober 1989. © dpa

Auf dem Podiumswagen mit Stefan Heym, der einer der Redner der Kundgebung auf dem Alexanderplatz war. © ullstein bild

Am 9. November 1989 vor den Mikrofonen der Weltpresse. Ein Datum, das Geschichte markiert. © dpa

Schon die Ahnung vom Ende: Schabowski neben Krenz am 10. November auf der letzten Großkundgebung der SED in Berlin auf dem Marx-Engels-Platz. © dpa

Zum Haftantritt in die JVA Hakenfelde mit Sohn Jan (Mitte) im Dezember 1999.
© dpa

Bewahrt euch gesunde Skepsis gegen Weltverbesserer! – im Gespräch mit einem Schüler während einer Veranstaltung im Johanneum-Gymnasium in Hoyerswerda 2007.
© dpa

Die SED setzte sich machtbesessen über diese und andere Warnzeichen hinweg. Sie verfügte zur Behebung der prekären wirtschaftlichen Situation »freiwillige« Normenerhöhungen, das heißt die Menschen sollten mehr arbeiten für das gleiche Geld. Dagegen gab es erheblichen Widerstand, es kam sogar zu Streiks. Um diesen Widerstand administrativ zu brechen, beschloss der Ministerrat noch am 28. Mai 1953 eine gesetzliche Erhöhung der Normen um 10 bis 30 Prozent. Die Arbeiterschaft konnte diese Anforderungen nicht erfüllen, da ihr Produktivitätspotential bereits ausgeschöpft war. Weil sie unter dem amtlichen Soll blieb, musste sie sogar entsprechende Lohnabschläge hinnehmen. Facharbeiter mussten zum Beispiel Lohneinbußen von rund 100 Mark pro Woche hinnehmen.

Der 17. Juni war also im Grunde der Höhepunkt einer Wirtschaftskrise.

Aber eine Wirtschaftskrise, die von einer politischen Krise in Moskau unterlegt worden war. Am 6. März 1953 war Stalin gestorben. In dem Machtvakuum, das der Tod des Diktators hinterlassen hatte, entwickelten sich in Moskau Diadochenkämpfe zwischen seinen Paladinen. Der Einfluss des Mordgehilfen Lawrentij Pawlowitsch Berija war am Anfang noch groß. Der Geheimdienstchef rechnete sich zunächst Chancen für die Nachfolge Stalins aus. Berija war weniger ideologisch als von pragmatischem Machtstreben geleitet. Mit Hilfe des KGB, dachte er, würde er sich nach und nach der Konkurrenten auch physisch entledigen können.

Aber was hatte die DDR damit zu tun?

Berija benötigte dafür mittel- oder längerfristig auch ein ruhiggestelltes außenpolitisches Umfeld. So wurde die DDR plötzlich wieder zur Manövriermasse, wenn auch auf andere

Weise, als es Stalin bezweckt und schließlich wieder aufgegeben hatte. Der Gedanke war zwar im Spiel, die DDR irgendwie, irgendwann erneut für ein Deutschlandpoker mit Einheitsoption einzusetzen. Jedoch nicht gemäß der Stalin'schen Utopie, dieser hatte vorgehabt, in das aus zwei Staaten addierte Gesamtdeutschland SED-Spitzenfunktionäre einzuschleusen. Berija verfolgte ein viel radikaleres Ziel. Ihm ging es weniger um Machtzugewinn für das Sowjetimperium, sondern vielmehr um sein persönliches Machtkalkül. Er war bereit, die DDR völlig loszulassen. Das beweisen solche verbürgten Äußerungen von ihm wie: Wir brauchen nur ein friedliches Deutschland. Aber ob es dort den Sozialismus gibt oder nicht, ist uns völlig gleich. Und bei einer anderen Debatte im sowjetischen Politbüro während der Junitage 1953 sagte er: »Die DDR? Was bedeutet sie schon, diese DDR? Sie ist nicht einmal ein richtiger Staat. Sie wird nur durch sowjetische Truppen aufrechterhalten, auch wenn wir sie DDR nennen.«

Loyalität gegenüber einem Toten wie Stalin war für Berija eine *quantité négligeable*. Wichtig war für ihn allein die Vorstellung, dass er mit der Preisgabe der DDR den eindrucksvollen Beweis würde liefern können, dass er der neue starke Mann im Kreml war. Er wollte den Westen mit Konzilianz beeindrucken und sein Henker-Image aufpolieren. Nicht zuletzt waren wirtschaftliche Erwägungen mit im Spiel. Er spekulierte nämlich im Gegenzug auf größere Geldströme aus Deutschland, um die geschwächte Sowjetwirtschaft ankurbeln zu können, was ihn als effizienten Staatenlenker ausgewiesen hätte.

In dieses Konzept passte es nicht mehr, den Aufbau des Sozialismus in der DDR im Sinne Stalins zu beschleunigen. Was die emsigen deutschen Genossen in eilfertiger Treue zu Väterchen Stalin seit dem Sommer 1952 betrieben hatten, war nicht mehr zeitgemäß. Es war sogar schädlich. Die von Moskau auf Drängen Berijas geforderte Rücknahme dieses Kurses erfolgte unmittelbar nach Stalins Tod. Die Auswirkungen waren anders als erwartet, sie waren kontraproduktiv. Die Aufhebung der Restriktionen gegen die Bauern und andere Schichten und die wieder zugestandene relative Akzeptanz brachten den Betreffenden Erleichterung. Jedoch für die Arbeiter änderte sich nichts, denn die Normenerhöhungen sollten bleiben. Das war verhängnisvoll und mag von Berija nicht beabsichtigt gewesen sein. Aber für die Ulbricht-Kohorte galt unverrückbar das Dogma von der »führenden Rolle der Arbeiterklasse«. Die Arbeiterklasse hatte ihren besonderen Platz in der Gesellschaft eben dadurch zu beweisen, dass sie durch ihren Einsatz, d.h. durch höhere Arbeitsleistung, den allerwichtigsten Beitrag für den Sozialismus leistete, selbst wenn man den Kleinbürgern zeitweilig Zugeständnisse machen musste. Die Arbeiter sahen das anders. Also wir, wir müssen bluten, während man bei den anderen das Unrecht wiedergutmacht, lautete die verbreitete Reaktion. Einwände, die Tage vor dem 17. Juni von Arbeitergruppen erhoben wurden, blieben unbeantwortet. Noch am 16. Juni 1953 erschien in der Zeitung des FDGB der Leitartikel eines Gewerkschaftssekretärs, der bekräftigte, dass die Normenerhöhung für das erstrebte bessere Leben der Werktätigen unerlässlich sei.

Und das brachte das Fass zum Überlaufen?

In der sozialistischen Renommierstraße, der Stalinallee, formierten sich die Bauarbeiter am Morgen des 16. Juni spontan zu einer Protestdemonstration. Sie zogen zum Regierungssitz und forderten nicht mehr nur die Rücknahme der Normenerhöhung, sondern nun auch freie Wahlen und den Rücktritt der Regierung. Eine hastige Korrektur des Normenbeschlusses, die Ulbricht im Laufe des 16. verkündete, konnte den Zorn und Unwillen der Menge nicht mehr beschwichtigen. Dieser Schritt wurde als Schwäche verstanden. Die Proteste weiteten sich auf die ganze DDR aus. Entgegen den Darstellungen der SED gab es kein lenkendes Zentrum der Aktionen. Die Partei selbst, ihre Verhasstheit, war der Antrieb gewesen. Wie 1989 wurde ironischerweise ein marxistischer Glaubenssatz zum Verdikt gegen die sich auf Marx berufende Diktatur: »Die Idee wird zur materiellen Gewalt, wenn sie die Massen ergreift.« So kam es trotz vorsätzlicher Zurückhaltung im westlichen Deutschland und in der Berichterstattung des RIAS, der auf Washingtons Anweisung das Wort »Generalstreik« nicht verwenden durfte, schon am 16. Juni in nahezu 300 Orten zum Aufstand.

Die Arbeit wurde am 17. Juni nicht wieder aufgenommen. Die aufgebrachten Menschen holten rote Fahnen ein und zerrissen Transparente; Grenzmarkierungen an der Sektorengrenze wurden niedergelegt, SED-Parteibüros besetzt und in Brand gesteckt, Gefängnisse gestürmt und die politischen Gefangenen befreit. Mit der Ausweitung auf 700 Ortschaften und auf eine Million Menschen erlangten die anfangs auf wirtschaftliche und soziale Korrekturen gerichteten Forderungen schnell eine eindeutig politische Dimension.

Welche Veränderungen forderten sie?

Die Menschen verlangten die Herstellung demokratischer Verhältnisse in den Betrieben, den Verzicht auf Repressalien gegen Streikende, die Freilassung sämtlicher politischen Gefangenen, den Verzicht auf Wiederbewaffnung und Auflösung der Kasernierten Volkspolizei, mit der die NVA vorbereitet wurde, den Rücktritt der Regierung, freie, geheime und direkte Wahlen und freie politische Betätigungsmöglichkeiten in allen gesellschaftlichen Bereichen sowie die sofortige Abschaffung der Zonengrenze und Wiederherstellung der Einheit Deutschlands.

Worin bestehen die Parallelen zu 1989?

Es wirkte die gleiche Dialektik, die 1989 von der Parole »Wir sind das Volk!« innerhalb von einigen Wochen zur Losung »Wir sind ein Volk!« und so zur Manifestation des Einheitswillens umschlug. Letztlich stellte der Aufstand von 1953 mit der Forderung nach freier Selbstbestimmung und Wiederherstellung der nationalen Einheit die Rolle der sowjetischen Hegemonialmacht grundsätzlich in Frage.

Also musste die Sowjetunion handeln, um ihren eigenen Macht- und Führungsanspruch zu sichern?

Gewissermaßen ja. Damit das von ihnen protegierte, aber auch benötigte Statthalter-Regime überleben konnte, riefen die Sowjets den Ausnahmezustand in Berlin und in 167 von 217 Stadt- und Landkreisen aus, der bis zum 9. Juli dauern sollte. Vor der Drohkulisse sowjetischer Panzer, denen die Menschen nichts als ihren Willen, ihre verzweifelte Wut, ihre Fäuste und Steine entgegenzusetzen hatten, ebbte der Volksaufstand in den folgenden Tagen allmählich ab.

Genaue Zahlen, die das Ausmaß der Verfolgungen belegen, die von nun an einsetzten, liegen bis heute nicht vor. Etwa hundert Menschen kamen während der Niederschlagung des Aufstands ums Leben. Kenner der Materie, wie Professor Klaus Schröder, der Leiter des Forschungsverbundes SED an der FU Berlin, und Falco Werkentin, Mitarbeiter der Stasi-Unterlagen-Behörde in Berlin, gehen von 13000 bis 15000 Verhafteten aus. Insgesamt wurden bis 1955 – so lange zogen sich die Untersuchungen und Prozesse hin – etwa 1800 Menschen verurteilt. Sie erhielten zum Teil hohe Zuchthausstrafen. Zwei von zwanzig Todesurteilen wurden vollstreckt. 18 standrechtliche Erschießungen sollen durch die sowjetischen Besatzungstruppen stattgefunden haben. Auch über die Zahl der Exekutierten gibt es bis heute keine genauen Angaben. Die sowjetischen militärgerichtlichen Unterlagen sind entweder nicht mehr vorhanden oder nicht einsehbar. Der Historiker Ilko-Sascha Kowalczuk spricht von 500 bis 700 Verurteilungen durch sowjetische Militärtribunale. Nicht unerwähnt will ich die etwa 50 000 SED-Mitglieder lassen, die sich nicht als »standhaft« erwiesen hatten und deshalb aus der Partei ausgeschlossen und vielfach auch beruflich gemaßregelt wurden.

Die SED-Propaganda versuchte, das Aufbegehren der Bevölkerung als faschistisches Bewusstseinsrelikt zu diffamieren. Dazu wurden zweifelhafte Fakten aufgebläht wie: Nazis hätten sich unter die Initiatoren in Berlin eingeschlichen und seien tonangebende Putschisten gewesen. Tatsache ist, dass sich ehemalige NSDAP-Mitglieder, denen keine andere Arbeit mehr zugänglich war, auf dem Bau als Hilfsarbeiter verdingt hatten, nicht zuletzt, um ihren Läuterungswillen unter Beweis zu stellen. Zum Medusa-Symbol der faschistischen Legende wurde eine Frau aus Halle, eine gewisse Erna Dorn, stilisiert. Als angebliche Nazi-KZ-Kommandeuse Dorn-Rabestein und Rädelsführerin wurde sie in den Juni-Tagen zum Tode verurteilt und hingerichtet. Erna Dorn war vermutlich eine geistig gestörte Person. Sie hatte sich nach 1945 als Häftling des KZ Lobestein ausgegeben, sich Jahre später aber in krassem Widerspruch dazu als Westagentin und KZ-Aufseherin in Ravensbrück bezichtigt. Obwohl kein überlebender politischer Häftling aus Ravensbrück sie je identifizieren konnte, war sie ausschließlich wegen ihrer Selbstbeschuldigung zu einer hohen Zuchthausstrafe verurteilt worden. Aufständische in Halle befreiten sie am 17. Juni. Sie wurde erneut verhaftet. Die DDR-Presse präsentierte sie als die KZ-Kommandeuse Erna Dorn »alias Rabestein« und als faschistische Rädelsführerin des »Putsches« in der Saalestadt. Man schob ihr jetzt die Biographie einer Frau unter, die bereits 1948 vom Landgericht Halle als Hundeführerin im KZ Ravensbrück zu lebenslanger Haft verurteilt worden war, einer Frau namens Rabestein. Die aber saß zu jenem Zeitpunkt im Zuchthaus Waldheim ein und starb 1974 in der Frauenhaftanstalt Hoheneck. Ungeachtet dessen wurde

Erna Dorn durch Fallbeil exekutiert. Es war ein politischer Justizmord. Kein Geringerer als Stephan Hermlin, eine der Edelfedern der DDR, war es, der diesem Fall mit der Novelle »Die Kommandeuse« literarisch den Anstrich der Wahrhaftigkeit verlieh. Die Legende ging in die Schulbücher ein und half nicht unwesentlich, das Faschismus-Klischee über den 17. Juni zu verbreiten und zu verfestigen.

Während die SED sich und die DDR per se zum Hort des Antifaschismus stilisierte, wurde der Nazi-Vorwurf als rhetorisches Totschlagargument fortan verstärkt gegen jede Regung von Opposition in der DDR eingesetzt ...

In der Paarung mit dem Revanchismus-Begriff musste der Nazi-Vorwurf auch zur Diffamierung jeglichen Einheitswillens herhalten, der in der Bundesrepublik laut wurde. In den Folgejahren wurde er darüber hinaus gegen die CDU-geführten Bundesregierungen gerichtet. Nicht von ungefähr. Unverändert galt für die SED-Führung der Moskauer Prikas, in Bonn zu einem politischen Wechsel beizusteuern. Dahinter steckte die sowjetische Intention, damit doch noch die Bundesdeutschen aus dem Nato-Fahrwasser zu lotsen. Die Bemühungen Ulbrichts gegen Ende der sechziger Jahre, einen innerdeutschen Dialog mit der SPD, die mittlerweile Regierungspartei war, in Gang zu bringen, lassen das erkennen. Aber auch die sozialliberale Koalition hielt entschlossen am westlichen Bündnis wie an der Verfassungsräson der Einheit der Nation fest und verweigerte die völkerrechtliche Anerkennung der DDR.

Wie tückisch der Faschismus-Vorwurf wirkte, den die SED über den 17. Juni breitete, hat Marianne Birthler, die Bundesbeauftragte für die Stasi-Unterlagen, bestätigt. In einem Presseinterview sagte sie: »Wahrscheinlich ist ein Großteil von uns der offiziellen DDR-Propaganda aufgesessen, die das Ereignis in ein verdächtiges Licht gerückt und als faschistischen Putschversuch bezeichnet hat. [...] Hinzu kommt: Wir haben uns in der Auseinandersetzung mit der SED bewusst als linke Opposition betrachtet und wollten uns daher nicht in eine falsche Ecke drängen lassen.«[16]

Doch zurück zum 17. Juni: Es gibt einen ebenso grotesken wie schlagenden Beleg dafür, dass der Westen von dem Aufstand im Vorfeld nichts gewusst, geschweige denn ihn mitinszeniert haben konnte: nämlich ein Geheimdossier aus Pullach. Der BND-Vorläufer, die Organisation Gehlen, hatte immerhin schon am 20. Juni eine geheime Analyse verfasst, in der es heißt, die »Vorgänge in Ostberlin und der Zone« hätten die Auffassung verstärkt, dass die Aktionen von östlicher Seite inszeniert worden seien, um »die Wiedervereinigung im großdeutschen Rahmen ins Rollen zu bringen«. Vermutlich sei »die Ausschaltung des diesen Absichten entgegenwirkenden Momentes in Gestalt der bisherigen ostzonalen Politiker ins Auge gefasst worden«. Wie groß die Abhängigkeit der SED-Chargen von der Besatzungsmacht wirklich war, überstieg offensichtlich die Vorstellungskraft der Gehlen-Agenten. Da das Bekanntwerden des Geheimpapiers das Märchen von der westdeutschen Drahtzieherrolle am Aufstand hätte widerlegen können, blieb es in den Stasi-Tresoren unter Verschluss und über Jahrzehnte hinweg ebenso gut verwahrt wie in Pullach.

Wie haben Sie den Aufstand erlebt? Haben die Historiker etwas übersehen?

Eine besondere Art von Angst war eine wesentliche Komponente. Ich erlebte diese Angst mehr beiläufig, und das befremdete mich. Damals konnte ich mir keinen Vers darauf machen. Ich war, wie gesagt, ein frischgeschultes SED-Mitglied und bereit, blind der Partei zu vertrauen. Am 17. Juni nahm ich als Vertreter der Gewerkschaftszeitung an der all-

16 Michael Mertes, »Aufstand für die Freiheit«, Heft 95/2003. In: www.trendzeitschrift.de

wöchentlichen Medienanleitung am Berliner Sitz des ZK der SED teil. Die Tonlage, in der der damalige Leiter der Abteilung Agitation zu den Medienvertretern zu sprechen pflegte, war überlegen abgeklärt, zuweilen ironisch, aber stets von nicht zu hinterfragender Gültigkeit. Ich wusste, dass er in der Weimarer Zeit zu einer KPD-Elite gehört hatte, die sich bemüht hatte, einen geheimen Apparat in der Reichswehr aufzubauen. Das Muster eines erprobten Revolutionärs also, ein Vorläufer der Kämpfer im Dunkeln, wie sich später die Stasi-Agenten zu nennen pflegten. An jenem Tag bot der Mann ein verstörendes Bild. Er war fahrig, mit zitternder Hand nahm er mehrmals Anrufe entgegen, bei denen er nur abgehackt und devot Ja oder Nein sagte. Auf unsere Fragen reagierte er nervös. Die Zusammenkunft wurde viel früher als üblich abgebrochen. Schlottert der etwa vor den Gestalten der Konterrevolution, die über Berliner Straßen ziehen, fragte ich mich damals und wollte es nicht glauben. Später meinte ich in dem Verhalten andere Gründe zu erkennen.

Welche?

Er war ein Apparatschik, ein treues Werkzeug der SED-Spitze. Mehr als wir jüngeren Mitglieder war er beherrscht von der kommunistischen Räson, Mitglied eines Ordens zu sein, dessen ideologisch-spirituelles Machtzentrum die Moskauer Zentrale war. Noch einmal zu versagen wie im Nazideutschland hätte tödliche Konsequenzen haben können. Ein stabiles Verhältnis zu Ulbricht als dem Stalinisten mit Moskauer Unbedenklichkeitszertifikat hatte da fast schon den Charakter einer Lebensversicherung. Im Schatten der Galionsfiguren Pieck und Grotewohl baute Ulbricht seine eigene Macht aus. Er schuf sich ein Sekretariat, das das Politbüro vielfach schlicht überging.

Seine Einflussnahme sicherte sich Moskau nicht allein durch seinen spitzbärtigen Vertrauensmann, sondern auch durch einen extra bestallten Aufpasser, und zwar durch Semjonow, den späteren sowjetischen Botschafter in der Bundesrepublik. Semjonow nahm damals an jeder Sitzung des Politbüros teil und war durch Ulbricht unmittelbar über alle Entscheidungen informiert. Er benutzte Ulbricht auch als Vehikel, um Moskauer »Prikasse«, wie sie ihre Befehle auf Russisch nannten, in der Führung eins zu eins durchzusetzen. Das verdeutlicht die völlig andere Art und Dimension der sowjetischen Befehlsstrukturen, die in der DDR obwalteten, verglichen mit der Einflussnahme der alliierten Besatzungsmächte auf die junge Bundesrepublik.

Auf Betreiben Berijas waren am 2. Juni 1953 unter strikter Geheimhaltung Otto Grotewohl, Walter Ulbricht und das Politbüromitglied Fred Oelßner nach Moskau zitiert worden. Auf zwei Sitzungen des sowjetischen Politbüros an zwei aufeinanderfolgenden Tagen wurden die deutschen Genossen von den Moskauer Vorgesetzten nach Strich und Faden abgekanzelt. Der beschleunigte Aufbau des Sozialismus sei falsch, warf man ihnen vor. Grotewohl und Ulbricht sollten daher bis zur nächsten Zusammenkunft ein entsprechendes Papier zur Kurskorrektur vorlegen. Hilflose, um nicht zu sagen bestürzte Einwände der beiden wurden mit der Bemerkung entkräftet, man wolle jetzt nicht die Schuldfrage diskutieren. Bei der nächsten Zusammenkunft wurden sie noch einmal niedergeknüppelt. Oberflächlich und formal sei das Vorgelegte, bekamen sie zu hören. Besonders Berija erregte sich und schleuderte ihnen die Ausarbeitung mit dem Kommentar hin: »Ein schlechter Aufguss unserer Hinweise.« Am Ende entstand eine neue Fassung, die den sogenannten Neuen Kurs beschrieb. Wegen dieser Kehrtwendung im Politbüro war inzwischen nicht nur der Aufstand auf der Straße ausgebrochen, auch im Politbüro kam es zu einem Mini-Aufstand gegen den verhassten und anmaßenden Ulbricht. Als Einpeitscher des massiven Sozialismus-Aufbaus war er der geeignete Sündenbock.

Es waren also wohl weniger die Demonstranten auf der Straße gewesen, die den Medienanleiter des ZK in Angst versetzt hatten. Als ein Knappe Ulbrichts hatte ihn wahrscheinlich viel mehr der Konflikt seines Herrn mit der Moskauer Befehlszentrale aus der Fassung gebracht.

Ulbrichts Hauptgegner im Politbüro waren der Stasiminister Wilhelm Zaisser und der Chefredakteur des *Neuen Deutschland* Rudolf Herrnstadt. Beide hatten schon dem NKWD, dem Vorläufer des KGB, zuverlässige Dienste geleistet. Ohnehin konnte in einem Bruderland niemand zum Stasiminister avancieren, der nicht das Placet des KGB hatte. Herrnstadt, ein talentierter und polyglotter Journalist, war seit 1930 für den sowjetischen Geheimdienst tätig gewesen. Mit Sicht auf Berija als dem kommenden Mann in Moskau wähnten sich die beiden wohl als die künftigen Herren des Berliner Politbüros. Um das Groteske der Szenerie abzurunden: Wieder am Tisch des Politbüros saß inzwischen derselbe Moskauer Aufpasser, der die alte Linie mit Ulbricht durchsetzen half: Semjonow – nun als Aufpasser, um die nach Stalin von der Moskauer Zentrale befohlene Kehrtwendung, den »neuen Kurs«, durchzusetzen.

Doch die Dinge änderten sich schnell in Moskau. Chruschtschow hatte insgeheim ein Komplott gegen Berija geschmiedet. Schon Ende Juni oder Anfang Juli 1953 wurde der Kaukasier, der gefährlichste unter den Konkurrenten um die Stalin-Nachfolge, als Staatsfeind und Usurpator entlarvt, verhaftet und womöglich sogleich erschossen, obwohl die Meldung über die Exekution erst am 24. Dezember 1953 veröffentlicht wurde. Die dramatische Entwicklung in Moskau hatte zur Folge, dass die Anti-Ulbricht-Fraktion im Politbüro zerbrach. Ulbrichts Rolle festigte sich aufs Neue. Die, die gegen ihn opponiert hatten, flogen aus dem Politbüro und rutschten auf unbedeutende Posten ab. Es gab keinen Stalin und keinen Berija mehr. Man konnte solche politischen Wetterwenden im Kreml nach dem Ableben des großen Liquidators zwar nicht politisch, aber immerhin physisch überleben.

Und Ihr Sprachregler?

Der war bei der nächsten Presseanleitung im ZK auch wieder ganz der Alte. Er hatte als Gefolgsmann Ulbrichts alles überstanden.

War es nur ein Arbeiteraufstand zur Durchsetzung begrenzter sozialer Forderungen, oder war es eine Volkserhebung mit nationaler Stoßrichtung?

Die Divergenzen im Westen über den 17. Juni waren im Grunde ein Pseudostreit. Sie waren einerseits unzureichenden Erkenntnissen geschuldet infolge der Abschottung in der DDR, andererseits aber auch der Opportunität der politischen Großwetterlage. Es sei denn, der Streit wurde mit der Absicht geführt, das nationale Element grundsätzlich als reaktionär abzuwerten. Vor allem handelte es sich, wie gesagt, um eine spontane, von nichts und niemandem gesteuerte Erhebung. Gewiss, Arbeiter gaben den Auftakt. Arbeiter verlangten vom Regime, dass die Einschränkungen rückgängig zu machen seien. Aber dabei blieb es nicht. Der Aufstand griff sofort auf andere Bereiche der DDR und andere Schichten, die Bauern und den Mittelstand über. Intellektuelle waren so gut wie nicht dabei. Viele namhafte, vor allem links Orientierte folgten sogar der Propaganda der SED in der Bewertung des Aufstands.

Grundsätzlich steckte in jeder Forderung nach Ablösung der Regierung eine Absage an das System. Wer sich also am Aufstand beteiligte, votierte für andere gesellschaftliche Verhältnisse. Das andere Paradigma war ja kein Abstraktum. Es existierte im anderen Teil Deutschlands, von Deutschen getragen, erlebt und gelebt. Es war die freiheitliche und demokratische Ordnung, wie sie sich in der Bundesrepublik entwickelte. Darin ist der tiefere, nationale Kern der Erhebung vom 17. Juni begründet. Wäre sie weitergegangen, hätte sie unaufhaltsam in diesem Anspruch gemündet.

Welche Bedeutung hatte die Erhebung für den kommunistischen Block?

Sie war die erste Erhebung im Sowjetblock. Budapest, Warschau und Prag folgten Jahre später – und schließlich das Fanal, das die Solidarność in Polen setzte. Aber es gab auch für den 17. Juni schon ein Modell: 1922 hatte es im nordrussischen Kronstadt einen Aufstand von Arbeitern und Matrosen gegen die Bolschewiki gegeben. Schon damals galt: Nicht sein kann, was nicht sein darf. Auf Lenins Order blutig niedergeschlagen, wurde er in den Sowjetannalen, eine bezeichnende Analogie zum 17. Juni, als von ausländischen Imperialisten gesteuerte Meuterei notiert. Die absolute politische Sterilisation der Sowjetunion, die das Ende des Kronstädter Aufstands markierte, sollte sich 31 Jahre später ausgerechnet dort als unwirksam erweisen, wo sich die Sowjets doppelt mächtig und einflussreich dünkten: sowohl als Befreier, denen Dank, wie als Besatzer, denen absoluter Gehorsam geschuldet war.

Wie Sie schon angedeutet haben, war der 17. Juni auch Modell.

Ja. Mit dem 17. Juni widerlegten Deutsche das Klischee vom duckmäuserischen Untertanen. Acht Jahre nach dem Untergang Nazideutschlands lag der Beweis vor, dass Begriffe wie Freiheit, Menschenrechte und Demokratie in den Menschen Wurzeln geschlagen hatten. So weit, so tief, dass es ihnen Kraft gab, gegen die Gewalt jener aufzustehen, die von Stalin die volle Deckung ihrer Repression erwarten konnten.

Doch der Aufstand wurde trotz dieser Kraft niedergeschlagen. Was blieb?

Den Menschen war nun die Unausweichlichkeit ihrer Lage bewusst. Sie würden nicht auf ein Eingreifen des Westens hoffen oder gar bauen können. Die Zweiteilung der Welt, unverrückbar verhärtet durch den Antagonismus der Systeme und die prallgefüllten Massenvernichtungsarsenale auf beiden Seiten, zwangen zum Arrangement mit der Macht oder zur Flucht. In gewisser Weise war die DDR im Gefolge des 17. Juni durch die verstärkte sowjetische Infusion bis zum Beginn der Gorbatschow-Ära als deutscher Teilstaat noch einmal inszeniert worden. Das bestimmte noch über dreißig Jahre lang den Status quo zwischen Beherrschten und Machthabern in der DDR. Aus heutiger Sicht muss man hinzufügen, dass der Aufstand von 1953 ein erstes Wetterleuchten war, in dem unbeirrbare Köpfe im Westen ein Signal des unausbleiblichen Endes eines menschen- und freiheitswidrigen Systems erkannten – egal, wie viele Jahre bis dahin auch noch ins Land gehen mussten. Wenn ich mich recht erinnere, war selbst der Schriftsteller Martin Walser lange vor der Kontroverse mit Ignatz Bubis schon in Rechtfertigungszwänge geraten, weil er es ablehnte, Deutschsein in der Dimension von Geschichte, Tradition und Zukunft durch eine Zweistaaten-Demarkation begrenzen zu lassen.

Gibt es einen direkten Zusammenhang zwischen 1953 und 1989?

Ja. Es zeigte sich, dass – erst durch Veränderung in der Moskauer Zentrale allerdings, nämlich durch den Wechsel von den Nach-Stalinisten Chruschtschow, Breschnew, Andropow Tschernenko hin zum Reformer Gorbatschow – die Glut des Widerstandes nicht erloschen war. Die Menschen erkannten den Spielraum, der sich ihnen eröffnete. Wieder verliehen sie ihrem Protest auf der Straße Ausdruck. Erwies sich ihre Kraft als unerschöpft, so zeigte sich andererseits, dass die inneren und äußeren Reserven der SED-Herrschaft aufgebraucht waren. Damit wurde schlagartig auch die Sinnlosigkeit der

Teilung offenbar. Das Konstrukt DDR verlor mit der SED seine realsozialistische Prägung. Als unaufhaltsame Folge blieb der Volkswille nicht allein beim Ende der SED-Macht stehen. Die Menschen drängten auf die Vereinigung mit der Bundesrepublik.

Auch 36 Jahre später war die Abhängigkeit von der Sowjetunion noch immer wirksam, obwohl Gorbatschow Breschnews Einmischungsdoktrin längst aufgekündigt hatte. Der Klon DDR hing noch immer am Faden des Erzeugers. Doch dessen Natur war im Begriff, sich zu verändern. So blieb nur die Abstoßung.

Was bedeutete die Glut des Widerstandes für Sie persönlich?

Wir, die wir in diesen Prozessen steckten, wollten weiter glauben, dass wir uns abnabeln und eine eigene Lebenstüchtigkeit würden entwickeln können. Während wir noch darüber phantasierten, war es aus mit uns. Der Aufstand des 17. Juni hatte in der Frühzeit der DDR den Emanzipationswillen der Bürger gegen den oktroyierten Sozialismus augenscheinlich gemacht. Aber er hatte ihnen auch die Erfahrung einer noch übermächtigen Repression vermittelt. Mit dem 13. August 1961 praktizierten wir, die Partei und das Regime, eine weitere Form der Gewalt. Wir verwandelten die Grenze zur Bundesrepublik in eine Mauer und einen stacheldrahtbewehrten Todesstreifen, um das widerspenstige Volk zur Räson zu bringen. Schließlich, 28 Jahre später, am 9. November 1989, begannen wir unter dem Druck der Volksbewegung mit dem Abriss der Mauer, um die DDR zu retten.

Die Frage nach der Lebens- und Menschentauglichkeit einer sozialistischen Ideologie-Gesellschaft hatte sich endgültig erledigt. Der 17. Juni ist somit der Anfang des langen Weges gewesen, an dessen Ende die Deutschen ihre Einheit wiedergewonnen haben. An dieser Stelle möchte ich Egon Bahr mit zwei Sätzen zitieren, die ich unterschreiben kann, auch wenn ich manche seiner Einschätzungen weniger teile: »Ohne die Ostdeutschen wäre weder der 17. Juni 1953 noch der 9. November 1989 zustande gekommen. Der kleinere Teil, der bedrängtere Teil, hat für das Ganze Geschichte geschrieben.«[17]

17 In: Wolfgang Thierse, Rede anlässlich der Gedenkveranstaltung des Bundestages und des Bundesrates zum fünfzigsten Jahrestag des Volksaufstandes vom 17. Juni 1953, am 17. Juni 2003.

8

Zoff im Sowjetkokon
Das Verhältnis Moskau–Berlin

In der DDR lief wenig ohne die Zustimmung oder zumindest Duldung Moskaus. Wann wurde für Sie absehbar, dass auch Moskau nichts mehr gegen das Ende der DDR tun konnte?

Dazu muss ich ausholen. Für mich beginnt die letzte Phase des Niedergangs der SED-Macht mit dem 2. Mai 1989. Das war ein Dienstag. Das Politbüro pflegte dienstags seine wöchentlichen Tagungen abzuhalten. Pünktlich gegen zehn Uhr betrat der Generalsekretär den Sitzungsraum. Mit dem Verlesen des Protokolls der letzten Zusammenkunft begann jedes Mal das Ritual, in dessen Verlauf ohne große Diskussion die jeweils 15 bis 20 Vorlagen von den Einbringern begründet und von den 26 Mitgliedern und Kandidaten des Parteigremiums verabschiedet wurden. An diesem Tag wurde die Monotonie des üblichen Ablaufs allerdings durchbrochen. Honecker setzte sich nicht, sondern wandte sich stehend an das Gremium. »Habt ihr mitbekommen, dass die Ungarn ihren Stacheldraht an der Grenze zu Österreich mit Drahtscheren aufgeschnitten haben?« Er wandte sich nun an den Verteidigungsminister und fuhr fort: »Heinz, frag doch mal deinen Partner in Budapest, was das soll.« Heinz Keßler verließ den Raum, um mit Militärs in Budapest zu telefonieren.

Nach einigen Minuten kehrte er zurück. Honecker unterbrach die inzwischen begonnene Beratung und richtete einen fragenden Blick auf ihn. Die ungarischen Genossen hätten ihm versichert, sagte daraufhin Heinz, dass hinter der Schau wieder mal Gyula Horn – der ungarische Außenminister – stecken würde. Die deutschen Genossen könnten aber sicher sein, dass die Armee die Westgrenze dicht halten würde.

Honecker gab sich scheinbar mit der Beteuerung seines Amtskollegen zufrieden. Tatsächlich aber war er beunruhigt wie alle anderen Mitglieder des Politbüros. Der ungarische Verstoß gegen die Blockräson berührte ganz unmittelbar die Interessen der DDR. Eine offene oder lädierte Westgrenze in Ungarn, das wäre der erste offizielle Riss in der Grenze des »Lagers«, eine bedrohliche Lücke im Eisernen Vorhang. Nach der Sitzung veranlasste Honecker, dass der DDR-Außenminister nach Moskau fuhr, um eine Reaktion der Sowjetunion, besser noch des Warschauer Paktes, auf den beispiellosen ungarischen Alleingang einzufordern.

Interessanterweise sprach Honecker nicht direkt mit Gorbatschow darüber. Ob er mit einer Abfuhr rechnete, der er sich so direkt nicht aussetzen wollte? Der Außenminister brachte die Bestätigung. Amtskollege Schewardnadse habe ihm erklärt, dass man nichts gegen die Ungarn zu unternehmen befugt sei. Die Lage sei anders als in der DDR. Es gebe keine ungarische Bundesrepublik im Westen, und die DDR-Bürger würden natürlich weiterhin nicht ohne Genehmigung die Grenze überschreiten dürfen. Die Sowjetunion könne und wolle jedenfalls nicht gegen ein Bruderland einschreiten.

Nun musste doch jedem wachen Beobachter klargeworden sein, dass das Blatt sich zu wenden begann.

Dafür hatte es seit dem Machtantritt von Gorbatschow schon diverse andere Anzeichen gegeben. Dass Moskau trotz Drängens der DDR-Führung nichts unternahm, um die Ungarn auf den Pfad der Blocktugend zurückzurufen, bedeutete indes eine alarmierende Zäsur. Damit war weit mehr passiert als nur ein ungarisches Fluchtloch für DDR-Bürger in den Westen. Einigen im SED-Politbüro schwante, dass künftig weder von den Mitgliedstaaten noch von der Führungsmacht des Warschauer Paktes Garantien für den Bestand der DDR zu erwarten waren. Die Blockräson begann sich auf die Maxime hinzubewegen: »Jeder ist sich selbst der Nächste« beziehungsweise »Rette sich, wer kann!«.

Hat der latente, langsamere Machtzerfall des Sowjetsystems den Untergang der DDR erst möglich gemacht, oder hat die DDR der Sowjetunion den Rest gegeben?

Zunächst das eine, dann das andere. Dahinter steckt die Frage, welchen Anteil Gorbatschow am Untergang der DDR hatte. Er wollte den Untergang nicht, aber er hat ihn auch nicht mit aller Kraft verhindert. Er war ja nie aus dem Kokon des Sowjetkommunismus ausgebrochen, ein Fakt übrigens, der seine Reformversuche überhaupt erst ermöglicht hatte. Wäre er als renitenter Abweichler in Erscheinung getreten, hätte das sofort sein politisches Ende bedeutet. Das erklärt aber auch, dass bei ihm noch lange manche leninistische Illusion im Spiel geblieben ist. Dennoch hatte die Perestroika als Wirkstoff einer von oben in Gang gesetzten Reform die Menschen – nicht nur in der DDR – ermutigt, ihren Willen nach Freiheit schließlich immer ungebremster kundzutun.

Von der Öffnung der ungarischen Grenze war, wie gesagt, der andere Impetus ausgegangen, nämlich dem DDR-Abschnitt des Eisernen Vorhangs den Rest zu geben. Anteil daran hatte Gorbatschow aber nicht dadurch, dass er aktiv eingegriffen hätte, sondern dadurch, dass er wegsah, das heißt die ungarische Eigenwilligkeit duldete. Ein Laisser-faire, das Gorbatschows politischen Stil mehr und mehr prägte.

Das Verhältnis zwischen Moskau und Ostberlin wurde also deutlich angespannter. Warum?

Schon zwischen Breschnew und Honecker hatte es Spannungen gegeben. Honecker wollte etwas verändern: Innenpolitisch wollte er der SED und ihrem ersten Mann, also sich selbst, endlich so etwas wie Popularität verschaffen. Auf internationalem Felde visierte er die weltweite völkerrechtliche Anerkennung der DDR an. Für beide Ziele seiner Strategie standen die Zeichen günstig. Die BRD-Doktrin der Alleinvertretung zerbröselte. In Bonn hatte sich eine sozialliberale Koalition etabliert, die Kurs auf eine Aussöhnung mit dem Osten nahm. Es kam zum Grundlagenvertrag mit der Bundesrepublik, zur UNO-Aufnahme beider deutschen Staaten und zu einer Welle der Anerkennung der DDR durch über hundert Staaten. Innenpolitisch spekulierte Honecker mittels eines sozialpolitischen Programms auf Stimmungsgewinn für sich und die SED: Es betraf die Urlaubslänge, die Fürsorge für werdende und junge Mütter, Lehrlings- und Studentenentgelte, Unterstützung für kinderreiche Familien, großzügige Darlehen für junge Ehen sowie ein Wohnungsbauprogramm. Moskau sah darin eine Art Größenwahn, den man nicht billigen konnte, da dieser die Politik Breschnews desavouierte, die solche Resultate nicht vorweisen konnte – nicht zuletzt wegen der Dauerbelastung durch die hohen Aufwendungen, die der Rüstungswettlauf mit den USA mit sich brachte. Sowjetische Gesellschaftswissenschaftler publizierten auffällig häufig Abhandlungen über Konsumdenken und Konsumideologie als Ausfluss bürgerlicher Manipulation. Dadurch würden die Massen nur von den Werten des Sozialismus entfremdet. Indirekt wurde die DDR auch dadurch abgestraft, dass immer mal wieder vereinbarte sowjetische Zulieferungen an Erdöl oder Aluminium ausblieben. Die musste sich die DDR dann gegen knappe Devisen auf westlichen Märkten beschaffen.

Hat sich Breschnew mit dem aufmüpfigen Honecker befasst?

Ja. Seit Ende der siebziger Jahre pflegte Breschnew während seines Sommerurlaubs auf der Krim bilaterale Treffen mit Generalsekretären der Bruderparteien sozialistischer Länder abzuhalten, die ebenfalls einen Pflichturlaub in der Sowjetunion verbrachten. Ich erinnere mich, wie entrüstet Honecker im heimischen Politbüro über eine Episode berichtete, die sich in Breschnews Urlaubsdomizil in Oreanda zugetragen hatte. Nach der Erörterung einiger wesentlicher politischer Fragen habe der damals schon gesundheitlich angeschlagene Breschnew in das Themenpapier geschaut, das vermutlich von dem ebenfalls anwesenden Sektorenleiter DDR des ZK, Alexander Martynow, vorbereitet worden war. Breschnew habe gesagt: »Erich, wir machen uns Sorgen um die ideologische Lage in der DDR.« Auf Honeckers verblüffte Rückfrage, was ihn dazu veranlasse, habe Breschnew in ernstem Tonfall erwidert, man habe erfahren, dass sowjetische Komsomolzen, die an einem Treffen mit FDJlern in Karl-Marx-Stadt teilgenommen hatten, in den Nachttischen ihrer Hotelzimmer Bibeln gefunden hätten. Die Mitglieder der Jugendorganisation der KPdSU waren im dortigen Interhotel untergebracht gewesen, in dem üblicherweise für valutenträchtige Gäste aus dem Westen Bibeln in jedem Nachttisch deponiert waren. Honeckers Kommentar im Politbüro nach seiner Rückkehr lautete: »Mit solchem Quatsch bin ich dort ernsthaft konfrontiert worden, Genossen.« Er werde künftig keinen Urlaub mehr in der Sowjetunion verbringen.

Was änderte sich unter Gorbatschow?

Mit dem Moskauer Führungswechsel von 1985 nahmen die Missstimmungen zu. Die latenten Spannungen zwischen dem dogmatischen Marxisten-Leninisten Honecker und dem leninistischen Reformer Gorbatschow erlangten allmählich eine Dimension, die an der Machtkonstellation im Ostblock rührte, obwohl Gorbatschow die Breschnew-Doktrin aufgekündigt hatte, also das sowjetische Vorrecht der direkten Einmischung in jedem »Bruderland«, wenn Moskau dort etwas nicht passte.

Damit räumte er doch eine gewisse politische Freizügigkeit ein.

Bedingt. Immer nur so weit, wie es seinem eigenen Reformkurs entgegenkam. Sie müssen sehen, Gorbatschows Position innerhalb der KPdSU war nie hundertprozentig gefestigt. Die Partei von 18 Millionen Mitgliedern war in der nachstalinistischen Periode vor allem durch Breschnewismus geprägt: Das Land regierte ein Netz von Tausenden Funktionären, die als Minidiktatoren das jeweilige Oblast, also das Gebiet, oder den jeweiligen Rayon, also Landkreis, beherrschten. Diese parasitäre Schicht sah ihre Pfründe durch die von Gorbatschow eingeleiteten Reformschritte gefährdet, sie war aber auch zu feige, um einen »bolschewistischen Aufstand« zu wagen. Das sollte erst später durch eine Gegenbewegung von oben, die durch den KGB gesteuert war, geschehen.

Die von Gorbatschow proklamierte Lockerungsübung gegenüber den brüderlichen Satelliten war also nicht nur ein Reformschritt. Sie sollte ihm helfen, sich der Einspruchsmöglichkeit der Blockpartner zu entziehen, die die Perestroika der Führungsmacht mit Misstrauen verfolgten. Mit der Aufgabe der Breschnew-Doktrin war also keine radikale Einflusspreisgabe innerhalb des Sowjetblocks formuliert. Ceauşescus Rumänien war und blieb so unverzichtbar für Gorbatschow wie Giereks Polen oder Honeckers DDR. Die DDR war und blieb vorgeschobenes militärisches Glacis der Sowjets in Europa. Immerhin befand sich hier die stärkste sowjetische Truppenpräsenz außerhalb der Sowjetunion. Der sächsische Uranbergbau behielt seine Bedeutung, solange noch Atombomben nicht restlos aus den Arsenalen verschwunden waren. Man muss wissen, dass im sächsischen und thüringischen Erzgebirge um Johanngeorgenstadt, Annaberg und Aue sechzig Prozent des sowjetischen Uranbedarfs für Atomwaffen gefördert wurden. Auch als Spionagevorposten gegen die Bundesrepublik, das wirtschaftlich bedeutendste Land Westeuropas, war die DDR hervorragend geeignet. Schließlich war die DDR mit der Sowjetunion auf vielen Feldern wirtschaftlich verflochten und verschaffte ihr durch den Interzonenhandel sogar gewissen Zugang zu westlichen Erzeugnissen. An dieser Interessenlage hatte sich unter Gorbatschow anfänglich nichts geändert.

Die Technik der gewohnten Einflussnahme begann der Reformer allerdings zu wechseln.

Richtig. Gorbatschow stützte sich bei den Beziehungen zu den »Bruderländern« nicht mehr nur auf den Kontrollapparat der KPdSU. Die Parteiverbindungen schienen ihm nicht zuverlässig genug. Er fürchtete, dass Führungspersonen in der Bruderpartei, die langjährige Kontakte zu den sowjetischen Verbindungsleuten in den jeweiligen Botschaften und den zahlreichen Sektorenleitern der Abteilung Internationale Verbindungen im ZK unterhielten, sich gegen seinen Kurs zusammenschließen könnten. Dennoch musste er nach Funktionären Ausschau halten, die eines Tages in den Bruderländern eine Perestroika wagen könnten. Besser als der Parteiapparat schien ihm eine andere Institution geeignet, die ebenfalls der KPdSU diente: der KGB. Der sowjetische Geheimdienst sah in Gorbatschow ohnehin den Erben seines verstorbenen einstigen Chefs Jurij Andropow.

Andropow hatte den Aufstieg Gorbatschows vom Provinzfunktionär ins ZK gefördert. Bei seinen Kuraufenthalten im Kaukasus und auf der Krim hatte er Gorbatschow kennengelernt. Dieser war damals noch Gebietssekretär von Stawropol und empfing die Politbüro-Erholer bei ihrer Ankunft. Gorbatschow beeindruckte Andropow so, dass dieser Breschnew empfahl, den tüchtigen jungen Mann in der Zentrale als Abteilungsleiter Landwirtschaft einzusetzen. Gorbatschow war kein KGB-Scherge. Aber der KGB, der unter Andropow bemüht war, sein Berija-Image abzustoßen, hielt ihn für einen Funktionär, der seinen gesäuberten kommunistischen Vorstellungen entsprach. Gorbatschow wiederum hielt den KGB für einen loyalen, parteiergebenen Informanten, außerdem erhoffte er sich, mit dessen Hilfe Prätendenten, die er in den Satellitenstaaten ausfindig gemacht hatte, unauffällig zu unterstützen. Von der CIA lernen heißt siegen lernen.

Gorbatschow ließ sich auch später vom KGB über die Lage in der DDR informieren. Wann waren denn die ersten Misstöne vernehmbar?

Das war 1986. Ein Jahr zuvor, mit dem Machtantritt Gorbatschows, war noch nicht sofort die Phase der Perestroika angebrochen. Der erstarrte Sowjetkoloss und sein Nukleus, die KPdSU, waren nicht so leicht zu galvanisieren. Die Funktionärs-Kamarilla – im Kreml wie im riesigen Areal zwischen Bug und Pazifik – blickte eher mit Misstrauen auf das neue Gesicht der Macht. Gorbatschow folgte in der Außenpolitik anfänglich noch den Spuren Breschnews und Gromykos, des langjährigen Außenministers.

1986, während seines ersten Besuchs in Ostberlin zum 11. SED-Parteitag, tadelte Gorbatschow Honecker, weil dieser an seinem Besuchsziel Bundesrepublik festhielt, obwohl ihm das 1984 Tschernenko, den Gorbatschow in dieser Frage unterstützte, untersagt hatte. Auf einer Beratung mit dem Politbüro der SED warf Gorbatschow ihm vor: »Was sage ich meinem Volk, wenn du, Erich, ausgerechnet das Land in Westeuropa besuchen willst, das sich zum Vorreiter der Stationierung amerikanischer Raketen gemacht hat, die gegen die Sowjetunion gerichtet sind?« Honecker, der entschlossen war, sich von der Neubesetzung im Kreml nicht mehr einschüchtern zu lassen, erwiderte sinngemäß: »Was sage ich meinem Volk, das in dieser Situation erwartet, den Entspannungskurs fortzusetzen.« Für Honecker hatte ein Besuch in Bonn hohen Stellenwert: Er sah darin eine Aufwertung der DDR, außerdem würde sich für ihn darin seine relative Eigenständigkeit manifestieren.

Schon ein Jahr später gab Gorbatschow nach. Warum?

Die inzwischen eingeleitete Perestroika verlief nicht reibungslos. Misstrauisch verfolgten die Parteioberen in den Satellitenländern, wie Gorbatschow den Kontakt mit den Massen organisieren würde. Charakteristisch für diese Phase der »Demokratisazia« sind die Fernsehbilder, auf denen er im Gespräch mit Menschengruppen zu sehen ist – an immer neuen Orten des Landes, meist unter freiem Himmel: ein Sowjetführer, der nicht mehr wie ein lebender Buddha im Kreml residierte, sondern den direkten Dialog mit den Bürgern suchte. Das war ungewohnt, neu und suspekt für die kommunistischen Herrscher. Sie fühlten sich an die Auftritte amerikanischer Präsidentschaftsbewerber erinnert und befürchteten, dass durch diesen »Populismus« die wissenschaftlich verbriefte Führungsrolle der Partei verdrängt würde. Für Honecker roch das nach Anbiederung an die Massen.

Gorbatschow erkannte, dass durch Diskussionen allein das System nicht akzeptabler werden würde für die konsumentwöhnten Sowjetmenschen, und reagierte schnell. Die vielzitierten Vorzüge des Sozialismus, die sich bis dato nirgendwo eingestellt hatten, sollten endlich zum Tragen kommen. Das Rezept war einfach, aber schwer umzusetzen: Es hieß Beendigung des Wettrüstens und Konversion der Waffenindustrie. Und so bombardierte Gorbatschow den Westen, vornehmlich die USA, mit Abrüstungsvorschlägen. Der imperialistische Klassenfeind wurde zum Partner bei der Suche nach Wegen, um die Vernichtungspotentiale abzubauen. Dass die Konversion sich als kostspieliger herausstellen sollte als gedacht, wurde erst dann bemerkt, als die russischen Konsumenten zunehmend vor leeren Regalen standen.

Honecker, der gehofft hatte, sich während der Pershing-Debatten als Vorkämpfer einer Friedenspolitik der Vernunft zu profilieren, und zwar sowohl international als auch bei den Deutschen in Ost und West, sah sich durch die Gorbatschow'sche Offensive wieder ins zweite Glied gedrängt. Sein Unmut wurde noch dadurch genährt, dass Gorbatschow seine Initiativen nicht zuvor mit den Partnern in Ostberlin, Prag oder Warschau abstimmte. Auch Honecker erfuhr davon meist erst aus den Zeitungen.

Musste Honecker nicht langsam dämmern, dass er im Strom der neuen Entwicklung den Kürzeren ziehen würde?

Nein, er hielt sich in seiner Sonderrolle im sowjetisch-deutschen Verhältnis für unersetzbar. Gorbatschow war schon zwei Schritte weiter. Wer könnte Honecker beerben und die DDR mit dem Moskauer Reformkurs synchronisieren? Das war die Frage, die er sich immer nachdrücklicher stellte.

Bereits 1987 begab sich der stellvertretende KGB-Chef Krjutschkow, der später selbst an die erste Stelle des Geheimdienstes aufrückte und gegen Gorbatschow putschen sollte, auf Erkundung in die DDR. Offiziell war es eine Urlaubsreise. Sein Betreuer während des DDR-Aufenthaltes war ein KGB-Vertrauter, ein DDR-General a. D., ehemaliger Leiter der Abteilung Aufklärung des Ministeriums für Staatssicherheit, Markus Wolf. Seit 1952 war die Bundesrepublik sein Operationsgebiet. Als der erfolgreichste Spionagechef der Welt wurde er gepriesen. Hängen wir es ein bisschen niedriger: Als Deutscher, der deutsche Spione auf die bundesdeutsche Republik ansetzte, konnte er sicher einige Coups landen, die einem Russen mit einer russischen Agentenkohorte kaum gelungen wären. Die Resultate lieferte er treu nach

Moskau. Damals war Wolf der zuverlässigste und kundigste Reisebegleiter, den sich der KGB-Mann für seine Mission wünschen konnte.

Wolf fuhr mit Krjutschkow nach Dresden, wo sich dieser lange mit dem dortigen Parteichef Modrow unterhielt. Modrow und Wolf kannten sich aus früher DDR-Zeit, als Modrow noch FDJ-Chef in Berlin gewesen war. Seit damals verband die beiden mehr als nur ein Parteikontakt. Der KGB-Gewaltige traf sich dann noch mit einem »Parteiunabhängigen«, nämlich mit Professor Manfred von Ardenne, zu einem Vieraugengespräch, um mit ihm über die Eindrücke zu sprechen, die er von der SED-Führungsriege gewonnen hatte. Der in Dresden ansässige Wissenschaftler, Stalinpreisträger und Mitschöpfer der sowjetischen Atombombe wurde in Moskau hoch geschätzt.

Nun hatte Krjutschkow alle Informationen, die er brauchte. Gorbatschow erfuhr von ihm, dass im Politbüro der SED mit Reform-Sympathisanten nicht zu rechnen sei. Im Verborgenen reiften sie jedoch in Gestalt dieses Bezirkssekretärs Modrow und dieses besonderen Genossen, der 35 Jahre lang als Chef der Aufklärung gedient hatte, und zwar treu der Linie des jeweiligen Generalsekretärs, von Stalin über Chruschtschow, Breschnew, Andropow bis zu Tschernenko. Vermutlich baute man darauf, bis zum nächsten Parteitag der SED, der turnusmäßig 1990 stattfinden sollte, mit Druck, Ehrungen und Überredungsversuchen Honecker dazu zu bringen, seinen Platz für Wolf zu räumen und Modrow zum Regierungschef zu machen.

Damit wäre wie in Moskau auch in der DDR ein Geheimdienstmann an die Spitze gelangt. Allerdings gilt auch in diesem Fall: Wer zu spät kommt, den bestraft das Leben.

Ja, der Satz trifft auf vieles zu. Das Szenario des KGB vermochte nicht in Rechnung zu stellen, dass die gutgemeinten Reformen Gorbatschows nicht die späte Blüte des Sowjetkommunismus bewirken, sondern den gesamten Ostblock ins Wanken bringen würden. Nach dem Sturz Honeckers am 16./17. Oktober, der die KGB-Konfidenten um Wolf und Modrow überraschte, kam es zu Begegnungen in der sowjetischen Botschaft, an der die beiden und der damalige Berater Gorbatschows, Valentin Falin, teilnahmen. Modrow und Wolf mussten sich von sowjetischer Seite vorhalten lassen, dass ihr Szenario offensichtlich nicht umzusetzen war. Daraufhin entschloss sich Wolf, am 4. November jene erste und einzige Berliner Montagsdemo zu nutzen, die von Theaterleuten, vor allem von Schauspielern des Deutschen Theaters und des Brecht-Theaters am Schiffbauerdamm, vorbereitet worden war, um das entglittene Heft wieder in den Griff zu bekommen.

Aber wie konnte er glauben, auch nur den Funken einer Chance zu haben?

So abwegig war das aus seiner Sicht nicht. Wolf hatte sich ja seit seinem vom KGB mitinszenierten Ausscheiden Ende 1986 aus dem Stasiministerium nach probater Geheimdienstmanier eine Legende zurechtgezimmert: Es ist auffällig, dass sein Abgang aus dem MfS mit dem Reformaufstieg Gorbatschows zusammenfällt. Er gerierte sich nun als kulturbeflissener Intellektueller und Literat. Ließ bei öffentlichen Auftritten durchblicken, dass seine Tätigkeit als Spionagechef nicht zu vergleichen sei mit den ordinären Spitzel- und Verfolgungspraktiken, mit denen die Stasi aufmuckende DDR-Bürger malträtierte. Er und seine Mitarbeiter im »Nachrichtendienst« fühlten sich als die Schlauesten, die Besten, die Kühnsten und Wagemutigsten und glorifizierten sich, auch mittels SED-Propaganda, als die Helden im Dunkel. Dieses systemübergreifende Elitebewusstsein äußerte sich selbst nach dem Zusammenbruch des Sowjetkommunismus. So schlugen sich ehemalige Vertreter der Ost- und West-Dienste, darunter auch Wolf, bei TV-Sendungen der Bundesrepublik und anderen öffentlichen Veranstaltungen kumpelhaft auf die Schulter.

Zurück zum November 1989. Zu seiner Legende trug Wolf wesentlich mit der Publikation eines Buches bei, das den Titel *Die Troika* trug, eine verstohlene Anspielung auf das Gorbatschow'sche Reformetikett Peres-Troika. Das Buch erschien 1989. Resonanz fand Wolf besonders bei den Berliner Künstlern, eben bei jenen Theaterschaffenden, denen er sich in seinen Lesungen als potentieller Reformer und Gorbatschow-Favorit empfahl. Gleiches tat er in Journalistenkreisen, vornehmlich im DDR-Fernsehen. Sein Bestreben war es, um es noch einmal zu unterstreichen, mit der Frontstellung gegen die SED eine Strömung zu generieren, die die Treue zum Sozialismus und zu Moskau verkörpern sollte. Mit der Kundgebung am 4. November sah er die Chance, das zu demonstrieren, nicht zuletzt dadurch, dass er dort selbst als Redner agieren wollte.

Gleichzeitig sollten Vertreter der Opposition von der Teilnahme ferngehalten werden. Das Neue Forum konnte allerdings daran nicht gehindert werden, sonst hätte man sich bloßgestellt. Die meisten Redner setzten sich für die Fortsetzung eines geläuterten Sozialismus ein und bekannten sich zur Achse Ostberlin–Moskau – ob es sich nun um Gregor Gysi, Christa Wolf, den LDP-Vorsitzenden Manfred Gerlach, um Stefan Heym oder die Altkommunistin und Schauspielerin Camilla Spira handelte. Dass die Organisatoren mich als Redner zuließen, dürfte Wolfs Kalkül entsprungen sein, den nicht vom KGB gebilligten Vertreter der Anti-Honecker-Fronde im Massenprotest absaufen zu lassen.

Doch am 4. November musste Wolf selbst unter den schneidenden Pfiffen der Demonstranten erleben, wie sein Versuch, die eigene Vergangenheit wegzuzaubern, scheiterte. In einer pathetischen Erklärung an die SED äußerte er wenige Tage später, dass er nicht einmal mehr ins ZK gewählt werden wolle. Er beanspruchte aber weiterhin eine Rolle als Berater. Anfang Januar entwich er nach Moskau, da er wohl Asyl vom KGB erhoffte. Doch Gorbatschow konnte seinen Mann nicht mehr plazieren. 1993 wurde Wolf übrigens durch das Oberlandesgericht Düsseldorf wegen Landesverrats in Tateinheit mit Bestechung zu sechs Jahren Haft verurteilt. Das Urteil wurde 1995 nach einer entsprechenden Entscheidung des Bundesverfassungsgerichtes vom Bundesgerichtshof wieder aufgehoben, da die Spionage im Auftrag und vom Gebiet des souveränen Staates DDR und im Einklang mit seinen Gesetzen erfolgte. Er bekam dann 1997 doch noch zwei Jahre, allerdings auf Bewährung, wegen Freiheitsberaubung, Nötigung und Körperverletzung. Wolf ließ sich offensichtlich lieber in Deutschland verurteilen, als sich in Russland einquartieren, wo er als Emigrantenkind aufgewachsen war. Doch offensichtlich konnte niemand mehr für ihn garantieren. Schon gar nicht Gorbatschow. Wolf starb in der Nacht zum 9. November 2006 in Berlin.

Sehen Sie Gorbatschow dennoch als einen der Stifter der Einheit?

Wann immer ich in den letzten beiden Jahrzehnten nach dem Verhältnis Gorbatschows zur DDR gefragt wurde, war es mir ein Anliegen, den verklärenden Dunst um seine Person, diese naive Gorbi-Manie, die insbesondere in der Bundesrepublik grassierte, aufzulösen. Viele glauben, Gorbatschow habe – wie ein politischer Nikolaus oder Osterhase – den Deutschen in einer Anwandlung von Großherzigkeit die Einheit beschert. Ich möchte nicht falsch verstanden werden, aber die wirkliche Größe Gorbatschows bemisst sich anders. Auch Gorbatschow konnte als gläubiger Kommunist nicht wirklich ein vorausschauend planender Umgestalter der erstarrten Sowjetgesellschaft werden und so Erfolge verbuchen. Doch das schmälert nicht seine historische Rolle. Es wäre falsch, ihn lediglich als einen zu verbuchen, der gescheitert ist. Er hat aus sich heraus gehandelt, obwohl er ursprünglich nichts anderes war als Teil der öden Knetmasse, die sich selbst für den Bäcker einer neuen Gesellschaft hielt. Dass er die

Kraft fand, etwas verändern zu wollen, und durchhielt, bis er strauchelte, hat größte Veränderungen der globalen Tektonik herbeigeführt. Sie lassen uns an das Bild vom Flügelschlag eines Schmetterlings denken, der einen Orkan auslöst. Dass er Millionen Menschen ermutigte, selbst zu handeln, hat unsere Welt verändert, die von Atomwaffen verfinsterte Bipolarität aufgelöst. Auch die unverhoffte Einheit der Deutschen ist so zustande gekommen.

Erinnern wir uns: Der Weg, der nach Jahrzehnten wie ein Wunder in der Einheit mündete, endete zumindest für meine Generation zu neunzig Prozent der Zeit an der Mauer. Sie war die konkrete Erscheinungsform jener auf ewig unüberwindlich scheinenden Barriere, die als Eiserner Vorhang nicht nur unser Land, sondern die Welt zweiteilte. Politik als Verfolgung nationaler Interessen hatte, wenn überhaupt, nur noch Bewegungsspielraum innerhalb des jeweiligen Blocks. Sicherung des Status quo, um die nukleare Katastrophe zu vermeiden – das war die politische Grundregel dieser Jahre, die selbst während des Kalten Krieges respektiert wurde. Im Grunde ist der Begriff des Kalten Krieges die kürzeste Formel dieser Räson: Kampf und Abwehr gegen das jeweils andere System ja, aber unterhalb der Schwelle zum heißen Krieg. Niemals dürfe der Fuß auf das Terrain des anderen gesetzt werden. Die Kuba-Krise oder die Szene am Checkpoint Charlie in Berlin 1961 illustrieren die Lage. Der Großkonflikt schien für immer die Aussicht auf eine Wiedergewinnung der nationalen Einheit der Deutschen zu überlagern.

In dieser festgefahrenen Situation der achtziger Jahre konnte nur eine Störung des Gleichgewichts Bewegung in die Sache bringen. Kreml-Astrologen, aber auch seriöse politische Beobachter hatten sie schon seit längerem prognostiziert. Leute mit geringerem politischen Einblick werteten es einfach als Glück, dass sich diese Schwäche in der Sowjetunion manifestierte und dass ihr der rechte Mann zur rechten Zeit beizukommen versuchte. Jener Gorbatschow, ein kommunistisches – salopp gesagt – Landei, der sich als eine Art Idealist entpuppte. Seine Perestroika erwies sich als eine totale Illusion. Seine Reformversuche lieferten den nützlichen Beweis für die Unreformierbarkeit des Systems. Am Ende stand der sang- und klanglose Abgang der Sowjetunion von der Weltbühne.

Wie riskant war sein Spiel? Wie labil war die internationale Lage Mitte der achtziger Jahre?

Die Gefahr eines Konfliktes unter Einsatz nuklearer Waffen hatte sich zu Beginn der achtziger Jahre enorm zugespitzt. Mit Angstgefühlen verfolgten viele Menschen die Aufstellung der amerikanischen Pershing Missiles in Westeuropa und in der Bundesrepublik, die dort als Antwort auf die sowjetischen SS-20-Raketen stationiert wurden. Solche Befürchtungen brachten sogar SED-Generalsekretär Honecker und Bundeskanzler Schmidt zeitweilig einander näher.

Ist Gorbatschows Verdienst nicht auch, dass er die politische Vielfalt im Sowjetsystem vergrößert hat?

Natürlich, nur damit hatte er ungewollt nicht nur in den Sowjetrepubliken, sondern in allen Ländern des Ostblocks den Anstoß dazu gegeben, mehr Demokratie zu wagen. Ein Impuls allerdings, der sich – folgerichtig – gegen die Allmacht der Kommunistischen Partei kehrte. Und es gab eine weitere Folgewirkung, die Gorbatschow völlig unterschätzt hatte. Unter dem Einfluss der von ihm verordneten Lockerungsübungen verflüchtigte sich das kommunistische Sakrament des sogenannten »proletarischen Internationalismus« wie Schnee in der Märzsonne. Die Satellitenstaaten drängten nach einem eigenem Spielraum: Nationale Eigenarten, Interessen, Ansprüche, Tradition und Geschichte erwiesen sich als unverdrängbar. Noch zu Gorbatschows Amtszeit flammten im Sowjetreich Konflikte zwischen den Russen und anderen

Nationalitäten so brutal auf wie seit Hunderten von Jahren nicht mehr. Selbst in einem kommunistischen Land liberalerer Machart wie Jugoslawien war das Ende des Titoismus von blutigen Bürgerkriegen begleitet, die Quittung für die als Internationalismus verbrämte Unterdrückung der nationalen Eigenheiten.

Auch in Deutschland brach sich nun der Wille zur nationalen Einheit spontan Bahn. Der Ruf »Wir sind ein Volk« war die Absage an jeglichen Versuch, das Experiment DDR auch ohne SED fortzusetzen. Tragisch für manche, die sich in der mutigen Opposition gegen das Regime zusammengefunden hatten. Aber das Volk ließ sich nicht aufhalten, der geschichtlichen Logik den Weg frei zu machen.

Warum in Deutschland besonders heftig? Die Deutschen gelten ja als ein Volk, das nicht zu Revolutionen neigt.

Die Spaltung der Welt in zwei feindliche Lager hatte in Deutschland einen einheitlichen nationalen Korpus durchtrennt. Sie war hier schmerzvoller und augenfälliger als in den national intakten Ländern, denen Stalin sein System übergestülpt hatte. Deshalb sollte sich gerade im deutschen Rahmen die erste direkte Auslösung vom kommunistischen Mutterboden vollziehen, schneller und durchschlagender als anderswo. In weniger als einem Jahr war die DDR samt übernommenen Militärs der einstigen NVA im Nato-Bereich gelandet. Gorbatschow haben das übrigens später viele sowjetische Veteranen verübelt, die einst Ostdeutschland befreit hatten. Gorbatschow hatte nicht im Geringsten den Überblick, geschweige denn die Kontrolle über das, was er angeschoben hatte. Allerdings war bei ihm der Drang, etwas zu ändern, größer als bei uns allen.

Wie reagierte Gorbatschow auf die Maueröffnung?

Über den 9. November wurde Gorbatschow offiziell von Krenz am Morgen des 10. November telegraphisch unterrichtet. Da hatte sich Gorbatschow bereits ungehalten gegenüber seinem Botschafter in Ostberlin geäußert, dass wir unter Übergehen der sowjetischen Zuständigkeit die Grenze zu Westberlin geöffnet hatten. Pikanterweise verschwieg Krenz, dass uns ein fragwürdiger Reisegesetzentwurf zu dem unfreiwillig schnellen Schritt genötigt hatte. Krenz ließ den »lieben Michael Sergejewitsch« nur wissen, dass größere Ansammlungen von Menschen an der Grenze zu Berlin-West die Öffnung kurzfristig erforderlich gemacht hätten. Eine gute Woche zuvor, am 1. November 1989, hatte Gorbatschow bei seinem Treffen mit Krenz in Moskau allerdings Einverständnis mit einem Reisegesetz signalisiert, das im Dezember in Kraft treten sollte.

Es gibt auch andere Einschätzungen der Rolle Gorbatschows. Die US-amerikanischen Autoren Michael R. Beschloss und Strobe Talbott etwa behaupten, dass Krenz vor der Maueröffnung Gorbatschow angerufen habe und dieser dann auf den Rat Schewardnadses hin seine Zustimmung zur Öffnung gegeben habe.

Für mich jedoch gehört diese Darstellung der Geschehnisse in den Bereich jener Literatur, für die ein Tom Clancy kompetenter ist.

Die Reformer in Moskau resignierten angesichts der Maueröffnung nicht so schnell. Warum nicht?

Auch sie waren verblendet. Noch bis in den Februar 1990 hinein antichambrierten die Drahtzieher, die die SED zur PDS umetikettiert hatten, wie Wolf, Gysi und Modrow, bei

Gorbatschow. Man versuchte ihm einzureden, es gebe die Chance, die DDR in einer optisch veränderten Satellitenversion mit gestandenen IMs à la Ibrahim Böhme (SPD) oder Wolfgang Schnur (Demokratischer Aufbruch) zu erhalten. Wolf hatte sich ja, wie bereits erwähnt, Anfang Januar 1990 nach Moskau abgesetzt. Am 30. Januar kratzte Modrow an der Kremltür, und am 2. Februar empfing man Gysi zu einer Audienz. Letzterer diffamierte den anschwellenden Einheitswillen der Menschen laut Gesprächsprotokoll: »Bei Teilen der DDR-Bürger habe sich der deutsche Nationalismus stark entwickelt. Dazu komme, dass bestimmte Politiker der BRD bereits damit begonnen haben, ihren Wahlkampf voll auf das Territorium der DDR zu verlagern und die genannten Stimmungen weiter anzuheizen ... Willy Brandt«, so Gysi, »mache ihm große Sorgen.« Er beschwor seinen Gesprächspartner: »Wenn ihn [Brandt] jemand noch von der gegenwärtigen nationalistischen Linie abbringen könne, dann sei dies Michail Gorbatschow.«[18]

Aber die Ergebenheitsbekundungen fruchteten nicht mehr. Gorbatschow musste die erhoffte Prämie für die Treue zu Moskau schuldig bleiben. Inzwischen begannen auch die Nationalitäten im Sowjetreich – im Baltikum, im Kaukasus – auf Souveränität zu pochen und am Kremlthron zu rütteln. Gorbi begriff, dass ein SED-DDR-Regime zur realsozialistischen Resterampe heruntergekommen und nicht mehr zu retten war.

Außerdem zeichnete sich bereits ab, dass auch für den Reformer die Götterdämmerung angebrochen war.

In seinem Krim-Refugium wurde Gorbatschow 1991 zum Objekt der Putschisten. Dahinter stand jener KGB-Krjutschkow, der in der DDR sowjettreue Perestroika-Eleven in das Feuer des Wendeherbstes geschickt hatte, um das Schlimmste

18 *Jahrbuch für historische Kommunismusforschung*. Berlin 1997. S. 242.

für Moskau zu verhüten. Innerhalb weniger Monate waren drei Varianten kommunistischen Machterhalts in die Binsen gegangen. Erst stürzte Honecker. Die Brutusse um Krenz fielen einer Abräumung zum Opfer, an der noch Wolf, Gysi und Modrow beteiligt waren. Dann sagte das Volk in der ersten freien Wahl am 18. März 1990, nun ist es genug. Sozialistische Prophetie und kommunistischer Machbarkeitswahn hatten ihr Ende gefunden. Sie liefen, wo sie noch zuckten, ins Leere. Ins Leere?, frage ich mich heute. In ihrer damaligen Fassungslosigkeit ahnten die roten Bankrotteure wohl nicht, dass sie nicht in den Orkus, sondern ins Gehege der Demokratie geraten waren. Bald sollten sich für sie neue Weideplätze finden.

Beim Suchen dieser Weideplätze waren sie auf sich selbst gestellt. Denn die Russen waren von nun an mit sich beschäftigt. Russlands Demokratie stellte sich doch als ein sozialistisches Retortenbaby mit radikalkapitalistischen Genen heraus, das vom ersten Tag an kränkelte. Nach der chaotischen Jelzin-Ära wurde Putin als Präsident des neuen Russland gewählt. Er hatte ja eine »DDR-Vergangenheit«. Was bedeutete das für das deutsch-russische Verhältnis?

Dazu kann ich nur meine Meinung als Normalbürger äußern, ohne nähere oder fundierte Kenntnisse. Putin saß in der KGB-Residentur in Dresden. Als Politbüromitglieder haben wir Leute wie Putin nicht wahrgenommen. Er war in seiner Deutschlandzeit bedeutungslos. Niemand konnte damals ahnen, dass er einmal der Präsident Russlands sein würde.

Warum konnte er sich bis nach oben durchsetzen?

Für meine Begriffe hängt das nicht mit besonderen Beziehungen zusammen, sondern hat mit seinem Charakter zu tun. Er hat sich selbst gemacht. Es gab vor einigen Jahren von ihm ein

Foto im *Spiegel*, auf dem er im schlabberigen Pullover und mit Bubengesicht zu sehen war, ein Bild, bei dessen Anblick jeder sagen würde, aus dem wird nichts Besonderes. Aber es stellte sich heraus, dass er ein unglaublich energischer, zielstrebiger und machtbewusster Mensch ist. Als die Korruption in der Sowjetunion massiv zunahm, war er in der Verwaltung in Petersburg/Leningrad tätig, an deren Spitze Anatoli Sobtschak stand, der ebenfalls als hoffnungsvoller Reformer gilt. Seiner Zielstrebigkeit hat es Putin zu verdanken, dass er in dieser extremen Phase des Zerfalls einen positiven Eindruck hinterließ. So wurde er von seinem Chef weiterempfohlen. Putin kam nicht nur bei den Machtgremien gut an, sondern war sicherlich auch in der Bevölkerung angesehen, insbesondere als unter Jelzin die Korruption grassierte.

Wie haben Sie die Wiederwahl Putins erlebt?

Nur aus der Ferne. Dennoch war ich mir über den Ausgang der russischen Präsidentenwahl sicher. Putin war der Favorit der Mehrheit und der Begünstigte der Machtverhältnisse. Einzig die Wahlbeteiligung hätte einen Schatten auf das Ergebnis werfen können. Es wäre ja denkbar gewesen, dass die Fünfzig-Prozent-Marge unterschritten würde, weil die Russen ohnehin vom Sieg des Präsidenten überzeugt waren und mehr aus Trägheit, weniger aus Vorbehalt oder Ablehnung den Gang zur Wahlurne gemieden hätten. Dann hätte allerdings der Westen wieder unerbetene Demokratiezensuren erteilen können. Aber was machte das schon. Die politisch Verantwortlichen in Westeuropa und den USA hatten sich auf die normative Kraft des Faktischen eingestellt und dem Putinismus eine demokratische Komponente zugestanden.

Die Dumawahl im Dezember 2007 und die Zeit vor der Präsidentenwahl hatten dennoch wieder Anlass zu Spekulationen geboten. Das lag am widersprüchlichen Erscheinungsbild Putins. Der »Wasja« im Kreml schien tüchtig, geradlinig und hart, und doch blieb ein Rest von nicht Berechenbarem, weil er sich von niemandem in die Karten gucken ließ. Ob dieses Image Absicht war oder ob er da hineingestolpert ist, weiß man nicht. Vermutlich trifft beides zu. Unvermutet und brutal stieß er dann Michail Kasjanow vom Regierungsstuhl, den Mann, der wegen finanzieller Bindungen an die Oligarchen als »Mister zwei Prozent« bespöttelt wurde. Nicht weniger überraschend rückte er Michail Fradkow auf den vakanten Platz, den keiner der medialen Auguren im Auge gehabt hatte. So ist das mit dem Ratschluss des Mächtigen: vorher unerforschlich, danach sonnenklar. Putin begann die neue Periode seiner Präsidentschaft nicht mehr als ein »gemachter«, sondern als ein Selfmade-Präsident.

Der Westen betrachtete Putin mit gemischten Gefühlen. Wie war sein Rückhalt in der russischen Bevölkerung?

Wahlergebnis und Wahlbeteiligung signalisierten den soliden Rückhalt. Wenn der Außenminister eines großen Nato-Staates mit unüberhörbarem Unterton vor der Wahl meinte, man werde die Entwicklung in Russland weiterhin aufmerksam beobachten, so lässt das den russischen Durchschnittswähler kalt. Er sieht sein erstes Recht darin, dem Präsidenten seine Stimme zu geben, der ihm der beste scheint.

Was brachte Putin die Sympathien der russischen Mehrheit ein?

Nach der von Korruption und Wodka geschwängerten Jelzin-Luft erschien er als der Saubermann. Waren die Jahre seines Vorgängers die Brutzeit der Oligarchen, so zeigte er den Oligarchen, was eine Nagaika ist: Er verbannte die Milliardäre Beresowski und Gussinski und ließ Chodorkowski inhaftieren. Das zeigte Wirkung. Außerdem war seine Medienpräsenz enorm, und er avancierte schnell zum russischen Frauenschwarm. Millionen kannten nun seine

Lebensgeschichte und sahen in seiner Herkunft – er stammte aus einfachsten Verhältnissen – ein Spiegelbild der eigenen Vita. Und selbst der neue James Bond erinnert ein wenig an ihn. Bei öffentlichen Auftritten schien Putin beherrscht bis introvertiert, nur gelegentlich neigte er zu Ausbrüchen. Das wiederum machte ihn menschlich. Manche seiner verbalen Entgleisungen sind inzwischen populär. Das gilt insbesondere für seine harte Haltung im Tschetschenien-Krieg, die von den meisten Russen geteilt wird. Auf einen terroristischen Überfall in Dagestan reagierte er mit dem Satz: »Wir machen die Tschetschenen platt.« Der Anschlag auf Passanten in der Moskauer U-Bahn veranlasste ihn zu der Formel: »Wir werden die Terroristen vernichten.«

Warum kommt dieser aggressive Ton bei den Russen an?

Die Russen hatten unglaubliche Sehnsucht nach einem Mann, der ihnen Ordnung verheißen würde. Putin sorgte dafür, dass die Leute in den wichtigen Berufszweigen ihre Löhne bekamen. Hinzu kommt, dass sich das nationale Selbstbewusstsein nach der Phase des Zerfalls mit seiner Person verknüpfte und dass das bis heute anhält. Er hat eine Brücke geschlagen zwischen der Marktwirtschaft, dem Kommunismus und der nationalen Tradition Russlands.

Hat er sich unauffällig vom Sozialismus abgewandt?

Er hat sich sicher nicht kritisch mit dem Sozialismus auseinandergesetzt, sondern versucht, extreme antihumanistische Tendenzen zu vermeiden, die sich unter Stalin entwickelt hatten.

Wie groß ist der Wunsch nach richtiger Demokratie in Russland?

Wer in der demokratisch noch immer ausgedörrten russischen Szene nach dem Aufbegehren der russischen Intelligenzia fragt, wird kaum Antworten vernehmen. Waren es doch insbesondere Schriftsteller, die als Hefe im trägen Teig der Sowjetgesellschaft wirkten. Aber mit dem Ende der Parteidiktatur verstummte auch ihre Stimme. Man wartete ab und diskutierte über Politik mehr »in der Küche« als in der Öffentlichkeit.

So konnte Putin zunächst ohne innere Störungen, gestützt auf seine Kamarilla einstiger KGB-Genossen und ihm ergebener Staatsdiener aus Petersburger Zeiten, daran gehen, das russische Chaos weiter zu bändigen. Zwar verweigerte Putin Kreditaufnahmen im Ausland und war imstande, Auslandsschulden in Höhe von 16 Milliarden US-Dollar zurückzuzahlen und Devisenreserven von 90 Milliarden Dollar anzulegen. Das alles war ein Resultat der hohen Preise für russische Erdöl- und Gasexporte. Aber die Förderung von Mittel- und Kleinbetrieben, um zu einer gesunden Korrektur des Eigentums zu gelangen, blieb aus. Diese Unternehmen ächzten unter der Last von Steuern und »Schutzgeldern«, die eine ausufernde Beamtenclique kassierte. Das ist das eigentliche zu behebende Problem, das für die Entwicklung einer echten Demokratie in Russland letztlich den Ausschlag geben wird.

Was für die Russen vor allem zählte, war Putins Bemühen, das Land vom Image einer zur Kümmerlichkeit geschrumpften Großmacht zu befreien. Man akzeptierte, dass er einerseits die Chimären von der Größe der siebzigjährigen roten Epoche nicht ganz zertrümmerte, sondern mit der imperialen zaristischen Vergangenheit harmonisierte. Seine Politik schien auch geeignet, gewisse Scharten auszuwetzen, die die festgelaufene Perestroika Gorbatschows hinterlassen hatte. Andererseits gelang es Putin, Russland wieder an den Tisch der Großen in der Welt zurückzubringen.

Nun ist Putin eine Figur, die den Westen spaltet. Die Positionen spiegeln sich in der Einschätzung zweier deutscher Politiker. Schröder bezeichnete ihn als einen lupenreinen Demokraten. Merkel sieht das anders. Ist seine Kur »erst wirtschaftliche Stabilität und dann Demokratie« richtig?

Ich glaube schon, weil alle Verfechter einer uneingeschränkten demokratischen Entwicklung versagt haben. Sie ließen sich allzu schnell korrumpieren. Die eiserne Faust, bei der einige Fingerglieder etwas demokratischer agieren, wird auch von den Russen gegenwärtig goutiert. Sie wollen vor allem Ordnung und klare Autoritäten. Allerdings bleibt das Bild widersprüchlich, weil diese »Demokratur« letztlich auch nicht ohne Korruption existiert. Die Riesen-Oligarchen sind ein Beleg dafür. Aber die Funktionäre in diesem riesigen Land sind gewiss nicht alle Putins. Es sind zum Teil auch noch Figuren, die aus der Breschnew-Zeit stammen.

Wann ist Russland reif für die nächsten demokratischen Schritte?

Damit bin ich überfragt.

Worin liegen die Schwächen der westlichen Demokratie?

Die Schwächen der Demokratie liegen in den Individuen. Die Demokratie ist eine Regierungsform, zu der sich die meisten westlichen Nationen im Laufe von Jahrhunderten gewissermaßen durchgerungen haben. Die Demokratie entstand aus der Notwendigkeit, die Egoismen der Gesellschaft zu kontrollieren. Insofern ist die Demokratie nicht irgendein absolutes Weltdenken, sondern sie basiert darauf, ständig aufs Neue zu versuchen, Interessengegensätze auszugleichen.

Noch mal zurück zu Moskau. Es gibt zwei Theorien. Die eine sagt, man muss Moskau unter Druck setzen, damit es sich in die richtige Richtung bewegt, die andere sagt, man muss Moskau einbinden. Welche der beiden Richtungen ist richtig?

Ganz eindeutig kann ich sagen, man muss Russland einbinden. Die Zuspitzung führt nur zu Aversionen gegen den Westen und die Nato und zu keinem Resultat. Wenn man mehr Demokratie in Russland will, darf man Russland nicht brüskieren. Jede Form von Außendruck wird den Nationalismus stärken.

9

Wandel durch Anbiederung? Die deutsch-deutschen Beziehungen

Seit den sechziger Jahren geisterte die von Egon Bahr geprägte These vom »Wandel durch Annäherung« durch die Bundesrepublik und wurde mehr und mehr zu handfester Politik. Sie beruhte auf der Erwartung, dass sich der Antagonismus zwischen westlicher Welt – also Demokratie, Marktfreiheit und Pluralismus – und dem östlichen System, dem Kommunismus, durch Aufeinanderzugehen allmählich abschwächen und dann auflösen könnte. Das Misstrauen, das Moskau der DDR entgegenbrachte, nahm wohl zu, als der Westen diese Losung in Umlauf setzte. Hat das die SED in Schwierigkeiten gebracht?

So eindimensional war die Wirkung nicht. Moskau hatte auch zuvor schon immer ein wachsames Auge auf seinen deutschen Zwitter. Natürlich wertete die Führung in Moskau das Bahr-Konzept als eine Finte des Klassengegners, von der sich die SED nicht einwickeln lassen durfte. Andererseits kam man im Kreml bald darauf, dass man sich den westdeutschen Illusionismus auch zunutze machen könnte. Für Moskau kam Wandel durch Annäherung nur in einer Richtung in Betracht: Der Westen würde sich verändern müssen. Das bundesdeutsche Streben nach Einheit, in der Präambel des Grundgesetzes zur nationalen Pflicht erhoben, würde das Bedürfnis der westdeutschen Seite nach deutsch-deutscher Annäherung schüren. Am Wesen deutscher Zweistaatlichkeit würde sich damit nichts ändern. Die intensiveren Kontakte würden jedoch neue Möglichkeiten zur ökonomischen und politischen Einflussnahme auf die westdeutsche Seite bieten.

Die DDR hatte sich inzwischen durch den Mauerbau rigoros abgeschottet, um die Massenflucht zu blockieren. Er machte deutlich, dass ohne Skrupel zu brachialen Praktiken gewechselt würde, wenn das Regime um seinen Bestand fürchten sollte. Würde die Mauer fallen, drohte ja eine Niederlage des Teilsystems DDR, wenn nicht sogar seine Auflösung. Stets spielten auch zu befürchtende Auswirkungen auf die anderen Satellitenstaaten eine Rolle. Man denke an die von Stalin verhängte Berlin-Blockade von 1946, um den Drei- bzw. Viermächtestatus für Berlin zu verhindern. Oder an das Berlin-Ultimatum von Nikita Chruschtschow, um die Westalliierten aus Berlin zu vertreiben und ganz Berlin den Status einer sogenannten »entmilitarisierten freien Stadt« zu verschaffen. Bezeichnend für die Stoßrichtung politischer Kontakte und Verhandlungen sind drei sowjetische Verhandlungsmaximen, die von Chruschtschow stammen und die sein Redenschreiber Oleg Grinevskij in seinen Erinnerungen überliefert hat. Sie lauten: »Erstens, fordert stets das Maximum und seid dabei nicht zu bescheiden – verlangt auch das, was euch nie gehört hat; Zweitens, stellt Ultimaten, droht mit Krieg. Als Ausweg könnt ihr noch immer Verhandlungen anbieten. Im Westen findet sich immer jemand, der darauf anbeißt; Drittens, bei Verhandlungen gebt keinen Zentimeter nach. Man wird euch freiwillig einen Teil dessen anbieten, was ihr haben wollt. Auch dann stimmt nicht gleich zu, sondern holt noch mehr heraus. Man wird auch das schlucken!«[19]

Was bewirkten diese Regeln bei der SED, und was bedeuteten sie damit für das deutsch-deutsche Verhältnis?

---

19 Oleg Grinevskij, *Tauwetter*. Berlin 1996.

Es wurde erwartet, dass wir uns entsprechend dieser sogenannten »goldenen Regeln« verhalten beim Umgang mit den bundesdeutschen Offiziellen. Egon Bahrs These vom Sommer 1963 war in der blockierten Realität jener Zeit, der starren antagonistischen Frontstellung beider Systeme, durchaus erfolgreich. Bahr wollte sich nicht durch Kompromisslerei den Kommunisten von Moskau bis Pankow andienen, er gab die westliche Bündnistreue nicht preis, um vom Osten politische und menschliche Zugeständnisse zu erkaufen. Man fühlte sich vielmehr gegenüber den Menschen in der DDR verpflichtet und sah dies als einen notwendigen Schritt zu mehr innerer und äußerer Souveränität für die BRD. Dieses Bemühen um Annäherung führte zur neuen Ostpolitik unter Brandt: »Erst jetzt bekam die Bundesrepublik die Chance«, wie Arnulf Baring in seinem Standardwerk über die Ära Brandt/Scheel schreibt, »wirklich weltläufig zu werden und eine Außenpolitik zu konzipieren, die ihren Möglichkeiten gemäß ist.«[20]

Diese Politik, die in den Übereinkünften mit Moskau und der DDR gipfelte, musste in der SPD mehr noch als in der CDU abgesichert werden. War also damals die Lage für die SPD nicht viel einfacher als für die ostdeutschen Kommunisten?

Auch die Sozialdemokraten mussten aufpassen, sich nicht selbst ungewollt den wohlwollenden Kontrahenten der anderen Seite übermäßig zu nähern. Dem trug der sogenannte Abgrenzungsbeschluss der SPD vom November 1970 Rechnung. In ihm heißt es unmissverständlich: »Freiheitliche Demokratie auf der einen, kommunistische Parteidiktatur auf der anderen Seite: Keine Friedenspolitik, keine außenpolitische Annäherung kann diesen Gegensatz der Systeme beseitigen. Keine darf ihn übersehen. Der Friede, den wir erstreben, … muss unserem Volk das Recht sichern, die For-

20 Arnulf Baring, *Machtwechsel: Die Ära Brandt Scheel*. Stuttgart 1982.

men seines politischen und gesellschaftlichen Handelns auch weiterhin in Freiheit selbst zu bestimmen.«

Die scharfe Grenzziehung schien doch aber 1982 nach dem Machtwechsel von der sozialliberalen Koalition zur Regierung Kohl zumindest von den Sozialdemokraten nicht mehr ganz so strikt wahrgenommen zu werden.

Ja, ein weiterer politischer Beweggrund war inzwischen hinzugekommen: Die SPD meinte jetzt, für ihre Verdienste um die neue Ostpolitik spezielle Hilfeleistungen der DDR in Anspruch nehmen zu dürfen. Kleine Zugeständnisse von Seiten der DDR sollten es den »sozialdemokratischen Genossen« in Wahlkampfzeiten erleichtern, in den Bundesländern und in Bonn wieder auf die Regierungsbänke zurückzukehren. So gut wie völlig aus dem öffentlichen Gedächtnis verschwunden war die Tatsache, dass Spitzenpolitiker der SPD Anfang der neunziger Jahre dagegen protestierten, dass der Persönlichkeitsschutz laut Bundesarchivgesetz schon nach dreißig Jahren aufgehoben würde. Das betraf Quellen wie das Zentrale Parteiarchiv der SED. Sie wollten natürlich nicht, dass ihre freundlichen Gespräche mit DDR-Politikern in der Öffentlichkeit breitgetreten werden. Willy Brandt hatte sich zuvor gegen opportunistisches Verdecken oder voreiliges Vergessen gewandt. Er plädierte auch dafür zu erörtern, ob die Politik des Westens die Lebensdauer der kommunistischen Regime im Osten verlängert habe. Aber allzu weit wollte man doch nicht gehen. Den Zeitgeschichtler Christian von Ditfurth erstaunte »die Angst der SPD-Prominenz vor den Akten. Denn mit Vehemenz versuchte sie zu verhindern, dass die Quellen im Zentralen Parteiarchiv der PDS, die die SPD-SED-Kontakte dokumentieren (Bestand: SED-Zentralkomitee, Büro Axen, ZPA IV 2/2.035/78-83), eingesehen werden«.[21] Abgelehnt wurde die uneingeschränkte Einsicht in die Dossiers

21 Christian von Ditfurth, in: *Der Spiegel*, Nr. 35/1992.

damals von Björn Engholm, Hans-Joachim Vogel, Oskar Lafontaine, Egon Bahr und Gerhard Schröder.

Aber Helmut Kohl hat doch später auch Einspruch erhoben. Insofern ist das kein rein sozialdemokratisches Problem.

In der Tat. Da war die rotgrüne Entrüstung groß, als Helmut Kohl Einspruch dagegen erhob, dass Stasiabhörberichte, die ihn betrafen, für die mediale Verwendung freigegeben wurden.

Wovor hatten Kohl und die Sozialdemokraten Angst? Haben sie sich helfen lassen?

Hinter der Abwehr öffentlicher Neugier steckte natürlich die Befürchtung vor allem bei der SPD, dass die zwischen 1982 und 1989 geführten Gespräche mit der SED nicht der kritischen Sicht nach dem Ende der DDR standhalten würden. Über hundert Gespräche mit SED-Spitzenfunktionären hätten sicherlich reichlich Stoff geboten – nicht nur hinsichtlich der Tonlage zwischen den Gesprächsteilnehmern. Allzu gutes Einvernehmen bei den Gesprächen hätte belegt, dass die Sozialdemokraten womöglich der SED den Rücken beim Vorgehen gegen die Opposition in der DDR gestärkt hatten.

Gab es denn Wahlkampfhilfe für die SPD?

Unbestreitbar. In der Bundestagswahl von 1987 erhielt nicht die Bundesregierung, sondern der damalige Kanzlerkandidat der SPD Johannes Rau nach Sondierungen mit Egon Bahr die Zusage, dass der Asylanten-Zustrom vom DDR-Flughafen Schönefeld nach Westberlin gestoppt würde. Rau empfahl sich so als einflussreicher Bundespolitiker. Als Gegenleistung hatte Bahr über Erich Honecker mitteilen lassen, dass die

BRD unter einem Kanzler Rau »voll die Staatsbürgerschaft respektieren würde und dass damit das Thema beerdigt sein würde«.[22] Rau gelang dennoch nicht der Sprung von Düsseldorf nach Bonn. Aber Bahr schaffte es, dass Björn Engholm bei der schleswig-holsteinischen Landtagswahl 1987 eine Zehn-Minuten-Audienz bei Honecker bekam. Im Anschluss konnte Engholm den Wählern ein DDR-Zugeständnis vorweisen: Die Bewohner aus Lübeck und Umgebung durften zukünftig einen Badesee nutzen, der auf DDR-Territorium, aber jenseits der Grenzbefestigungen lag. Damit sollte signalisiert werden, dass nicht die Regierung Kohl, sondern nach wie vor die SPD-Opposition die bessere Position gegenüber dem anderen deutschen Teilstaat hatte. Engholm wurde in der Folgezeit nicht nur Uwe Barschels Nachfolger als Ministerpräsident der Landesregierung in Schleswig-Holstein, sondern 1991 auch SPD-Parteivorsitzender.

Welche Rolle spielte die Öffnung der Sowjetunion unter Gorbatschow für die Westdeutschen?

Von westlicher Seite wurde einerseits an der Vorstellung festgehalten, dass die Bipolarität der Welt unüberwindlich sei, was auf dem nuklearen Vernichtungspotential beider Seiten beruhte. Andererseits schien die Sowjetunion sich unwiderruflich vom Stalinismus abgekehrt zu haben. Das eröffnete neue Möglichkeiten für den Wandel durch Annäherung, und zwar durch eine Art konzertantes Spiel auf zwei Saiten – Pankow und Moskau. Die Moskauer Kontakte der SPD wurden von Egon Bahr betreut und hatten längst zur Konnex mit dem KGB-General Keworkow oder dem Ex-Botschafter Falin in der Parteizentrale der KPdSU geführt. Für die Gespräche mit der SED war Erhard Eppler zweifellos der beste Mann, den die SPD finden konnte. Er setzte sich mit den Kommunisten zusammen, er verfasste gemeinsam mit ihnen Papiere, er be-

22 Ebd.

wahrte dennoch die sozialdemokratische Seele vor Schaden und trotzte den Kommunisten nahezu aufsehenerregende Zugeständnisse ab. Im Unterschied zu anderen hatte sich Eppler vorher von Ostblock-Emigranten beraten lassen, um Texte durchzusetzen, die für die Opposition in der DDR und die Reformkräfte in der SED hilfreich sein könnten. Eppler scheute sich denn auch nicht, die SED 1989 öffentlich wegen Vertragsbruchs anzuklagen, weil sie mit Gewalt gegen oppositionelle Kräfte vorging.

Diese Gespräche über eine Annäherung werteten die SED doch auch auf.

Kurzzeitig ja. Allerdings wurden diese Gespräche historisch dadurch entwertet, dass sie in einer Phase stattfanden, in der sich die SED-Macht bereits erkennbar auf einem absteigenden Ast befand. Objektiv gab es eine Aufwertung der SED, und zwar sowohl nach außen wie nach innen, auch gegenüber Moskau. Die SED erschien als gleichgewichtiger Partner der SPD. Obwohl sie Reformen verweigerte und damit mehr und mehr in Konflikt zu Gorbatschow geriet, hellte sich ihr Image durch den Kontakt zur SPD sogar gegenüber dem Kreml etwas auf. Um das zu vermeiden, hätte die SPD längst die Weichen von »Wandel durch Annäherung« auf »Wechsel durch Abstand« stellen sollen.

Andererseits führte die zunehmende politische und wirtschaftliche Schwäche der DDR zu einer ideologischen Zerreißprobe für die SED. Wenn die SED sich dem Reformdruck aus Moskau entziehen wollte, durfte sie es nicht bis zur völligen Entzweiung mit der Garantiemacht treiben. Die Gespräche mit der SPD waren gewissermaßen eine Gelegenheit für die SED, um einen Anflug von Reformbereitschaft zu suggerieren. Sie machte verbale Zugeständnisse wie das als sensationell empfundene Einräumen von »Friedensfähigkeit« des Westens. Letztlich war das risikoloser, als Reformen in der eigenen Machtsphäre einzuleiten. Ein Grummeln in der Partei über die Verletzung von ideologischen Prinzipien war durch offizielle Sprachregelung leicht zu dämpfen. Einfacher, als den Reformwillen zu stoppen, der sich in der Bevölkerung ausbreitete. Außerdem sollten die Gespräche ein generelles Signal nach Bonn senden: Gleich, ob CDU- oder SPD-geführte Regierung – die DDR sei gesprächsbereiter als zuvor.

Darin zeigte sich auch unsere Unsicherheit, die durch einzelne Äußerungen von Sowjetdiplomaten über die Aussichten einer Lösung der deutschen Frage oder über den nicht ewigen Bestand der Berliner Mauer provoziert war. Wenn Moskau mit der Existenz der DDR zu spielen beginnen sollte, wäre es nützlich, dickere Fühler zur Bundesrepublik auszustrecken. Vielleicht könnte dies die DDR erhalten, und sei es über den Weg weitergehender deutsch-deutscher Übereinkommen.

Also der Klassenfeind als derjenige, der die ins Wanken geratene DDR-Existenz absichert?

Mit der Öffnung der ungarischen Grenze im Mai 1989 hatte die prekäre Situation der SED jedenfalls einen neuen Grad erreicht.

Wie war Ihr Kalkül und vor allem wie war das Kalkül von den Leuten in der Führung, die inzwischen nur noch in der Entmachtung Honeckers eine Überlebenschance sahen?

Eine im Ostblock isolierte oder sich von ihm emanzipierende DDR würde nur auf eines zählen können: die am Einheitsgebot ihrer Verfassung festhaltende Bundesrepublik. Und nur die BRD versprach auch die Chance auf wirtschaftliche Hilfe für die sieche Kommandowirtschaft der DDR. Im Grunde würde von westdeutscher Seite alles begrüßt werden, was die Kooperation mit der DDR befördern könnte. Die Einheit stand für uns damit noch lange nicht auf der Tagesordnung. Sie würde dem europäischen Prozess nicht dienlich sein. Deutschland wäre dann zu mächtig. Da passten schon die Engländer und Franzosen, aber auch manch kleiner Nato-Verbündeter auf. Margaret Thatcher und François Mitterrand versicherten Gorbatschow noch Ende 1989, dass das Moskauer Reservat namens DDR auch im künftigen europäischen Haus erhalten bleiben würde. Diese Vorbehalte gegen die Bonner Verbündeten schienen uns daher so etwas wie eine weitere Bestandsgarantie für die DDR zu sein.

Also doch Westdeutschland als Lebensversicherung …

… oder besser: Der Klassenfeind als Schutzengel – das war die paradox erscheinende Logik der neuen Situation. Daran gewöhnten sich zunächst diejenigen, die sich allmählich zum Sturz Honeckers zusammenfanden. Nach unseren Überlegungen durfte nichts geschehen, was das Verhältnis zur Bundesrepublik irreparabel verschlechtern könnte. Vorstellungen von einer Konföderation wie in der Frühzeit der DDR wurden von diesem und jenem als mittelfristige Lösung erwogen.

Honeckers Sturz war besiegelt, als er im Politbüro seine Gedankenspiele über das »Aufmarschieren« von Panzern in Leipzig äußerte. Ein dadurch hervorgerufenes Blutbad hätte auch die heterogene Gruppe von Reformwilligen in der SED-Spitze kompromittiert und für Gespräche mit Bonn hoffnungslos disqualifiziert. Die Normalisierung des Reiseverkehrs und die Öffnung der Mauer, wozu wir uns nach Monaten öffentlichen Drucks entschlossen, schienen uns im Hinblick auf Bonn als risikolos. Solche Schritte würden uns nur als künftige verlässliche Partner der Bundesregierung empfehlen.

War es ein Fehler des Westens, auf die DDR zuzugehen?

Meine Bemerkungen sind nicht so gemeint, dass politischer, taktischer Umgang mit einem totalitären System und seinen politischen Trägern, also den Kommunisten und ihrer Partei, grundsätzlich abzulehnen oder zu scheuen ist. Wichtig ist, ihn illusionslos hinsichtlich der tieferen Beweggründe der anderen Seite zu sehen. Die Geschichte hat gezeigt, dass es keine Konvergenz der Systeme gibt. Kommunistische Staaten waren und sind nicht reformfähig. Alle Ansätze dazu endeten mit der Auflösung des Systems – das zeigte sich auch bei Gorbatschows Perestroika.

Und China?

Die vom Westen begrüßten oder gar bewunderten Reformen wie in China sind meiner Ansicht nichts anderes als die partielle Rückkehr zu den Praktiken der Gesellschaft, die der Kommunismus zu überwinden und ersetzen vorgab. Die kommunistischen Staaten entwickelten doch nie aus sich heraus eine Reformtendenz – das ist die eigentliche, die dialektische Konsequenz aus dieser Sachlage. Die unvermeidliche Kommunikation mit den westlichen Demokratien beflügelte die Menschen, ihren Änderungswillen verspürten die Herrschenden als zunehmenden Druck und quittierten ihn ihrerseits mit vorsichtigen Reformansätzen, lediglich um ihre Macht zu erhalten oder um das Ende ihrer Macht hinauszuschieben.

Der Dialog mit der anderen Seite des Eisernen Vorhangs ist also nicht von vornherein suspekt. Der ideologisch geleitete Gegner würde sich im Gegenteil nicht auf einen politischen Dialog einlassen, wenn er sich überlegen wähnte. Insofern waren die in den achtziger Jahren geführten Gespräche zwischen SPD und SED nicht abwegig oder sinnlos. Da die SED auch dem Imperialismus Friedenspotenz zugestand, bröckelten langsam das Feindbild und damit die ideologische

Deutungshoheit der SED. Die politischen Gespräche wirkten also als exogener Faktor, der den Allmachtsanspruch der SED perforierte. Der Dialog wird jedoch kontraproduktiv, wenn er den ins Trudeln geratenen Gegner vor dem Absturz bewahrt. Das richtig einzuschätzen – nach Zeitpunkt und Morbidität des antidemokratischen Systems – wurde von der Politik verlangt.

Was bestimmte das Verhalten der SED zur Bundesrepublik?

Wir schauen zurück auf die sechziger, siebziger und achtziger Jahre. In dieser Zeit begann die Bundesrepublik zunehmend eine eigenständige Rolle im westlichen Bündnissystem zu spielen. Und Moskau ließ der DDR mehr Leine, ohne dass sich ihr Satellitenstatus grundsätzlich verändert hätte. Die internationale Anerkennung und die UNO-Aufnahme der DDR waren bestens geeignet, die deutsche Teilung zu vertiefen. Strategisch hatte das Vorteile für den Osten. Die DDR erhielt mehr Gewicht und veränderte im Westen graduell das bisherige Bild vom Ostblock als einer unsouveränen Satellitengemeinschaft unter Moskauer Aufsicht. In diese Optik passte auch der 1964 zwischen Moskau und Pankow vereinbarte Vertrag über Freundschaft, gegenseitigen Beistand und Zusammenarbeit als eine Art separater Friedensvertrag Zweiter Klasse.

Welche Rolle spielten wirtschaftliche Überlegungen, mit der Bundesrepublik zusammenzuarbeiten?

Die wirtschaftlichen Beziehungen zur Bundesrepublik spielten eine große Rolle. Sie sicherten elementare Positionen unseres Wirtschaftsplans. Man nahm in Kauf, dass damit zwar unterschwellig ostdeutsche Einheitssehnsüchte genährt wurden. Wichtiger schienen aber die ökonomischen Vorteile für die DDR, zum Beispiel über den Swing, den Überziehungskredit, den die Bundesregierung seit den sechziger Jahren gewährte, um damit politische Ziele zu erreichen. Kein anderes Land im Ostblock hatte einen wirtschaftlich so potenten Partner im Westen wie die DDR. Was der DDR übrigens von den volksdemokratischen Brüdern geneidet wurde. Die Sowjets hingegen waren schon deshalb damit einverstanden, weil ein nicht unerheblicher Teil der Güter, die auf diese Weise durch den Eisernen Vorhang gelangten, schließlich in der sowjetischen Industrie landeten. Ganz zu schweigen davon, dass die Sowjetunion in dieser Zeit über Markus Wolfs DDR-Ableger des KGB nicht nur politische, sondern auch ökonomische Beute erzielte, zum Beispiel beim Ausspionieren von Technologien für die Rüstung.

Was bedeutete dieser Austausch für die jeweiligen Machtpositionen im Kalten Krieg?

Kein Amerikaner, ganz zu schweigen von einem Franzosen oder Engländer, wäre bereit gewesen, sich für eine deutsche Wiedervereinigung dem Risiko eines Nuklearkrieges auszusetzen. Die Sicherung des Status quo sollte die nukleare Katastrophe vermeiden – das war, wie ich bereits sagte, die politische Grundregel dieser Jahre. Angesichts dieser Sachlage war Bahrs Versuch, die waffenstarken Fronten zu unterlaufen und zentimeterweise in Richtung Einheit vorzustoßen, fast genial. Gleichzeitig barg er stets die Gefahr, von der anderen Seite instrumentalisiert zu werden.

Wiederum war das prinzipielle Festhalten am Einheitsgebot, die Anfechtung der staatlichen Legitimität der DDR, eine politische Position, der die Geschichte recht gegeben hat. Auch die CDU kann das für sich beanspruchen, ohne dass ihr friedens-, freiheits- und demokratieverpflichteter Kurs von den Verbündeten in Zweifel gezogen werden konnte. Die eindeutige Westorientierung der CDU gehörte zu ihren politischen Grundsätzen. In dieser Lage konnte es nur darum gehen, das Gemeinschaftsgefühl der Deutschen aufrechtzuerhalten und den Gedanken an die nationale Einheit nicht aufzugeben. Damit wurde, wie ein unparteiischer britischer Beobachter wie Garton Ash schreibt, auch die Hoffnung auf Vereinigung in den Herzen der Ostdeutschen wachgehalten. Mehr war in dieser Zeit nicht zu leisten.

Dennoch wurden auch die nicht staatspolitischen, gesellschaftlichen Kontakte zwischen den beiden deutschen Staaten immer enger.

Das Ende der SED-Herrschaft durch die friedliche Revolution von 1989 hängt sicher nicht unwesentlich damit zusammen, dass Politiker der Bundesrepublik es sich in den letzten Jahren der DDR zur Regel gemacht hatten, bei offiziellen Besuchen – von der SED-Führung stirnrunzelnd geduldet – stets auch mit Vertretern der Opposition und der Kirche zusammenzukommen. Obwohl ihr Vorgehen aus parteipolitischen Gründen häufig nicht konzertiert schien, haben beide politische Lager in der Bundesrepublik einen Wirkungsgrad erreicht, der an den Abläufen und Ereignissen von 1989 und 1990 einen wesentlichen Anteil hatte. So wurde der ideologische Anspruch der SED auf Dauer perforiert. Im Volk verbreitete sich eine Ahnung davon, wie fragil die Macht wirklich war. Die Opposition wurde moralisch gestärkt.

Hat man in der Bundesrepublik diese Oppositionsbewegung ernst genommen? Sie haben ja spätestens als Chefredakteur des Neuen Deutschland *die Westpresse ausführlich studieren können.*

Mein Eindruck ist, dass erst mit der Akkreditierung von westdeutschen Pressekorrespondenten im Ergebnis der Verträge mit der Bundesregierung die Berichterstattung intensiver wurde. Sie litt natürlich darunter, dass der politische Kodex nicht verletzt werden durfte, den sich die DDR ausbedungen hatte. Die zugelassenen Journalisten standen denn auch unter strikter Beobachtung des Außenministeriums und der Stasi.

Wie stand es unter diesen Bedingungen um die Tiefenschärfe in der Presse beim Thema DDR?

Ich kann das nicht präzise beurteilen. Damit haben sich andere schon ausführlich und gründlich befasst. Mein Eindruck ist, dass in den achtziger Jahren, vor allem in der zweiten Hälfte, die Berichterstattung intensiver wurde und weniger gefiltert war. Es erschienen häufiger Berichte über Aktivitäten der Bürgerbewegungen und von Oppositionsgruppen sowie über staatliche Repressionsmaßnahmen. Eine solche Informationsdichte über die DDR wiesen allerdings nicht alle Zeitungen, Zeitschriften, Rundfunk- und Fernsehsendungen auf.

Die westdeutschen Korrespondenten, die in der DDR akkreditiert waren, hatten keinen leichten Stand.

Sie waren ständig im Visier der Staatssicherheit, denn sie standen unter Generalverdacht. Das MfS bezichtigte sie fortwährend unterschiedlichster Vergehen und Regelverstöße. Das reichte von Spionage über subversive Aktivitäten bis zu Kontakten zu »feindlich-negativen Elementen«. Gelegentlich wurde den Korrespondenten unterstellt, »provokatorische Handlungen« von DDR-Bürgern sogar initiiert zu haben, um über diese spektakulär berichten zu können. Auch ärgerte sich das MfS darüber, dass Oppositionsgruppen den Korrespondenten öffentliche Erklärungen oder Informationen aus ihrem eigenen Umfeld übergaben oder Informationen über Repressionsakte der Stasi den westlichen Medien zuspielten. Die Journalisten waren bei der Ausübung ihres Berufes erheblichen Risiken ausgesetzt. Mindestens konnten sie ihre Akkreditierung verlieren oder ausgewiesen werden. Die westdeutsche Seite hatte also eine eher diffuse Wahrnehmung von Repression und Opposition in der DDR. Daher ist es nicht verwunderlich, dass die Politiker lange Zeit kein grundsätzlich anderes Bild lieferten.

Mit Ausnahme der Grünen. Die hatten doch ein sehr spezielles Verhältnis zur DDR.

Ich erinnere mich, dass die radikalpazifistische und ökologische Programmatik der Grünen eine große Schnittmenge mit der Friedens- und Umweltbewegung in der DDR hatte. Petra Kelly und Gert Bastian knüpften Kontakte, und in der Folge entstand die Idee, in der DDR eine Sektion der Grünen zu gründen. Diese Pläne scheiterten dann aber an internen Auseinandersetzungen der Partei.

Wäre das möglich gewesen?

Sie wären sicher auch an der SED gescheitert. Wir sind auf diese Weise von einem demokratischen Tauglichkeitstest verschont geblieben, den wir nie bestanden hätten. Aber das hätte allerhand Staub aufgewirbelt.

Noch einmal zurück zu den Bürgerbewegungen. Welche Rolle spielten sie für die westdeutschen Parteien?

Auch zur Beantwortung dieser Frage müsste ich an kompetentere Personen verweisen, an Vertreter von Bürgerbewegungen oder der betreffenden Parteien. Ich erinnere mich, dass Egon Bahr einmal geäußert hat, dass die Bürgerbewegungen im Denken der etablierten westlichen Parteien keine Rolle gespielt hätten. So lapidar kann man das natürlich nicht akzeptieren. Aber es war schon so, dass man die Bedeutung und Ernsthaftigkeit der Bürgerbewegungen unterschätzte, wie man gleichzeitig die Stabilität und Seriosität des SED-Staates überschätzte. Außerdem fürchtete man lange Zeit die riskanten Konsequenzen, die jede Beeinträchtigung, jede Störung der jeweiligen Einflusssphäre zur Folge haben könnte. So dachte man in einer zu zwei Machtblöcken erstarrten Welt, abgesichert durch das Gleichgewicht des nuklearen Schreckens.

10

Zwieback im Politbüro
Die profitfreie Planwirtschaft

Wenn Bürger gegen die eigene Regierung aufbegehren, so hat es im Vorfeld meist ernste wirtschaftliche Probleme gegeben. Wussten Sie 1989, wie schlecht es um die Wirtschaft der DDR bestellt war?

Wie prekär die Lage war, erfuhren wir erst nach der Absetzung Honeckers. Der Planungschef Gerhard Schürer teilte im Politbüro mit, dass die DDR im Frühjahr 1990 zahlungsunfähig sein würde, weil sie die Zinsen für die ausländischen Kredite nicht mehr begleichen konnte. Bis dahin war dieser heikle Umstand nur Thema zwischen Schürer und dem Generalsekretär gewesen.

Sechs Jahre zuvor hatte die Bundesrepublik auf Drängen von Franz Josef Strauß für einen Zwei-Milliarden-DM-Kredit der Bayerischen Landesbank für die DDR gebürgt. Gestützt auf die Bundesbürgschaft konnte der Außenhandelsbankchef der DDR bei ausländischen Banken unter Hinweis auf die von Bonn verbürgte Bonität wieder neue Kredite einsammeln. 1989 betrug die Bruttoauslandsverschuldung der DDR nahezu 50 Milliarden Valutamark. Die Valutaeinnahmen, also die Einnahmen von Westwährung durch Exporte, lagen niedriger als die Zinsbelastungen im Westen. Damit wären sowohl wichtige Importe von Rohstoffen und Halbfabrikaten als auch Konsumgütern wie Apfelsinen und Bananen oder notwendigen Medikamenten nicht mehr gesichert gewesen. Ein Schuldenerlass oder ein Aufschub der Rückzahlung hätte dann zur Machteinschränkung und früher oder später gleichfalls zum Machtverlust der SED geführt.

Warum hat die DDR keine Gewinne erwirtschaftet wie China heute?

In einem Satz: Weil wir nicht so gewieft waren und den Kapitalisten wieder die Wirtschaft überlassen haben. Auch der chinesische Sozialismus hat wirtschaftlich so wenig reüssiert wie der in der DDR. Deshalb zog die chinesische Partei den Schluss, besser wieder die wirtschaften zu lassen, die davon mehr verstehen. Die Diktatur der Partei über China bleibt natürlich bestehen. Sie und der Staat finanzieren sich heute nur anders, nämlich durch die Steuern und Abgaben, mit denen die sprießenden Profite der kapitalistischen Unternehmen belegt werden. Von den Summen, die in die Taschen bestechlicher und treuer Parteifunktionäre fließen, ganz zu schweigen. Die Ineffizienz der DDR-Wirtschaft beruhte auf der totalen Enteignung und Verstaatlichung der Unternehmen – damit wurde die Regulierung über Märkte durch eine Planwirtschaftsbürokratie ersetzt. 50 000 Schreibtische konnten nicht die Intelligenz, Initiative und Risikobereitschaft von Unternehmern und die Impulse einer Marktwirtschaft ersetzen. Die Diktatur der Partei mit ihrem Primat der Politik über die Ökonomie führte dazu, dass taktische Momente und Parteibeschlüsse über die ökonomische Vernunft obsiegten. Dazu trug wesentlich das schon erwähnte sozialpolitische Programm bei, mit dem sich Honecker nach seinem Machtantritt von seinem Vorgänger Ulbricht positiv unterscheiden wollte. Dies, so hoffte er, würde sich in mehr Leistungsbereitschaft und volkswirtschaftlich in höhere Produktivität umsetzen. Aber der Effekt trat nicht ein. Stattdessen nahm die Verschuldung zu, mit der die bescheidenen sozialpolitischen Verbesserungen finanziert werden mussten. Die Partei schien nach der Devise zu verfahren: Auf Schulden reitet das Genie zum Erfolg …

Das kommt einem bekannt vor, wenn man gegenwärtig in die USA schaut.

Immerhin wird es aufgedeckt. Bei unserem politischen Leben auf Pump spielte unausgesprochen auch eine Rolle, dass wir Kommunisten daran glaubten, durch westliche Kredite Kapitalisten für unsere Errungenschaften zu schröpfen. Früher oder später würde die Revolution auch über sie hereinbrechen, und damit wären dann alle Schulden auf einen Schlag getilgt. Die ökonomische Schwäche der DDR wurzelte also in der verfassungsgemäßen Führungsrolle der SED – und wohl auch in diesem Kinderglauben.

Wie wirkte das sozialistische Korsett auf die Wirtschaft?

Die DDR-Wirtschaft konnte nur durch Exporte ins westliche Ausland überleben. Doch Rohstoffmangel, Innovationsschwäche und Schwerfälligkeit der Planwirtschaft führten dazu, dass über den Außenhandel stets ein kleineres Ergebnis erbracht wurde, als notwendig gewesen wäre. Die Gewinne der Betriebe zu zentralisieren war die Regel. Jegliches erwirtschaftetes Plus floss auf das zentrale Staatskonto. Die Plankommission entschied dann auf Geheiß der Partei, wie viel welchem Betrieb im folgenden Jahr zugestanden wurde, damit dieser seine Planziele erfüllen konnte. Demnach musste ein erfolgreicher Betrieb die von ihm erwirtschafteten Valutabeträge zum größten Teil an unprofitablere Betriebe abführen, deren Erzeugnisse aus politischen oder strategischen Gründen Vorrang hatten.

Zudem musste jede Neuentwicklung oder Erfindung von der Plankommission als nützlich oder ertragbringend bestätigt werden. Daran gebunden war die Genehmigung von Mitteln oder gar von partiellen Rohstoffimporten aus dem Westen. Dieses Procedere erforderte viel Zeit, und bis die Genehmigungen vorlagen, beherrschten längst schon westliche Innovationen den Weltmarkt. So fehlten zunehmend die Mittel, die zu einer Steigerung der Produktivität nötig gewesen wären. Damit wurde die Absicherung der Sozialpolitik immer schwieriger. Infolgedessen mussten immer mehr Kredite aufgenommen werden.

Die Ölpreisexplosion und Kreditboykotte vergrößerten die Schwierigkeiten. Probleme wurden »operativ«, also von Fall zu Fall, bewältigt. Man riss Löcher auf, um andere Löcher zu stopfen. In unseren Plänen klafften von Jahr zu Jahr größere Bilanzlücken, die von den Produzenten ausgeglichen werden mussten. Der Plan sah folglich zum Jahresbeginn hohe Steigerungsraten vor – das machte sich gut für die Öffentlichkeit. Seitenlang wurden alljährlich in den Zeitungen die Planziele ausgebreitet. Im Laufe des ersten Quartals wurde der Plan jedoch »präzisiert«, also an die unzureichenden Materialzulieferungen und an die mangelhafte Grundfondsausstattung angepasst und damit heruntergefahren. Davon erfuhr die Öffentlichkeit jedoch nichts. Am Jahresende gab es dann erfüllte und übererfüllte Pläne, ohne dass ein wesentliches Wachstum gegenüber dem Vorjahr erzielt worden wäre.

Wie erlebten Sie als Funktionär den wirtschaftlichen Alltag in der DDR?

Hinter der monolithischen Fassade des SED-Politbüros wurden auch Intrigen gesponnen. Zur Pflicht der Ersten Bezirkssekretäre, also auch zu meiner Pflicht, gehörte es, dem Generalsekretär jeden Monat die Wirtschaftslage zu schildern. Wir hatten in Berlin wiederholt in unseren Berichten auf brüchige Zulieferketten hingewiesen, die den Berliner Betrieben die Planerfüllung erschwerten. Das Politbüromitglied Günter Mittag, Honeckers Vertrauter und Kommandeur der volkseigenen Wirtschaft, witterte darin einen Angriff auf seine Kompetenz. Er revanchierte sich in einer Politbürositzung und machte Berlin für die mangelhafte Versorgung der Bezirke mit Zwieback verantwortlich. Berlin verfüge doch über die modernste Fertigungsstraße für Zwieback, meinte er, aber bringe nicht genügend Leistung. Da sei Schlamperei im Spiel. Mit anderen Worten: Die Bezirksparteileitung habe sich nicht darum gekümmert.

Doch ich hatte aus Mittags Apparat vorab von seiner beabsichtigten Attacke Wind bekommen und war gewappnet. Ich sagte, dass die zitierte »modernste Fertigungsstraße« ein DDR-Eigenbau sei, der vom ersten Tag an seinen Widerwillen gegen Zwieback offenbart habe. Die Maschine sei weder imstande, den Teig angemessen zu rösten, noch die Produkte einwandfrei zu verpacken. Die Kollegen hätten sich unablässig bemüht, das Ding zu reparieren, aber ohne Erfolg. Honecker blickte fragend zu Mittag. Die Fakten waren so überzeugend, dass Mittag und Regierungschef Stoph den Auftrag erhielten, einschlägige Technik aus dem »KA«, dem kapitalistischen Ausland, zu beschaffen. Ob es dazu dann noch gekommen ist, weiß ich nicht. Aber ich war um die Erfahrung reicher, dass auch im Zwieback politische Brisanz stecken konnte – zumindest in der DDR. Dieser Vorgang aus dem Politbüro illustriert die Absurdität einer Volkswirtschaft unter dem Diktat einer Partei. Ein Staatschef muss über die Zwiebackproduktion der Hauptstadt entscheiden. Das Politbüro muss die Beschaffung der Technik veranlassen. Dadurch entsteht ein doppeltes Versorgungsdefizit: Der Betrieb kann sich die notwendige Technik nicht beschaffen, die Bürger bleiben ohne Zwieback. So sahen sie aus, die kümmerlichen Früchte einer enteigneten und dann verstaatlichten Wirtschaft.

Sie haben sich als Berliner Parteisekretär ständig mit der unzureichenden Planerfüllung befassen müssen. Bekamen Sie bei Ihren Betriebsbesuchen den Ärger der Kollegen zu spüren, oder wurden Sie abgeschirmt?

Ja, natürlich traf mich der Ärger. Aber ich wollte mich nicht abschirmen lassen. Ging ich in einen Betrieb, und das war nahezu täglich der Fall, ließ ich deshalb deklamatorische

Großveranstaltungen mit geschönten Rechenschaftsberichten nicht mehr zu. In kleineren Diskussionsrunden erzielte ich Zustimmung in den Betriebsabteilungen, wenn ich sagte: »Halten wir uns nicht mit Sprüchen auf. Sagt, wo es hapert. Wir, die Bezirksleitung, wollen versuchen zu helfen. Wenn wir von zehn eurer Probleme nur drei oder vier bewältigen, hat es sich für beide Seiten schon gelohnt.« Im Ergebnis der Debatte wurde ein Protokoll über die einzuleitenden Schritte verfasst. Meist ging es um bessere Arbeitsorganisation, versackte Zulieferungen oder um Plankorrekturen. Die Methode fand Anklang. Ich lud stets den zuständigen Minister zu solchen Zusammenkünften mit ein. Er verpflichtete sich, Zulieferungen zu besorgen, die den jeweiligen Betrieb in die Lage versetzen sollten, den Plan zu erfüllen. Die Kollegen meinten, sie bekämen Hilfe statt Besserwisserei oder Phrasengeknatter. Und ich wiegte mich in der Illusion, einen optimalen Arbeitsstil gefunden zu haben.

Illusion? Es hat also nichts gebracht?

Einige Tage später erreichten mich erregte Anrufe von Bezirkssekretären aus Cottbus oder aus Dresden, dass ihren Betrieben Mittel entzogen und nach Berlin umgelenkt worden seien. Der Minister hatte so entschieden, weil ich als Berliner Sekretär und Politbüromitglied für ihn mehr Gewicht hatte als ein SED-Bezirkssekretär, der nur ZK-Mitglied war. Die Praxis verriet die Misere des Systems. Die Betriebe funktionierten in den wenigsten Fällen von alleine. Die meisten bedurften ständig der Hilfe, die wir, die Partei, unzulänglich genug zu leisten versuchten.

Nach einem Dreivierteljahrhundert des Experimentierens sind die sozialistischen Volkswirtschaften in sich zusammengefallen. Wie kam es dazu? Manche Ihrer Genossen sind noch heute überzeugt, dass dies nur eine kurzfristige Schwä-

che war, die mit dem Ölpreis und der Hochrüstung zu tun hatte.

Es war die unabwendbare Folge ihrer Lebensuntauglichkeit. Die sozialistischen Volkswirtschaften waren dem Wirtschaftssystem unterlegen, das sie herausgefordert hatten. Ein kommunistischer Glaubenssatz von Lenin lautet: Die höhere Arbeitsproduktivität entscheidet in letzter Instanz über den Sieg der neuen Gesellschaftsordnung. Damit war dem System schon früh das Ende prophezeit. Es hat den eigenen Kriterien nicht standgehalten. Die Ineffizienz der sozialistischen Volkswirtschaften ist keine temporäre oder nationale Erscheinung, die durch spezifische Ursachen – wie technologische Rückständigkeit, Bildungsdefizite und Erfahrungsmangel, administrative Inkompetenz und andere Faktoren – zu erklären wäre.

Aber man darf das niedrige wirtschaftliche Niveau des Ostens als Ausgangsniveau nicht vergessen. Der Westen und der Osten hatten nicht die gleichen Startbedingungen.

Das niedrige wirtschaftliche Ausgangsniveau, das entgegen der Marx'schen Annahmen die sozialistische Umwälzung in einer Reihe von Ländern begleitet hatte, sprach eine Zeit lang scheinbar sogar für die Kommunisten. Die Bewirtschaftung und Verteilung des Mangels ist mit Kommandostrukturen besser zu bewerkstelligen als durch Selbstregulation. Eine Exekutive, deren Macht nicht durch Gewaltenteilung reguliert ist, kann sogar Spitzenleistungen hervorbringen, indem sie die begrenzten gesellschaftlichen Mittel rücksichtslos auf ein Ziel wie beispielsweise die Entwicklung des Sputniks konzentriert. Es waren ja die Sowjets, denen es noch vor den Amerikanern gelungen ist, im Oktober 1957 den ersten künstlichen Erdsatelliten in eine Umlaufbahn zu schießen. Selbst ein eingefleischter Schöngeist wird nicht in Abrede stellen können, dass profane Ökonomie die wichtigste Lebensgrundlage jeder Gesellschaft ist. Banal scheint auch die Feststellung, dass die Produktion nur dann sinnvoll ist, wenn damit ein Plus erzielt, wenn also mehr erwirtschaftet wird, als an Kosten für Material und Arbeitskraft hineingesteckt wurde. Auch die kommunistische Zukunftsvision, in der Ökologie aus historisch begrenzter Einsicht keine Rolle spielte, baute auf Wachstum.

Können Sie noch einmal kurz die wirtschaftliche Hoffnung umreißen, die Marx in die Welt gesetzt hat?

Die Annahme von Marx besagt in groben Zügen: Der private Besitz an den wichtigsten Gütern und an den Produktionsmitteln macht deren Eigentümer zur einflussreichsten oder gar herrschenden gesellschaftlichen Gruppe oder Klasse. Sie wird durch ihre Dominanz permanent die ihr gemäßen Verhältnisse sichern und die ökonomisch abhängige Mehrheit ausbeuten. Auch der gesellschaftliche Überbau richtet sich nach den Interessen der ökonomischen Klasse. Alle Übel dieser Welt, ihre Krisen und Kriege, ihr Elend und ihr Verbrechen entstammen der einen Büchse der Pandora mit dem Etikett »Privateigentum«.

In dem Maße, in dem die Produktion arbeitsteiliger würde und die Erträge steigen würden, verschärfe sich zwangsläufig der Widerspruch zwischen der besitzlosen arbeitenden Mehrheit und dem Kapital. Das führe letztlich zur sozialen Revolution. Erst wenn die besitzlose Mehrheit die Minderheit der Eigentümer enteignet und die Produktionsmittel vergesellschaftet, wird allen negativen Einflüssen des Privateigentums ein Ende gesetzt sein. Die »Expropriation der Expropriateure« schafft gesellschaftliche Vernunft. Die wirtschaftlichen Möglichkeiten können fortan zum Nutzen aller planmäßig eingesetzt, ihre Erträge in Harmonie zwischen Akkumulation und Konsum verwendet werden.

Im Unterschied zu den wolkigen Träumen von einer besseren Welt, wie sie etwa Thomas Morus oder Rousseau hatten, setzte Marx die gesellschaftliche Veränderung im verachteten Milieu der Warenproduzenten an. Der Marxismus hat konkret die Mängel benannt, die in den Eigentumsverhältnissen der bürgerlich-kapitalistischen Gesellschaft oder in ihren Warenbeziehungen steckten. Aber Marx wie Lenin verstießen gegen ihre eigene dialektische Räson, indem sie jede Möglichkeit zur Veränderung der von ihnen entschlüsselten und zugleich dämonisierten Eigentumsverhältnisse leugneten. Sie konnten die enorme technische Entwicklung nicht voraussehen. Sie sahen in der Demokratie keinen eigenständigen politischen und sozialen Wert – auch nicht zur Kontrolle der Wirtschaft. Sie werteten Demokratie ab als Mittel der Verschleierung der wahren Machtverhältnisse zum Nutzen der unumschränkten Macht des Kapitals. Im *Kommunistischen Manifest* verkündet Marx die Vision eines neuen Arkadien, das Reich des *homo ludens,* bevölkert von materiell sorgenfreien, denkenden und dichtenden Individuen, die einander solidarisch zugetan sind. Nach jahrzehntelangem globalem Experiment ist heute offenkundiger denn je, dass die Vergesellschaftung des wirtschaftlichen Besitzes kein Allheilmittel ist.

Aber, was war dann im Kern der Denkfehler?

Die Vokabel »Vergesellschaftung« macht dies deutlich. Mit diesem Begriff geriet Marx in eine Reihe mit den frühen Utopisten, die er als unwissenschaftliche Schwärmer abgetan hatte. Zwangsläufig stellte sich die Frage, wer den vergesellschafteten Wirtschaftsorganismus führen sollte, wer also das permanente Reproduktionsbedürfnis, das zudem unablässig wachsen würde, gewährleisten sollte. Aber genau das war nicht definiert. An die Stelle der vielen marktnahen, miteinander konkurrierenden Autoritäten trat nach der Revolution, nach der Enteignung, das Superunternehmen sozialistischer Staat. Im Gegensatz zur Marx'schen Voraussage zeigte der sozialistische Staat keine Neigung zum Absterben, sondern wuchs sich zu einem bürokratischen Golem aus. Vergesellschaftung im Sinne wirklicher gesellschaftlicher Kontrolle der Produktionsmittel fand nicht statt, weil die Partei, genauer das Politbüro, sich Gesellschaft genug dünkte. So geriet mit der »Vergesellschaftung« eine ungleich extremere Art von Subjektivismus ans Steuer der Wirtschaft als in der »alten« Gesellschaft. Und so konnte schließlich ein Mann wie Günter Mittag durch die ihm eingeräumte Machtfülle weitgehend alleine über Wohl und Wehe der Volkswirtschaft der DDR befinden.

Wie sah diese Vergesellschaftung dann im Alltag tatsächlich aus?

Das organische Regulierungs- und Stimulierungsmedium Markt wurde durch zentrale Planung und Leitung der Wirtschaft ersetzt. Die Planwirtschaft sollte von nun an verlustfrei den Bedarf vorausahnen und durch Prämiensysteme den Markt überflüssig machen. Der Bankrott wurde abgeschafft. Die Zentrale glich die Gewinne und Verluste der Hersteller aus und hielt damit das Leistungsniveau der Wirtschaft insgesamt niedrig. Die neuen Regulatoren der Volkswirtschaft konnten sich auf kein Vorbild, auf keinen praktischen Beleg stützen. Sie nahmen die Marx'sche Hypothese als gesicherte Erkenntnis. Schließlich war sie ihr wissenschaftlich begründeter Anspruch darauf, dass sie die Macht übernehmen würden. Aus derselben intellektuellen Anmaßung heraus wurde die Hypothese auch nie auf ihren Realitätsgehalt überprüft. Damit hätten sich die Machthaber nur selbst in Frage gestellt. Stattdessen gingen sie entschlossen ans Werk, die Bedürfnisse und ihre Befriedigung vom Zentrum aus zu regulieren.

Was aber, wie sich schnell herausstellte, nicht funktionierte. Was hatten Sie gegen die Selbstregulierungskräfte des Marktes?

Die Geringschätzung des Marktes hat ihre Wurzeln in der für den Sozialismus charakteristischen niedrigen Veranschlagung der Rolle des Individuums. Marxistische Theoretiker sahen im Markt mit seinen vielen Angeboten eine völlig überflüssige Vielfalt. Dadurch würden Ressourcen nur unnötig vergeudet. Und die Praktiker stimmten ihnen hinterher zu, wenn auch aus einem anderen Grund: Die sozialistische Wirtschaft konnte nicht mit dem freien Markt konkurrieren. Es blieb ihnen daher nichts anderes übrig, als aus der Not eine Tugend zu machen. Beide, Theoretiker und Praktiker, nährten die Hoffnung, dass die Gleichheit in der entwickelten sozialistischen Zukunftsgesellschaft die Interessen und den Geschmack der Menge nivellieren würde. Für Mode zum Beispiel, also für Erzeugnisse, die aus nicht planbarer Kreativität sprießen, bleibt in den endlichen, marktlosen Gefilden des Sozialismus kein Platz. Schöne Aussichten!

Ein weiteres Manko der Vergesellschaftung besteht darin, dass kaum Mechanismen zur Korrektur von Fehlern ausgebildet wurden. Rückkopplungen waren bestenfalls schwach ausgeprägt. Die von der Partei gesetzten Richtlinien wurden nicht hinterfragt. Die Unfähigkeit zur Selbstkorrektur war ein tödlicher Systemfehler, eine zwangsläufige Folge des pluralistischen und demokratischen Defizits. Bei dem mühseligen Versuch, sich den Leistungen westlicher Industriegesellschaften anzunähern, entstand zwar auch in den sozialistischen Ländern eine Eigendynamik. Sie kollidierte jedoch sofort mit dem statischen Charakter des Systems. Jeder wirtschaftliche Fortschritt machte somit letztlich die zentralistische Trägheit augenfälliger.

Konnte die Perestroika etwas an diesen Mängeln ändern?

Perestroika war der in sich widersinnige Versuch, die systemimmanenten Fehler des Sozialismus zu beheben, ohne den Sozialismus abzuschaffen. Deswegen hat die »Erneuerung« oder »Umgestaltung« die negativen Folgen der Vergesellschaftung auch nicht beseitigen können. Der Sozialismus hatte das Risiko des einzelnen Produzenten oder einer Produzentengruppe auf die Gesellschaft verlagert. Nun musste die Zentrale die Defizite der Perestroika abdecken. Der Hersteller hatte mehr Eigenständigkeit, aber haftete nicht für seine Fehler. Das Risiko übernahm weiterhin die Zentrale, die gleichzeitig eine überdimensionierte Sozialpolitik finanzieren musste. Sie geriet immer tiefer in die Schuldenfalle. Im Endeffekt betrieb sie auf diese Weise ihren eigenen Ruin.

Alles mündete zwangsläufig in mehr Mangelwirtschaft und erbrachte infolge bürokratischer Schwerfälligkeit, unzureichender Innovationskraft und verbreiteter Unrentabilität der Betriebe stets weniger Waren und Devisen, als Bevölkerung und Wirtschaft benötigten. Auch in Zeiten der Perestroika. Die zu schmalen Fonds wurden »schwerpunktmäßig« eingesetzt, was zu wechselnden partiellen Versorgungslücken führte, mit teilweise entwürdigenden Konsequenzen für den Normalverbraucher. Mal gab es in einigen Teilen der Republik keine Schlüpfer, mal keine Glühbirnen oder kein Toilettenpapier. Ein anderes Mal beklagten sich Zahnärzte bei der Bezirksleitung der SED, dass sie keine Kunststoffhandschuhe hatten, um ihre Patienten hygienisch einwandfrei behandeln zu können.

Als Fazit bleibt: Die Vergesellschaftung der Produktionsmittel als Gegenentwurf zur Marktwirtschaft hat nie zu einer Gesellschaft geführt, die mängelfrei oder weniger mangelhaft als die zu überwindende gewesen wäre. An die Stelle des Gegensatzes von Arm und Reich setzte sie den Widerspruch zwischen offiziellem und inoffiziellem Leben, zwischen der Nomenklatur und der Masse der Bürger.

Welche Rolle spielen die Folgen der ruinösen DDR-Wirtschaft heute noch?

Ich bin nicht in der Lage zu analysieren, in welchem Maße Probleme von Unternehmen im Westen von der gegenwärtigen Lage der Wirtschaft im Osten verschärft wurden. Aber einige Spätfolgen bestimmten definitiv die Entwicklung im Osten und belasten bis heute die vereinte Volkswirtschaft. Es wirkt noch immer nach, dass durch Einheit und Währungsreform die einstigen Staatsbetriebe der DDR noch schlechter als bisher auf dem Weltmarkt mithalten konnten. Für ihre Erzeugnisse musste nun harte D-Mark bezahlt werden. Die bisherigen, überwiegend aus der Dritten Welt stammenden Abnehmer der Produkte aus der DDR aber wollten ihre D-Mark-Reserven nur für höherwertige Produkte aus der BRD einsetzen. Die Alternative zum drohenden Konkurs der meisten DDR-Betriebe bot die Treuhand. Bundesdeutsche und etliche ausländische Unternehmen erwarben viele Betriebe, nicht selten für einen rein symbolischen Preis, und sicherten damit wenigstens ein Minimum an Arbeitsplätzen. Gleichzeitig mussten die Betriebe umstrukturiert und saniert werden. Die Kapazitäten der Industrie in den alten Bundesländern reichten aus, um den gesamtdeutschen Binnenmarkt wie die Außenmärkte zu bedienen. Daher ist nach wie vor die Mehrzahl der Zentralen der deutschen Industrie in Westdeutschland angesiedelt, während die dazugehörigen Industriebetriebe reine Tochtergesellschaften sind. In diesen Unternehmen gibt es kein höheres und mittleres Management, keine Forschung, Entwicklung, kein Controlling und Marketing. Als ein erster einsamer Leuchtturm der Hoffnung ist mir das einstige Zeiss-Kombinat in Jena aufgefallen, das sich unter Lothar Späth zum florierenden Großunternehmen Jenoptik gemausert hat. Nach wie vor jedoch gilt: Wir dürfen uns in Ostdeutschland nicht mit einer Zweigwerk-Economy begnügen, sondern müssen in wachsender Zahl Stammbetriebe schaffen, um die Aufholgeschwindigkeit zu beschleunigen.

Die DDR war stärker von der Landwirtschaft abhängig als die Bundesrepublik. Erschwerte das die Transformation nach der Vereinigung?

Nur auf den ersten Blick sieht das so aus. Der inzwischen verstorbene Fritz Schenk, langjähriger Sekretär des ersten Planungschefs der DDR und ein hervorragender Kenner der DDR-Wirtschaft, machte auf einen wichtigen Aspekt der Transformationsphase aufmerksam. Schenk war 1957 in die Bundesrepublik geflüchtet und war später mit Gerhard Löwenthal Redakteur der ZDF-Sendung »Mitteldeutsches Tagebuch«. Schenk korrigierte das Bild, das die SED selbst verbreitete, um die augenfälligen Rückständigkeiten der DDR gegenüber dem Westen zu rechtfertigen. Der SED zufolge war die DDR der überwiegend agrarisch geprägte Teil Deutschlands. Dem widersprechen jedoch einige Tatsachen, die allerdings in Vergessenheit geraten sind.

Zur Potsdamer Konferenz 1945 hatte ein Gremium internationaler Statistiker die wirtschaftlichen Ist-Daten Deutschlands für das letzte Friedensjahr 1939 ermittelt und nach Besatzungszonen gegliedert. Danach gab es in der amerikanischen Zone (Bayern, Württemberg, Hessen) 433 000 Betriebe mit rund 3 Millionen Beschäftigten, in der britischen Zone (Nordrhein-Westfalen, Niedersachsen, Schleswig-Holstein, Hamburg und Bremen) 453 000 Betriebe mit 4,2 Millionen Beschäftigten, in der französischen Zone (Baden, Rheinland-Pfalz, ohne Saarland) 164 000 Betriebe mit einer Million Beschäftigten und in der sowjetischen Zone 488 000 Betriebe mit 3,6 Millionen Beschäftigten. Diese hohe Zahl der Betriebe bei niedrigerer Beschäftigtenquote gegenüber der britischen Zone drückte den für damalige Verhältnisse fortgeschrittenen Rationalisierungsgrad in Mitteldeutschland aus. Man baute schon mehr mit Maschinen. Laut Analyse hatte sich dieses Verhältnis bis Kriegsende sogar noch zugunsten der sowjetischen Zone verbessert, die erst gegen Kriegsende stark bombardiert wurde – davor war jedoch noch kräftig investiert worden.

Stärker noch schlug zu Buche, dass sich in Ostdeutschland vor allem für eine Friedenswirtschaft geeignete Wirtschaftszweige befanden: die Autounion (DKV, Horch, Audi, Wanderer) in Sachsen, BMW in Eisenach und das hochmoderne

Opelwerk in Brandenburg, sowie entsprechende Zulieferer; die weltweit modernsten Zweige der Elektrotechnik, Feinmechanik und Optik; graphische Industrie, Verpackungstechnik; der modernste Teil der Chemie, Pharmazie, Film- und Kunststoffproduktion; die Textil- und Bekleidungsindustrie, die Glas-, Keramik- und Möbelindustrie und Ausrüster für Einzelhandel, Gastronomie und Handwerk. Die Liste der damals weltbekannten Produkte, Hersteller und Standorte wäre sehr lang, und es handelte sich hauptsächlich um leistungsstarke Mittelstandsbetriebe mit weltweiten Kundenstämmen. Gewiss haben auch dort der Bombenkrieg und sowjetische Demontage verheerende Schäden angerichtet. Doch wenn der mitteldeutsche Wirtschaftsraum in seiner Grundstruktur erhalten geblieben wäre und am Marshallplan hätte teilnehmen können, wären die Lücken im Osten womöglich schneller geschlossen worden als in den Westzonen.

Demnach hat neben der Demontage für Reparationen die SED-Politik die entscheidenden und längerfristigen Schäden an der industriellen Entwicklung in der DDR angerichtet.

Ja. Hunderttausende Unternehmer wurden enteignet und systematisch vertrieben, die Betriebe wurden in sozialistische Kombinate eingegliedert und die zentrale Planwirtschaft sowjetischen Typs eingeführt. Diese Maßnahmen wurden allen Satellitenstaaten der Sowjetunion aufgezwungen. Die Politik Ulbrichts erhöhte zusätzlich den wirtschaftlichen Schaden der DDR. Der SED-Chef war sich der geostrategischen Lage seines Landes bewusst. Er ging davon aus, dass Moskau, um nicht den gesamten Satellitengürtel zu verlieren, seine westlichste Bastion nie preisgeben würde. Doch der Kreml sollte neben dem geostrategischen auch ein handfestes ökonomisches Interesse am Verbleib der DDR im Sowjetbereich haben. Daher machte Ulbricht die DDR zum wichtigsten Zulieferer für die sowjetische Schwer- und Rüstungsindustrie und zerstörte damit den Rest der mitteldeutschen Betriebe.

Ende Oktober 1989 wurde für das Politbüro in einem Expertenbericht das wirtschaftliche Endergebnis dieses unsäglichen Experiments beschrieben. Jenem Bericht zufolge erbrachte die DDR nur noch ein Drittel der Produktivität des Westens, was einen Überhang an Arbeitskräften von etwa 2 Millionen Beschäftigten bedeutete. Mehr als sechzig Prozent der Industrieanlagen waren verschlissen und mehr als dreißig Prozent älter als sechzig Jahre. Das Gesamtvolumen des Investitionsplanes für 1989 lag unter 60 Milliarden Ostmark, was nicht einmal mehr dringende Reparaturen deckte und Neuinvestitionen nahezu ausschloss. Die DDR stand mit rund 200 Milliarden Ostmark in der Kreide, wodurch praktisch alle Sparguthaben der DDR-Bürger wertlos waren. Die DDR war außenwirtschaftlich mit 50 Milliarden Valuta überschuldet. 1990 hätte sie, wie erwähnt, den Schuldendienst, also die Zinszahlungen für Kredite, die in Devisen zu erstatten waren, nicht mehr erfüllen können. Die DDR hätte also gegenüber dem Internationalen Währungsfonds Zahlungsunfähigkeit erklären müssen. Da die DDR-Bürger 6 Milliarden Ostmark gespart hatten, hätten die Einkünfte aller DDR-Bürger verringert und ihre Sparguthaben gesperrt werden müssen. Der Bericht enthielt sich konkreter politischer Empfehlungen, machte aber deutlich, dass die Überwindung der wirtschaftlichen Schwierigkeiten aus eigener Kraft »die DDR unregierbar« machen würde. Daher empfahl er die umgehende Aufnahme von Verhandlungen mit der Bundesregierung zur »Herstellung konföderativer Strukturen zwischen DDR und BRD«.

Welcher Schluss hätte aus dieser Situation gezogen werden sollen?

Nur einer, von dem wir nach Honeckers Sturz noch weit entfernt waren. Nämlich die schnelle und großzügige Rückgabe von Eigentum, das die SED rund einer Million früherer Besitzer geraubt hatte. Man hätte die Erfahrungen dieser Eigentümer nutzen können, ihre Marktkenntnisse und ihr internationales Standing. Das hätte nachhaltiger gewirkt und die öffentliche Hand weniger gekostet als alle Verkaufs- und Subventionsbemühungen der 3000 überwiegend aus dem Westen stammenden Juristen der Treuhandanstalt. Fritz Schenk nannte es ein großes Versäumnis des deutschen Parlaments, dass es den Einigungsvertrag nicht in der ersten Legislaturperiode nachgebessert hat. Damit wurden die sozialistischen Hypotheken konserviert.

11

Schärfste Lenkwaffe
Die keimfreien Staatsmedien

Sie waren von 1978 bis 1985 Chefredakteur des Neuen Deutschland, *des führenden Staats- und Parteiorgans. Wie dachte man als Kommunist und Journalist in der DDR?*

Ich sah mich in erster Linie als Parteifunktionär. Die kommunistische Überzeugung war bestimmend. Damit ausgestattet, wusste ich mich imstande, so ziemlich jeden Job auszuführen, den mir die Partei übertragen würde. Wie sehr sich Kommunisten stets als Großideologen verstehen, entsprechend denken und verhalten, habe ich in meinen Buch *Der Absturz* beschrieben. Ich hatte meine Arbeit als Berliner Parteisekretär damals mit Verve begonnen, weil ich glaubte, unserer Sache sinnvoller dienen zu können denn als Journalist. Ich schrieb: »Der Mechanismus der Selbsttäuschung funktionierte eben störungsfrei. Er unterschied auf irrationale Weise zwischen dem Ganzen und seinen Teilen. Das System war und blieb gut, mochten auch seine Elemente dem widersprechen. Das System beanspruchte, die gesellschaftliche Wahrheit und Vernunft zu verkörpern. Deshalb mussten wir einen Journalismus der Notlügen praktizieren. Wir verfügten über die bessere Ökonomie, auch wenn die Produktivitätslücke zum Westen größer wurde. Wir waren demokratischer, aber Andersdenken war im Ursinn des Wortes verpönt. Wir waren das System der Freiheit – Hatten wir nicht die knechtende Ausbeutung abgeschafft? –, aber unsere Freiheit war nur mit einem Heer an Staatssicherheit zu bewahren.«[23]

Selbst die kritischen und weniger dogmatischen Parteifunktionäre wollten nur gelten lassen, dass Bestandteile veränderungs- oder verbesserungsbedürftig waren, nicht aber das System. Der Umkehrschluss, dass bei dem schadhaften Resultat etwas an der Grundkonstruktion nicht stimmen könnte, wurde nicht zugelassen. Unser System war die Projektion eines Ideals; aber Idealen – so beruhigten wir uns selbst – nähert man sich nur via Unzulänglichkeiten.

Die Presse in der Demokratie versteht sich als vierte Gewalt. Wie sieht ein Kommunist die Presse?

Der Kommunist, ob Journalist, Theaterchef oder Betriebsleiter, sieht das anders. Sonst wäre er nicht Kommunist geworden. Er ist nicht einem Job oder seinen Talenten verpflichtet – die marxistische Weltdeutung ist sein Daseinsbezug. Als Kommunist wähnt er, ein anderer geworden zu sein, so als wäre er geistig neu erschaffen. Es gibt im kommunistischen Medienverständnis keine politische Kommunikation wie in einer Demokratie. Die verfassungsgemäße Führungsrolle der Kommunistischen Partei ließ keinen Platz dafür. An ihre Stelle trat die Ideologie. Alle Mittel, Faktoren und Figuren der Kommunikation existieren formal auch im Sozialismus, aber sie sind instrumentalisiert. Sie sind eindimensional, dienen nicht dem Austausch von Meinungen oder der Veränderung politischen Handelns. Die Medien im Sozialismus sollen einzig und allein die herrschende Räson durchsetzen. Vor diesem Hintergrund sollte man den kommunistischen Journalismus nicht einfach nur als eine Variante von Journalismus verstehen, die man im Westen für amputiert oder einfach nur für grotesk hielt. Wir sahen uns ganz anders: als wichtige Instrumente des Kampfes für die hehre Sache der Partei.

23 Günter Schabowski, *Der Absturz*. Reinbek 1990.

Nach diesem Verständnis fiel den Medien eine bedeutende Rolle zu, wenn es darum ging, die Menschen im Sinne der Parteilinie zu beeinflussen.

Ja, funktional hatten die Medien, also Print, Fernsehen und Rundfunk, einen hohen Stellenwert für die SED. Das drückte sich in dem geflügelten Wort von der Presse als schärfster Waffe der Partei aus. Heute würde ich leicht abgewandelt und ironisch sagen, sie war die »schärfste Lenkwaffe der Partei«. Als Institution der gesellschaftlichen oder zumindest der innerparteilichen Diskussion und Meinungsbildung, die auf einer annähernd objektiven Berichterstattung basiert, spielte die Presse so gut wie keine Rolle. Sie war ein ausführendes Organ der Parteiführung und der von ihr ausgegebenen Richtlinie, der Generallinie, die von Parteitag zu Parteitag bestimmt wurde. Journalisten hatten sich in erster Linie als Kommunisten zu verstehen, als Funktionäre, als »militants« der Partei. Im Sozialismus galt das Leninwort von der Presse als »kollektiver Agitator, Propagandist und Organisator« bei der Durchsetzung der Parteilinie. Es ist bezeichnend für den kommunistischen Hang zum Dogmatismus, dass auch dieser Leitspruch zur unantastbaren Wahrheit erhoben wurde – ohne Rücksicht auf die konkreten historischen Umstände seiner Entstehung. Die Welt hatte sich doch seit dem Erscheinen der *Iskra* erheblich verändert.

Was war denn die Iskra*?*

»Iskra« bedeutet russisch der Funke. Es war der Name eines kleinen Blattes, das ab 1900 unter der Führung von Lenin erschien.

Und das war auch noch Vorbild in den achtziger Jahren?

Das ist richtig vermutet. Das kommunistische Medienkonzept reicht zurück bis ins erste Jahr des vorigen Jahrhunderts.

Es wurzelte in dieser bolschewistischen Reliquie, die in der Zarenzeit unter der Redaktion von Lenin das geistige und organisatorische Zentrum der radikalen Kräfte der russischen Sozialdemokratie im Untergrund war. Alle prinzipiellen Anforderungen an die Medienarbeit der mit Moskau verknüpften kommunistischen Parteien wurden daraus abgeleitet oder dazu in Beziehung gesetzt. Daraus resultierte ein beispiellos uniformes Pressewesen, das sich hoher Auflagen rühmte, doch letztlich nur das Gegenteil dessen bewirkte, was es stärken sollte. Information kam in der zitierten Lenin'schen Formel bezeichnenderweise als Begriff nicht vor. Natürlich kann die Presse auch im Sozialismus nicht auf Nachrichten verzichten. Aber nach dem Lenin'schen Prikas galten sie als Agitation, man nannte das »Agitation durch Tatsachen«. Es betraf sowohl die Auswahl der Fakten als auch den Duktus ihrer Präsentation.

Quälte man sich nicht als Journalist, wenn die Diskrepanz zwischen den Tatsachen und der parteilichen Darstellung zu groß wurde?

Nein. Das mag Sie verblüffen, aber Parteilichkeit ersetzte für uns als überzeugte und geschulte Jünger des Kommunismus den journalistischen Maßstab der Objektivität. Nach unserer Begrifflichkeit hieß, parteilich zu sein, in einem höheren Sinne, objektiv zu sein. Denn Parteinahme für den Sozialismus oder Kommunismus bedeutete, sich den objektiven Entwicklungsgesetzen gemäß zu verhalten und sie zu verteidigen. Parteilichkeit stand aber auch für unbedingte sozialistische Apologetik. Entsprechend verbissen wurde alles bürgerlich-kapitalistische Gerümpel bekämpft. Eine parteiliche Unwahrheit oder das Verschweigen einer lästigen Wahrheit war in dem Sinne objektiver, als ein um realistische Darstellung bemühter Journalist aus dem anderen Lager je sein konnte. Das war Dialektik. Ein normaler Sterblicher würde es eher als Rabulistik bezeichnen.

Das machte zumindest theoretisch eine Zensur überflüssig.

Zum Teil: In der DDR gab es das Phänomen der Zensur ohne Zensor. Das war ein Unterschied zum kommunistischen Polen etwa, wo aus rotpreußischer Sicht »polnische Wirtschaft« herrschte. Im Nachbarland wurde die Eigenständigkeit von Journalisten etwas weniger stranguliert. Andererseits gab es als sichtbares Zeichen der Bevormundung durch die Partei noch eine direkte Zensur. Sie kontrollierte nachträglich auf Verdacht Druckerzeugnisse, ob sie von der offiziellen Linie abwichen. Honecker erlaubte sich immer mal wieder gegenüber ausländischen Journalisten und Staatsgästen den selbstgefälligen, im Grunde zynischen Hinweis, dass die DDR im Gegensatz zu »anderen« keine Zensur kenne. Ja, die Schere im Kopf reichte aus, um die Political Correctness der Federn und Mikrofone in der DDR zu gewährleisten.

Aber ging es manchmal nicht einfach auch darum zu informieren? Woher wusste man denn, was man zu schreiben hatte und was nicht?

Das war kein sich selbst regulierender Prozess. Der Verzicht auf die Nachzensur war durch ein Höchstmaß an Reglementierung erkauft. Dafür waren zwei Institutionen der Partei und des Regierungsapparates zuständig, die Abteilung Agitation des ZK und das Presseamt der Regierung der DDR. Die ZK-Abteilung kümmerte sich um die Parteipresse – in jedem Bezirk der DDR erschien ein SED-Blatt. Außerdem um die Zeitungen großer Massenorganisationen wie von Gewerkschaften und dem Jugendverband FDJ, die als Ableger der Partei galten. Das Presseamt lenkte mit den gleichen Methoden die Presse der Blockparteien, Zeitschriften und Fachjournale. Der Presseamtschef empfing zudem gleichfalls von der Agitationsabteilung des ZK Richtlinien, die er dann an die Presse der Blockparteien weitergab.

Wie umfassend war die lenkende Kontrolle? Gab es längerfristige generelle Vorgaben für die Medien?

Es gab kaum oder so gut wie gar keine weitreichenden Empfehlungen oder Richtungsimpulse bei der Beobachtung und Begleitung der Medienarbeit. Nur gelegentlich fanden spezielle Beratungen oder Tagungen des Journalistenverbandes statt. Die Linie war ja längst durch die zentralen Parteibeschlüsse der SED vorgegeben. Außerdem mischten sich die ZK-Abteilung und das Presseamt ständig in die Arbeit der Redaktionen ein. Sie erteilten ihnen täglich konkrete Gestaltungshinweise: ob etwas wiedergegeben werden sollte oder nicht, welche Wertungsakzente, Tagesneuigkeiten, Protokollmeldungen, Regierungs- oder Parteibeschlüsse, Reden und Themen für Kommentare zu beachten oder wie sie zu plazieren waren, und welche Stimmungslagen journalistisch unterfüttert werden sollten.

Einmal in der Woche trat in den Räumen der ZK-Abteilung die sogenannte Agitationskommission zusammen. An ihr nahmen Chefredakteure der zentralen Zeitungen, aus Fernsehen und Rundfunk und der Leiter des Presseamtes teil. Sie erhielten dort vom Leiter der ZK-Abteilung Daten und Anweisungen zu jüngsten oder bevorstehenden Ereignissen. Gegebenenfalls hagelte es auch Kritik zu einer Veröffentlichung. Die Sitzung der Agitationskommission fand regelmäßig im Anschluss an die wöchentliche Tagung des Politbüros statt. Der Abteilungsleiter pflegte zuvor als Zuhörer an der Sitzung des Politbüros teilzunehmen. So wurden die relevanten Entscheidungen des Politbüros direkt in mediale Aktivitäten umgesetzt. Wie weit die Kompetenz der Agitationsabteilung auch bei Personalfragen im total instrumentierten Pressewesen reichte, geht daraus hervor, dass ihr die einzige Fakultät für Journalistik in der DDR direkt unterstellt war. Im »Roten Kloster« an der Leipziger Uni wurde der Nachwuchs für den sozialistischen Journalismus geklont. Nach ihrem Staatsexamen verfügte die Abteilung auch über den Einsatz der Absolventen in den Redaktionen.

Und griff Honecker auch direkt in die Medienarbeit ein?

Das war so etwas wie sein Steckenpferd. Obwohl es im Politbüro mit dem Sekretär für Agitation einen Beauftragten für die Medien gab, behielt sich der Generalsekretär das Recht vor, auf das Fernsehen und das Zentralorgan *Neues Deutschland* direkt Einfluss zu nehmen. Das entsprang allerdings nicht nur dem allumfassenden Kontrollbedürfnis der SED. Honecker hielt sich im Unterschied zu Generalsekretären anderer »Bruderparteien« für besonders medienkompetent. Neben seiner höchsten Weisungsbefugnis als Generalsekretär spielten da auch Sentimentalitäten eine Rolle: Der Jungkommunist Honecker war in seiner saarländischen Heimat als Arbeiterkorrespondent für das KP-Blatt *Arbeiterzeitung* tätig gewesen. Die von ihm gelegentlich im *ND* verfassten Kommentare zur West-Thematik pflegte er mit den Initialen A. Z. zu zeichnen – in Erinnerung an die *Arbeiterzeitung*, aber auch um ein journalistisches Gütesiegel zu schaffen, einen Maßstab, den er selbst setzte. Honecker interpretierte die von ihm gewählten Initialen folgendermaßen: »So muss ein Kommentar sein. Alles Notwendige muss klipp und klar gesagt werden – eben von A bis Z.« Und die West-Thematik lag ihm besonders am Herzen. Denn *ND*-Kommentare, die die Beziehungen zur Bundesrepublik betrafen, wurden häufiger in den Medien der BRD zitiert.

Unmittelbar nach der Politbürositzung und noch vor der Anleitungsrunde in der Abteilung Agitation mussten sich der Sekretär für Agitation und der *ND*-Chefredakteur bei Honecker einfinden. Der Sekretär legte Honecker den Verlaufsplan der Abendschau »Aktuelle Kamera« vor. Vom Chefredakteur ließ er sich über das Layout der Titelseite, die Aufmacher, über die Akzente von Überschriften und nicht selten über beabsichtigte Tageskommentare informieren. Besonderes Augenmerk richtete Honecker auf alles, was die Beziehungen zur Bundesrepublik betraf. Bei den Fernsehnachrichten interessierte er sich zudem stärker für Details. Das Fernsehen hielt er für besonders wichtig, wenn es um die

Massenwirkung der SED-Führung und seiner Person ging. Wobei er schon zufrieden war, wenn es gelang, ein Ereignis mit ihm technisch einwandfrei in Szene zu setzen. Das war gewissermaßen seine Vorstellung von Offenheit. Auf diese Weise meinte Honecker, zumindest theoretisch nahezu jeden Abend auf visuelle Tuchfühlung mit den Bürgern zu gehen. Aber auch sonst galt ihm die Vermittlung der meist kargen Informationen über Bilder als besonders wichtig und vielversprechend, um die Öffentlichkeit zu manipulieren. Da ließ er Meldungen der »Aktuellen Kamera« in der Abfolge ändern, es wurde an der Sendelänge von Nachrichten herumgedoktert, und es gab auch schon mal ganz konkrete Hinweise für die Kameraaufnahmen, wie: Nicht immer nur von der Seite aufnehmen. Besser ausleuchten, dass man nicht wie ein Eimer Schlämmkreide aussieht!

Die Kontrolle spricht ja einmal mehr für das allgegenwärtige Misstrauen. Nur deswegen mussten Sie doch die Nachrichten sorgsam filtern?

Ja. Letztlich waren die Massenmedien mit ihrer Propaganda nur ein weiteres Instrument zur Sicherung der Macht. Bezeichnend dafür ist der Katalog von Sprachregelungen, deren Pingeligkeit nicht selten Kabarettqualität hatte. Diese Regelungen wurden per Fernschreiber, dem Vorgänger der E-Mail, oder per Telefon von der Agitationsabteilung des ZK übermittelt. Ein stellvertretender Leiter dieser Abteilung hat sie gesammelt und einige davon nach der Wende veröffentlicht. Folgende Dinge durften nicht erwähnt werden: das Wort Staatszirkus, da es den Staat lächerlich machen könnte – aus Trotz schrieb eine Zeitung dann »DDR-Zirkus«, prompt wurde das Verbot dieses Begriffs nachgereicht; das Wort Formaldehyd, da die Bürger Angst vor Krebs bekommen könnten; das Wort Volksschwimmhalle – denn die Schwimmhallen seien ja ohnehin für das Volk da; die Wörter Putten, Bowlingbahnen, Schlösschen und Boulevards, weil sie

Bedürfnisse wecken würden, die nicht zu befriedigen seien; negative Berichte über Pakistan, weil wir uns die Start- und Landerechte in Karatschi erhalten müssten; das Kombinat Schiffbau, weil es verschuldet war, und der Direktor dafür abgestraft wurde; das Wort Bratwurststände, weil die Leute ohnehin genug Fleisch essen würden; das Wort Atomkraftwerke, weil sonst ein sensibles Thema hochgepuscht werden würde; der Begriff selbstgebaute Fluggeräte, weil das Fluchtabsichten anregen könnte; das Wort Formel-1-Rennen, weil wir uns die nicht leisten könnten.

Außerdem gab es Regieanweisungen wie folgende: Keine Fotos von Massenveranstaltungen aus der Vogelperspektive – mit der Begründung: Wollt ihr die Schuld haben, wenn ein Fotograf bei einer Kundgebung von der Leiter fällt; oder: keine Fotos von Obsttellern auf den Tischen bei protokollarischen Begegnungen, weil die Bevölkerung neidisch werden würde.

Das ist in der Tat nicht nur kabarettreif, sondern zeugt auch von verkrampften Minderwertigkeitskomplexen.

Tja, so war die Stimmung in der Führung des Arbeiter- und Bauernstaates. Es rundet vielleicht das Bild von den Medien ab, wenn ich noch einige Verbote erwähne. Im Grunde verraten sie in ihrer Besorgnis um das Renommee des Staates unseren Mangel an Souveränität: Lange Zeit durfte nichts über Kriminalität und Alkoholismus in der DDR veröffentlicht werden. Die Existenz von Neonazis in der DDR wurde so lange verheimlicht, bis sie sich aufgrund von Gerichtsverhandlungen nicht mehr leugnen ließ. Die spießige Verschämtheit, nach der wohl nichts sein konnte, was nicht sein durfte, traf Homosexuelle ebenso wie das Waldsterben, die Smogbelastung oder die Rate der Ehescheidungen. Merkwürdigerweise hat die Verschämtheit in einer Sphäre nicht gewirkt: An manchen Grenzübergängen zeigte sich die DDR ungeniert in einer schäbigen Tristesse, die bei einreisenden Besuchern Dante'sche Empfindungen auslösen musste.

Hatten Sie journalistische Vorbilder, denen Sie nachgeeifert haben?

Wer oder was sollte uns schon bei dieser ständigen Anmahnung zu politischer Pfennigfuchserei als Vorbild gedient haben. Aber ein Zitat von Maxim Gorki ist mir in Erinnerung geblieben, das uns beim Journalistikstudium als Leitwort mit auf den Weg gegeben wurde. Ich habe es dann später mir und anderen immer mal wieder zur Selbstbestätigung vorgehalten. Gorki geht darin mit der russischen Exilpresse ins Gericht: »Sie lebt fast ausschließlich von Nachdrucken aus sowjetischen Zeitungen und klaubt mit Vorliebe alles heraus, was schlecht ist, was die Bauern und Arbeiter und die von ihnen geschaffene neue Ordnung in Verruf bringen kann. Von derartigem Emigrantensumpf ernähren sich nun ihrerseits die bürgerlichen Zeitungen Europas, und diese Zeitungen liest auch das europäische Proletariat. Das Klassenbewusstsein ist eine starke Kraft. Aber eine Maschine, die man Tag für Tag mit allerlei Staub und Dreck beschmutzt, wird doch schlechter arbeiten, selbst wenn es eine leistungsfähige Maschine ist.« Aus dem Zitat lässt sich schließen, dass die damaligen sowjetischen Zeitungen noch ziemlich offen Kritik an Missständen äußern konnten. Deshalb mahnte Gorki als moralische Autorität, nicht durch »Nestbeschmutzung« die Konterrevolution zu fördern. Andererseits sahen wir darin eine Rechtfertigung für jede Korrektur oder Beschönigung von Tatsachen, wenn sie nur die sozialistische Idealgesellschaft vor Schatten bewahrte.

Was haben Sie als Chefredakteur Ihren Mitarbeitern mit auf den Weg gegeben? Sie konnten sich ja nicht ständig auf Gorki beziehen.

Typisch für unseren Balanceakt war folgende Sentenz, die ich noch Anfang der achtziger Jahre auf einer Konferenz vertreten habe: »Die wirkungsvollste Form der Kritik, die wir gegenwärtig betreiben und fortführen werden, ist die Kritik am Alten, am Herkömmlichen, am Uneffektiven, am Kostenaufwendigen ... Wir sind Anwälte des Sozialismus. Deshalb ist die Hauptform der Kritik, zu der wir uns bekennen, das Setzen immer neuer Maßstäbe, die Verbreitung fortgeschrittener Erfahrungen – also die Kritik am Bestehenden in dem Sinne, das Gute von heute in das Bessere von morgen umzuformen.« Etwas Schlechteres als das Gute war unaussprechlich geworden.

Es gab allerdings auch Zeiten von Lockerungen, vor allem als Honecker 1971 die Macht übernahm. Waren das euphorische Zeiten?

Euphorie ist übertrieben, aber wir waren hoffnungsvoll. Ich arbeitete zu jener Zeit schon das dritte Jahr als stellvertretender Chefredakteur in der Redaktion des *Neuen Deutschland*. Die Abteilung Agitation des ZK hatte noch während meines einjährigen Studiums an der Moskauer Parteihochschule der KPdSU verfügt, dass ich im »Zentralorgan« der Partei eingesetzt wurde. Das *ND* wies reichlich stellvertretende Chefredakteure auf – mit mir waren es sieben. Die Redakteure witzelten über die Chef-Schwemme. »Du gehst zum Empfang. Am Buffet ist noch jede Menge Platz. Plötzlich ist kein Rankommen mehr: Die stellvertretenden Chefredakteure des *ND* sind eingeschwebt.«

Die bürokratische Blähsucht hatte auch die Redaktionen erreicht. Die Zahl der Leiter nahm zu, die der schreibenden Redakteure blieb konstant niedrig. Viel zeitlicher und personeller Aufwand wurde bei der Planung und Kontrolle der Texte verschwendet. Beides widersprach dem Gebot einer Tageszeitung, flexibel und schnell zu sein. Das kam einfach erst an zweiter oder dritter Stelle, da die Politik und ihre

Apparate vorschrieben, was wichtig und was unerheblich war.

Unser Journalismus bediente die Leser behäbig und wortkarg wie ein anmaßender Schalterbeamter, wenn es um relevante Fragen der Politik ging. Die Menschen mussten sich in vielen Fällen mit nichtssagenden Protokollmeldungen und Kommuniqués zufriedengeben. Andererseits waren ausufernde Berichterstattungen nicht nur gestattet, sondern erwünscht, sofern sie »Ereignisse« betrafen. Bei Staatsbesuchen nahm das ganze Zeitungsseiten in Anspruch. Zum vorgeschriebenen ständigen Repertoire gehörte auch der minutiöse, sich aufs Wort gleichende Bericht über das militärische Begrüßungszeremoniell bei Ankunft eines ausländischen Staatsgastes. Nach der Lektüre einer solchen Beschreibung sagte mir ein ungarischer Kollege: »Ihr seid nicht perfekt. Ihr habt versäumt, die Noten des preußischen Präsentiermarsches abzudrucken, den die Kapelle gespielt hat.« Diese journalistischen Unsitten waren schon unter Ulbricht eingeführt worden. Umso hoffnungsvoller nahmen wir auf, dass Honecker die Journalisten zu mehr Tatsachentreue ermutigte.

Aber die Hoffnungen erfüllten sich nicht? Was änderte sich mit Honecker?

Mit der vorsintflutlichen Geschichtsklitterung sollte Schluss gemacht werden. Natürlich wollte Honecker nicht die bisherige Lesart umschreiben, aber auf historischen Fotos wurden die Personen nicht mehr wegretuschiert, die irgendwann aus dem sozialistischen Olymp verbannt worden waren. Er verlangte, dass über Katastrophen und Unglücksfälle in sozialistischen Ländern inklusive der DDR offen berichtet werden sollte. Das interessiere doch die Menschen. Außerdem seien wir es den Betroffenen schuldig. Gemessen an westlichen Gepflogenheiten hört sich das unglaublich banal an. Damals war es in den sozialistischen Ländern jedoch üblich, einen Flugzeugabsturz, von dem eigene Bürger betroffen waren, entweder zu verschweigen oder nur am Rande zu erwähnen. Sozialistische Flugzeuge mussten nun einmal ewig funktionieren wie der sagenhafte Holländer. Das *ND* erhielt von Honecker den Auftrag, Informationen mehr Raum zu geben, also mehr Nachrichten und weniger lange Artikel und Reden zu veröffentlichen.

Und gelang es Ihnen, den Spielraum auszumessen?

Die Sucht des Systems nach Apologie führte schon Mitte der siebziger Jahre dazu, dass wir in alte Gewohnheiten zurückfielen. Verstärkt machten sich medienwidrige Praktiken breit. Nachrichten über vermeintlich unbequeme Tatbestände, die der Bürger schon drei Tage zuvor im Fernsehen der Bundesrepublik serviert bekam, wurden in der DDR vorsätzlich verspätet veröffentlicht. Die Nichtinformation wurde zu einer spezifischen Form der Information. Man wusste, wenn weithin Bekanntes nicht mitgeteilt wurde, musste dahinter etwas Gravierendes stecken. In Kommentaren wurde eine merkwürdige Art der Polemik praktiziert. Es glich einer Art Schattenboxen mit den gegnerischen Argumenten, die aber nicht genannt wurden, weil man Meinungen des Gegners keine Bühne geben wollte. Die Redaktionen erhielten Leserbriefe mit Nachfragen, gegen was oder wen ein Kommentar eigentlich ziele. Allen Ernstes wurde den Lesern empfohlen, in ihrer Zeitung zwischen den Zeilen zu lesen. Als die wirtschaftlichen Schwierigkeiten Ende der siebziger und Anfang der achtziger Jahre zunahmen, ließ Günter Mittag die Zeitungen nach Redakteuren durchforsten, die sich der ökonomischen Realität unsittlich näherten. Wer dabei ertappt wurde, musste mit einer Rüge, Versetzung oder Absetzung rechnen. Eine besondere Herausforderung waren die schon erwähnten geschönten Monatsstatistiken über die Planerfüllung, die alle Zeitungen veröffentlichen mussten. 1988 und 1989 strapazierten sie zweifellos die Geduld der Menschen aufs Äußerste. Diese Statistiken lösten bei vielen Lesern Empörung über den Widerspruch aus, der sich zwischen den ökonomischen Prahlereien und der tristen Wirklichkeit in den Betrieben und den Läden auftat.

Wurden Sie zusätzlich auch noch von der Stasi überwacht?

Es hat im Mielke-Ministerium auch Bereiche gegeben, die für die Medien zuständig waren. Diese Abteilungen stellten in erster Linie sicher, dass mit der Drucktechnik nichts schiefging und über die Technik keine politischen Fehler in den Zeitungen lanciert wurden oder Anti-DDR-Material in der Druckerei gefertigt wurde. Die Redaktion war ja selbst eine politische Institution ersten Ranges. Sie und ihre von der Partei ausgewählten Chefs konnten ihre Texte am besten selbst kontrollieren. Das war nicht Sache der Sicherheit. Dafür übernahm also die Partei selbst und im *ND,* wie gesagt, sogar der Generalsekretär höchstpersönlich die Garantie. Tatsächlich beteiligten sich die für die Medien zuständigen MfS-Diensteinheiten nur in Ausnahmefällen ohne Wissen der Agitationskommission des ZK an der inhaltlichen Gestaltung der Medienpolitik. Andererseits überwachte das MfS durch die Plazierung von Inoffiziellen Mitarbeitern selbst beim Parteiorgan *Neues Deutschland* nicht nur die Drucktechnik oder die Einhaltung der Brandschutzbestimmungen, sondern auch die Verhaltensweisen und die politische Zuverlässigkeit der Redaktionsmitglieder und des technischen Personals. Ob Letzteres mit der Billigung Honeckers geschah, glaube ich nicht. Ich nehme eher an, dass es auf die Kappe von Oberschnüffler Mielke ging. Er wollte so an Material gelangen, falls ein Mitglied der Chefredaktion irgendwann einmal aus dem Verkehr gezogen werden sollte. Offiziell jedenfalls durfte Mielke nicht in die Belange der *ND*-Redaktion eingreifen, weil sie eine Domäne des Generalsekretärs war. Die Stasi konnte lediglich Berichte anfertigen und den Generalsekretär oder das zuständige Politbüromitglied davon in Kenntnis setzen.

Hat es Berichte des MfS über das ND *gegeben?*

Nein, das wäre ja ein Affront gegen den Generelsekretär gewesen. Aber auch der Generalsekretär und das Politbüro waren sich der Gefahr bewusst, die eine allwissende Institution wie das MfS für die Machthierarchie in der Partei darstellte. Deshalb war ihr Wirken letztlich doch Regeln unterworfen. Wenn der Minister nicht selbst in Ungnade fallen wollte, musste sich das MfS daran halten. Hinzu kam noch, dass jemand wie Mielke gegenüber dem KGB ebenfalls Verbindlichkeiten zu erfüllen hatte. Letztlich perfektionierte das MfS mit seinen Spitzelinformationen die Kontrolle der SED über die Linientreue der Journalisten.

Werfen Sie noch einmal einen vergleichenden Blick auf die Medien in West und Ost. Die hatten ja im Grunde wenig gemein.

In der Tat hatten Zeitungen, Fernsehen und Rundfunk im Realsozialismus mit den entsprechenden Institutionen in den westlichen Demokratien nicht viel mehr gemeinsam als die materielle Hülle – Papier, Druckerschwärze, Sender, Mattscheiben, Radios. Die Rolle der Medien im Westen und ihr soziales Wirkungsfeld unterschieden sich grundlegend: Die westlichen Medien galten allen relevanten politischen und wirtschaftlichen Kräften als unersetzlich wegen ihrer kritischen Funktion. Gewiss ist auch diese Medienlandschaft nicht ohne Fehl und Tadel. Es sind auch nur Menschen, die in einer Welt der Versuchungen leben. Aber die Mehrheit der Presse in der Bundesrepublik kann Leistungen vorweisen, die ihren Anspruch als Element der Gewaltenteilung rechtfertigen.

Diese Funktion der Medien wird am eindrucksvollsten offenbar im sogenannten investigativen Journalismus. Nicht nur in den USA, auch in der Bundesrepublik hat er schon seit Jahren seine Wirksamkeit als öffentliches Purgatorium, wie die Katholiken das Fegefeuer nennen, bewiesen. Augenscheinlich ist dies auch im Bewusstsein der Bürger verwurzelt. Denn ausgewiesene Parteiorgane werden nicht einmal von den Mitgliedern oder Wählern dieser Organisationen besonders geschätzt – das zeigen deren Auflagenentwicklungen. Man traut ihnen zu Recht nicht die Fähigkeiten einer nachweisbar unparteiischen, unabhängigen und eben deshalb kritischen Presse zu.

Das westliche Selbstverständnis von Journalismus beruht nicht zuletzt auf der breiten Akzeptanz seiner destabilisierenden Funktion. Wirkliche Demokratie lebt von der Möglichkeit des Wechsels. Wenn sich innerhalb eines demokratischen Systems politische Strukturen übermäßig verfestigen, wenn Filz und Korruption herrschen, müssen die medialen Seismographen Alarm schlagen. Die Medien destabilisieren das System, während die Demokratie als Ganzes stabilisiert wird. Wer heute verständnislos die Medien in der früheren DDR betrachtet, sollte sich vor Augen führen, dass diese ihm unverständlichen Erscheinungen auf dem Boden eines grundlegend anderen Gesellschaftsmodells gewachsen sind. Dieses Modell proklamierte eine Art Übergewalt, die alle »illusionäre« Gewaltenteilung der bürgerlichen Gesellschaft aufheben sollte durch die vorgebliche Diktatur der Mehrheit. In Einklang damit sollte die Freiheit der Presse nach Marx darin bestehen, dass sie kein Gewerbe zu sein brauchte und damit nicht mehr den wirtschaftlichen Zwängen des kapitalistischen Marktes unterworfen sei. Nach der geglückten Revolution schuf sich die Partei, die sich auf die Diktatur des Proletariats berief, das Phantom einer Presse, die ihr gefügiges Werkzeug wurde. Ihr Ableger, ihre Imitation in der DDR, hat über Jahre den Unmut der Menschen entfacht. So haben auch die DDR-Medien am Ende unabsichtlich die verändernde Wirkung einer vierten Gewalt gehabt. Sie haben den Abgang eines lebensuntauglichen Systems beschleunigt.

12

Eilig umgetauft
Die Verwandlung der SED zur PDS/Linke

Als »einem sozialdemokratischen Bürgermeister die Glückshormone aus der Pupille strahlen«, wie Sie 2001 launig formulierten, »da er nun nach den gelbgrünen Wadenbeißereien endlich mit dem einsichtigen verständigen Wunschpartner von der PDS zügig handelseinig wird«, reisten Sie durch Deutschland, um daran zu erinnern, wo die geistigen Wurzeln der PDS liegen, und vor dem Wiederaufstieg der Kommunisten zu warnen. War das nicht ein wenig übertrieben?

Wer so fragt, untertreibt. Gerade der Einzug ins Berliner Rote Rathaus war einer der krassen Zugewinne an Einfluss, die die SED-Epigonen mittlerweile überall einfahren. Das Erschreckendste ist, dass eine demokratische Ur-Partei wie die SPD schrumpft. Ihr Mitglieder- und ihr Wählerschwund sind eindeutig mit dem Mitglieder- und Wählerzuwachs der sogenannten Linken verrechenbar. Wer hätte gedacht, dass die nachgelassene giftige Hefe der SED noch so viel Virulenz im politischen Teig der Bundesrepublik besitzt. Damit ist auf längere Sicht Instabilität in das bewährte schwarz-rot-grün-gelbe Parteien-Konglomerat eingezogen. Nachhaltig befördert wird die Störung dieser für die Demokratie so wichtigen Parteien-Balance durch die unsozialen Auswirkungen der Globalisierung. Das Duo Gysi und Lafontaine wird daraus immer Gewinn schöpfen, solange sie für konkrete Schlussfolgerungen nicht zuständig sein müssen.

Aber Sie halten das Wiedererstarken des Kommunismus nicht wirklich für eine Option?

Gewiss, was vom Kommunismus überlebt hat und sich so oder ähnlich etikettiert, kann niemanden mehr aus den Fernsehsesseln reißen. Zwischen Himalaya und Gelbem Meer sind über eine Milliarde Chinesen auf dem langen Marsch vom Maoismus zum Kapitalismus. Nur die große Zahl scheint noch beunruhigend. Das können Sie als Experte, der seit Jahren in Peking wohnt, besser beurteilen. Ein bisschen nordöstlich von China herrscht noch ein pausbäckiger Tyrann über sein Volk. Aber er ist eher die groteske koreanische Karikatur auf die Visionen, die der alte Marx einst hatte. Und jenseits des großen Teichs sucht ein ergrauter Máximo Líder »den Horizont ab nach einem Angreifer. [...] Aber die Kimm ist leer. Auch der Feind hat ihn vergessen«, dichtete Hans Magnus Enzensberger auf Fidel Castro. Aber diese verbreitete verharmlosende Sicht vom vergammelnden Welt-Kommunismus ist für mich mit meiner Erfahrung und Kenntnis von kommunistischer Umtriebigkeit, wie sie sich in der Bundesrepublik längst wieder neu organisiert hat, gerade ein Grund mehr zum Warnruf. Selbst, wenn's manchen nervt.

Aber bedroht fühlt man sich doch heute durch Fanatiker anderer Couleur.

Der 11. September hat alles geändert. Neue Weltverbesserer sind auf den Plan getreten. Der islamistische Terrorismus beruft sich auf Allah. Er ist nicht an einem Regime oder an Grenzen festzumachen, er ist ein asymmetrischer Feind. Das weckt Unsicherheit und Zwiespalt in der Gesellschaft darüber, wie er zu bekämpfen ist. Die neue Bedrohung offenbart, dass religiösem und politischem Fundamentalismus eine Besessenheit gemeinsam ist: die Weltverbesserung mittels radikaler Gewalt. Dabei ist es schon verblüffend, wie die atheistische PDS/Linke den religiösen Konkurrenten des Kommunismus in Sachen Welterlösung Beistand leistet. Als einzige Partei war sie unter Nutzung pazifistischer Stimmungen bemüht, jene schützend um Osama Bin Laden gescharten Taliban aus dem Schussfeld der Antiterrorfront zu nehmen. Sie denunzierte die militärischen Maßnahmen der USA als Krieg gegen Afghanistan, obwohl ihre SED-Vorläuferin die Afghanistan-Invasion der Sowjetunion gebilligt hatte. Ich sage das in selbstkritischer Erinnerung. Man kann deshalb sicher sein, dass hinter den Vorbehalten vieler in der PDS gegenüber Amerika das »antiimperialistische« Hass- und Feindbild von einst steckt, eben nur umstilisiert. Sie taten das alles in pazifistischer Verbrämung, obwohl die Kommunisten den Pazifismus immer als spießig-sentimentale Verirrung verachtet hatten, weil er das Proletariat vom letzten Kampfziel, seiner »historischen Mission«, abhalten würde. Dass dabei die Spekulation mitspielt, ein ausgesprochen »grünes« Feld zu beernten, liegt auf der Hand.

Hätte man Ihrer Ansicht nach von Anfang an mit der Partei anders umgehen sollen?

Ich war immer der Meinung, dass es ein Fehler war, im Oktober 1990 »die führende Kraft« dieses gescheiterten Experiments sofort in den Bundestag zu übernehmen. Dort war sie ohne Schamfrist sofort mit einer fünfzehnköpfigen Fraktion eingezogen. Man hätte ihr diese Plattform nicht zugestehen dürfen. Die Partei hätte verboten werden müssen, weil die Resultate ihres Wirkens nicht in Einklang mit bundesdeutschen Interessen waren. Sie hatte den Staatsbankrott der DDR verursacht. Sie hatte die Bevölkerung mit einem Spitzelnetz überzogen. Sie hatte Andersdenkende kriminalisiert und brutal verfolgt. Sie war für die Todesschüsse an der Mauer verantwortlich.

Warum hat man das nicht gemacht? Weil das vielleicht nicht gerade von der Souveränität einer gut funktionierenden Demokratie gezeugt hätte? Immerhin wurden auch die PDS-Parlamentarier in freien Wahlen gewählt.

Selbst wenn die Partei verboten worden wäre, hätte sie sich ja unter anderem Namen etablieren können. Aber sie hätte dann beispielsweise schwieriger Besitzansprüche geltend machen können. Womöglich wäre die Aufspürung der gewaschenen SED-Millionen effektiver verlaufen. Womöglich hätten sich dann mehr SED-Mitglieder und -Sympathisanten von der Partei abgewandt. Es wäre ein politischer moralischer Schritt gewesen.

Die Umstände der Entmachtung der SED in der noch existierenden DDR begünstigten natürlich die spätere Entwicklung. Sie ließen der Partei Zeit, sich auf die neuen Verhältnisse vorzubereiten. Dabei stützte sie sich auf ihre anfangs noch erhebliche Klientel und auf die verdeckten Parteigänger in anderen politischen Bereichen, die ihr über die Stasi verpflichtet waren. Diese sinistren Strukturen, ein leicht verändertes politisches Vokabular und die Tarnung ihrer finanziellen Mittel sollten ihren Einfluss, so war zumindest die Hoffnung, in einer überlebenden DDR bewahren. Die Rechnung ging nicht völlig auf. Aber die SED, die sich inzwischen zur PDS scheingemausert hatte, glitt mit in die Bundesrepublik und in den Bundestag – was einer DKP nie gelungen ist. Der PDS war es geglückt ohne den Schimmer einer demokratischen Legitimation.

Aber lag das nicht auch daran, dass man im Westen kein ausgeprägtes Interesse an der Aufarbeitung hatte?

Nach 1989 wurde versäumt, eine breite gesellschaftliche Auseinandersetzung in Gang zu bringen, weil sich die neue, größere Bundesrepublik inzwischen anderen, akuten Problemen gegenübersah. Zudem überschätzten die Politiker womöglich die Verfallszeit der roten Ideologie. So blieb es im Wesentlichen Sache der Justiz, mit ihren Mitteln die Geschichte aufzuarbeiten. Nicht oder nur unzureichend flankiert vom öffentlichen Diskurs reagierten viele Menschen gleichgültig auf die Urteile. Dennoch ging von den Prozessen eine bleibende Warnung aus: Politische Macht kann sich niemals auf »gute Zwecke und Ziele« berufen, wenn Menschen dafür mit dem Leben bezahlen müssen oder Repressalien unterworfen sind. Es war Anfang der Neunziger erwogen worden, öffentliche, freiwillige Täter/Opfer-Gespräche unter der Bezeichnung »Tribunals« zu veranstalten. Die Bezeichnung war sicher unglücklich gewählt, weil sie viele Ehemalige davor zurückschrecken ließ, sich offen zu ihrer eigenen Vergangenheit zu äußern. Doch es kam gar nicht zu diesen »Tribunals«. Seit der Enquetekommission des Bundestags, die zweifellos Bedeutendes zur Aufarbeitung der DDR-Problematik geleistet hat, senkte sich jedoch, von besonderen Anlässen abgesehen, der Schleier der Zeit über das Phänomen DDR und besonders die Rolle der SED.

Was könnte das für die gesamtdeutsche Demokratie bedeuten?

Wenn die Aufklärung über die antihumanen Resultate des praktizierten Marxismus nicht dauerhaft und intensiv betrieben wird, kann das Folgen haben für die Demokratie, gerade in wirtschaftlich schwierigen Zeiten und angesichts der terroristischen Bedrohung. Rote Demagogie könnte leichter Wähler beeinflussen. Klassisches Beispiel ist die Robin-Hood-Attitüde der PDS. Die Partei mimt den Sozialpfleger und Lautverstärker ostdeutscher Bedürftigkeit, obwohl sie doch nur der hinübergerettete und eilends umgetaufte Verein ist. Schließlich war sie der Erfinder und Betreiber des missratenen Wirtschaftssystems, für das nach 1989 alle im Osten und später, als die Einheit kam, auch im Westen die Zeche zu zahlen hatten – vor allem viele im Osten mit dem Verlust ihrer Arbeitsplätze. Etwas, das die Partei Die Linke sehr provoziert, ist ihre Stasi-Verstrickung. Man stößt auf sie allenthalben, sie wird aber mit dreister Stirn kleingeredet oder als Kavaliersdelikt abgetan. Wie die von ihnen betriebene Bespitzelung der Menschen mit ihrer reformerischen Attitüde von heute zu vereinbaren ist, werden die betreffenden PDS-Funktionäre mit sich selbst abmachen müssen. In unserer Parteiendemokratie dürfte es jedoch kaum zu rechtfertigen sein, sich mit solchen »Schattenmännern« zu arrangieren. Inoffizielle Mitarbeiter des Stasiministeriums sind in den Fraktionen der PDS im Bundestag wie in Länderparlamenten enttarnt worden. Sie liefern damit einen Beleg für die Lammsgeduld der Demokratie.

Aber die SED-Verantwortung, darunter auch Ihre, wurde doch juristisch aufgearbeitet? Warum reicht Ihnen das nicht?

Weil sich die SED-Nachgelassenen, die sich zur PDS umgetauft haben, nach wie vor von der Pflicht entlastet wähnen, sich einer ehrlichen Selbstprüfung zu unterziehen. Für sie waren und bleiben die Verbrecher die anderen, das sei ja mit deren Verurteilung amtlich festgestellt worden. Wenn die Demokratie dieser Denkweise folgt, verkennt sie den Charakter einer marxistisch-leninistischen Kaderpartei. Nahezu achtzig Prozent der PDS-Mitglieder hatten einst ein SED-Parteibuch. Natürlich geht es überhaupt nicht um weitere gerichtliche Verfolgungen. Aber ideologisch verblendet war mehr oder weniger jeder, der mit einer höheren oder niederen Parteifunktion betraut war. Man musste sich ja als »monolithisch« geprägter Verfechter der Parteilinie verstehen. Jedenfalls wäre es nicht akzeptabel für die Gesellschaft und für die Demokratie beschädigend, wenn der PDS die Deutungshoheit über das dunkle DDR-Kapitel überlassen bliebe.

Allerdings kann man nicht die Augen davor verschließen, dass die Linke inklusive PDS an Bedeutung bei den Wählern gewonnen hat. Wenn diese Partei ein Relikt der unbezweifelbar überwundenen Vergangenheit ist, wie sind dann die relativen Erfolge der PDS zu erklären, immerhin beläuft sich ihr Wahlpegel im Osten auf plus/minus zwanzig Prozent? Das sind doch nicht alles verblendete Menschen.

Das kann ihren Wählern nicht in erster Linie zum Vorwurf gemacht werden. Der einfache Sterbliche ist nicht verpflichtet und häufig nicht in der Lage, jeden politischen Wandel intensiv zu analysieren. Für die Bewertung einer Partei durch die Wähler spielt natürlich die Medienresonanz eine große Rolle. Insbesondere das Überschreiten der 15-Prozent-Marke diente den Medien als Gradmesser für die unbesehene demokratische Tauglichkeit der PDS.

Welche Rolle spielt die Haltung der SPD dazu?

Es kommt ihr ein besonderes Gewicht zu. Sie hat für Koalitionen mit der Linken in den Bundesländern grünes Licht gegeben. Ein riskantes Signal. Es wird schwankende Wähler eher bestärken, sich für die Dunkelroten zu entscheiden nach der Devise: Warum bei linker Unzufriedenheit mit den Verhältnissen erst den Umweg über die SPD machen? Auch die Auseinandersetzung zwischen denjenigen in der SPD, die das Zusammengehen mit der PDS befürworten, und denjenigen, die entschieden dagegen sind, hat der PDS eine Öffentlichkeit verschafft, über die sich die SED-Epigonen nur die Hände reiben können.

Gysi war in mehrfacher Hinsicht ein Glücksfall für die demoralisierten Kohorten der SED zum Ausgang des Jahres 1989. Mit dem advokatischen Blick fürs Wesentliche riet er der Mehrheit der Delegierten auf dem ersten Parteitag im Dezember 1989 davon ab, sich sofort mit einem neuen Etikett zu tarnen. Umtaufen könne bedeuten, der SED-Finanzen verlustig zu gehen. Sein Vorschlag, sich SED-PDS zu nennen, wurde denn auch angenommen.

Gysi wusste, welche Bedeutung Geld für den neuen Anmarsch der Kommunisten auf die Macht haben würde. Einer seiner ersten Schritte als Krenz-Nachfolger bestand darin, im ZK alle Diensträume der höheren Nomenklatura und ihre Panzerschränke zu versiegeln. Man fand dort zwar nichts, aber offensichtlich wenig später alles auf hinterlassenen Geschäftskonten der SED bei der Staatsbank der DDR. Medienberichten zufolge sollen es Milliarden Ostmark und zig Millionen in Devisen gewesen sein. Als das neue Parteiengesetz der DDR im Juni 1990 bevorstand, setzte in der Parteizentrale eine fieberhafte Geschäftigkeit ein, um das SED-Altvermögen zu sichern. »Darlehen« an Funktionäre und andere Vertrauenspersonen sollen ausgegeben worden sein – mit extrem langen Laufzeiten, zum Teil ohne vernünftige Sicherheiten und bei niedriger Verzinsung. Man setzte auf Parteiergebenheit der Empfänger, die alle Gewinne nach Abzug zugestandner Eigenbezüge an ihre Gläubigerin, die SED-PDS, abführen würden. Gelegentlich war davon in Presseberichten zu lesen. Einer der Vertrauensleute der Geldwäscher im ZK soll demnach ein Araber gewesen sein. Weit über 100 Millionen Mark soll er erhalten haben, einen großen Teil allein für die Errichtung eines islamischen Religionszentrums in Berlin. Fürwahr erstaunlich, wofür sich die atheistische SED erwärmte. Der Araber hatte Pech. Die Treuhand blockierte 1990 entsprechende Konten. Er saß deswegen mit einem hohen Betrag beim Bund und einem Inkasso-Unternehmen in der Kreide.

In der Rhetorik der PDS ist immer wieder zu hören, sie sei die einzig wahre Stimme der Ostdeutschen. Da ist doch was dran.

Das würde sich die Mehrheit der Ostdeutschen verbitten. Es waren allerdings auch schon Vertreter der SPD vernehmbar, die eine Koalition mit der PDS befürworten und dies mit dem Argument begründen, dass dadurch das Misstrauen des Kalten Krieges beseitigt würde. Die PDS ist sicherlich dankbar dafür, weil das indirekt ihren absurden Anspruch stützt. Man muss nicht wiederholen, was 1989 passierte. Die Linke plädiert dafür, dass ein politisches Arrangement mit der SPD oder mit anderen demokratischen Parteien an der Zeit ist, weil damit der entscheidende Beitrag zur Versöhnung zwischen Ost- und West-Bürgern der Bundesrepublik geleistet würde. Diese Anmaßung, für alle Bürger der neuen Bundesländer zu sprechen, wird gleichfalls von manchem prominenten Sozialdemokraten mehr als toleriert. Vielleicht meinen sie, damit einer in Aussicht gestellten Wahl-Allianz mit der PDS den fatalen Ruch zu nehmen. Kaltblütig ignoriert wird, dass lediglich ein Fünftel der Wähler im Osten für die PDS stimmte. Warum negieren einige in der SPD die Rolle ihrer eigenen Partei im Osten, fragt man sich. Richard Schröder, einer der Begründer der Sozialdemokratie während der friedlichen Revolution in der DDR, hielt Egon Bahr entgegen, der in einem Presseartikel einmal die PDS mit dem Osten gleichgesetzt hatte: »Du erfüllst der PDS den Wunsch, den sich die SED nie erfüllen konnte, die ersehnte ›Einheit von Partei und Volk‹.«[24]

Noch immer geistert in manchen Köpfen die Wunschvorstellung von der Entzauberung der SED-Nachfolger herum, wenn man sie nur an die Töpfe der Macht ließe. Der frühere Westberliner Parlamentspräsident Walter Sickert, ein sozialdemokratisches Urgestein, der mit einer Reihe anderer Sozialdemokraten die SPD aus Prostest gegen deren Berliner Mesalliance mit der PDS verlassen hat, erinnerte daran, dass schon 1946 die Vokabel Entzauberung von führenden Sozialdemokraten bemüht wurde, um den Mitgliedern die Bedenken gegen die Zwangsvereinigung mit den Kommunisten zu nehmen. Wie untauglich die Empfehlung war, bezeugen unter anderem 700 Sozialdemokraten, die in DDR-Gefängnissen umgekommen sind. Wenn auch der PDS von heute

---

24 In: *Die Zeit*, 33/2001.

weder Neigung noch Möglichkeit zu solchen Untaten zu unterstellen sind, es bleibt die moralische Last der Geschichte, die die SED-Nachfolger nicht mit flink verfassten politischen Präambeln abstreifen können.

Aber darf sich eine Partei nicht auch wandeln?

Ja, aber sie wird sich nur echt wandeln, wenn sie sich mit ihrer Vergangenheit auseinandergesetzt hat. Die PDS oder die Linke, wie sie sich ja seit 2007 nennt, soll heute rund 76 000 Mitglieder zählen. Etwa ein Viertel ihrer Mitglieder sind Neuzugänge, also vermutlich jüngere Menschen und linke SPDler. Ein Großteil aber setzt sich aus dem Dunstkreis der älteren Generation zusammen und aus jüngeren Radikalen, also aus Personen, die nicht unbedingt von der geistigen und politischen Konstitution sind, die einen Wandel der Partei erwarten lassen.

Ein großer Teil der alten Mitglieder ist in Ostberlin ansässig. Sie waren meist ehemalige mittlere und höhere Funktionäre, haben ihre politische Bildung im Parteilehrjahr, wenn nicht auf Parteischulen, verinnerlicht. Sie sind im Grunde politische Autisten. Sie wollen die Partei bewahrt sehen, bis die Zeit reif ist für die Revolution der Enkel. Sie beobachten mit latentem Unbehagen den Revisionismus, das Abweichlertum der sogenannten Reformer, die in der Eventgesellschaft des Kapitalismus herumturnen. Aber sie begreifen irgendwie, dass diese heute vielleicht die geeigneteren Hüter des heiligen Grals der Partei sind. Die Reformer wiederum, die ebenso an die sozialistische Endlösung glauben, möchten sich den alten Sturköppen als die Fähigen und nicht minder treu der sozialistischen Sache Ergebenen empfehlen. Sie sind es aber, die sich in dieser verrückten Fun-Gesellschaft einfach besser zurechtfinden.

Kommen also die einen ohne die anderen nicht aus?

Richtig. Die Beton-Marxisten brauchen die Gummi-Marxisten, weil sie sonst in einer absurden Sektenexistenz versacken würden. Die Polit-Elastokraten brauchen die versteinerte Menge, denn nur durch sie werden sie zu Reformern, auf die die Öffentlichkeit dann wieder mit Interesse, mit Skepsis, mit Bewunderung oder Abscheu schaut. Die Linke/PDS ist also eine Zwangssymbiose aus Vorturnern und Steif-Riegen.

Liegt es nicht auch an den Wählern, wie sich eine Partei etabliert?

Ja, mittlerweile kann man auch einen Teil der ostdeutschen Wähler nicht völlig von kritischer Betrachtung ausnehmen. Es sei denn, man nähme das Prinzip Demokratie und die Selbstbestimmung der Bürger durch die Freiheit der Wahl nicht ernst und degradiere die Menschen zu reinen Manipulationsobjekten. Dass dies selbst eine Total-Propaganda nicht vermocht hat, haben die Menschen im Osten doch 1989 bewiesen.

Inzwischen haben PDS und über 10 000 widerspenstige linke Sozialdemokraten sich zur Linken vereinigt. Mit der SED hat das doch wenig zu tun.

Das ist richtig. Die PDS empfand es zunächst auch als Dilemma, dass sie jahrelang im Westen nicht landen konnte. Gysi machte auf seine Art die ersten Versuche, um daran etwas zu ändern. Auf dem Parteitag 1998 versuchte er den Einsatz der Truppen in Jugoslawien zu rechtfertigen, doch die Delegierten waren nicht bereit, ihre ideologiegespeiste Ablehnung gegenüber der bundesdeutschen Politik aufzugeben, und verweigerten ihm die Zustimmung. Darüber reagierte er sehr verärgert.

Damals zog er sich entnervt aus dem Parteigeschäft zurück und ging wieder seiner Tätigkeit als Anwalt nach. Jedoch nur für kurze Zeit – er hat ein viel zu großes Resonanzbedürfnis, um als Nebenkläger hier oder dort im Gerichtssaal zu hocken.

Dann kam die Chance von Berlin.

Die PDS beteiligte sich an der Liquidierung des CDU-Senats, und plötzlich bestand 2002 die Möglichkeit, Teil der neuen Berliner Regierungskoalition zu werden. Die symbolische Bedeutung dieser Chance war nicht zu unterschätzen. Das frühe Westberlin war ja das Symbol der Freiheit und des Widerstandes gegen die Schikanen der DDR. Ausgerechnet im Frontstadt-Milieu von einst einen stellvertretenden Regierenden Bürgermeister aus der PDS, vormals SED zu implantieren, war unglaublich. Gysi kehrte mit einem ungeheueren Prestigegewinn in die Politik zurück, wurde Wirtschaftssenator und witterte nun eine bessere Chance, bei künftigen Wahlen in der westlichen Bundesrepublik Fuß zu fassen. Er wollte sich groß empfehlen als der Mann, der die Wirtschaft nach vorne bringt. Doch es war schwieriger, als er annahm. Die Stadt war hochverschuldet. Das, was er vorhatte, konnte ihm nicht gelingen. Zumal er die Erwartungen besonders hochgeschraubt hatte und nun an seiner großen Klappe gemessen zu werden drohte. Noch vor dem Jahresende kam die Bonusmeilen-Affäre. Auch er war belastet. Das hätte das politische Aus für ihn bedeuten können. Doch er schaffte es, sich geschickt aus der Affäre zu ziehen. Im Gegensatz zu anderen Politikern, die ebenfalls belastet waren, war er der Einzige, der freiwillig von seinem öffentlichen Amt zurücktrat. So gelang es ihm, die missliche Lage einigermaßen positiv zu wenden.

Ein cleverer Mann also, der nunmehr einen Counterpart im Westen brauchte: Oskar Lafontaine.

Gregor Gysi hatte schon längere Zeit Kontakt zu ihm, zum Beispiel hielt Lafontaine bei der Präsentation eines seiner Bücher die Laudatio. Lafontaine war im Grunde ein Glücksfall für Gysi. Nach dem Verlust seiner Position als SPD-Vorsitzender schickte sich Lafontaine an, zum Sprachrohr derjenigen zu werden, die mit dem Schröder-Kurs nicht einverstanden waren. Das kam Gysi sehr gelegen, denn mit ihm konnte er endlich seine politische Reichweite in Richtung Westen erhöhen. Und die Linke war nun endlich eine Basis für die SED-Epigonen, um tatsächlich in der Bundesrepublik Fuß fassen zu können. Das war eine Traumpaarung. Der Prestigeverlust der SPD hat auch nicht lange auf sich warten lassen. Aber die Veränderung war noch tiefgreifender. Die Sozialdemokratie und die CDU verloren ihre Rolle als unangefochtene Volksparteien. Es droht nun auch das Aus für Paarungsmöglichkeiten zu großen Koalitionen bei politischen Patts.

Wie geht es weiter mit der PDS unter der Kapuze der Linken?

Ich kann keine Prognose stellen, denke aber, dass sie mit maximal zwanzig Prozent bereits den Höhepunkt erreicht haben wird. Mehr hat sie vorerst wahrscheinlich nicht im Sinn. Gysi und Lafontaine werden, ohne exekutive Verantwortung zu übernehmen, weiterhin die Quertreiber sein, die alles angreifen, was die Etablierten versuchen.

Sie wollen doch nicht ernsthaft behaupten, dass der Marxismus angesichts Wirtschaftskrise, Gysi und Lafontaine wieder im Aufschwung ist?

Ich sehe keine Rückkehr oder Rückgewinnung marxistischer Positionen in Deutschland, dazu sind die deutschen Wähler nicht bereit, selbst die enttäuschten Sozialdemokraten nicht.

Aber kann die Linke nicht in der Wirtschaftskrise doch ein Rettungsanker werden?

Ein Rettungsanker wohl kaum, weil die Rezepte der Linken auf sozialistische oder teilsozialistische Tropfen für den geschwächten ökonomischen Organismus hinauslaufen werden.

Wir Deutschen sind in der Welt dafür bekannt und werden häufig auch dafür belacht, dass wir zu Selbstquälerei neigen und Sachverhalte problematisieren, auch wenn dies eigentlich schon längst nicht mehr nötig ist. War es bei der Einheit auch so?

Wie war die Einheit ersehnt, welche Freudentaumel hatten die entscheidenden Schritte auf diesem Wege ausgelöst. Dass dieser Prozess komplizierter verlaufen musste, als zu ahnen war, rief dann auch bald alle möglichen Schwarzseher auf den Plan. Waren Anfang der neunziger Jahre Lafontaines Warnungen zu hören, weil Helmut Kohl den Triumph einkassiert hatte, so grassierte schon zehn Jahre später das Bild von der Mauer in den Köpfen, die Ossis und Wessis angeblich immer noch unüberwindlich trenne. Das wird vielleicht auch am zwanzigsten Jahrestag anklingen.

1999 jedenfalls verging kaum ein Tag, an dem man nicht lesen konnte, dass die Polit-Neandertaler im Osten noch immer nichts von Demokratie begriffen hätten. Den Vogel schoss ein Buch ab, das auch in Fernseh-Talkrunden von sich reden machte. Seine Kernaussage lautete, dass die Aversionen der »Bevölkerung der Deutschen Demokratischen Republik«

gegen den Weststaat darin wurzelten, dass sie, die Ossis, sich ihr der SED am 17. Juni 1953 »abgetrotztes Recht auf Faulheit« von den emsigen westdeutschen Malochern nicht nehmen lassen wollten. Auch eine Dienstleistung für die PDS.

Inzwischen sind solche Töne allerdings kaum noch vernehmbar.

Bei der SPD ist die Vereinigungsschelte des Wahlverlierers vom Jahre 1990 mitsamt der Person Oskar Lafontaine verblasst. Auch der Vorwurf, Helmut Kohl habe, nur um Wählerstimmen einzufangen, blühende Landschaften im Osten versprochen, ist kaum noch zu vernehmen. Schon der damalige Bundeskanzler Schröder gab stattdessen während einer frohgemuten Reise durch die Ostprovinzen die neue Sprachregelung aus: Man sei auf halbem Wege gut vorangekommen. Das bezog wohl auch die Zeit vor seinem Regierungsantritt mit ein. SPD-Generalsekretär Müntefering tat das indirekt auch, wenn er auf das von der CDU beanspruchte Einheitsverdienst mit der Bemerkung reagierte, dass jede andere Partei das auch hingekriegt hätte. Das kann ja wohl nichts anderes heißen, als dass nicht ganz verkehrt gelaufen ist, wozu 1989 und insbesondere 1990 die Fundamente gelegt wurden. Auch die Äußerungen des ehemaligen Bundestagspräsidenten Wolfgang Thierse sollte man so nehmen, wie er sie nach mancherlei Einspruch selbst interpretierte: als Appell für weitere Kraftanstrengungen, damit die neuen Länder so schnell wie möglich Westniveau erreichen. Sicher sind bei einigen die Erwartungen zu hoch gewesen, und sicherlich sind auch die Dimensionen der Herausforderungen, die mit der Einheit zu meistern waren, verkannt worden.

Blühende Landschaften stellt man sich doch tatsächlich anders vor als die trostlose Einöde mancher Regionen.

Die deutsch-deutsche Wiedervereinigung hat einer repräsentativen *Forsa*-Umfrage von Anfang 2009 zufolge die Erwartungen vieler Deutscher nicht erfüllt. Weniger als die Hälfte der Befragten sah ihre persönliche Lebenssituation als verbessert an. Jeder Vierte im Osten meinte sogar, dass es den Ex-DDR-Bürgern vor 1989 besser gegangen sei als gegenwärtig. Auf solche Meldungen kann die Linke natürlich bauen. Das kommt manchen Apologeten des DDR-Reichs der Seligkeit im zwanzigsten Jahr seines Anfangs vom Ende gerade recht. Aber so leicht ist das in diesen zwanzig Jahren Erreichte nicht vom Tisch zu wischen. Man kann doch nicht übersehen, dass sich die Landschaft im Osten grundlegend verändert hat, und sie wandelt sich weiter. Diese Veränderungen und Fortschritte sollten bei allem, was noch Wünsche offenlässt, nicht übersehen und kleingeredet werden. Gelegentlich möchte man dazwischenrufen, schaut mal auf jene Länder des einstigen Ostblocks, denen keine Bundesrepublik zur Seite springen konnte. Die West-Ost-Transferleistung beträgt sage und schreibe 1,6 Billionen Euro. Ohne den volkswirtschaftlichen Rückfluss in die alten Länder soll es immer noch mehr als eine Billion sein, die den neuen Ländern zugutekam. Wie viel hat sich in Städten wie Dresden oder Leipzig, Erfurt oder Magdeburg, auch in Kleinstädten und Dörfern der einstigen DDR gewandelt? Wie viele Umweltschäden wurden behoben? Welches Bild bietet das Netz von Autobahnen und Landstraßen? Wie viele Gewerbegebiete und wie viele Versorgungseinrichtungen sind entstanden? Wie hat sich das Bild vieler Wohngebiete verbessert? Wie hat sich die Touristikbranche an der Ostseeküste zwischen Rügen und Darß entwickelt? Dabei dürfte heute jedem klar sein, dass die Transformation in ein marktwirtschaftliches System notwendigerweise eine zeitweilige Brache für viele der umzustrukturierenden Betriebe zur Folge hat. Umso bemerkenswerter ist, dass dieser beispiellose Prozess in der historisch kurzen Frist eines Jahrzehnts so viele positive Resultate hervorgebracht hat. Die Milliardentransfers in die neuen Länder trugen Früchte, weil sie Hilfe zur Selbsthilfe darstellten. Daran ändert auch nichts, dass dabei Pannen, Ungerechtigkeiten und Gaunereien passiert sind.

Manche Wirtschaftswissenschaftler meinen, dass die Wachstumsschwäche Deutschlands in erster Linie eine des Westens sei, die nun auf die ostdeutschen Länder zurückschlage. Teilen Sie diese Ansicht?

Ich meine, dass es eher umgekehrt ist. Auch heute liegt die Arbeitslosigkeit in Westdeutschland noch immer unter dem EU-Durchschnitt; trotz weltweiter Finanzkrise, trotz Zuwanderung aus den »neuen« Ländern und täglich fast 500000 Pendlern von dort. Noch immer produziert Westdeutschland Jahr für Jahr Exportrekorde. Solange jedoch die »alten« Länder Jahr für Jahr rund vier Prozent ihres Sozialprodukts an die »neuen« Länder übertragen müssen, um dort den Aufbau zu gewährleisten, so lange kann nicht erwartet werden, dass im Westen Konsum und Investitionen dickes Wachstum schaffen. Auch die EU-Kommission nämlich rechnet gut zwei Drittel der heutigen Wachstumsschwäche den Vereinigungsfolgen zu, und internationale Wirtschaftsfachleute sehen das ähnlich.

Was hinterlässt uns die DDR?

Das klingt wie eine Suggestivfrage, die sich schon beantwortet, indem man sie stellt. Wenn ich dennoch versuche, dem Ableben der DDR etwas Positives abzugewinnen, dann mischen sich dabei Ernst und Ironie. Zum Besten gehört zweifellos: Auch im Vaterland von Marx und Engels wurde damit der Beweis geliefert, dass deren soziale Theorie, auf die gesellschaftliche Versuchsstrecke gebracht, im Fiasko endete. Es wurde, wie es der Philosoph Karl Popper, einer der Weisen unserer Zeit, einmal formulierte, mit dem erstrebten Himmel auf Erden die Hölle produziert. Die Lebenstauglichkeit der

Theorie konnte nur durch den Versuch in der Wirklichkeit erkundet werden. Er verlief negativ. Aber diese Erfahrung hat auch einen Wert. Man braucht sich nicht noch einmal auf dieses Gleis zu begeben.

Von echter DDR-Provenienz ist eine Hinterlassenschaft, die ihren Siegeszug durch alle Bundesländer angetreten hat: der grüne Pfeil. Er soll Rechtsabbiegern an ampelbewehrten Kreuzungen auch bei Rot unnötige Stoppzeiten ersparen. Ich sehe mich damit in meiner Aussage vom Frühjahr 1990 bestätigt. Ich frage mich allerdings heute noch, wie wir so etwas in der DDR durchgehen lassen konnten: Bevorzugung von Rechtsabbiegern, und das noch bei der Warnfarbe Rot.

Damit wäre das Thema ein für alle Mal vom Tisch.

Damit wäre ich vorsichtig. Die Siegerin Demokratie neigt zu Vergesslichkeit. Sie kennt nicht die Wachsamkeit, wie sie in Diktaturen üblich ist. Sie bietet optimalen Spielraum für Toleranz und Widersprüche. Sie ist pluralistisch. Ihre freiheitlichen Stärken sind leider auch ausnutz- oder missbrauchbar. Wer ihre prinzipielle Substanz gegen ihre Feinde hochhält, kann andererseits leicht als dogmatisch philiströs abgewertet werden. Das Verhältnis zur Linkspartei bietet dafür manchen Beleg. Demokraten sollten also stets Augen und Ohren offen und den Mund nicht zu halten. Die Demokratie ist nie vollendet, immer unterwegs, stets auf Trab und nicht gegen Unfälle gefeit.

Anhang

Erste Erklärung vor Gericht
Berliner Landgericht, 22. Februar 1996

Herr Vorsitzender, meine Damen und Herren Richter, Herr Oberstaatsanwalt!

Ein Journalist hat über den Beginn dieses Prozesses ironisch geäußert: In Moabit finde die letzte Sitzung des Politbüros statt. Da ich ihm nicht recht geben will, werde ich mich – entgegen der im Politbüro üblichen Praxis – nicht den Erklärungen von Vorrednern anschließen. Es gibt noch andere Sichten auf die Vergangenheit.

1.
Nahezu auf den Tag genau sechs Jahre nach Verkündung der Maueröffnung und der von mir mitbewirkten Beendigung des Grenzregimes wurde der Prozess eröffnet, in dem ich wegen meiner Mitgliedschaft im Politbüro als Mauer-Totschläger angeklagt bin. Das bezeichnet ein Dilemma, das ich nicht so gelöst sehe, wie es die Staatsanwaltschaft will oder es der auch nach dem Ausscheiden von Herrn Bräutigam unverändert gebliebene Eröffnungsbeschluss vorwegnimmt.

Anders als dieser oder jener hier im Saal, der desselben Deliktes wie ich beschuldigt ist, ziehe ich die Zuständigkeit des Gerichtes dennoch nicht in Zweifel. Ich halte nichts von rhetorischen Zungenrollern wie »Siegerjustiz«. Der bundesdeutschen Rechtsprechung ist die neue Rolle durch den Lauf der Geschichte zugefallen. Sie befände sich nicht in dieser begünstigten Lage, wäre die DDR ohne jeglichen Makel dahingeschieden und nicht an Ablehnung und Widerstand der Menschen zugrunde gegangen.

Lassen Sie mich in diesem Zusammenhang klarstellen: Die Sitzungen, die Beschlüsse, die Regelungen und die Änderungen von Regelungen, die Maßnahmen, die Erlasse und Erweiterungen von Verboten, die Bestätigungen, die Feststellungen, die Erörterungen, die Einsetzung von Arbeitsgruppen, die Aufträge und Anordnungen und die Entgegennahme von Informationen, wie sie auf den Seiten 14 bis 51 der Anklageschrift für das Politbüro niedergelegt wurden, sind, so meine ich, den Protokollen entsprechend wiedergegeben worden. Soweit in der Anklageschrift meine Anwesenheit in Sitzungen des Politbüros behauptet wird, wird das, obwohl von mir nicht in jedem Falle überprüfbar, von mir nicht bestritten. Ebenso wenig zweifele ich daran, dass die Sitzungen, Beschlüsse, Befehle und Aufträge des Nationalen Verteidigungsrates, wie sie auf den Seiten 17 bis 43 der Anklageschrift zu finden sind, dort den Protokollen entsprechend wiedergegeben worden sind. Ich fechte auch nicht an, dass die auf den Seiten 53 bis 70 der Anklageschrift genannten Menschen in den mir vorgeworfenen Fällen so verwundet bzw. getötet wurden, wie in der Anklageschrift dargestellt.

Das System, dessen politischer Klasse und Führung ich seit 1981 als Kandidat und seit 1984 als Mitglied des Politbüros der SED angehört habe, hat vor dem Leben, vor der Wirklichkeit versagt. Das war ausschlaggebend. Daran ändern auch – wenngleich das im Einzelfall als bitter empfunden wird – die zweifellos opfervolle Vergangenheit und der ehrenhafte Widerstand der beiden ältesten Angeklagten gegen die Nazi-Barbarei nichts.

Unser messianischer Anspruch zu wissen, wie die Utopie der Gerechtigkeit zu zimmern sei, muss sich nach dem Scheitern den Spruch der lebensfähigen Realität gefallen lassen. Ein nüchtern wägendes Urteil der Politik, der Geschichte, der

Philosophie, gegebenenfalls auch das der Justiz ist noch das Beste, was der Utopie widerfahren kann.

Ich habe die Hoffnung, dass nicht pauschale Konstruktionen, also auch nicht das Wiederaufwärmen der pseudomonolithischen Selbstdarstellung der SED, wie das durch die Zitatenfülle in der Anklageschrift geschieht, sondern Klärung der objektiven Umstände und Zusammenhänge und des Individuellen zur Rechtsfindung in diesem Prozess führen werden. Für Bekundung eines fragwürdigen ideologischen Vorsatzes halte auch ich es, wenn ein maßgeblicher Vertreter der Justiz dem Sinne nach erklärt, dass er mit einer Verurteilung dieser Angeklagten vor seinen Kindern bestehen wollte – wohl in Erinnerung an juristisch unbewältigt Gebliebenes aus einem anderen Abschnitt jüngerer deutscher Geschichte.

Hier ist die schiefgelaufene Jagd nach dem unveröffentlichten Manuskript eines Mitangeklagten zur Sprache gekommen. Die Staatsanwaltschaft mochte nicht darauf verzichten, mir auch Passagen aus meinen Veröffentlichungen vorzuhalten. Dagegen kann ich nichts tun. Ich frage mich aber, wie sich eine solche Praxis zu der berechtigten, vielleicht nicht mehr zeitgemäßen Forderung nach ehrlicher, rückhaltloser Aufarbeitung von DDR-Vergangenheit verhält. Wer mag das noch tun, wenn ein solcher Versuch dazu herhalten muss, die Belastungsarsenale der Staatsanwaltschaft zu füllen?

Die Eindimensionalität der Anklage, auch mir vorgehaltene Aussagen in meinen Publikationen während der letzten Jahre nötigen mich, Missdeutungen meiner Haltung mit dieser Erklärung entgegenzutreten.

2.

Die Toten an der Mauer sind ein Teil der Erblast unseres missratenen Versuchs, die Menschheit von ihren Plagen zu befreien. Die innere Logik einer Gesellschaftsidee, die die Rolle des Individuums niedriger veranschlagt als das Gemeinwohl eines abstrakten Menschheitsbegriffes, treibt zu Inhumanität. Wir erkannten nicht, dass Menschheit entmenschlicht wird, wenn der Einzelne, um ein Bild bei Arthur

Koestler auszuleihen, nur der Quotient von fünf Milliarden durch fünf Milliarden ist. Banale Verwirklichung der Utopie hat sich als ein Prokrustesbett herausgestellt, in dem das Individuum auf ein fragwürdiges Idealmaß zurechtgemöbelt wird.

Nicht erst den Prozess vor Augen, habe ich bekannt und bekräftige es heute: Als einstiger Anhänger und Protagonist dieser Weltanschauung empfinde ich Schuld und Schmach bei dem Gedanken an die an der Mauer Getöteten. Ich bitte die Angehörigen der Opfer um Verzeihung, und ich muss es hinnehmen, wenn sie zurückgewiesen wird. Doch ohne den Gewinn dieser Einsicht wäre es mir unmöglich, weiter zu existieren.

Ist es ein würdeloser Gang nach Canossa, das hier zu bekennen? Ich meine nicht. Würde kann mit Sicherheit da nicht sein, wo bankrotte Selbstgerechtigkeit sich in die Tasche lügt.

3.
Ich weiß, dass mein Urteil über das DDR-Kapitel deutscher Vergangenheit manchem nicht gefällt. Ich kann und will daran nichts ändern. Das wird mich auch nicht darin beirren, falsch und illusionär zu nennen, was ein besseres Prädikat nicht verdient. Das verstehe ich weniger als mein Recht denn meine Pflicht.

Als ein absurdes Spektakel empfinde ich, was bei Prozessen dieser Art schon zum Begleitritual geworden ist: die Bekundungen rückwärtsgewandter Verstocktheit, in die sich auch Beschimpfung und Hass gegen meine Person mischen. Da werden Ankommenden vor dem Gericht Flugblätter aufgedrängt, in denen es über mich heißt: »Am 9. November leitete er den Fall der Mauer ein und verhalf der Wende und den westdeutschen Okkupanten zum Sieg. Jetzt hat der Wendehals die Besatzerjustiz am Hals.«

Herr Modrow, eine Galionsfigur dieser trostlosen Nostalgiker, der Honecker nicht gestürzt und die Mauer nicht geöffnet hat, fand sich zwar nicht vor dem Portal in der Turmstraße ein. Aber unmittelbar vor Prozessbeginn gab er im *Neuen Deutschland* seinen Anhängern ein Signal: Er nannte mich »keine ehrenwerte Person« (*ND* vom 12. November), also jemanden, auf den man einschlagen kann. Der Biedermann versucht sich als Scharfmacher. Nach aller politischen Logik kommt ein solcher Anwurf aus diesem Munde einer unfreiwilligen Ehrenerklärung gleich. Er offenbart, dass sich ganz wie früher Honoratioren dieses Schlages noch immer die Verketzerung von sogenannten Abweichlern anmaßen.

Modrow und seine Parteigänger würden mich wohl gern noch einmal aus der Partei ihres Typs ausschließen und – besser noch mir den Prozess machen, wenn sie könnten. Dass sie es nicht können, ist schon ein Fortschritt. Ich erwähne dieses skurrile Rahmenprogramm, weil sich darin die Ironie der Umstände offenbart: Gibt es der Anklage nicht zu denken, dass sie sich, wenn auch von einem anderen Ausgangspunkt, in der Fixierung auf Schabowski mit diesen Fäustchenreckern in einer Blickrichtung findet?

4.

Mit meinen Aussagen über die entschlafene DDR ernte ich von bestimmter Seite den Vorwurf, die einstigen Normalbürger der DDR zu schmähen. In der Tat mag ich mich z.B. nicht darauf berufen, dass die DDR so etwas wie ein heimlicher »dritter Tarifpartner« in der Bundesrepublik war. Heute wissen wir doch alle, dass die DDR zu ihren sozialen Leistungen und Sicherheiten aus konstitutioneller Schwäche nur um den Preis einer enormen Auslandsverschuldung imstande war, die letztlich ihren politischen Bankrott mitverursacht hat.

Mein Verdikt ist vor allem Selbstvorwurf. Daran habe ich in meinen Veröffentlichungen keinen Zweifel gelassen. Ich musste mit mir selbst ins Gericht gehen und ins Reine kommen. Ein wenig hoffte ich damals auch, andere SED-Mitglieder ermutigen zu können, sich aus ihrem Gespinst von Verbiesterung und Scham zu entfesseln. Das Letztere war eine Illusion. Sie ist heute vollends lächerlich und sinnlos geworden, wo sich die PDS mit relativen Stimmengewinnen auf die »normative Kraft des Faktischen« beruft und damit Erfolg hat. Die einen haben sich leicht geschüttelt und setzen da fort, wo sie vor sechs Jahren vom Volk einen Knüppel zwischen die Hoden bekommen haben; die anderen sind von den Problemen der Einheit getrieben und haben keine Zeit mehr für solcherlei politische Esoterik.

Ich gestehe, dass mich die Denkfaulheit und -feigheit vieler Betroffener, aber auch der laute und ziemlich folgenlose Ruf nach »Aufarbeitung« – ausgenommen eine Reihe von Journalisten und vor allem Dr. Rainer Hildebrand – gelegentlich in Rage gebracht und zu einem unfeinen Bild verleitet haben. Aber es geht nicht um Bilder, sondern um Wertungen!

Mein Urteil über die DDR will und kann gar nicht herabsetzen, was an Beachtlichem und Engagiertheit auch von vielen in der DDR vollbracht wurde, die ohne Alternative in diesem System arbeiteten, ihr Leben einrichten mussten und dabei so etwas wie Identifikation, nicht mit der offiziellen Politik, wohl aber mit den Umständen ihres Daseins, mit gemeisterten Widrigkeiten, mit eigener Leistung trotz dürftiger Voraussetzungen, vielleicht auch mit menschlicher Solidarität entwickelt haben.

Nur, wer in der DDR politische Verantwortung innehatte, ist gehalten, das grundlegend Untaugliche, Verfehlte des Systems zu erkennen und zu bekennen. Andernfalls verdient er den Vorwurf der Heuchelei. Wer aus dieser Ecke kommt und ins Horn des unverstandenen, benachteiligten DDR-Bürgers stößt, will sich unter fremdem Gefieder wärmen. Ein Dreh, der jene benutzt, die 1989 auf die Straße gingen, um uns die Macht zu entreißen, unter der sie nicht länger leben wollten.

Ich sage das hier auch, die unauslöschlichen Bilder des Oktober 1989 vor Augen und im Sinn. Auf den Straßen Berlins suchte ich die Diskussion mit den Bürgern. Ratlosigkeit, Erregung, Wut, ja Hass beherrschten den Beginn der Gespräche. Ich erinnere mich nicht, einen Politbüro-Kollegen dabei gesichtet zu haben. Vielleicht ist dieses Erfahrungsdefizit mit daran schuld, dass einige Erklärungen von Mitangeklagten mehr zu Verklärungen der DDR geraten sind.

5.
In meinem Zweifel am Nutzen eines solchen Prozesses für die vielberufene und notwendige Aufarbeitung jüngster Geschichte sehe ich mich bestärkt. Geschichte und Politik mit ihrem vielseitigen Kausalitätsgeflecht entziehen sich dem mehr zur Selektion als zu komplexer Sicht verhelfenden Instrumentarium der Justiz.

Aus sachlichen, aber auch aus einer prinzipiellen Erwägung heraus kann ich die Anklage nicht annehmen. Wenn geschichtliche Aufhellung sinnvoll geleistet werden soll, kann sie sich nicht mit dem Auszählen von schwarzen und weißen Steinen, mit der Auflistung von Gerechten und Ungerechten begnügen. Sie kann die Sünden der Gesellschaft nicht ausklammern, den Irrsinn des Kalten Krieges, nicht die Plagen, die heute wie morgen das Bedürfnis nach sozialer Veränderung provozieren und der marxistischen Utopie auch künftig, ungeachtet ihres – unseres Fiaskos Jünger zutreiben werden. Die Verführungskraft der Utopie bloßzulegen und zu paralysieren, wäre wichtig. Der Prozess wird, fürchte ich, kaum dazu beitragen, weil er die Angeklagten lediglich als Fertigprodukte und Teilexistenzen erfasst, passgerecht für das Konstrukt der Staatsanwaltschaft. Die pauschale juristische Belastung des Politbüro-Restes werden die Denkverweigerer als Freispruch für die falsche Ideologie werten, nach der Devise: Miese Typen, aber die gute Sache bleibt unbeschädigt. Das aber schiene mir das Gegenteil von Aufarbeitung.

Dass ich mich moralisch schuldig fühle und mich zugleich gegen die juristische Konstruktion verwahre, mich während meiner Mitgliedschaft im Politbüro, letztlich nur aufgrund dieser Mitgliedschaft, eines mehrfachen Totschlags strafbar gemacht zu haben, ist kein Widerspruch. Es wäre ein zweifelhafter Dienst am Recht, wenn ich in meiner Lage zur Anklage lediglich den Kopf senkte, um das Gericht von dem Dilemma zu entlasten, Täterschaft in dem nur unzureichend ergründeten Terrain zwischen ideologischen und konstitutionellen Umständen und der Tat zweifelsfrei zu bestimmen.

6.
Ich sehe mich nicht schuldig im Sinne der Anklage, weil ich als Mitglied des Politbüros an keiner Entscheidung, an keinen Beschlüssen oder Maßnahmen mitgewirkt habe, die über die Grenze flüchtende Menschen zu töten verlangten oder befahlen. Ich war zu keiner Zeit Mitglied des Nationalen Verteidigungsrates, der – wie das auch in einem früheren Gerichtsprozess offenbar wurde – Fragen des sogenannten Grenzregimes in eigener Machtvollkommenheit zu entscheiden pflegte.

Eine Sanktionierung von Beschlüssen des Verteidigungsrates durch das Politbüro hat es, zumindest in der Zeit meiner Mitgliedschaft, nicht gegeben. Das war nach Logik der im Verteidigungsrat verkörperten Kompetenz auch nicht erforderlich. Der Vorsitzende des Rates war Generalsekretär, Oberkommandierender und Staatsratsvorsitzender in einer Person. In dieser Ämterbündelung war er dem Politbüro faktisch nicht rechenschaftspflichtig. Hinzu kommt, dass im Verteidigungsrat auch jene Politbüromitglieder vertreten waren, deren zivile Zuständigkeit mit der militärischen Materie zusammenhing. Vom Rest des Politbüros musste dazu gar nicht der letzte Segen eingeholt werden.

Die Staatsanwaltschaft will das begreiflicherweise nicht wahrhaben. Aber dies, genauer weder die vorherige Beratung über Beschlüsse des NVR noch ihre nachträgliche ausdrückliche Bestätigung durch das Politbüro, ist meines Wissens seit Mitte der siebziger Jahre nicht vorgekommen. Wie passt das zu der These der Anklage von der Allkompetenz des Politbüros?

7.
Das Ausklammern von bestimmten Problembereichen aus den Beratungen des Politbüros, die Honecker besonders heikel erschienen, war nicht auf militärische Entscheidun-

gen und das Grenzregime beschränkt. Auch die Zahlungsfähig- oder -unfähigkeit der DDR wurde in einer speziellen Arbeitsgruppe unter dem Etikett »Zahlungsbilanz« erörtert; das Politbüro erhielt danach geschönte Informationen. Die Aktivitäten des Stasi-Ministeriums waren, zumindest in der Zeit meiner Zugehörigkeit zum Politbüro, der Information und Entscheidung in diesem Gremium entzogen. Bis auf die Formalie der Beförderung von Generälen anlässlich von Jahrestagen wurden alle relevanten Fragen von Honecker und Mielke unter vier Augen im Anschluss an die dienstäglichen Politbüro-Sitzungen besprochen und entschieden.

Das sind Erscheinungen und Tendenzen, wie sie für jede kommunistische Partei gemäß deren stalinistischer Prägung üblich waren. Der Generalsekretär war die Verkörperung der sogenannten Generallinie, des politischen und ideologischen Kodex, der für jedes Parteimitglied verbindlich war. Relative Veränderungen der Generallinie waren nur möglich, wenn der Generalsekretär selbst »geändert« wurde, entweder nach dessen natürlichem Tod oder im Gefolge seines gewaltsamen Sturzes. Der Sturz ist zweifellos die Ausnahme. Er ist nur zweimal vorgekommen. Einmal beim Machtwechsel von Chruschtschow zu Breschnew. Das zweite Mal in der Endphase der Selbstliquidation des Kommunismus, bei der Absetzung Honeckers im Oktober 1989.

Lassen Sie es mich noch einmal deutlich sagen: In der Zeit, in der ich Kandidat und Mitglied des Politbüros war, haben – soweit DDR-Instanzen dafür zuständig schienen – Honecker, Mielke und, soweit mir bekannt ist, Hoffmann sämtliche Entscheidungen, die das Grenzregime betrafen, alleine getroffen. Ich war bei keiner solchen Entscheidungsfindung dabei, wurde nicht um Rat gefragt und nicht um Zustimmung gebeten. Ob es weitere Entscheidungsträger inner- oder außerhalb der DDR gab, entzieht sich meiner Kenntnis. Ich habe jedenfalls während meiner Zeit im Politbüro keinen anderen Eindruck gewinnen können, als den, dass Honecker, Mielke und vermutlich Hoffmann – unabhängig davon, in welchem Gremium sie tagten und ob diese Entscheidungen überhaupt in einem Gremium fielen – über das Grenzregime bestimmten. Ich bin davon überzeugt, dass ohne Billigung durch die Bündnispartner im Warschauer Pakt, vor allem ohne die sowjetische Seite, oder gar gegen ihren Willen die Abschaffung des Grenzregimes ohne ihren Widerspruch nicht möglich gewesen wäre. Dafür waren also zwei Voraussetzungen unerlässlich – in der DDR der Sturz Honeckers und international der galoppierende Machtzerfall der Moskauer Zentrale.

8.

Es ist wohl nicht damit zu rechnen, dass in diesem Prozess die Verantwortung sowjetischer Politik für die menschenfeindliche Grenze zwischen den militärischen Blöcken verhandelt werden wird. Gerade deshalb müssen hier einige Worte über diesen Aspekt verloren werden.

Wie groß immer der Anteil Ulbrichts oder Honeckers an Mauer und Grenzregime gewesen sein mag – dass sie 1961 auf Geheiß und mit Billigung Moskaus handelten, steht außer Frage. Sie einerseits als Satrapen der KPdSU zu klassifizieren, doch andererseits in der Frage der Westgrenze des Blocks, die in der Ära des Kalten Krieges für das Sowjetimperium von existentieller Bedeutung war, zu ostdeutschen Privatiers zu erklären, ist politisch schizophren. Dass man die sowjetische Zuständigkeit und ihre Verantwortung aus dem Blickfeld gleiten lässt, ist ein Tatbestand, der die Anklage nicht überzeugender macht.

Moskau als das unbezweifelbare Machtzentrum des Ostblocks hat die undurchdringliche Beschaffenheit seiner Westflanke, des vielleicht wichtigsten Teils des Eisernen Vorhangs, befohlen und organisiert. Der Oberbefehl über diesen militärischen Bereich oblag bis zum Ende des Warschauer Paktes einem Sowjetmarschall. Die Mauer durch Deutschland war *ultima ratio* der Sowjets, um Ende der fünfziger und Anfang der sechziger Jahre die Fluchtbewegung aus ihrem deutschen Gehege, der DDR, zu stoppen und damit das westliche Glacis des kommunistischen Lagers vor weiterer Destabilisierung zu bewahren. Der Bau der Mauer ist ohne Räson, Drängen und Placet Moskaus nicht denkbar, so bereitwillig auch deutsche Kommunisten die Hand dazu gereicht haben mögen.

Sosehr der Bau der Mauer ursprünglich und nicht nur »auch« das Werk des Sowjetregimes von 1961 war, so wenig hat die Moskauer Führung 28 Jahre später mit dem Sturz der Mauer zu schaffen. Der Antrieb dazu ging von den Demonstrationen der Menschen auf den Straßen der DDR aus. Sie veranlassten drei Mitglieder im Politbüro der SED endlich zu handeln. Die sowjetische Führung unter Gorbatschow zeigte sich von der Öffnung der Grenze am 9. November überrascht, und zwar nicht angenehm! Die Erinnerungen von Falin und anderen Sowjetdiplomaten belegen das. Und Gorbatschow, wie aus einer Veröffentlichung im *Spiegel* zu entnehmen ist, kann bis heute sein Missfallen über den ersten eigenständigen Schritt der Honecker-Nachfolger nur schlecht verhehlen.

Ohne eigene Verantwortung zu leugnen, darf ich sagen, dass eine enorme sowjetische Mitverantwortung und Urheberschaft an allem vorliegt, was an Makeln des DDR-Systems zu sichten ist. Wer wollte das ernsthaft bezweifeln angesichts der Demonstration vernichtungswütiger Brutalität, mit der selbst vom postsowjetischen Russland, präziser, von gänzlich ungeläuterten einstigen Sowjetmilitärs und KGB-Offizieren, der Unabhängigkeitswille eines kleinen Volkes zerstampft wird. Es ist nachgerade grotesk, wenn von dieser Seite heute so getan wird, als hätten sie sich die Westgrenze des »Lagers«, also die imperiale Grenze der UdSSR, nicht als Eisernen, sondern als Plüschvorhang gewünscht.

Nicht ohne Betroffenheit erlebe ich, wie ein erheblicher Teil des früheren Funktionärskaders in Moskau von seinem politischen und moralischen Anteil an Praxis und Prägung der DDR nichts mehr wissen will und von solcher Abmahnung auch seitens der Bundesrepublik verschont bleibt. Wie könnte das bei der Aufarbeitung jüngster deutscher Geschichte, in welchem Rahmen immer sie stattfinden mag, außer Betracht bleiben?

9.
Der Vorwurf, eine Änderung des Grenzregimes unterlassen zu haben, machte juristisch Sinn, wenn ein solcher Versuch eine minimale Aussicht auf Erfolg versprochen hätte. Jeder Vorstoß in diese Richtung wäre unter den seinerzeitigen Bedingungen sofort als Versuch geahndet worden, die sogenannte Generallinie und die Person des Generalsekretärs in Frage zu stellen. Sie hätte im Politbüro oder in einem anderen Gremium nicht die geringste Chance gehabt. Der Betreffende hätte sich damit zu »Terminologie und Denken des Gegners« bekannt. Wer solche Auffassungen vorzutragen oder durchzusetzen versucht hätte, wäre als »Geisteskranker« oder »Abweichler«, als »trojanisches Pferd des Klassenfeindes« sofort kaltgestellt worden. Formell gab es ja keinen Schießbefehl oder eine entsprechende Entscheidung des Politbüros.

Zu einem Schritt in dieser Richtung entschloss ich mich erst im Jahre 1989, vor allem unter dem Eindruck der neuerlichen großen Flucht der Menschen aus der DDR. Auch zwei andere Politbüromitglieder, Krenz und Lorenz, waren – zunächst unabhängig von mir – gleichfalls zu dem Schluss gelangt, dass die DDR ohne Reisefreiheit keine Chance haben würde. Damit verband sich vom ersten Augenblick an die Überlegung, dass Honecker als Generalsekretär entmachtet werden muss, wenn der Weg zu einer anderen, humaneren DDR freigemacht werden soll. Als Erstes sollten die Bürger endlich frei reisen können.

Auf der in der Anklageschrift erwähnten Politbürositzung im September 1989 hatte ich auf die Notwendigkeit verwiesen, die Reisemodalitäten zu verändern. Eine Diskussion darüber kam nicht zustande, weil der Sitzungsleiter, Mittag, die krankheitsbedingte Abwesenheit Honeckers vorschützte, um die Debatte abzuwürgen.

Die drei Politbüromitglieder haben dann die erste sich objektiv bietende Chance zur Absetzung Honeckers auf konspirative Weise genutzt, um mit der politischen Ausschaltung seiner Person die dringend notwendigen oder überfälligen

Änderungen des politischen Kurses der DDR einzuleiten. Die Massenflucht, die immer offeneren Proteste der Menschen wie die Montagsdemonstrationen in Leipzig und die zunehmend durch eigene innenpolitische Schwierigkeiten beanspruchte Moskauer Führung umreißen die Lage, in der mit einiger Aussicht auf Erfolg an die Absetzung Honeckers gegangen werden konnte, um erste politische Änderungen einzuleiten.

Durch die Grenzöffnung, den Fall der Mauer, die Freiheit des Reiseverkehrs oder wie man den Schritt bezeichnen mag, war das Grenzregime nicht einfach modifiziert oder humanisiert, sondern schlicht überflüssig geworden. Die für uns unerlässliche, entscheidende Voraussetzung dafür war der Sturz Honeckers gewesen.

Die Veränderung musste mit der Entmachtung des Generalsekretärs beginnen, anderenfalls hätte sie nicht stattgefunden oder wäre das frühere oder spätere Ende der SED-Herrschaft in einen blutigen Konflikt gemündet. Das ist die Logik des Handelns in kommunistischen Strukturen.

10.
Das Gericht kann den Anteil Betroffener an der Maueröffnung nicht ignorieren, wenn es die ihm durch die politischen Veränderungen in Deutschland seit dem 9. November 1989 aufgetragene Rolle erfüllen will. Wie kann es »Unterlassen« als Totschlag qualifizieren und das Tun zum Fall der Mauer als nichtig erachten? Wie viele Tote hätte die Mauer vielleicht noch gefordert, wäre sie nicht als erste gravierende Maßnahme zu Fall gebracht worden? Wer wollte in Abrede stellen, dass dies den Prozess einleitete, der in der Einheit mündete? Richter und Staatsanwälte, alle, die »Zaungäste« dieser dramatischen Vorgänge waren, mögen sich ihre eigenen Empfindungen am Abend jenes 9. November 1989 vergegenwärtigen. Ich kann nicht glauben, dass dieses Unternehmen, das ein für alle Mal den Schüssen an der Mauer ein Ende setzte, sechs Jahre später in seiner Bedeutung für den Gegenstand dieses Prozesses nach null tendieren soll.

11.

Lassen Sie mich zum Schluss noch auf eine Frage antworten, die ich – ausgesprochen oder nicht – immer hören und spüren werde: Mein Umdenken war nicht erst die Folge der persönlichen Niederlage, als die ich den Ausschluss aus der SED/PDS Anfang 1990 noch empfand. Die ideologische Blockade hatte sich in der ersten Hälfte des Jahres 1989 zu lösen begonnen. Spät genug, zu spät ohne Zweifel, und noch entfernt von meiner heutigen Sicht. Doch es war ein unaufhaltsamer Vorgang – wie der damalige DDR-Exodus über die ungarische Grenze. Ich fing an, gegen Dogmen zu denken und zu handeln. Auch gegen das Dogma, dass Generalsekretäre, die lebenden Buddhas des Marxismus-Leninismus, nicht absetzbar seien.

Die umfassende Befreiung des Denkens setzte allerdings erst ein, als der Schock über meine Ausstoßung aus der Partei dem Gefühl einer neuen geistigen Unabhängigkeit wich, der ich anfangs noch nicht recht trauen wollte. Der Schock hatte mir offenbart, dass noch eingebildete Loyalitäten und geistige Fesseln gegenüber dem falschen Orden zu kappen waren. Seither sind mehr als sechs Jahre vergangen. Keine kurze Zeit. Sie zählt doppelt und dreifach, wenn ihr ein existentieller Absturz vorausgegangen ist. Ein Zeitraum, in dem ein Mensch, sofern er nur willens ist zu lernen, eine ganze Menge Erkenntniszuwachs gewinnen kann.

Es waren vor allem Bürger aus der früheren Bundesrepublik, die mir einen Vertrauenskredit einräumten und Mut gemacht haben, den mühseligen Weg der Erkenntnis weiterzugehen. Ihnen verdanke ich die vielleicht wichtigste menschliche Erfahrung meines Lebens.

Mögen meine Bemerkungen zur Anklage nicht als ein Feilschen gedeutet werden, wo es doch um Menschenleben gegangen ist. Es sind generelle und punktuelle Erwiderungen auf ebensolche Anschuldigungen. Ich habe öffentlich nicht nur einmal gesagt, dass keine Weltverbesserungsideologie es rechtfertigen könne, dass ihretwegen auch nur ein Mensch mit dem Leben bezahlen müsste. Das trifft für jeden Toten an der Mauer zu, der starb, weil er nicht willens war, unsere Zwangsbeglückung anzunehmen.

Ich wiederhole es: Ich fühle moralische Schuld gegenüber jedem dieser Toten. Dieses Gefühl der Schuld wird mich wohl immer begleiten. Aber ich kann nicht hinnehmen, zum Schreibtisch-Totschläger erklärt zu werden. Das scheint mir eine zu einfache juristische Verrechnung der vielschichtigen politischen, sozialen und psychologischen Umstände zu sein, die sich mit dem Begriff DDR, mit europäischer Nachkriegspolitik und mit meinem eigenen Weg in und aus diesem verloschenen Staat verbinden.

Im *Spiegel* las ich die Äußerung eines Richters, die hier in Moabit in einem anderen Prozess gefallen ist: »Das Gericht war sich jederzeit seiner geschichtlichen Befangenheit bewusst. Zugunsten der Angeklagten war zu berücksichtigen, dass sie Gefangene der deutschen Nachkriegsgeschichte sind wie wir alle.« Ein beherzigenswertes Wort für jeden diesseits und jenseits der Schranken des Gerichts.

Zu den Angaben oder Daten, die in der Anklageschrift meine Person betreffen, habe ich keine Einwände.

Dies ist alles, was ich zur Anklage zu sagen habe. Ich habe nicht vor, weitere Fragen der Verfahrensbeteiligten zu beantworten.

Berlin, den 22. Februar 1996

Günter Schabowski

Abschließende Erklärung vor Gericht
Berliner Landgericht, 18. August 1997

Herr Vorsitzender, meine Damen und Herren Richter,

von diesem Prozess sind nicht nur Antworten zu erwarten, er wirft gewiss auch Fragen auf – Fragen der Politik, der Geschichte, des Rechts. Wie unterschiedlich seine Ergebnisse aufgenommen werden mögen – von den Angeklagten, von der Öffentlichkeit, vielleicht sogar von Juristen –, eines ist unstreitig: Im Zentrum standen während der vergangenen 18 Monate die Toten an der Mauer. Das Gericht hat seine Pflicht wahrgenommen, indem es sich ihrer annahm.

Welches Urteil über uns gefällt werden, wie weit das Gericht dem Postulat des Oberstaatsanwaltes folgen mag, wir seien verbrecherische »Verhänger und Vollstrecker von standrechtlichen Todesurteilen« – nach diesem Prozess bleibt ein Weiteres unbezweifelbar: Nichts konnte und kann es rechtfertigen, dass auch nur ein einziger Flüchtling, der – aus welchen Gründen immer – uns den Rücken kehren wollte, unter den schrecklichen Umständen, die hier beschrieben wurden, dafür mit seinem Leben bezahlen musste.

Ein soziales System, das hehre, humane, ja, berechtigte Ideale und Ziele beschwört, jedoch ohne solche Opfer wie die Toten an der Mauer um seinen Bestand fürchten muss, delegitimiert sich in der Tat selbst. Dazu braucht es keinen Auftrag eines Justizministers. Wer es von uns mit sich selbst ehrlich meint, muss diesen bitteren Weg der Einsicht gehen. Die Wahrheit liegt zutage. Wer noch immer hilflos oder anmaßend den Blick davor verschließt, übt Selbstbetrug. Der Zweck heiligt eben nicht die Mittel.

Das ist für mich die Kernfrage – oder der Fluch der Indoktrination. Wir bauten ja eine neue Gesellschaft auf, das war unsere Generallegitimation. Wir wurstelten uns dabei durch einen Wust von Problemen. Zeitweise lief es einigermaßen, dann wieder nicht. Als Erster Sekretär der Berliner SED verbrachte ich von den Arbeitstagen der Woche meist fünf in Betrieben, um die chronischen Leiden der Planwirtschaft irgendwie kurieren zu helfen. Anderes geriet an den Rand oder wurde dorthin verdrängt.

Ich sage hier noch einmal, dass ich von den Toten an der Mauer gewusst habe. Ich verwahre mich jedoch gegen die wiederholte Unterstellung – und insbesondere gegen den durchsichtigen Versuch eines Unbelehrbaren, für den er übrigens den Beweis schuldig geblieben ist –, ich würde mich unwissend stellen. Solchen Leuten, die auf Vorhaltungen zum Grenzregime nur mit der Pose eines Durchhalte-Generals reagieren können, geht es nicht um Aufhellung, sondern, was mich betrifft, um die Abstrafung eines Abtrünnigen. Auch dafür scheint ihnen jedes Mittel recht.

Ich wiederhole, ich hatte Kenntnis von Todesfällen an der Mauer. Aber sie beruhte nicht auf einer regelmäßigen und exakten Information, weder durch Militärs noch durch die erwähnten Umläufe im Politbüro. Meine eigentliche und unmittelbare Informationsquelle waren Medien der Bundesrepublik. Das scheint heute erbärmlich genug, aber auch das kennzeichnet unsere Verhältnisse, und es macht die besondere Rolle freier Medien im Hinblick auf solche Verhältnisse deutlich.

Ich muss mir vorwerfen, dass diese Kenntnis in mir nicht schon früher grundlegenden Zweifel an der Legitimität unserer Sache geweckt und zu Konsequenzen veranlasst hat. Vielleicht hätte eine unmittelbare Beziehung zu militärischen und Grenzfragen früher die Veränderung im Kopf bewirkt. Aber ideologische Verblendung und Selbsttäuschung, gepaart mit der Illusion, man würde eines Tages in der Lage sein, es besser zu machen, sind zählebig. So begannen wir zu spät, die Dinge zu verändern.

Die hier verlesene Schilderung des Vaters von Michael Schmidt über die letzten Tage seines Jungen und dessen Tod waren für mich am Ende des Verfahrens das niederdrückendste Dokument des Prozesses. Ich habe das Gehörte neben meine Erinnerung an die letzten Jahre der DDR gehalten. Es lässt nur einen Schluss zu: Wenn man spürt, dass das Gefühl für die individuellen, menschenwidrigen Auswirkungen einer Politik verlorengeht, muss man sich dagegenstellen oder den Hut nehmen.

In meinen letzten Bemerkungen kann ich mich nur noch einmal vor den Opfern verneigen und ihre Angehörigen um Verzeihung bitten. Wenn Sie mir als einem Verantwortlichen des Systems, der ihren Tod nicht gewollt und nicht veranlasst hat, wegen der Schwere ihres Verlustes Verzeihung nicht gewähren wollen oder können, werde ich damit leben müssen.

Ich habe hier erklärt, dass ich das Etikett »Siegerjustiz« und »politischer Prozess« dieser Verhandlung nicht anheften will und kann. Dabei bleibe ich. Darin sehe ich mich durch das Verhalten des Gerichts und seines Vorsitzenden, Herrn Richter Hoch, während des Verfahrens bestärkt. Wie ich zu diesem Gericht stehe, resultiert aus meiner Annahme der bundesdeutschen Realität, nachdem wir die von uns vertretene politische Realität verwirkt hatten. Ich kann den Speck nicht essen wollen und nur das mir Bekömmliche heraussäbeln. Ich kann nicht das System akzeptieren und seine rechtsstaatlichen Institutionen für unzuständig erklären, weil ich ihr Objekt geworden bin.

Erlauben Sie mir an dieser Stelle eine Anmerkung zu den Äußerungen des Nebenkläger-Anwalts am vergangenen Donnerstag, sie haben mich streckenweise etwas verwirrt entlassen. Ich nehme davon seine Bemerkungen über das Leid der Opfer und ihrer Nächsten aus. Ich meine mehr gewisse spekulative Schnurrpfeifereien, »Plögiate«, wie es jemand in der Pause nannte. Das von ihm vorgetragene Charakterbild

Schabowskis hörte sich an, als sei es von einem Astrologen »erstellt«. Was soll das hier, habe ich mich gefragt. Inzwischen verstehe ich, dass ich so etwas unaufgeregt anhören muss – wie eben auch der demokratische Rechtsstaat jedem Anwalt seinen eigenen Handlungsraum und Stil lassen muss. Wollte Gott, wir hätten solche Spielräume gelassen! Ein Prozess wie dieser hätte vermutlich nicht zu sein brauchen.

In meiner Haltung zum Gericht kann mich auch nicht beirren, wenn Sie, Herr Oberstaatsanwalt, mit Ihrem Plädoyer versucht haben, meinen Standpunkt zu widerlegen, dass dies kein politischer Prozess sei. Nicht zuletzt dadurch, dass Sie Aussagen von mir in ein opportunistisches Zwielicht rückten, also ein Vorurteil statt eines Beweises zu bieten hatten. Meine Anwälte haben sich in ihren Plädoyers noch einmal gründlich dazu geäußert.

Wie immer das Urteil ausfällt, es wird an meiner Überzeugung nichts ändern, dass die neue Bundesrepublik die einzige geschichtliche Antwort auf unseren missglückten Versuch ist. Das ist keine Seligsprechung dieser Gesellschaft, wie mir von bestimmter Seite unterstellt wird. Es ist die Respektierung einer gesellschaftlichen Wirklichkeit, die ihre Widersprüche nicht leugnet, sondern sich entfalten lässt im Gegensatz zu unserer Praxis, Widersprüche nicht wahrhaben zu wollen, unter dem Deckel zu halten, bis der Kessel platzt. Wir haben versucht, die Utopie vom Himmel auf die Erde zu zwingen. Aber wenn man sie in ein bürokratisches Korsett von Einheitsideologie und Planwirtschaft schnürt, verwandelt sich die rote Muse in eine Medusa.

Heute fällt es schwer, von Vorzügen der Bundesrepublik zu sprechen, da die Schwierigkeiten das Blickfeld auszufüllen scheinen. Aber die vermisste Linearität der Entwicklung, die Perfektion, die abhandengekommen ist, die Patentlösungen, die sich nicht augenblicklich einstellen wollen, sind utopische Tageserwartungen an ein utopisches Musterland, aber keine echten oder beständigen sozialen Kriterien. Wichtiger ist, dass man sagen kann: Lasst es uns besser machen. Und man kann es hier versuchen, einmal, zehnmal, hundertmal. Das macht die andere Lebensqualität aus. Als wir versuchten, es besser zu machen, war unser Kredit längst verbraucht, es sei denn, wir hätten überhaupt einen gehabt.

Herr Oberstaatsanwalt, Sie haben bei der Charakterisierung meiner Person kein Wort über die von mir öffentlich seit Jahren, jedenfalls lange vor diesem Prozess, betriebene Auseinandersetzung mit meiner Vergangenheit und folglich mit der DDR und ihrer Geschichte verloren. Das geschah ja nicht, wie es die Anklage suggerieren will, in opportunistischer Hast, 5 Minuten vor 12. Sie wissen das doch besser.

Herr Jahntz, Sie kennen meine Veröffentlichungen. Sie haben sie indes nur als Steinbruch für die Anklage verwertet. Mein Umdenken und mein Tun haben zu spät eingesetzt, das stimmt. Immerhin hatte es gereicht, Honecker von der Macht zu entfernen, die Mauer gegen Widerstand und Skepsis im Politbüro und in weiten Teilen der SED zu öffnen und eine blutige Katastrophe zu verhindern. Immerhin habe ich in jenen Tagen – wie historisch spät es gewesen sein mag – auf den Straßen den Dialog mit den wütenden Menschen gesucht und bin von ihnen als Gesprächspartner angenommen worden, während mir in einem verzagten Politbüro giftig entgegengehalten wurde, ich würde dem Mob Konzessionen machen.

Irgendwie scheint das nicht zu dem Bild des Mauermörders zu passen, mit dem ich in den Kehricht der Geschichte zurückgefegt werden soll. Ich soll an der noch immer notwendigen Auseinandersetzung über das scheinbar hinter uns Liegende nicht teilhaben, das uns noch immer begleitet. Die Vermutung liegt jedenfalls nahe.

Wird mir deshalb die Mentalität eines Schreibtischmörders verpasst? Mein Gesicht ist eine Latexmaske. Ein unbeugsamer Oberstaatsanwalt streift sie ab und bringt die Physiognomie eines Honecker oder Ulbricht oder Stalin zum Vorschein. So soll es wohl sein.

Sie verkennen die Realität, Herr Oberstaatsanwalt, wenn Sie meinen, es genügte, dass die Auseinandersetzung mit früher nur von Leuten wie Ihnen betrieben zu werden brauchte.

Sie hat auch Kronzeugen nötig, die Kenntnis und Schuld und Verantwortungsbereitschaft vorweisen können. Ein in der Tat unbeugsamer Streiter gegen Unmenschlichkeit hier in Berlin, der Ihnen gewiss kein Unbekannter ist, könnte Ihnen dazu einiges erzählen.

Ich habe vor diesem Gericht in vollem Umfang das Recht wahrnehmen können, alles geltend zu machen, was meine Erfahrung und Kenntnis von jener Zeit ist, die hier verhandelt wurde. Nun passen nicht alle meine Aussagen in den Kanon des Oberstaatsanwaltes. Mir kommt es stattdessen vor, als ob es zu diesem Kanon gehört, einen Angeklagten meiner Sorte moralisch zu demontieren, damit die Schuldzuweisungen des Anklägers trittfest werden.

In meiner Lage kann ich mich kaum, jedenfalls nicht mit vergleichbarer öffentlicher Wirkung, dagegen zur Wehr setzen. Ich kann nur denen, die mich zum Opportunisten stempeln wollen, entgegenhalten: Es braucht mehr Courage dazu, aus eigenem Willen und ohne Aussicht auf Absolution den bitteren Weg der Selbsterkenntnis einzuschlagen, als sich dem durch Flucht in die Nestwärme eines Clubs von Unbelehrbaren zu entziehen.

Zum Schluss möchte ich nicht wenigen – zum Teil wildfremden – Menschen danken, darunter einstigen DDR-Bürgern, die die alten Zeiten nicht zurückwünschen, wie Bürgern aus der früheren Bundesrepublik, die mir in Briefen oder spontan hier auf Moabiter Straßen oder während der Fahrt im Zug Mut zugesprochen haben und in mir nicht den Schreibtischmörder zu sehen bereit sind.

Ich habe vielen Freunden und Bekannten zu danken, die ich in der alten Bundesrepublik während meiner Lesungen und in öffentlichen Diskussionen gewonnen habe, die mir Vertrauen entgegenbrachten und mich bestärkten, den Fußmarsch aus der ideologischen Verblendung konsequent weiterzugehen. Ich werde sie nicht enttäuschen.

Günter Schabowski

Lebenslauf von Günter Schabowski

geboren am 4. Januar 1929 in Anklam/Vorpommern als Sohn eines Klempners und einer Hausfrau, Abitur in Berlin.

1945	Volontär bei der Zeitung *Freie Gewerkschaft*
1946	Mitglied des Freien Deutschen Gewerkschaftsbundes (FDGB)
1950	Mitglied der Freien Deutschen Jugend (FDJ)
1953–1967	Stellvertretender Chefredakteur der Gewerkschaftszeitung *Tribüne*
1962	Diplom als Journalist an der Karl-Marx-Universität in Leipzig (Fernstudium)
1967–1968	Besuch der Parteihochschule beim Zentralkomitee (ZK) der Kommunistischen Partei der Sowjetunion (KPdSU) in Moskau
1968–1978	Stellvertretender Chefredakteur des SED-Zentralorgans *Neues Deutschland*
1969	Vaterländischer Verdienstorden in Bronze
1971	Heiratet die russische Fernsehjournalistin Irina Wesselowsorowa
	Geburt des Sohnes Jan
1973	Geburt des Sohnes Alexander
1977	Vaterländischer Verdienstorden in Gold
1978–1985	Chefredakteur des *Neuen Deutschland*; Mitglied der Agitationskommission des Politbüros des ZK der SED
1981–1990	Abgeordneter der Volkskammer
1981–1989	Mitglied des ZK der SED

1984–1989	Mitglied des Politbüros
1985–1989	1. Sekretär der SED Bezirksleitung Berlin (Parteichef von Berlin); Vorsitzender der Bezirkseinsatzleitung (BEL) Berlin
1986–1989	Sekretär des ZK der SED
1989	Karl-Marx-Orden zum 60. Geburtstag
18.10.1989	Mitinitiator und Wortführer der Absetzung des Staats- und Parteichefs Erich Honecker
04.11.1989	einziger Redner aus dem Politbüro bei der größten Protestdemonstration in der Geschichte der DDR in Berlin
06.11.1989	Sekretär des ZK der SED für Informationswesen (Regierungssprecher)
09.11.1989	Schabowski verkündet auf einer Pressekonferenz die unbeschränkte Reisefreiheit aller DDR-Bürger
03.12.1989	geschlossener Rücktritt des ZK und des Politbüros
21.01.1990	Schabowski wird aus der SED/PDS ausgeschlossen
1990–1999	Mitarbeiter der *Heimatnachrichten* in Rotenburg an der Fulda/Hessen
22.02.1996	Prozessbeginn am Landgericht Berlin
08.11.1999	Verurteilung durch das Landgericht Berlin zu drei Jahren Haft wegen Totschlags
16.12.1999	Haftantritt in der Berliner Haftanstalt Hakenfelde
02.10.2000	Haftentlassung nach Begnadigung durch Berlins Regierenden Bürgermeister Eberhard Diepgen (CDU)

Schabowski wohnt heute mit seiner Frau Irina in Berlin-Wilmersdorf.

Personenregister

Das chinesische Jahrhundert hat schon begonnen

Frank Sieren · **Der China-Schock**
Wie Peking sich die Welt gefügig macht
432 Seiten, Hardcover mit Schutzumschlag
€ [D] 19,90 · € [A] 20,50
ISBN 978-3-430-30025-4

»Jeder, der Verantwortung trägt im Westen, sollte dieses Buch zur Kenntnis nehmen. Es ist zu hoffen, dass der China-Schock dem Westen zu einer neuen Weltoffenheit und zur Einsicht in die zum Teil von ihm selbst erzeugten Widersprüche verhilft.«
Frankfurter Allgemeine Zeitung

»Die Analysen sind zugespitzt, aber dennoch überzeugend, vor allem dank des exzellenten Hintergrundwissens des Autors.«
Welt am Sonntag

Econ